W0357495

Brian Freeman

Doppelmord

Roman

Aus dem Englischen
von Tanja Handels

| Hoffmann und Campe |

Die Originalausgabe erschien unter dem Titel
»Immoral« bei St. Martin's Press, New York.

1. Auflage 2007
Copyright © der Originalausgabe 2005 by Brian Freeman
Für die deutschsprachige Ausgabe
Copyright © 2005 by RM Buch und Medien Vertrieb GmbH
Copyright © 2007 by Hoffmann und Campe Verlag, Hamburg
www.hoca.de
Übersetzung des Gedichts von Emily Dickinson: Tanja Handels
Satz: Buch-Werkstatt GmbH, Bad Aibling
Druck und Bindung: GGP Media GmbH, Pößneck
Printed in Germany
ISBN 978-3-455-40088-5

HOFFMANN
UND CAMPE

Ein Unternehmen der
GANSKE VERLAGSGRUPPE

Für Marcia

Welche Distanz die Toten gehn,
Wird erst nicht offenbar –
Ihr Wiederkehren scheint gewiss
So manches lange Jahr.

Emily Dickinson

Prolog

Die Dunkelheit der Wälder im Norden war völlig anders als die in der Stadt. Das hatte er schon fast vergessen.

Er sah das Mädchen kaum. Sie hob sich nur als geisterhafter Umriss vom mitternächtlichen Himmel ab, doch er wusste, sie war da, ganz nah bei ihm. Er hielt ihr warmes Handgelenk umklammert. Ihr Atem ging leicht und regelmäßig, sie wirkte ganz entspannt. Ihr Parfüm, das er so gut kannte, drang ihm wieder in die Nase, ein intensiver, außergewöhnlicher Duft nach Frühlingsblumen. Flieder, dachte er. Und Hyazinthen. Früher hatte allein dieses Parfüm, dieser Duft ihn schon erregt. Er hatte sie vermisst, ihren Duft, ihren Körper. Und jetzt waren sie hier – endlich wieder zusammen.

Die Angst schloss sich wie eine Faust um seine Eingeweide, und eine Welle von Selbsthass überflutete ihn. Er wusste nicht, ob er den Mut haben würde, das, was vor ihm lag, auch wirklich zu tun. Während er gewartet, Pläne geschmiedet und sich nach ihr gesehnt hatte, hatte er sich diese Nacht ganz genau vorgestellt. Das Mädchen war so sehr Teil seiner Gedanken gewesen, dass er oft geglaubt hatte, sie leibhaftig hinter sich zu sehen, wenn er in den Spiegel schaute, wie einen dunkel gefiederten Raben auf seiner Schulter. Und nach all der gespannten Erwartung zögerte er jetzt auf der Schwelle.

Ein letztes Spielchen, dachte er.

»Bringen wir's hinter uns«, zischte sie. Sie klang gereizt und ungeduldig. Wie er es hasste, Missbilligung in ihrer Stimme zu hören. Aber sie hatte Recht – sie war ihm wie immer einen Schritt voraus. Sie waren jetzt schon zu lange hier draußen, bei eisiger Kälte. Die Scheune war ein beliebter Treffpunkt für Liebespärchen. Es war gut möglich, dass jemand sie in ihrem Versteck überraschte und alles zerstörte.

Er glaubte, neugierige Blicke auf sich zu spüren. Sie waren ganz allein, trotzdem fürchtete er, dass sich Fremde zwischen den dürren Birken versteckt hielten und ihm auflauerten. Er holte tief Luft, versuchte, seine Ängste zu unterdrücken. Länger konnte er nicht warten.

Er schob die linke Hand in die Manteltasche, ließ die Finger sanft über die Klinge gleiten.

Zeit für ein Spielchen.

Er hatte an der dunkelsten Stelle der Straße auf sie gewartet, dort, wo sie ganz sicher vorbeikommen würde. Hagel prasselte in kalten, im Wind fast waagerechten Schauern auf sein Auto herab und sammelte sich wie Schnee auf der Windschutzscheibe. Er zitterte, zog den leichten Mantel enger um sich und warf nervöse Blicke in den Rückspiegel.

Er war früh dran, so früh, dass es schon leichtsinnig war. Aber es war ruhig im Viertel. Auf seiner Uhr war es zehn. Bald, dachte er.

Doch die Minuten krochen quälend langsam dahin. Er rutschte nervös auf dem Sitz herum. Einen schrecklichen Augenblick lang peinigte ihn der Gedanke, dass sie vielleicht gar nicht kommen würde, dass all das Warten, all die Opfer vielleicht umsonst gewesen waren. Obwohl es kalt war im Wagen, fing er an zu schwitzen. Er zog die Oberlippe zwischen die Zähne. Je länger er dort saß und die Sekunden zählte, desto größer wurde seine Angst. Ob sie wohl kommen würde?

Dann war sie plötzlich da, praktisch aus dem Nichts. Im bleichen Licht einer Straßenlaterne sah sie aus wie eine überirdische Erscheinung. Ihre Schönheit raubte ihm den Atem. Sein Puls raste, und in den Achselhöhlen und am Nacken bildete sich eine neue, feuchtkalte Schweißschicht. Sein Mund war so trocken, dass er kaum schlucken konnte. Während sie näher kam, verschlang er sie mit den Augen. Trotz der Dunkelheit meinte er ihre Farben zu sehen. Sie hatte volle, rote Lippen und schwarzes Haar, das ihr in nassen Strähnen über die Schultern fiel. Ihre Wangen waren von der Kälte leicht gerötet, aber die Röte durchdrang kaum den sanften Alabasterton ihrer Haut. Eine einzelne Kreole hing golden glitzernd an ihrem linken Ohrläppchen, und ein goldenes Armband lag locker um ihr rechtes Handgelenk. Sie war groß und ging mit raschen, langen Schritten. Den schmalen Oberkörper umhüllte ein weißer Rollkragenpullover, dessen feuchter Stoff sich um ihren Körper schmiegte. Die schwarze Jeans saß wie angegossen.

Er stellte sich vor, wie es wohl war, so stark und selbstbewusst zu sein. Fast hatte er das Gefühl, in ihrer Haut zu stecken, zu spüren, was sie vielleicht spürte: den Geschmack des Regens auf den Lippen, den beißenden, singenden Wind an den Ohren und die sanfte, lüsterne Feuchtigkeit zwischen den Beinen.

Ihre Augen fanden ihn. Er wusste, dass sie ihn im Wagen nicht sehen konnte, trotzdem spürte er ihren Blick. Er kannte sie so gut, diese eindringlichen grünen Augen, unergründliche Meere, in denen er ertrinken wollte. Sie kam direkt auf ihn zu.

Er wusste, was er tun sollte: im Wagen bleiben, warten, bis sie zu ihm kam. Aber der Schmerz in seinem Herzen war zu viel für ihn. Rasch blickte er die Straße hinauf und hinunter, um sicherzugehen, dass keine Gefahr bestand. Dann öffnete er die Autotür und rief sie, die Stimme kaum mehr als ein Flüstern: »Rachel.«

Jetzt, viele Kilometer entfernt, rannte sie, versuchte, ihm zu entkommen. Er streckte die Hand aus, griff nach ihrem Pulli. Er bekam ein Stück Rollkragen zu fassen, aber sie schlug seine Hand weg. Er rutschte aus und versuchte, sie wieder am Handgelenk zu packen, doch seine behandschuhte Hand erwischte nur das Armband. Sie riss sich los, das Armband fiel zu Boden, und sie verschwand zwischen den hohen Büschen.

Er rannte ihr nach, war kaum zwei Schritte hinter ihr. Doch Rachel war wie eine Gazelle, flink und anmutig. Er kam sich tollpatschig vor, die großen Schuhe und die lästige Umklammerung durch Matsch und Unterholz hemmten ihn. Sie baute ihren Vorsprung aus. Er rief sie beim Namen, flehte sie an, stehen zu bleiben, und jetzt hatte sie ihn offenbar gehört. Vielleicht war sie auch auf dem unebenen Boden ins Stolpern geraten. Als er blindlings die Hände ausstreckte, krallten sie sich in das weiche Fleisch ihres Armes. Er hielt sie fest umklammert und drehte sie zu sich herum. Sie prallten gegeneinander. Er ließ sie nicht mehr los, während sie sich keuchend in seiner Umklammerung wand. Er spürte ihren süßen Atem.

Sie sagte kein Wort.

Er hakte den rechten Fuß um ihren Knöchel, sodass sie nicht mehr entkommen konnte, und drängte sich an sie, bis ihre Hüften sich berührten. Dann zerrte er an ihrem Pulli. Der Stoff bauschte sich zwischen seinen Fingern, und er hob die andere Hand, die mit dem Messer. Mit der Spitze der Klinge durchschnitt er den Stoff, hörte, wie er zerriss und ausfranste. Noch einmal durchschnitt er den Pulli, dann noch einmal, bis er in Fetzen hing. Er ließ die Finger über ihre Haut gleiten, spürte die Wölbungen ihrer Brüste, die sich hoben und senkten wie eine Achterbahn.

Er richtete die Spitze der Klinge auf ihre Brust, dorthin, wo irgendwo tief drinnen das Herz sein musste. Falls sie überhaupt ein Herz hatte. Sie wehrte sich, spielte mit. Ein Todesspiel. Sie wollte, dass er es tat, das wusste er. Er rief sich ins Gedächtnis, dass es nicht um ihn ging. Es ging nur um Rachel.

Er stieß zu. Jetzt endlich gab sie ein Keuchen von sich. Etwas Feuchtes rann über die Klinge. Mehr war nicht nötig – sie waren frei.

Erster Teil

1

Jonathan Stride fühlte sich wie ein Geist im weißen Licht der Scheinwerfer, die die Brücke anstrahlten.

Unter ihm ergoss sich schmutzig braunes Wasser in den Kanal und schwappte in Wellen gegen die Betonmolen, wo die Gischt zweieinhalb Meter hoch spritzte, um dann wieder vom Wellental verschluckt zu werden. Die Wassermassen überschlugen sich förmlich, während sie aus dem aufgewühlten See in das ruhigere, innere Hafenbecken drängten. Am Ende der Molen, wo die Schiffe sich so präzise durch den Kanal fädelten wie Garn durch ein Nadelöhr, leuchteten die rotierenden Lichter zweier Leuchttürme grün und rot auf.

Die Brücke war wie ein Lebewesen. Wenn die Autos in hohem Tempo darüber rasten, war die Luft erfüllt von einer Art heulendem Surren wie von vielen Hornissen. Der wabengemusterte Bürgersteig vibrierte und bebte unter den Füßen. Stride sah nach oben, so wie Rachel es getan haben musste, hinauf zu den Stahlträgern, die sich kreuz und quer übereinander türmten. Das kaum wahrnehmbare Schwanken machte ihn unruhig und verursachte ihm ein leichtes Schwindelgefühl.

Er tat, was er immer tat: Er versuchte, sich in das Opfer hineinzuversetzen, die Welt mit seinen Augen zu sehen. Rachel war am Freitagabend hier gewesen, allein auf der Brücke. Danach wusste man nichts mehr von ihr.

Stride konzentrierte sich wieder auf die beiden Teenager, die neben ihm standen und in der Kälte ungeduldig von einem Fuß auf den anderen traten. »Wo genau war sie, als ihr gekommen seid?«, fragte er.

Der Junge, Kevin, zog eine fleischige Hand aus der Jackentasche. Am Ringfinger trug er einen dicken Schulring mit einem Onyx. Er klopfte auf das acht Zentimeter breite, nasse Stahlgeländer. »Genau hier, Lieutenant. Sie ist auf dem Geländer balanciert. Mit ausgestreckten Armen. Ein bisschen wie Jesus.« Er machte die Augen zu, hob das Kinn Richtung Himmel und streckte die Arme mit nach oben gedrehten Handflächen zur Seite aus. »So ungefähr.«

Stride runzelte die Stirn. Es war ein unfreundlicher Oktoberabend gewesen, mit heftigen Windböen, und die Hagelkörner waren wie Geschosse vom Himmel geprasselt. Er konnte sich nicht vorstellen, wie jemand in einer solchen Nacht auf das Geländer geklettert sein konnte, ohne hinunterzufallen.

Kevin wusste offenbar, was er dachte. »Sie hat eine ziemlich gute Körperbeherrschung. Wie eine Tänzerin.«

Stride warf einen Blick über das Geländer nach unten. Der schmale Kanal war sehr tief, damit auch die riesigen Frachter mit ihren Bäuchen voller Eisenerz hindurchfahren konnten. Sein heftiger Sog konnte einen menschlichen Körper ohne weiteres hinunterziehen und nicht mehr freigeben.

»Was in aller Welt hat sie damit bezweckt?«, fragte er.

Jetzt meldete sich das junge Mädchen, Sally, zum ersten Mal zu Wort. Sie klang mürrisch. »Das war eine von ihren Spinnereien. So was macht sie ständig. Sie will immer die Aufmerksamkeit auf sich ziehen.«

Kevin setzte zu einem Widerspruch an, entschied sich dann aber dagegen. Stride hatte den Eindruck, dass es sich um eine alte Meinungsverschiedenheit zwischen den beiden handelte. Ihm fiel auf, dass Sally Kevin untergehakt hielt und ihn beim Sprechen ein bisschen näher zu sich heranzog.

»Und was habt ihr dann gemacht?«, fragte Stride.

»Ich bin hochgelaufen, auf die Brücke«, sagte Kevin. »Ich habe ihr runtergeholfen.«

Stride sah, dass Sally unwillig den Mund verzog, als Kevin von dieser Rettungsaktion berichtete.

»Erzähl mir mehr von Rachel«, sagte er zu Kevin.

»Wir sind zusammen aufgewachsen. Wir haben direkt nebeneinander gewohnt. Aber dann hat ihre Mutter Mr Stoner geheiratet, und sie sind ins Villenviertel gezogen.«

»Wie sieht sie denn aus?«

»Na ja, also ... sie ist hübsch«, antwortete Kevin nervös, mit einem raschen Seitenblick auf Sally.

Sally verdrehte die Augen. »Jetzt sag's halt. Sie ist wunderschön, langes schwarzes Haar, groß, schlank, das ganze Programm. Und die größte Schlampe, die man sich vorstellen kann.«

»Sally!«, protestierte Kevin.

»Ist doch wahr, und das weißt du ganz genau. Denk nur an Freitag.«

Sally wandte sich von Kevin ab, ließ seinen Arm aber nicht los. Stride sah, dass sie wütend den Mund verzog und die Lippen zusammenpresste. Sie hatte ein rundes Gesicht und wirre, kastanienbraune, schulterlange Locken, die ihr der Wind über die geröteten Wangen wehte. In ihrer engen Jeans und dem roten Parka war sie ein hübsches junges Mädchen, doch niemand hätte von ihr gesagt, dass sie schön sei. Sie nahm einem nicht den Atem. Sie war nicht wie Rachel.

»Was ist denn am Freitag passiert?«, fragte Stride. Er wusste bisher nur das, was Kinnick, der stellvertretende Polizeichef, ihm zwei Stunden zuvor am Telefon erzählt hatte: Rachel war seit Freitag nicht mehr nach Hause gekommen. Sie war fort. Verschwunden. *Wie Kerry*.

»Na ja, sie hat ein bisschen mit mir rumgemacht«, sagte Kevin widerwillig.

»Vor meinen Augen!«, fauchte Sally. »Dieses verdammte Miststück!«

Kevins blonde Augenbrauen krochen aufeinander zu wie zwei gelbe Raupen. »Hör auf damit. Sprich nicht so von ihr.«

Stride hob die Hand, um den Streit im Keim zu ersticken. Er griff in seine abgeschabte Lederjacke und zog ein Päckchen Zigaretten hervor, das er in die Brusttasche seines Flanellhemds gesteckt hatte. Leicht angewidert betrachtete er das Päckchen, dann zündete er sich eine Zigarette an und inhalierte ausgiebig. Der Rauch stieg ihm kräuselnd aus dem Mund und bildete eine Wolke vor seinem Gesicht. Er spürte, wie seine Lungen sich zusammenzogen. Dann warf er das angebrochene Päckchen in den Kanal, wo es kurz herumwirbelte, rot wie ein Tropfen Blut, und schließlich unter der Brücke verschwand.

»Stopp«, sagte er. »Kevin, du erzählst mir jetzt alles. Von Anfang an. Aber fass dich kurz, okay?«

Kevin rieb sich mit der Hand den Hinterkopf, bis das blonde Haar in alle Richtungen abstand wie die Zweige kahler Bäume im Winter. Dann straffte er die Schultern, die breit und muskulös waren. Die Schultern eines Footballspielers. »Rachel hat mich am Freitagabend auf dem Handy angerufen und gesagt, wir sollen sie im Canal Park treffen«, begann er. »Ich glaube, das war so um halb neun. Bei dem Sauwetter war sonst kein Mensch im Park. Als wir Rachel gesehen haben, ist sie auf dem Geländer rumgeturnt. Also sind wir hoch auf die Brücke, um sie da runterzuholen.«

»Und dann?«, fragte Stride.

Kevin deutete hinüber zum anderen Ende der Brücke, zu der Halbinsel, die sich dort wie ein schmaler Finger erstreckte, umrahmt vom Lake Superior auf der einen und dem Hafen von Duluth auf der anderen Seite. Stride hatte den größten Teil seines Lebens dort verbracht und den Eisenerzfrachtern zugeschaut, die sich aufs Meer hinauswühlten.

»Dann sind wir zu dritt runter an den Strand gegangen. Wir haben über die Schule geredet.«

»Sie ist eine richtige Schleimerin«, warf Sally ein. »In Psychologie plappert sie die Theorien der Lehrerin über kaputte Familien nach. In Englisch findet sie die Gedichte, die der Lehrer schreibt, ja so wundervoll. Und in Mathe hilft sie nach der Schule beim Korrigieren.«

Stride brachte sie mit einem eisigen Blick zum Schweigen, und Sally warf trotzig den Kopf in den Nacken. Mit einem Nicken bedeutete er Kevin weiterzureden.

»Dann haben wir eine Schiffssirene gehört«, fuhr Kevin fort. »Rachel hat gesagt, sie will rauf auf die Brücke, während sie hochgezogen wird.«

»Das ist verboten«, sagte Stride.

»Stimmt, aber Rachel kennt den Brückenwärter. Sie war früher mit ihrem Vater oft bei ihm.«

»Mit ihrem Vater? Meinst du Graeme Stoner?«

Kevin schüttelte den Kopf. »Nein, ihren richtigen Vater. Tommy.«

Stride nickte. »Erzähl weiter.«

»Gut, wir sind dann also wieder auf die Brücke, aber Sally wollte nicht mitkommen. Sie ist in Richtung Stadt abgebogen. Ich wollte Rachel nicht allein da rauflassen, also bin ich bei ihr geblieben. Und da hat sie dann ... na ja, da hat sie dann angefangen, mit mir rumzumachen.«

»Sie hat nur mit dir gespielt«, bemerkte Sally spitz.

Kevin zuckte mit den Schultern. Stride sah, wie der Junge den Kragen um seinen bulligen Nacken lockerte, dann fing er seinen Blick auf. Kevin war nicht bereit zu sagen, was genau auf der Brücke passiert war, doch der Gedanke daran machte ihn offensichtlich genauso verlegen, wie er ihn erregte.

»Wir waren nicht lange oben«, fuhr Kevin fort. »Zehn Minuten vielleicht. Als wir wieder runterkamen, war Sally ... sie war nicht mehr ...«

»Ich bin gegangen«, sagte Sally. »Nach Hause.«

Kevin stotterte ein wenig. »Aber es tut mir doch Leid, Sal.« Er streckte die Hand aus, um ihr übers Haar zu streichen, doch Sally wich ihm aus.

Noch bevor Stride diesen neuen Streit schlichten konnte, meldete sich sein Handy mit einer polyphonen Version von Alan Jacksons »Chattahoochee«. Er fischte es aus der Tasche, sah die Nummer von Maggie Bei auf dem Display und klappte das Handy auf.

»Ja, Mags?«

»Schlechte Nachrichten, Boss. Die Medien haben Wind von der Sache bekommen. Hier wimmelt's nur so von Reportern.«

Stride verzog das Gesicht. »Mist.« Er entfernte sich ein paar Schritte von den beiden Jugendlichen und hörte, wie Sally leise fauchend auf Kevin einzureden begann, kaum dass er ihnen den Rücken zugedreht hatte. »Ist Bird auch unter den Bluthunden?«, fragte er Maggie.

»Na klar. Er führt die Meute an.«

»Dann rede auf keinen Fall mit ihm. Und lass keinen Reporter in die Nähe der Stoners.«

»Kein Problem, wir haben alles abgeriegelt.«

»Hast du auch gute Neuigkeiten?«

»Die präsentieren das als das zweite Mal«, berichtete Maggie. »Erst Kerry, jetzt Rachel.«

»Das war zu erwarten. Ich habe auch keine Schwäche für Déjà-vus. Ich bin in zwanzig Minuten da, okay?«

Stride klappte das Handy energisch zu. Langsam wurde er ungeduldig. Die Sache lief schon jetzt in eine Richtung, die ihm nicht gefiel. Wenn Rachels Verschwinden von den Medien ausgeschlachtet wurde, hatte das auch Auswirkungen auf die Ermittlungen. Natürlich mussten die Zeitungen und das Fernsehen der Öffentlichkeit das Gesicht des Mädchens präsentieren, aber Stride wollte die Kontrolle behalten und nicht seinerseits kontrolliert werden. Sobald Bird Finch anfing, Fragen zu stellen, war das nicht mehr möglich.

»Erzähl weiter«, drängte er Kevin.

»Sonst war nicht mehr viel«, sagte Kevin. »Rachel hat gesagt, sie ist müde und will nach Hause. Also hab ich sie zu ihrem Blutkäfer gebracht.«

»Wohin?«, fragte Stride.

»Ach so, Entschuldigung. Rachels Wagen, ein VW Beetle. Sie sagt immer ›Blutkäfer‹ dazu.«

»Und warum?«

Kevin machte ein ratloses Gesicht. »Wahrscheinlich, weil er rot ist.«

»Na gut. Und du hast gesehen, wie sie losgefahren ist?«

»Ja.«

»War sie allein?«

»Klar.«

»Und sie hat gesagt, dass sie nach Hause fährt?«

»Das hat sie gesagt.«

»Hat sie vielleicht gelogen? Könnte sie noch eine andere Verabredung gehabt haben?«

Sally stieß ein bitteres Lachen aus. »Klar könnte sie. Hatte sie auch bestimmt.«

Stride richtete seine dunklen Augen wieder auf Sally. Sie wandte den Blick ab und betrachtete ihre Schuhspitzen, sodass ihr die Locken in die Stirn fielen. »Weißt du irgendwas, Sally?«, fragte Stride. »Bist du vielleicht später noch bei Rachel vorbeigegangen und hast ihr gesagt, sie soll die Finger von Kevin lassen?«

»Nein!«

»Und wen, glaubst du, könnte Rachel noch getroffen haben?«

»Das kann so ziemlich jeder gewesen sein«, erwiderte Sally. »Sie ist eine Schlampe.«

»Hör endlich auf!«, ereiferte sich Kevin.

»Ihr hört jetzt beide auf!«, fuhr Stride sie an. »Was hatte Rachel am Freitagabend an?«

»Eine enge schwarze Jeans, die man wahrscheinlich aufschneiden muss, um sie auszuziehen«, antwortete Sally. »Und einen weißen Rollkragenpulli.«

»Hatte sie irgendwas im Auto, Kevin? Gepäck vielleicht oder einen Rucksack?«

»Nein, gar nichts.«

»Du hast Mr Stoner erzählt, sie hätte sich mit dir verabredet.«

Kevin biss sich auf die Lippen. »Sie hat mich gefragt, ob ich mich am Samstagabend mit ihr treffen will. Sie hat gesagt, ich soll sie um sieben abholen, dann gehen wir aus. Aber sie war nicht da.«

»Für sie war das doch alles nur ein Spiel«, wiederholte Sally. »Hat sie dir auch gesagt, dass du mich am Samstag anrufen und mich anlügen sollst? Genau das hast du nämlich getan!«

Langsam wurde Stride klar, dass er aus den beiden heute nicht mehr viel herausbekommen würde. »Jetzt hört mir mal zu, ihr zwei. Hier geht es nicht darum, wer mit wem rumgeknutscht hat. Ein Mädchen wird vermisst, eine Freundin von euch. Ich muss jetzt los und mit ihren Eltern reden, die sich fragen, ob sie ihre Tochter jemals wiedersehen. Ist euch das klar? Jetzt denkt noch mal nach. Ist euch am Freitag irgendwas aufgefallen, was Rachel getan oder gesagt hat? Irgendwas, das uns als Hinweis dienen könnte, wohin sie wollte, als sie fortgegangen ist, mit wem sie sich vielleicht treffen wollte.«

Kevin kniff die Augen zusammen, als würde er ernsthaft nachdenken. »Nein, Lieutenant. Da war nichts.«

Sally blickte trotzig drein und sagte nichts, und Stride fragte sich, ob sie ihm irgendetwas verschwieg. Aber es war nichts aus ihr herauszubekommen. »Keine Ahnung, was mit ihr passiert ist«, murmelte sie nur.

Stride nickte. »Na gut. Wir reden später noch mal.«

Er warf einen weiteren Blick auf den tiefschwarzen See hinter dem Kanal, aber dort gab es nichts zu sehen. Der See war genauso leer, wie ihm sein Leben vorkam.

Als er an den beiden Jugendlichen vorbei zum Parkplatz ging, spürte er es wieder. Ein Déjà-vu. Eine scheußliche Erinnerung.

2

Vierzehn Monate waren seit jenem verregneten Abend im August vergangen, als Kerry McGrath verschwunden war. Stride hatte so oft versucht, ihren letzten Abend zu rekonstruieren, dass er inzwischen wie ein Film in seinem Kopf ablief. Wenn er die Augen schloss, sah er sie vor sich, ganz deutlich, bis hin zu den Sommersprossen um die Mundwinkel und den drei schmalen goldenen Ringen, die sich um ihr linkes Ohrläppchen schmiegten. Er hörte sie kichern, wie auf dem Video ihrer Geburtstagsparty, das er sich mindestens hundert Mal angeschaut hatte. Die ganze Zeit stand ihm ihr Bild so klar vor Augen, dass es ihm fast vorkam, als wäre sie noch am Leben.

Aber sie war tot, das wusste er. Das fröhliche Mädchen, das so real für ihn war, lag irgendwo in der Erde verscharrt, ein scheußliches, zerfressenes Etwas inmitten der vielen Hektar Wildnis, die sie nie ganz durchsuchen konnten. Inzwischen wollte er nur noch wissen, wer das getan hatte und warum.

Und jetzt gab es eine zweite Vermisste. Ein weiteres junges Mädchen.

Während er an einer roten Ampel wartete, schaute Stride aus dem Fenster seines Jeeps, sah aber nur das Spiegelbild seiner düsteren braunen Augen. Piratenaugen, hatte Cindy immer gesagt, wenn sie ihn ärgern wollte. Dunkel, wach und lodernd. Aber das war vorbei. Er hatte Kerry zur selben Zeit an ein Monster verloren, als ein ganz anderes Monster ihm Cindy genommen hatte. Die Tragödie hatte das Feuer in seinen Augen zum Verlöschen gebracht und ihn altern lassen. Er sah die Spuren in seinem Gesicht, das wettergegerbt wirkte und alles andere als makellos. Über seine Stirn zog sich ein Netz verräterischer Fältchen. Das schwarze, von grauen Strähnen durchzogene Haar war kurz und verstrubbelt und vorn zu einer wirren Tolle gekämmt. Er war einundvierzig und fühlte sich wie fünfzig.

Stride steuerte seinen verdreckten Ford Bronco über die Schlaglöcher in das alte Nobelviertel gleich neben der Universität, wo Graeme und Emily Stoner wohnten. Er wusste, was ihn dort erwartete. Es war elf Uhr abends, und sonntags um diese Zeit waren die Straßen normalerweise wie ausgestorben. Heute war das anders. Die Blaulichter der Streifenwagen und die grellweißen Lampen der Fernsehteams erhellten die Straße. Nachbarn standen in den Vorgärten in kleinen Grüppchen beisammen und beobachteten tuschelnd das Geschehen. Stride hörte das misstönende Krächzen des Polizeifunks aus den vielen Funkanlagen, wie weißes Rauschen im Hintergrund.

Ein paar uniformierte Beamte hatten das Haus der Stoners abgeriegelt, um Reporter und Schaulustige fern zu halten. Stride hielt neben einem Streifenwagen und parkte den Bronco in zweiter Reihe. Sofort umringten ihn die Reporter und ließen ihm kaum Platz, um die Wagentür zu öffnen. Stride schüttelte den Kopf und versuchte, seine Augen mit der Hand gegen die Blitzlichter der Kameras zu schützen.

»He, Leute, hört auf damit.«

Er drängte sich zwischen den Reportern hindurch. Doch plötzlich baute sich jemand direkt vor ihm auf und gab einem Kameramann ein Zeichen.

»Läuft hier ein Serienmörder frei herum, Stride?« Bird Finchs Stimme war so sanft und tief wie ein Nebelhorn. Sein richtiger Name war Jay Finch, doch in Minnesota kannte man ihn nur als »Bird«. Früher war er ein bekannter Basketballer gewesen, jetzt moderierte er eine reißerische Fernsehtalkshow in Minneapolis.

Obwohl Stride selbst über eins achtzig groß war, musste er den Hals recken, um Bird in das finstere Gesicht zu sehen. Der Mann war ein wahrer Riese, mindestens zwei Meter groß, und sah aus wie aus dem Ei gepellt in seinem dunkelblauen Zweireiher, aus dessen Ärmeln jeweils ein knapper Zentimeter einer weißen Manschette mit einem glitzernden Manschettenknopf hervorschaute. Am Zeigefinger seiner gewaltigen Pranke, die das Mikrofon umklammerte, bemerkte Stride den Siegelring einer Universität.

»Schicker Anzug, Bird«, bemerkte er. »Kommen Sie gerade aus der Oper?«

Er hörte das hämische Kichern der anderen Reporter. Bird starrte ihn aus kohlschwarzen Augen an. Das Scheinwerferlicht spiegelte sich auf seinem kahl rasierten schwarzen Schädel.

»Wir haben es mit einem perversen Wahnsinnigen zu tun, der junge Mädchen von den Straßen unserer Stadt raubt, Lieutenant. Sie haben unseren Mitbürgern schon im letzten Jahr Gerechtigkeit versprochen. Wir warten bis heute darauf. Die Familien dieser Stadt warten.«

»Stehlen Sie jemand anderem die Zeit, wenn Sie für ein öffentliches Amt kandidieren wollen.« Stride löste seine Polizeimarke vom Gürtel seiner Jeans, hielt sie Bird unter die Nase und verdeckte mit der anderen Hand die Linse der Kamera. »Und jetzt gehen Sie mir endlich aus dem Weg.«

Bird trat widerwillig ein Stück beiseite. Stride rammte ihn heftig mit der Schulter, als er an ihm vorbeiging. Hinter ihm setzte sich das Geschrei fort. Die Reporter verfolgten ihn bis zum Bürgersteig, bis an die improvisierte Umzäunung aus gelbem Absperrband. Stride bückte sich, zwängte sich unter der Absperrung hindurch und richtete sich dann wieder auf. Er machte dem Polizisten, der ihm am nächsten stand, ein Zeichen, und der Beamte, ein schmächtiger Zweiundzwanzigjähriger mit raspelkurzem rotem Haar, kam eifrig auf ihn zu. »Ja, Lieutenant?«

Stride beugte sich zu ihm und flüsterte ihm ins Ohr: »Halten Sie mir bloß diese Arschlöcher vom Leib.«

Der Junge grinste. »Wird gemacht, Sir.«

Stride überquerte Graeme Stoners makellos gepflegten Rasen und winkte dabei Maggie Bei zu. Sie war Senior Sergeant seines Dezernats und gerade dabei, eine Gruppe uniformierter Polizisten mit knappen Anweisungen zu versorgen. Selbst in ihren schweren, schwarzen Stiefeln mit fünf Zentimetern Absatz war Maggie nur knapp über eins fünfzig groß, und zwischen den anderen Beamten wirkte sie noch kleiner. Doch alle gehorchten ihr aufs Wort, wenn sie einen Befehl erteilte.

Das Haus der Stoners lag am Ende eines schmalen Weges, im Schatten einiger Eichen, deren fallende Blätter sich auf dem Boden zu unordentlichen Haufen türmten. Es war ein zweistöckiges Gebäude aus den Zwanzigerjahren, eine solide Konstruktion aus Backstein und Kiefernholz, die vor den harten Wintern Minnesotas schützte. Von der Straße führte ein verschlungener Weg bis zu der riesigen Eingangstür. An der Ostseite des Hauses, direkt an einem baumbestandenen Abhang, befand sich eine freistehende Garage mit zwei Stellplätzen, deren Zufahrt man über eine Seitenstraße erreichte. Stride sah einen knallroten VW Beetle in der Auffahrt stehen, wo er den Eingang zu einem der Garagenstellplätze halb versperrte.

Rachels Auto. Der Blutkäfer.

»Herzlich willkommen, Boss.«

Stride musterte Maggie Bei, die jetzt neben ihm auf dem Rasen stand. Das pechschwarze Haar lag wie ein Helm um ihren Kopf, und der Pony reichte ihr bis zu den Augenbrauen. Sie war zierlich wie ein chinesisches Püppchen und hatte ein hübsches, ausdrucksvolles Gesicht mit strahlenden, mandelförmigen Augen und einem sanft goldenen Hautton. Sie trug eine bordeauxrote Lederjacke, ein weißes

T-Shirt von GAP und eine schwarze Jeans aus der Teenagerabteilung. Maggie war immer modisch und hip gekleidet. Stride selbst gab nur wenig Geld für Kleidung aus. Er ließ seine Cowboystiefel immer wieder neu besohlen und trug sie schon, seit er die Uniform abgegeben hatte und zur Kriminalpolizei gegangen war – und das war lange her. Außerdem besaß er immer noch dieselbe ausgefranste Jeans, die ihn jetzt schon durch neun Winter begleitet hatte, obwohl inzwischen laufend Münzen durch ein Loch in der Tasche fielen. Auch seine Lederjacke hatte schon viel durchgemacht. Im Ärmel sah man noch das Einschussloch, auf Höhe der Narbe an seinem muskulösen Oberarm.

Stride ließ den Blick zu den vorderen Fenstern des Hauses wandern und sah drinnen einen Mann, der mit einem Glas in der Hand in ein hinteres Zimmer ging. Das Licht des Kronleuchters brach sich im Kristall des Glases und ließ es aufleuchten, als wollte jemand eine geheime Botschaft mit einem Spiegel senden.

»Was haben wir, Mags?«, fragte er.

»Nichts, was du nicht schon wüsstest«, erwiderte sie. »Rachel Deese, siebzehn Jahre, ging in die Oberstufe der Duluth High School. Dieser junge Sportler, Kevin, hat erzählt, er hat sie am Freitagabend gegen zehn vom Canal Park wegfahren sehen. Was die Zeit danach betrifft, wissen wir nichts mehr. Ihr Auto steht in der Auffahrt, aber bisher haben wir niemanden aufgetrieben, der gesehen hätte, dass sie am Freitag nach Hause gekommen oder zu Fuß oder in Begleitung wieder weggegangen ist. Das ist jetzt immerhin zwei Tage her.«

Stride nickte. Einen Augenblick lang betrachtete er Rachels Beetle. Der Wagen war umringt von Polizisten, die ihn sorgfältig durchsuchten. Er war knallrot, hübsch und schick – welches junge Mädchen würde so ein Auto freiwillig stehen lassen?

»Lass die Bankautomaten auf dem Weg vom Canal Park hierher überprüfen«, sagte er. »Vielleicht haben wir ja Glück mit den Aufzeichnungen der Überwachungskameras von Freitagabend. Und wir müssen herausfinden, ob sie wirklich nach Hause gefahren ist, wie Kevin gesagt hat.«

»Alles längst in Arbeit«, erwiderte Maggie und zog dabei die Augenbrauen hoch, als wollte sie sagen: *Hältst du mich für blöd?*

Stride lächelte. Maggie war die begabteste junge Polizistin, mit der er je zusammengearbeitet hatte. »Graeme ist ihr Stiefvater, stimmt's? Was ist mit dem leiblichen Vater? Soviel ich weiß, heißt er Tommy.«

»Netter Versuch. Daran hab ich auch schon gedacht. Er lebt nicht mehr.«

»Wird sonst noch jemand vermisst? Irgendein Freund vielleicht?«

»Keine weiteren Meldungen. Wenn sie tatsächlich ausgerissen ist, dann entweder allein oder mit jemandem von außerhalb.«

»Ausreißer brauchen Transportmittel«, bemerkte Stride.

»Wir überprüfen bereits den Flughafen und die Busbahnhöfe hier und in Superior.«

»Haben die Nachbarn was gesehen?«

Maggie schüttelte den Kopf. »Nichts Wichtiges bisher. Aber wir sind noch nicht durch mit der Befragung.«

»Gab es irgendwelche Probleme mit dem Mädchen?«, fragte Stride. »Belästigung, Vergewaltigung, irgendwas in der Richtung?«

»Guppo hat die Datenbank überprüft«, erwiderte Maggie. »Rachel taucht nirgends auf. Wenn man allerdings ein paar Jahre zurückgeht, stellt man fest, dass Emily und ihr erster Mann, Rachels Vater, aktenkundig sind.«

»Weswegen?«

»Der Vater war mehrfach auffällig wegen Trunkenheit und ordnungswidrigem Verhalten. Einmal auch wegen familiärer Gewalt, aber es wurde keine Anzeige erstattet. Und er hat seine Frau geschlagen, nicht seine Tochter.«

Stride runzelte die Stirn. »Wissen wir, ob Rachel und Kerry sich kannten?«

»Von Rachel war letztes Jahr nie die Rede«, sagte Maggie. »Aber wir hören uns um.«

Stride nickte zerstreut. Er versuchte wieder, sich in Rachel hineinzuversetzen, ihren letzten Abend zu rekonstruieren und herauszufinden, was im Verlauf dieser Stunden geschehen oder nicht geschehen war. Er ging davon aus, dass sie am Freitag tatsächlich nach Hause gekommen war. Sie war mit dem Auto unterwegs gewesen, und jetzt stand es hier, vor dem Haus. Aber was war dann passiert? War sie ins Haus gegangen? Hatte jemand auf sie gewartet? War sie noch einmal weggegangen? Es hatte geregnet, und es war kalt – sie hätte doch sicher den Wagen genommen. Es sei denn, jemand hatte sie abgeholt.

»Wir sollten jetzt mit den Stoners reden«, sagte Stride. Dann hielt er inne. Er war daran gewöhnt, sich auf Maggies Instinkt zu verlassen. »Was sagt dir dein Bauch, Mags? Ist sie ausgerissen, oder ist es was Schlimmeres?«

Maggie zögerte keine Sekunde. »Ihr Auto steht vor dem Haus. Für mich hört sich das nach was Schlimmerem an. Es erinnert mich an Kerry.«

Stride seufzte. »Geht mir genauso.«

3

Stride klingelte an der Tür. Er sah einen Schatten hinter der Milchglasscheibe und hörte Schritte näher kommen. Dann wurde die geschnitzte Eichentür geöffnet, und ein Mann – etwa so groß wie Stride, elegant gekleidet mit Kaschmirpullover mit V-Ausschnitt, weißem Hemd und hellbrauner Bügelfaltenhose – streckte ihm die Hand entgegen. In der anderen Hand schwenkte er seinen Drink, sodass die Eiswürfel darin klirrten.

»Lieutenant Stride, nehme ich an?«, sagte er zur Begrüßung. Sein Händedruck war fest, und er hatte das freundliche Lächeln eines Menschen, der häufig auf Cocktailpartys und in eleganten Klubs verkehrte. »Kyle hat gesagt, dass Sie bald vorbeikommen werden. Ich bin Graeme Stoner.«

Stride nickte. Er verstand die Botschaft nur zu gut. »Kyle«, das war Kyle Kinnick, der stellvertretende Polizeichef von Duluth, Strides Vorgesetzter. Graeme wollte ihm von Anfang an klar machen, wie viel Einfluss er bei der Stadtverwaltung besaß.

Er sah die Falten auf Graemes Stirn und um die Mundwinkel und schätzte, dass er etwa so alt war wie er selbst. Graemes dunkelbraunes Haar war kurz geschnitten – die Frisur eines Managers. Er trug eine silberne Brille mit schmalem, rundem Rand. Sein Gesicht wirkte breit und weich, hatte weder vorstehende Wangenknochen noch ein markantes Kinn. Selbst so spät am Abend sah man kaum einen Bartschatten auf seinen Wangen, und Stride fuhr sich unwillkürlich mit der Hand über seine eigenen kratzigen Stoppeln.

Graeme legte ihm eine Hand auf die Schulter. »Ich darf Sie auf die hintere Veranda führen«, sagte er.

»Im Wohnzimmer fühlen wir uns doch ein wenig zu sehr auf dem Präsentierteller, bei den vielen Leuten da draußen.«

Stride folgte Graeme ins Wohnzimmer, das mit zierlichen Sofas und antiken Möbeln aus glänzend lackiertem Walnussholz eingerichtet war. Graeme deutete auf eine chinesische Vitrine mit verspiegelter Rückwand, die voller Kristallgefäße stand. »Darf ich Ihnen einen Drink anbieten? Es kann auch etwas Alkoholfreies sein.«

»Nein, vielen Dank.«

Graeme blieb mitten im Raum stehen und schaute ein wenig unbehaglich drein. »Ich muss mich entschuldigen, Lieutenant, dass ich mich nicht schon früher an Sie gewandt habe. Als Kevin am Samstagabend hier war, hat es mir noch keine großen Sorgen bereitet, dass Rachel nicht nach Hause gekommen ist. Wissen Sie, Kevin neigt manchmal zu extremen Reaktionen, wenn es um Rachel geht, und ich dachte, er übertreibt.«

»Aber jetzt sind Sie anderer Ansicht?«, fragte Stride.

»Jetzt sind es immerhin schon zwei Tage. Und meine Frau hat mich zu Recht an das andere junge Mädchen erinnert, das vermisst wird.«

Graeme führte ihn durch das Esszimmer und dann durch eine Glastür in ein großes, gemütliches Zimmer, das von einem offenen Kamin aus grauem Marmor an der rechten Wand beheizt wurde. Der weiße Teppich war flauschig und makellos. Die hintere Wand bestand ganz aus hohen Fenstern, zwischen denen zwei Türen mit Buntglasscheiben in den dunklen Garten hinausführten. Mehrere Messinglaternen an den Seitenwänden tauchten den Raum in ein sanftes Licht.

Rechts von der Fensterwand standen zu beiden

Seiten des Kamins zwei riesige, identische Lehnsessel. In dem einen saß wie verloren eine Frau mit einem bauchigen Glas Brandy in der Hand. Sie nickte Stride zu, ohne aufzustehen. »Ich bin Emily Stoner, Rachels Mutter«, sagte sie leise.

Emily war zwar ein paar Jahre jünger als Graeme, aber keineswegs eine Vorzeigeehefrau. Stride dachte, dass sie früher sehr hübsch gewesen sein musste, doch das Älterwerden stand ihr nicht gut. Ihre blauen Augen blickten müde, und sie hatte die Haut darum herum stark geschminkt, um von den dunklen Schatten darunter abzulenken. Sie hatte kurzes, glattes dunkles Haar, das ungewaschen wirkte, und trug Jeans und einen schlichten dunkelblauen Pullover.

Gleich neben Emily, ihre linke Hand in seiner, saß ein Mann Ende vierzig am Kamin. Sein grau meliertes Haar war so frisiert, dass es einen lichten Haaransatz überdeckte. Er stand auf, gab Stride die Hand und hinterließ dabei einen klammen Feuchtigkeitsfilm, den Stride unauffällig abzuwischen versuchte. »Guten Abend, Lieutenant. Mein Name ist Dayton Tenby. Ich bin Pfarrer in Emilys Gemeinde. Sie hat mich gebeten, ihr heute Abend beizustehen.«

Graeme Stoner nahm in einem Sessel vor den Fenstern zum Garten Platz. »Ich bin sicher, Sie haben uns einige Fragen zu stellen. Wir werden Ihnen natürlich alles sagen, was wir wissen, aber ich fürchte, das ist nicht besonders viel. Und wo wir gerade dabei sind, schaffen wir doch auch gleich das Unangenehme aus der Welt. Meine Frau und ich haben absolut nichts mit Rachels Verschwinden zu tun, aber wir sehen ein, dass Sie in einer solchen Situation zuerst die Familie überprüfen müssen. Wir sind selbstverständlich bereit, in jeder Weise zu kooperieren und uns, wenn nötig, auch einem Lügendetektortest zu unterziehen.«

Stride war erstaunt. Normalerweise war es ausgesprochen schwierig, den Familienangehörigen klar zu machen, dass sie verdächtigt wurden. »Ehrlich gesagt führen wir nach Möglichkeit tatsächlich Lügendetektortests bei den Familienangehörigen durch.«

Emily warf Graeme einen nervösen Blick zu. »Ich weiß nicht recht.«

»Das ist nur eine Routineangelegenheit, Schatz«, sagte Graeme. »Schicken Sie Ihre Fragen an Archibald Gale, Lieutenant. Er wird uns in dieser Angelegenheit vertreten. Wenn Sie möchten, können wir das gleich morgen hinter uns bringen.«

Stride verzog das Gesicht. Dann war es mit der Kooperation also doch nicht so weit her. Archie Gale war der gefürchtetste Strafverteidiger in Nordminnesota, und Stride hatte sich selbst schon mehrfach im Zeugenstand mit dem weltgewandten alten Haudegen angelegt.

»Halten Sie es denn für nötig, einen Anwalt einzuschalten?«, erkundigte er sich in kühlerem Ton.

»Sie dürfen das nicht falsch verstehen.« Graeme sprach genauso ruhig und herzlich wie zuvor. »Wir haben nichts zu verbergen. Aber in den heutigen Zeiten wäre es leichtsinnig, sich keinen Rechtsbeistand zu nehmen.«

»Aber Sie sind bereit, jetzt mit mir zu reden, auch wenn Gale nicht dabei ist?«

Graeme lächelte. »Archie ist gerade auf dem Rückweg aus Chicago. Er hat sich zähneknirschend einverstanden erklärt, dass wir die Fakten ohne ihn durchgehen.«

Zähneknirschend. Stride kannte Gale und wusste, dass das sicher noch untertrieben war. Aber er wollte sich die Chance nicht entgehen lassen. Es war vielleicht die letzte Gelegenheit, mit den Eltern zu reden, ohne dass ein Anwalt jedes Wort auf die Goldwaage legte.

Er zog ein Notizbuch aus der Gesäßtasche und schraubte seinen Füller auf. Gleich links von ihm stand ein Sekretär. Er zog sich den Drehstuhl heran und setzte sich. »Wann haben Sie Rachel zum letzten Mal gesehen?«, fragte er dann.

»Am Freitagmorgen, bevor sie zur Schule gegangen ist«, sagte Graeme.

»Ist sie mit dem Auto gefahren?«

»Ja. Der Wagen war weg, als ich abends nach Hause gekommen bin.«

»Aber Sie haben nicht mitbekommen, ob sie in der Nacht zurückgekommen ist?«

»Nein. Ich bin um zehn Uhr ins Bett gegangen, und ich habe einen sehr tiefen Schlaf. Ich habe absolut nichts gehört.«

»Was haben Sie am Samstag gemacht?«

»Ich war fast den ganzen Tag im Büro. Wie immer.«

»Waren Sie zu diesem Zeitpunkt zu Hause, Mrs Stoner?«

Emily hatte die ganze Zeit ins Feuer gestarrt und sah ihn jetzt erschrocken an. Sie trank einen großen Schluck Brandy, und Stride überlegte, wie viel sie wohl schon getrunken hatte. »Nein. Ich bin erst heute am frühen Nachmittag nach Hause gekommen.«

»Wo waren Sie?«

Sie brauchte einen Augenblick, um sich zu sammeln. »Auf dem Rückweg von St. Louis. Meine Schwester lebt seit ein paar Jahren dort. Ich bin schon am Samstagmorgen aufgebrochen, aber am Abend war ich zu müde, um noch die ganze Strecke zu fahren, darum bin ich über Nacht in Minneapolis geblieben und erst gegen Mittag wieder hier angekommen.«

»Haben Sie mit Rachel telefoniert, während Sie fort waren?«

Emily schüttelte den Kopf.

»Haben Sie überhaupt zu Hause angerufen?«

Sie zögerte kurz. »Nein.«

»Und wann haben Sie angefangen, sich Sorgen zu machen?«

»Als Emily wieder hier war«, antwortete Graeme. »Wir hatten immer noch nichts von Rachel gehört, also haben wir ihre Freunde angerufen. Aber niemand wusste, wo sie war.«

»Wen haben Sie angerufen?«

Graeme nannte ein paar Namen, und Stride schrieb sie in sein Notizbuch. »Außerdem haben wir ein paar Lehrer aus der Schule angerufen«, fügte Graeme hinzu. »Und in den Klubs und Restaurants, von denen ihre Freunde gesprochen haben. Aber keiner wusste etwas.«

»Hat sie einen Freund?«, fragte Stride.

Emily hob den Kopf und strich sich eine Haarsträhne aus dem Gesicht. Ihre Stimme klang müde. »Rachel verschleißt eine Menge Jungs. Die halten sich nie lange.«

»Ist sie sexuell aktiv?«

»Seit sie dreizehn ist bestimmt«, sagte Emily. »Ich habe sie einmal mit einem Jungen überrascht.«

»Aber es gibt niemand Festes?«

Emily schüttelte den Kopf.

»Haben Sie andere Verwandte gefragt? Leute, bei denen sie vielleicht unterkriechen würde?«

»Wir haben keine Verwandten in der Gegend. Meine Eltern sind beide tot, und Graeme ist nicht von hier. Es gibt nur uns beide.«

Stride schrieb in sein Notizbuch: *Wie sind die zwei zusammengekommen?* »Mrs Stoner, wie ist Ihr Verhältnis zu Ihrer Tochter?«

Emily schwieg einen Moment. »Wir haben uns nie sonderlich nahe gestanden. Als sie klein war, war sie eine richtige Vater-Tochter. Ich war immer nur die böse Hexe.«

Dayton Tenby runzelte die Stirn. »Das ist jetzt aber ungerecht, Emily.«

»So hat es sich eben angefühlt«, fauchte Emily. Sie verschüttete ein bisschen Brandy und rieb mit der Hand über ihren Pullover. »Nachdem ihr Vater tot war, hat Rachel sich noch weiter von mir entfernt. Als ich Graeme geheiratet habe, hatte ich die Hoffnung, wir könnten wieder eine Familie werden. Aber je älter sie wurde, desto schlimmer wurde es.«

»Wie ist es mit Ihnen, Mr Stoner?«, fragte Stride. »Wie war Ihr Verhältnis zu Rachel?«

Graeme zuckte die Achseln. »Anfangs, als Emily und ich geheiratet haben, kamen wir ganz gut miteinander aus. Aber wie Emily schon gesagt hat: Sie hat sich immer mehr zurückgezogen, je älter sie wurde. Inzwischen ist unser Verhältnis auch sehr unterkühlt.«

»Dabei haben wir uns so bemüht«, sagte Emily. »Graeme hat ihr letztes Jahr das Auto geschenkt. Vielleicht hat sie gedacht, wir versuchen, uns ihre Liebe zu erkaufen, und ich glaube fast, das haben wir auch getan. Aber es hat nichts genützt.«

»Hat sie jemals damit gedroht auszureißen?«

»Schon lange nicht mehr«, sagte Emily. »Das klingt jetzt bestimmt verrückt, aber ich hatte immer das Gefühl, dass sie glaubt, sie kann uns mehr Schaden zufügen, wenn sie hier bleibt und uns fertig macht. Das hat ihr eine grausame Befriedigung verschafft.«

»Hatte sie Selbstmordabsichten?«, fragte Stride.

»Aber nein. Rachel würde sich niemals umbringen.«

»Wie können Sie da so sicher sein?«, fragte Stride.

»Rachel liebt sich selbst viel zu sehr. Sie war immer vorlaut und selbstbewusst. Uns hat sie verachtet. Oder besser gesagt: mich.« Emily schüttelte den Kopf.

»Mr Stoner, ist irgendetwas vorgefallen, während Ihre Frau fort war? Eine Meinungsverschiedenheit, ein Streit, irgendetwas?«

»Nein, gar nichts. Sie hat mich ignoriert. Wie immer.«

»Hat sie davon gesprochen, dass sie jemanden kennengelernt hat?«

»Nein, aber ich glaube auch nicht, dass sie mir davon erzählt hätte, wenn das der Fall gewesen wäre.«

»Sind Ihnen unbekannte Wagen in der Auffahrt oder auf der Straße aufgefallen? Oder haben Sie sie mit jemandem gesehen, den Sie nicht kannten?«

Graeme schüttelte den Kopf.

»Wie ist Ihre persönliche Lebenssituation, Mr Stoner? Sie arbeiten für die Range Bank, ist das richtig?«

Graeme nickte. »Ich bin im Vorstand und Vizepräsident der Geschäftsstellen in Minnesota, Wisconsin, Iowa und North und South Dakota.«

»Wurden Sie in letzter Zeit privat oder bei der Arbeit bedroht? Haben Sie verdächtige Anrufe erhalten?«

»Nicht, dass ich wüsste.«

»Sie haben sich also nicht bedroht gefühlt?«

»Nein, absolut nicht.«

»Ist allgemein bekannt, was Sie bei der Bank verdienen?«

Graeme runzelte die Stirn. »Nun ja, das ist sicher kein Geheimnis. Ich muss der Finanzbehörde mein Einkommen offen legen, es gibt also Aufzeichnungen darüber. Aber es ist nicht so spektakulär, dass die Zeitungen darüber berichten würden.«

»Und Sie haben auch keine Nachrichten erhalten, die in irgendeiner Form darauf hinweisen würden, dass Rachel entführt wurde?«

»Nein, nichts dergleichen«, sagte Graeme.

Stride klappte sein Notizbuch zu. »Ich denke, das ist für den Augenblick alles. Natürlich werde ich im Lauf der Ermittlungen noch öfter mit Ihnen reden müssen. Und ich werde mich mit Mr Gale in Verbindung setzen.«

Emily öffnete den Mund und schloss ihn dann wieder. Sie wollte offensichtlich etwas sagen.

»Ja, Mrs Stoner?«, fragte Stride.

»Es ist nur ... nun ja, es gibt einen Grund, warum wir uns solche Sorgen machen. Darum habe ich auch darauf bestanden, dass Graeme Kyle anruft.«

»Kerry McGrath«, murmelte Dayton.

»Sie hat doch hier ganz in der Nähe gewohnt!«, rief Emily. »Und sie war auf derselben Schule.«

Stride wartete, bis Emily ihn wieder ansah, dann schaute er ihr so sanft wie nur möglich in die Augen. »Ich will Ihnen nichts vormachen. Natürlich werden wir nach Verbindungen zu Kerrys Verschwinden suchen. Es wäre fahrlässig, wenn wir das nicht tun würden. Aber nur, weil es oberflächliche Ähnlichkeiten gibt, heißt das noch lange nicht, dass Rachels Verschwinden etwas mit Kerry zu tun haben muss.«

Emily schniefte hörbar. Sie nickte, aber in ihren Augen glänzten Tränen.

»Wenn Sie Fragen haben, rufen Sie mich bitte jederzeit an«, sagte Stride. Er zog eine Geschäftskarte aus der Jackentasche und legte sie auf den Sekretär.

Dayton Tenby erhob sich von seinem Platz am Kamin und lächelte Stride an. »Darf ich Sie hinausbegleiten?«

Der Pfarrer führte Stride durch das Haus zur Eingangstür. Er war ein nervöser, weichlicher Mann.

Die teure Ausstattung des Stonerschen Haushalts schien ihn einzuschüchtern, und er trat so vorsichtig auf, als könnten seine abgetragenen braunen Halbschuhe schmutzige Spuren hinterlassen. Er war nicht besonders groß, etwa eins fünfundsiebzig, und hatte ein schmales Kinn, eng beieinanderstehende braune Knopfäuglein und eine spitze Nase. Stride schätzte ihn als ein Überbleibsel aus Emilys früherem Leben ein, aus der Epoche v. Gr. – vor Graeme.

Dayton rieb sich das Kinn und warf einen neugierigen Blick nach draußen, auf die Lichter und die vielen Menschen, die dort standen. »Sie sind wie die Aasgeier, nicht wahr?«, sinnierte er.

»Manchmal, ja. Aber sie können auch nützlich sein.«

»Das kann ich mir vorstellen. Ich weiß es zu schätzen, dass Sie heute hier waren, Lieutenant. Rachel ist ein kompliziertes junges Mädchen, und ich würde wirklich nicht wollen, dass ihr etwas zustößt.«

»Wie lange kennen Sie sie schon?«, fragte Stride.

»Von Kindheit an.«

Stride nickte. V. Gr., dachte er. »Und wann ist sie so schwierig geworden?«

Dayton seufzte. »Emily hat es ja bereits gesagt: nach dem Tod ihres Vaters. Rachel hat Tommy angebetet. Sie konnte den Verlust nicht verkraften, und ich denke, sie hat all ihren Zorn und ihre Trauer gegen ihre Mutter gerichtet.«

»Wie lange ist das jetzt her?«

Dayton spitzte die Lippen und starrte an die hohe Decke hinauf, während er nachdachte. »Ich glaube, Rachel war acht, als er starb, also muss es vor etwa neun Jahren gewesen sein.«

»Sagen Sie, Pater, was glauben Sie? Was ist passiert? Ist es möglich, dass Rachel allein fortgegangen ist? Dass sie ausgerissen ist?«

Dayton schien erfüllt von göttlicher Überzeugung. »Vielleicht ist das ja nur Wunschdenken, aber ich will Ihnen sagen, was ich glaube. Ich glaube, am Ende werden Sie feststellen, dass sie noch irgendwo da draußen ist und uns alle auslacht.«

4

Emily stürzte den letzten Schluck Brandy hinunter und erhob sich dann schwerfällig aus dem Lehnsessel. Als Dayton ins Zimmer zurückkam, hielt sie ihm ihr leeres Glas entgegen. »Ich brauch noch einen.«

Dayton nahm ihr das Glas aus der Hand und ging ins Wohnzimmer, um es wieder zu füllen. Emily sah ihm nach, dann sagte sie zu Graeme, ohne ihn dabei anzusehen: »Tut mir Leid, dass ich nicht angerufen habe.«

»Das macht doch nichts. Wie geht es Janie?«

»Gut«, sagte Emily. »Ich wollte eigentlich anrufen.«

»Ich habe doch gesagt, es macht nichts.«

Emily nickte. Sie fühlte sich innerlich leer. »Ich dachte, du bist vielleicht sauer.«

»Aber nein.«

»Hast du mich vermisst?«

Graeme wischte die Frage mit einer Geste fort, als wäre sie ein Stäubchen. »Wie kannst du so etwas Dummes fragen? Du weißt doch, dass ich mich ohne dich kaum zurechtfinde. Gestern wollte ich wandern gehen und konnte nicht mal meine Turnschuhe finden.«

»Deine Schuhe«, murmelte Emily und schüttelte den Kopf.

Dayton trat wieder ins Zimmer. In dem Glas, das er in der Hand hielt, schien weniger Brandy zu sein als beim letzten Mal. Emily nahm es und leerte es in einem Zug, ohne darauf zu achten, wie sehr der Alkohol in ihrer Kehle brannte. Dann gab sie Dayton das Glas zurück und wandte sich ab. Sie wischte sich die Augen, obwohl sie wusste, dass es schon zu spät war. Er hatte die Tränen bereits gesehen.

»Sie macht das, um mich zu strafen«, sagte sie. »Für sie ist das alles nur ein Spiel.«

»Vielleicht geht es dabei viel mehr um Tommy als um dich. Auch noch nach all den Jahren.«

»Tommy«, wiederholte sie verbittert.

»Er war ihr Vater, Emily«, sagte Dayton sanft. »Sie war acht Jahre alt. Ihr Vater war für sie unfehlbar.«

»Natürlich. Jeder liebte Tommy«, gab Emily zurück. »Und ich war immer nur die Böse. Kein Mensch hat je begriffen, was er uns angetan hat.«

»Ich schon«, sagte Dayton.

Emily griff nach seiner Hand. »Ja, ich weiß. Danke. Und danke, dass du heute hergekommen bist. Ich glaube, ohne dich hätte ich das nicht durchgestanden.«

Graeme stand auf. »Ich bringe Sie nach draußen, Dayton«, sagte er, und seine Stimme war eine Maske der Höflichkeit. »Ich sorge dafür, dass die Reporter Sie nicht belästigen.«

Dayton wirkte schmächtig neben dem größeren Mann, als sie gemeinsam die Veranda verließen. Emily sah ihnen nach, lauschte ihren Schritten, hörte das Lärmen der Menge draußen, als die Haustür geöffnet wurde, und dann die Grabesstille, nachdem die Tür wieder ins Schloss gefallen war.

Sie war allein.

Inzwischen fühlte sie sich sogar allein, wenn sie mit Graeme zusammen war.

Er sagte die richtigen Dinge, er behandelte sie gut und ließ ihr die Freiheit, ihr eigenes Leben zu führen. Aber er tat nicht einmal mehr so, als gäbe es noch Leidenschaft zwischen ihnen. Emily fragte sich, ob er überhaupt noch etwas für sie empfand. Sie hatte ihn absichtlich nicht aus St. Louis angerufen – sie hatte ihn ärgern wollen. Er sollte sie so vermissen, dass er von selbst anrief. Wenn er anrief, wenn er sie vermisste, sie anschrie, würde sie wenigstens wissen, dass er Gefühle hatte.

Aber er brauchte sie nicht. Nur, wenn er seine Schuhe nicht finden konnte.

Und dann war sie nach Hause gekommen, und Rachel war verschwunden gewesen. Seit Jahren schon hatte sie damit gerechnet, sich immer wieder gefragt, wann ihre Tochter ihr wohl einen Zettel hinlegen und einfach verschwinden würde. Manchmal hatte sie sich das sogar gewünscht, weil es allen Feindseligkeiten ein Ende gesetzt und ihr wieder ein friedlicheres Leben ermöglicht hätte. Aber sie hatte nie damit gerechnet, dass sie sich so leer fühlen würde, wenn es tatsächlich geschah. Jetzt konnte sie nur noch an all die vertanen Gelegenheiten denken, die die Kluft zwischen ihnen vergrößert hatten. Emily hatte sich längst damit abgefunden, dass Rachel nie begreifen würde, wie sehr ihre Mutter sie liebte, trotz all des Giftes, das sie seit Jahren in ihre Richtung schleuderte. Sie konnte nicht aufhören, Rachel zu lieben, selbst wenn sie es bewusst versuchte.

Jetzt war sie fort.

Und wenn sie gar nicht ausgerissen war? Wenn ihr dasselbe passiert war wie dem anderen Mädchen, das auf offener Straße entführt worden war?

»Wo bist du nur, Baby?«, sagte sie laut.

Dann hörte sie Geräusche aus der Diele. Die Tür ging auf, Graeme kam zurück. Sie wollte ihn nicht sehen. Sie konnte das alles nicht verkraften: die Entfremdung von Graeme, die Angst um Rachel. Rasch stand sie auf und floh durch die Küche zur Treppe. Sie hörte, dass Graeme wieder auf die Veranda trat, und stellte sich vor, wie er sich in dem leeren Raum umschaute und feststellte, dass sie nicht mehr da war. Sie glaubte nicht, dass er ihr folgen würde, und er tat es auch nicht. Sie hörte das leise Klappern der Tastatur – er hatte sich an den Schreibtisch gesetzt und am Computer zu arbeiten begonnen. Sie rannte die Treppe hinauf ins obere Stockwerk.

Sie konnte die Nacht nicht im Schlafzimmer verbringen. Aber er würde sie ja auch nicht vermissen.

Emily ging in Rachels Zimmer. Sie roch die Fremden, die dort gewesen waren, den Schweißgeruch der Polizisten, die früher am Abend Rachels Schreibtisch und Kommode durchwühlt hatten. Eigentlich war ihr das ganze Zimmer fremd, sie hatte es praktisch nie betreten, wenn Rachel zu Hause war. Es war die persönliche Festung ihrer Tochter, und vor allem Emily durfte nicht hinein.

Das Zimmer wirkte nahezu kahl. An den Wänden mit ihrer verblassten Schicht gelber Farbe hing kein einziges Poster. In einer Ecke türmte sich schmutzige Wäsche in einem weißen Korb und auf dem Boden daneben. Auf dem Schreibtisch lagen Schulbücher verstreut, einige aufgeschlagen, andere zugeklappt. Ein paar zerknitterte Notizzettel, die halb mit Rachels unleserlicher Schrift bedeckt waren, schauten zwischen den Seiten hervor. Nur das Bett war sorgfältig gemacht – es war der einzige Teil des Raumes, um den die Putzfrau sich kümmern durfte.

Emily legte sich auf das Bett, zog die Knie an die Brust und schlang die Arme darum. Sie betrachtete das Foto, das liebevoll auf dem Nachttisch ihrer Tochter platziert war und Rachel in den Armen ihres

Vaters zeigte. Dann streckte sie die Hand aus und drehte den Rahmen um, sodass sie es nicht mehr sehen musste.

Aber während sie weiter auf den Nachttisch starrte, wurde ihr klar, dass sie der Vergangenheit so leicht nicht entkommen konnte. Neben dem Radiowecker stand ein rosafarbenes Stoffschwein auf den Hinterbeinen. Es trug eine schwarze Plastiksonnenbrille. Ein Andenken vom Minnesota State Fair.

Neun Jahre waren vergangen, und es saß immer noch an Rachels Bett.

»Tommy«, seufzte Emily.

Tommy hob Rachel hoch, sodass sie auf seinen Schultern zu sitzen kam. Die Kleine, die jetzt alle anderen überragte, sperrte vor Begeisterung den Mund auf, als sie die vielen Menschen sah, die sich Schulter an Schulter von einer Seite der Straße zur anderen drängten. Zehntausende mussten es sein, eine verschwitzte, wogende Masse in der Hitze und Schwüle eines späten Abends Ende August.

»Klasse, Papa!«, jubelte Rachel.

»Hab ich's dir nicht gesagt?«, erwiderte Tommy. »Ist das nicht irre?« Er hob Rachel hoch in die Luft, wirbelte sie herum und stellte sie dann wieder auf den Boden.

»Gehen wir jetzt zu den großen Achterbahnen?«, rief Rachel.

Emily musste lachen. Sie hatte die Vermutung, dass Tommy gerade das gern vermieden hätte. Den ganzen Tag über hatte sie zugeschaut, wie ihr Mann und ihre Tochter sich auf dem Jahrmarkt vergnügt hatten. Tommy hatte alles Mögliche gegessen, ganze Portionen frittierter Quarkbällchen und Popcorn in sich hineingestopft und mit riesigen Plastikbechern voll eiskaltem Bier hinuntergespült. Außerdem hatte er Hotdogs in Maisteig, Schweinekoteletts, frittierte Zwiebeln, gegrillte Maiskolben mit Butter, gebratene Ravioli und tütenweise Mini-Donuts verzehrt. Die Karussellfahrten würden das alles in seinem Magen durcheinander wirbeln wie in einem Mixer. Aber Tommy konnte Rachel einfach nichts abschlagen.

Als sie bei den Karussells und Achterbahnen ankamen, sahen sie einen wahren Wirbelsturm aus Lichtern. Die Dunkelheit hatte den Jahrmarkt in ein Märchenland verwandelt: Unzählige Menschen kreischten durcheinander, und auf ihren Gesichtern spiegelten sich bunte Regenbogen von den Fahrgeschäften ringsum. Rachel wollte überall mitfahren. Es war ihr ganz egal, wie schnell oder wie hoch die Bahn fuhr und wie oft sie sich während der Fahrt überschlug, sodass ihr Haar senkrecht nach unten hing. Sie zerrte Tommy zum Feuerring, der sie immer wieder kopfüber und kopfunter im Kreis wirbelte, dann auf die Riesenschaukel, dann auf den Oktopus, den Riesenlooping und den Tornado. Es bereitete Emily heimliche Genugtuung zu sehen, dass Tommy grün im Gesicht war.

Sie brauchten fast zwei Stunden, um erst eine und dann eine weitere Reihe Fahrgeschäfte abzuklappern. Dann kamen sie an einer Wurfbude vorbei, vor der ein zwielichtiger Marktschreier im Teufelskostüm stand. An seinem roten Anzug trug er einen Button mit der Aufschrift: »Willkommen in der Hölle«. Mit einem Grinsen, das zwei schokoladenbraune Schneidezähne freilegte, forderte er Tommy auf, sein Glück zu versuchen.

»Treffen Sie drei Teller, und holen Sie sich den großen Preis«, sagte er.

»Was ist denn der große Preis?«, fragte Rachel.

Der Teufel deutete auf einen riesigen Plüschbären, dick und weich und fast genauso groß wie Rachel.

Das kleine Mädchen riss die Augen auf und zog Tommy dann mit sehnsüchtigem Blick am Ärmel. »Gewinnst du mir den, Papa?«

»Na klar.«

Der Teufel reichte Tommy drei Bälle. Tommy nahm zwei davon in die rechte Hand und holte dann mit der linken zum Wurf aus.

»Du hast zu viel getrunken, Tommy«, mahnte Emily. »Und du siehst nicht besonders gut aus.«

Tommy schmetterte den ersten Ball mitten hinein in einen Keramikteller. Der Teller zersprang, die Scherben fielen auf den Boden der Bude, und der Ball prallte mit einem Knall gegen die Aluminiumwand.

»Du hast es geschafft, Papa! Du hast es geschafft!«

Tommy grinste. Er warf den zweiten Ball, und ein zweiter Teller zersprang mit lautem Krachen.

»Noch einen, Papa, dann hast du gewonnen!«, juchzte Rachel.

»Räum diesem Bären schon mal einen Platz auf dem Bett frei, Kleines«, sagte Tommy.

Er machte sich für den letzten Wurf bereit und holte mit seinem fleischigen Arm aus. Die Menge, die sich bereits hinter ihnen angesammelt hatte, erstarrte in Erwartung eines weiteren Krachens und eines weiteren Tellers, der in tausend Stücke zerspringen würde.

Doch stattdessen ließ Tommy den Ball fallen, und er prallte auf der Theke ab und landete mit einem dumpfen Schlag auf dem Boden. Der Teufel lachte, und die Leute, die um die Bude herumstanden, stöhnten enttäuscht auf. Tommys Knie schienen unter ihm nachzugeben, er schrie auf und hielt sich den linken Arm. Er war rot im Gesicht, und seine Züge verzerrten sich.

Emily sagte das Erste, das ihr in den Sinn kam, und bereute es sofort. »Verdammt noch mal, Tommy, du hast seit Jahren keinen Ball mehr in der Hand gehabt. Was wolltest du denn damit beweisen?«

Rachel warf ihrer Mutter einen wütenden Blick zu. Tommy biss sich so fest auf die Unterlippe, dass ihm ein Tropfen Blut übers Kinn rann. Rachel wischte ihn mit der Hand ab.

»Tut mir Leid, Süße«, sagte Tommy zu ihr.

Der Budenbesitzer kicherte immer noch und machte Tommy dann ein Zeichen. »Vergessen Sie Ihren Preis nicht.« Er hielt ein kleines Plüschschwein mit einer schwarzen Sonnenbrille in die Höhe und warf es ihm zu.

Tommy war es sichtlich peinlich, als er es Rachel reichte, aber sie hielt das Schwein im Arm, als wäre es viel besser als der große Preis. »Es ist toll, Papa«, sagte sie, und als er sich zu ihr herunterbeugte, gab sie ihm einen raschen Kuss auf den Mund.

Emily fühlte sich, als hätte ihr jemand ein Messer ins Herz gerammt. Sie war eifersüchtig und hasste sich selbst dafür.

»Ich glaube, wir gehen jetzt besser«, sagte sie.

Aber Rachel hatte andere Pläne. Als sie sich von der Bude entfernten, ragte plötzlich ein Fahrgeschäft vor ihnen auf, das sich »Schleudersitz« nannte. Eine runde Gondel mit zwei kreischenden Leuten darin wurde wie ein Stein aus einer Schleuder in die Höhe katapultiert. In der Gondel war ein Mikrofon angebracht, sodass man das hysterische Geschrei auf dem ganzen Jahrmarkt hören konnte.

»Wow«, flüsterte Rachel tonlos. »Kann ich da auch mitfahren?«

»Das ist jetzt keine gute Idee, Rachel«, mischte sich Emily ein. »Dein Vater fühlt sich nicht wohl, und du bist noch viel zu klein für so was.«

»Ich finde nicht, dass du zu klein bist«, sagte Tommy. »Und ich fühle mich fantastisch.«

»Mach dich nicht lächerlich, Tommy«, protestierte Emily.

Tommy zwinkerte seiner Tochter zu. »Was sagen wir denn dazu, Rachel?«

Rachel drehte sich zu ihrer Mutter um und trällerte mit ihrer kindlichsten Stimme: »Alte Schlampe, alte Schlampe!«

Emily war fassungslos. Sie fasste Tommy am Arm und zischte ihm ins Ohr. »Hast du ihr beigebracht, das zu mir zu sagen? Bist du noch ganz bei Trost?«

»Mein Gott, Emily, das ist doch nur ein Witz.«

»Gut, dann macht eure beschissene Fahrt eben«, fauchte Emily und verabscheute sich sofort dafür, dass sie sich immer wieder von Tommy provozieren ließ.

Er tat schockiert. »Da hat Mami jetzt aber ein schlimmes Wort gesagt.«

Rachel griff triumphierend nach seiner Hand. Sie gingen auf den »Schleudersitz« zu, doch dann drehte die Kleine sich noch einmal um. Mit lauter Stimme, als wäre es ein besonders lustiger Witz, rief sie: »Leck mich, Mami.«

Emily machte ein paar Schritte auf sie zu und holte bereits mit der Hand aus. Am liebsten hätte sie ihre Tochter ins Gesicht geschlagen. Aber dann blieb sie unvermittelt stehen und brach in Tränen aus. Sie sah den beiden nach, wie sie davongingen und sie keines Blickes mehr würdigten, obwohl sie weinte und die Leute, die vorbeigingen, sie anstarrten. Emily wischte sich die Tränen von den Wangen und drängte sich dann durch die Menge dorthin, wo die Zuschauer neben dem Schleudersitz standen. Sie würde einfach weitermachen wie bisher. Sie würde ihnen zujubeln, ihrem Mann, der sie behandelte wie den letzten Dreck, und ihrer Tochter, der er beigebracht hatte, sie zu hassen.

Als Tommy und Rachel im Schleudersitz festgeschnallt worden waren, wurden sie von einem Scheinwerfer angestrahlt, und Emily sah ihre Gesichter ganz deutlich.

Rachel strahlte und zeigte keine Spur von Angst. Aber Tommy war bleich. Sein Gesicht war kalkweiß, und auf der Stirn sammelten sich Schweißtropfen.

Und plötzlich wusste Emily mit entsetzlicher Klarheit, dass Tommys Zustand absolut nichts mit dem Jahrmarkt zu tun hatte und auch nichts mit einer Muskelzerrung – dafür aber umso mehr mit seinem Vater, der mit siebenunddreißig gestorben war, und seinem Großvater, der nur dreißig Jahre alt gewesen war, als man ihn beerdigte.

Verlang nicht von mir, dass ich erwachsen werde, Emily. *Das hatte er einmal zu ihr gesagt, in einem der seltenen Momente, als er nüchtern war.*

»Stopp!«, schrie Emily. Doch niemand hörte sie.

Die vielen Reize des Jahrmarkts zerflossen ineinander. Die lauten Stimmen und die Musik dröhnten ihr im Kopf, die Lichter begannen, um sie herumzuwirbeln. Sie roch verbranntes Schmierfett und glaubte, an dem Gestank ersticken zu müssen.

»Er hat einen Herzanfall!«, schrie sie, so laut sie konnte.

Die Umstehenden lachten. Sie hielten es für einen Witz, fanden es lustig.

Ping. Die Schleuder ging los, und die runde Gondel schoss pfeilschnell in die Höhe. Der Turm schwankte und knarzte, und das Mikrofon im Innern der Gondel übertrug Rachels freudiges Quietschen. Sie schien eine fast sexuelle Erregung dabei zu empfinden, so schwerelos durch die Luft geschleudert zu werden. Glucksendes Lachen perlte aus ihr heraus und ergoss sich über die Menge.

Tommy gab keinen Ton von sich.

Immer wieder schoss die Gondel nach oben und nach unten, hüpfte und sprang wie ein Stehaufmännchen, dreißig Sekunden lang, die eine Ewigkeit zu dauern schienen. Dann hörte Emily ein Murmeln in der Menge um sie herum. Ein paar Leute deuteten nach oben. Rachels Freudenschreie verklangen.

»Papa?«

Emily sah ihren Mann jetzt ganz deutlich. Sein Kopf baumelte zur Seite, die Augen waren verdreht, sodass man nur noch das Weiße sah, und die Zunge hing ihm schlaff aus dem Mund. Rachel sah es ebenfalls und schrie laut auf.

»Papa? Wach doch auf, Papa!«

Emily kletterte über den Zaun, der die Zuschauerplattform vom Schleudersitz trennte. Inzwischen war es den Jahrmarktsmitarbeitern gelungen, die Gondel abzufangen und zurück auf den Boden zu holen. Als Emily näher kam, sah sie, wie sie Rachel die Sicherheitsgurte abnahmen. Sie klammerte sich an ihren Vater und schluchzte hysterisch. Die Männer nahmen auch Tommy die Sicherheitsgurte ab, doch er glitt aus der Gondel und sank auf dem Boden in sich zusammen, während Rachel sich immer noch an ihn klammerte und seinen Namen rief.

Emily hatte in diesem Augenblick gewusst, dass ihr Leben an einem Wendepunkt angelangt war. Ein Teil von ihr hatte insgeheim gehofft, dass nun alles besser werden würde. Es war in vielerlei Hinsicht leichter, mit dem toten Tommy zu leben als mit dem lebendigen. Sie war ohnehin immer diejenige gewesen, die gearbeitet und die Rechnungen bezahlt hatte. In den nächsten Jahren hatte sie damit begonnen, nach und nach die Schulden abzutragen.

Doch für ihre Tochter war Tommy nicht tot. In Rachels Erinnerung lebte er weiter.

Es hatte schon am nächsten Tag angefangen, als sie in wortloser Trauer vom Jahrmarkt zurück nach Duluth gefahren waren. Die Tränen auf Rachels Wangen waren getrocknet und überraschend schnell der Boshaftigkeit gewichen. Irgendwo auf dem Highway hatte die Kleine ihren kalten Blick auf Emily gerichtet und mit fürchterlicher Leidenschaftlichkeit gesagt: »Du hast das getan.«

Emily hatte versucht, es ihr zu erklären. Sie hatte Rachel von Tommys schwachem Herzen erzählt, aber Rachel hatte nichts davon hören wollen.

»Papa hat immer gesagt, wenn er stirbt, hast du ihn umgebracht«, verkündete sie.

Und damit hatte der Krieg begonnen.

Jetzt lag Emily in Rachels Bett und hielt das alberne Plüschschwein in der Hand.

»Ach, Liebling«, murmelte sie. »Was habe ich nur getan, dass du mich so hasst? Wie kann ich das alles je wieder gutmachen?«

5

Stride wohnte in Park Point, dem Viertel, das sich wie ein krummer Finger zwischen die südliche Spitze des Sees und die beiden ruhigeren Hafenbecken von Duluth und Superior bohrte. Der Point war eine Halbinsel und gerade so breit, dass zu beiden Seiten der Straße je eine Reihe Häuser Platz hatte. Es gab nur einen Zugang, die Hebebrücke über den Kanal, und deshalb waren alle Anwohner gezwungen, ihr Leben nach den Ankunfts- und Abfahrtszeiten der Eisenerzschiffe auszurichten.

Stride hatte keinen Gedanken an die Brücke verschwendet, als er um vier Uhr morgens wie ferngesteuert in Richtung Point fuhr. Er konnte kaum noch die Augen offen halten, und anfangs kam ihm die durchdringende Warnglocke wie eine Sinnestäuschung vor. Er drehte die Sara-Evans-Kassette leiser und lauschte. Als ihm schließlich klar wurde, dass die Brücke tatsächlich hochgezogen wurde, trat er aufs Gas. Aber es war längst zu spät. Entnervt hielt er direkt vor dem Schutzgeländer, stellte den Motor ab und fragte sich, wie lange er jetzt wohl hier festsitzen würde.

Er stieg aus dem Wagen, stützte sich auf die Tür und spürte, wie die kalte Luft ihn einhüllte. Dann griff er nach drinnen, in den Tassenhalter, zog ein neues Päckchen Zigaretten hervor und zündete sich eine an. So viel zum Thema Willenskraft. Aber das war ihm auch egal. Rauchen, erschöpft dastehen und zuhören, wie die ächzenden Stahlträger der Brücke über ihm nach oben gezogen wurden: Das war sein Leben. So war es bereits seit einem Jahr, seit ihm der Krebs Cindy geraubt hatte. Die Stadt, die immer sein Zuhause gewesen war und die er niemals verlassen wollte, hatte sich für ihn verändert. Sie war düsterer und bedrohlicher geworden. Vertraute Dinge wie die riesige Hebebrücke und der Geruch des Sees waren jetzt nur noch mit Erinnerungen überfrachtet.

In seiner Jugend war Duluth eine Stadt mit einem einzigen Industriezweig gewesen, die nördliche Hauptstadt des Bundesstaates, der aus gutem Grund als »Eisenerzgürtel«, »Iron Range«, bezeichnet wurde. Eine Stadt, die Unmengen von Takonit in die Bäuche riesiger Schiffe füllte, die dann tief ins Wasser sanken und sich ihren Weg durch die breiten Wasserstraßen des Lake Superior Richtung Nordosten bahnten. Eine harte, erbarmungslose Stadt, in der kräftige Bergarbeiter lebten und Seemänner, wie sein Vater.

Stride konnte sich nicht erinnern, dass das Leben damals besonders gut gewesen war, aber Duluth war noch eine Kleinstadt gewesen und die Leute hatten die Höhen und Tiefen der Eisenerzproduktion gemeinsam durchlebt, gute und schlechte Jahre verbracht, gemeinsam gearbeitet, gemeinsam gestreikt. Neun Monate im Jahr, bis der See zugefroren war, bestimmte die Erzindustrie den Lebensrhythmus der Stadt. Züge kamen und fuhren davon, Schiffe kamen und fuhren davon. Die Brücke hob sich und senkte sich wieder. Der Rohstoff des Stahls, der überall auf der Welt zu Wolkenkratzern, Autos und Waffen verarbeitet wurde, hatte seinen Ursprung im lehmigen Boden des nördlichen Minnesota und trat von dort aus in den gewaltigen Schiffen seine Reise auf dem Seeweg an.

Doch dann hatte die Takonitindustrie wegen der Konkurrenz aus Übersee geschwächelt und mit ihr auch das Glück der Stadt Duluth. Das Eisenerz genügte nicht mehr, um den Lebensunterhalt zu decken. Da betrachteten die weisen Herren der Stadtverwaltung die Lage der Stadt am See und sprachen: Es sollen Touristen kommen. So war die Eisenerzindustrie selbst zur Touristenattraktion geworden, die jedes Mal, wenn ein Schiff den Kanal durchquerte, Schaulustige an die Brücke zog.

Jetzt allerdings, mitten in der Nacht, war niemand da. Stride stand allein am Geländer, nahm lange Züge von seiner Zigarette und sah zu, wie der rostrote Schiffskörper unter der Brücke hindurchkroch. An Deck des Schiffes sah er einen Mann stehen, der ebenfalls allein war und ebenfalls rauchte. Er war schwer auszumachen, kaum mehr als ein Umriss in der Dunkelheit. Der Mann hob beiläufig die Hand zum Gruß, und Stride winkte zurück. Er selbst hätte dieser Mann sein können, wenn sein Leben so verlaufen wäre, wie er es sich als Junge vorgestellt hatte.

Als die Brücke wieder heruntergelassen wurde, stieg er in seinen Bronco. Er hörte das Heulen der Stahlträger unter den Reifen, als er zum Point hinüberfuhr, und sah den Lichtern des Schiffes nach, das jetzt auf den See hinaussteuerte. Ein Teil von ihm fuhr mit. So war es jedes Mal, wenn er ein Schiff davonfahren sah – einer der Gründe, warum er nirgendwo anders leben wollte.

Die Bewohner des Point waren ein zähes Völkchen, die Touristen, Stürmen, Unwettern, Schnee und Eis trotzten, um dafür das Privileg der wenigen idyllischen Sommertage zu genießen, an denen kein Mensch auf Erden an einem besseren Ort wohnte als sie. Sie teilten sich ein Stückchen Strand, das jedes Jahr ein paar Zentimeter kleiner wurde. Pampasgras und alte Bäume trennten das Sandstück von den Gärten der Häuser. An Sonntagen im Juli schleppte Stride oft einen Liegestuhl an den Pampasgrasbüschen vorbei, stellte ihn am Strand auf und saß dann stundenlang da und schaute den vorbeifahrenden Segelbooten und Lastkähnen zu.

Die meisten Häuser am Point – mit Ausnahme der wenigen, die von reichen Städtern abgerissen und neu gebaut worden waren – waren alt und baufällig und den Elementen schutzlos ausgeliefert. Stride strich sein Haus jedes Frühjahr, mit irgendeiner Farbe, die gerade im Angebot war. Doch länger als bis zum nächsten Winter hielt der Anstrich nie.

Sein Haus lag etwa einen halben Kilometer von der Brücke entfernt. Es war knapp neun Meter breit und quadratisch, und die Eingangstür mit den beiden Stufen davor befand sich genau in der Mitte. Rechts von der Tür lag das Wohnzimmer, dessen Fenster nach vorne hinausging. Auf der linken Seite des Hauses befand sich eine Garage mit einem Stellplatz, zu der ein kleiner, sandbestreuter Weg hinführte, der gerade noch als Zufahrt durchging.

Stride drehte den Schlüssel im Schloss und öffnete dann mit der Schulter die Tür. Er ließ sie hinter sich zufallen, blieb im Flur stehen und lehnte sich mit geschlossenen Augen an die Tür.

Er roch den modrigen Geruch von altem Holz und den anhaltend fischigen Geruch der Eismeerkrabben, die er sich zwei Tage zuvor zum Abendessen gemacht hatte. Aber das war noch nicht alles. Obwohl sie schon ein Jahr tot war, nahm er im Haus immer noch Cindys Duft wahr. Vielleicht lag es nur daran, dass er diesen Hauch von Parfüm und blumiger Seife fünfzehn Jahre lang gerochen hatte und sich so gut daran erinnerte, dass seine Fantasie ihn ihm vorgaukelte. Anfangs hatte er den Duft aus dem Haus beseitigen wollen, hatte sämtliche Fenster aufgerissen, um die Seeluft hereinzulassen. Doch dann, als der Geruch langsam nachzulassen begann, hatte er Angst bekommen und tagelang alle Türen und Fenster verschlossen gehalten, weil er fürchtete, ihn ganz zu verlieren.

Jetzt taumelte er erschöpft vom Flur ins Schlafzimmer und leerte den Inhalt seiner Taschen auf den Nachttisch. Er zog die Jacke aus und ließ sie auf den Boden fallen, dann sank er auf sein ungemachtes Bett. Seine Füße schmerzten, und er wusste nicht mehr genau, ob er die Schuhe ausgezogen hatte. Aber das war egal.

Er schloss die Augen, und da war sie wieder, wie er es schon erwartet hatte. In den letzten Wochen hatten die Träume nachgelassen, aber heute Nacht war er sich ganz sicher, von neuem gequält zu werden.

Er war auf einer Landstraße, mitten in der Einöde. Birken erstreckten sich kilometerweit zu beiden

Seiten der verlassenen Straße. Auf der anderen Seite der asphaltierten Fläche, die in der Mitte von einer gelben Linie geteilt wurde, stand Kerry McGrath und strahlte ihn mit ihrem fröhlichen, unbeschwerten Lächeln an. Auf ihrem Gesicht glänzte Schweiß. Sie war gelaufen, und ihre Brust hob und senkte sich, während sie tief ein- und ausatmete.

Sie winkte ihm zu und bedeutete ihm, zu ihr auf die andere Straßenseite zu kommen.

»Cindy«, rief er.

Das Lächeln verschwand von Kerrys Gesicht. Sie drehte sich um und lief zwischen den Bäumen hindurch davon. Er versuchte, ihr zu folgen, rannte den Abhang am Rand der Straße hinunter und in den Wald hinein. Seine Beine waren schwer wie Blei, und seine linke Hand ebenfalls. Als er hinschaute, sah er, dass er eine Pistole darin hielt.

Von irgendwoher erklang ein Schrei.

Er stolperte den Weg entlang und wischte sich den Schweiß aus den Augen. Oder war es Regen? Wasser schien durch das Laub zu dringen, ließ den Weg matschig werden und durchnässte Strides Haar. Weiter vorn fiel ein Schatten auf den Pfad – etwas Großes, Bedrohliches.

Er rief noch einmal nach Kerry: »Cindy!«

Durch das Gewirr von Bäumen sah er eine Gestalt, die stehen geblieben war und auf ihn wartete.

Doch es war nicht Kerry.

Rachel stand dort, und sie war nackt. Sie trat ihm auf dem Pfad entgegen, die Arme in die Luft gereckt und an zwei Birkenstämme gestützt, die Beine wie zufällig gespreizt. Der Regen prasselte auf ihren Körper nieder, tropfte von ihren Brüsten und rann in silbrigen Bächen über den Bauch bis zu der Spalte zwischen ihren Beinen.

»Du wirst mich niemals finden«, rief sie ihm zu.

Dann drehte sie sich um und lief davon, und der Wald verschlang sie. Stride sah, wie sie davonglitt. Sie war wunderschön, und er sah ihr nach, während sie immer kleiner wurde, sich immer weiter entfernte. Dann fiel noch einmal, wie zuvor, der bedrohliche Schatten auf den Pfad und war gleich darauf wieder verschwunden.

Er hob die Pistole und rief nach Rachel: »Cindy!«

Schließlich kam er auf eine kleine Lichtung, wo der Boden sich feucht und moosig unter den Füßen anfühlte. Ein Bach bewegte sich gurgelnd auf den See zu, doch das Wasser, das über die Steine plätscherte, war leuchtend rot. Das Knacken und Rascheln zwischen den Bäumen wurde immer lauter, fast ohrenbetäubend. Es dröhnte ihm im Kopf. Der Regen ging jetzt in Strömen nieder, und er war nass bis auf die Haut.

Dann sah er Rachel auf der anderen Seite der Lichtung. »Du wirst mich niemals finden«, rief sie noch einmal.

Und während er das verschwommene Bild am anderen Ende des Baches betrachtete, erkannte er, dass es gar nicht Rachel war.

Es war Cindy. Sie streckte ihm beide Arme entgegen.

Und da war auch der Schatten wieder, er näherte sich hinter ihr. Ein Monster.

»Das schaffst du doch nie«, sagte sie.

Stride lag ausgestreckt auf dem Bett, den Kopf im Kissen vergraben. Er döste nur noch und begann langsam, seine Umgebung wieder wahrzunehmen. Von irgendwo hörte er Papier rascheln, und er roch Kaffeeduft.

Vorsichtig machte er ein Auge auf. Ein Stück entfernt saß Maggie Bei in seinem Ledersessel. Sie hatte die kurzen Beine hochgelegt, hielt einen angebissenen Cruller in der einen und einen von Strides angestoßenen Keramikbechern in der anderen Hand. Sie hatte die Vorhänge gerade so weit aufgezogen, dass hinter ihr der frühmorgendliche See sichtbar wurde.

»Deine Kaffeekanne stinkt«, teilte sie ihm mit. »Die muss mindestens zehn Jahre alt sein.«

»Fünfzehn«, sagte Stride. Er blinzelte ein paar Mal, rührte sich aber nicht. »Wie spät ist es denn?«

»Sechs Uhr morgens.«

»Immer noch Montag?«

»Ich fürchte ja.«

Stride stöhnte. Er hatte ganze anderthalb Stunden geschlafen. Und Maggie, die immer noch dieselbe Jeans und dieselbe weinrote Lederjacke trug wie am Abend zuvor, hatte offensichtlich überhaupt nicht geschlafen.

»Bin ich nackt?«, erkundigte er sich.

Maggie grinste. »Klar. Netter Hintern.«

Stride hob den Kopf vom Kissen und warf einen Blick über die Schulter. Auch er trug noch dieselben Kleider wie am Abend zuvor. »Ich hoffe, der Kaffee reicht für zwei.«

Maggie deutete auf seinen Nachttisch, wo ein klassischer Schokoladendonut auf einer Papierserviette lag. Daneben stand ein dampfender Becher Kaffee. Stride biss in den Donut und trank einen Schluck Kaffee. Er fuhr sich mit den Fingern durch das zerzauste Haar, aß den Donut mit zwei weiteren Bissen auf und knöpfte sich dann das Hemd auf. Als er den Gürtel aus der Jeans zog, bemerkte er: »Jetzt wird's unangenehm.«

»Als ob ich das nicht wüsste«, erwiderte Maggie und aß ungerührt weiter.

»Das hättest du wohl gern.«

Trotz seiner Witzeleien wusste Stride, dass er sich auf gefährlichem Terrain befand. Maggie und er waren seit sieben Jahren Partner. Sie war aus China emigriert und hatte es ihrer lautstarken Teilnahme an politischen Kundgebungen während ihres Studiums an der University of Minnesota zu verdanken, dass sie nicht mehr in ihre Heimat zurückkehren konnte. Nachdem Stride sie direkt von der Universität eingestellt hatte, hatte sie sich als gelehrige Schülerin erwiesen. Nach nicht mal einem Jahr kannte sie das Gesetz fast besser als er, und sie hatte ihren hervorragenden Instinkt unter Beweis gestellt, weil ihr sowohl an Tatorten als auch bei Verdächtigen Dinge aufgefallen waren, die die meisten anderen Beamten übersehen hätten. Seitdem war sie Strides ständige Begleiterin.

Und je länger sie zusammenarbeiteten, desto mehr blühte Maggie auf. Sie wurde witziger, frecher und lernte, über sich selbst zu lachen. Ihr Gesicht wurde ausdrucksvoller und war keine ernste Maske mehr. Sie sprach Englisch ohne jeden Akzent und würzte ihre Ausdrucksweise mit einer gesunden Portion Sarkasmus und Kraftausdrücken.

Und sie hatte sich in Stride verliebt.

Cindy hatte ihn darauf aufmerksam gemacht. Sie hatte Maggies Gefühle für ihn sofort erkannt und ihn gewarnt, sich in Acht zu nehmen, denn Maggies Herz sei so zerbrechlich wie chinesisches Porzellan.

Nach Cindys Tod hatte Maggie ihren ersten und einzigen Annäherungsversuch unternommen. Vor sechs Monaten, als Strides Einsamkeit ihren Höhepunkt erreicht hatte, war sie an einem kühlen Frühlingsmorgen in sein Haus gekommen und zu ihm ins Bett gekrochen. Als er aufgewacht war, hatte er so viel Liebe in ihren Augen gesehen, wie er es nie zuvor erlebt hatte. Und er war in Versuchung geraten, denn er hatte sich so nach jemandem gesehnt, und Maggie war warm und willig.

Aber dann hatte er sich an Cindys Warnung erinnert und an das zerbrechliche chinesische Porzellan gedacht, und er hatte Nein gesagt. Erst letzten Monat hatte Maggie ihm dafür gedankt. Sie hatte gesagt, er habe Recht gehabt. Es hätte nur ihre Freundschaft zerstört, und eine Beziehung zwischen ihnen hätte ohnehin nicht funktionieren können. Er fragte sich, ob sie das wirklich glaubte.

»Wie war das Gespräch mit den Stoners?«, fragte Maggie.

Stride ging ins Badezimmer, zog sich ganz aus und stellte sich unter die Dusche. Er schlotterte, während das kalte Wasser langsam wärmer wurde. Durch das Rauschen hindurch rief er nach draußen: »Die Mutter sagt, sie hält Selbstmord für ausgeschlossen. Was meinst du dazu?«

»Mütter halten Selbstmord immer für ausgeschlossen«, sagte Maggie. »Aber ich glaube, wenn die Kleine Schluss machen wollte, hätte sie das bestimmt vor aller Augen getan und dafür gesorgt, dass möglichst viel Blut auf den schönen weißen Teppich tropft.«

Stride grinste. Maggie schätzte Rachel schon ganz richtig ein. Dieses Mädchen würde sich bestimmt nicht zurückziehen, um zu sterben.

»Was ist mit Mama und Stiefpapa?«, fragte Maggie ihn. »Du kennst ja die Regel. Immer zuerst die Familie.«

»Sie wollen sich freiwillig einem Lügendetektortest unterziehen«, sagte Stride. »Aber wir müssen die Fragen zuerst Seiner Heiligkeit Archie Gale vorlegen.«

Er hörte, wie Maggie Würgegeräusche von sich gab. »O Mann, ich hasse reiche Eltern. Immer erst den Anwalt anrufen und dann die Polizei.«

Stride griff nach einem Handtuch, trocknete sich die nassen Haare und den Körper. Dann schlang er es locker um die Taille und ging ins Schlafzimmer zurück. »Wir müssen vorsichtig sein«, sagte er. »Du solltest beide überprüfen, aber ganz diskret. Graeme hat sehr deutlich darauf hingewiesen, dass er K-2 kennt.«

»Ja, das hat er mir auch erzählt. Er trifft ihn jede Woche beim Handball. Ich kann mir gar nicht vorstellen, dass K-2 Handball spielt. Zumindest nicht auf einem normal großen Spielfeld.«

Stride lachte. K-2 – der stellvertretende Polizeichef Kyle Kinnick – war kaum größer als Maggie, und selbst der Bürgermeister bezeichnete ihn manchmal als Gnom.

»Wir hatten übrigens Glück mit den Überwachungskameras«, fügte Maggie hinzu. »Kurz nach zehn ist ihr Wagen vorbeigefahren.«

»Eins zu null für Kevin. War sie allein?«

»Zumindest sieht man sonst niemanden im Auto.«

Stride zog eine beigefarbene Dockers an, knöpfte sein weißes Hemd zu und streifte ein dunkelblaues Sportsakko über. »Komm mit, ich brauche noch mehr Kaffee«, sagte er.

Maggie folgte ihm in die Küche. Stride machte das Fenster auf. Die Morgenluft roch nach Frost, und er spürte die Kälte wie Nadelstiche an seinem feuchten Nacken.

»Musst du unbedingt das Fenster aufmachen, wenn es eiskalt draußen ist?«, beschwerte sich Maggie bibbernd.

Stride schenkte Kaffee ein und setzte sich dann an den rustikalen Küchentisch. Er sah, wie Maggie einen Blick auf die Spüle warf, die halb voll mit schmutzigem Geschirr war. Dann schob sie einen Stapel Zeitungen und die Werbepost, die sich in den letzten drei Tagen angesammelt hatte, beiseite, um ein kleines Stück Tisch für ihren Becher frei zu räumen.

»Lebst du eigentlich immer so?«, fragte sie.
Stride zuckte die Achseln. »Warum?«
»Ach, nur so«, sagte Maggie.
»Machen wir weiter«, sagte Stride. »Wir können davon ausgehen, dass sie bis nach Hause gekommen ist, nachdem wir die Aufnahme haben, die sie auf dem Weg dorthin zeigt, und nachdem ihr Auto da ist, wo es sein soll.«
»An dem Auto hat sich nichts Verdächtiges gefunden. Wir nehmen noch Fingerabdrücke, aber ich erwarte mir da nicht viel.«
»Die nächste Frage ist: Ist sie ins Haus gegangen? Was ist mit ihrem Zimmer?«
Maggie schüttelte den Kopf. »Wir wissen, was sie am fraglichen Abend anhatte. In ihrem Zimmer waren keine Kleider, auf die die Beschreibung passen würde. Wir haben Emily gefragt, ob irgendwas fehlt, sie konnte uns allerdings nicht wirklich weiterhelfen. Aber der Schrank war voller Klamotten, und Rachel hat massenweise persönliche Dinge im Schreibtisch aufbewahrt. Wenn sie freiwillig gegangen ist, hatte sie nicht viel Gepäck dabei. Und Joggingsachen hatte sie auch keine an … anders als Kerry.«
»Vielleicht ein Tagebuch?«, fragte Stride. »Wunschtraum, oder?«
»Wunschtraum«, bestätigte Maggie. »Ich habe mir ihren Computer angeschaut. Kaum persönliche Dateien. Ich habe auch den Internetbrowser aufgemacht, um zu sehen, ob sie vielleicht mit irgendeinem Psychopathen im Internet gechattet hat. Aber in ihren E-Mails geht es immer nur um die Schule, und sie hatte auch keine komischen Websites in den ›Favoriten‹. Die Spurensicherung geht noch mal drüber, für den Fall, dass sich irgendwas wieder herstellen lässt.«
»Was ist mit den Nachbarn?«

»Ein paar haben an dem Abend Leute auf der Straße gesehen, aber es war ja dunkel. Kaum einer hat ein Gesicht erkannt. Zwei, drei Leute haben junge Mädchen draußen vorbeigehen sehen, aber Rachels Beschreibung passt auf niemanden. Wir haben eine Aussage über einen unbekannten Wagen, der an dem Abend etwa vier Blocks weiter geparkt hat. Aber der Zeuge kann sich an kaum etwas erinnern: dunkle Farbe, blau oder schwarz vielleicht, viertürige Limousine, eventuell mit auswärtigem Nummernschild. Wir haben daraufhin Anwohner aus den Häusern in der Nähe des Autos befragt. Es gehört niemandem, und es hatte auch niemand auswärtigen Besuch.«

»Interessant«, sagte Stride. »Wenn nicht ständig ein paar tausend Touristen in der Stadt wären.«

»Genau.«

»Was ist mit anderen Möglichkeiten, aus der Stadt rauszukommen? Seid ihr da weiter?«

Maggie schüttelte den Kopf. »Kein Stück. Nach zehn Uhr am Freitagabend gab es keine Flüge mehr ab Duluth, erst wieder am frühen Samstagmorgen. Heute werden wir das Flughafenpersonal befragen, nur für den Fall. Dasselbe gilt für die Greyhound-Stationen hier und in Wisconsin.«

»Vielleicht ist sie bis zum Highway gelaufen und hat sich dann mitnehmen lassen«, überlegte Stride.

»Daran habe ich auch schon gedacht. Wir haben ein Foto von ihr mit entsprechenden Informationen an alle Polizeireviere und Streifendienste hier und in den benachbarten Staaten gefaxt. Guppo hat auf der Website eine Infoseite eingerichtet. Wir werden die Bundespolizei bitten, alle Fastfoodlokale und Tankstellen am Highway zu überprüfen. Dank Bird Finchs konstruktiver Mitarbeit sind die Medien an der Sache dran, aber so können wir wenigstens ihr Foto schnell unter die Leute bringen.«

Stride konnte sich lebhaft vorstellen, dass die Telefone der Hotline schon jetzt nicht mehr stillstanden. Bei der Suche nach Kerry McGrath hatten sie fast zweitausend Hinweise von Leuten bekommen, die das junge Mädchen überall, von New Orleans bis Fresno, gesehen haben wollten. Mit Hilfe anderer Polizeistationen im ganzen Land hatten sie die Hinweise systematisch nach Priorität geordnet und waren dann jedem einzeln nachgegangen. Und immer war dasselbe herausgekommen: nichts.

»Was ist mit Perversen?«

Maggie seufzte. »Fünf Personen hier in der Stadt sind wegen Vergewaltigung vorbestraft, ein paar Dutzend wegen sexueller Belästigung oder Nötigung. Wir werden allen einen Besuch abstatten.«

»Gut.« Stride spürte, wie seine Schläfen pochten und schmerzten, und das lag nicht nur am mangelnden Schlaf. Es waren diese fürchterlichen Parallelen. Das Verschwinden. Die Suche. Die Hinweise. Er wusste nicht, ob er das alles noch einmal durchstehen, geschweige denn ein weiteres Scheitern verkraften konnte. Noch dazu, wo er diesmal allein durch die Hölle gehen musste. Ohne Cindy.

»Boss?«, sagte Maggie. Sie merkte, dass seine Gedanken eine andere Richtung eingeschlagen hatten.

Stride lächelte schwach. »Alles bestens. Pass auf, falls das Mädchen abgehauen ist, dann muss ihr jemand geholfen haben. Du leitest heute die Ermittlungen und hältst mich übers Handy auf dem Laufenden. Ich gehe in die Schule und kümmere mich um die Lehrer und die Schulfreunde. Wollen doch mal sehen, ob wir nicht herausfinden können, wie die Kleine tickt.«

6

Stride war seit zwei Stunden in der Schule, und er brauchte eine Zigarette.

So, wie er mit diesem Laster umging, war es eine kostspielige Angelegenheit. Normalerweise kaufte er sich ein Päckchen Zigaretten, rauchte eine oder zwei davon, ärgerte sich dann über sich selbst und warf die restlichen weg. Am nächsten Tag hatte er dann erneut das Verlangen zu rauchen und kaufte sich ein neues Päckchen.

Die High School war unübersehbar als Nichtraucherzone gekennzeichnet, doch am Ende des Hauptfoyers, zwischen zwei Reihen feuerwehrroter Spinde, sah Stride eine Tür, die zum hinteren Teil des Schulgebäudes führte. Er ging durch ein paar Türen, bis er nach draußen kam, und dann auf die andere Straßenseite, wo er ein leeres Fußballfeld sah. Er lief am Lehrerparkplatz vorbei auf ein weiteres Gebäude zu, das ein Schild als »Technikzentrum« auswies.

An der Ecke des Gebäudes blieb er stehen und betrachtete das menschenleere Spielfeld, auf dem sich Dutzende Möwen tummelten. Er zog Zigaretten und Feuerzeug aus der Tasche und klopfte auf das Päckchen, bis sich eine Zigarette von den anderen löste. Dann versuchte er, sie hinter vorgehaltener Hand im Wind anzuzünden. Nach ein paar vergeblichen Versuchen begann die Zigarette zu glimmen, und er inhalierte genüsslich. Der Rauch, der seine Lungen füllte, war tröstlich wie ein alter Freund. Stride atmete auf und spürte, wie die Anspannung ein wenig nachließ. Dann musste er laut und heftig husten.

»Die Dinger werden Sie noch umbringen«, sagte eine Stimme hinter ihm.

Stride fühlte sich ertappt, wie ein Schüler, der

beim Rauchen hinter dem Schulgebäude erwischt wird. Er drehte sich um und sah eine hübsche blonde Frau auf dem grauen Metalltreppchen stehen, das zum Hintereingang des Technikzentrums hinaufführte. Auch sie hatte eine Zigarette in der Hand. Stride lächelte sie an, als er sah, dass sie dasselbe Laster teilten.

»Wir sterben zumindest glücklich«, sagte er, ging ein paar Schritte auf sie zu und lehnte sich ans Treppengeländer.

»Ich frage mich immer wieder, ob ich lieber rauchen oder Alkoholikerin werden soll«, sagte die Frau.

»Warum nicht beides?«, fragte Stride.

»Daran habe ich auch schon gedacht. Aber ich zögere noch, mich festzulegen.«

Sie war Mitte dreißig, trug eine rote Fleecejacke, deren Reißverschluss sie bis zum Hals hochgezogen hatte, und eine modische schwarze Hose mit Bügelfalten. Schlank und durchtrainiert, mit kurzem, durchgestuftem Haar, sah sie aus, als wäre sie früher Cheerleader gewesen. Sie hatte ein hübsches Gesicht mit einer frechen Stupsnase, und ihre Wangen waren von der Kälte gerötet.

Außerdem kam sie Stride bekannt vor, und er sagte es ihr.

»Wir haben uns letztes Jahr kennengelernt«, erwiderte sie. »Ich heiße Andrea. Andrea Jantzik. Ich unterrichte hier an der Schule. Kerry McGrath war meine Schülerin. Sie haben mich befragt, als Sie in ihrem Fall ermittelt haben.«

»War Rachel auch eine Schülerin von Ihnen?«

Andrea schüttelte den Kopf. »Sie hatte Biologie gewählt, soweit ich weiß, nicht Chemie. Peggy, die Biolehrerin, hat mir heute Morgen noch von ihr erzählt. Ich kannte Rachel nicht.«

Stride griff in die Tasche und zog das zerknitterte

Blatt hervor, das er im Sekretariat bekommen hatte. Rachels Fächer und ihre Noten waren darauf verzeichnet. »War sie nicht vor einem Jahr in Ihrem Englischkurs?«

»Nein, das ist Robin Jantzik. Er unterrichtet ... das heißt, er *hat* hier Englisch unterrichtet. Aber wenn Sie mit ihm reden wollen, müssen Sie ihn leider bei seiner neuen Frau in San Francisco suchen.«

»Ihr Mann?«, fragte Stride.

»Früher mal, ja.«

»Das tut mir Leid«, sagte Stride. »Hilft es, wenn ich sage, dass Männer Schweine sind?«

Andrea lachte. »Da erzählen Sie mir nichts Neues.«

Ihr zynisches Lächeln war wie ein Blick in den Spiegel. Stride erkannte die Mauern, die sie um sich errichtet hatte, weil er genau dasselbe getan hatte. Und wenn er genauer hinschaute, sah er es auch in ihrem Gesicht: die kleinen Fältchen um den Mund, der leere Blick in den Augen, die dickere Schicht Make-up, die die Haut frischer erscheinen lassen sollte. Der Verlust hatte seinen Tribut von ihr gefordert, genau wie von ihm.

Er wagte einen Schuss ins Blaue. »Seitdem rauchen Sie auch wieder, oder?«

Sie sah ihn erstaunt an. »Ist das so offensichtlich?«

»Ich habe etwas Ähnliches erlebt«, erwiderte er. »Vor einem Jahr. Danach habe ich wieder mit dem Rauchen angefangen.«

»Vor einem Jahr dachte ich noch, ich hätte endgültig damit aufgehört«, sagte Andrea. »Aber das war wohl nichts.«

»Hat Ihr Mann Rachel jemals erwähnt?«

Andrea schüttelte den Kopf. »Nein. Aber die Englischkurse sind auch völlig überlaufen.«

»Was ist mit anderen Lehrern oder Schülern? Kennen Sie jemanden, der ihr näher stand?«

»Vielleicht sollten Sie mit Nancy Carver reden. Sie arbeitet hin und wieder als psychologische Beraterin hier. Heute Morgen in der Cafeteria hatte sie einiges über Rachel zu sagen.«

»Was zum Beispiel?«

»Sie hält die Suchaktion für Zeitverschwendung.«

»Hat sie auch gesagt, warum?«, fragte Stride.

Andrea schüttelte den Kopf.

»Dann hat diese Frau Rachel also psychologisch betreut?«, fragte er weiter.

»Ich weiß es nicht genau. Nancy ist an der Schule nicht fest angestellt. Sie unterrichtet an der Universität und arbeitet ehrenamtlich hier, um Schülern zu helfen, die Probleme haben. Hauptsächlich Schülerinnen.«

»Hat sie ein Büro im Schulgebäude?«

»Eher so eine Art Besenkammer. Im zweiten Stock. Ich sollte Sie allerdings warnen. Sie tragen da etwas bei sich, dem Nancy eher ablehnend gegenübersteht.«

Stride sah sie verwirrt an. »Eine Pistole?«

»Nein, einen Penis.«

Stride musste lachen. Auch Andrea fing an zu kichern, und bald lachten sie beide schallend. Sie sahen einander an und spürten beide die sanfte Anziehung, die damit einherging. Es war ein eigenartiges Gefühl zu lachen. Stride konnte sich nicht erinnern, wann er das letzte Mal so entspannt gewesen war, dass er irgendetwas wirklich komisch gefunden hätte, und erst recht nicht, wann er so ein Gefühl zuletzt mit einer Frau geteilt hatte.

»Jetzt wissen Sie wenigstens, worauf Sie sich einlassen«, sagte Andrea schließlich.

»Danke. Sie haben mir sehr geholfen, Miss Jantzik.«

»Nennen Sie mich Andrea. Oder dürfen Sie das nicht?«

»Doch. Dann müssen Sie aber Jonathan zu mir sagen.«

»Ich finde, Sie sehen mehr nach Jon aus.«

»Das geht auch.«

Stride zögerte und wusste nicht recht, warum. Schließlich wurde ihm klar, dass er das Bedürfnis hatte, noch mehr zu sagen, sie zum Abendessen einzuladen, sie nach ihrer Lieblingsfarbe zu fragen oder einfach nur die blonde Haarsträhne zu berühren, die ihr in die Stirn gefallen war, und sie sanft wieder an ihren Platz zurückzuschieben. Die Intensität dieser Empfindungen war ihm plötzlich zu viel. Vielleicht lag es ja daran, dass er seit fast einem Jahr nicht einmal einen Anklang davon verspürt hatte. Er war so lange innerlich tot gewesen, dass er sich kaum noch erinnern konnte, wie es sich anfühlte, wieder zum Leben zu erwachen.

»Alles klar mit Ihnen?«, fragte Andrea. Sie sah ihn besorgt an. Ihm fiel auf, wie hübsch sie war.

»Alles bestens. Nochmals vielen Dank.«

Er ließ sie auf der Treppe stehen, und der Augenblick ging vorüber. Allerdings nicht ganz.

Nancy Carvers Büro lag in einer Nische verborgen, sodass man es vom Flur aus kaum sehen konnte. Erst als Stride um die Ecke schaute, entdeckte er die schmale Tür. An einem Nagel hing ein hölzernes Namensschild, und die Tür war über und über mit Fotos und Broschüren gepflastert, die sämtliche Mitglieder der Schulbehörde in helles Entsetzen versetzt hätten.

Einige Zeitschriftenartikel warnten vor den Gefahren der Homophobie, andere – sorgfältig ausgeschnitten und mit plastischen Illustrationen versehen – prangerten die Verbreitung von Pornographie an. Außerdem hing ein Programm der letztjährigen Jahreskonferenz der *American Society of Lesbian University Women* an der Tür, wo Nancy Carver einen Vortrag gehalten hatte – ihr Name war mit Textmarker hervorgehoben. Und schließlich ein Dutzend Fotos von Frauen mit Campingausrüstung im Wald. Fast alle zeigten junge Mädchen und Frauen im Studentenalter. Die einzige Ausnahme, die auf fast allen Fotos zu sehen war: eine kleine, stämmige Frau um die vierzig, mit kurzem dunkelrotem Haar und einer großen Brille mit dickem schwarzem Rand. Auf den meisten Fotos trug sie einen grünen Fleecepullover und eine verwaschene Jeans.

Stride sah sich die Mädchen auf den Fotos genau an, entdeckte aber weder Rachel noch Kerry. Er verspürte eine vage Enttäuschung.

Als er gerade an die Tür klopfen wollte, hörte er gedämpfte Geräusche von drinnen. Er entschied sich gegen das Klopfen und drehte stattdessen den Türknopf, um zu sehen, ob das Büro vielleicht abgeschlossen war. Die Tür sprang auf und stieß gleich darauf an eine diagonale Wand, sodass man sich durch einen knapp neunzig Zentimeter breiten Spalt hineinzwängen musste.

Stride nahm den Anblick, der sich ihm bot, in sich auf, bevor die beiden Beteiligten drinnen auch nur reagieren konnten. Ein junges Mädchen mit rundem Kindergesicht und strähnigem blondem Haar lag mit geschlossenen Augen in einem verschossenen blauen Liegesessel, der nur mit Mühe und Not in das Büro passte. Hinter dem Sessel stand Nancy Carver. Mit den Fingerspitzen beider Hände massierte sie dem Mädchen Wangen und Stirn. Auch ihre Augen hinter den Brillengläsern waren geschlossen. Als die Tür gegen die Wand stieß, rissen beide abrupt die Augen auf, und Nancy Carver nahm die Hände so rasch vom Gesicht des Mädchens, als hätte sie sich daran verbrennen können.

Das junge Mädchen sah Stride nicht an, sondern wandte den Kopf und warf Nancy einen ängstlichen Blick zu. Nancy hingegen starrte Stride mit unverhohlener Wut an.

»Was zum Teufel erlauben Sie sich, hier einfach so reinzuplatzen?«, fauchte sie.

Stride verfiel in seinen liebenswürdigsten Entschuldigungston. »Es tut mir furchtbar Leid. Ich muss dringend mit Ihnen reden. Mir war nicht klar, dass Sie jemanden bei sich haben.«

Das Mädchen versuchte, die Lehne des Sessels senkrecht zu stellen, und stand dann auf. Sie vermied es, Stride in die Augen zu sehen. »Ich muss sowieso zurück ins Klassenzimmer. Vielen Dank, Nancy.«

Nancy Carver antwortete in sanfterem Ton. »Keine Ursache, Sarah. Ich bin am Donnerstag wieder hier.«

Sarah nahm einen Stapel Bücher von Nancys Schreibtisch. Dann zwängte sie sich, die Bücher an die Brust gedrückt, mit deutlich sichtbarem Unbehagen an Stride vorbei und beeilte sich, den Flur entlang zu verschwinden.

Stride schloss die Tür. Nancy Carver blieb reglos hinter dem Sessel stehen und musterte ihn wie ein unangenehmes Insekt. Ihre stechenden braunen Augen wirkten hinter den Brillengläsern noch größer. Sie selbst war kleiner, als sie auf den Fotos gewirkt hatte, aber muskulös und durchtrainiert.

»Was wollen Sie?«, fragte sie.

»Mein Name ist Jonathan Stride ...«, fing er an. Sie unterbrach ihn mit einer ungeduldigen Geste.

»Ja, ja, ich weiß, wer Sie sind. Sie sind von der Polizei, leiten die Ermittlungen wegen Rachels Verschwinden und verschwenden meine Zeit.« Sie ging zurück an den Schreibtisch und setzte sich auf den hölzernen Stuhl. »Erzählen Sie mir was Neues.«

Stride schaute sich in dem kleinen Büro um. Der Schreibtisch war ein Standard-Schulmöbel: eine weiße Sperrholzplatte auf Metallbeinen. Darauf lagen stapelweise gebundene Bücher mit obskuren, psychologisch klingenden Titeln und braune Pappordner, die von Papieren nur so überquollen. Auf dem Telefon klebten unzählige kleine Post-Its. Bis auf den Schreibtisch, den Stuhl und den Liegesessel gab es keine Möbel in dem kleinen Zimmer. Auch die Wände waren leer, bis auf eine Korkpinnwand, an der ebenso viele Artikel und Fotos hingen wie an der Bürotür.

Stride machte es sich in dem Sessel bequem und ließ sich dabei absichtlich Zeit. Er zog ein Notizbuch aus der Innentasche seines Sakkos, klopfte ein paar weitere Taschen nach einem Kugelschreiber ab und lehnte sich dann mit einem wohligen Seufzer an die weiche Rückenlehne. Er blätterte einige Seiten des Notizbuchs durch, überflog die Notizen, die er sich bereits gemacht hatte, und schnalzte dabei auf enervierende Weise mit der Zunge. Schließlich hob er den Kopf und sah Nancy Carver an, die am Schreibtisch saß und etwa so viel Geduld ausstrahlte wie eine tickende Zeitbombe.

»Meine Partnerin empfiehlt mir immer wieder, mich einer Therapie zu unterziehen«, sagte er liebenswürdig. »Bekommen alle Ihre Patienten diese kleine Gesichtsmassage?«

Nancys Gesicht war eine starre Maske. »Sarah ist keine Patientin.«

»Nein? Schade. Ich dachte, Sie sind Ärztin, aber

vielleicht habe ich da etwas falsch verstanden. Sind Sie vielleicht so eine Art Heilpraktikerin?«

»Ich habe sowohl einen Master als auch einen Doktor in Psychologie, Detective. Ich lehre an der University of Minnesota. Aber für die Mädchen hier bin ich einfach nur Nancy.«

»Wie schön. Also, was war das nun mit Sarah? Eine Pyjamaparty?«

»Nein«, erwiderte sie. »Es geht Sie zwar eigentlich nichts an, aber Sarah leidet unter Schlafstörungen. Ich habe ihr eine Entspannungstechnik gezeigt. Das ist alles.«

Stride nickte. »Entspannung, das ist gut. Das hat meine Partnerin mir auch schon empfohlen.«

»Vielleicht sollte Ihre Partnerin Ihnen lieber empfehlen, schneller zum Wesentlichen zu kommen, Detective. Ihr Spielchen ist so durchschaubar wie langweilig. Also, warum stellen Sie mir nicht einfach Ihre Fragen und lassen mich dann weiterarbeiten?« Nancy lächelte zum ersten Mal, allerdings ohne jede Herzlichkeit.

Stride lächelte zurück. »Spielchen?«

»O ja, Spielchen. Sie wollen sehen, wer von uns der bessere Psychologe ist. Aber denken Sie daran, ich lebe davon. Reden wir doch einfach Klartext, Detective. Neben allen detektivischen Schlüssen, die Sie gezogen zu haben glauben, haben Sie mich auch schon auf körperlicher Ebene begutachtet. Dabei sind Sie zu dem Schluss gekommen, dass ich nicht attraktiv genug bin, um einen großen Verlust für die heterosexuelle Gemeinschaft darzustellen. Dennoch ist Ihnen aufgefallen, dass ich einen durchtrainierten Körper habe, und aus meiner resoluten Art haben Sie geschlossen, dass ich, falls Sie mich je rumkriegen sollten, im Bett wahrscheinlich gar nicht so übel bin. All das hat dazu geführt, dass Sie sich vorstellen, wie ich Sex mit anderen Frauen habe, und das wiederum führt ganz logisch zu der Frage, ob ich auch mit den jungen Mädchen hier rummache. Sie hoffen, dass ich Ihnen irgendwelche dunklen Geheimnisse verrate, wenn Sie sich ein bisschen flapsig geben und mich an meiner empfindlichsten Stelle treffen.«

»Erstaunlich«, sagte Stride. »Und jetzt sagen Sie mir noch, wer die World Series gewinnt.«

Nancy gestattete sich ein weiteres gezwungenes Lächeln. »Ich habe doch Recht, oder nicht?«

»Na ja, da Sie es selbst ansprechen: Machen Sie mit den jungen Mädchen rum?«

»Ich habe grundsätzlich keinen intimen Kontakt mit Minderjährigen, Detective.« Nancy sprach langsam und betonte jedes einzelne Wort.

»Gute Antwort. Sie passt zwar nicht zu meiner Frage, aber es ist eine gute Antwort. Schöne Fotos haben Sie da an der Tür. Offenbar machen Sie häufig Ausflüge mit den Schülerinnen.«

»Ich bezeichne das als ›Feministische Lern- und Einkehrlager‹.«

»Kommen auch Minderjährige mit in diese Lager?«

»Selbstverständlich. Mit Erlaubnis der Eltern.«

»War Rachel auch einmal in einem solchen Lager?«

»Nein«, erwiderte Nancy.

»Und Kerry McGrath?«

»Kerry kannte ich gar nicht. Wollen Sie etwa andeuten, ich könnte etwas mit dem Verschwinden der Mädchen zu tun haben?«

Stride schüttelte den Kopf. »Keineswegs. Ich suche nur nach möglichen Verbindungen.«

»Und da dachten Sie sich: Fangen wir doch mal bei einer lesbischen Aktivistin an.«

»Ich bin überrascht, wie gut Sie im Gedankenlesen sind. Haben Sie eines der beiden Mädchen beraten?«

»Ich berate hier niemanden, Detective.«

»Nun, nachdem Sie mir bereits deutlich gesagt haben, dass Sie nicht für die Massagetherapie zuständig sind ... was machen Sie dann eigentlich hier, wenn Sie auch nicht als Beraterin arbeiten?«

»Ich bin Mentorin. Oder auch einfach nur Freundin. Da ist keine offizielle berufliche Beziehung im Spiel.«

»Das ist eigenartig, finden Sie nicht?«, bemerkte Stride. »Wo Sie doch einen Master und einen Doktor in Psychologie haben, an der University of Minnesota lehren und so viele Bücher mit ›-ologie‹ und ›-ismus‹ im Titel auf dem Tisch liegen haben.«

»Das ist überhaupt nicht eigenartig, Detective. In mancher Hinsicht kann man sogar behaupten, dass Sie für meine Tätigkeit hier verantwortlich sind.«

»Ich? Wieso?«

Nancy beugte sich vor, faltete die Hände auf dem Schreibtisch und durchbohrte ihn mit dem Blick ihrer riesigen braunen Augen. »Die Tatsache, dass Sie Kerry McGrath nicht gefunden haben, hat viele Schülerinnen schwer traumatisiert.«

Stride zuckte zusammen. »Ich verstehe nicht ganz.«

»Ich werde es Ihnen erklären. Nachdem das Mädchen letzten August verschwunden ist, gab es hier an der Schule schwerwiegende Probleme mit den jungen Frauen. Viele haben den Unterricht geschwänzt, sind plötzlich grundlos in Tränen ausgebrochen oder haben autoaggressives Verhalten an den Tag gelegt. Ich habe daraufhin meine Dienste als ehrenamtliche Beraterin angeboten – nicht im offiziellen Sinn, sondern einfach als Person, die sich in sie hineinversetzen kann und mit der sie über ihre Ängste sprechen können. Die Schulverwaltung hat mich mit offenen Armen aufgenommen und nicht einmal Ärger wegen meiner politischen Einstellung oder meiner sexuellen Orientierung gemacht. Daran können Sie sehen, wie verzweifelt die waren. Und ich habe festgestellt, dass mir die Arbeit mit den Mädchen Spaß macht. Also habe ich eine feste Einrichtung daraus gemacht, an zwei Nachmittagen in der Woche, und außerdem habe ich mehrere Lager mit kleinen Gruppen organisiert. Die Mädchen sehen mich nicht als Therapeutin, obwohl mein professioneller Hintergrund sicher hilfreich ist. Im Grunde bin ich nur ein Mensch, mit dem sie reden können.«

»Hatten Sie jemals Gelegenheit, sich mit Rachel anzufreunden?« Stride sah Nancy ins Gesicht und wartete auf eine Reaktion. Aber da war nichts, kein Zucken, kein Versuch, etwas zu verbergen. Nur immer derselbe ungerührte Blick.

»Ich habe sie gekannt«, sagte Nancy, ohne sich etwas anmerken zu lassen.

»Wie gut?«

»Wir haben uns ein paar Mal unterhalten. Sie gehörte nicht zu meinen regelmäßigen Gästen. Und ich sagte ja bereits, sie war nie mit in den Lagern.«

»Warum hat sie Sie aufgesucht?«

Nancy schwieg einen Moment und sah Stride mit ruhigem Blick an. »Das darf ich nicht sagen«, antwortete sie schließlich.

»Warum nicht?«, fragte Stride verärgert. »Sie haben mir doch gerade erst erklärt, das wären keine professionellen Beziehungen, also gilt hier ja wohl keine Schweigepflicht.«

»Ob die Schweigepflicht gilt oder nicht, hängt davon ab, wie Rachel die Beziehung wahrgenommen hat und ob sie mich als Therapeutin betrachtet hat.

Aber das ist im Grunde gleichgültig. Sie hat mir gewisse Dinge unter der Bedingung erzählt, dass ich sie streng vertraulich behandele. Ich sollte keinem Menschen davon erzählen. Und wenn ich mir den Ruf einhandele, nicht vertrauenswürdig zu sein, kann ich in diesem Bereich nicht mehr erfolgreich arbeiten, Detective.«

»Aber wir haben es doch jetzt mit einer neuen Situation zu tun. Das Mädchen ist verschwunden. Wenn etwas von dem, was sie Ihnen erzählt hat, uns helfen kann, sie zu finden, dann sind Sie es Rachel schuldig, uns das zu sagen.«

Nancy schüttelte den Kopf. »Ich fürchte, da haben Sie Unrecht.«

»Dr. Carver, das Mädchen ist vielleicht in Gefahr«, beharrte Stride.

»Glauben Sie mir, Detective, ich weiß absolut nichts, was Ihnen helfen könnte, sie zu finden.«

»Sie haben heute anderen Lehrern gegenüber geäußert, dass Sie glauben, wir würden Rachel nicht finden. Warum? Wie kommen Sie darauf?«

»Sie haben auch Kerry nicht gefunden«, gab sie zur Antwort.

»Haben Sie Grund zu der Annahme, dass zwischen den beiden Fällen ein Zusammenhang besteht?«

»Nein, das wollte ich damit nicht andeuten. Ich habe keinen Anlass, das zu glauben.«

»Aber trotzdem sind Sie überzeugt, dass wir Rachel nicht finden werden«, sagte Stride noch einmal.

»Ich bin nicht überzeugt, dass sie überhaupt gefunden werden will«, sagte Nancy.

Stride kniff die Augen zusammen. Er stemmte sich aus dem Sessel, beugte sich vor und schloss beide Hände fest um die Schreibtischkante. So baute er sich vor Nancy Carver auf, wie um sie dazu zu bringen, seine Anwesenheit körperlich zu spüren. »Wenn

Sie Informationen haben, Dr. Carver, dann will ich das wissen. Zwingen Sie mich nicht dazu, mit einem Haftbefehl wiederzukommen.«

Nancy blieb ungerührt. Sie wich seinem Blick nicht aus und sah ihn herausfordernd an. »Tun Sie das ruhig, Detective. Sie können mich nicht aufgrund von Vermutungen verhaften, und Sie können mich auch nicht zwingen, Ihnen etwas zu sagen, das ich nicht weiß. Ich habe es Ihnen bereits gesagt, und ich sage es Ihnen noch einmal: Ich weiß nicht, wo Rachel ist. Ich weiß auch nicht, was mit ihr passiert ist. Und ich habe keine Informationen, die Ihnen helfen könnten, sie zu finden.«

»Aber Sie glauben, dass sie noch lebt«, sagte Stride. »Sie glauben, dass sie aus eigenem Antrieb fortgegangen ist.«

»Ich werde Ihnen sagen, was ich glaube, Detective. In sechs Monaten wird Rachel Deese achtzehn. Dann können Sie sie nicht mehr zurückholen, selbst wenn Sie sie finden sollten.«

Stride schüttelte den Kopf. »Sie helfen ihr nicht mit Ihrem Schweigen. Wenn sie ausgerissen ist … wenn sie einen Grund hatte auszureißen, dann muss ich das wissen. Ich habe mit ihrer Mutter gesprochen. Ich weiß, was für Kämpfe die beiden ausgefochten haben. Aber allein und ohne Hilfe kann Rachel in große Schwierigkeiten geraten. Muss ich Ihnen wirklich erklären, wie das Leben einer jungen Ausreißerin aussieht? Wie viele landen auf der Straße? Wie viele sind zur Prostitution gezwungen?«

Einen Augenblick lang glaubte er die Oberhand zu gewinnen. Er sah einen Anflug von Schwäche in Nancys Augen. Sie wusste, dass er Recht hatte. Doch dann senkte sich der eiserne Vorhang wieder wie eine Maske vor ihre Augen.

»Es tut mir Leid, Detective. Ich weiß nichts, das

Ihnen weiterhelfen könnte. Was ich den Lehrern gegenüber geäußert habe, war nur meine persönliche Meinung.«

»Und die wäre?«, fragte Stride.

Nancy zuckte die Achseln. »Wie ich schon sagte: Sie werden sie nicht finden.«

7

Heather Hubble bog vom Highway 53 nach links ab und in eine unauffällige Schotterstraße ein, die sich etwa sechzehn Kilometer westlich von Duluth befand. Ihr Wagen hüpfte und ruckelte über den unebenen Boden. Neben ihr auf dem Beifahrersitz hüpfte Lissa, ihre sechsjährige Tochter, mit dem Auto um die Wette.

Es war ein später Donnerstagnachmittag. Heather wollte das schwindende Licht und die langen Schatten ausnutzen und sie in ihre Fotos von der verfallenen Scheune einbauen, die ein paar Kilometer südlich von hier lag. Sie hatte bewusst gewartet, bis die Herbstfarben ringsum ihren Zenith schon deutlich überschritten hatten. Die leuchtend roten Blätter waren inzwischen rostfarben, die gelben verblasst und grünlich. Viele waren auch bereits abgefallen und bedeckten das Feld rings um die Scheune. Es war perfekt. Auch die Scheune selbst befand sich in einem fortgeschrittenen Stadium des Verfalls. So würden sich die Symbole in ihren Fotos gegenseitig verstärken.

»Die Straße gefällt mir, Mami.« Lissa sprang auf ihrem Sitz auf und ab. »Die ist so schön hüpfig.« Sie drückte die Nase ans Fenster und schaute hinaus zu den Bäumen. Von oben regnete es ununterbrochen trockenes Laub. »Sind wir bald da?«

»Jetzt ist es nicht mehr weit«, sagte Heather.

Sie bogen um eine Kurve, und auf einem Feld zur Linken ragte die Scheune auf. Heather fand sie wunderschön und romantisch, obwohl sie in Wirklichkeit nur noch eine Ruine war, die schon lange nicht mehr benutzt wurde. Sie zweifelte daran, dass die Scheune den Winter überstehen würde, aber das dachte sie schon seit Jahren. Wahrscheinlich würde das Gewicht des Schnees in diesem Jahr das verbliebene Dach ganz eindrücken, das bereits an mehreren Stellen eingestürzt war und gähnende Löcher aufwies. Die Scheune war früher rot gestrichen gewesen, aber die Farbe war verblasst und größtenteils abgeblättert. Junge Leute hatten die Fenster mit Steinen eingeworfen. Das ganze Gebäude schien sich nach innen zu neigen, die Wände wirkten schief und baufällig. Wenn sie im Februar noch einmal herkämen, wäre die Scheune sicher nur noch ein schneebedeckter Haufen zersplitterter Holzbalken.

Heather bog in die grasbewachsene, mit Unkraut überwucherte Zufahrt ein, die natürlich eigentlich gar keine Zufahrt war, sondern ein Pfad, den die vielen Besucher im Lauf der Jahre geschlagen hatten. Sie parkte und stieg aus dem Wagen, und auch Lissa kletterte heraus.

»Ich glaube, hier war ich noch nie. Stimmt's, Mami?«, fragte sie.

»Nein, ich glaube nicht. Du warst wahrscheinlich immer in der Schule, wenn ich hergekommen bin.«

»Das Haus ist nicht besonders gut erhalten, oder?«

Heather musste lachen. »Nein, wirklich nicht.«

»Darf ich ein bisschen rumgucken?«

»Klar. Aber geh nicht in die Scheune. Das ist gefährlich.«

»Sieht aus, als würde es da spuken«, sagte Lissa. »Glaubst du das auch?«

»Das kann schon sein«, erwiderte Heather.

»Woher kennst du das hier?«, fragte Lissa.

Heather lächelte. »Ich war als junges Mädchen häufig hier. Wie die meisten anderen auch.«

»Und was habt ihr dann gemacht?«, wollte Lissa wissen.

»Wir waren einfach auf Entdeckungsreise. Genau wie du.« Den wahren Grund brauchte sie ihr nicht zu sagen. Damals war sie, wie viele andere Teenager aus Duluth, hierher gekommen, um Sex zu haben. In der ganzen Gegend gab es keinen besseren Ort dafür. Irgendwann war es so schlimm geworden, dass in der Schule ein geheimer Zeitplan kursierte, damit man sicher sein konnte, dass nicht zu viele Wagen zur selben Zeit hinter der Scheune parkten. Heather hatte ihr erstes sexuelles Erlebnis hier gehabt, auf der Ladefläche eines Pick-up-Trucks, unter dem Sternenhimmel. Sie fragte sich, ob die Schüler heute immer noch zur Scheune fuhren. Sie sah viele, sich überschneidende Reifenspuren, die hinter die Ruine führten, außerdem leere Bierflaschen auf dem Feld. Und wenn sie sich ein bisschen genauer umsah, würde sie sicher auch benutzte Kondome finden.

Heather schaute ihre Tochter wieder an. »Heb nichts vom Boden auf, okay?«

Lissa runzelte die Stirn. »Aber dann macht's doch keinen Spaß.«

Heather ließ sich erweichen. »Steine und Äste darfst du aufheben, aber nichts von Leuten, ja? Wenn du nicht weißt, was es ist, lässt du es liegen.«

Lissa zuckte die Achseln. »Okay.«

Mutter und Tochter gingen ihrer Wege. Anfangs behielt Heather Lissa noch im Auge, während sie durch die Büsche streifte. Nachdem sie sich überzeugt hatte, dass der Kleinen nichts passieren würde, begann sie, die Aufnahmen vorzubereiten. Sie ging ein Stück ins Feld hinein, um eine interessante Perspektive zu finden. Als sie sich gerade für eine Stelle entschieden hatte und ihre Ausrüstung aufbaute, sah sie Lissa hinter die Scheune laufen.

»Sei vorsichtig dahinten«, rief sie ihr zu. Lissa rief etwas zur Antwort, das Heather nicht verstand. Sie kniete sich hin, schaute durch den Sucher und sah zu, wie das Bild Gestalt annahm. Die Sonne stand hinter ihr, etwa auf Höhe der höchsten Baumwipfel. Heather spürte ein Flattern in der Magengegend, und ihre Finger zitterten. So war es immer, wenn sie wusste, dass sie genau das bekommen würde, was sie wollte. Sie nahm sich ein paar Sekunden Zeit, um noch einmal das Licht zu prüfen und die Belichtungszeit anzupassen. Dann drückte sie endlich auf den Auslöser, einmal und noch einmal, und lauschte dem mechanischen Surren, mit dem der Film jedes Mal ein Stück weiter transportiert wurde.

»Mami!«, rief Lissa hinter der Scheune. »Komm mal gucken!«

»Gleich, Schätzchen«, rief Heather.

»Guck mal, guck mal, guck mal«, schrie Lissa. Sie kam hinter der Scheune hervorgerannt.

»Lissa, Mami hat zu tun. Was ist denn?«

»Guck, was ich gefunden habe. Ist das nicht schön?«

Heather hob den Blick gerade so lange von der Kamera, um zu sehen, dass Lissa ein goldenes Armband in der Hand hielt. »Wo hast du das gefunden, Schätzchen?«

»Hinter der Scheune.«

Heather runzelte die Stirn. »Hab ich dir nicht gesagt, du sollst nichts aufheben? Zumindest nichts von Leuten?«

»Ja, aber das ist doch was anderes«, verteidigte sich Lissa.

»Und warum ist das was anderes?«

»Das ist nicht gefährlich. Ist doch nur ein Armband.«

»Ja, und zwar ein Armband, das jemandem gehört, der wahrscheinlich schon danach sucht«, sagte Heather. »Leg es wieder dahin zurück, wo du es gefunden hast.«

»Darf ich's nicht behalten?«

Heather seufzte. So war es jedes Mal, wenn Lissa ein Schmuckstück sah. »Nein, du darfst es nicht behalten. Es gehört jemand anders. Leg es zurück.«

»Aber das will doch bestimmt keiner mehr«, protestierte Lissa. »Es ist doch ganz dreckig.«

»Warum willst du es denn dann?«

Darauf fiel Lissa zunächst keine Antwort ein. Sie dachte nach. »Ich kann es ja sauber machen«, sagte sie dann.

»Das kann die Besitzerin auch. Und jetzt Schluss damit. Du legst es zurück.«

Lissa gab auf und machte sich niedergeschlagen auf den Weg zurück hinter die Scheune. Erleichtert wandte Heather sich wieder ihrer Kamera zu. Sie schaute noch einmal durch den Sucher.

Perfekt.

Hinter der Scheune legte Lissa das Armband widerwillig an die Stelle zurück, an der sie es gefunden hatte, mitten im Matsch am Rand des Feldes. Irgendwie kam ihr das unfair vor. Sie konnte einfach nicht glauben, dass noch jemand kommen und danach suchen würde.

»Aber Mami hat's gesagt«, murmelte sie vor sich hin.

Nachdem sie das Armband zurückgelegt hatte,

ging Lissa weiter auf Entdeckungsreise. Sie hatte schon eine beachtliche Sammlung zusammengetragen, verschiedene interessante Steine und ein paar hübsche blaue Blumen, und hatte alles in ihre Manteltaschen gestopft. Sie merkte gar nicht, wie es immer später wurde. Es schien kaum eine Minute vergangen zu sein, als sie hochschaute und sah, dass die Sonne schon hinter den Bäumen verschwunden war.

Dann hörte sie auch ihre Mutter rufen. »Lissa, komm jetzt, wir müssen los!«

Ausnahmsweise ließ Lissa sich das nicht zweimal sagen. Sie lief über das Feld zurück, auf die Scheune zu. Dabei kam sie an dem matschigen Fleck vorbei, wo sie das Armband gelassen hatte.

»Lissa!«, rief ihre Mutter noch einmal.

Lissa überlegte. Sie wollte das Armband unbedingt haben, und eigentlich war es sehr nachlässig von der Besitzerin, es einfach hier zu verlieren. Außerdem konnte sie es ja auch mitnehmen, sauber machen und es für die Besitzerin aufheben, falls die es tatsächlich wiederhaben wollte. Vor allem, da sie immer noch der Ansicht war, dass die Besitzerin es einfach weggeworfen hatte.

Mami konnte so was nicht verstehen. Und sie mochte sowieso keinen Schmuck.

Lissa bückte sich rasch, hob das Armband auf und stopfte es tief in ihre Manteltasche. »Ich komme«, rief sie und lief um die Scheune herum.

Zweiter Teil

1

Bird Finch ging im dunkleren Teil des Studios auf und ab und stieg mit seinen stelzenlangen Beinen über die Kabel, die sich über den Boden schlängelten. Niemand sprach ihn an. Seine Mitarbeiter wussten aus langjähriger Erfahrung, dass Bird in den letzten Minuten vor einer Livesendung kein Wort mehr sagte. Er war viel zu aufgedreht. Seine Gefühle waren in Aufruhr. Er heizte sich selbst an.

Heute Abend würden die Einschaltquoten wieder einmal alle Rekorde brechen.

Nachdem er sie die ganzen drei Wochen seit Rachels Verschwinden bekniet hatte, hatte Bird Graeme und Emily Stoner endlich für ein Live-Interview gewinnen können. Sie waren bereit, zum ersten Mal über den Verlust ihrer Tochter zu sprechen. Und sie würden nicht allein sein. Ein anderes trauerndes Elternpaar würde ihnen Gesellschaft leisten: Mike und Barbara McGrath, die seit über einem Jahr vergeblich nach ihrer Tochter Kerry suchten. Die beiden Paare würden neben Bird sitzen, ihren Gefühlen freien Lauf lassen und der Polizei eine Botschaft übermitteln: Am nördlichen Seeufer geht ein Killer um und raubt junge Mädchen von der Straße. Schnappt ihn!

Bird blieb stehen und verschränkte die Arme. Vor der hell erleuchteten Kulisse saßen Graeme und Emily Stoner in bequemen Sesseln. Zwei Maskenbildnerinnen umschwirrten sie und zupften und tupften an ihnen herum. Er beobachtete, wie die McGraths auf die Stoners zukamen und die beiden Paare einander verlegen begrüßten.

»Zwei Minuten«, verkündete eine Stimme aus einem Lautsprecher über ihm.

Bird trat aus der Dunkelheit des Studios hervor und überquerte mit dem geschmeidigen Schritt einer Raubkatze die Bühne. Wie ein schwarzer Turm ragte er vor seinen Gästen auf, die aus ihren Sesseln zu ihm emporsahen. Er lächelte sie an und ließ dabei seine schneeweißen Zähne in seinem dunklen Gesicht aufblitzen. Dann bedachte er jeden mit einem kräftigen Händedruck. »Ich möchte Ihnen allen dafür danken, dass Sie heute Abend bei mir sind«, sagte er mit der ernsten, tiefen Stimme, die er Verbrechensopfern vorbehielt. »Ich kann nur vermuten, wie schwer das jedem von Ihnen fällt. Aber es ist äußerst wichtig, dass die Menschen in unserem Staat von Ihrer Geschichte erfahren. Und wenn Gott es will, dringen Ihre Stimmen vielleicht auch zu Ihren Töchtern durch oder zu denen, die sie Ihnen weggenommen haben.«

»Das ist sehr freundlich von Ihnen, Mr Finch«, sagte Barbara McGrath.

»Mr und Mrs Stoner«, fuhr Bird fort. »Ich werde alles Menschenmögliche tun, damit Sie sich wohl fühlen. Denken Sie einfach nicht an die Kameras. Reden Sie nur mit mir. Erzählen Sie mir Ihre Geschichte.«

Er zwängte seinen langen Körper in den gewohnten Sessel, fuhr sich mit einer Hand über den kahl rasierten Schädel und schaute an sich herunter, um sicherzugehen, dass Taschen, Einstecktuch und Manschetten am richtigen Platz waren. Dann räusperte er sich und drapierte den angewinkelten linken Arm auf der Lehne seines Sessels.

Er lächelte seine Gäste noch einmal aufmunternd an. Dann leuchtete das rote Licht auf.

»Guten Abend, meine Damen und Herren«, sagte Bird. »Ich bin Jay Finch und begrüße Sie heute zu einem außergewöhnlichen Interview mit zwei Ehepaaren aus Duluth, Minnesota. Diese vier Menschen sind einander heute Abend zum ersten Mal begegnet, doch mit jedem neuen Tag, der vergeht, bringt das Schicksal sie näher zusammen.«

Die Kamera fuhr zurück und gab den Blick auf Mr und Mrs Stoner und Mr und Mrs McGrath frei, die Bird auf der Bühne schräg gegenüber saßen.

»Vor fünfzehn Monaten verschwand Kerry McGrath, die Tochter von Mike und Barbara McGrath, auf offener Straße in Duluth. Genau heute vor drei Wochen hat dasselbe grausame Schicksal Rachel Deese ereilt, die Tochter von Emily Stoner und die Stieftochter ihres Mannes, Graeme. Zwei junge Mädchen, die auf dieselbe Schule gingen und nur ein paar Kilometer voneinander entfernt wohnten. Beide werden vermisst. Wir alle beten dafür, dass ihnen nichts zugestoßen ist, und wir alle fürchten um ihr Leben.«

Birds Stimme wurde kälter. »Bei der Polizei will man nicht zugeben, dass zwischen den beiden Verbrechen ein Zusammenhang besteht. Man sagt nur, die Ermittlungen in beiden Fällen würden noch andauern, und veröffentlicht keinerlei Belege dafür, dass man der Lösung dieser furchtbaren Rätsel auch nur einen Schritt näher gekommen ist. Den Familien in Duluth steht indes eine weitere unruhige Nacht bevor. Wenn ihre Töchter morgens zur Schule gehen, fragen sie sich, ob sie wohl heil nach Hause kommen werden. Wann immer ihre Töchter Freunde besuchen, rufen die Eltern an, um sich zu vergewissern, dass sie auch wohlbehalten angekommen sind. Das bewirkt die Angst. Es ist der Preis der Ungewissheit. Denn in Duluth stellen sich alle nur eine Frage: Was ist passiert?«

Bird sah direkt in die Kamera, als stünde er bei jedem Einzelnen seiner Zuschauer im Wohnzimmer.

»Was ist passiert? Lauert ein Serienmörder den

jungen Frauen von Duluth auf? Ist noch jemand in Gefahr? Wird auch diesmal wieder ein Jahr bis zum nächsten Verbrechen vergehen, oder ist die Geduld des Killers bereits erschöpft? Ist er heute Abend schon wieder unterwegs, streift in seinem einsamen Wagen durch die Straßen und fährt langsamer, wenn er jemanden kommen sieht?«

Die Worte brannten wie saure Drops auf seiner Zunge. Die Angst war greifbar, er konnte sie spüren, und er wusste, dass er sie jetzt im ganzen Staat verbreiten würde. Doch Bird hatte kein schlechtes Gewissen. Die Leute sollten sich schließlich fürchten.

»Wir kennen die Antworten auf diese Fragen nicht«, fuhr er leise fort. »Wir wissen nicht, was in diesen beiden Nächten, zwischen denen etwas mehr als ein Jahr liegt, vorgefallen ist. Wir hoffen weiß Gott alle, dass Kerry und Rachel irgendwo in Sicherheit sind und wir sie bald wieder heil und gesund zu Hause bei ihren Eltern sehen. Doch bis dahin erwarten die Bürger dieses Staates Antworten von der Polizei – und diese Antworten sind schon lange überfällig.«

Bird wandte sich an Barbara McGrath. »Nun wollen wir hören, was die anderen Opfer dieser Verbrechen zu sagen haben, die Eltern, die leiden und sich sorgen. Mrs McGrath, was sagt Ihnen Ihr Herz? Ist Kerry noch am Leben?«

Emily hörte die Antwort der anderen Frau. Sie sagte genau das, was man erwarten konnte. Ja, Kerry sei noch am Leben, das fühle sie ganz deutlich. Sie wisse, dass ihr Kind noch irgendwo dort draußen sei, und sie werde die Hoffnung niemals aufgeben, solange man Kerry nicht gefunden habe. Dann drehte sich diese Fremde da neben ihr, Barbara McGrath, um und sprach direkt in die Kamera, flehte sie förmlich an.

»Kerry, wenn du da irgendwo bist«, sagte sie, »wenn du das hören kannst, dann sollst du wissen, dass wir dich lieben. Wir denken jeden Tag an dich. Und wir wollen, dass du wieder zu uns nach Hause kommst.«

Dann ließ sich Barbara mit einem Seufzer von ihren Gefühlen überwältigen und vergrub das Gesicht in den Händen. Ihr Mann beugte sich zu ihr herüber, und Barbara lehnte den Kopf an seine Schulter. Er legte die Hand auf ihr dunkles Haar und strich ihr sanft über den Kopf.

Emily betrachtete die beiden merkwürdig distanziert. Sie hatte das Gefühl, weit weg zu sein. Als sie zu Graeme hinüberschaute, sah sie, dass auch er die beiden musterte. Auf seinem Gesicht lag ein schwer durchschaubarer Ausdruck, der keinerlei Gefühle verriet. Sie fragte sich, ob er wohl dasselbe empfand wie sie: Neid. Sie beneidete diese Leute um ihren reinen, ungetrübten Schmerz und um die Fähigkeit, einander Trost und Kraft zu geben. Sie selbst hatte nichts von alldem. Deshalb hatte sie sich auch so lange geweigert, dieses Interview zu geben – sie hatte gewusst, dass sie in vielen Punkten lügen musste. Sie musste sagen, was von ihr erwartet wurde, auch wenn sie es ganz anders empfand. Sie würde sagen, wie sehr sie Rachel vermisste, und sich dabei fragen, ob das tatsächlich so war. Sie würde nach Graemes Hand greifen, um Unterstützung zu finden, und doch nichts weiter spüren als einen leblosen Händedruck.

Der einzige Mensch, der sie verstand und ihr helfen konnte, war nicht hier.

Sie hatte das Gefühl, wie ein Geist über der Bühne zu schweben. Sie hörte, dass Bird Finch sie ansprach, aber seine Stimme schien vom anderen Ende eines langen Tunnels zu kommen.

»Mrs Stoner, wollen Sie Rachel etwas sagen?«, fragte Bird.

Emily blickte starr in die Kamera, auf das rote Licht, das darüber blinkte. Sie war wie hypnotisiert. Es kam ihr vor, als sähe sie Rachel tatsächlich, irgendwo dort im dunklen Spiegel der Kameralinse, und als könnte Rachel auch sie sehen. Emily begriff nicht recht, was sie gerade empfand. Die Feindseligkeit begleitete sie schon so lange wie ein dumpfer Schmerz in ihrem Innern, dass sie gar nicht mehr wusste, wie sie ohne sie leben sollte. Rachel war fort, der erbitterte Kampf war vorbei. Sie konnte sich doch unmöglich danach zurücksehnen. Tat sie das? Oder war es nicht eigentlich besser so?

Sie hatte sich schon so oft gewünscht, dass Rachel einfach verschwinden würde. Sie hatte davon geträumt, ein besseres Leben zu führen, wenn diese Last nur endlich von ihr genommen würde. Vielleicht konnte sie dann wieder eine Ehe führen. Vielleicht würde es ihr sogar leichter fallen, ihre Tochter zu lieben, wenn sie nicht mehr da war.

Was ist passiert?

»Mrs Stoner?«, fragte Bird.

Vielleicht sollte sie allen einfach die Wahrheit sagen. Wenn sie das Geheimnis erst einmal kannten, würden sie sie vielleicht in Ruhe lassen. Und die Wahrheit war: Rachel war böse.

Emily hatte in den Jahren nach Tommys Tod gleich zwei Jobs, um die Schulden abzutragen und sich aus dem Abgrund wieder herauszuarbeiten, in den er die Familie gestürzt hatte. Von acht bis fünf arbeitete sie als Bankangestellte in der städtischen Filiale der Range Bank. Anschließend sprang sie ins Auto, fuhr so schnell wie möglich zur Miller Hill Mall und verkaufte dort in einem Buchladen Liebesromane und

Playboyhefte, bis das Einkaufszentrum um neun schloss. Den Rest der Welt nahm sie nur wie durch einen Nebel wahr, und sie war wie betäubt vom Stress und vom Schlafmangel.

Ihr einziger Lichtblick war drei Wochen zuvor in ihr Leben getreten, als sie einen West-Highland-Terrier aus dem Tierheim geholt hatte. Nach Jahren, in denen nur Stille oder Rachels stumme Feindseligkeit sie empfangen hatte, wenn sie nach Hause kam, tat es ihr gut, dass der Hund das Haus mit Lärm und Leben erfüllte. Ursprünglich hatte Emily an Rachel gedacht, als sie den Hund ins Haus gebracht hatte. Doch Rachel kümmerte sich nicht um ihn, und Emily führte ihn Abend für Abend nach draußen in den Garten, warf sein blaues Kauspielzeug, das er zurückbrachte, immer und immer wieder.

Dabei hatte sie eine erstaunliche Entdeckung gemacht. Der kleine weiße Hund mit den kurzen Beinen und dem schmuddeligen Fell hatte den Schutzwall durchbrochen, den sie um sich errichtet hatte. Sie stellte fest, dass sie sich wieder darauf freute, nach Hause zu kommen. Der Hund begrüßte sie so überschwänglich, als wäre sie der liebste und wichtigste Mensch auf Erden. Er schlief auf ihrem Schoß und in ihrem Bett. Am Wochenende machten sie gemeinsam lange Spaziergänge, und der Hund bestimmte die Richtung, zerrte an der Leine und zog sie hinter sich her, kreuz und quer durch die Straßen.

Rachel hatte ihm keinen Namen geben wollen, deshalb hatte Emily ihn »Snowball« genannt. Er war klein, weiß und schnell, und wenn er ihr morgens seine kalte Nase ins Gesicht stupste, fühlte sich das an wie kühler Schnee.

Obwohl sie todmüde war, lächelte sie jetzt auf der Heimfahrt beim Gedanken an Snowball. Nur wenn sie an Rachel dachte, kehrten die Sorgenfalten in ihr

Gesicht zurück, und das Lächeln wich einem erschöpften Stirnrunzeln. In der ersten Zeit nach Tommys Tod war sie mit Rachel zu einem Therapeuten gegangen, doch das Mädchen hatte sich schon nach ein paar Sitzungen geweigert, weiter hinzugehen. Emily hatte mit ihren Lehrern gesprochen und mit Dayton in der Kirche. Alle waren sehr verständnisvoll gewesen, aber trotzdem war es niemandem gelungen, zu ihr durchzudringen. Rachel würde den Schmerz über Tommys Tod niemals verwinden. Linderung schien sie nur zu finden, indem sie ihre Mutter immer und immer wieder dafür strafte.

Emily hielt in der schmalen Einfahrt ihres kleinen Hauses. Es war zweistöckig, hatte zwei Schlafzimmer im oberen Stockwerk und einen kleinen Garten, um den sich schon lange niemand mehr gekümmert hatte. Zwischen den rissigen Platten in der Einfahrt wuchsen kleine Grasbüschel.

Drinnen wartete sie auf das Trappeln von Pfoten und darauf, dass Snowball angeschossen kam, um sie zu begrüßen.

»Snowball«, rief sie und lauschte auf entferntes Bellen. Vielleicht hatte Rachel den kleinen Hund ja in den Garten gesperrt.

Emily ging durch den Flur in die Küche. Ihr knurrte der Magen. Sie nahm eine Plastikschüssel mit Brokkoliröschen aus dem Kühlschrank und aß ein paar davon. Dann hörte sie ihre Tochter die Treppe herunterkommen. Rachel trat ohne ein Wort der Begrüßung in die Küche. Sie zog ihr Sweatshirt bis zu den Knien hinunter, ließ sich auf einen Küchenstuhl fallen und fischte einen Dessouskatalog aus dem Poststapel auf dem Tisch hervor. Dann griff sie in Emilys Schüssel und nahm sich ein Brokkoliröschen.

»Suchst du einen Wonderbra?«, fragte Emily lächelnd. Rachel hob den Kopf und warf ihrer Mutter

einen genervten Blick zu. Emily war so müde, dass sie kaum noch wusste, was sie sagte. Sie schaute aus dem Fenster in den Garten hinaus. »Es wird kalt«, sagte sie. »Du solltest Snowball nicht so lange im Garten lassen.«

Rachel blätterte eine Seite ihres Katalogs um. »Er ist nicht im Garten. Er ist vorhin vorne rausgelaufen.«

»Rausgelaufen? Wie das?«

»Er ist zwischen meinen Beinen durch, als ich nach Hause gekommen bin.«

Emily fühlte Panik in sich aufsteigen. »Ja und? Hast du ihn gesucht? Wir müssen ihn finden!«

Rachel hob den Kopf und sah Emily an. »Er ist auf die Straße gelaufen. Ein Auto hat ihn überfahren. Tut mir Leid.«

Emily sank gegen die Hintertür. Sie schlug die Hände vor den Mund. In ihrem Magen tat sich ein riesiges Loch auf, und sie begann zu keuchen. Dann spürte sie ein Brennen in den Augen und fing an, unkontrolliert zu schluchzen. Die Tränen rannen ihr über die Wangen und zwischen den Fingern hindurch. Sie biss sich auf die Lippen und rannte aus der Küche. Als sie versuchte, Luft zu holen, gelang es ihr nicht. Sie wankte zur Haustür, riss sie auf und hielt sich am Geländer fest. Den kalten Wind spürte sie kaum. Sie ließ die Haustür offen und stolperte in die Einfahrt hinaus. Dann merkte sie, wie die Knie unter ihr nachgaben. Sie sank auf die kalten Steine, lehnte sich an den noch warmen Wagen und schloss die Augen.

Sie wusste nicht genau, wie lange sie so zusammengesunken in der Einfahrt gesessen hatte. Als sie sich endlich aufraffen konnte, sich zu bewegen, war das Auto längst kalt und ihre Glieder ebenfalls. Ihre Finger waren ganz steif vor Kälte. Die Tränen auf ihren Wangen waren zu kleinen Eisbächen gefroren. Es ist doch nur ein Hund, sagte sie sich, aber das spielte keine Rolle. Sie fühlte sich in diesem Moment sehr viel schlechter, als wenn sie nach Hause gekommen wäre und erfahren hätte, dass Rachel auf der Straße überfahren worden war.

Ziellos lief sie die Einfahrt entlang. Auf der Straße waren keine Spuren des Unfalls zu sehen. Emily sank wieder auf die Knie und starrte ins Leere. Sie war in Gedanken versunken, und die Straßenbeleuchtung war schwach, sodass sie den kleinen Gegenstand, der auf der anderen Straßenseite im Rinnstein lag, fast nicht bemerkt hätte. Er war kaum zu erkennen, wie ein Stück Abfall, das aus einer Mülltonne gefallen und dort liegen geblieben war. Eigentlich hätte sie ihn übersehen müssen. Aber irgendwie blieb ihr Blick doch daran hängen. Durch den Tränenschleier hindurch blickte sie verwirrt hinüber. Dann wurde aus der Verwirrung Entsetzen.

Sie wusste, was es war. Aber das konnte nicht sein …

Mit letzter Kraft rappelte Emily sich hoch. Zögernd ging sie über die Straße und versuchte, dabei nicht in den Rinnstein zu schauen. Aber sie konnte die Augen nicht davon abwenden. Schließlich stand sie kopfschüttelnd davor. Sie konnte es immer noch nicht glauben. Auch als sie sich bückte, den verdreckten Gegenstand von der Straße aufhob und ihn vorsichtig in der Hand hielt, hoffte sie noch, sich geirrt zu haben.

Doch dann schloss sie die Faust darum.

Der Schmerz verschwand und verwandelte sich in Wut. Nie zuvor hatte sie ein so ursprüngliches Hassgefühl verspürt. Es ging nicht nur um Snowball. Es ging um all die Jahre der Grausamkeit, die sich jetzt zu einem einzigen, glasklaren Moment vereinten. Emily zitterte, die Welle von Zorn in ihrem Innern drohte sie umzureißen. Sie knirschte mit den Zähnen, und ihre Lippen pressten sich zu einer dünnen Linie zusammen.

Dann schrie sie lauthals: »Rachel!« Der Name endete in einem lang gezogenen Heulen.

Emily rannte über die Straße, die Einfahrt entlang ins Haus und warf die Tür mit solcher Wucht hinter sich ins Schloss, dass die Mauern förmlich erbebten. Sie kümmerte sich nicht mehr darum, ob die Nachbarn sie hörten. Immer wieder schrie sie den Namen ihrer Tochter. »Rachel!«

Zu allem entschlossen stürmte sie in die Küche, wo Rachel immer noch unbeteiligt in dem Dessouskatalog blätterte. Völlig unbeeindruckt von Emilys Schreien hob sie den Kopf. Sie sagte kein Wort. Sie wartete nur.

»Du warst es!«, brüllte Emily gequält. »Du warst es!«

Sie streckte die Faust aus und öffnete die Finger. Auf ihrer Handfläche lag das dreckige blaue Kauspielzeug, das Snowball immer so eifrig apportierte. »Er ist gar nicht weggelaufen«, zischte Emily. »Du hast ihn vorne rausgelassen. Und dann hast du das Spielzeug geworfen, als gerade ein Auto gekommen ist. Du hast ihn umgebracht!«

»Das ist doch absurd«, erwiderte Rachel.

Emily explodierte. »Tu nicht so verdammt unschuldig! Du hast ihn umgebracht! Du miese, herzlose, kleine Schlampe hast meinen Hund umgebracht!«

All die Jahre der Zurückhaltung brachen aus ihr heraus. Emily beugte sich vor und zerrte Rachel gewaltsam vom Küchenstuhl. Dann holte sie aus und schlug sie heftig ins Gesicht. »Du hast ihn umgebracht!«, brüllte sie noch einmal und schlug Rachel erneut, diesmal noch fester. »Wie konntest du mir das antun?«

Sie schlug sie wieder. Und wieder – immer wieder. Rachels Wange war knallrot, und die Abdrücke von Emilys Fingern zeichneten sich darauf ab. Blut sickerte von ihrer Unterlippe. Aber sie wehrte sich nicht. Sie stand nur da, mit kaltem, unbeteiligtem Blick, und zuckte nicht einmal zusammen, wenn sie ein neuer Schlag traf. Sie nahm die Strafe hin, bis Emilys Wut schließlich verraucht war. Emily stolperte zurück und starrte ihre Tochter an, dann wandte sie sich ab und vergrub das Gesicht in den Händen. Plötzlich war es wieder ganz still im Raum.

Emily hielt eine Hand mit der anderen umklammert. Im Rücken spürte sie Rachels Blick. Dann stolzierte ihre Tochter ohne ein weiteres Wort aus der Küche. Emily hörte sie die Treppe hinaufgehen und gleich darauf das Rauschen in den Leitungen, als sie im Bad das Wasser aufdrehte.

Emily hatte sich einmal geschworen, so etwas niemals zu tun, ganz egal, wie schlimm die Dinge zwischen ihnen standen.

Und nun hatte sie es doch getan.

»Mrs Stoner?«, sagte Bird Finch noch einmal. »Gibt es etwas, das Sie Rachel jetzt gerne sagen würden?«

Emily schaute mit leerem Blick in die Kamera. Tränen traten ihr in die Augen und rannen ihr über die Wangen. Die Fernsehzuschauer glaubten, den Schmerz einer Mutter zu sehen, die die größte vorstellbare Qual erleiden musste: den Verlust ihres Kindes. Sie wussten ja nichts von der Wahrheit.

»Ich glaube, ich würde ihr sagen, dass es mir Leid tut«, murmelte Emily.

2

Am späten Freitagabend saß Stride allein in seinem Büro im Kellergeschoss der Stadtverwaltung. Die verchromte Schreibtischlampe warf einen kleinen Kreis aus Licht auf die Akten, die er zu lesen versuchte. Er war noch einmal ins Büro gekommen, um einigen Papierkram zu erledigen und die Berichte zu anderen Straftaten zu lesen, die in den Wochen seit Rachels Verschwinden geschehen waren. Es handelte sich fast nur um simple Fälle: Ehekräche, Autodiebstähle, Einbrüche – Dinge, die er bedenkenlos an die sieben Sergeants delegieren konnte, deren Vorgesetzter er war. Aber inzwischen machte ihm die reine Masse zu schaffen. Vor lauter Akten und Papieren sah er das pockennarbige Holz seiner Schreibtischplatte schon nicht mehr.

In den anderen Büros hier unten war es ruhig. Seine Mitarbeiter waren längst zu Hause. Stride war am liebsten abends hier, wenn es ganz still war und das Telefon nicht mehr klingelte. Stören konnte ihn dann nur das Vibrieren seines Pagers, das ihn immer wie ein kleiner Stromschlag durchfuhr und ihm all das Schreckliche in Erinnerung rief, das überall in der Stadt passierte. Tagsüber verbrachte er nur wenig Zeit im Büro. Das Dezernat war nicht besonders groß, an wichtigen Ermittlungen musste er sich selbst beteiligen. Ihm war das ganz recht. Er war gern an der Front, wo noch richtig gearbeitet wurde. Die anfallende Verwaltungsarbeit erledigte er zu irgendwelchen merkwürdigen Zeiten, wenn er sicher sein konnte, dass ihn niemand störte.

Und die Stadtverwaltung sorgte auch nicht gerade für eine angenehme Umgebung. Die Schaumgummiplatten an der Decke hatten Wasserflecken von den vielen Malen, als eine Leitung undicht geworden und Wasser auf seinen Schreibtisch getropft war. Der stahlgraue Teppichboden roch leicht schimmelig. Strides Büro war gerade so groß, dass noch ein Besucherstuhl darin Platz hatte – der einzige Punkt, in dem sich das Büro eines Lieutenants von dem eines Sergeants unterschied. Er hatte sich keine weitere Mühe gegeben, seinen Arbeitsplatz mit Postern und Familienfotos zu verschönern, wie es die meisten anderen Polizisten taten. An seiner Korkpinnwand hing nur ein altes Foto von Cindy, und selbst das war halb verdeckt von den neuesten Mitteilungen der Heimatschutzbehörde. Das Büro wirkte unordentlich und kalt, und Stride war jedes Mal froh, wenn er es wieder verlassen konnte.

Ein paar Meter entfernt hörte er das Geräusch des Aufzugs. Das kam um diese Zeit selten vor und konnte nur heißen, dass jemand von oben, aus den Büros der Stadtverwaltung, nach unten kam. Stride wartete, bis die Aufzugtüren sich öffneten, dann sah er K-2s zwergenhafte Gestalt.

»Hallo, Jon«, sagte der stellvertretende Polizeichef, Kyle Kinnick, mit durchdringender Stimme.

K-2 hatte einen leicht x-beinigen Gang, als er durch die offene Tür in Strides Büro kam. Mit gerunzelter Stirn musterte er das Papier, das sich auf dem Besucherstuhl türmte. Stride entschuldigte sich und verfrachtete den Stapel auf den Boden, damit sein Chef sich setzen konnte.

»Sie glauben also, dass sie tot ist?«, fragte Kinnick ohne lange Umschweife.

»Es sieht alles ganz danach aus«, erwiderte Stride. Es hatte keinen Sinn, die Sache schönzureden. Sie wussten beide, wie es stand. »Neun von zehn findet man zu diesem Zeitpunkt nicht mehr lebend wieder.«

Kinnick nestelte an seinem Krawattenknoten. Er

trug einen dunklen Anzug, der wie ein Sack an seinem schmalen Körper hing, und sah aus, als käme er gerade von der Stadtratsversammlung. »Mist. Wissen Sie, der Bürgermeister ist nicht gerade erfreut darüber. Wir kriegen inzwischen schon Anfragen von der überregionalen Presse. Die wollen wissen, ob es hier um einen Massenmörder geht, ob das was ist, was sie bringen können.«

»Dafür gibt es keine Beweise.«

»Seit wann scheren sich die Typen um Beweise?«, krähte Kinnick. Er begann, sich mit dem Finger im einen Ohr zu bohren, das wie ein Kohlblatt von seinem winzigen Kopf abstand.

Stride grinste. Er musste an die letzte Abteilungsparty am St. Patrick's Day denken, bei der Maggie K-2 als Gnom parodiert hatte.

»Finden Sie das etwa lustig?«, erkundigte sich Kinnick.

»Nein, Sir. Entschuldigen Sie. Sie brauchen mir nichts von den Medien zu erzählen. Bird lässt mir kaum einen Augenblick Ruhe.«

Kinnick schnaubte verächtlich. Er ging barsch mit seinen Lieutenants um und bot eine hervorragende Zielscheibe für Spott, aber Stride mochte ihn trotzdem. Er war Verwaltungsbeamter und kein Polizist im Außendienst, aber er verteidigte seine Abteilung mit Zähnen und Klauen gegen die Stadtverwaltung und nahm es auf sich, bei jeder Interessengruppe der Stadt, von der Kindergartengruppe bis zum Rotaryklub, vorzusprechen und Werbung für die Verdienste der Polizei zu machen. Er zeigte sich seinem Team gegenüber äußerst loyal, und in Strides Augen galt das sehr viel.

»Ihnen ist ja wohl klar, dass uns nicht mehr viel Zeit bleibt«, fuhr Kinnick jetzt fort. Er deutete mit der Spitze seines schwarzen Golfschuhs auf Strides überquellenden Schreibtisch. »Sie investieren selbst bereits viel zu viel Zeit in diesen Fall.«

Es hatte wenig Sinn, den Chef daran zu erinnern, dass er Stride damit beauftragt hatte, sich persönlich um den Fall zu kümmern. Für K-2 war alles eine Frage des politischen und bürokratischen Kalküls. Und jetzt wollte die Stadtverwaltung, dass die Sache zu Ende gebracht wurde – und zwar bald. »Unsere Verbrecher zeigen sich kooperativ«, sagte Stride.

»Es gibt nichts Großes, um das ich mich selbst kümmern müsste.«

»Sie wissen so gut wie ich, dass wir bei diesem Fall schon längst jedes Maß überschritten haben. Die Chancen stehen schlecht, dass sich das jemals aufklärt. Ich muss Sie und Maggie da rausziehen. Geben Sie Guppo das Kommando, er kann sich weiter darum kümmern. Sobald sich was findet, steigen Sie wieder ein.«

»Das liefert Bird doch nur neue Munition«, protestierte Stride. »Es ist zu früh dafür. Geben Sie uns noch ein paar Wochen. Wir wollen doch nicht, dass es aussieht, als würden wir uns um die Ermittlungen drücken.«

»Glauben Sie etwa, ich tue das gerne?«, fragte Kinnick. Er kratzte sich am Kopf und strich sich das graue Haar glatt, das sich quer über seinen Schädel von einem riesigen Ohr zum anderen zog. »Immerhin ist Stoner ein Freund von mir. Aber Sie machen einfach keine Fortschritte.«

»Ich brauche noch drei Wochen. Sie haben doch selbst gesagt, dass der Fall dem Bürgermeister wichtig ist. Wenn wir bis dahin immer noch nichts haben, bin ich Ihrer Meinung, dann ist die Spur kalt. Dann soll Guppo die Leitung übernehmen. Kerry hat er ja auch schon.«

Kinnick wiegte den Kopf hin und her und runzelte

die Stirn. Dann seufzte er, als würde er ein gewaltiges Zugeständnis machen. »Zwei Wochen. Und falls was Wichtiges reinkommen sollte, ziehe ich Sie früher ab. Verstanden?«

Stride nickte. »Ich weiß das zu schätzen. Vielen Dank, Sir.«

Ohne ein weiteres Wort erhob sich der Polizeichef und kehrte zum Aufzug zurück. Die Türen öffneten sich sofort und verschluckten ihn. Das Aufzuggetriebe summte, während es ihn zurück in den vierten Stock beförderte.

Stride atmete tief durch. Er wusste, wie die Sache lief. K-2 war keineswegs nach unten gekommen, um ihn von dem Fall abzuziehen. Dazu war es noch viel zu früh. Er hatte Stride nur mitteilen wollen, dass die Zeit lief.

»Was soll ich machen?«, fragte Maggie. Sie betrachtete ihre drei Karten, die einen Gesamtwert von zwölf ergaben. Der Croupier hatte gerade eine Sechs als oberste Karte aufgedeckt.

Stride legte seine Zigarette auf den Rand des Aschenbechers. Ihr Qualm schlängelte sich in die Höhe und vermischte sich mit der grauen Wolke, die bereits über den Black-Jack-Tischen hing und sich unter der niedrigen Decke staute. Jedes Mal, wenn Stride einatmete, schmeckte er abgestandenen Rauch. Seine Augen brannten von der schlechten Luft, und weil es bereits nach Mitternacht war. Sein Tag hatte vor über achtzehn Stunden begonnen. Er war im Büro sitzen geblieben, bis Maggie angerufen und ihm angedroht hatte, ihn notfalls mit Gewalt von dort zu entfernen.

»Keine Karte mehr«, sagte Stride.

»Aber ich bin erst bei zwölf. Ich finde, ich sollte noch eine nehmen.«

Stride schüttelte den Kopf. »Die Chancen stehen gut, dass der Croupier eine Zehn hat. Wenn er bei sechzehn wäre, müsste er eine Karte ziehen, und dann kommt er vielleicht über einundzwanzig. Nimm keine Karte mehr.«

»Karte«, sagte Maggie. Der Croupier legte einen Herzkönig vor sie. »Mist!«

Stride legte seine Karten auf den Tisch. Sie ergaben einen Wert von vierzehn. Der Croupier drehte seine verdeckte Karte um – ein Bube – und nahm dann eine weitere Karte. Eine Zehn.

»Arschloch«, murmelte Maggie.

Stride lachte, als der Croupier ihm zwei weitere Chips auf den Stapel legte.

In dem kleinen Kasino roch man den Schweiß der etwa einhundert Menschen, die sich in dem engen Raum drängten. Die meisten trugen Wolle wegen der winterlichen Temperaturen draußen und kamen jetzt fast um in der Hitze, die von den vielen Menschen und den Spielautomaten erzeugt wurde. Es war stickig und laut. Die Automaten übertönten einander mit elektronischen Geräuschen und dem Geklapper der Münzen, die herausfielen. Der ganze Raum war erfüllt von Stimmengewirr und einem gelegentlichen Aufschrei, wenn jemand einen Jackpot erspielt hatte.

Sie spielten seit fast einer Stunde, und Stride hatte schon vierzig Dollar gewonnen. Maggie war zwanzig Dollar im Minus. Stride nahm zwei Spielchips und platzierte sie im Einsatzbereich.

»Du gewinnst doch«, sagte Maggie. »Warum lässt du's nicht einfach laufen? Wenn du mehr einsetzt, gewinnst du auch mehr. Jedes Mal setzt du nur zwei Dollar, selbst wenn du eine Glückssträhne hast.« Sie schnitt eine Grimasse und gab einen gackernden Laut von sich. Dann nahm sie zehn Chips und häufte sie vor dem Croupier auf den Tisch. »Du hast einfach keinen Mumm in den Knochen, Stride.«

»Ganz schön mutig für eine Frau, die gerade ihr letztes Hemd verliert.«

»Führ mich nicht in Versuchung«, erwiderte sie augenzwinkernd.

Sie hatten den ganzen Tag damit verbracht, noch einmal die Leute zu verhören, die Rachel gekannt hatten. Der abendliche Ausflug ins Kasino gab ihnen die Möglichkeit, den Fall, der sie seit drei Wochen ununterbrochen beschäftigte, für kurze Zeit zu vergessen. Aber ganz konnten sie ihm trotzdem nicht entkommen. Der Fernseher über der Theke zeigte noch einmal Bird Finchs Interview mit den Eltern. Es war gar nicht nötig, den Ton zu hören – Birds aggressive Körpersprache genügte.

»Vielleicht hat er ja Recht«, bemerkte Maggie zähneknirschend. »Vielleicht haben wir es wirklich mit einem Serienmörder zu tun.«

Stride warf ihr einen Blick aus dem Augenwinkel zu. Dann schüttelte er unwillig den Kopf. »Es fühlt sich nicht so an, als wäre es ein und derselbe Fall.«

»Nein? Vielleicht willst du auch einfach nicht, dass es ein und derselbe Fall ist? Wir haben zwei junge Mädchen, die nur ein paar Kilometer voneinander entfernt gewohnt haben, und beide sind spurlos verschwunden.«

»Die Methoden sind zu unterschiedlich«, sagte Stride. »Wir waren uns doch einig, dass es in Kerrys Fall entweder ein Perverser oder Unfallflucht war.«

Maggie nickte. »Wobei mich das mit der Unfallflucht nicht richtig überzeugt. Normalerweise flüchtet man nur und versteckt nicht erst noch die Leiche. Ich glaube, jemand hat sie entführt.«

»Okay. Das glaube ich auch. Aber kannst du dir wirklich vorstellen, dass derselbe Kerl danach weiter durch die Innenstadt von Duluth schleicht, wo man ihn von allen möglichen Häusern aus sehen kann? Das scheint mir einfach nicht plausibel. Ein Ortsfremder ergreift eine Möglichkeit beim Schopf, wenn er ein Mädchen allein irgendwo in der Einöde antrifft. Er fährt doch nicht in einem Wohngebiet herum. Das ist ein viel zu großes Risiko.«

Der Black-Jack-Croupier, der langes schwarzes Haar und einen albernen Schnurrbart trug, warf ihnen einen verstörten Blick zu. Als Stride ihn ansah, setzte er allerdings wieder ein ernstes Gesicht auf und verteilte weiter die Karten.

»Dann ist es also nur Zufall?«, fragte Maggie.

Stride zuckte die Achseln. »Wir sind eben keine Kleinstadt mehr. So was passiert nun mal. Ich vermute, dass der Kerl, der Kerry auf dem Gewissen hat, längst über die Staatsgrenze ist. Und Rachel ... Je länger ich mir den Fall anschaue, desto mehr beschleicht mich das Gefühl, dass wir die Lösung bei ihr zu Hause finden.«

»Aber Emily und Graeme haben beide den Lügendetektortest bestanden«, erinnerte ihn Maggie. »Und als wir ihre Vergangenheit überprüft haben, ist auch nichts rausgekommen.«

»Ist mir egal«, sagte Stride. »Irgendwas stimmt nicht mit den dreien. Emily und Rachel haben sich ständig in den Haaren gelegen, und Graeme kommt da einfach so hinein? Ich will wissen, warum ... und natürlich, was passiert ist.«

»Das kann uns ganz schönen Ärger einbringen«, sagte Maggie. »Was sagt K-2 dazu, wenn wir die Eltern zu hart rannehmen, ohne Beweise zu haben?«

»K-2 will Antworten. Lass uns noch mal mit dem Pfarrer reden, mit diesem Dayton. Irgendwer muss schließlich gewusst haben, was in dem Haus vor sich geht.«

»Ja, das ist eine gute Idee.« Maggie warf einen Black Jack auf den Tisch. Dann trank sie vorsichtig einen Schluck aus ihrem Glas, versuchte, der Ananasscheibe auszuweichen, und runzelte die Stirn, als ihr stattdessen das Schirmchen ins Gesicht stieß.

»Hallo, Detective.«

Stride wusste zunächst gar nicht, wo die Stimme hergekommen war. Sie hing irgendwo in der Geräuschkulisse des Kasinos und klang gleichzeitig nah, wie eine leise Melodie. Er fuhr herum und sah sich um.

Hinter ihm stand eine Frau und lächelte ihn an. Sie trug einen knöchellangen schwarzen Ledermantel mit einem Gürtel um die Taille. Ihr blondes Haar war vom Wind zerzaust, die Wangen gerötet.

»Ich bin's, Andrea. Wissen Sie noch? Die Lehrerin?«

»Natürlich«, sagte Stride verlegen und erwachte aus seiner Betäubung. »Natürlich weiß ich das noch.«

Maggie drehte sich ebenfalls um und musterte die beiden. Sie fing Strides Blick auf und räusperte sich vernehmlich. Stride fiel auf, dass er sie nicht vorgestellt hatte, und gleichzeitig merkte auch Andrea, dass er eigentlich mit Maggie hier war. Sie trat instinktiv einen Schritt zurück, als wollte sie nicht stören.

»Entschuldigung«, sagte Stride. »Andrea, das ist Maggie Bei, meine Partnerin. Wir wollten ein paar Runden spielen, um uns zu entspannen, nachdem wir wieder mal den ganzen Tag unterwegs waren. Maggie, das ist Andrea Jantzik. Sie unterrichtet an der High School.«

»Freut mich«, sagte Maggie grinsend. »Setzen Sie sich doch zu uns. Sie können den dritten Mann spielen. Und Stride bringt Ihnen sicher gern alles bei, was er über Black Jack weiß. Was im Wesentlichen heißt: Wie gewinnt man, ohne Spaß zu haben?«

Andrea schüttelte lächelnd den Kopf. »Ich möchte wirklich nicht stören.«

»Sie stören überhaupt nicht.« Maggie zögerte einen Augenblick und entschloss sich dann zu einer direkteren Vorgehensweise. »Ich bin nur beruflich seine Partnerin. Sonst nichts.«

»Oh«, machte Andrea. Und dann noch einmal: »Oh.«

»Im Übrigen«, fuhr Maggie fort, »wollte ich mich jetzt sowieso den Automaten widmen. Es soll hier einen geben, der heißt ›Big Pig‹. Angeblich quiekt er wie ein Schwein, wenn man den Jackpot knackt. Das würde ich gern mal hören. Spielen Sie doch einfach für mich weiter.«

»Sind Sie ganz sicher?«, fragte Andrea.

Aber Maggie war bereits aufgestanden und schob sie geradezu gewaltsam zu ihrem Stuhl. Mit zwei großen Schlucken leerte sie ihr Glas, nahm dann das Schirmchen und steckte es in die Tasche. Dann winkte sie ihnen zu. »Viel Spaß noch, ihr zwei. Ich ruf dich morgen an, Boss.«

Stride nickte und schenkte ihr ein ironisches Lächeln. »Danke, Mags.«

Maggie zwinkerte ihm zu, während Andrea es sich auf dem Stuhl neben ihm bequem machte. Dann, bevor sie endgültig ging, beugte sie sich zu ihm und flüsterte ihm ins Ohr: »Sie will dich, Boss. Versau's nicht.«

3

Andrea streifte ihren Ledermantel ab und legte ihn über den nächsten Stuhl. Sie sah umwerfend aus. Der schwarze Rock bedeckte nur mit Mühe ihre Schenkel, und schwarze Strümpfe umhüllten ihre schönen, sportlich schlanken Beine. Sie trug eine pinkfarbene Satinbluse, die im Licht der Kasinolampen schimmerte. Die beiden oberen Knöpfe waren geöffnet und gaben ein Stückchen Haut frei, das sich beim Atmen leicht hob und senkte. Sie war sorgfältig geschminkt und hatte sich offenbar viel Zeit dafür genommen: heller Gloss auf den Lippen, lange, hell getuschte Wimpern und ein zarter Lidstrich. Um den Hals lag eine schmale Goldkette, und sie trug glitzernde Saphirohrringe, die ihre Augen noch blauer wirken ließen.

Ihre Aufmachung wirkte aufreizend, einladend, aber Stride merkte schnell, dass Andrea diese Pose nicht recht durchhielt. Sie fühlte sich sichtlich unwohl. Immer wieder zupfte sie an ihrem Rock und versuchte, ihn ein bisschen weiter über die Schenkel zu ziehen. Ihr Lächeln wirkte schüchtern, unbehaglich und alles andere als selbstbewusst. Sie spielte an ihrer Kette herum, drehte sie zwischen den Fingern und gab sich alle Mühe, ihm nicht direkt in die Augen zu schauen.

Stride sah, dass sie nervös war und nicht wusste, was sie sagen sollte. Und er wusste es auch nicht. Es war eine Ewigkeit her, seit er zum letzten Mal allein ausgegangen war und diesen tastenden Tanz mit dem anderen Geschlecht vollführt hatte. Er versuchte, sich zu erinnern, wie man das machte, aber er war so lange mit Cindy zusammen gewesen, dass ihm absolut nichts Schlaues einfiel. Sein letztes Date hatte er noch auf der High School gehabt, und er vermutete, dass keiner seiner damaligen Sprüche heute noch sonderlich intelligent klingen würde.

Schließlich räusperte sich der Croupier und deutete auf die Karten.

»Spielen Sie Black Jack?«, fragte Stride.

Andrea schüttelte den Kopf. »Ich fürchte nein.«

»Mögen Sie die Automaten lieber?«

»Um ehrlich zu sein, ich habe noch nie gespielt«, gab Andrea zu. Sie sah ihn rasch von der Seite an. »Manchmal bin ich mit Robin hier gewesen oder im Black Bear, aber ich habe immer nur zugeschaut. Ich habe noch nie selbst gespielt. Das ist mein erstes Mal.«

Stride hörte den Croupier aufseufzen.

»Und was ist der Anlass?«, fragte Stride.

Andrea deutete mit dem Kopf zu den Automaten hinüber, die ihnen am nächsten waren. Stride drehte sich um und sah zwei Frauen, die so taten, als würden sie spielen, sich aber offensichtlich viel mehr für die Vorgänge am Black-Jack-Tisch interessierten. Sie flüsterten miteinander und grinsten. Die eine erkannte er als eine andere Lehrerin von der High School.

»Meine Motivationsgruppe«, erklärte Andrea. »Sie haben mich informiert, es sei Freitagabend, und als ordentliche geschiedene Frau müsse ich schließlich auch mal zeigen, was ich habe. Und das hier ist offenbar der angesagteste Ort in Duluth, wenn man über dreißig ist.«

»Also, ich bin froh, dass sie Sie überredet haben«, sagte Stride.

»Ja«, erwiderte Andrea. »Ja. Ich glaube, ich auch.«

»Wollen Sie spielen?«, fragte er. »Ich bin Ihnen gern dabei behilflich, ein bisschen Geld zu verlieren.«

Andrea schüttelte den Kopf. »Von dem Lärm hier kriege ich Kopfschmerzen.«

»Wollen Sie woanders hingehen?«, fragte Stride. »Ich weiß, wo es die besten Margaritas der Stadt gibt. Es ist direkt am See.«

»Und was ist mit Ihrer Partnerin?«

Er lächelte. »Mags kann ein Taxi nehmen.«

Stride warf einen Blick auf die Uhr. Es war schon fast halb zwei. Sie fuhren durch den Canal Park, wo immer noch viel Verkehr war und auf den Parkplätzen der Bars und Restaurants ein reges Kommen und Gehen herrschte. Er bog in die Straße ein, die auf die Brücke führte.

»Ich wusste gar nicht, dass es am Point eine gute Bar gibt«, sagte Andrea.

Stride warf ihr einen verlegenen Blick zu. »Also, ehrlich gesagt mache *ich* die besten Margaritas der Stadt«, sagte er. »Und ich wohne direkt am See.«

»Oh«, machte Andrea, und er spürte, dass sie unschlüssig wurde.

»Tut mir Leid, das hätte ich wahrscheinlich gleich sagen sollen. Aber ich meine das ganz ohne Hintergedanken. Sie haben gesagt, dass es Ihnen da drinnen zu laut ist, und auf meiner Veranda ist es schön ruhig, man hört nur die Wellen. Aber wir können auch woanders hingehen.«

Andrea schaute aus dem Fenster. »Nein, das ist schon in Ordnung. Schließlich sind Sie ja Polizist, oder? Wenn Sie frech werden, kann ich immer noch ... Sie rufen.« Sie lachte und wirkte wieder gelöster.

»Sind Sie ganz sicher?«

»Ganz sicher. Aber geben Sie sich bloß Mühe mit den Margaritas.«

Ein paar Blocks nach der Brücke erreichten sie sein Haus, und Stride bog in das sandbestreute Wegstück ein, das ihm als Einfahrt diente. Die Straße war still und dunkel, als sie ausstiegen. Mit einem erstaunten Lächeln betrachtete Andrea Strides kleines Häuschen und das Gewirr aus struppigen Sträuchern im Vorgarten. »Ich hätte nie gedacht, dass Sie am Point wohnen«, sagte sie.

»Ich kann mir nicht vorstellen, irgendwo anders zu wohnen. Wundert Sie das?«

»Es ist so unwirtlich hier draußen. Und wenn es stürmt, muss es furchtbar sein.«

»Das stimmt«, gab er zu.

»Und im Winter werden Sie wahrscheinlich vollkommen eingeschneit.«

»Manchmal reichen die Schneeverwehungen bis zum Dach.«

»Macht Ihnen das denn keine Angst? Ich hätte immer das Gefühl, dass der See mich irgendwann verschluckt.«

Stride stützte sich auf das Autodach und sah sie nachdenklich an. »Das mag jetzt verrückt klingen, aber manchmal denke ich, die Unwetter sind mir sogar am liebsten. Gerade deshalb wohne ich hier.«

»Das verstehe ich nicht.« Andrea klang verwirrt. Ein Windstoß fegte durch die Straße, und sie fröstelte.

»Gehen wir rein.«

Auf dem Weg zum Haus legte er den Arm um sie, um sie zu wärmen, und sie schmiegte sich ein wenig an ihn. Es fühlte sich gut an. Durch den Ärmel des Ledermantels hindurch spürte er ihre Schulter, und ihr Haar streifte seine Wange. Er ließ sie los, um den Schlüssel aus der Tasche zu holen. Andrea schlang die Arme um den Oberkörper.

Stride schloss auf. Im Flur war es dunkel und warm, und er hörte das Ticken der Standuhr. Er machte die Tür zu, und sie blieben schweigend dicht beieinanderstehen. Zum ersten Mal fiel ihm auf, dass Andrea Parfüm trug, einen sanften Duft, Rosenwasser vielleicht. Es war eigenartig, das Parfüm einer anderen Frau im Haus zu riechen.

»Wie haben Sie das mit den Unwettern gemeint, Jon?«

Stride nahm ihr den Mantel ab und hängte ihn in den Garderobenschrank. Leicht gekleidet, wie sie war, schien sie immer noch zu frieren. Er hängte seine Jacke auf, schloss die Schranktür und lehnte sich mit dem Rücken dagegen. Andrea sah ihn an, das merkte er, obwohl sie beide nur Umrisse im dunklen Flur waren.

»Es ist, als würde die Zeit stillstehen«, sagte er schließlich. »Als würde das Unwetter mich in sich hineinziehen, und als könnte ich dann alles sehen und hören. Ein paar Mal hätte ich schwören können, die Stimme meines Vaters gehört zu haben. Und einmal habe ich ihn, glaube ich, auch gesehen.«

»Ihren Vater?«

»Er hat auf einem Eisenerzschiff gearbeitet. Als ich vierzehn war, hat es ihn bei einem der Dezemberstürme von Bord gefegt.«

Andrea schüttelte den Kopf. »Das tut mir Leid.«

Stride nickte schweigend. »Sie frieren immer noch.«

»War ja auch blöd, mich so anzuziehen.«

»Sie sehen wunderschön aus«, sagte Stride. Er spürte das heftige Verlangen, sie in die Arme zu nehmen und zu küssen, aber er hielt sich zurück.

»Das ist süß von Ihnen. Aber ich friere trotzdem.«

»Wollen Sie einen Pulli und eine Jeans? Ich fürchte, was Schickeres kann ich Ihnen nicht anbieten.«

»Nein, es geht schon. Hier drinnen ist es ja warm.«

Stride lächelte. »Dabei wollte ich gerade vorschlagen, dass wir uns auf die Veranda setzen.«

»Auf die Veranda?«

»Sie ist überdacht, und ich habe zwei sehr gute Heizlüfter.«

»Ich werde mir den Hintern abfrieren, Jon«, sagte Andrea.

»Das wäre allerdings ein Jammer, wo es doch so ein hübscher Hintern ist.«

Selbst im Dunkeln spürte er, dass sie rot wurde.

Sie gingen in die Küche, und beide blinzelten, als

Stride das Licht anmachte. Entsetzt stellte er fest, dass die letzten drei arbeitsreichen Wochen den Raum ins Chaos gestürzt hatten – vor allem die Spüle, in der sich schmutziges Geschirr türmte. Auch die Sitzecke hatte er seit mindestens zwei Tagen nicht mehr aufgeräumt. Neben benutzten Gläsern und Tellern mit eingetrockneten Spaghettiresten stapelten sich Ermittlungsakten und Notizen auf dem kleinen Tisch.

»Kuschlig«, bemerkte Andrea lächelnd.

»Ja, tut mir Leid. Ich bin es nicht mehr gewöhnt, Besuch zu bekommen. Bis auf Maggie, aber der macht das nichts aus. Sie fühlt sich hier ganz zu Hause. Wäre mir das nur mal vorher eingefallen.«

»Machen Sie sich keine Gedanken.«

»Aber auf der Veranda ist es ganz ordentlich, versprochen. Ich hole Ihnen schnell eine Decke. Dann können Sie sich am Heizlüfter die Füße wärmen, sich in die Decke wickeln, und ich mache Sie mit der stärksten Margarita Ihres Lebens betrunken.«

»Abgemacht«, sagte Andrea.

Als sie den Margaritakrug halb leer getrunken hatten, spürten sie die Kälte kaum noch.

Andrea lag auf einer Rattanliege. Ihre Füße schauten unter einer bunten spanischen Wolldecke hervor. Vor der Liege stand ein Heizlüfter, der ihr die Füße wärmte. Die Decke reichte ihr bis zur Taille, darüber trug sie nur ihre Satinbluse und rieb sich die Gänsehaut an den nackten Unterarmen. Anfangs hatte sie die Decke bis zum Kinn hochgezogen, aber dann hatte sie sie nach und nach weiter hinunter geschoben.

Sie hielt ein bauchiges Glas in der Hand. Alle paar Minuten streckte sie die Zungenspitze aus, leckte ein wenig Salz vom Rand und trank einen Schluck von der grünlichen Flüssigkeit. Trotz der schwachen Beleuchtung beobachtete Stride sie dabei, und es erregte ihn, ihre Zunge am Glasrand zu sehen. Er betrachtete sie von seiner Liege aus, die nur ein kleines Stück von ihrer entfernt stand.

Es war fast dunkel auf der Veranda. Vom Haus her warf ein sanfter Lichtschein Schatten nach draußen. Da, wo sich noch kein Eis an den Scheiben gebildet hatte, konnten sie durch die hohen Fenster auf den tintig schwarzen See hinausschauen, der nur von einer Hand voll Sterne und dem sanft schimmernden Halbmond erleuchtet wurde. Lange lagen sie so nebeneinander. Es war schon spät, aber sie waren beide hellwach und lauschten aufmerksam den Geräuschen, die sie umgaben: dem Schwappen der Wellen, dem Summen der Heizlüfter, ihren eigenen, regelmäßigen Atemzügen. Sie unterhielten sich nur sporadisch, mit langen Pausen dazwischen. Mittlerweile waren Sie zum »Du« übergegangen.

»Du scheinst deine Scheidung gut verkraftet zu haben«, sagte Stride. »Ist das nur Show?«

Andrea sah ihn lange an. »Ja.«

Ein paar Wassertropfen schlugen an die Scheiben. Stride sah, dass es Regen war, gemischt mit etwas Hagel und Schnee. Sie hörten, wie das Prasseln auf dem Holzdach über ihren Köpfen stärker wurde, und spürten, wie die Windböen gegen das Haus schlugen. Die Wände ächzten. Stride griff nach dem Margaritakrug und schenkte beide Gläser voll.

Andrea ließ die Eiswürfel in ihrem Glas klirren. Um ihre Lippen spielte ein trauriges Lächeln. »Ich war bei meiner Schwester Denise in Miami, sie hatte gerade ein Kind bekommen. Als ich zurückkam, habe ich einen Brief vorgefunden. Er schrieb, er braucht Zeit für sich. Um zu schreiben. Um sich ›als Künstler wieder zu finden‹. Nicht mal angerufen hat er. Nicht ein einziges Mal. Er hat mir nur Postkarten geschickt. Dämliche Postkarten, die alle Welt lesen konnte. Als Nächstes höre ich, er ist in Yellowstone, dann in Seattle. Er schreibt ganz großartige Dinge. Aber irgendwann unterwegs ist ihm aufgefallen, dass er nicht er selbst sein kann, wenn er mit mir zusammen ist. Ich ersticke sein Genie. Und deshalb hält er es für besser, wenn wir uns trennen.«

»Mist«, murmelte Stride.

»Robin hat fünf Wochen und zehn Postkarten gebraucht, um unsere Ehe offiziell für beendet zu erklären und mir mitzuteilen, er hätte in San Francisco jemand Neues kennengelernt. Auf einer Postkarte mit der beschissenen Golden Gate Bridge vorne drauf.«

»Das tut mir Leid«, sagte Stride.

»Schon gut. Ich vermisse ihn gar nicht so sehr, ich bin nur nicht gern allein.«

»Ich vermisse die kleinen Dinge«, sagte Stride leise. »Ich friere morgens immer. Manchmal wache ich auf und drehe mich um, um mich an Cindy zu schmiegen, wie früher. Sie hat sich immer beschwert, ich hätte so kalte Hände, aber sie war wie ein Heizkörper, der mich wärmt. Und jetzt ist sie nicht mehr da. Also liege ich da und friere.«

Er hörte seine Stimme ersterben und spürte, dass die Stille andauerte. Andrea brauchte nicht zu fragen – er wusste, dass sie mehr hören wollte. Einige Zeit vorher hatte er beiläufig erwähnt, dass Cindy gestorben war, aber er war nicht ins Detail gegangen, weil er die Stimmung dieses Abends nicht verderben wollte. Andrea war entsetzt und bestürzt gewesen, hatte aber genau wie alle anderen nicht gewusst, was sie sagen oder wie sie ihn trösten sollte.

Selbst dieses winzige Detail, die Erinnerung daran, wie er sich im Bett an ihr gewärmt hatte, löste das Bedürfnis in ihm aus, ihr alles zu erzählen. Doch er schwieg beharrlich.

Draußen schneite es inzwischen richtig. Eisschichten glitten langsam an den Scheiben entlang und versperrten den Blick auf den See. Stride warf einen Blick auf den kleinen Tisch neben seiner Liege und stellte fest, dass der Krug inzwischen leer war. Er schaute auf die Uhr, konnte aber in der Dunkelheit nicht erkennen, wie spät es war.

»Du hast es geschafft«, verkündete Andrea.

»Was denn?«

»Ich bin betrunken. Vielen Dank.«

Stride nickte. »Keine Ursache.«

Andrea sah zu ihm hinüber. Zumindest glaubte er das. Er konnte sie kaum sehen.

»Sag mal«, begann sie. »Willst du eigentlich mit mir schlafen?«

Diese Frage erforderte eindeutig eine sofortige Antwort, auch wenn Stride sich zum ersten Mal seit Cindys Tod mit ihr konfrontiert sah. Der halbe Krug Margarita und eine gewisse Steifheit im Lendenbereich gaben eine eindeutige Marschrichtung vor. Trotzdem hatte er das Gefühl, untreu zu werden. »Ja, will ich.«

»Aber?« Sie hatte es an seiner Stimme gehört.

»Aber ich bin betrunken und weiß nicht recht, ob ich der Situation … na ja … gewachsen bin.«

»Lügner.«

»Stimmt.«

»Du hast keinen Sex mehr gehabt, seit sie tot ist.«

»Stimmt.«

Andrea erhob sich schwankend von ihrer Liege. »Das ist hart«, sagte sie.

Stride rührte sich nicht. Er sah zu, wie sie ihren Rock hochschob und die schwarze Strumpfhose und das geblümte Höschen, das sie darunter trug, nach unten zog. Dann streifte sie beides ab und ließ es zu Boden fallen. Sie war eine echte Blondine: Ein zartes Büschel blonder Schamhaare lugte zwischen ihren schlanken Schenkeln hervor. Mit unbeholfenen Fingern knöpfte sie sich die Bluse auf, öffnete den Verschluss ihres BHs und schob ihn beiseite, sodass ihre kleinen Brüste mit den aufgerichteten, rosigen Brustwarzen sichtbar wurden.

Dann beugte sie sich über ihn und zog den Reißverschluss seiner Jeans auf. Sie schob die Hand in den Hosenschlitz und ertastete seine Erektion. »Du scheinst der Situation ja doch gewachsen zu sein.«

»Sieht so aus.«

Mit einiger Mühe befreite sie seinen Penis aus der Hose, dann schwang sie mit einer raschen Bewegung ein Bein über die Liege, sodass sie über ihm stand. Mit einer Hand schob sie ihre Schamlippen auseinander, mit der anderen umfasste sie ihn und ließ sich langsam nach unten sinken. Stride spürte, wie er in die feuchte Wärme eindrang, und stöhnte auf.

»Gefällt's dir?«

»Oh, ja.«

»Gut.«

Er streckte die Hände nach ihren Brüsten aus und begann, die Brustwarzen mit den Fingerspitzen zu liebkosen.

»Fester«, sagte sie.

Er kniff sie ein wenig und umschloss dann beide Brüste fest mit seinen großen Händen. Andrea schrie laut auf vor Lust, ließ sich nach vorn fallen, küsste ihn und schob ihm ihre Zunge in den Mund. Ihre Pobacken hoben und senkten sich, während sie sich heftig auf ihm bewegte. Stride schob ihr die Hand zwischen die Beine, fand ihren Kitzler und begann, mit kreisenden Bewegungen daran zu reiben.

Der Verandaboden quietschte und knarzte, ebenso wie die Liege, als wollten sie sich über das Geschaukel der beiden Körper beschweren.

Stride spürte, wie seine Erregung wuchs. Sie brachte ihn rasch an den Rand eines wundervollen, alkoholgeschwängerten Orgasmus. Und offensichtlich hatte Andrea ebenfalls einen. Sie warf den Kopf in den Nacken, und auf ihrem Gesicht lag ein berauschtes Lächeln. Stride beugte sich vor und nahm eine ihrer Brustwarzen zwischen die Lippen. Sie drückte seinen Kopf fest an ihre Brust. Er leckte und knabberte daran, und als er sie so hart an seiner Zunge spürte, konnte er nicht mehr an sich halten. Seine Hüften schoben sich ihr in wildem Aufbäumen entgegen. Er löste die Lippen nicht von ihrer Brust, als er kam. Zu seinem Erstaunen begann Andrea zu lachen.

»Mein Gott«, murmelte sie, wie zu sich selbst. »Und der Mistkerl hat behauptet, ich bin nicht gut im Bett.«

4

»Und?«, fragte Maggie.

Sie trat sich auf der Fußmatte von Strides Jeep den Schnee von den Stiefeln, verschränkte dann die Arme und sah ihn erwartungsvoll an.

»Was ›und‹?«, fragte Stride zurück, konnte ein Lächeln aber nicht unterdrücken.

Maggie stieß ein Freudengeheul aus und knuffte ihn in den Arm. »Das Lächeln kenne ich«, rief sie fröhlich. »Das ist das Lächeln eines Mannes, der gestern zum Zug gekommen ist. Hab ich's nicht gesagt? Hab ich nicht Recht gehabt?«

»Immer mit der Ruhe, Mags.«

»Na los, Boss, Details, Details!« Maggie ließ nicht locker.

»Also gut, okay. Wir waren noch lange zusammen, haben uns betrunken und sind im Bett gelandet. Es war toll. Bist du jetzt zufrieden?«

»Nein, aber du offensichtlich.«

Stride warf ihr einen ärgerlichen Blick zu und steuerte den Jeep dann vom Parkplatz vor Maggies Wohnhaus. Die Reifen schlitterten über den frischen Schnee. Über Nacht waren nur ein paar Zentimeter dicken, nassen Schnees gefallen – genug, dass es glatt auf den Straßen war, aber noch nicht so viel, dass die Schneepflüge ausgerückt wären. Stride blinzelte. Er hatte rote Augen.

»Und, wie geht's dir jetzt?«, fragte Maggie.

Stride umfasste das Lenkrad ein wenig fester und trat auf die Bremse, als sie sich einem Stoppschild näherten. »Wenn du's genau wissen willst: Ich habe ein verdammt schlechtes Gewissen.«

»Aber du betrügst Cindy doch nicht«, sagte Maggie. »Im Gegenteil, sie wäre bestimmt sauer, weil du so lange gewartet hast.«

»Weiß ich ja«, sagte Stride. »Das sage ich mir auch. Aber mein Herz will das nicht glauben.«

Er hatte von Cindy geträumt, und als er aufgewacht war und zum ersten Mal seit einem Jahr einen warmen Körper neben sich gespürt hatte, hatte er einen kurzen, wunderbaren Moment lang geglaubt, Cindy läge tatsächlich neben ihm. Im Halbschlaf hatte er gedacht, das furchtbare letzte Jahr wäre der eigentliche Traum gewesen und das wahre Leben noch so schön, wie es immer gewesen war. Aber dann hatte er Andrea gesehen und war einen Augenblick lang enttäuscht gewesen. Er wusste, das war nicht fair. Sie war hübsch und hinreißend, und ihr nackter Körper, den die Bettdecke nur halb verdeckte, erregte ihn. Trotzdem hatte er mit den Tränen kämpfen müssen.

»Es war das erste Mal«, sagte Maggie. »Du bist wieder im Spiel, und je mehr Verabredungen du hast, desto besser wird es.«

»Kann sein. Andrea und ich sehen uns morgen Abend wieder.«

Maggie grinste anzüglich. »Ach ja? Verstehe. Kaum ist die Pistole wieder aus dem Halfter, kannst du nicht mehr aufhören zu feuern, was?«

Stride sah sie von der Seite an. »Du bist ordinär, Mags. Von wem hast du das bloß?«

»Von dir.«

»Soso«, sagte Stride lachend.

»Übertreib's nur nicht, okay?«, sagte Maggie. »Du hast Cindys Tod noch nicht ganz verarbeitet, und sie verarbeitet gerade ihre Scheidung. Ihr seid beide noch nicht drüber weg.«

»Seit wann bist du denn die große Expertin für Beziehungsfragen?«, fragte Stride ungehalten und bereute den gereizten Ton sofort.

»Sagen wir einfach, ich weiß, wie es ist, enttäuscht zu werden.«

Stride antwortete nicht. Sie fuhren schweigend weiter.

Ihr Ziel befand sich am südlichen Stadtrand. Sie ließen den Hafen links liegen und überquerten ein Gewirr von Eisenbahnschienen, die zu den Docks und davon weg führten. Die Gegend war nicht sonderlich belebt: Es gab nur ein paar fensterlose Kneipen, ein paar Spirituosenläden und ein paar Tankstellen. Nach anderthalb Kilometern hatten sie den äußeren Stadtrand erreicht, wo sich in der Nähe des Highways ein Areal mit vielen älteren Häusern befand. Die meisten stammten aus den Dreißigerjahren und waren ursprünglich bescheidene, aber gemütliche Unterkünfte für Seeleute gewesen. Inzwischen waren sie alle baufällig, und das Viertel zog die wenigen Drogendealer von Duluth geradezu magisch an.

»Die Ehe mit Graeme hat Emily gesellschaftlich ein ganz schönes Stück nach oben gebracht«, sagte Maggie. »Das war wirklich eine Leistung, sich den zu schnappen. Ich frage mich, wie sie das gemacht hat.«

»Der Reverend sagt, vor ein paar Jahren ist sie noch ziemlich lecker gewesen.«

»Das hat er gesagt?«

»Er hat es etwas anders formuliert. Aber Emily steht ihm immer noch auffällig nahe. Ich glaube, er weiß mehr über sie und Rachel als sonst jemand.«

»Aber wird er es uns auch sagen?«, gab Maggie zu bedenken.

»Er hat uns immerhin einen Termin gegeben. Das ist zumindest mal ein Anfang.«

Stride fuhr durch die schneebedeckten Straßen des ruhigen Viertels. Die Autos, die am Straßenrand parkten, sahen wie kleine weiße Hügel aus, die man auf den schmalen Fahrbahnen umrunden musste.

Die Kirche, der Dayton als Pfarrer vorstand, war wie ein Brückenkopf, von dem aus die Anwohner erbittert gegen Verbrechen und Zerstörung ankämpften. Der Kirchhof wirkte peinlichst gepflegt, und auf der breiten Rasenfläche standen sorgfältig gestutzte, kleine Büsche. Außerdem gab es eine Schaukel und einen Spielplatz mit Klettergerüsten aus Zedernholz für die Kinder. Die Kirche selbst war frisch verputzt, und die schmalen, hohen Fenster waren leuchtend rot umrahmt.

Strides Jeep hinterließ die erste Reifenspur auf dem Gelände, als sie bis zur Kirche vorfuhren und dort hielten. Sie stiegen aus dem Wagen, hinaus in die frische, kalte Luft, und stapften durch den Schnee zur Kirchentür. Im Eingangsbereich war es kühl, alle Wärme stieg zu den hohen Decken auf. Instinktiv schlangen sie die Arme um den Oberkörper, um sich zu wärmen, während sie sich umsahen. Stride entdeckte ein schwarzes Brett mit Informationsblättern zu Drogenentzug, Verhinderung von Missbrauch und Eheberatung. In der Mitte hing unübersehbar eine Vermisstenmeldung mit Rachels Foto.

»Hallo?«, rief Stride.

Er hörte Geräusche irgendwo im Innern der Kirche und gleich darauf eine gedämpfte Stimme. Dann trat Dayton Tenby aus dem Dunkel eines langen Ganges und kam auf sie zu. Er trug eine dunkle Anzughose und einen grauen Wollpullover mit Lederflicken an den Ellbogen. Mit nervösem Lächeln begrüßte er sie, und seine Hand war, wie schon bei Strides erster Begegnung mit ihm, feucht von Schweiß. Auch auf seiner Stirn hatten sich Schweißtropfen gebildet. Er hielt einen gelben Schreibblock, der über und über mit einer kleinen, krakeligen Schrift bedeckt war, unter dem Arm und hatte sich einen Kugelschreiber hinters Ohr gesteckt.

»Entschuldigen Sie, dass ich Sie nicht gleich empfangen habe«, sagte er. »Ich war gerade dabei, meine Predigt für morgen zu schreiben, deshalb bin ich ein bisschen abgelenkt. Gehen wir doch nach hinten, da ist es wärmer.«

Er ging den Flur entlang voraus. Sein Büro in der Kirche war klein und quadratisch und mit dunklen Holzmöbeln ausgestattet. Über dem schlichten Kamin hing ein großes Ölgemälde, das Christus zeigte. Im Kamin flackerte ein Feuer und füllte den Raum mit wohliger Wärme. Dayton setzte sich in einen grünen Polstersessel am Feuer und legte den Schreibblock auf den zierlichen Beistelltisch neben ihm. Mit der Hand deutete er auf ein antikes, unbequem aussehendes Sofa. Stride und Maggie setzten sich. Maggie passte genau auf das Sofa, aber Stride hatte bei seiner Körpergröße Schwierigkeiten, eine bequeme Haltung zu finden.

»Als wir uns zum ersten Mal gesprochen haben, sagten Sie, Sie glauben, dass Rachel fortgelaufen ist«, begann Stride. »Glauben Sie das immer noch?«

Dayton spitzte die Lippen. »Selbst für Rachels Verhältnisse ist das ein sehr langer Zeitraum, um jemandem einen Schrecken einzujagen. Den Stoners gegenüber würde ich das natürlich niemals äußern, aber ich habe langsam die Befürchtung, dass es vielleicht doch nicht nur ein kindisches Spielchen gewesen ist.«

»Aber Sie haben keine Vorstellung, was sonst passiert sein könnte?«, fragte Maggie.

»Nein. Glauben Sie, sie ist entführt worden?«

»Wir können bis jetzt nichts ausschließen«, erwiderte Stride. »Im Augenblick versuchen wir, etwas mehr über Rachels Vergangenheit und ihre persönlichen Beziehungen zu erfahren. Wir versuchen, uns ein Bild von ihr zu machen. Und da Sie Rachel und ihre Familie schon so lange kennen, dachten wir, Sie könnten uns vielleicht dabei helfen.«

Dayton nickte. »Ich verstehe.«

»Sie klingen nicht sehr bereitwillig«, sagte Maggie.

Dayton faltete die Hände im Schoß. »Mit Bereitwilligkeit hat das nichts zu tun, Detective. Ich überlege nur, was ich Ihnen erzählen darf und was nicht. Es gibt Dinge, die ich in meiner Funktion als geistlicher Berater erfahren habe, und die muss ich natürlich vertraulich behandeln. Das werden Sie sicher einsehen.«

»Sie haben Rachel also beraten?«, fragte Stride.

»Für kurze Zeit. Das ist schon lange her. Ich habe sehr viel mehr mit Emily gearbeitet. Wir versuchen schon seit vielen Jahren, die Probleme mit Rachel gemeinsam zu bewältigen. Bisher leider ohne großen Erfolg.«

»Uns hilft alles, was Sie uns sagen können«, versicherte Maggie.

»Ich habe Emily sogar von dieser Unterredung erzählt«, sagte Dayton. »Wissen Sie, ich hatte schon damit gerechnet, dass es um so etwas gehen würde. Emily war so freundlich, mir die Erlaubnis zu geben, frei über unsere Unterhaltungen zu sprechen. Rachels Einverständnis habe ich natürlich nicht, aber unter den gegebenen Umständen würde es vielleicht mehr schaden als nutzen, wenn ich Informationen zurückhalte. Ich muss allerdings vorausschicken, dass Rachel mir nur wenig erzählt hat, das uns einen Blick in ihre Seele ermöglichen würde.«

»Warum fangen Sie nicht einfach von vorne an?«, schlug Stride vor.

»Ja, warum nicht ... Sie wissen sicher bereits, dass die Probleme zwischen Emily und Rachel bereits aus Emilys erster Ehe mit Tommy Deese stammen. Er hat einen Keil zwischen die beiden getrieben, und nach seinem Tod ist alles noch viel schlimmer geworden. Ich habe das natürlich erst später erfahren. Ich kannte sie zwar aus der Kirche, aber keine von beiden hat je versucht, mich ins Vertrauen zu ziehen.«

»Haben sie hier in der Nähe gewohnt?«, fragte Maggie.

»Ja. Gleich hier in der Straße.«

»Hatte Rachel viele Freunde?«, fragte Stride.

Dayton trommelte mit den Fingern auf das Beistelltischchen. »Keine richtig engen Freunde. Bis auf Kevin vielleicht. Er war immer sehr verliebt in sie, aber das wurde nicht erwidert.«

»Ist das der Kevin, der am bewussten letzten Abend mit ihr im Canal Park war?«, fragte Maggie.

»Oh, ja. Kevin und seine Eltern wohnen immer noch hier. Ich bin sicher, er wird eines Tages Anwalt, vielleicht sogar Politiker. Er ist ein echter Karrieretyp. Ich fürchte, seine einzige Schwäche ist Rachel. Man hatte immer den Eindruck, dass er sie beschützen will. Aber Rachel wollte sich nicht beschützen lassen. Und das ist auch gut so. Diese Sally, mit der er jetzt zusammen ist, ist sehr viel besser für ihn. Das klingt jetzt sicher herzlos, verzeihen Sie. Ich möchte wirklich nicht schlecht von Rachel sprechen, aber für Kevin wäre sie nicht die Richtige gewesen.«

Maggie nickte. »Sie glauben wahrscheinlich nicht, dass Kevin etwas mit Rachels Verschwinden zu tun haben könnte?«

Daytons Miene verriet ehrliches Entsetzen. »Kevin? Aber nein. Ganz unmöglich.«

»Reden wir über Emily und Graeme«, sagte Stride. »Hatte Rachel eine Abneigung gegen Graeme? Hat sie es Emily übel genommen, dass sie einen neuen Mann ins Haus gebracht hat?«

»Das sollte man eigentlich erwarten, nicht wahr?«, sagte Dayton. »Aber offenbar war es ganz anders. Sie sind sehr gut miteinander ausgekommen, zumindest eine Zeit lang. Ich glaube, Rachel hat gehofft, sie könnte Graeme als Druckmittel gegen Emily einsetzen, so wie Tommy es früher mit ihr gemacht hat. Ich denke, sie wollte Graeme und Emily gegeneinander aufhetzen. Und vielleicht ist ihr das ja auch gelungen. Es ist keine besonders glückliche Ehe.«

»Inwiefern?«, fragte Maggie. »Streiten sie sich? Betrügen sie sich?«

Dayton hob die Hand. »Entschuldigen Sie, aber ich habe eine trockene Kehle. Ich brauche ein Glas Wasser. Ich kann ja meine Predigt morgen nicht halten, wenn ich heiser bin! Darf ich Ihnen auch etwas anbieten?«

Stride und Maggie schüttelten den Kopf. Dayton lächelte, entschuldigte sich noch einmal und ging ins Nebenzimmer. Sie hörten seine Schritte auf dem

Holzboden und dann das Rauschen in den Leitungen, als er den Wasserhahn aufdrehte. Kurze Zeit später kam er mit einem roten Plastikbecher in der Hand zurück.

»Entschuldigen Sie«, sagte er und setzte sich wieder hin. Er wirkte gelöster als zuvor. »Wo waren wir?«

»Emily und Graeme«, sagte Maggie.

»Ja, richtig. Nun, ich glaube nicht, dass es in dieser Ehe gewaltsame Eskalationen gegeben hat. Das Gegenteil ist wohl der Fall. Keine Leidenschaft. Sie scheinen keine allzu große Liebe füreinander zu empfinden.«

»Aber warum haben sie dann überhaupt geheiratet?«, fragte Stride.

Dayton runzelte die Stirn. »Graeme ist beruflich sehr erfolgreich. Vielleicht haben die vielen Dollarzeichen auf seinem Gehaltszettel Emily ein wenig geblendet. Wenn man ständig arbeiten muss, um sich irgendwie durchzuschlagen, kann ein Leben, in dem man sehr viel weniger zu tun hat, doch sehr verführerisch wirken. Vielleicht haben ihre Träume ihr ein wenig den Blick für die Wirklichkeit verstellt.«

»Und was ist mit Graeme?«, fragte Maggie. »Ich meine das jetzt nicht böse, aber Emily scheint mir kein großer Fang für einen erfolgreichen Banker zu sein.«

Dayton musterte sie mit einem eigenartigen Lächeln, als würde er sich über die Frage amüsieren. »Wer weiß schon, warum sich zwei Menschen zueinander hingezogen fühlen? Emily ist eine hinreißende Frau, und Rachel hat ihre Schönheit nicht nur von Tommy geerbt, auch wenn Emily das immer behauptet. Außerdem fühlen sich viele Männer zu Frauen hingezogen, die schutzbedürftig wirken. Vielleicht war das ja auch bei Graeme der Fall.«

Stride zweifelte daran. Es sah Graeme so gar nicht ähnlich. »Wie haben die beiden sich kennengelernt?«, fragte er.

»Nun, nach dem, was Emily erzählt, muss das ganz romantisch gewesen sein«, erwiderte Dayton. Seine Stimme klang plötzlich lauter und lebhafter. »Graeme war seit etwa einem Jahr bei der Bank, und wie ich höre, hielten ihn fast alle weiblichen Angestellten für einen äußerst begehrenswerten Junggesellen. Er war attraktiv, sehr selbstbewusst und hatte eine hoch gestellte Position bei der Bank. Was will man da noch mehr? Er schien sich allerdings für keine zu interessieren. Emily hat ihn mir gegenüber ein paar Mal erwähnt, aber sie hätte nicht im Traum daran gedacht, dass er sie auch nur anschauen würde, und hat auch nie versucht, ihn auf sich aufmerksam zu machen. Sie war eine der wenigen, die das nicht versucht haben. Vielleicht hat ihn das ja für sie eingenommen. Vielleicht hat er geglaubt, sie wäre als Einzige immun gegen seinen Charme. Jedenfalls hat er sie eines Tages nach der Arbeit auf dem Parkplatz angesprochen. Er hat sie gefragt, ob sie noch etwas mit ihm trinken will. Offenbar hat er sich schon eine ganze Weile für sie interessiert und nicht den Mut gehabt, sie zu fragen, ob sie mit ihm ausgeht. Lustig, nicht wahr? Wie das Leben so spielt.«

»Tja«, sagte Stride. Er sah Maggie an, die mit gerunzelter Stirn dasaß.

»Kurze Zeit später haben sie geheiratet«, fuhr Dayton fort. »Eine stürmische Romanze.«

Maggie schüttelte ungläubig den Kopf. »Und ein paar Jahre danach ist es schon vorbei mit der Leidenschaft?«

»So was kommt vor«, sagte Dayton. »Ich erlebe das öfter, als mir lieb ist.«

Stride nickte vor sich hin. »Tut mir Leid, Pater, aber

eines verstehe ich noch nicht. Auch wenn Graeme Emily angesprochen hat, kann ich mir immer noch nicht recht vorstellen, dass sie so viel gemeinsam hatten, dass er sich gleich auf eine Ehe einlässt. Das klingt jetzt vielleicht unsensibel … aber hat Emily ihm vielleicht eine Falle gestellt?«

Dayton biss sich auf die Lippe und blickte unbehaglich drein. »Ich weiß nicht, was Sie meinen.«

Maggie lächelte. »Eine Falle eben. Wissen Sie, Frauen sind richtig gut darin, Männer dazu zu bringen zu tun, was sie wollen. Stride hier macht alles, was ich ihm sage. Man muss das nur können.«

Dayton lächelte angestrengt. »Nun, ich glaube nicht, dass Emily irgendwelche Strategien verfolgt hat. Dafür war sie viel zu verblendet. Wie ich bereits sagte, der Gedanke an das Geld hat sie wohl übersehen lassen, dass es keine wahre Leidenschaft war. Aber ich glaube nicht, dass sie ihm bewusst etwas vorgemacht hat.«

»Pater, wir müssen die Wahrheit wissen«, sagte Stride. »Da gab es doch offensichtlich noch etwas.«

Dayton nickte. »Ja, das ist mir klar. Aber es hat nichts mit Rachel zu tun, deshalb scheint es mir nicht notwendig, banale kleine Einzelheiten hervorzuzerren.«

»Wir können das Rätsel nicht lösen, wenn uns Informationen fehlen«, sagte Maggie. »So einfach ist das leider.«

»Ja, wahrscheinlich haben Sie Recht.« Dayton wischte sich das schweißnasse Gesicht. »Nun, wissen Sie, als die beiden ein paar Wochen zusammen waren, hat Emily festgestellt, dass sie schwanger ist. Das war der eigentliche Anlass für die Heirat.«

»Da hat Graeme sich sicher gefreut«, murmelte Stride vor sich hin.

»Nicht allzu sehr«, sagte Dayton. »Er wollte, dass

sie abtreibt. Aber sie hat sich geweigert. Er hätte das Ganze wohl am liebsten ungeschehen gemacht, aber in einer Stadt wie Duluth kann man in seiner Position keinen öffentlichen Skandal riskieren. Also hat er sie geheiratet.«

»Und das Baby?«, fragte Maggie.

»Eine Fehlgeburt im sechsten Monat. Emily wäre fast dabei gestorben.«

»Und Graeme hat nicht versucht, eine freundschaftliche Trennung herbeizuführen?«, fragte Stride.

»Nein«, sagte Dayton. »Offenbar hatte er sich mit der Ehe abgefunden. Er wird sich wohl auch überlegt haben, dass eine Scheidung für ihn sehr teuer geworden wäre. Also hat er alles so gelassen, wie es war. Aber er hat nie versucht, irgendwem weiszumachen, dass ihm etwas daran liegt. Für ihn war es einfach bequem, verheiratet zu sein. Und eine Zeit lang war das auch für Emily in Ordnung. Liebe ist nicht mehr so wichtig, wenn man sich jahrelang nur mit Mühe über Wasser gehalten hat.«

»Eine Zeit lang?«, wiederholte Maggie.

»Tja, Geld hilft eben doch nicht gegen Einsamkeit«, sagte Dayton.

»Und wie kommen die beiden jetzt damit zurecht?«, fragte Stride.

»Ich denke, das sollten Sie sie selbst fragen, Detective.«

»Und Rachel war die ganze Zeit mittendrin in diesem Desaster?«, fragte Maggie.

Dayton seufzte. »Die drei zusammen in diesem Haus«, sagte er, »und so wenig Zuneigung füreinander. So etwas ist furchtbar. Deshalb war ich auch überzeugt davon, dass Rachel ausgerissen ist. Es gab vieles, vor dem sie hätte weglaufen können.«

»Hat sie jemals damit gedroht wegzulaufen?«, fragte Stride.

»Nein, mir hat sie sich nicht anvertraut. Sie hatte wohl das Gefühl, dass ich auf Emilys Seite bin, und damit war ich der Feind.«

»Sie können uns also nichts weiter sagen, das uns einen Hinweis auf ihr Verschwinden geben könnte? Irgendetwas, das Sie vielleicht zufällig gesehen oder gehört haben?«

»Ich wünschte, das könnte ich«, sagte Dayton. »Aber ich fürchte nein.«

Sie standen auf und reichten sich befangen die Hand. Stride hatte das Gefühl, dass der Pfarrer sie gern loswerden wollte. Er begleitete sie durch den Gang zurück in den kalten Eingangsbereich der Kirche. Nachdem die Tür sich hinter ihnen geschlossen hatte, blieben Stride und Maggie auf der Treppe stehen, knöpften sich die Mäntel zu und schlangen sich die Schals um den Hals. Der Wind hatte ihre Spuren im Schnee längst verweht.

»Und, was denkst du?«, sagte Maggie.

Stride blinzelte in den Wintersonnenschein. »Ich denke, wir brauchen eine Pause.«

5

Heather trank einen Schluck Tee aus der angestoßenen Porzellantasse und stellte sie dann auf einen Beistelltisch, weit genug weg, dass verschütteter Tee keinen Schaden anrichten würde. Dann sah sie vorsichtig die Abzüge durch, die sie ein paar Stunden zuvor im kalten Keller entwickelt hatte.

Der erste Schnee brachte immer ein paar wunderschöne Arbeiten mit sich. Im Wald hinter ihrem Häuschen hatte sie zwischen zwei Bäumen ein riesiges, perfektes Spinnennetz entdeckt. Eiskristalle bedeckten die transparenten Fäden und verschlangen sich ineinander wie Spitze. Sie hatte das Bild rasch eingefangen, und noch während sie fotografierte, hatte ein Windstoß das Eis gesprengt und das Spinnennetz entzweigerissen. Auf einem der Abzüge sah man, wie es riss und wie die Eisfragmente sanft auseinander brachen.

Heather nahm ihre Halbbrille ab und legte sie neben sich. Aus der Stereoanlage ertönten die letzten Takte eines Klavierkonzerts von Brahms. Sie schloss die Augen und genoss die Klänge des Klaviers. Als das Konzert vorbei und es ringsum still war, merkte sie, wie müde sie war. Fast den ganzen Tag war sie mit ihrer Kamera durch Kälte und Schnee gestapft, bis ihre Füße ganz nass und ihre Finger taub waren. Lissa war die ganze Zeit bei ihr gewesen, doch ihr schien die Kälte nichts auszumachen. Heather hatte sie immer wieder ermahnt, sich den Schal vors Gesicht zu ziehen, und Lissa hatte ihn jedes Mal weggeschoben, sobald Heather ihr den Rücken zudrehte. Als sie nach Hause gekommen waren, hatten sie zusammen ein heißes Bad genommen, aber Heather spürte immer noch Reste der Kälte des Tages in sich. Jetzt wollte sie nur noch ihr langes Flanellnachthemd anziehen und sich unter einem Berg von Decken vergraben.

Sie schaltete die Lampe aus und stand vom Schreibtischstuhl auf. Als sie das Deckenlicht löschte, war es ganz dunkel im Haus, doch das Wohnzimmer war immer noch erfüllt vom Widerschein des Mondlichts, das draußen auf die frische, weiße Schneedecke fiel. Heather ging auf Zehenspitzen den Flur entlang, um Lissa nicht zu wecken. Wie immer schob sie die Zimmertür der Kleinen leise ein Stückchen auf und schaute hinein. Wenn Lissa schlief, brannte ein Nachtlicht. Der Rest des Zimmers war voller Schatten. Lissa lag auf dem Bauch, das Gesicht im Kissen vergraben, und schlief tief und fest. Sie hatte die Decke so weit weggestrampelt, dass sie nur noch halb zugedeckt war.

Heather trat ins Zimmer, um die Decke zurechtzuziehen. In der Nacht würde es noch kälter werden. Einen Augenblick lang blieb sie vor Lissas Bett stehen, betrachtete das gelöste Gesicht ihrer Tochter und lächelte über die kleinen, murmelnden Laute, die sie im Schlaf manchmal von sich gab. Sie beugte sich vor und drückte die Lippen auf Lissas Stirn.

Dann zog sie die Decke wieder nach oben und steckte sie ihr um die Schultern fest. Dabei fiel etwas aus dem Bett und landete mit einem leisen Geräusch auf dem Teppich. Heather schaute zu Boden und sah im dämmrigen Licht etwas glitzern. Erstaunt bückte sie sich und hob es auf. Ein goldenes Armband.

Heather hatte es nicht für Lissa gekauft und konnte sich auch nicht erinnern, es schon einmal gesehen zu haben. Sie legte die Stirn in Falten, fragte sich, wo Lissa es wohl herhatte, und wunderte sich gleichzeitig, dass sie ihr nichts davon erzählt hatte. Wie sie Lissa kannte, konnte das nur bedeuten, dass sie es auf verbotenen Wegen bekommen hatte.

Sie ging aus dem Zimmer und nahm das Armband mit.

In ihrem Zimmer legte sie es auf die altersschwache Kommode mit den fünf Schubladen und betrachtete es einen Augenblick nachdenklich. Dann zuckte sie die Achseln und wandte sich ab. Sie knöpfte ihr rotkariertes Hemd auf und warf es in den Wäschekorb. Einen BH trug sie nicht. Sie zog sich die Jeans aus, behielt Höschen und Strümpfe an und streifte rasch das Nachthemd über.

Sie zog ihre sechs Decken zurecht, kroch ins Bett, schaltete das Radio ein und suchte nach einem Musiksender. Sie erwischte das Ende der stündlichen Nachrichten und hörte nur mit halbem Ohr zu, weil sie das alles viel zu bedrückend fand. Im Süden der Stadt war ein Farmhaus abgebrannt, eine alte Frau war dabei zu Tode gekommen. Das Mädchen aus Duluth, Rachel, wurde immer noch vermisst. Die Trojans hatten ein wichtiges Spiel verloren.

Heather betrachtete die gerahmten Fotos, die an der Wand neben ihrem Bett hingen. Erst kürzlich hatte sie einen Abzug ihrer Aufnahmen von der alten Scheune dazugehängt. Die schwindende Sonne, die gerade noch die Baumwipfel hinter ihr überstrahlt hatte, warf Schatten auf die baufälligen Wände. Totes Laub lag wie ein Teppich auf dem Boden verstreut. Der Himmel am Horizont war stahlgrau. Sie hatte eine Aufnahme machen wollen, die Vergänglichkeit ausdrückte, und das war ihr auch gelungen.

Während Heather das Foto betrachtete, fiel es ihr plötzlich wieder ein.

Vor ihrem geistigen Auge sah sie Lissa um die Ecke der Scheune kommen, voller Aufregung, weil sie etwas gefunden hatte. Heather war abgelenkt gewesen, sie hatte sich mit ihrer Kamera beschäftigt. Aber trotzdem wusste sie noch, dass Lissa ihr ein goldenes Armband gezeigt hatte, und sie erinnerte sich auch, ihr gesagt zu haben, sie solle es dorthin zurücklegen, wo sie es gefunden hatte. Und jetzt, ein paar Wochen später, lag plötzlich ein goldenes Armband in Lissas Bett.

»Hinterlistiges kleines Biest«, murmelte Heather verärgert vor sich hin.

Seufzend stand sie wieder auf und nahm das Armband von der Kommode. Es war nicht besonders schwer und sah nicht teuer aus. Wahrscheinlich hatte ein Mädchen von der High School es bei einem Stelldichein hinter der Scheune verloren.

Heather betrachtete das Armband genauer und sah, dass Buchstaben eingraviert waren.

T ♡ R

T. liebt R., dachte sie. Na dann. Sie vermutete, dass R. ein hübsches Mädchen aus der Abschlussklasse war und T. ein Footballspieler, der ein Schmuckstück für den besten Weg hielt, um dem Mädchen an die Wäsche zu gehen. Heather lächelte. Sie legte das Armband auf den Nachttisch und machte das Licht aus.

Sie versuchte zu schlafen, doch stattdessen wälzte sie sich unruhig im Dunkeln herum. Noch vor ein paar Minuten hatte sie kaum die Augen offen halten können, aber jetzt war sie hellwach. Ein Wirrwarr aus unzusammenhängenden Gedanken wanderte ihr durch den Kopf. Die High School. Ein hübsches Mädchen bei einem Stelldichein hinter der Scheune. Eine alte Frau, die in den Flammen starb. Footballspiele. Goldene Armbänder. Junge Liebe. Junge Lust.

Initialen. Sie sah sie wieder vor sich.

Plötzlich riss Heather die Augen auf und starrte ins dunkle Zimmer hinein, ohne etwas zu sehen. Trotz der vielen Decken kroch ihr ein kalter Schauer über den Rücken. Sie tastete nach der Nachttischlampe und blinzelte, als es plötzlich hell im Zimmer wurde.

Sie betrachtete das Armband, wagte aber nicht, es anzufassen.

T. liebt R., dachte sie noch einmal.

R.

6

Stride stand auf der Schotterstraße vor dem abgesperrten Gebiet rund um die Scheune. Die Schneedecke war nur noch eine glitschige graue Masse, nachdem den ganzen Tag Polizeiwagen gekommen und weggefahren waren. Er bohrte die Absätze seiner Stiefel hinein und stemmte den Körper den Windböen entgegen. Die Kälte stach wie Messerklingen in das kleine Stück seines Gesichts, das nicht vom Wollschal bedeckt war. Er trug eine rote Mütze tief in die Stirn gezogen, hatte die Kapuze seines Parkas aufgesetzt und sie um den Hals fest zugebunden. Die Hände steckten in Lederhandschuhen. Der Wind hatte eine Temperatur von etwa zehn Grad unter null.

Das Wetter zeigte sich nicht sehr kooperativ – und auch Strides Glück schien ihn verlassen zu haben.

Sie hatten um die Mittagszeit mit der Suche begonnen, und jetzt, fünf Stunden später, war es praktisch Abend. Bisher hatten sie als einziges Ergebnis der konzentrierten und zermürbenden Arbeit bei Eiseskälte Dutzende Reifenspuren, Glassplitter, benutzte Spritzen und allen möglichen Abfall in Schwindel erregenden Mengen vorzuweisen. Alles wurde in Plastiktütchen gesteckt, die wiederum sorgfältig mit der Nummer des Planquadrats beschriftet wurden, in dem der jeweilige Gegenstand gefunden worden war.

Wäre der Hinweis von Heather Hubble zwei Tage früher eingegangen, hätten sie das Feld hinter der Scheune sehr viel leichter durchsuchen können. Jetzt lagen die Beweise, falls es überhaupt welche gab, unter einer sieben Zentimeter dicken Schneedecke verborgen. Bevor seine Leute einen Teil des Gebiets durchsuchen konnten, mussten sie den pulverigen Schnee immer erst in einen anderen Teil des Rasters befördern, der bereits durchsucht worden war. Jeder Windstoß trieb den Schnee zurück. Es war kalt, und sie kamen nur langsam voran. Aber ihnen blieb keine andere Wahl, als das Gebiet weiter Millimeter für Millimeter abzusuchen, nach so winzigen Dingen wie einem Haar, das vielleicht unter der weißen Decke am Boden lag oder sich im Unterholz verfangen hatte.

Und das war nicht einmal Strides größte Sorge. Das Schlimmste stand ihnen noch bevor. Für den nächsten Morgen war weiterer Schnee vorhergesagt, genauer gesagt ein Schneesturm, der die nördlichen Wälder unter einer fünfundzwanzig Zentimeter hohen Schneedecke verschwinden lassen würde. Falls das geschah, würden sie den Boden erst im April wieder zu sehen bekommen, und dann würden sich ganz sicher keine Beweise mehr finden. Also mussten sie sich beeilen. Stride hatte tragbare Flutlichtlampen angefordert, die gerade installiert wurden, damit sie die Suche auch bei Dunkelheit fortsetzen konnten.

Trotzdem blieb ihnen einfach nicht genug Zeit, es richtig gründlich zu machen.

Und zu allem Überfluss war es auch noch ausgerechnet diese Scheune.

Überall sonst im Wald hätten sie nur Birkenrinden gefunden und vertrocknetes Laub. Aber hier sah es im Grunde genauso aus wie auf dem Parkplatz hinter der High School. Stride konnte nur mutmaßen, wie viele junge Pärchen hier alle möglichen irrelevanten Spuren hinterlassen hatten, die sorgfältig analysiert, überprüft, protokolliert und schließlich ausgeschlossen werden mussten. Aus dem Funkgerät drang fast pausenlos Guppos Litanei der Seltsamkeiten, die sie bereits gefunden hatten. Sie hatten an der Stelle begonnen, wo das kleine Mädchen, Lissa, glaubte, das Armband gefunden zu haben, und sich von dort aus weiter vorgearbeitet. Seitdem hatten sie ein Höschen gefunden, das mindestens vier Nummern zu groß für Rachel war, außerdem eine Zahnspange, ein Lutschbonbon mit Kirschgeschmack, eine Pik-König-Spielkarte, die eine nackte blonde Frau mit einer Krone auf dem Kopf zeigte, und neun Kondome.

Stride wusste, dass die Chancen gering waren, irgendetwas davon direkt mit Rachel in Verbindung zu bringen. Trotzdem verspürte er eine gewisse Erregung. Die Stoners hatten das Armband identifiziert: Es hatte Rachel gehört. Die Initialen hatten jeden Zweifel ausgeräumt: »Tommy liebt Rachel«. Ihr Vater hatte ihr das Armband vor vielen Jahren geschenkt.

Kevin hatte in seiner ersten Aussage bereits zu Protokoll gegeben, dass Rachel das Armband bei ihrer letzten Begegnung im Canal Park getragen hatte. Und nun war es hier in der Nähe der Scheune aufgetaucht, der erste greifbare Anhaltspunkt dafür, wo Rachel nach ihrem Verschwinden gewesen war. Der beruflichen Befriedigung, die ihm das verschaffte, stand die grausige Erkenntnis entgegen, was dieser Fund bedeutete.

Emily Stoner war kreidebleich geworden, als sie das Armband gesehen hatte, und Stride hatte sie verstanden. Sie hatte immer noch darauf gehofft, dass Rachel einfach fortgegangen, ausgerissen war, um ihnen allen einen grausamen Streich zu spielen. Doch als Emily das Armband in der Hand hielt, war diese Hoffnung verschwunden.

»Das hätte sie niemals freiwillig zurückgelassen«, hatte Emily nur gesagt. »Niemals. Tommy hat es ihr geschenkt. Sie hat es immer getragen, sogar unter der Dusche. Sie hat es niemals abgenommen.«

Dann war sie schluchzend zusammengebrochen, während ihr Mann ungerührt zusah. »O mein Gott, sie ist tot«, hatte Emily vor sich hin gemurmelt. »Sie ist tatsächlich tot.«

Stride hatte gar nicht erst versucht, ihr falsche Hoffnungen zu machen. Er hätte ihr ohne weiteres sagen können, dass der Fund des Armbands an und für sich noch nichts zu bedeuten hatte. Aber die Wahrheit war für alle offensichtlich. Wochenlang hatten sie nach einem lebendigen Mädchen gefahndet, hatten versucht, ihr Leben zu entschlüsseln, hatten nach der Lösung eines Rätsels gesucht.

Jetzt würden sie mit einer anderen Suche beginnen. Mit der Suche nach Rachels Leiche.

Stride hörte, dass hinter ihm die Tür des Polizeibusses zufiel, gleich darauf das Geräusch von Schritten im Schnee. Er warf einen Blick über die Schulter. Maggie trug eine schwarze gefütterte Kappe, darunter flauschige Ohrenschützer. Ihr roter Wollmantel reichte ihr bis zu den Knöcheln. Sie stapfte in Lederstiefeln mit fünf Zentimeter hohen, quadratischen Absätzen durch den Schnee und trug keinen Schal, doch der bitterkalte Ansturm des Windes schien ihrer goldenen Haut kaum etwas auszumachen.

»Du frierst dir hier draußen doch den Arsch ab«, sagte sie. »Warum kommst du nicht rein zu uns?«

»Guppo ist da drin. Hier draußen fühle ich mich sicherer.«

Maggie zog die Nase kraus. »Ich habe darauf geachtet, dass er kein rohes Gemüse isst, und außerdem ist das Fenster einen Spalt offen, damit wir im Notfall gleich frische Luft haben.«

»Danke, trotzdem nicht. Ich muss mich sowieso gleich dem Medienzirkus stellen. Es ist bald Zeit für die Abendnachrichten.«

Stride schaute den Weg entlang. Etwa fünfzig Meter entfernt standen Polizeiautos, um eventuellen Verkehr aufzuhalten und das Gebiet abzuriegeln. Jenseits der Straßensperre sah er die Lampen der Fernsehkameras. Dort warteten etwa zwei Dutzend Reporter auf ihn, froren, murrten und verlangten nach Aufmerksamkeit. Durch den Wind hindurch hörte er nicht viel.

Er warf einen Blick auf die Uhr. Zehn vor fünf. Er hatte ihnen versprochen, zu Beginn der Nachrichten ein Live-Interview zu geben.

»Warst du als Teenager auch mal hier?«, fragte Maggie.

»Wie meinst du das?«

Maggie grinste. »Na ja, die Frau, die das Armband gefunden hat, sagt, das ist seit Jahren ein ziemlich heißes Sex-Pflaster.«

Stride zuckte die Achseln. »Ich bin mit meinen Freundinnen immer nur auf schöne, ungefährliche Schotterstraßen am See gefahren.«

»Und wer ist dann hierher gekommen?«, fragte Maggie.

»Die, die leicht zu haben waren.«

»Das war jetzt bestimmt eine sexistische Bemerkung. Soll ich dich wegen sexueller Belästigung anzeigen?«, stichelte sie.

»Wenn man ein Mädchen zu einer romantischen Fahrt um den See überreden konnte, hatte man ganz gute Chancen, auch bis zur zweiten Base zu kommen.«

»Erklär mir doch noch mal, was ›zweite Base‹ bedeutet.« Maggie fuhr sich spielerisch mit der Zunge über die Zähne. »In China kennen wir uns nicht aus mit Baseball. Heißt das Brüste, Brustwarzen, oder was?«

Stride ignorierte die Bemerkung. »Wenn man allerdings vorschlug, zur Scheune zu fahren, und das

Mädchen war einverstanden, dann wusste man ganz genau, was man zu erwarten hatte. Man schlug das allerdings auch nicht vor, wenn man sich nicht ganz sicher war, mit was für einem Mädchen man es zu tun hatte. Sonst riskierte man eine Ohrfeige.«

»Und was war mit dir?«

»Ich weiß noch, wie ich mal Lori Peterson beiläufig einen Ausflug zur Scheune vorgeschlagen habe«, sagte Stride. »Sie hat mir ihre Cola ins Gesicht geschüttet.«

»Gute Reaktion«, kommentierte Maggie. »Heißt das, Rachel war leicht zu haben?«

Stride kaute an der Unterlippe. »Zumindest sagt das jeder.«

»Nur haben wir leider noch immer keinen Jungen aufgetrieben, der zugibt, mit ihr geschlafen zu haben«, sagte Maggie.

»Ja, das ist eigenartig, nicht? Aber wer will schon freiwillig Verdacht auf sich lenken, nachdem das Mädchen ja verschwunden ist?«

»Dann glaubst du also, sie hatte hier ein Date?«

»Kann sein«, sagte Stride. »Sie hat sich kurz vor zehn von Kevin verabschiedet und ihm gesagt, sie wäre müde. Rachel scheint mir aber nicht der Typ zu sein, der am Freitagabend schon so früh müde wird.«

»Also hat sie sich vielleicht noch mit jemandem getroffen. Und zwar mit jemandem, der sie zu Hause abgeholt hat.«

Stride nickte. »Sie fahren zur Scheune, um ein bisschen Spaß zu haben. Aber dann passiert etwas. Irgendwas gerät außer Kontrolle. Und plötzlich hat der Junge eine Leiche neben sich.«

»Wir gehen davon aus, dass sie tot ist?«, fragte Maggie.

Stride seufzte. »Etwa nicht?«

»Aber wer ist dieser rätselhafte Fremde? Einer von den Jungs aus der Schule?«

»Mit denen müssen wir zumindest anfangen, Mags. Es wird Zeit, noch mal alle zu befragen, die auch nur entfernt als potenzielle Liebhaber in Frage kommen.«

Maggie stöhnte. »Ich soll den ganzen Tag mit pubertierenden Muskelprotzen von der High School verbringen, deren Hormone verrückt spielen und die glauben, sie sind Gottes Geschenk an das weibliche Geschlecht? Du gibst mir wirklich immer tolle Jobs, Boss.«

»Zieh dich ruhig nett an, Mags. Dann kriegst du mehr aus ihnen heraus.«

»Na super«, murmelte Maggie. »Ich habe ja nun nicht gerade ein Wahnsinnsdekolletee vorzuweisen.«

»Dir wird schon was einfallen.«

Maggie knuffte ihn gegen den Arm, drehte sich um und stolzierte zum Wagen zurück. Stride lächelte. Er machte sich auf den Weg zu den Reportern am anderen Ende des Weges, nahm sein Funkgerät aus der Tasche, ohne dabei die Handschuhe auszuziehen, und schob es unter seine Kapuze.

»Was haben wir bisher, Guppo?«, fragte er.

Guppos Stimme dröhnte aus dem Funkgerät. »Was zum Geier ist das hier eigentlich, Lieutenant? Wir finden in jedem Planquadrat mehr Mist als in einem New Yorker Crack-Haus. Musstest du dir ausgerechnet so was als Tatort aussuchen?«

Stride hörte ein anderes Geräusch und gleich darauf Maggies Stimme im Hintergrund. »Verdammt, Guppo, ich bin noch keine fünf Sekunden wieder drinnen, und schon machst du so was.«

Stride lachte. »Sag ihr, sie soll aufhören zu jammern, Guppo. Frag sie lieber, was sie morgen zur Arbeit anzieht.«

Wieder hörte er die Stimme aus dem Hintergrund. »Leck mich, Stride.«

»Guppo, haben wir irgendwas, was mit Rachel in Zusammenhang stehen könnte?«, fragte Stride.

»Alles Mögliche. Oder auch gar nichts. Das wissen wir erst, wenn wir das ganze Zeug analysiert haben. Jede Menge Beweise für Sex, Drogen und Rock'n'Roll, aber ohne Fingerabdrücke und DNA-Analyse ist das alles nur Spekulation.«

»Also kein Bekennerschreiben des Mörders unter irgendeinem Stein?«

»Bisher nicht. Aber wir suchen weiter.« Guppo rülpste.

»Na gut.« Stride schob das Funkgerät wieder in die Tasche seines Parkas. Er war inzwischen bei den Polizeiautos angekommen und unterhielt sich kurz mit den beiden Beamten, die die undankbare Aufgabe hatten, Reporter und Schaulustige fern zu halten. Auf der anderen Seite der gelben Absperrung drängten sich zahllose Menschen. Stride blinzelte, als von allen Seiten Blitzlichter aufflammten. Das Stimmengewirr verwandelte sich in wildes Geschrei.

Stride deutete auf einen Fernsehreporter, den er kannte. »Kann Ihr Team das Licht übernehmen?« Der Reporter nickte, und Stride fuhr fort: »Okay, ein Team wird mich ausleuchten, und ich will kein einziges Blitzlicht sehen. Ist das klar? Sobald ich jemanden brüllen höre, bin ich weg. Wenn Sie etwas wissen wollen, heben Sie die Hand, dann rufe ich Sie auf, und Sie stellen mir genau eine Frage.«

»Wann hat man Sie denn zum Präsidenten gewählt, Stride?«, ließ sich Bird Finch aus der Menge vernehmen.

Stride grinste. »Alle mal herhören. Bird hat seine Frage bereits gestellt. Sorgt dafür, dass er in die hinterste Reihe kommt.«

Die anderen Reporter lachten hämisch. Ein paar versuchten, sich an Bird vorbeizudrängeln und seinen Platz ganz vorn an der Absperrung einzunehmen. Aber der muskulöse Exbasketballspieler rührte sich keinen Millimeter von der Stelle. Er bedachte Stride mit einem eisigen Lächeln.

Stride spürte die Wärme der Fernsehlampen im Gesicht. Zum ersten Mal an diesem Tag fror er nicht mehr so sehr. Nur seine klammen Füße, die sich weiterhin im Dunkeln befanden, waren immer noch eiskalt. »Sind Sie so weit?«, fragte er. »Ich werde eine kurze Erklärung abgeben und dann ein paar Fragen beantworten.«

Er sah die roten Lampen an etwa einem Dutzend Handkameras aufleuchten. Trotz seines Verbots blitzten ein paar Fotoapparate.

»Ich will Ihnen sagen, was wir bisher haben«, begann er. »Heute Morgen ist über die Hotline der Anruf einer Frau eingegangen, die sich im Besitz eines Armbands befand, von dem sie glaubte, es könnte mit Rachel Deese' Verschwinden in Zusammenhang stehen. Wir haben das Armband an uns genommen, und Rachels Mutter hat es zweifelsfrei als das ihrer Tochter identifiziert. Wir vermuten, dass Rachel es an dem Abend getragen hat, als sie verschwunden ist. Der Zeugin zufolge wurde das Armband hier hinter der Scheune gefunden. Derzeit führen wir eine Rastersuche in einem Gebiet von etwa einhundert Quadratmetern rund um die Stelle durch, an der das Armband gefunden wurde. Mehr kann ich Ihnen im Augenblick nicht sagen.«

Drei Reporter brüllten ihm gleichzeitig Fragen entgegen, und Stride brachte sie mit Blicken zum Schweigen, ohne sich zu rühren oder zu antworten. Dann hob Bird Finch übertrieben theatralisch die Hand. Er war ohnehin schon einen guten Kopf größer als alle anderen, und mit hochgerecktem Arm sah er aus wie eine schwarze Freiheitsstatue.

Na gut, bringen wir's hinter uns, dachte Stride. Laut sagte er: »Bird?«

»Gehen Sie jetzt davon aus, dass Rachel tot ist?«, fragte Bird. Er betonte das Wort »jetzt« gerade so stark, dass der Eindruck entstand, Stride hätte als Einziger nicht begriffen, was alle anderen bereits die ganze Zeit wussten.

»Darüber möchte ich nicht spekulieren«, antwortete Stride.

Noch bevor sich jemand anders melden konnte, durchschnitt Bird die Stille mit einer weiteren Frage. »Aber Sie suchen doch jetzt nach einer Leiche, oder?«

»Im Augenblick führen wir eine Rastersuche nach Beweisen durch. Diese Aufgabe erfordert große Anstrengung und absolute Konzentration und wird noch einige Stunden in Anspruch nehmen. Unsere nächsten Schritte werden sich nach dem richten, was wir hier finden – falls wir überhaupt etwas finden. Eine vollständige Analyse wird allerdings mehrere Wochen in Anspruch nehmen.«

Eine andere Hand hob sich. Bird hatte den Weg gewiesen, und die anderen Reporter folgten ihm. »Wenn Sie diese Suche abgeschlossen haben, werden Sie sicher auch das umliegende Gebiet durchsuchen. Hoffen Sie, eine Leiche zu finden?«

»Ich hoffe, *keine* Leiche zu finden«, brummte Stride. »Aber natürlich haben wir vor, auch im Wald um das Areal herum nach Spuren zu suchen.«

»Die Wettervorhersage hat weiteren Schnee angekündigt. Wird das die Suche behindern?«

»Natürlich«, sagte Stride. »Wir sind in Minnesota. Um diese Jahreszeit erschwert Schnee jede Suche.«

»Würden Sie Freiwilligen erlauben, an der Suche teilzunehmen?«, fragte ein Reporter.

»Wir können jede Hilfe brauchen, die uns angeboten wird. Einzelheiten dazu, wie Freiwillige uns helfen und wo sie sich melden können, finden Sie in Kürze auf unserer Website. Wir wollen allerdings vermeiden, dass Leute selbständig anfangen, im Wald nach Beweisen zu suchen. Das schadet den offiziellen Ermittlungen. Wenn Sie uns helfen wollen, müssen Sie unseren Anweisungen folgen.«

Jetzt schossen gleich mehrere Hände in die Höhe. »Haben Sie noch andere Hinweise gefunden, die dafür sprechen, dass Rachel hier war?«

»Bis jetzt nicht«, erwiderte Stride.

Noch eine Hand. »Gibt es bereits Verdächtige?«

»Nein«, sagte Stride.

Bird Finch wartete nicht darauf, noch einmal aufgerufen zu werden. »Sie ermitteln seit über drei Wochen in diesem Fall und haben noch keine Verdächtigen?«

»Die Beweislage weist bisher nicht auf bestimmte Personen hin.«

»Wie sieht es mit Sexualstraftätern aus?«, fragte ein Reporter aus Minneapolis.

»Wir haben alle Personen in der näheren Umgebung verhört, die wegen Sexualverbrechen vorbestraft sind. Aber lassen Sie mich das noch einmal ganz klar sagen: Wir haben keinerlei Hinweise, die bestimmte Personen mit Rachels Verschwinden in Verbindung bringen würden.«

Wieder Bird: »Sehen Sie denn inzwischen wenigstens einen Zusammenhang mit dem Verschwinden von Kerry McGrath? In diesem Fall gab es ja offensichtlich auch keine Verdächtigen.«

»Wir konnten bisher keine Verbindung zwischen diesen beiden Vorkommnissen feststellen. Wir wollen das auch nicht ausschließen. Aber zum jetzigen Zeitpunkt liegen uns keine Beweise dafür vor, dass ein Zusammenhang zwischen dem Verschwinden der beiden jungen Frauen besteht.«

»Gibt der heutige Durchbruch Ihnen Anlass zur Hoffnung, dass Sie jetzt herausfinden werden, was Rachel zugestoßen ist?«

Stride sah die Frau nicht, die diese Frage gestellt hatte. Er sah nur ihren hochgereckten Arm. Er zögerte und formulierte die Sätze im Geist vor, bevor er sie aussprach. »Ja, er gibt mir Anlass zur Hoffnung. Wir haben jetzt eine Spur und einen konkreten Ort, das wird uns möglicherweise ein paar Fragen beantworten. Und ich möchte einen Appell an alle Fernsehzuschauer richten: Wenn Sie an dem Abend, als Rachel verschwunden ist, hier in der Gegend waren und Ihnen irgendetwas aufgefallen ist, melden Sie sich bitte bei uns. Wir wissen, dass Rachel hier war. Aber wir wollen auch wissen, wie sie hierher gekommen ist. Wir wollen wissen, was passiert ist.«

Er zeigte auf einen weiteren hochgereckten Arm.

»Wie lange werden Sie hier noch zu tun haben?«, fragte die Redakteurin einer Zeitung aus Saint Paul.

»Vermutlich die ganze Nacht«, sagte Stride.

Und so war es auch.

Jedes Mal, wenn die Beamten ein Planquadrat durchsucht hatten, brachten sie die Plastiktütchen mit den Beweisen in den Polizeibus, und Stride und Maggie sahen sie durch und ordneten sie anschließend in Karteikästen ein. Stride konnte nichts davon mit Rachel in Verbindung bringen und wusste doch, dass er vielleicht gerade, ohne es zu wissen, ein wichtiges Beweisstück in der Hand hielt. Im Labor würde man ihm Genaueres sagen können.

Stride schaute auf die Uhr und sah, dass es kurz vor vier am Morgen war. Auf dem Boden des Busses lag ein leerer Pizzakarton mit zwei ungegessenen Stücken Kruste darin. Stride fragte sich, ob Guppo die wohl übersehen hatte. Maggie saß ihm gegenüber. Das Kinn sank ihr auf die Brust, und die Augen fielen ihr fast zu. Sie stützte die Ellbogen auf die Knie und das Kinn in die Hände.

Durchgefroren und müde, wie er war, erlaubte Stride sich einen Gedanken an Andrea. Sie hatte sich verständnisvoll gezeigt, als er angerufen und die Verabredung abgesagt hatte, aber er war froh gewesen, Enttäuschung in ihrer Stimme zu hören. Er war ja selbst enttäuscht. Er wusste nicht, ob es am Sex lag oder einfach nur an der Aussicht darauf, endlich wieder einer Frau nahe zu sein, aber er wollte sie unbedingt wiedersehen. Sie war sehr anziehend. Natürlich war sie nicht wie Cindy, aber das konnte ja auch gar nicht sein. Andrea war eben anders. Er durfte sie nicht mit einem Geist vergleichen.

Als es im Lautsprecher zu knistern begann, zuckte Stride zusammen und fragte sich, ob er vielleicht ein paar Sekunden eingeschlafen war. »Es fängt an zu schneien«, meldete einer der Beamten von draußen.

»Na, großartig«, brummte Stride.

Er stand auf und versuchte, sich in dem engen Bus zu strecken. Seine Muskeln waren verspannt, und er hatte Rückenschmerzen. Normalerweise machte er jeden Abend ein paar Übungen, um den Rücken beweglich zu halten, aber das hatte er jetzt schon mehrere Abende hintereinander ausfallen lassen. Es rächte sich sofort. Sein Arm schmerzte an der Stelle, wo ihn vor Jahren die Kugel getroffen hatte. Das verschlimmerte sich immer, wenn es kalt wurde.

Stride schaute aus dem vereisten Hinterfenster des Wagens. Im Schein der Lampen, die sie für die Suche aufgestellt hatten, sah er dicke Flocken friedlich zu Boden fallen. Jede für sich wirkte klein und harmlos, doch er wusste, alle zusammen würden sie seinen Tatort schon bald unter sich begraben.

»Wie schlimm ist es?«, fragte Maggie leise.

»Schlimm genug«, antwortete Stride.

Er betrachtete den dunklen Wald und versuchte noch einmal, sich auszumalen, was sich an jenem Abend hier abgespielt hatte. Rachel saß auf dem Beifahrersitz. Jemand lenkte den Wagen hinter die Scheune. Reiner Zufall, dass gerade an diesem Abend sonst niemand dort war. Wie war das Armband nach draußen gekommen? Sie hatten bestimmt nicht draußen miteinander geschlafen, dafür war es schon viel zu kalt gewesen. Vielleicht waren sie nach draußen gegangen, um in den Wald hineinzuschauen, wie er es jetzt tat. Dann hatte der Mann versucht, Rachel zurück ins Auto zu ziehen, sie hatte das Armband verloren, sich gewehrt und ... was dann?

Vielleicht war es ja schon im Wagen brenzlig geworden, und sie hatte versucht zu fliehen. Er war ihr gefolgt. Sie hatte sich gewehrt und dabei das Armband verloren. Er hatte sie geschlagen. Sie erwürgt. Aber was hatte er dann mit der Leiche gemacht? Hatte er sie irgendwo im Wald versteckt? Hatte er sie mit dem Auto zu einem anderen Versteck gebracht?

Stride hörte, wie der Lautsprecher wieder zum Leben erwachte.

»Weiß einer von euch noch, was Rachel an dem Abend angehabt hat?«, fragte ein Beamter von draußen.

Stride und Maggie wechselten einen Blick, und Maggie antwortete aus dem Gedächtnis. »Schwarze Jeans, weißer Rollkragenpulli.«

Der Lautsprecher schwieg.

Ein paar Sekunden später kam die Frage: »Weißer Rollkragenpulli, sagt ihr?«

Stride antwortete: »Ja, genau.«

Wieder schwieg der Lautsprecher, diesmal deutlich länger. »Gut, Leute. Ich glaube, wir haben hier was.«

Das dreieckige Stückchen Stoff war nicht besonders groß, ein Fetzen, vielleicht zehn Zentimeter breit und an den Rändern ausgefranst. Obwohl es schmutzverklebt war, sah man doch, dass es ursprünglich einmal weiß gewesen war. An einer Seite, wo es vom Rest des Kleidungsstücks abgetrennt worden war, hatte ein rötlich brauner Fleck die Fasern durchtränkt.

7

Emily hatte das Gefühl durchzudrehen. Seit dem furchtbaren Moment damals, als sie Rachel verprügelt hatte, hatte sie sich nicht mehr so entsetzlich gefühlt. Sie trieb allein auf offenem Meer, ohne jede Hoffnung auf Rettung.

Verzweifelt lief sie auf und ab, als wollte sie eine Schneise in den Teppich schlagen. Sie hielt die Hände an die Stirn gepresst, und die gespreizten Finger umschlossen ihren Kopf wie ein Schraubstock. Das ungewaschene Haar fiel ihr strähnig ins Gesicht. Sie hatte die Augen weit aufgerissen, und ihr Atem ging laut und stoßweise. Sie hyperventilierte. Ein pochender Schmerz erfüllte ihren Kopf, wie ein schnell wachsender Tumor.

»Ich würde Ihnen gern dieses Armband zeigen«, hatte der Detective gesagt. Sie hatte nur einen Blick darauf geworfen und laut aufgeschrien.

Emily hatte nie ernsthaft geglaubt, dass dieser Tag einmal kommen würde. Sie wusste zwar noch, was die andere Mutter, Barbara McGrath, ihr bei dem Fernsehinterview erzählt hatte. Dass sie Angst vor dem Tag habe, an dem Polizisten mit ernster Miene vor ihrer Tür stehen würden. Aber Emily hatte nicht daran geglaubt. Sie war überzeugt gewesen, dass Rachel lebte. Dass eines Tages das Telefon klingeln und sie am anderen Ende der Leitung das vertraute, spöttische Lachen hören würde.

Davon war sie überzeugt gewesen, bis sie das Armband gesehen hatte. Jetzt wusste sie: Rachel war tot. Jemand hatte sie umgebracht.

Es war, als hätten die Polizisten Emily den Boden unter den Füßen weggezogen. Auch jetzt noch, Stunden später, war sie von tiefer Verzweiflung erfüllt.

Die leisen Geräusche auf der Veranda hallten wie Donnerschläge in ihrem Kopf wider. Die Heizung summte und füllte den Raum mit warmer Luft. Die Zweige der Spireensträucher schlugen quietschend an die Fensterscheiben. Die Balken des Hauses knarzten, als wäre ein unsichtbarer Poltergeist darüber gegangen.

Aber das schrecklichste Geräusch war das leise Klappern der Tastatur. Nur ein paar Meter entfernt arbeitete Graeme an seinem Notebook und schenkte ihren Qualen keine Beachtung.

Klapper, klapper, klapper.

Emily hätte niemals damit gerechnet, dass sie beide so tief sinken würden. Und zu allem Überfluss wusste sie genau, dass sie sich das alles selbst zuzuschreiben hatte.

»Ich bin schwanger«, sagte Emily.

Angespannt wartete sie auf seine Reaktion. Sie saß in ihrem winzigen Wohnzimmer auf dem Sofa und hielt die Hände linkisch im Schoß gefaltet. Graeme saß ihr gegenüber in einem Polstersessel, einen Drink in der Hand. Es war sein zweiter seit dem Abendessen, und sie hatte ihn bereits vorher, zu der Hochrippe, die sie im Ofen gebraten hatte, mit Champagner abgefüllt.

Und schließlich, als sie beide entspannt und gelöst waren, war sie mit der Nachricht herausgeplatzt.

»Du hast doch gesagt, es kann nichts passieren«, sagte Graeme.

Emily zuckte zusammen. So hatte sie sich das nicht vorgestellt. Keine Zärtlichkeit, keine freudige Erregung – nur leise Vorwürfe.

»Ich nehme die Pille«, erwiderte sie. »Aber nichts ist völlig sicher. Es war ein Unfall. Es war Gottes Wille.«

»Ich weiß nicht, ob wir dafür schon bereit sind«, sagte er.

»Ich glaube nicht, dass man jemals bereit ist«, antwortete Emily.

»Was ich damit sagen will, ist ... Ich weiß nicht recht, ob wir es behalten sollten.«

Emily spürte, wie ihr die Tränen in die Augen traten. Sie atmete schwer und sprach mit bebender Stimme. »Ich werde mein Kind nicht umbringen. Das werde ich nicht tun.«

Graeme schwieg.

»Ich werde das nicht tun, Graeme«, sagte sie noch einmal. »Wie kannst du so was von mir verlangen? Es ist auch dein Kind.«

Sie stand vom Sofa auf, ging um den Couchtisch herum, kniete sich vor ihn hin und griff nach seinen Händen.

»Willst du unserem Kind denn kein Zuhause geben?«, fragte sie.

Ein paar endlose Sekunden lang wirkte Graeme abwesend, und sein Blick wanderte über ihre Schulter hinweg ins Leere. Doch dann nickte er, bewegte nur einmal kaum merklich den Kopf. Emily spürte, wie sich ein Lächeln unbändiger Erleichterung und Freude auf ihrem Gesicht ausbreitete. Sie schlang die Arme um Graemes Hals, drückte ihn fest an sich und bedeckte sein Gesicht mit Küssen.

»Lass uns gleich heiraten«, rief sie. »Sofort. Noch dieses Wochenende.«

Graeme lächelte. »In Ordnung. Wir fahren am Wochenende an die Küste und suchen uns eine kleine Dorfkirche. Rachel können wir ja auch mitnehmen.«

Einen Moment lang fiel ein Schatten über Emilys Gedanken. In der freudigen Erregung des Augenblicks hatte sie ihre Tochter fast vergessen. Doch dann ging auch das vorüber. Sie fühlte sich stark und selbstbewusst. Es war genau das Richtige. Für sie, für Graeme und auch für Rachel. Sie würden wieder eine Familie sein. Eine Familie ohne Geldsorgen.

»Ja, das machen wir«, sagte sie.

Dann lehnte sie sich zurück und fing an, ihre Bluse aufzuknöpfen. Sie sah, wie Graemes Augen den Bewegungen ihrer Finger folgten. Als die Stoffbahnen zur Seite fielen, streckte er die Hände aus und umfasste ihre Brüste.

Da piepste sein Pager, ein schrilles Geräusch, das das ganze Zimmer zu erfüllen schien. Sie zuckten beide zusammen. Emily sank mit offener Bluse hintenüber, und Graeme sprang aus dem Sessel und tastete nach dem Pager. Er zog ihn vom Gürtel und warf einen Blick darauf.

»Ich muss los.«

Emily rappelte sich hoch, strich sich das Haar glatt und knöpfte sich rasch die Bluse zu. Lächelnd zuckte sie die Achseln. »Schon in Ordnung.«

Sie brachte ihn zur Tür und blieb in der kalten Abendluft stehen, während er rückwärts aus der Einfahrt fuhr. Sie schaute dem Wagen nach, bis sie ihn nicht mehr sehen konnte, und auch dann blieb sie noch stehen und genoss den Wind im Gesicht.

Schließlich schloss sie leise die Haustür, ging zurück in die Küche und summte dabei leise vor sich hin.

»Sah ziemlich komisch aus, als deine Titten da raushingen«, sagte eine Stimme hinter ihr.

Rachel lümmelte sich auf der obersten Stufe der kurzen Treppe, die ins obere Stockwerk hinaufführte, die langen, nackten Beine weit von sich gestreckt. Sie trug Hotpants und ein schwarzes Halterneck-Top, das sich eng um ihre vollen Brüste schmiegte. Ihr schwarzes Haar war feucht, als käme sie gerade aus der Dusche, und ihre Haut glänzte.

»Du hast uns also nachspioniert?«

Rachel zuckte die Achseln. »Graeme hat mich gesehen. Aber ich wollte dich bei deinem großen Auftritt nicht stören.«

Emily hatte an diesem Abend keine Lust, sich auf Rachels Spielchen einzulassen. Sie ging in die Küche, ohne ihre Tochter eines weiteren Blickes zu würdigen.

»Versuchst es wieder mit den alten Tricks, was?«, rief Rachel ihr nach.

Emily blieb stehen. »Was soll denn das heißen?«

Rachel verzog spöttisch das Gesicht und ahmte den Tonfall ihrer Mutter nach. »›Aber ich nehme doch die Pille, Schatz. Es war ein Unfall. Es war Gottes Wille.‹«

»Und?«, gab Emily zurück.

»Und was ist das hier?«, fragte Rachel. Sie hielt ein kleines Mäppchen in die Höhe, öffnete es und zeigte ihr ein unangebrochenes Plättchen kleiner grüner Tabletten. »Für mich sieht das aus wie eine Packung Antibabypillen. Was ist denn da passiert, Mutter? Du bist wohl ein bisschen hinterher?«

Emily schlug die Hand vor den Mund und wurde

bleich. Dann riss sie sich zusammen. Ihre Gedanken rasten. »Das verstehst du nicht.«

Rachel deutete mit dem Finger auf sie. »Und ob ich das verstehe. Du bist genau die hinterhältige Schlampe, für die ich dich immer gehalten habe. Papa hat das auch immer gesagt.«

Emily schwieg. Rachel hatte Recht – sie hatte Graeme tatsächlich etwas vorgemacht. Aber es war doch zu ihrem Besten gewesen, zu ihrer beider Besten. Sie wollte doch nur endlich ein bisschen Sicherheit haben. Nicht mehr arbeiten müssen. Sie hatte nicht versucht, ihm eine Falle zu stellen, sie hatte ihm nur klar machen wollen, dass er sie liebte.

»Wahrscheinlich sollte ich dir dankbar sein«, sagte Rachel. »Bei Papa hast du es doch auch so gemacht, oder? Darum gibt es mich überhaupt. Du hast gewusst, dass du ihn allein nicht halten kannst.«

Emily biss sich auf die Lippen. Am liebsten hätte sie alles lauthals abgestritten. Aber die lange Pause war Bestätigung genug für Rachel.

»Du bist so was von vorhersehbar«, bemerkte sie.

»Wirst du es Graeme erzählen?«, fragte Emily, obwohl sie die Antwort bereits kannte. Rachel würde sich diese Gelegenheit, ihrer Mutter ein weiteres Messer ins Herz zu rammen, nicht entgehen lassen. All die sorgfältig gemachten Pläne würden sich in Luft auflösen.

Doch Rachel überraschte sie.

»Warum sollte ich?«, sagte sie. »Wo ich doch zum ersten Mal das Gefühl habe, dass wir zwei was gemeinsam haben.«

Und damit drehte sie sich um und verschwand in ihr Zimmer.

Emily wünschte, sie hätten ihr das Armband gelassen. Sie hatte nur einen kurzen Blick darauf werfen können. Es war in einem Plastiksäckchen gewesen, und sie hatte nur die Gravur von Tommy erkennen können. Danach hatte der Detective es wieder eingesteckt. Er hatte gesagt, es sei ein Beweisstück.

Nach der Verhandlung würde sie es zurückbekommen. Falls es überhaupt jemals eine Verhandlung gab. Falls sie jemals herausfanden, was tatsächlich passiert war.

Sie ging weiter auf und ab. Die Kopfschmerzen wurden nur schlimmer, je länger sie versuchte, sie sich mit den Händen aus dem Kopf zu pressen. Die Wirklichkeit war zu furchtbar, als dass sie sie noch ertragen konnte. Sie brauchte jemanden, der sie in den Arm nahm, ihr sagte, dass alles gut sei, oder der sie einfach stundenlang an seiner Schulter weinen ließ. Sie blieb stehen, starrte ihren Mann an und schüttelte in stummer Wut den Kopf. Er saß an seinem Computer und arbeitete, als wäre sie gar nicht im Zimmer. Er ignorierte ihr Stöhnen, ihr Schluchzen und ihre Schritte auf dem Teppich, hin und her, immer und immer wieder.

Klapper, klapper, klapper – seine Finger auf der Tastatur. Ihre Tochter war tot, und ihn interessierten nur seine Tabellenkalkulationen.

Wie hatte sie das nicht sehen können? Wie hatte sie sich nur einreden können, dass sie ihn liebte, dass er sie jemals lieben würde?

Ihr Blick bohrte sich in seinen Rücken, und sie fragte sich zum wiederholten Mal, wie es überhaupt so weit gekommen war. Rachel war fort, und Emily konnte nur noch daran denken, wie schal und leer ihr Leben und vor allem ihre Ehe war. Alles war vorbei.

Die plötzliche Stille ließ Graeme nun doch aufmerksam werden. Er drehte sich um und sah sie an. Emily hielt seinem Blick unverwandt stand. Ihre Augen flackerten wild. Sie wusste nicht, wohin mit all dem Schmerz, der sie übermannte. Es war, als hätte man eine Flasche entkorkt. Zitternd stand sie da.

»Nun setz dich doch hin, Emily«, sagte Graeme. »Entspann dich.«

Wie er es nur schaffte, immer genau das Falsche zu sagen? Der Klang seiner Stimme war ihr zuwider, dieser ruhige Tonfall, der kein Wort übermäßig betonte. Sie konnte das einfach nicht mehr ertragen.

»Ich soll mich entspannen?«, zischte sie. »Du wagst es, mir zu sagen, ich soll mich entspannen?«

Sie starrten einander an. Seine Augen wirkten leblos, er schien geradewegs durch sie hindurchzusehen. Er war geduldig und freundlich. Ein Fremder.

»Ich weiß ja, wie dir zumute ist«, sagte er, und es klang, als würde er mit einem hysterischen Kind reden.

Emily presste die Hände an die Stirn. Sie schloss die Augen und verzog das Gesicht. Die Tränen rannen ihr in Strömen über die Wangen.

»Du weißt überhaupt nicht, wie mir zumute ist, weil du keine Gefühle hast! Du sitzt einfach nur da auf deinem Stuhl, lächelst mich an und tust, als wären wir das perfekte Ehepaar. Und dabei weiß ich doch ganz genau, dass du absolut nichts für mich empfindest.«

»Das ist jetzt aber eine übertriebene Reaktion.«

»Übertrieben?« Ihre Fäuste öffneten und schlossen sich krampfhaft. »So, und warum wohl? Warum reagiere ich wohl so übertrieben?«

Er gab keine Antwort.

Emily schüttelte fassungslos den Kopf. »Sie ist tot. Kapierst du das? Sie ist tatsächlich tot.«

»Sie haben ihr Armband gefunden. Das heißt doch noch gar nichts.«

»Und ob das etwas heißt«, schrie Emily. »Ich habe

Rachel verloren. Und dich habe ich auch verloren, oder etwa nicht? Dich habe ich niemals gehabt.«

»Bitte, Emily.«

»Bitte was, Graeme? Bitte geh? Bitte lass mich mit deinen albernen Problemchen in Frieden?«

Er gab keine Antwort.

»Warum hast du mich überhaupt geheiratet?«, flüsterte Emily. »Du hättest mir doch einfach Geld geben können. Ich hätte niemandem erzählt, dass das Kind von dir ist. Ich hätte sogar die Stadt verlassen, wenn du das gewollt hättest. Warum hast du mich geheiratet, wo du doch gar nichts für mich empfindest?«

Graeme zuckte die Achseln. »Hast du mir denn eine andere Wahl gelassen?«

Emily hörte ihn kaum. Aber er hatte Recht. Es war ihr Fehler gewesen, ihre Schuld. »Wahrscheinlich hätte ich doch abtreiben sollen«, sagte sie. Das hätte alles so viel einfacher gemacht: ein simpler Eingriff, der das neue Leben in ihr beseitigt hätte. Es wäre so viel leichter gewesen, als das Baby später zu verlieren, inmitten ganzer Ströme von Blut.

»Das hätte alles wieder in Ordnung gebracht, stimmt's, Graeme? Du hättest mich nicht heiraten müssen. Du hättest überhaupt niemanden heiraten müssen. Du hättest einfach friedlich weiter mit deinen Tabellenkalkulationen herumspielen und deine Telefonsex-Freundinnen anrufen können.«

Graeme warf ihr einen scharfen Blick zu. Offenbar hatte sie diesmal einen Nerv getroffen. Er starrte sie an, sah sogar ein bisschen ängstlich aus. Gut so.

»Überrascht es dich, dass ich das weiß? Irgendwann bin ich dir mal nach unten gefolgt und habe dich hier gesehen, auf den Knien, während du an deinem Schwanz herumgespielt und in den Telefonhörer gestöhnt hast. Ich habe gehört, wie du der Frau gesagt hast, dass du sie ficken willst. So was ist viel besser, oder? Dann musst du wenigstens nicht so tun, als würde es dir Spaß machen, mich zu ficken.«

Emily starrte zur Decke hinauf. »Euch allen wäre es ohne mich viel besser gegangen. Dir und Tommy und Rachel. Ich habe doch nur euer aller Leben zerstört. Ich wünschte, ich hätte abgetrieben. Ich wünschte, ich hätte es auch beim ersten Mal getan.«

Sie fiel auf die Knie und sank dann vornüber auf den weißen flauschigen Teppich. Immer und immer wieder schlug sie mit den Fäusten auf den Boden, dann rollte sie sich auf den Rücken, zog die Knie an die Brust und schlang die Arme darum. »Gott wird schon gewusst haben, was er tat. Er wollte nicht, dass ich noch ein Kind bekomme. Ich habe ja schon das erste total versaut.«

Sie merkte, dass Graeme neben ihr kniete. Er hatte eine besorgte Miene aufgesetzt, die ebenso falsch war wie ihr ganzes gemeinsames Leben.

»Fass mich nicht an. Fass mich ja nicht an! Mach mir nichts vor, hörst du? Mach mir nichts vor!«

»Emily, warum gehst du nicht nach oben? Nimm eine Tablette, dann kannst du besser schlafen. Das war ein schrecklicher Tag für dich. Du weißt nicht mehr, was du tust.«

Emily blieb auf dem Teppich liegen. Ihr Zorn war verraucht, und mit ihm ihre ganze Energie. Alles war verraucht. Sie hatten gewonnen, alle hatten sie gewonnen. Tommy und Rachel und jetzt auch noch Graeme. Sie hatte lange gegen sie angekämpft, aber es war den ganzen Schmerz nicht mehr wert.

Sie sah sie vor sich, wie sie dastanden und sie ansahen. Tommy, direkt neben Graeme. Und im Türrahmen Rachel als kleines Mädchen.

Graeme kniete immer noch neben ihr. »Nimm eine Tablette«, wiederholte er. Es war kein Traum. Er hatte es wirklich gesagt.

Emily lächelte. Natürlich hatte er Recht. Graeme hatte immer Recht, so wie er immer ausgeglichen war. Es war Zeit, nach oben zu gehen, und sie wusste, dass er ihr nicht folgen würde. Es war Zeit zu schlafen. Wenn sie schlief, würde sie sie vergessen. Alle. Sie rappelte sich hoch und drängte sich an Graeme vorbei. Immer noch sah sie vor ihrem inneren Auge Tommy und Rachel. Sie hörte sie sogar lachen.

»Gut«, sagte sie. »Ihr habt gewonnen.«

Eine Tablette nehmen. Ja, genau das würde sie tun.

8

»Frieren Sie denn gar nicht?«, fragte der Barkeeper und warf über die Theke hinweg einen Blick auf Maggies nackte Beine.

Ihr schwarzer Lederrock reichte nur bis zur Mitte der Oberschenkel, und wenn sie sich setzte, musste sie die Beine fest zusammenpressen, um nicht aller Welt einen Blick auf ihr pinkfarbenes Höschen zu gewähren. Neben ihr auf dem Barhocker lag ihr roter Wintermantel, und sie trug eine ärmellose, weinrote Seidenbluse.

Und ob sie fror.

»Was trinken Sie? Einen heißen Tee?«, fragte der Barkeeper grinsend.

Maggie grinste zurück und bestellte ein großes Bier vom Fass.

Er kam mit dem Bier zurück und stellte es vor sie auf die Theke. Eisreste klebten außen am Glas und schwammen im Bier. »Sind Sie vielleicht Model oder so was?«, fragte er.

Maggie musste lachen. »Guter Spruch. Den muss ich mir merken. Ich bin Polizistin.«

»Na klar«, sagte der Barkeeper.

Maggie griff neben sich und drehte das Revers ihres roten Mantels um. Ihre Polizeimarke, die sie innen angesteckt hatte, glitzerte dem Barkeeper entgegen, und er hob ergeben die Hände. »Sie haben gewonnen. Aber heißt es nicht immer, Polizisten im Dienst dürfen nicht trinken?«

»Wer sagt, dass ich im Dienst bin?«, erwiderte Maggie. Sie war durchaus noch im Dienst, aber sie brauchte jetzt ein Bier.

Sie trank langsam. Es war Montagabend, und die Bar war halb leer. Den ganzen Tag über hatte sie die gierigen Blicke von Jungs im Teenageralter ertragen müssen. Und natürlich war nichts dabei herausgekommen. Sie hatte nicht einen Jungen gefunden, der zugegeben hätte, dass er oder jemand anders hinter der berüchtigten Scheune mit Rachel geschlafen hatte. Alle hatten viel zu sagen gehabt, wenn Maggie beiläufig die Beine übereinander schlug, aber sobald sie Rachels Namen erwähnte, hatten sie keinen Mucks mehr von sich gegeben. Keiner wollte sich zur Zielscheibe polizeilicher Ermittlungen machen.

Erst jetzt bemerkte sie den Jungen, der mit nervösem Blick neben ihr stand.

»Sind Sie Miss Bei?«, fragte Kevin Lowry.

Maggie musterte ihn rasch. Er war stämmig gebaut, schwer und muskulös, und hatte sich das blonde Haar so kurz rasiert, dass er fast kahl wirkte. Er trug die Arbeitskleidung der Kellner im angrenzenden Restaurant: schwarze Jeans und ein rotes T-Shirt, das sich über seinem breiten Brustkorb spannte. Sein Blick wanderte über Maggies Körper, wie sie es von den anderen Jungs kannte, und blieb an ihren Beinen hängen.

Sie setzten sich an einen kleinen Tisch in der Ecke der Bar, wo es nicht allzu verraucht und laut war. Maggie nahm ihr Bier mit. Sie fragte Kevin, ob er auch etwas trinken wolle, aber er schüttelte nur den Kopf. Maggie entspannte sich einen Moment, dann stützte sie die Ellbogen auf den Tisch und beugte sich dann zu Kevin hinüber, der ihr mit sichtlichem Unbehagen gegenübersaß.

»Ich beiße nicht«, sagte Maggie mit freundlichem Lächeln.

Kevin lächelte kurz zurück. »Wie geht es Mrs Stoner?«, fragte er leise.

»Es war sehr knapp. Aber nach dem, was ich zuletzt aus dem Krankenhaus gehört habe, wird es ihr bald wieder besser gehen.«

»Sie tut mir so Leid. Sie hat es nicht leicht gehabt.«

»Wegen Rachel?«, fragte Maggie.

Kevin zuckte die Achseln. »Auch. Zwischen Eltern und Kindern gibt es doch immer Probleme.«

»Die beiden hatten offenbar mehr Probleme als üblich«, sagte Maggie.

Der Hauch eines Lächelns. »Kann sein.«

»Was glaubst du, warum hat sie die Tabletten genommen?«

»Wahrscheinlich hat sie es einfach nicht mehr ausgehalten«, sagte Kevin.

»Was denn?«, fragte Maggie.

»Alles.«

Maggie wartete, bis Kevin wieder den Kopf hob. »Ich habe gehört, dass du viel für Rachel übrig hattest. Außerdem habe ich gehört, dass du ihr wahrscheinlich gut getan hättest, dass sie dich aber nie so recht haben wollte. Das muss frustrierend gewesen sein.«

Kevin seufzte. »Rachel war immer so eine Art Traumfrau. Ich habe nie ernsthaft geglaubt, dass daraus was werden kann.«

»Und was war an dem letzten Abend?«, fragte Maggie scharf. »Du hast uns doch erzählt, Rachel hätte mit dir rumgemacht.«

»Das hatte nichts zu bedeuten. Sie ist manchmal ein bisschen grausam.«

»Hat sie sich an dem Abend vielleicht noch mit jemand anderem getroffen? Mit einem anderen Jungen?«

»Kann sein. Rachel hatte immer viele Verabredungen. Darüber haben wir aber nie gesprochen.«

Maggie nickte. »Weißt du, das ist seltsam. Ich habe heute mit allen möglichen Jungs aus der Schule geredet, aber keiner wollte zugeben, sich mal mit Rachel getroffen zu haben.«

»Kunststück«, sagte Kevin. »Die haben alle Angst. Die wissen doch, was Sie hinter der Scheune gefunden haben.«

»Dann lügen sie also.«

»Na klar«, sagte Kevin. »Sie war bestimmt mit jedem von denen mal verabredet.«

Maggie hörte die Verbitterung in seiner Stimme. »Auch mit dir?«, fragte sie.

»Mit mir nicht, das habe ich doch schon gesagt.«

»Nur an dem einen Abend«, sagte Maggie. »Findest du das nicht komisch? Sie macht mit dir rum, und am selben Abend verschwindet sie.«

In seinen Augen lag Angst. »Was wollen Sie damit sagen?«

»Du hast gesagt, Rachel hätte sich für Samstagabend mit dir verabredet. Aber als du sie abholen wolltest, war sie verschwunden.«

Kevin nickte.

»Du bist ganz sicher, dass ihr nicht am Freitag verabredet wart? Vielleicht solltest du ja später noch zu ihr kommen?«

»Nein!« Kevins Stimme wurde lauter.

»Du bist also nicht mehr bei ihr gewesen?«

»Nein. Ich bin nach Hause gegangen. Ihre Kollegen haben doch mit meinen Eltern geredet. Sie wissen, dass ich die Wahrheit sage.«

Maggie lächelte. »Ich weiß, dass Teenager ziemlich gut darin sind, das Haus zu verlassen, ohne dass ihre Eltern etwas merken. Und wenn Rachel dir gesagt hätte, dass sie verschwinden will, hättest du ihr doch bestimmt geholfen, oder? Du hättest doch alles für sie getan.«

Kevin biss sich auf die Unterlippe und schwieg. Er sah sich um, als würde er nach einem Fluchtweg suchen.

»Also? Hast du ihr geholfen zu verschwinden?«, fragte Maggie noch einmal.

»Nein«, erwiderte Kevin beharrlich.

»Bist du trotzdem später noch mal bei ihr gewesen? Vielleicht hatte sie ja eine andere Verabredung. Das hätte dich doch gestört, oder? Ich verstehe das gut, Kevin. Du liebst sie schon dein Leben lang. Sie ist deine Traumfrau. Und plötzlich treibt sie Spielchen mit dir. Das muss dich doch in den Wahnsinn getrieben haben.«

Kevin schüttelte heftig den Kopf.

»Nein? Du bist also nicht zu ihrem Haus gegangen und hast auf sie gewartet? Du hast nicht versucht, sie davon zu überzeugen, dass sie mit all den anderen Typen nur ihre Zeit verschwendet? Die waren doch nie die Richtigen für sie. Du warst der Richtige. Aber sie hat dich zurückgewiesen.«

Kevin wurde allmählich wütend. »Ich war nicht bei ihr. Ich habe sie nicht mehr gesehen.«

»Du musst zugeben, dass du ein großartiges Motiv hast.«

»Hören Sie auf damit«, sagte Kevin.

»Vielleicht habt ihr ja noch eine kleine Spritztour

gemacht. Um zu reden. Und dann seid ihr irgendwie hinter der Scheune gelandet. Vielleicht ist das Gespräch ja doch nicht so gut verlaufen.«

Kevin ballte die Fäuste. »Das ist alles gelogen.«

»Wir haben am Tatort Blutspuren und Kondome gefunden, Kevin. Was werden wir wohl erfahren, wenn wir die DNA-Analyse bekommen?«

Bebend vor Zorn stand Kevin auf. »Sie werden erfahren, dass nichts von mir stammt! Ich war nämlich gar nicht dort!«

Maggie stand ebenfalls auf. Sie fasste ihn sanft am Arm, doch er schüttelte ihre Hand ab. Sie versuchte, ihn dazu zu bewegen, sie anzuschauen. »Setz dich wieder, Kevin. Ich weiß, dass du nicht dort warst. Aber ich kann mir erst sicher sein, wenn ich die Leute unter Druck setze. Die Schuldigen wehren sich nicht. Bitte. Setz dich wieder hin.«

»Ich würde Rachel niemals etwas antun«, sagte Kevin.

»Das weiß ich. Aber irgendjemand hat ihr offenbar etwas angetan. Wenn du also nicht mehr bei Rachel warst, wer dann?«

Kevin schüttelte den Kopf. »Wenn ich das wüsste, hätte ich es Ihnen längst erzählt, das können Sie mir glauben.«

»Erinnerst du dich an irgendetwas, das Rachel gesagt hat? Oder hast du vielleicht Gerüchte in der Schule mitbekommen? Nach allem, was ich höre, ist die Scheune ziemlich beliebt. Ich kann mir nicht vorstellen, dass da keine Geschichten kursieren.«

»Na klar, über die Scheune weiß jeder Bescheid. Und die Leute reden auch viel darüber. Aber wer weiß schon, was davon stimmt und was nur irgendwelcher Mist ist, den man sich im Umkleideraum erzählt?«

»Du bist dir aber sicher, dass Rachel dort war«, sagte Maggie.

»Sicher bin ich nicht. Aber ich kann mir nicht vorstellen, dass sie nicht dort war.«

»Warum nicht?«

Kevin breitete frustriert die Arme aus. »Weil sie ständig über Sex geredet hat.«

»War das nur Gerede?«, fragte Maggie. »Oder hatte sie wirklich Sex?«

»Keine Ahnung. Sie hat keine Namen genannt.«

Aus dem Augenwinkel sah Maggie ein etwas molliges junges Mädchen mit kastanienbraunem Haar im Durchgang zum Restaurant stehen. Sie hatte die Hände in die Hüften gestemmt, drehte suchend den Kopf, und ihr Blick wanderte raubvogelartig von Tisch zu Tisch. Als sie Kevin in der Ecke entdeckte, erhellte ein Strahlen ihr Gesicht. Gleich darauf sah sie Maggie in ihrer Aufmachung und runzelte die Stirn. Dann marschierte sie zu ihnen hinüber.

»Hallo, Kevin«, sagte sie vernehmlich.

Kevin blickte überrascht auf. »Sally!«

Er sprang von seinem Stuhl auf und drückte Sally einen Kuss auf die Lippen.

»Ich bin mit meinen Eltern zum Abendessen hier«, sagte Sally. »Paula hat mir gesagt, dass du hier bist. Sie war ziemlich sauer.« Dann fragte sie ohne Umschweife: »Wer ist das?«

»Das ist Miss Bei«, sagte Kevin. »Sie ist von der Polizei.«

»Von der Polizei?« Sally zog die Augenbrauen hoch.

Maggie stand auf und streckte ihr die Hand hin, und Sally ergriff sie mit schlaffem Händedruck.

»Wir haben doch beide schon mit der Polizei gesprochen«, bemerkte sie.

»Ich weiß. Kevin hat mir gerade erzählt, dass er eigentlich keinen von Rachels Freunden näher gekannt hat«, sagte Maggie. »Wir vermuten, dass noch jemand bei ihr zu Hause war, nachdem sie sich von euch verabschiedet hat. Fällt dir da vielleicht jemand ein?«

»Ich glaube nicht, dass Rachel einen festen Freund hatte«, erwiderte Sally. »Sie hat die Jungs doch immer nur benutzt und sie dann fallen lassen.«

»Klingt nach einer guten Methode, sich Feinde zu machen«, bemerkte Maggie. »Gab es vielleicht jemanden, der von Rachel besessen war? Hat sie sich mal darüber beklagt, dass jemand sie belästigt?«

»Beklagt?«, wiederholte Sally. »Wohl kaum.«

»Gut, vergessen wir Rachel mal kurz. Was ist mit den anderen Mädchen aus der Schule? Wurde jemand mal von einem Jungen bedrängt?«

Kevin kratzte sich am Kinn und sah Sally an. »Was ist mit Tom Nickel? Weißt du noch, wie Karin erzählt hat, dass er ihr immer so komische Briefchen schreibt? Der war ein echtes Arschloch.«

Sally zuckte die Achseln. »Klar, aber das ist zwei Jahre her. Er ist letztes Jahr mit der Schule fertig geworden.«

»Aber jetzt ist er an der University of Minnesota«, sagte Kevin. »Er ist also noch in der Gegend.«

»Ja, kann gut sein.«

Maggie notierte sich den Namen. »Sonst noch jemand?«

»Die meisten Typen in der Schule sind ziemlich daneben«, sagte Sally. »Ich habe ziemliches Glück gehabt.« Sie legte Kevin den Arm um die Taille, und er küsste sie aufs Haar.

»Gibt es vielleicht Mädchen, die bei der Scheune etwas Schlimmes erlebt haben?«, fragte Maggie.

Und dann sah sie es.

Es dauerte nur den Bruchteil einer Sekunde, doch Maggie hatte den Ausdruck in Sallys Augen bemerkt. Ihr ganzes Verhalten veränderte sich, und Angst trat an die Stelle der kühlen Arroganz. Dann war der Moment ebenso schnell wieder vorbei, wie er gekommen war. Sally wandte sich ab, küsste Kevin noch einmal und vermied dabei Maggies Blick. Als sie sich wieder zu ihr umdrehte, war ihr Gesicht eine undurchdringliche Maske.

»Mit den Mädchen, die zur Scheune fahren, habe ich nichts zu tun«, sagte sie.

Maggie nickte. »Verstehe.«

»Kevin!«, rief eine Stimme vom Restaurant her. Eine Frau um die fünfzig, die gestresst und verärgert aussah, wedelte in der Tür mit einem Stapel Speisekarten. »Wir gehen hier unter. Ich brauch dich, kapiert? Und zwar sofort!«

Kevin drehte sich wieder zu Maggie um. »War das alles? Ich muss los.«

Maggie nickte. Kevin gab Sally noch einen Kuss und verließ dann rasch die Bar. Sally wollte ihm folgen, doch Maggie hielt sie sanft am Arm fest. »Hast du noch eine Minute Zeit?«, fragte sie.

Sally setzte sich mit gerunzelter Stirn auf Kevins Platz. Maggie trank einen Schluck Bier und ließ die Augen dabei nicht von dem jungen Mädchen. Sally erwiderte ängstlich ihren Blick. Schließlich stellte Maggie ihr Glas ab und griff auf der Tischplatte nach Sallys Hand. Sally machte ein verwirrtes, nervöses Gesicht. Von dem resoluten, eifersüchtigen Mädchen von vorher war nicht mehr viel übrig.

»Willst du's mir nicht erzählen, Sally?«, fragte Maggie sanft.

Sally bemühte sich, überrascht zu wirken. »Ich verstehe nicht. Was soll ich Ihnen denn erzählen?«

»Na komm schon«, sagte Maggie. »Kevin ist weg, und deine Eltern sind auch nicht da. Wir sind ganz unter uns. Du kannst es mir sagen.«

»Ich weiß wirklich nicht, was Sie meinen.«

Maggie drückte ihre Hand ein wenig fester. »Dir ist irgendwas passiert. Als ich eben die Scheune erwähnt habe, wärst du fast in Ohnmacht gefallen. Du warst mal dort, stimmt's? Hör zu, ich will dich wirklich nicht verurteilen. Aber wenn du dort warst, und wenn dir dort jemand etwas getan hat, dann muss ich das wissen.«

Sally schüttelte den Kopf. »So war es nicht.«

»Du brauchst dich vor mir nicht zu rechtfertigen. Ich bin auch eine Frau. Ich weiß genau, wie die Kerle sein können.«

»Ich will niemandem Ärger machen«, sagte Sally. »Und ich habe nie gedacht, dass das wichtig sein könnte. Eigentlich hatte ich es schon fast wieder vergessen. Und als es dann hieß, dass man Rachels Armband hinter der Scheune gefunden hat ... Ich bin einfach nicht auf die Idee gekommen, dass da ein Zusammenhang besteht.«

»Erzähl mir, was passiert ist«, drängte Maggie.

Sally seufzte. »Ich habe Kevin nie davon erzählt. Ich habe es niemandem erzählt.«

»Das ist schon in Ordnung. Mir kannst du es sagen. Weißt du, ich kann dir vielleicht helfen.«

Sie sah die widerstreitenden Gefühle im Gesicht des Mädchens. »Glauben Sie wirklich, dass es wichtig sein könnte?«, fragte Sally. »Das ist doch total verrückt.«

Maggie hätte die Worte am liebsten aus ihr herausgeschüttelt, aber sie streichelte nur sanft ihre Hand und wartete.

Sallys Unterlippe bebte. »Vor etwa sechs Monaten bin ich draußen vor der Stadt Fahrrad gefahren. Das mache ich manchmal. Ich fahre raus, stelle das Auto ab und fahre mit dem Fahrrad durch den Wald. Am Sonntagmorgen ist es da ziemlich einsam, aber ich dachte immer, es wird schon nicht so schlimm sein.«

Maggie beugte sich vor. Dann war es also gar kein Schulfreund gewesen, sondern ein Psychopath? Sie dachte an Kerry McGrath und versuchte, ihrem Blick einen Ausdruck zu geben, der in etwa besagte: *Ganz schön blöd von dir, Kleine*. »Und dann?«, fragte sie.

»Dann ist mir die Kette gerissen. Und jemand hat mich mitgenommen.«

»Jemand?«

Sally nickte. »Ich … kannte ihn, deshalb hatte ich keine Angst.«

»Du bist also freiwillig mitgefahren?«, sagte Maggie.

»Ja. Ich war kilometerweit weg von meinem Wagen.«

»Hat er irgendwas versucht?«

Sally zögerte. »Gewissermaßen. Also, nein, eigentlich nicht. Aber er ist mit mir zur Scheune gefahren.«

In Maggies Kopf schrillten sämtliche Alarmglocken. Sie spürte, dass sie eine Gänsehaut bekam, wie es immer passierte, wenn ein Fall vor dem entscheidenden Durchbruch stand. Jetzt würden sie endlich, endlich Antworten bekommen.

»Was ist passiert, Sally?«

Sally schluckte schwer. Sie starrte auf ihre Hände, die sie auf dem Tisch gefaltet hatte, und sah mit einem Mal sehr jung aus. Seltsam, dachte Maggie, wie diese Teenager manchmal so reif und erwachsen wirken konnten und dann, wenn man nur ein bisschen die Oberfläche ankratzte, plötzlich wieder zu Kindern wurden.

»Wir haben nur geredet. Er hat gesagt, wie hübsch ich aussehe. Er hat gesagt, das wäre ein richtig heißes Outfit und ich wäre ja offensichtlich gut in Form. Aber irgendwie hat er das alles … zu ernst gemeint. Es hat ganz harmlos angefangen, aber irgendwann ist es dann richtig unangenehm geworden.«

Maggie nickte. »Gut, und was ist dann passiert?«

»Na ja, wir waren fast an der Straße, die zur Scheune führt. Er hat mich gefragt, ob ich da schon mal gewesen bin. Ich habe Nein gesagt. Dann hat er halb im Scherz gesagt, wir könnten ja mal hinfahren und nachsehen, ob es da gerade ein Pärchen treibt. Und dann ist er tatsächlich abgebogen und hingefahren. Ich habe gedacht, ich werde gleich wahnsinnig.«

»Hast du irgendwas gesagt?«

Sally schüttelte den Kopf. »Ich hatte viel zu viel Angst.«

»Also ist er mit dir zur Scheune gefahren«, sagte Maggie.

»Ja. Hinter der Scheune hat er gehalten. Ich wäre am liebsten weggelaufen. Aber er hat gar nichts gemacht. Er hat einfach geredet, irgendwelchen Smalltalk. Ich hatte das Gefühl, er überlegt, was er jetzt am besten mit mir anstellt.«

»Hattest du Angst, er könnte dich vergewaltigen?«, fragte Maggie.

»Ich weiß nicht genau, was ich gedacht habe. Es war einfach nur unheimlich.«

»Aber am Ende ist nichts passiert.«

Sally nickte. »Ein anderes Auto hat hinter uns gehalten. Da ist er weggefahren. Ich hatte das Gefühl, er will nicht erkannt werden, wissen Sie? Für den Rest der Fahrt hat er kein Wort mehr zu mir gesagt. Er ist zu meinem Auto gefahren und hat mich dort abgesetzt. Das war alles.«

»Es ist also eigentlich nichts zwischen euch passiert?«

Sally schüttelte den Kopf. »Nein. Wie gesagt, ich hatte das Gefühl, dass er was vorhat. Aber als dann alles vorbei war, habe ich gedacht, dass ich mir das vielleicht nur eingebildet habe.«

Maggie griff wieder nach Sallys Hand. »Ich muss unbedingt wissen, wer das war.«

»Ich weiß«, sagte Sally. »Ich hatte auch überlegt, ob ich was sagen soll, aber … ich habe wirklich nicht gedacht, dass es so wichtig ist. Wissen Sie, ich hatte mir schon eingeredet, dass ich spinne und dass er eigentlich gar nichts von mir wollte.«

»Aber jetzt denkst du das nicht mehr.«

»Ich weiß nicht. Ich weiß es einfach nicht.«

»Gut«, sagte Maggie. »Hat euch jemand zusammen gesehen? Hast du das Auto erkannt, das hinter euch gehalten hat?«

Sally schüttelte den Kopf. »Er ist zu schnell losgefahren.«

»Sag es mir, Sally. Ich werde nicht zulassen, dass er dir etwas tut. Wer war es?«

Sally beugte sich vor und flüsterte ihr einen Namen ins Ohr.

Maggie nahm, ohne zu zögern, ihr Handy aus der Manteltasche und wählte Strides Nummer.

9

Am Montagabend verließ Stride das Gebäude der Stadtverwaltung und fuhr beim Krankenhaus vorbei. Dort sagte man ihm, Emily Stoner sei vor einer Stunde entlassen worden. Dayton Tenby habe sie abgeholt. Stride war kaum überrascht gewesen, als er von ihrem Selbstmordversuch erfahren hatte. Es war immer ein gefährlicher Zeitpunkt, wenn ein Elternteil oder Ehepartner nach Wochen oder Monaten vergeblicher Hoffnung auf ein Wunder die Wahrheit erfuhr. Die Realität traf diese Menschen mit der

Wucht einer Abrissbirne, und oft war das nicht zu ertragen.

Stride beschloss, heute nicht mehr bei den Stoners vorbeizufahren. Er hatte ihnen nichts Neues zu berichten, und er vermutete, dass Emily von den Ärzten Anweisung erhalten hatte, sofort ins Bett zu gehen. Er hatte Graeme schon am Telefon von dem einzigen entscheidenden Fund hinter der Scheune erzählt, dem blutgetränkten Stückchen Stoff, das vielleicht von Rachels Pullover stammte.

Also fuhr er nach Hause.

Schneematsch bedeckte die Straßen. Es hatte den ganzen Tag über geschneit, und der Schnee hatte die Straßen und den Wald rings um die Stadt unter sich begraben. Die Suchaktion hinter der Scheune ging weiter, allerdings quälend langsam. Den Polizisten hingen Eisklumpen in Haaren und Schnurrbärten, und die Kälte kroch durch das Leder ihrer Stiefel. Sie gruben, kratzten und verfluchten den Schnee. Und inzwischen hatten sie auch mit einer weiteren, unheilvolleren Suche begonnen. Gemeinsam mit einer Gruppe Freiwilliger aus der Gegend waren sie in das Waldgebiet rund um die Scheune ausgeschwärmt und suchten nach Rachels Leiche. Sie durchwühlten den Schnee mit Skistöcken und gruben an allen Stellen, an denen sie etwas Ungewöhnliches vermuteten. Mit Funkgeräten hielten sie Guppo im Polizeibus über ihre Fortschritte auf dem Laufenden, während er auf dem Computer immer neue Suchraster ausarbeitete.

Stride hatte wenig Hoffnung, dass sie etwas finden würden. Die Weite der Wälder kam Mördern zugute. Sie hatten tausende Quadratkilometer zur Verfügung, um ihre Leichen zu verstecken. Meistens verschwanden die Opfer einfach, wie Kerry McGrath, und dabei blieb es dann. Sie lagen irgendwo dort draußen, wo sie entweder verscharrt oder einfach nur fernab der nächsten Straße deponiert worden und den wilden Tieren ausgesetzt waren. Stride schauderte, wenn er sich vorstellte, dass Rachel gerade dasselbe Schicksal erlitt. Aber das schiere Ausmaß des Gebiets und der Schneeeinbruch ließen ihn daran zweifeln, dass sie jemals einen anderen Beweis für Rachels Tod finden würden als dieses eine Stückchen weißen Stoffs.

Stride schaltete sein Handy ein und sah, dass der Akku fast leer war. Das Ladekabel hatte er auf dem Schreibtisch liegen lassen. Aber er war ja ohnehin fast zu Hause. Er rief seine Mailbox an und fragte die Nachrichten ab.

Die erste stammte von Maggie, gegen zwei Uhr am Nachmittag. Sie war ebenso kurz wie klar. »Leck mich, Boss.«

Er lachte bei der Vorstellung, wie ihre Befragungen in der High School wohl abgelaufen waren.

Die zweite Nachricht kam aus dem Labor, vor etwa einer Stunde. Sie hatten den Fleck auf dem Stoffstück als menschliches Blut identifiziert und die Blutgruppe AB bestimmt, Rachels Blutgruppe. Die DNA-Ergebnisse standen noch aus.

Die letzte Nachricht auf der Mailbox stammte von acht Uhr, vor kaum fünf Minuten. Er dachte, dass es wahrscheinlich wieder Maggie war, die die Ergebnisse des Tages berichten wollte. Aber es war jemand anders.

»Hallo, Jon«, sagte eine sanfte, nervöse Stimme. »Hier ist Andrea. Ich habe gar nicht damit gerechnet, dass du drangehst, ich wollte nur einfach deine Stimme hören. Das klingt jetzt sicher albern. Und ich nehme an, es klingt auch ziemlich albern, wenn ich dir sage, dass du mir fehlst. Aber genau so ist es. Offenbar hast du ganz schön Eindruck bei mir hinterlassen. Na ja, wie auch immer, ich bin noch in der Schule und arbeite. Ich sitze im Chemielabor und muss einen Riesenstapel Klausuren korrigieren, aber irgendwie denke ich die ganze Zeit an uns. Und an Freitag. Ich weiß, du hast wenig Zeit, aber ich hoffe trotzdem, dass wir uns bald wiedersehen. Das fände ich wirklich schön. So, jetzt hab ich mich völlig zum Narren gemacht, aber das ist ja auch nichts Neues. Also, ruf mich doch irgendwann mal an. Mach's gut, Jon.«

An der nächsten Kreuzung wendete Stride seinen Jeep und fuhr den Hügel hinauf, zur High School.

Er bog in den Parkplatz ein, wo sich links die Stadt Duluth unter ihm ausbreitete, und hielt in einer Parklücke ganz in der Nähe des Schulgebäudes. Während er rasch über den Asphalt lief, auf dem sich noch ein paar zusätzliche Zentimeter Schnee angesammelt hatten, seit die Schneepflüge durchgefahren waren, schob er die Hände tief in die Jackentaschen und blinzelte, als ihm Schneeflocken in die Augen fielen.

Das Schultor war verschlossen. Stride klopfte ans Fenster, aber offenbar war niemand in der Nähe, der ihn hören konnte. Er fluchte leise vor sich hin, presste dann das Gesicht an die kalte Scheibe und schaute hinein. Nichts.

Er zog das Handy hervor, stellte aber fest, dass der Akku inzwischen ganz leer war. Fluchend ging er über den verschneiten Rasen um das Schulgebäude herum. Er war schon fast an der Hintertür, als er Andrea aus einem Klassenzimmer am Ende des Ganges kommen sah. Sie trug eine graue Trainingshose, die ihre langen Beine betonte, Turnschuhe und einen weiten, blauen Pullover mit V-Ausschnitt. Sie schaute nicht in Strides Richtung, sondern ging schnurstracks auf den Getränkeautomaten zu, der im Flur stand. Sie schob einen Geldschein hinein, nahm eine Dose Cola Light aus dem Ausgabefach, öffnete sie und trank einen langen Schluck.

Stride klopfte an die Hintertür.

Andrea stutzte, drehte sich um und sah ihn. Ein strahlendes Lächeln überzog ihr Gesicht. Sie rannte den Flur entlang auf ihn zu, verschüttete dabei ihre Cola und lachte auf, als ein Schwall brauner Flüssigkeit auf den Boden schwappte. Sie stellte die Dose auf den Boden, wischte sich die Hände an der Hose ab und lief weiter zur Tür. Dann machte sie sie auf, griff nach Strides Hand und zog ihn hinein. Die Tür fiel hinter ihm ins Schloss und sperrte den eisigen Wind aus, und Andrea legte ihm die klebrigen Hände um den Hals, zog ihn an sich und küsste ihn. Erst war er so überrascht, dass er kaum reagieren konnte, doch dann schlang auch er die Arme um sie und erlaubte seinen Lippen, die ihren zu erforschen.

»Schön, dass du gekommen bist«, sagte sie schließlich. »Ich habe nicht mehr viel zu tun. Komm doch einfach mit und unterhalt dich ein bisschen mit mir, und später können wir dann vielleicht noch was essen gehen.«

»Das klingt großartig«, erwiderte Stride.

Als sie gemeinsam zum Chemielabor gingen, legte sie ihm den Arm um die Taille.

»Ich brauche vielleicht noch eine halbe Stunde. Multiple-Choice-Klausuren, da muss ich nicht viel nachdenken, sondern einfach nur korrigieren.«

»Und, wie haben sie abgeschnitten?«, fragte Stride.

»Es war schon mal besser«, sagte Andrea. »Die Konzentrationsfähigkeit lässt mit jedem Jahr weiter nach. Es wird immer schwieriger, sie noch für den Stoff zu interessieren.«

»Na ja, ich war auch nie besonders gut in Naturwissenschaften.«

»Tatsächlich? Ich hätte gedacht, als Polizist hat man Spaß an den ganzen gerichtsmedizinischen Details und daran, wissenschaftliche Erklärungen für irgendwelche Ungereimtheiten zu finden.« Während sie sprach, überflog Andrea eine Klausur und strich mit einem roten Stift die Fehler an.

»Für die wissenschaftlichen Analysen gibt es Labortechniker«, sagte Stride. »Ich widme mich hauptsächlich der Kunst der Erforschung des Möglichen.«

»Wie meinst du das?«, fragte Andrea.

»Die meisten menschlichen Handlungen hinterlassen irgendwelche Spuren. Man muss sich von A nach B bewegen. Man muss etwas essen, man muss tanken, zur Toilette gehen, schlafen. Dabei hinterlässt man Hautschuppen, Haare, Fingerabdrücke, Körperflüssigkeiten – lauter Dinge, die sich finden lassen. Vorausgesetzt, man schafft es, vorher all die Spuren auszusortieren, die andere Leute hinterlassen haben, und die des Menschen zu identifizieren, nach dem man sucht.«

Andrea lächelte. »Auch wenn dir das nicht gefällt, Jon, für mich klingt das ganz nach einer wissenschaftlichen Vorgehensweise. Du hast bestimmt nicht die ganze Zeit im Unterricht geschlafen.«

»In deinem Unterricht hätte ich ganz sicher nicht geschlafen«, erwiderte er.

Sie errötete und senkte den Blick wieder auf ihre Klausuren. Eine Zeit lang schwiegen beide, und man hörte nur das Kratzen von Andreas Stift auf dem Papier und das leise Rascheln, wenn sie die Seiten umblätterte. Stride sah sich im Klassenzimmer um, aber schließlich blieb sein Blick an Andrea hängen, die mit gesenktem Kopf dasaß. Nervös strich sie sich mit den schmalen Fingern das blonde Haar aus der Stirn. Er bemerkte Lachfältchen wie kleine Halbmonde um ihren Mund. Sie hatte die Ärmel ihres Pullovers hochgeschoben, und er sah ihre bloßen, wohlgeformten Unterarme, die schmal, aber dennoch muskulös waren.

Sie spürte seinen Blick und hob den Kopf. Schweigend sahen sie einander in die Augen.

Stride fragte sich, wie sie ihn wohl sah. Er wusste, dass ihn viele Frauen attraktiv fanden. Cindy hatte ihm das immer wieder gesagt, auch wenn er es nicht richtig nachvollziehen konnte.

Er hatte keine glatten, ebenmäßigen Gesichtszüge, sondern sah eher aus wie ein Seemann, der zu viele Unwetter mit zusammengekniffenen Augen durchgestanden hatte. Wie sein Vater. Wenn er zum Friseur ging und sich die Haare schneiden ließ, lagen anschließend jedes Mal mehr graue Strähnen auf dem Boden. Wenn er sich bewegte, tat ihm hier und da etwas weh, und die acht Jahre alte Schussverletzung schmerzte stärker als früher. Er wurde langsam alt, daran bestand kein Zweifel. Aber irgendetwas in Andreas offenem Blick ließ die Jahre dahinschmelzen.

Sie lehnte sich im Stuhl zurück, ohne die Augen von ihm abzuwenden, und legte beide Hände an den Mund. »Das alles ist mir ein bisschen peinlich«, sagte sie leise.

Stride blickte erstaunt drein. »Warum denn?«

Andrea lachte und sah ihn dann mit einem halben Lächeln an. »Ich hoffe, du denkst jetzt nicht, dass ich ständig Männer in Spielkasinos aufreiße und anschließend mit ihnen schlafe.«

»Ach so«, sagte Stride. »Das tut mir Leid. Ich hätte das nicht zulassen dürfen. Du warst betrunken. Es war nicht richtig von mir.«

»Wir waren beide betrunken«, sagte Andrea. »Und wir wollten es beide. Du brauchst dir keine Vorwürfe zu machen. Aber mir ging es am nächsten Tag nicht besonders gut. Ich hatte das Gefühl, einen schrecklichen Fehler gemacht zu haben.«

»Hast du nicht«, sagte Stride.

»Soll ich dir mal was ganz Furchtbares sagen?«, fuhr sie fort. »Irgendwie hat es mich geärgert, als du mir erzählt hast, dass deine Frau gestorben ist.«

Stride warf ihr einen merkwürdigen Blick zu. »Das verstehe ich nicht.«

»Cindy ist gestorben, und du konntest nichts dagegen machen. Es hatte nichts mit dir zu tun. Du brauchst dir wenigstens nichts vorzuwerfen. Mein Mann hat mir auch das genommen.«

Stride schüttelte den Kopf. »Aber es war doch nicht deine Schuld, sondern seine. So wie das klingt, ist er ein egoistischer Mistkerl.«

»Ja, ich weiß. Aber ich vermisse ihn trotzdem. Du hältst mich jetzt wahrscheinlich für ziemlich blöd.«

»Ich bin mindestens genauso blöd«, sagte Stride. »Hör mal, warum gehen wir nicht gleich was essen? Ich bin verdammt hungrig, und bei Briar Patch gibt es ein Steak, das einem auf der Zunge zergeht. Und das Bier ist eiskalt.«

Andrea nickte. »Das klingt gut. Ich glaube, ich habe auch genug für heute. Ich schließe die Klausuren nur schnell im Lehrerzimmer ein, dann können wir gehen.«

Sie gingen gemeinsam hinaus auf den leeren Schulflur. Stride hörte ferne Geräusche wie von einem Basketballspiel, sah aber nichts und niemanden. Die Beleuchtung war schwach und dämmrig, und draußen vor dem Fenster gähnte die Nacht wie ein riesiges schwarzes Ungeheuer.

Sie gingen die Treppe in den zweiten Stock hinauf, wo sie sich in einem weiteren dämmrigen, leeren Flur wiederfanden. Andrea schloss eine Tür gleich gegenüber der Treppe auf und schaltete drinnen das Licht an. Das Büro war ganz voll geräumt mit Metalltischen, Aktenschränken und Bücherregalen mit naturwissenschaftlichen Lehrbüchern. Andrea ging zu einem Tisch am Fenster hinüber, zog die unterste Schublade auf und legte den Stapel Klausuren hinein. Stride sah, dass an der Wand neben dem Schreibtisch das Foto eines Mannes hing. Er vermutete, dass es ihr Exmann war.

»Fertig«, sagte Andrea.

Sie schaltete das Licht aus und schloss die Tür wieder ab.

Auf dem Weg zur Treppe sah Stride aus einer Bürotür am anderen Ende des Ganges Licht nach draußen schimmern. Andrea merkte, dass er zögerte. »Was ist denn?«

»Wahrscheinlich gar nichts.« Trotzdem verspürte er plötzlich eine Welle der Besorgnis. So war es nach ein paar Jahren in seinem Beruf: Man entwickelte einen siebten Sinn dafür, wenn etwas nicht in Ordnung war.

»Kommt das Licht da nicht aus Nancy Carvers Büro?«, fragte er Andrea.

Sie sah das Licht am Ende des Ganges erst jetzt. »Sieht ganz so aus.«

Stride kniff die Augen zusammen. »Das kommt dir jetzt vielleicht seltsam vor, Andrea. Aber warte einen Augenblick hier auf mich, okay? Ich will nur mal nachschauen.«

»Wenn du meinst.«

Sie lehnte sich an die Wand und wartete. Stride ging leise den Flur entlang und näherte sich der Stelle, an der das Licht aus dem Büro auf den Flur fiel. Als er näher kam, sah er, was er bereits vermutet hatte: Nancy Carvers Bürotür war nur angelehnt. Er blieb stehen und lauschte, hörte aber kein Geräusch von drinnen.

Er räusperte sich vernehmlich. Eigentlich hatte er daraufhin irgendeine Reaktion von drinnen erwartet. Doch kein Laut durchbrach die Stille, die den Flur erfüllte.

Stride trat so nahe heran, dass er durch den Türspalt in das Kämmerchen schauen konnte, das Nancy Carver als Büro diente. Er sah eine Ecke des Schreibtischs und die Schulter und den Arm einer Frau. Sie schien stocksteif auf dem Schreibtischstuhl zu sitzen.

»Hallo?«, rief Stride.

Er wartete, doch die Frau rührte sich nicht. Stride trat langsam in den kleinen Vorraum, der zum Büro führte, und schob dann die Tür ganz auf. Sie gab mit lautem Quietschen nach und schlug gegen die Querwand. Er trat hindurch und blieb auf der Schwelle stehen.

Nancy Carver saß reglos an ihrem Schreibtisch. Als er hereinkam, sah sie ihn mit ausdruckslosem Blick aus roten Augen an. Die zornige Leidenschaft, die er beim ersten Besuch in ihren braunen Augen gesehen hatte, war verschwunden. Ihre Wangen wirkten eingefallen, das rote Haar klebte ihr am Kopf. Sie schaute durch ihn hindurch, als wäre er gar nicht da.

Stride war völlig verblüfft von dieser Veränderung, und so brauchte er ein paar Sekunden, bis er die Pistole sah, die vor ihr auf dem Schreibtisch lag, nur wenige Zentimeter von ihrer Hand entfernt.

»Was zum Teufel ...«, schrie er und stürzte sich auf die Pistole. Eigentlich hatte er erwartet, sie würde danach greifen, bevor er sie erreichte, und die Waffe entweder auf sich selbst oder auf ihn richten. Aber Nancy Carver rührte sich nicht. Sie sah einfach zu, wie er die Waffe vom Tisch nahm und die Patronen auf den Boden fallen ließ, wo sie durcheinander rollten.

Schwer atmend lehnte Stride sich an die Wand. Er hielt die Pistole kraftlos in der Hand. »Können Sie mir bitte erklären, was hier vorgeht?«, fragte er.

Und im Stillen setzte er hinzu: Und können Sie mir vielleicht auch sagen, warum gleich zwei Frauen, die mit Rachel zu tun haben, versuchen, sich umzubringen? Denn das hatte Nancy Carver offensichtlich vorgehabt.

Sie schüttelte dumpf den Kopf. »Ich hätte ihn aufhalten können«, flüsterte sie.

Stride beugte sich über sie. »Wen hätten Sie aufhalten können?«

Nancy Carver hob den Kopf und sah ihn an. »Ich habe wirklich geglaubt, sie wäre weggelaufen«, sagte sie.

Stride schwieg.

Tränen liefen ihr über die Wangen. »Aber jetzt ist sie tot. Und ich hätte es verhindern können. Ich habe doch alles gewusst.«

»Ich muss los«, sagte Stride zu Andrea.

Sie saßen in seinem Jeep hinter dem Schulgebäude, in der Nähe ihres Wagens. Im Hintergrund lief leise das Radio und spielte ein Lied von Patty Loveless.

»Sehe ich dich morgen?«

»Ich kann es dir nicht versprechen.«

»Willst du nicht morgen die Nacht bei mir verbringen? Es ist egal, wann du kommst. Es war so schön, am Freitag neben dir zu schlafen. Ich habe mich besser gefühlt, nur weil du in der Nähe warst.«

»Es kann spät werden. Ich weiß nicht, wann ich fertig bin, und wahrscheinlich bin ich dann auch keine besonders gute Gesellschaft.«

Andrea lächelte. »Ich lasse das Licht für dich brennen.«

Sie öffnete die Tür auf ihrer Seite. Als sie aus dem

Jeep stieg, rutschte ein bisschen Schnee vom Dach und bedeckte ihr blondes Haar mit weißen Flocken. Sie warf Stride eine Kusshand zu, schloss dann die Tür und lief zu ihrem Wagen hinüber. Er sah zu, wie sie einstieg und ein Streichholz aufflammte, als sie sich eine Zigarette anzündete. Ihr Wagen sprang gleich beim ersten Mal an. Im Wegfahren winkte sie ihm noch einmal zu.

Stride fuhr nach Hause und lenkte den Wagen sehr viel weniger vorsichtig durch die leeren, glitschigen Straßen, als es eigentlich angebracht gewesen wäre. Zwei Mal blieb er zu lange vor einer Ampel stehen, die schon längst grün war, und sein Blick wanderte durch die verschmierte Windschutzscheibe ins Leere. Die Scheibenwischer quietschten in einem beharrlichen Rhythmus, der ihn in eine Art Trance versetzte.

Ich habe doch alles gewusst.

Er dachte an Nancy Carver und versuchte, seinen Zorn darüber zu unterdrücken, dass sie den Verdacht nicht schon Wochen vorher geäußert hatte. Vielleicht hätten sie dann sogar noch etwas tun können. Und in jedem Fall wären sie einen großen Schritt weiter gekommen.

Und was, wenn Emily Stoner gestorben wäre, ohne je davon zu erfahren? Gleich darauf fragte er sich, ob Emily selbst nicht schon die ganze Zeit etwas vermutet hatte.

Es gab Momente, da war es wie ein Spiel, ein Rätsel, das es zu lösen galt. Und dann wieder gab es Augenblicke, in denen es ihn aus tiefstem Herzen anwiderte, so viel über die dunklen Seiten der menschlichen Seele zu wissen.

Stride überquerte die Brücke zum Point. Er fuhr die paar Blocks bis zu seinem Haus und bog in die Einfahrt ein. Maggies Auto parkte am Straßenrand. Er sah Licht im Haus und nahm an, dass sie drinnen auf ihn wartete. Das ersparte ihm einen Anruf. Er würde sie heute brauchen, sie hatten eine lange Nacht im Büro der Stadtverwaltung vor sich.

Er schloss die Haustür auf. Maggie saß in der Küche und hatte die Beine auf einen zweiten Stuhl gelegt. Sie aß ein überbackenes Käsesandwich und las die Zeitung.

»Du bist nicht an dein Scheißtelefon gegangen«, begrüßte sie ihn liebenswürdig.

»Der Akku ist leer. Tut mir Leid.«

»Ich warte schon seit über einer Stunde.«

»Du kannst von Glück sagen, dass ich allein bin«, sagte Stride. Er überlegte, wie er Maggie schonend beibringen konnte, dass sie sein Haus in Zukunft nicht mehr so ohne weiteres als zweites Zuhause behandeln konnte. Er war nicht sicher, ob Andrea Verständnis für ihr enges Verhältnis aufbringen würde.

Mit einem Blick auf Maggies Rock, der ihr fast bis zur Taille hochgerutscht war, bemerkte er: »Du siehst ja heiß aus.«

»Mir ist arschkalt«, verkündete sie. »Und das ist deine Schuld.«

»Na ja, aber es war ja wohl die Sache wert, wenn du was aus den Jungs rausbekommen hast.«

Maggie grinste. »Bei den Jungs war nichts zu holen. Aber wie sich herausstellt, hatten wir doch von Anfang an den richtigen Riecher. Immer zuerst die Familie.«

Stride setzte sich ihr gegenüber an den Tisch. »Graeme?«

Sie nickte. »Sally hat ihn verpfiffen. Offenbar hat Graeme letzten Sommer mit ihr einen kleinen Ausflug zur Scheune gemacht.«

»Hat er sie vergewaltigt?«

»Nein, sie wurden gestört. Aber sie glaubt, dass es wohl darauf hinausgelaufen wäre.«

»Ich habe auch was«, sagte Stride. »Was sagst du dazu? Rachel hat Nancy Carver erzählt, dass sie mit Graeme schläft. Ein paar Mal hat sie es zugelassen, dann wollte sie nicht mehr, aber Graeme war nicht zu stoppen.«

Maggies Augenbrauen wanderten in die Höhe. »Wirklich? Glaubst du, Emily ahnt etwas?«

»Ganz bestimmt. Aber ich nehme an, sie will es nicht wahrhaben.«

»Graeme ist eine harte Nuss«, sagte Maggie. »Alles tadellos, sogar die Ergebnisse des Lügendetektortests. Der wird schwer zu knacken sein.«

»Ja. Aber er und Emily? Das kann mir jetzt keiner mehr erzählen. Ich glaube, er war von Anfang an auf Rachel scharf. Und sie hat wahrscheinlich gedacht, es ist die perfekte Strafe für ihre Mutter, wenn sie mit Graeme schläft. Die zwei waren wie gemacht füreinander.«

»Nur: Wie beweisen wir das?«, gab Maggie zu bedenken.

»Wir haben Carvers Aussage. Das ist schon mal ein Anfang.«

»Die beruht nur auf Hörensagen«, sagte Maggie. »Damit kommen wir nicht durch.«

Stride nickte. »Ich weiß. Aber sie verschafft uns zumindest einen Durchsuchungsbefehl.«

10

Stride hatte sein ganzes Team während der Vorbereitungen für die Durchsuchung zu strengstem Stillschweigen verpflichtet. Aber es half nichts. Als das Aufgebot an Polizeiwagen vor dem Haus der Stoners vorfuhr, trat zeitgleich Bird Finch ans Mikrofon und präsentierte Graeme Stoner als einen Dr. Jekyll und Mr Hyde, der seine halbwüchsige Stieftochter zuerst verführt und anschließend umgebracht hatte. Stride hörte den Beitrag im Radio und schaltete angewidert mittendrin aus.

Maggie, die neben ihm saß, schüttelte den Kopf. »Wie zum Geier hat er das gemacht? Kein Mensch hat davon gewusst.«

Stride zuckte die Achseln. »Gehen wir«, sagte er.

Mit einer Gruppe uniformierter Beamter gingen sie die lange Zufahrt entlang bis zur Haustür der Stoners. Stride winkte einen Beamten zu sich.

»Die Katze ist aus dem Sack«, sagte er. »Wir müssen damit rechnen, dass ganze Horden von Reportern hier auftauchen. Ich will keinen von den Typen in der Nähe haben, klar? Sperren Sie das Grundstück ab, und lassen Sie niemanden durch. Das gilt auch für neugierige Nachbarn.«

Der Beamte nickte und ging zurück zu den Einsatzwagen. Im Gehen winkte er drei anderen Polizisten, ihm zu folgen.

Stride flüsterte Maggie zu: »Wir müssen darauf achten, dass bei der Durchsuchung nichts schief geht, okay, Mags? Ich will, dass alles korrekt verläuft und vor Zeugen stattfindet. Wir können uns keinen Fehler leisten. Wenn wir den Kerl tatsächlich vor Gericht bringen, hat er auf jeden Fall Archie Gale auf seiner Seite, und dann wird alles, was wir tun, noch einmal hinterfragt. Darauf kannst du wetten.«

»Das wird alles hieb- und stichfest«, sagte Maggie. »Verlass dich drauf, Boss.«

Stride brauchte nicht zu klingeln. Als er die Stufen hinaufstieg, öffnete Graeme Stoner bereits die Tür, und Stride sah die kalte Wut in seinen Augen.

»Hallo, Lieutenant«, sagte Graeme. »Wie ich sehe, haben Sie ein paar Freunde mitgebracht.«

»Mr Stoner, wir haben offizielle Anweisung, Ihr Haus und Grundstück nach eventuellen Beweisen zu durchsuchen, die mit dem Verschwinden und dem mutmaßlichen Mord an Rachel Deese in Zusammenhang stehen.«

»Das habe ich schon gehört. Ist es eigentlich gängige Praxis der Polizei, Rufmord zu betreiben, bevor Beweise vorliegen? Mein Telefon steht schon jetzt nicht mehr still, dank Bird Finchs kleinem Beitrag vor ein paar Minuten. Ich habe bereits Kyle angerufen, um mich persönlich zu beschweren.«

Stride zuckte die Achseln. Graemes gute Kontakte zur Stadtverwaltung halfen ihm jetzt auch nichts mehr. »Ich bleibe bei Ihnen, während meine Mitarbeiter die Durchsuchung durchführen.«

Graeme drehte sich auf dem Absatz um und durchquerte das Wohnzimmer, ohne sich noch einmal nach ihnen umzusehen. Stride folgte ihm, und Maggie versammelte in der Diele die anderen Beamten um sich und gab ihnen Anweisungen. Guppo sollte mit einer Gruppe den Keller durchsuchen, sie selbst würde sich um die Räume im ersten Stock kümmern. Die Zimmer im Erdgeschoss, der Garten und die Autos sollten als Letztes drankommen.

»Es muss alles ganz korrekt vor sich gehen«, wiederholte sie Strides Warnung. »Bewegt euch nur in Zweiergruppen. Alles, was ihr findet, fotografiert ihr, steckt es in Plastiktüten und beschriftet die. Alles klar?«

Die bulligen Polizisten, die alle fast zwei Köpfe größer waren als die kleine Asiatin, nickten gehorsam und machten sich an die Arbeit. Ihre Schritte klangen wie Donnergrollen, als sie in verschiedene Richtungen die Treppen hinauf- und hinunterliefen.

Auf der Veranda spürte Stride die eisige Kälte, die von den beiden Menschen im Raum ausging. Emily Stoner saß wie bei seinem ersten Besuch in einem Sessel vor dem Kamin. Sie wirkte mitgenommen, und ihr Gesicht hatte jede Farbe verloren. Es schien, als wäre sie geschrumpft und als hinge ihr die Haut lose am Körper. Das Haar fiel ihr kraftlos ins Gesicht. In den letzten paar Wochen war sie um Jahre gealtert.

Sie rührte sich nicht und sagte auch nichts, aber sie folgte Graeme mit den Augen, als er sich in dem Sessel ihr gegenüber niederließ. Stride hatte die Spannungen zwischen den beiden von Anfang an gespürt, doch jetzt hatte sich etwas verändert. Emily hatte auf demselben Weg von dem Verdacht erfahren wie alle anderen auch, und Stride wusste, was sie dachte: Der Mann, der ihr da gegenübersaß, mit dem sie seit fünf Jahren das Bett teilte – dieser Mann war vielleicht ein Monster.

Doch am meisten überraschte ihn Graemes Verhalten.

Stride hatte schon viele Täter in den ersten Minuten erlebt, nachdem die Wahrheit ans Licht gekommen war. Manche beteuerten voller Zorn ihre Unschuld und stritten ab, was längst offensichtlich war. Andere brachen zusammen, legten ein Geständnis ab und befreiten sich damit von der Schuld, die auf ihrer Seele gelastet hatte. Aber er hatte noch nie erlebt, dass sich jemand so ruhig und gelassen verhielt wie Graeme Stoner. Der Mann kochte vor Wut, gab sich aber vollkommen beherrscht. Und auf seinem Gesicht lag immer noch ein leicht amüsierter Ausdruck, als wäre das Ganze nichts weiter als ein unwichtiges Unterhaltungsprogramm.

Stride wusste nicht recht, wie er das deuten sollte. Er hatte sich immer zugute gehalten, die Schuld oder Unschuld eines Menschen an Miene und Augen ablesen zu können. Doch Graemes Gesicht war eine einzige Maske.

»Sie sind sich hoffentlich darüber im Klaren, dass Sie meinen Ruf in dieser Stadt zerstört haben«, sagte Graeme mit durchdringendem Blick zu ihm. »Ich hoffe, die Stadtverwaltung hat genug Geld, um den Schadenersatzforderungen nachzukommen, die ich erheben werde.«

Stride schenkte ihm keine Beachtung, sondern wandte sich an Emily. »Ich muss mich bei Ihnen entschuldigen, Mrs Stoner. Wenn es eine Möglichkeit gegeben hätte, Ihnen die Sache zu erleichtern, dann hätte ich das getan. Ich weiß, was Sie durchgemacht haben.«

Emily nickte, schwieg aber weiterhin. Sie starrte ihren Mann unverwandt an und versuchte offenbar genau wie Stride, die Wahrheit zu erkennen. Doch Graemes Miene gab absolut nichts preis.

»Mr Stoner, ich muss Ihnen Ihre Rechte vorlesen«, sagte Stride.

Graeme zog eine Augenbraue hoch. »Wollen Sie mich etwa verhaften?«

»Nein, aber Sie stehen in diesem Fall unter Tatverdacht. Ich möchte sichergehen, dass Sie Ihre Rechte kennen, bevor wir weitere Maßnahmen ergreifen.« Stride rasselte die *Miranda Warnings* herunter und sah, wie Graeme dabei voller Abscheu die Stirn runzelte.

»Nachdem Sie jetzt wissen, dass Sie nicht aussagen müssen: Würden Sie mir trotzdem ein paar Fragen beantworten, obwohl Mr Gale nicht anwesend ist?«

Graeme zuckte nur die Achseln. »Ich habe nichts zu verbergen.«

Stride war erstaunt. Wohlhabende Verdächtige

sagten sonst niemals freiwillig aus. Aber er wollte sein Glück nicht in Frage stellen. »Es ist bedauerlich, dass die Sache an die Öffentlichkeit geraten ist, Mr Stoner. Dafür muss ich mich entschuldigen. Ich weiß wirklich nicht, wie das passieren konnte.«

Stride wollte nicht gleich mit den harten Fragen beginnen und Graeme damit auf den Gedanken bringen, dass er vielleicht doch besser beraten war, den Mund zu halten. Er wollte sich langsam zu den unangenehmen Details vorarbeiten. Aber etwas in Graemes Blick gab ihm das Gefühl, dass sein Gegenüber diese Strategie durchschaute.

»Ich schlage vor, Sie finden heraus, wie das passieren konnte, Lieutenant.«

Stride nickte. »Sie werden sich aber trotzdem darüber im Klaren sein, dass die Dinge, die wir herausgefunden haben, für uns viele Fragen aufwerfen. Wir würden gern Ihre Version der Geschichte hören. Deshalb bin ich heute hier.«

»Das kann ich mir denken.«

»Haben Sie mit Rachel geschlafen?«

Das Schweigen lastete im Raum. Emily schien mit angehaltenem Atem auf die Antwort ihres Mannes zu warten. Stride sah, wie sich Graemes Kiefermuskulatur anspannte, sah, wie ihm der Zorn ins Gesicht stieg. Und doch offenbarte seine Miene keine Spur von Schuldbewusstsein, bloß Verachtung. Angesichts dieser unerschütterlichen Gewissheit überlegte Stride, ob sie vielleicht gerade einen Fehler begingen. War der Mann wirklich so ein guter Schauspieler?

»Was für eine unverschämte Frage. Die Antwort ist Nein. Niemals. Ich würde nie mit meiner Stieftochter schlafen, Lieutenant. Und es ist auch nicht passiert.«

»Rachel sagte, es ist passiert«, sagte Stride.

»Das glaube ich nicht«, gab Graeme zurück. »Unser beider Verhältnis zu ihr war nicht das beste, aber ich kann einfach nicht glauben, dass sie eine so unfassbare Lüge verbreitet hat.«

»Sie hat Nancy Carver, der psychologischen Beraterin an ihrer Schule, erzählt, dass Sie kurz nach Ihrer Hochzeit eine intime Beziehung mit ihr begonnen hätten.«

Stride hörte, wie Emily zusammenfuhr und heftig nach Luft schnappte. Graeme warf einen Blick auf seine Frau und sah dann wieder Stride an.

»Nancy Carver? Na, kein Wunder. Dieses Miststück hat sich immer in alles eingemischt. Wussten Sie, dass sie mich sogar angerufen und mir Fragen gestellt hat? Aber sie ist nie so weit gegangen, tatsächlich Vorwürfe gegen mich zu erheben. Wenn Sie mich fragen, sollten Sie sich bei Ihren Ermittlungen lieber auf sie konzentrieren, Stride. Die Frau ist doch offensichtlich lesbisch. Ich weiß noch, dass ich in der Schule angerufen habe, um mich über sie zu beschweren.«

Stride notierte sich das. Er wollte nachprüfen, ob tatsächlich eine Beschwerde gegen Nancy Carver eingereicht worden war. »Warum sollte Rachel so etwas erfinden?«

»Ich glaube nicht, dass sie das getan hat. Wahrscheinlich hat diese Carver sich die ganze Sache ausgedacht.«

»Rachel hat noch anderen Leuten davon erzählt«, schwindelte Stride.

Diesmal sah er einen Anflug von Zweifel in Graemes Augen, der aber ebenso schnell wieder verschwand, wie er gekommen war. »Das ist schwer zu glauben. Aber falls Rachel das wirklich getan haben sollte, kann ich mir nur vorstellen, dass das Problem bei ihr lag. Vielleicht hat sie sich etwas über mich zusammenfantasiert. Oder sie wollte einen Keil zwischen Emily und mich treiben. Wer weiß das schon?«

»Sie haben also nicht mit ihr geschlafen?«

»Ich sagte es bereits: Nein.«

»Sie haben sie auch nicht angefasst oder sonstigen intimen Kontakt mit ihr gehabt?«

»Natürlich nicht«, fauchte Graeme.

»Und sie hat auch Sie niemals angefasst.«

»Ich bin nicht Bill Clinton, Lieutenant. ›Kein Sex‹ heißt ›kein Sex‹.«

Stride nickte. Dass er die Vorwürfe so klar abstritt, konnte der Anklage nur nützen, falls sie doch Beweise für eine Beziehung zwischen Rachel und Graeme fanden. Er wusste allerdings, dass das unwahrscheinlich war. Stoner würde nicht alles so beharrlich abstreiten, wenn er befürchten musste, dass es Beweise für eine solche Affäre gab.

Vielleicht sagte er sogar die Wahrheit.

»Kennen Sie Rachels Schulfreundin Sally Lindner?«, fragte Stride.

Graeme zog die Stirn in Falten. »Ich glaube ja. Sie ist mit diesem Kevin zusammen, wenn mich nicht alles täuscht. Warum fragen Sie?«

»Haben Sie Sally jemals in Ihrem Wagen mitgenommen?«

»Das weiß ich wirklich nicht mehr«, sagte Graeme. »Möglich.«

»Möglich?«

Graeme kratzte sich am Kinn. »Wenn ich mich recht erinnere, habe ich sie irgendwann mal zu ihrem Wagen gefahren. Ihr Fahrrad war kaputt. Aber das ist Monate her, und ich weiß wirklich nicht mehr genau, ob sie es war.«

»Wo haben Sie sie mitgenommen?«

»Irgendwo nördlich vor der Stadt, glaube ich. Ich kam gerade von einer unserer Filialen zurück.«

»Und wo sind Sie mit ihr hingefahren?«, fragte Stride.

»Das sagte ich doch schon. Zu ihrem Wagen.«

»Haben Sie unterwegs irgendwo angehalten?«

»Nicht, dass ich wüsste«, sagte Graeme.

»Sie behauptet, Sie seien mit ihr zur alten Scheune gefahren.«

»Zur alten Scheune? Ganz bestimmt nicht. Ich habe sie mitgenommen und zu ihrem Auto gefahren. Das war alles, Lieutenant.«

»Das hat also nicht stattgefunden?«, fragte Stride. »Sie sind nicht mit ihr dorthin gefahren?«

»Es hat nicht stattgefunden«, erwiderte Graeme mit fester Stimme.

»Warum sagt Sally dann, dass es stattgefunden habe?«

Graeme seufzte.

»Woher soll ich das wissen, Lieutenant? Vielleicht hat Rachel sie dazu angestiftet.«

»Rachel?«, fragte Stride. »Warum sollte Rachel so etwas tun?«

»Sie ist ein schwieriges Mädchen«, erwiderte Graeme.

Maggie deutete auf einen Aktenschrank aus Eichenholz mit drei Schubladen. »Du fängst damit an. Ich nehme mir den Schreibtisch vor.«

Der Polizist, der sie begleitete – ein schlaksiger Fünfundzwanzigjähriger, dessen Gesicht immer noch von Pickeln übersät war –, nickte und kaute geräuschvoll auf seinem Kaugummi herum. Er hieß Pete und war erst seit ein paar Monaten bei der Polizei, nachdem er ein paar Jahre bei privaten Sicherheitsdiensten gearbeitet hatte. Maggie mochte ihn. Er war frech und selbstbewusst, aber er hatte noch eine Menge zu lernen. Gerade erst hatte er eine Blase mit dem Kaugummi gemacht und sie mit dem Zeigefinger seiner behandschuhten Hand zum Platzen gebracht. Maggie hatte ihm fast den Kopf abgerissen und ihm einen Vortrag über die Verunreinigung von Tatorten gehalten. Außerdem gingen ihr die Kaugeräusche furchtbar auf die Nerven.

Pete hörte auf, Blasen zu machen, kaute aber geräuschvoll weiter, um sie zu ärgern. Maggie wusste, sie hätte genau dasselbe getan. Das gefiel ihr an ihm.

Sie waren in Graeme Stoners Arbeitszimmer im oberen Stockwerk des Hauses. Graeme hielt den Raum tadellos in Ordnung. Auf dem großen, handgeschreinerten Schreibtisch aus Eichenholz befanden sich ein Computerbildschirm und eine Tastatur, ein paar Bücher, die nach Themengebieten geordnet waren, und zwei Stapel CDs. Maggie sah sie durch. Der eine Stapel gab ihr Auskunft über Graemes Musikgeschmack: Offenbar bevorzugte er bombastische Mahler-Symphonien. Der andere Stapel bestand aus CD-ROMS mit dem Aufdruck »Vertraulich« und dem Stempel von Graemes Bank.

»Guppo soll sich die ganzen CD-ROMS und die Festplatte anschauen«, sagte Maggie. »Beschrifte die, und pass auf, dass wir alle mitnehmen.«

Pete grunzte. Er durchsuchte gerade die erste Schublade des Aktenschranks.

Maggie sah sich im Zimmer um und registrierte den Geschmack des Bewohners. An den Wänden hing eine dunkelblau gemusterte Tapete mit kleinen Goldtupfern, die genau zu dem dunklen, goldenen Farbton des Teppichbodens passten, darauf ein paar Original-Aquarelle, hauptsächlich Landschaftsdarstellungen, die Maggies ungeschultem Auge qualitativ hochwertig und teuer erschienen. Der Schreibtisch und der gewaltige, ledergepolsterte Schreibtischstuhl dominierten den Raum, der bis auf den Aktenschrank, eine Wand voll eingepasster Bücherregale mit gebundenen Büchern und einen aufwändigen Polstersessel mit passendem Sofa keine weiteren Möbel enthielt. An einer Ecke des Schreibtischs stand eine schlanke Messinglampe mit rundem Schirm.

Es war ein edler und steriler Raum, der Reichtum, aber keinerlei Persönlichkeit ausstrahlte. Das war ihnen auch schon im Schlafzimmer aufgefallen: ein elegantes Ambiente, bei dem man sich kaum vorstellen konnte, dass tatsächlich Menschen darin lebten. Maggie und Pete hatten fast zwei Stunden im Schlafzimmer und im Bad zugebracht, Schubladen durchforstet und nach irgendwelchen Geheimnissen gesucht. Aber sie hatten nichts gefunden. Die Zimmer waren nur insofern interessant, dass sich absolut nichts darin finden ließ. Keine Verhütungsmittel, kein Sexspielzeug, keine Pornofilme. Maggie fragte sich, wann Graeme und Emily wohl zum letzten Mal miteinander Sex gehabt hatten.

Aber das spielte ja eigentlich keine Rolle. Die Frage war schließlich, ob Graeme und Rachel jemals Sex gehabt hatten. Doch sie hatten nichts entdeckt, was als Beweis für Nancy Carvers Behauptung hätte dienen können, und Maggie erinnerte sich, dass sich auch in Rachels Zimmer, das sie gleich nach ihrem Verschwinden durchsucht hatten, keine greifbaren Beweise für eine inzestuöse Beziehung gefunden hatten.

Ihr lief ein Schauer über den Rücken. Sie versuchte, sich vorzustellen, wie Rachel mit Graeme allein in diesem Haus gewesen war. War es im Schlafzimmer passiert? In ihrem Zimmer? Auf dem Badezimmerboden? Hatte er sich auf sie gelegt, oder hatte er sie gezwungen, sich auf ihn zu setzen? Hatte er sie von hinten genommen? Hatte er sie auf die Knie gezwungen und sie dazu gebracht, ihm einen zu blasen?

Beweise. Das war das Allerschwierigste. Solange von Rachel jede Spur fehlte, konnte Graeme die Beziehung weiterhin gefahrlos abstreiten, denn es gab keinen Hinweis darauf, dass in diesem Haus überhaupt jemals sexuelle Handlungen stattgefunden hatten. Es gab nur das, was Rachel anderen Leuten erzählt hatte – und das war vor Gericht völlig wertlos.

»Was ist in dem Aktenschrank, Pete?«, fragte Maggie.

Ihr Kollege zuckte die Achseln. »Steuerberichte. Garantiescheine. Der Typ hat alles aufgehoben.«

»Sieh alle Akten durch und nimm die Steuerberichte mit. Wir brauchen Kopien davon.«

Maggie wandte ihre Aufmerksamkeit dem Schreibtisch zu. Sie nahm jedes einzelne Buch vom Tisch, blätterte es durch und stellte es zurück. Dann machte sie nacheinander die Schubladen auf, durchsuchte sie von vorn bis hinten und kniete sich dann hin, um die Unterseite der Schubladen zu inspizieren, für den Fall, dass dort etwas festgeklebt war.

Dann schaltete sie den Computer ein. Sie hatte keine Zeit, die Festplatte Byte für Byte durchzugehen – das war auch Guppos Aufgabe –, aber sie wollte zumindest nach E-Mails suchen und sich die Internetseiten anschauen, auf denen Graeme gesurft war. Um sicherzugehen, dass sie nicht versehentlich etwas an der Beweislage änderte, druckte sie zunächst das vollständige Verzeichnis sämtlicher Dateien, die sich auf der Festplatte befanden, auf dem Laserdrucker aus. Dann schloss sie ein externes Laufwerk an die USB-Schnittstelle des Computers an und kopierte den Inhalt von Graemes Festplatte. Als sie damit fertig war, schloss sie das Laufwerk an das mitgebrachte Notebook an und rief das Image von Graemes Computer auf.

Als sie den Internet Explorer öffnete, entdeckte

sie zu ihrer Überraschung, dass das Verzeichnis der aufgerufenen Websites gelöscht worden war. Es gab keinerlei Belege über besuchte Websites, und auch unter »Favoriten« war nichts gespeichert.

»Das ist ja interessant«, sagte Maggie halb zu sich selbst. »Offenbar hat der gute Graeme aufgeräumt.«

»Was?«, fragte Pete.

»Nicht eine gespeicherte Website. Dabei ist der Mann bei seiner Bank Leiter für den Bereich E-Commerce. Ist so was möglich? Offenbar wollte er nicht, dass jemand weiß, was er sich im Internet so anschaut.«

Als Nächstes rief Maggie Outlook auf. Das E-Mail-Programm war genau so leer wie der Internetbrowser: nichts im Posteingang, keine versendeten E-Mails und auch keine gespeicherten. Es war, als hätte der Mann nie irgendwelche E-Mails mit diesem Computer empfangen oder verschickt, obwohl Maggie ganz genau wusste, dass das unmöglich war.

Das ging nicht mit rechten Dingen zu. Sie fragte sich, ob Graeme vielleicht bei einem kostenlosen E-Mail-Anbieter wie Yahoo oder Hotmail ein Postfach hatte, von dem aus er persönliche E-Mails empfangen und versenden konnte, ohne Spuren auf seinem eigenen Computer zu hinterlassen. So etwas war natürlich sehr viel schwieriger aufzufinden.

Es knackte in ihrem Funkgerät, und sie hielt es ans Ohr. »Ja?«

Guppo meldete sich. »Wir sind jetzt mit dem Keller durch.«

»Habt ihr was gefunden?«

»Alles blitzsauber. Sogar die Gartengeräte glänzen wie neu. Ich habe nicht den Eindruck, dass irgendwer viel Zeit hier unten verbracht hat.«

»Mist«, brummte Maggie. Sie hatte gehofft, zumindest Beweise für den Mord zu finden, wenn sie schon Graemes sexuelle Beziehung zu Rachel nicht beweisen konnten. Aber die Indizien, die sie hinter der Scheune gefunden hatten, sprachen eigentlich dagegen, dass Rachel hier im Haus getötet worden war. Es war sehr viel wahrscheinlicher, dass sie gemeinsam zur Scheune gefahren waren und dass dort etwas vorgefallen war – etwas, das schließlich zu Rachels Tod geführt hatte.

»Gut, Guppo, schau dir mit Terry den Minivan draußen an. Durchsucht ihn. Sucht jeden Millimeter ab, nehmt den Boden raus, sucht mit UV-Lampen nach Blutspuren, Haaren, Fasern, Spermaspuren, Fingerabdrücken, ganz egal. Ich will wissen, ob Rachel in dem Wagen war.«

»Alles klar.«

Als Nächstes drang Terrys Stimme aus dem Funkgerät. »Verdammt, Maggie, ich soll mit Guppo in den Van? Es ist schon schlimm genug, mit ihm im Keller zu sein.«

Maggie lachte. »Ich habe das bei der Scheune aushalten müssen, Terry. Von mir kannst du also kein Mitleid erwarten. Ende.«

Sie befestigte das Funkgerät wieder an ihrem Gürtel.

»Ich werde mir jetzt mal die Bücherregale anschauen«, verkündete sie und musterte widerwillig die vielen gebundenen Bücher.

»Der Computer ist also sauber?«, fragte Pete.

»Im Prinzip schon. Graeme ist offenbar sehr ordentlich. Eine genauere Suche müssen wir Guppo überlassen.«

»Wie sieht's mit Bildern aus?«, fragte Pete. »Du weißt schon, Gifs, JPEGs, solche Sachen. Vielleicht hat er ja irgendwo ein paar Schmuddelfotos oder anderen Pornokram.«

Maggie nickte. Sie durchsuchte das externe Laufwerk. Zuerst gab sie »Rachel« ein und ließ eine Vollsuche über alle Dateien durchlaufen, die den Namen des Mädchens enthalten konnten. Aber das, dachte sie, wäre ja viel zu einfach. Und so kamen auch keine Suchergebnisse. Maggie suchte nach Dateinamen, die mit »R« anfingen, bekam aber so viele Ergebnisse, dass sie es gleich wieder aufgab. Dann suchte sie nach den Begriffen »Sex«, »Ficken« und »Porno«, fand aber nichts.

Plötzlich kam ihr eine Idee. Sie schränkte die Suche auf Dateien ein, die zwei Wochen vor und zwei Wochen nach Rachels Verschwinden erstellt oder bearbeitet worden waren.

Die Suche brachte nicht allzu viele Ergebnisse. Maggie ging sie langsam durch, schloss die Systemdateien von vornherein aus und sah sich alles an, was auch nur entfernt nach Textdokument oder Tabelle aussah. Alle Dateien schienen beruflicher Natur zu sein, enthielten Details über Online-Transaktionen und offene Investmentfonds oder Gewinn- und Verlustrechnungen einzelner Filialen. Sie ging die Dateien einzeln durch, strich sie im Geist von der Liste und vermutete bereits, dass auch diese Suche nicht viel erfolgreicher sein würde als die bisherigen. Graeme war einfach zu schlau.

Dann sah sie es.

»Fargo4qtr.gif«. Eine Bilddatei, die zwei Tage vor Rachels Verschwinden erstellt worden war.

Der Dateiname klang geschäftlich, aber die Datei war im falschen Verzeichnis gespeichert. Und Maggie hatte in Graemes anderen geschäftlichen Dateien auch keine weiteren Gifs entdecken können. Sie markierte die Datei mit der Maustaste und zögerte dann einen Augenblick mit angehaltenem Atem. Schließlich klickte sie ganz leicht mit der Fingerspitze darauf und sah zu, wie der Bildschirm grau wurde. Es schien eine halbe Ewigkeit zu dauern, das Bild zu laden, obwohl Maggie wusste, dass höchstens ein oder zwei Sekunden vergingen, während sie dem Surren der Festplatte ihres Notebooks lauschte. Dann erschien plötzlich ein Foto auf dem Bildschirm und füllte ihn mit leuchtenden Farben aus.

Maggie schnappte nach Luft. »Lieber Himmel!«

Sie hörte, wie Pete sich hinter ihr neugierig umdrehte. Als er über ihre Schulter auf den Bildschirm schaute, schnappte auch er nach Luft. »Mannomann!«

Es war das atemberaubendste Foto, das sie jemals gesehen hatte. Maggie hielt sich selbst für absolut heterosexuell, doch sie ertappte sich trotzdem dabei, dass sie sich mit der Zunge über die Lippen fuhr. Rachels Augen zogen ihren Blick wie zwei Magnete an.

Auf dem Foto war sie nackt. Sie stand irgendwo im Freien, hinter ihr sah man unscharfe Bäume. Es regnete, und die Tropfen bedeckten ihre Haut und rannen ihr in silbrigen Bächen über den Körper. Das Foto fing die Wassertropfen auf ihren Brüsten ein und die kleinen Ströme, die von ihrem feuchten Unterleib zu Boden tropften. Rachel hatte die Knie gebeugt. Ihre eine Hand lag zwischen den Beinen, und sie schob zwei Finger in sich hinein. Mit der anderen Hand hielt sie ihre rechte Brust umfasst und berührte ihre Brustwarze. Sie hatte die Lippen lustvoll geöffnet, aber auch ihre leuchtend grünen Augen standen weit offen und schauten direkt in die Kamera.

Maggie merkte, dass Pete neben sie getreten war und förmlich hechelte. »Mein Gott, ich hoffe, das Mädchen lebt noch«, sagte er. »Was würde ich darum geben, die zu bumsen.«

»Halt die Klappe«, sagte Maggie verärgert. Sie

gab den Druckbefehl, und langsam, Stück für Stück, warf der Drucker das Bild des jungen Mädchens aus, das im Wald masturbierte.

»Dieser gottverdammte Hurensohn«, murmelte Maggie.

Auf der Veranda war es still. Emily und Graeme saßen einander in ihren Sesseln gegenüber. Emily saß reglos da und starrte ins Leere, die Hände im Schoß gefaltet. Graeme blätterte, eine Halbbrille auf der Nase, in einem Aktenordner und nahm keine Notiz von Stride. Nachdem der Detective keine Fragen mehr zu haben schien, hatte Graeme sich einfach wieder seiner Arbeit zugewandt, als gäbe es absolut nichts, worum er sich sorgen musste.

Stride wusste, dass Graemes gelassene Haltung zumindest teilweise gespielt war. Allein der Verdacht genügte ja bereits, um seinen Ruf in Duluth zu ruinieren. Ob er es nun wollte oder nicht, in Duluth war Graeme Stoner erledigt, und das war ihm auch klar. Die einzige Frage war, ob er unbehelligt anderswo hingehen konnte oder ob sie die nötigen Beweise finden würden, ihn für lange Zeit aus dem Verkehr zu ziehen.

Das Warten wurde immer mühsamer, je mehr Zeit verging. Er hörte, wie Guppo und Terry aus dem Keller kamen und durch die Haustür nach draußen gingen. Wahrscheinlich hatte Maggie ihnen Anweisung gegeben, den Wagen zu durchsuchen. Stride selbst hatte den Wortwechsel nicht gehört. Er hatte sein Funkgerät abgestellt, damit Stoner die Gespräche der Polizisten nicht mitbekam.

Stride musterte den Mann, studierte seine Miene. Er wusste, dass Graeme seinen Blick spürte, während er die Seiten des Aktenordners umblätterte, aber trotzdem zuckte der Banker nicht mit der Wimper. Es würde interessant werden, Dan Erickson, den Staatsanwalt, vor Gericht dafür kämpfen zu sehen, Graeme hinter Gitter zu bringen. Wenn sie es überhaupt je vor Gericht schafften.

Die Zeit verging.

Stride hörte Maggies Schritte auf der Treppe, und gleich darauf marschierte sie ins Zimmer. Sie hielt ein Blatt Papier in der Hand. Diesmal blickte auch Graeme auf, mit echter Neugier und einem Anflug von Nervosität.

Maggie flüsterte Stride ins Ohr: »Schau dir das mal an.«

Stride betrachtete das Foto und zuckte zusammen, als er das nackte Mädchen sah. Er musste sich in Erinnerung rufen, dass es sich um ein junges Mädchen handelte, das vermisst wurde und wahrscheinlich tot war.

Als er den Kopf hob, begegnete er Graemes Blick. Und plötzlich hatte er das Gefühl, diesem arroganten Hund gegenüber im Vorteil zu sein. »Sagen Sie, Mr Stoner, besitzen Sie eine Digitalkamera?«, fragte er.

Graeme nickte. »Natürlich.«

»Die werden wir wohl mitnehmen müssen«, sagte Stride. »Haben Sie dieses Foto schon mal gesehen?«

Er reichte ihm das Blatt. Graemes Gelassenheit bekam Sprünge, und Stride sah, dass seine Hand zitterte, obwohl er versuchte, das Blatt ruhig zu halten. Emily sah das Foto ebenfalls, schlug die Hand vor den Mund und unterdrückte einen Schrei.

»Wo haben Sie das gefunden?«, fragte Graeme. Es fiel ihm schwer, seine Stimme ruhig klingen zu lassen.

»Auf dem Rechner in Ihrem Arbeitszimmer«, erwiderte Stride.

»Ich habe keine Ahnung, wie es dorthin gekommen ist. Ich habe es noch nie gesehen.«

»Tatsächlich?«, fragte Stride. »Sie haben dieses Foto also nicht gemacht?«

»Nein, natürlich nicht. Ich sage Ihnen doch, ich hatte keine Ahnung, dass es auf meinem Computer war. Wahrscheinlich hat Rachel es dort gespeichert, als Witz.«

»Als Witz?«, wiederholte Stride und zog die Augenbrauen hoch. »Guter Witz.«

»Wer kann schon wissen, warum sie das gemacht hat?«, sagte Graeme.

Stride nickte. »Sie haben also keine Ahnung, wann und wo das aufgenommen wurde?«

»Absolut keine.«

Maggie maß ihn mit kaltem Blick. »Das Foto wurde zwei Tage vor Rachels Verschwinden auf Ihrem Computer gespeichert.«

»Zwei Tage vorher?«, sagte Graeme.

»Na, so ein Zufall«, bemerkte Stride.

»Wie ich schon sagte, Rachel wird es dort gespeichert haben. Vielleicht wollte sie sich damit auf ganz spezielle Weise verabschieden, bevor sie ausgerissen ist.«

Stride trat näher an Graeme heran. »Aber sie ist doch gar nicht ausgerissen, nicht wahr, Mr Stoner? Sie sind an jenem Abend beide gemeinsam zur Scheune gefahren. Sie wollten mit ihr schlafen, wie Sie es schon seit Jahren tun. Wollte sie diesmal nicht? Hat sie versucht zu fliehen? Hat sie Ihnen gedroht, Ihrer Frau alles zu erzählen?«

»Graeme«, flehte Emily mit schwacher Stimme. »Bitte sag mir, dass das alles nicht wahr ist.«

Graeme seufzte und sah sie an. »Natürlich nicht.«

»Wir wissen, dass Rachel am bewussten Abend bei der Scheune war, Mr Stoner. Wir wissen auch, dass sie vorher zurück nach Hause gekommen ist und dass nur Sie im Haus waren. Wollen Sie uns nicht sagen, was danach passiert ist?«

Graeme schüttelte den Kopf. »Ich habe nicht einmal gehört, dass sie nach Hause gekommen ist. Und jetzt werde ich nichts mehr sagen, bis Mr Gale hier ist.«

Er wirkte verstört. Stride freute sich zu sehen, dass auch dieser Mann menschliche Schwächen hatte, dass er Fehler machen und Spuren hinterlassen konnte und nicht wusste, wie er reagieren sollte, wenn seine Lügen ans Licht kamen.

»Sucht weiter, Mags«, sagte Stride.

Maggie wollte gerade wieder nach oben gehen, als ihr Funkgerät knackte. Guppos Stimme füllte laut und deutlich den Raum.

»Maggie, Stride, wir brauchen euch hier draußen. Hinten im Wagen, unter dem Teppich, sind Blutspuren auf dem Boden, und wir haben außerdem Blut an einem Messer aus dem Werkzeugkasten gefunden.«

Maggie griff rasch nach dem Funkgerät und schaltete es aus, aber es war schon zu spät.

Emily schrie laut auf.

Stride und Maggie sahen sie an und hörten beide den Schmerz in ihrer Stimme.

Mit kreidebleichem Gesicht sprang Emily aus dem Sessel auf. Sie drehte sich um und starrte voller Entsetzen Graeme an, der reglos dasaß, mit einem merkwürdigen Grinsen, wie eine Katze, die gerade einen Kanarienvogel gefressen hatte. Emily sank auf die Knie.

Stride trat einen Schritt vor, um sie aufzufangen, falls sie in Ohnmacht fiel.

Emily stöhnte auf, sank auf alle viere und erbrach sich auf den weißen Teppich.

Dritter Teil

1

Das »Kitch«, wie der Kitchi Gamma Club allgemein genannt wurde, war der Versuch der Stadt Duluth, der eleganten, großstädtischen Klubtradition von New England nachzueifern. Das Klubhaus war ein fünfstöckiges Anwesen aus rotem Backstein mit breiten Giebeln, einer imposanten Terrasse und einer makellos gepflegten Gartenanlage, die jetzt, in der Wärme des Frühjahrs, ein einziges Blumenmeer war. Zum Klub gehörten auch gemütliche Bibliotheksräume im obersten Stock, wo man antikes Mobiliar aus Kirschbaumholz, elegante Sessel sowie sämtliche aktuellen Tageszeitungen aus Minneapolis und New York vorfand. Letztere lagen für jeden erreichbar auf kleinen Beistelltischen, deren Beine in Löwentatzen endeten. Hier genossen die Mächtigen und Reichen ihren Cognac und widmeten sich den wichtigsten geschäftlichen Angelegenheiten des städtischen Lebens.

Per, der Portier des Kitch, ein zerknitterter Norweger Anfang achtzig, der bereits dort gearbeitet hatte, als die meisten derzeitigen Mitglieder noch gar nicht auf der Welt gewesen waren, stand stramm, als sich ein großer, massiger Mann dem Eingang des Klubhauses näherte. Der Mann pfiff ein Lied von Frank Sinatra vor sich hin, wie er es während der ganzen dreißig Jahre, die Per ihn jetzt kannte, immer getan hatte. Er war Ende fünfzig und fast so breit wie hoch, ging aber mit elastischem, schwungvollem Schritt. Er hatte graues lockiges Haar, das akkurat frisiert war und sich an den Schläfen bereits merklich lichtete, rote Wangen in einem sonst blassen Gesicht, stechende blaue Augen, eine winzige, runde Brille, die ihm das Aussehen einer Eule gab, und ein freches Ziegenbärtchen. Er trug einen anthrazitfarbenen, dreiteiligen Nadelstreifenanzug und ein weißes Hemd. Unter den Ärmeln des Sakkos schauten goldene Manschettenknöpfe hervor, und im Knopfloch steckte eine Blume. Eine Wolke von Rasierwasser umgab ihn.

»Guten Abend, Mr Gale«, sagte Per und öffnete ihm schwungvoll die Tür.

»Es ist immer wieder eine Freude, Sie zu sehen, Per«, erwiderte Archibald Gale mit dröhnender Stimme. »Ein wundervoller Frühlingstag, finden Sie nicht?«

»O ja, und ob, Mr Gale. Sie haben wohl wieder einen großen Fall vor sich, was?«

»Ganz genau, Per, ganz genau.«

»Na, ich sage ja immer: Es gibt keinen Besseren als Sie.«

»Ihr Wort in den Ohren der Geschworenen, Per«, gab Gale zurück.

Er klopfte dem alten Mann freundschaftlich auf die Schulter und betrat dann das dämmrige Foyer des Klubhauses. Die eichengetäfelte Tür mit den Buntglasscheiben schloss sich geräuschlos hinter ihm. Er warf einen Blick auf die Uhr. Es war Viertel vor fünf, und ihm blieb noch eine Viertelstunde bis zu seiner Verabredung mit Dan Erickson, dem Bezirksstaatsanwalt. Gale war gerne früh dran und genoss es, es sich mit einem Single-Malt-Whisky in einem der Bibliotheksräume bequem zu machen und auf sein Opfer zu warten.

Gale gehörte zu den bedeutendsten Strafverteidigern im ganzen Staat. Man munkelte allerdings, dass er die meisten Fälle im Kitch gewann, indem er die

Gegenpartei bei einem freundschaftlichen Drink vollkommen demoralisierte. Seine beiläufigen Bemerkungen und dunklen Andeutungen brachten die Staatsanwälte meist so aus dem Konzept, dass sie an ihrer Strategie zu zweifeln begannen und beim Plädoyer vor Gericht Fehler machten. Gale war inzwischen so bekannt für sein Talent zur psychologischen Kriegsführung, dass die meisten Staatsanwälte seine traditionelle Einladung zu einem zwanglosen Gespräch im Kitch am Abend vor Prozessbeginn ablehnten.

Daniel allerdings besaß ein viel zu ausgeprägtes Ego, um abzulehnen. Und so machte es ja auch viel mehr Spaß. Gale hatte im Lauf der Jahre viele ehrgeizige Anwälte erlebt, die eine politische Karriere anstrebten, und es war ihm jedes Mal von neuem eine Freude, ihre Arroganz zu durchlöchern. Und Daniel war sehr viel skrupelloser als die meisten. Als Trygg Stengard, der frühere Bezirksstaatsanwalt, ihn damals eingestellt hatte, hatte Gale seinen alten Freund und Gegenspieler vor dem neuen Stellvertreter gewarnt. Doch anders als Gale hatte Stengard eine Schwäche für unverhüllten Ehrgeiz.

»Du wirst den Jungen schon weich klopfen, Archie«, hatte er zu Gale gesagt. »Tritt ihm ruhig ein paar Mal in den Hintern. Das wird ihm nur gut tun.«

Und genau das hatte Gale getan. Es hatte ihn nicht überrascht zu sehen, dass Daniel vor Gericht weltmännisch und wirkungsvoll auftrat und seine Aufgaben als Bezirksstaatsanwalt nach Stengards Tod gut erfüllte. Aber er hatte bereits zwei große Prozesse verloren, beide gegen Archibald Gale.

Der Stoner-Prozess würde entweder seine Rache sein oder sein endgültiger Untergang.

Gale wusste, dass Daniel zuversichtlich war, und er wusste auch, dass er durchaus Grund zur Zuversicht hatte. Auch ohne Leiche würden die forensischen Beweise genügen, um die Geschworenen gegen einen Angeklagten aufzubringen, der noch sehr viel arroganter wirkte als der Staatsanwalt. Und falls Daniel die Geschworenen davon überzeugen konnte, dass der Mann tatsächlich mit seiner Stieftochter geschlafen hatte, würde es Gale nicht gerade leicht fallen, eine lebenslange Haftstrafe von Stoner abzuwenden.

Aber Gale liebte Herausforderungen. Und er hatte seinerseits ein paar Überraschungen in der Hinterhand.

Er bestieg den altersschwachen Fahrstuhl und spürte, wie die Kabine sich unter seinem Gewicht ein wenig senkte. Normalerweise nahm er die Treppe, um sich fit zu halten, aber bei den Besprechungen vor Prozessbeginn wollte er kein Risiko eingehen, außer Atem zu geraten. Als der Aufzug schließlich knarzend zum Stehen kam, stieg er aus und ging durch den Flur in die geräumige Ojibwe-Bibliothek, deren drei große Kastenfenster auf den See hinausgingen. Margaret kam aus der Küche, und Gale bückte sich fröhlich und gab ihr einen Kuss auf die Wange. Die alte Dame kicherte und wurde rot.

»Ich habe Ihren Oban schon auf den Tisch gestellt, Mr Gale.«

»Ach, Margaret, Sie sind einfach zu gut zu mir. Wollen wir nicht zusammen durchbrennen?«

Margaret kicherte wieder. »Wissen Sie, was Mr Erickson trinkt?«

»Halten Sie einen Bombay Sapphire mit viel Eis für ihn bereit, auf meine Rechnung. Und ich könnte mir vorstellen, dass er recht bald noch einen zweiten möchte.«

Margaret lächelte so verschwörerisch, als teilten sie ein kleines Geheimnis, und verschwand wieder in der Küche.

Gale bereitete sich vor. Er ließ ein paar Minuten die Gedanken schweifen, schaute aus dem Fenster, überflog die Schlagzeilen der *Star Tribune*, die er bereits gelesen hatte, machte es sich dann auf einem Zwanzigerjahresofa bequem und wärmte das Whiskyglas ein wenig in der Hand vor. Er war vollkommen ruhig. So war es immer vor Prozessbeginn. Andere Anwälte wurden in solchen Situationen unruhig und aufgekratzt, Gale hingegen war vollkommen konzentriert. Er spürte, wie sein Puls sich verlangsamte und seine Gedanken sich nach und nach auf das Gesamtbild dessen richteten, was vor ihm lag.

Fünf Minuten später stürmte Dan Erickson in die Bibliothek, ein Lowball-Glas mit einem doppelten Gin in der Hand, in dem die Eiswürfel leise klirrten. Ein paar Tropfen Gin schwappten über den Rand auf den Teppich.

»Hallo, Daniel«, sagte Gale. »Herrje, Sie sehen aber nervös aus.«

Dan blieb stehen und lächelte. »Im Gegenteil, ich kann es kaum erwarten loszulegen. Beim letzten Mal haben Sie mich geschlagen, Archie.«

»Und auch beim Mal davor, wenn ich mich recht entsinne«, erwiderte Gale fröhlich.

»Nun ja, diesmal nicht.«

Dan setzte sich nicht, sondern begann, zwischen dem Fenster und dem offenen Kamin auf und ab zu gehen. Er trug einen dunkelblauen Anzug und glänzende, schwarze Schuhe. Sein blondes Haar war sorgfältig mit Haarspray fixiert. Obwohl er nicht besonders groß war, war er ein gut aussehender, sportlicher Mann, und Gale vermutete, dass er seit Wochen auf die Sonnenbank ging, um einen guten Eindruck auf die Geschworenen zu machen.

»Immerhin hat sich Richterin Kassel bezüglich

Nancy Carver bereits auf meine Seite gestellt«, bemerkte Gale.

Dan zuckte die Achseln. Er nahm eine kleine Porzellanfigur vom Kaminsims, drehte sie in den Händen und stellte sie dann wieder zurück. »Nancy Carvers Aussage beruht auf Hörensagen. Mir war von vornherein klar, dass wir sie nicht verwenden können.«

»Das sagen Sie jetzt. Aber das macht die Behauptung, dass Graeme und Rachel miteinander im Bett waren, doch sehr viel weniger plausibel, nicht wahr?«

»Ach, dafür haben wir genug andere Beweise«, sagte Dan. »Sie haben sich da einen wirklich perversen Mandanten angelacht, Archie. Mit diesem Mandat machen Sie sich hier in der Gegend sicher keine Freunde.«

Gale hielt die Nase über sein Whiskyglas und nahm dann einen winzigen Schluck. »Ja, die üblichen Hassbriefe und Morddrohungen habe ich schon bekommen. Irgendwie ironisch, finden Sie nicht, dass die Leute mich umbringen wollen, weil ich einen mutmaßlichen Mörder verteidige?«

»Diesmal sind Sie ja auch wirklich nicht auf der Seite des Guten«, sagte Dan. Er stand jetzt am Fenster und blickte hinunter auf den montäglichen Feierabendverkehr auf der London Road. Dann marschierte er wieder in die Mitte des Raumes.

»Jetzt setzen Sie sich endlich hin, mir wird ja ganz schwindlig.«

Dan lächelte und trommelte mit den Fingern auf seine Jacketttasche. »Warten Sie nur ab, Archie. Warten Sie nur ab.«

»Sie wirken wirklich ausgesprochen zuversichtlich«, bemerkte Gale.

»Weil ich Stoner beim Schlafittchen habe. Das weiß ich. Und Sie wissen es auch.«

»Also, wenn ich Sie wäre, würde ich mir ein paar meiner Zeugen noch mal etwas genauer anschauen. Sie könnten feststellen, dass sie noch ganz andere Geschichten zu erzählen haben.«

Ein Anflug von Besorgnis überzog Dans Miene, wurde aber gleich darauf von einem breiten Grinsen abgelöst. »Sie sind ein schlauer, alter Fuchs. Sie lügen fast so gut wie ich.«

Gale lachte leise. »Aus Ihrem Mund ein großes Kompliment. Nur ist das keine Lüge. Nennen wir es einfach kollegiales Entgegenkommen.«

»Na klar. Hören Sie, Sie können sich winden und krumm legen, so viel Sie wollen. Diesmal entkommen Sie mir nicht. Ihre einzige Chance bestand darin, den Prozess an einen anderen Verhandlungsort zu verlegen, und das ist Ihnen nicht gelungen. Ich brauche Nancy Carver nicht in den Zeugenstand zu rufen, damit sie aussagt, Rachel habe ihr erzählt, sie schlafe mit ihrem Stiefvater. Das wissen die Geschworenen längst. Außerhalb dieses Raumes würde ich das natürlich niemals zugeben.«

»Stimmt.« Gale seufzte. »Die Verlegung des Verhandlungsorts war eine Enttäuschung für mich. Ich vermute, die Richterin weiß, dass der Fall eigentlich hätte verlegt werden müssen, sie wollte ihn aber für sich behalten. Darin ist sie Ihnen nicht unähnlich.«

Dan bückte sich, griff in eine Kristallschale und nahm sich eine Hand voll Nüsse. Er betrachtete sie kritisch, fischte dann ein weißes Stück Paranuss heraus und steckte es in den Mund.

»Da haben Sie Recht«, erwiderte er und zermalmte die Nuss mit den Zähnen. »Ich sollte Ihnen vielleicht noch sagen, dass ich mit Catharine geschlafen habe.«

Gale zog erstaunt die Augenbrauen hoch und nahm sein Glas Oban vom Tisch. »Sie haben mit der

Richterin geschlafen? Gehen Sie da nicht ein bisschen weit, um den Fall zu gewinnen?«

»Es liegt schon ein paar Jahre zurück. Sie war damals noch nicht Richterin, und ich war noch nicht Bezirksstaatsanwalt.«

»Aber wenn ich mich recht entsinne, war sie bereits verheiratet«, sagte Gale.

Dan zuckte die Achseln, nahm sich einen Cashewkern aus der Nussmischung in seiner Hand und verzehrte ihn geräuschvoll, ohne zu antworten.

»Ich könnte einen anderen Richter verlangen«, fuhr Gale fort.

»Das könnten Sie, aber Sie werden es nicht tun«, erwiderte Dan.

»Was macht Sie da so sicher?«

Dan wiegte den Kopf. »Das wird nicht Ihre letzte Verhandlung mit Catharine sein, und es würde mich wirklich wundern, wenn Sie die Rolle desjenigen übernehmen wollten, der ihre dunkle Vergangenheit ans Licht zerrt. Außerdem kann es für Sie nur schlimmer werden. Catharine wird Stoner immerhin gerecht behandeln. Obwohl er das kaum verdient.«

»Und nach allem, was ich über Sie weiß, Daniel, kann auch Ihre Affäre mit ihr für mich durchaus von Vorteil sein«, gab Gale trocken zurück.

»So weit würde ich nun wirklich nicht gehen.«

»Und warum erzählen Sie mir dann davon?«, fragte Gale unschuldig.

»Das wissen Sie genau, Archie. Damit Sie nicht behaupten können, von nichts gewusst zu haben. Ich habe Ihnen die Möglichkeit gegeben, die Richterin auszutauschen, und Sie haben sie nicht genutzt. Wenn Sie erst nach Stoners Verurteilung von unserer Affäre erfahren hätten, hätten Sie einen Grund gehabt, Berufung einzulegen.«

»Das ist wahr«, sagte Gale. »Auch wenn Stoner nicht verurteilt werden wird.«

»Ach, kommen Sie, Archie. An Ihrer Stelle würde ich gleich auf schuldig plädieren. Wir haben Rachels Blut in seinem Wagen, an seinem Messer und am Tatort gefunden – die DNA-Analyse ist absolut eindeutig. Und Doktor Yees medizinische Beweisführung werden Sie nicht anzweifeln können. Das ist noch keinem gelungen.«

Gale zuckte die Achseln. Er hatte schon mehrfach versucht, sich mit Yee anzulegen. »Natürlich, wenn Doktor Unfehlbar sagt, es ist ihr Blut, dann ist es auch ihr Blut.«

»Wir haben also medizinische Beweise und außerdem Beweise für eine inzestuöse Beziehung«, fuhr Dan fort. »Er hat kein Alibi, und er ist ein reicher, arroganter Schnösel. Die Geschworenen werden ihn hassen.«

Gale schüttelte den Kopf. Er leerte sein Glas, hievte sich dann mit einem Stöhnen vom Sofa hoch und strich sich das Bärtchen glatt. »Glauben Sie mir, Daniel, Sie haben sich den falschen Fall ausgesucht, um sich in der Öffentlichkeit zu produzieren.«

»Soll heißen?«

»Soll heißen, dass Sie, Bird Finch und der ganze Medienzirkus meinen Mandanten bereits schuldig gesprochen haben. Aber dieses Urteil zählt nicht. Wenn ich mit den Geschworenen fertig bin, werden sie ihn innerhalb einer Stunde freisprechen.«

Dan lief rot an. »Weil er von dem großen Archibald Gale verteidigt wird?«

»Weil Sie nichts gegen ihn in der Hand haben«, erwiderte Gale. »Sie haben ja nicht einmal eine Leiche. Und Sie wissen, wie klein die Chancen sind, jemanden als Mörder zu verurteilen, wenn es keine Leiche gibt.«

»Das hat bei der Vorverhandlung auch niemand als Hindernis betrachtet«, sagte Dan.

Gale schnaubte verächtlich. »Aber hier haben wir es mit einer echten Verhandlung und echten Geschworenen zu tun, Daniel.«

»Ich gehe das Risiko ein«, erwiderte Dan. »Die Geschworenen werden Graeme Stoner nicht noch dafür belohnen wollen, dass es hier so viele Möglichkeiten gibt, eine Leiche zu verstecken. Sie produzieren viel heiße Luft, Archie, und das machen Sie weiß Gott sehr gut. Aber die Geschworenen werden sicher die richtigen Schlüsse ziehen, wenn ich ihnen gezeigt habe, was für ein Mensch dieser Stoner ist.«

Gale ging auf Dan zu, baute sich vor ihm auf und legte dem Jüngeren eine fleischige Hand auf die Schulter. »Hören Sie, ich will Sie vor Gericht wirklich nicht demütigen. Warum klären wir das Ganze nicht einfach hier unter uns? Lassen Sie die Anklage fallen. Sagen Sie, die Beweislage sei noch unzureichend und Sie wollten warten, bis Ihnen stichhaltige Beweise vorliegen, um nicht unter das Doppelbestrafungsverbot zu fallen. Stoner wird die Stadt verlassen. Sein Leben hier ist so oder so vorbei. Und dann können wir die Sache alle getrost vergessen.«

Dan verzehrte die letzte Paranuss und klopfte sich das Salz von den Händen. Seine Augen blickten kalt und zornig. Er sah Gale an und hob anklagend den Finger. »Glauben Sie nur nicht, dass Sie mich einschüchtern können. Stoners Leben ist in der Tat vorbei, er wird es nämlich von jetzt an hinter Gittern verbringen. Er ist ein Mörder, und ich werde dafür sorgen, dass er ins Gefängnis kommt.«

»Sind Sie wirklich so überzeugt von seiner Schuld?«

Dan gab ein Stöhnen von sich. »Kommen Sie, Archie. Wir sind hier unter uns. Sie wollen mir doch nicht ernsthaft erzählen, dass Sie ihn für unschuldig halten?«

Gale zuckte die Achseln und schwieg.

»Nun, ich glaube, damit wäre alles gesagt«, sagte Dan. »Wir sehen uns vor Gericht.«

»O ja«, erwiderte Gale und lachte leise vor sich hin. »Aber sagen Sie später nicht, ich hätte Sie nicht gewarnt.«

2

Gale ging durch eine Seitenstraße nach Süden, um das abendliche Gedränge auf der Superior Street zu vermeiden. Trotz seines Körperumfangs hatte er einen schnellen, athletischen Gang. Als er ein paar Blocks weiter rechts den Rundbau des Radisson-Hotels aufragen sah, bog er dorthin ab und behielt die Passanten im Auge, während er sich dem Hotel näherte. Wie zufällig betrat er die Hotelhalle und ging auf die Aufzüge zu.

Das war immer besonders schwierig. Gale war eine auffällige Erscheinung, und er befürchtete, dass Reporter der Lokalzeitung, deren Redaktion nur wenige Blocks entfernt lag, bei einem Drink in der Hotelbar sitzen würden. Er fuhr mit dem Aufzug in den siebten Stock, stieg aus und ging ins Treppenhaus. Dort erklomm er drei weitere Stockwerke zu Fuß, nahm dann wieder den Aufzug und fuhr bis in den elften Stock. Er warf einen vorsichtigen Blick den Gang entlang, ging rasch bis zum anderen Ende und klopfte fünf Mal an die Tür einer Suite.

Ein Schatten verdeckte den Spion. Dann öffnete Graeme Stoner die Tür.

»Mr Gale«, sagte er. »Es ist immer wieder eine Freude, Sie zu sehen.« Er trat beiseite, um Gale einzulassen, machte dann die Tür hinter ihm zu und schloss sie ab. »Bird Finch ist überzeugt davon, dass Sie immer noch in Minneapolis sind«, sagte er.

»Das ist auch gut so, sonst würde dieses Hotel längst belagert.«

Gale hatte zwar durchgesetzt, dass Stoner auf Bewährung freikam, aber er hatte nicht mehr nach Hause zurückkehren können. Seine Festnahme hatte großes Aufsehen erregt und ihn in Gefahr gebracht. Und selbst wenn das nicht der Fall gewesen wäre, so wäre er doch in seinem eigenen Haus nicht mehr willkommen gewesen. Emily hatte die Scheidung eingereicht. Und die Bank hatte ihm gekündigt, obwohl Gale eine hohe Abfindung für ihn herausgeschlagen hatte, als Gegenleistung dafür, dass er stillschweigend ging, ohne rechtliche Schritte einzuleiten.

»Und, was gibt es Neues von Danny Erickson?«, fragte Graeme.

Gale lachte leise. »Zuversichtlich wie immer. Er will Sie fertig machen, Graeme.«

Graeme zuckte die Achseln. »Das sieht dem guten Danny ähnlich. Wissen Sie, wir sind früher hin und wieder zusammen weggegangen. Ich habe ihn als Freund betrachtet. Aber für Danny sind Freundschaften nur wichtig, so lange sie ihm nützlich sind. Möchten Sie einen Drink?«

Gale schüttelte den Kopf.

»Es macht Ihnen hoffentlich nichts aus, wenn ich mir einen gönne«, sagte Graeme. Er warf einen Blick in die Bar, schenkte sich einen Brandy ein und machte es sich dann in einem Sessel am Fenster bequem. Der Himmel war dunkelblau in der Dämmerung. Graeme trug ein hellbraunes Golfhemd und eine beigefarbene Bügelfaltenhose. Auf dem Tisch stand sein eingeschaltetes Notebook. Gale hatte ihn einmal gefragt, womit er sich eigentlich die Zeit vertrieb, und Graeme hatte geantwortet, er habe in den vergangenen fünf Monaten seine Aktienanteile um zwanzig Prozent erhöht. Für ihn sei das wie Urlaub.

Gale blieb stehen und musterte seinen Mandanten. Selbst als er ihn am Tag nach der Hausdurchsuchung angerufen hatte, hatte Graeme vollkommen unbeteiligt gewirkt, gelassen seine Unschuld beteuert und sich bei Gale entschuldigt, weil er ohne ihn mit der Polizei gesprochen hatte. Aber er habe ja gewusst, dass er sich nichts vorzuwerfen und somit auch nichts zu verbergen habe.

Gale fragte sich, ob das stimmte. Für seine Verteidigung spielte das natürlich keine Rolle, aber eine gewisse morbide Neugier trieb ihn dazu, die Frage nach der Wahrheit zu stellen. Er hatte bereits mit vielen Lügnern zu tun gehabt und durchschaute sie normalerweise sofort. Bei Graeme war das anders. Der Mann sagte entweder die Wahrheit, oder er war der talentierteste Lügner, dem Gale in seiner ganzen Anwaltskarriere begegnet war. Unglücklicherweise lehrte die Erfahrung, dass die besten Lügner in der Regel auch die Verbrechen begangen hatten, deretwegen sie vor Gericht standen.

Natürlich war er in der Lage, die Geschworenen vom Gegenteil zu überzeugen. Aber was war das Gegenteil?

Gale musste zugeben, dass die Indizienbeweise der Anklage äußerst überzeugend waren. Die Spuren im Minivan und bei der Scheune wiesen direkt auf Graeme hin, auch wenn es keinen eindeutigen Beweis dafür gab, dass er an einem der beiden Orte gewesen war. Und auch wenn die Anklage seines Wissens keine konkreten Belege für eine sexuelle

Beziehung zwischen Graeme und Rachel in der Hand hatte, waren die Hinweise doch klar genug, um eine Gruppe aufrechter Geschworener, die sowohl Telefonsex als auch schamlose Siebzehnjährige ablehnten, zu überzeugen. Die Wahrheit? Gale kannte sie nicht. Er konnte die Beweisführung der Anklage durchlöchern, und er hatte ein paar alternative Verdächtige in der Hinterhand, von denen die Geschworenen ohne weiteres glauben würden, dass sie etwas mit Rachels Verschwinden zu tun hatten. Doch nichts davon sprach Graeme in seinen Augen tatsächlich frei.

Er konnte ihn einfach nicht einschätzen, und das bereitete ihm leichtes Unbehagen. Gale hatte keine Probleme damit, schuldige Mandanten zu verteidigen, und Unschuldige verteidigte er sogar ausgesprochen gern. Aber es war eine neue Erfahrung für ihn, nicht zu wissen, woran er war.

Graeme lächelte ihn an. Er schien seine Gedanken lesen zu können. »Haben Sie das Gefühl, mit dem Teufel im Bunde zu sein, Mr Gale?«

Gale nahm Graeme gegenüber in einem Sessel Platz. »Über Ihr Seelenheil haben andere Geschworene zu entscheiden, Graeme. Sorgen wir uns jetzt erst mal um die, die wir morgen vor Gericht treffen.«

»Da haben Sie Recht«, sagte Graeme. »Also, was haben Sie von Danny erfahren können? Haben Sie dem armen Kerl ordentlich Angst eingejagt?«

Gale zuckte die Achseln. »Dafür, dass es keine Leiche gibt, ist seine Beweisführung nicht schlecht. Außerdem wirkt Daniel immer gut auf Geschworene.«

»Aber nicht so gut wie Sie«, bemerkte Graeme.

»Nein«, erwiderte Gale leichthin. »Das nun nicht.«

»Sehen Sie, genau für dieses Selbstvertrauen bezahle ich Sie. Aber sagen Sie mir mal ehrlich: Wie sieht es aus? Sie brauchen keine Rücksicht auf mich zu nehmen.«

»Also gut«, sagte Gale. »Die Anklage beruht auf Indizienbeweisen, und die sind sehr belastend. Außerdem haben die Medien so gegen Sie gewettert, dass kaum ein Geschworener noch völlig unvoreingenommen ist, auch wenn sie das bei der Vorabbefragung alle behaupten werden. Ich fürchte, die meisten werden mit der Ansicht in die Verhandlung gehen, dass Sie ein perverses Schwein sind.«

»Und was tun wir dagegen?«

»Daniel weiß genau, dass die Beweisführung die Geschworenen nur bis an den Rand des Abgrunds führt, und er will ihnen eine Brücke bauen, die sie direkt auf die andere Seite bringt. Ich will sie dazu bringen, sich erst mal alles in Ruhe anzuschauen und dann zu beschließen, dass die Brücke nicht tragfähig ist.«

»Schöner Vergleich«, bemerkte Graeme. »Aber Sie haben doch sicher noch mehr in petto.«

Gale nickte. »Da wäre noch die Sache mit dem Sündenbock.«

»Dafür hatte ich immer schon eine Schwäche.«

»Das ist auch richtig so. Es reicht nicht, einfach nur Zweifel daran aufkommen zu lassen, ob Sie es tatsächlich waren. Ich muss den Geschworenen auch begreiflich machen, dass es noch andere Möglichkeiten gibt. Wenn Sie der Einzige sind, der in Frage kommt, werden sie Sie schuldig sprechen, egal, wie unzureichend die Beweisführung ist.«

Graeme trank seinen Brandy aus und goss sich einen weiteren ein. »Aber Sie haben mir doch gesagt, es gibt andere Möglichkeiten.«

Gale nickte. »Ich denke schon.«

In Wahrheit hatte er ungewöhnlich große Zweifel daran, dass irgendeine der Personen, die er als mögliche Schuldige präsentieren wollte, wirklich schuldig war. Graemes kühles Lächeln machte ihn unruhig. Er mochte den Mann einfach nicht.

»Offenbar wollen Sie mir nicht sagen, was Sie herausgefunden haben«, sagte Graeme jetzt. »Das finde ich nicht besonders fair.«

»Je weniger Sie wissen, und je weniger Sie mir erzählen, desto besser«, erwiderte Gale.

»Gut, dann reden wir mal Klartext. Glauben Sie, ich bin in ein paar Wochen frei und kann nach Colorado ziehen, oder muss ich den Rest meines Lebens in einer sehr viel weniger angenehmen Umgebung verbringen?«

Gale musterte seinen Mandanten. »Ich bin kein Spieler, Graeme. Ich weiß nicht, ob Sie unschuldig sind, und es interessiert mich auch nicht. Aber Tatsache ist, dass sich ein Mord ohne Leiche nur schwer beweisen lässt. Und ich glaube nicht, dass die Indizienbeweise in diesem Fall genügen werden. Ich denke, Sie werden freikommen.«

»Obwohl mich die Geschworenen für ein perverses Schwein halten?«, fragte Graeme mit einem Lächeln.

»Das können wir ändern«, sagte Gale.

Graeme nickte zufrieden. »Das freut mich zu hören. Aber ich kenne mindestens eine Person, die darüber sehr enttäuscht sein wird.«

Gale fielen gleich mehrere Personen ein. »Wen meinen Sie?«

»Rachel.«

Gale sah ihn fassungslos an. »Dann glauben Sie also, dass sie noch lebt?«

»Ich bin mir ganz sicher.«

»Und was ist mit den Beweisen in Ihrem Wagen? Was ist mit der Scheune?«

»Die hat sie bewusst platziert«, sagte Graeme.

»Um Ihnen die Sache anzuhängen?«

»Genau.«

Gale kniff die Augen zusammen. »Und warum sollte Rachel das getan haben?«

»Sie ist ein sehr schwieriges Mädchen.«

Gale merkte, wie sehr ihm dieses Lächeln zuwider war. Jedes Mal, wenn er gerade zu glauben begann, dass sein Mandant tatsächlich unschuldig war, überzog dieses höhnische Lächeln Graemes Gesicht, und Gale sah ein böses Funkeln in seinen Augen. »Warum sind Sie da so sicher? Kann nicht jemand anders sie getötet und dann versucht haben, Ihnen den Mord anzuhängen?«

»Eine durchaus berechtigte Frage, die ich nur mit Ja beantworten kann.«

»Aber Sie glauben nicht daran«, sagte Gale.

Graeme schüttelte den Kopf.

»Das war also alles Rachels ausgeklügelter Plan?«, fragte Gale. »Sie hat all die Beweise gefälscht, um Sie ins Gefängnis zu bringen?«

»Davon gehe ich aus«, sagte Graeme.

»Wissen Sie, eines könnte unseren Fall noch zum Kippen und Sie ins Gefängnis bringen.«

»Ach ja? Und was, Mr Gale?«

»Wenn Daniel die Geschworenen davon überzeugen kann, dass Sie tatsächlich mit dem Mädchen geschlafen haben.«

»Was nicht stattgefunden hat, lässt sich auch nicht beweisen«, erwiderte Graeme.

Die Schatten des dämmrigen Hotelzimmers lagen auf seinem Gesicht, und Gale sah nur seine Augen, die ihn unverwandt anschauten, ohne zu blinzeln. In Graemes Stimme lag dieselbe gewandte Ehrlichkeit, die er auch sonst an den Tag legte, und seine Körpersprache verriet nichts. Es gab keine verräterischen Anzeichen dafür, dass er log, keines der üblichen Symptome, die Gale zu erkennen und für sich zu nutzen gelernt hatte. Und trotzdem wurde ihm jetzt zum ersten Mal ganz klar, dass er dem Mann kein Wort glaubte. Nicht eines.

Sein Mandant war schuldig. Diese Erkenntnis war fast eine Erleichterung. Jetzt konnte er ihn verteidigen.

»Ich hoffe, Sie sagen die Wahrheit«, sagte er. »Wenn Sie nämlich doch mit ihr geschlafen haben und Daniel das beweisen kann, haben Sie ein ernsthaftes Problem.«

Graeme lächelte.

3

Die Anlegestelle von Two Harbors war kaum noch zu sehen, sie war nur ein langer, schmaler Streifen, der die langen Reihen von Bäumen unterbrach. Hinter und über ihnen war der Himmel noch klar und blau, doch Stride sah die dunklen Wolken, die sich am Horizont auftürmten, sich wie ein Krebsgeschwür in den Himmel fraßen und dem Boot immer näher kamen. Der Wind peitschte den See zu schaumiger, weißer Gischt empor und warf das Boot hin und her wie ein kleines Wasserspielzeug. Er schob den Schalthebel nach vorn, der Motor stemmte sich gegen die Wellen, aber sie kamen trotzdem nicht viel schneller vorwärts. Das Unwetter würde sie erwischen, bevor sie das Ufer erreichten.

Er machte sich Vorwürfe, weil er sie beide in diese Lage gebracht hatte. Das schöne Wetter dieses Sonntags hatte ihn in Versuchung geführt, und Guppo hatte angeboten, ihm sein acht Meter langes Sportboot zu leihen, ein wahres Schmuckstück, das er von seinem Onkel geerbt hatte. Stride hatte Andrea gedrängt mitzukommen. Normalerweise beschränkten sich ihre gemeinsamen Unternehmungen auf die Stadt: Sie gingen ins Theater oder ins Konzert und trafen sich mit Andreas Kolleginnen aus der Schule zum Abendessen. Andrea präsentierte Stride gern ihren Freundinnen, die sich nach der Scheidung so um sie gekümmert hatten. Aber sie hatten bisher nichts von den ruhigeren Dingen unternommen, die Stride am liebsten tat, beispielsweise eine Bootspartie auf dem See. Er sehnte sich nach solchen Ausflügen, die früher Teil seines Lebens gewesen waren.

Aber der Nachmittag war eine einzige Katastrophe geworden. Trotz der warmen Frühlingssonne war es auf dem See bitterkalt, und in ihren leichten Jacken hatten sie dem Wind kaum etwas entgegenzusetzen. Stride hatte seine Angel ausgeworfen, aber eine heftige Windböe hatte innerhalb kürzester Zeit die Rute entzweigebrochen. Andrea hatte sich übergeben müssen, weil sie von dem ständigen Schaukeln auf den Wellen seekrank geworden war. Sie hatten zwei Stunden in Decken gehüllt unten in der Kabine verbracht und kaum ein Wort gewechselt, bis auf Strides sporadische Entschuldigungen und Andreas schwaches Lächeln. Im Kühlschrank warteten eine ungeöffnete Flasche Wein und ein aufwändiges Picknick, das sie kaum angerührt hatten.

Schließlich hatte Stride angeboten, sie nach Hause zu bringen, und zum ersten Mal an diesem Tag hatten ihre Augen begeistert aufgeleuchtet.

Und jetzt steuerte er sie auch noch mitten in ein Unwetter hinein. Schlimmer konnte es kaum noch werden. Er hoffte inständig, dass Andrea unter Deck blieb und die scheußlichen dunklen Wolken nicht sah, die sich da über den Himmel auf sie zuwälzten.

Stride wollte beschleunigen, doch der Motor leistete bereits sein Äußerstes im Kampf gegen den See. Wahrscheinlich würde er das Tempo bald wieder verlangsamen müssen, um das Boot unter Kontrolle zu halten. Er versuchte, dem Wind und den Wellen auszuweichen, aber die Böen wechselten immer wieder die Richtung. Stirnrunzelnd sah er zu, wie die Wolken im Westen auf gleiche Höhe mit der untergehenden Sonne kamen und Schatten auf das blaue Wasser warfen. Es wurde sofort kälter. Stride trug Handschuhe und eine Lederjacke und hatte sich eine Twins-Baseballkappe tief in die Stirn gezogen. Trotzdem taten ihm die Ohren weh, und seine Wangen waren gerötet und taub vor Kälte.

Er spürte, wie sich zwei Arme um seine Taille legten, und gleich darauf lehnte Andrea die Wange an seinen Rücken. Sie schob sich neben ihn, und er beugte sich herunter, um sie zu küssen. Sie lächelte, war aber bleich, und ihre Lippen fühlten sich kalt an. Als sie zum Ufer schaute und das herannahende Unwetter sah, riss sie die Augen auf und sah dann besorgt zu ihm hoch. Stride tat, als wäre alles in Ordnung.

»Wie lange dauert es noch, bis wir am Ufer sind?«

Stride zuckte die Achseln. »Eine Stunde vielleicht.«

Andrea betrachtete argwöhnisch die Unwetterwolken. »Das sieht nicht besonders gut aus«, sagte sie.

»Mach dir keine Sorgen, wir werden nur ein bisschen nass. Warum gehst du nicht wieder nach unten?«

Andrea legte keinen Wert auf die Wahrheit, sie wollte nur getröstet und beruhigt werden. Cindy hätte ihm in die Augen gesehen und ihn mit einem Blick durchschaut. Und dann hätte sie ihn so lange gedrängt, bis er ihr erzählt hätte, was ihn belastete.

Und die Wahrheit war: Er hatte Angst. Er spürte ein dichtes Knäuel von Furcht in der Magengegend. Das Unwetter machte ihm Sorgen, denn er war seit über einem Jahr nicht auf See gewesen und fühlte sich nicht mehr hundertprozentig sicher. Außerdem hatte er Angst vor dem Prozess, der am nächsten Tag beginnen würde, nachdem die Geschworenen zwei Wochen lang ausgedehnten Vorabbefragungen unterzogen worden waren.

Und schließlich machte er sich auch Sorgen wegen Andrea.

Er konnte sich einfach nicht darüber klar werden, ob sie sich langsam auf eine Liebesbeziehung zubewegten oder nur versuchten, sich von ihrem jeweiligen Schmerz abzulenken.

Ihr Liebesleben war merklich abgekühlt. Anfangs waren sie kaum aus dem Bett gekommen, als wollten sie die vielen Monate aufgestauter Leidenschaft wettmachen. Andrea hatte ihm gesagt, was er für ein wunderbarer, zärtlicher Liebhaber sei und wie gut es sich anfühle, ihn in sich zu spüren. Aber inzwischen schliefen sie nur noch selten miteinander. Andrea überließ ihm die Initiative und blieb merkwürdig unbeteiligt dabei. Sie küsste ihn, ließ sich von ihm lieben und kam auch zum Höhepunkt, aber sie ließ sich nicht mehr auf die Weise gehen, wie sie es vorher getan hatte. Und obwohl er das niemals geäußert hätte, konnte Stride plötzlich nachvollziehen, warum Robin sie im Bett als kalt empfunden hatte. Sie schien nicht in der Lage zu sein loszulassen. Vielleicht hatte sie auch einfach nur Angst.

Stride fragte sich immer wieder, ob er auch das Richtige empfand, ob seine Gefühle so waren, wie sie sein sollten. Aber das waren dumme Fragen. Das einzig Entscheidende war, dass er jetzt mit seinem Schmerz umgehen konnte. Und dass sein Leben insgesamt sehr viel angenehmer geworden war. Es gefiel ihm, Andreas Körper neben sich zu spüren. Es gefiel ihm, wie gut er sich mit ihr fühlte. Er war gern mit ihr zusammen.

Jetzt sah er sie an und las Angst in ihren Augen, aber auch, wie sehr sie ihn brauchte. Das sah er jedes Mal, wenn sie ihn anschaute. Am liebsten hätte er sich ganz darin eingehüllt.

»Du denkst an den Prozess, oder?«, fragte Andrea.

Er hatte nicht daran gedacht, aber es war einfacher, Ja zu sagen.

»Was sagt Dan über die Geschworenen?«, fragte sie.

»Die sind so gut wie eben möglich«, sagte Stride. »Dan geht kein Risiko ein.«

»Du klingst aber nicht sehr überzeugt.«

Stride zuckte die Achseln. »Ich würde mich wohler fühlen, wenn wir mehr konkrete Beweise hätten. Aber Stoner ist einfach zu gerissen.«

»Das verstehe ich nicht. Ihr habt doch Blutspuren von Rachel im Wagen und am Tatort gefunden. Reicht das denn nicht?«

»Bei den meisten Anwälten würde es reichen. Aber ich habe mich schon öfter mit Archie Gale angelegt. Der ist imstande und macht den Geschworenen weis, dass ich sie umgebracht habe.« Stride lachte.

»Glaubst du, er macht auf O.J. Simpson und behauptet, die Beweise seien bewusst platziert worden?«

Stride schüttelte den Kopf. »Nein, so was nicht. Das würde in dem Fall auch gar nicht funktionieren. Ich glaube auch nicht, dass er die DNA-Analyse anzweifeln wird. Doktor Yee ist über jeden Zweifel erhaben. Aber wir haben nun mal keine Leiche, und wir haben auch niemanden, der Graeme und Rachel an dem Abend, als sie verschwunden ist, zusammen gesehen hat. Und außerdem haben wir niemanden, der beweisen kann, dass sie Sex hatten, nachdem Nancy Carver nicht als Zeugin zugelassen wurde.«

»Bist du denn sicher, dass er schuldig ist?«, fragte Andrea.

»Ich habe mich schon häufig geirrt. Aber diesmal weist alles auf Graeme hin. Ich bin mir nur nicht sicher, ob wir das beweisen können. Und ich kann den Gedanken nicht ertragen, dass der Mistkerl davonkommt, nur weil er schlauer und reicher ist als wir. Ich habe einfach ein ungutes Gefühl, als gäbe es da noch ein Puzzlestück, das wir übersehen haben. Und wenn ich das schon denke, dann will ich gar nicht wissen, was Gale denkt. Am Ende findet er sogar noch das fehlende Stück.«

»Aber was könntet ihr denn übersehen haben?«

»Wenn ich das wüsste«, erwiderte Stride. »Die Beweisführung kommt mir schon plausibel vor, aber ich werde das Gefühl nicht los, dass uns einfach noch ein Teil der Geschichte fehlt.«

Er sah zum Himmel hinauf. Die Wolken waren jetzt fast herangekommen, und der blaue Himmel hatte sich ringsum verdunkelt, sodass es praktisch finster war. Wellen donnerten heran, brachen sich am Bug und übergossen sie mit kalter Gischt. Das Boot schwankte, hob sich aus dem Wasser und kam mit einem Ruck wieder auf. Andrea verlor das Gleichgewicht und hielt sich an Strides Arm fest. Er drosselte den Motor, bis das Boot sich kaum noch bewegte.

Das Unwetter brach mit einer Wucht über sie herein, die sehr viel heftiger war, als Stride erwartet hatte. Ströme von Regen, die der Wind fast waagerecht wehte, prasselten auf sie nieder und stachen ihnen in die Haut wie tausend Bienen. Stride sah fast nichts mehr. Er versuchte zu blinzeln, doch selbst aus zusammengekniffenen Augen konnte er nichts sehen. Der Horizont war verschwunden. Es gab nur noch die schwarzen Wolkenmassen, die sie umgaben, und die undurchdringliche Regenwand.

Stride drückte den Knopf am Armaturenbrett, der irgendwo weit unter ihnen den Anker auswarf. Er wollte sichergehen, dass sie nicht kenterten. Der See warf das Boot im Kreis herum und ließ es auf den hohen Wellen tanzen. Trotz des Ankers neigte es sich so weit nach links, dass Stride bereits befürchtete, sie würden doch kentern. Sie mussten sich an das glitschige Messinggeländer klammern, um nicht von Bord gespült zu werden. Das Boot richtete sich wieder auf und begann von neuem, sich wie wild im Kreis zu drehen. Stride versuchte, es von den Wellen weg zu steuern, aber das war ein hoffnungsloses Unterfangen. Inzwischen war die Gefahr auch sehr viel größer, dass sie ins Wasser fielen.

Und bei alldem hoffte Stride inständig zu ertrinken, falls das Boot tatsächlich kenterte. Falls er nicht ertrank, würde Guppo ihn mit Sicherheit umbringen.

Aber sie kenterten nicht.

Der Seegang war nicht mehr ganz so heftig wie zuvor. Der Regen ließ nach, und Stride sah, dass es über ihnen ein wenig heller wurde. Sie schwankten und tanzten nach wie vor auf den hohen Wellen, aber der Motor konnte sich wieder gegen das Wasser durchsetzen, und das Boot drehte sich nicht mehr im Kreis. Ein paar Sekunden später hörte es ganz auf zu regnen. Die Wolken stoben auseinander und gaben ein Stück blauen Himmel frei. Der Wind legte sich, als hätte das Unwetter ihm alle Energie genommen.

Stride sah das Ufer wieder vor sich auftauchen. Er schaute auf die Uhr und stellte fest, dass nur knapp zwanzig Minuten vergangen waren, seit das Unwetter sie erfasst hatte.

»Es ist vorbei«, sagte er zu Andrea. »Schau nur.«

Andrea hob zögernd den Kopf und sah sich um. Sie betrachtete den friedlichen Himmel und sah sich dann nach dem Unwetter um, das hinter ihnen auf den See hinausgezogen war. Langsam löste sie die Finger von seinem Gürtel und hätte fast wieder das Gleichgewicht verloren, weil ihre Knie unter ihr nachgaben. Stride hielt sie fest.

»Geh doch nach unten«, sagte er. »Leg dich hin und ruh dich aus. Bald sind wir wieder zu Hause.«

Sie lächelte schwach. »Du weißt wirklich, wie man Frauen eine Freude macht, Jon.«

»So was machen wir nicht noch mal«, erwiderte er.

Andrea streckte sich wie eine Katze, um die verspannten Muskeln zu lösen. »Mir tut alles weh.« Dann sah sie ihn an und streichelte ihm die Wange. »Alles klar mit dir?«

»Ja, mir geht's gut.«

»Du siehst so besorgt aus«, sagte sie.

Er zuckte die Achseln. »Es ist nur der Prozess. Das ist immer so bei mir.«

Andrea wirkte nicht überzeugt. »Hat es was mit mir zu tun?«

Er ließ das Steuer los und nahm ihr Gesicht zwischen die Hände. »Du bist das Beste, was mir seit langem passiert ist.«

Und das entsprach der Wahrheit.

»Ich weiß nicht, Jon. Können zwei Menschen, die so verletzt worden sind, sich wirklich aufeinander einlassen?«

»Wie soll es denn sonst besser werden?«, fragte er.

Andrea nahm seine Hand und sah ihn eindringlich an. »Ich liebe dich, Jon.«

Stride zögerte ein paar Sekunden zu lang. Doch dann antwortete er: »Ich liebe dich auch.«

4

Zurück in Duluth, verbrachte Stride die Nacht bei Andrea, wie er es inzwischen häufig tat. Sie übernachteten nie gemeinsam am Point. Er musste zugeben, dass Andreas Federkernmatratze sehr viel bequemer war als das durchgelegene, zwölf Jahre alte Modell, das er zu Hause hatte, und dass man den Kaffee aus ihrer Kaffeemaschine tatsächlich trinken konnte und nicht kauen musste. Aber manchmal vermisste er sein schlichtes, einfaches Haus, und oft sehnte er sich morgens danach, statt eines flauschigen Teppichs den eiskalten Holzboden unter den Füßen zu spüren. Er vermisste den Anblick und den Geruch des Sees, der von Andreas Schlafzimmerfenster aus nur eine weite Fläche in der Ferne war.

An diesem Abend schlief Stride sofort ein, als Andrea den Kopf an seine Schulter schmiegte. Aber mitten in der Nacht hatte er einen Albtraum. Er träumte, dass sie noch auf dem Boot waren und Andrea sich an ihn klammerte. Doch diesmal gelang es ihm nicht, sie festzuhalten, und sie fiel ins Wasser. Er hörte nur noch ihre Stimme, die nach ihm schrie, bevor der See sie verschlang. Keuchend, mit weit aufgerissenen Augen fuhr er hoch und war erleichtert, Andrea friedlich neben sich schlafen zu sehen. Aber der Traum war so real gewesen, dass er nicht gleich wieder einschlafen konnte.

Stattdessen lag er wach und dachte über den Prozess nach.

Dan strotzte vor Siegesgewissheit, aber Stride hatte im Lauf der Jahre zu oft erlebt, dass Archibald Gale Überraschungen aus dem Hut zauberte. Und irgendetwas nagte immer noch an ihm, gab ihm das Gefühl, dass er etwas übersah, irgendetwas, das ihm alle Bedenken nehmen würde. Er wollte unbedingt, dass Graeme verurteilt wurde. Und wenn es irgendwo noch ein entscheidendes Detail gab, musste er es um jeden Preis finden.

Er kannte dieses Gefühl von früheren Fällen. Er war niemals zufrieden. Aber Maggie rief ihm immer wieder in Erinnerung, dass es nur eine begrenzte Anzahl von Puzzlestückchen gab, wenn ein Verbrechen begangen worden war. Sie hatten so viele wie möglich davon zusammengetragen und mussten es nun der Anklage und den Geschworenen überlassen, etwas daraus zu machen.

Dan war mit den Geschworenen sehr zufrieden. Er hatte einen Berater hinzugezogen, und gemeinsam hatten sie die »ideale Mischung« gefunden, wie der Berater sagte, die sich den Indizienbeweisen für Graemes Schuld und vor allem auch seiner mutmaßlichen Affäre mit Rachel gegenüber aufgeschlossen zeigen würde. Es waren acht Frauen und vier Männer. Vier Frauen waren verheiratet und hatten Kinder im Alter zwischen vier und zwanzig Jahren. Zwei weitere waren geschieden, und zwei waren jung und unverheiratet. Einer der Männer war verwitwet und hatte bereits Enkel, ein weiterer war schwul und lebte allein, der dritte war verheiratet und kinderlos, und der vierte studierte noch.

Auf Anraten des Beraters hatten sie es erfolgreich vermieden, verheiratete Männer mittleren Alters mit Töchtern im Teenageralter auf die Geschworenenbank zu setzen – Männer wie Graeme.

Nachdem sie die Auswahl der Geschworenen am Freitag abgeschlossen hatten, hatte Dan Stride zur Feier des Tages auf ein Bier eingeladen. Er hatte zwei Stunden lang seinen Sieg über Gale bejubelt, der bei der Vorauswahl erstaunlich wenig Widerstand geleistet hatte. Sein einziger Sieg hatte darin bestanden, Richterin Kassel davon zu überzeugen, dass die Geschworenen isoliert werden sollten, um sie nicht der Flut von Medienberichten auszusetzen, die den Prozess zwangsläufig begleiten würden.

Stride hatte Dan zugeprostet, aber seine Sorgen waren geblieben. Wenn die Geschworenen wirklich so vorteilhaft für die Anklage waren, warum hatte Gale sie dann zugelassen? Man konnte Gale nun wirklich nicht nachsagen, dass er nachlässig arbeitete, aber er hatte nicht einmal einen Berater für die Geschworenenauswahl hinzugezogen.

Warum nicht?

Dan hatte alle Bedenken beiseite gewischt. »Er hat dich schon so weit, dass du auf seine psychologischen Spielchen reinfällst«, hatte er erklärt. »Gale kocht auch nur mit Wasser, Jon. Er hat's eben einfach vermasselt. Er hat gedacht, er kann die Geschworenenauswahl allein regeln, und er hat es nicht geschafft. Das ist alles.«

Aber Stride war nicht davon überzeugt.

Leise und vorsichtig, um Andrea nicht zu wecken, stand er auf und trat nackt ans Fenster. Die Stadt war ein Meer aus tausend blinkenden Lichtern, und dahinter erstreckte sich der schwarze See. Stride kippte geräuschlos das Fenster. Andrea schlief nicht gern bei offenem Fenster, und Stride, dessen Schlafzimmerfenster auch im tiefsten Winter noch offen stand, konnte sich nur schwer daran gewöhnen.

Die Nachtluft war kühl und süß.

Er war nicht ganz ehrlich zu sich gewesen. Dieser Fall bedeutete ihm mehr, als er geglaubt hatte. Und deshalb wollte er weitere Beweise: Er wollte verhindern, dass Graeme durch irgendwelche Gesetzeslücken rutschte. Er hatte das Gefühl, Rachel nicht auch noch enttäuschen zu können, nachdem er bereits Cindy und Kerry enttäuscht hatte. Zumindest eine Frau in seinem Leben sollte sich darauf verlassen können, dass er für sie eintrat.

Stride blieb fast eine halbe Stunde am Fenster stehen, blickte auf den Horizont hinaus und spürte den leichten Wind an der nackten Haut. Als er hörte, wie Andrea sich bewegte, machte er das Fenster zu und kroch zurück ins Bett. Er wälzte sich eine Weile hin und her und schlief schließlich ein.

Es war ein unglaublicher Morgen, ein so schöner Tag, wie man ihn in Duluth lange nicht erlebt hatte: strahlender Sonnenschein, ein klarer blauer Himmel und ein leichter Wind vom See her. Während Stride sich dem Gerichtsgebäude näherte, zog er seine Sonnenbrille aus der Tasche und setzte sie auf, in der Hoffnung, damit unbemerkt in der Menge verschwinden und das Gebäude betreten zu können, ohne von Reportern belagert zu werden.

Das Gerichtsgebäude befand sich unmittelbar neben der First Avenue in einer Sackgasse, die den Namen Priley Drive trug. Eine gebogene Zufahrtstraße führte um eine Parkanlage herum, in deren Mitte sich das Gericht befand. Rechts davon lag die Stadtverwaltung und links das Bundesgericht. Normalerweise war der Park ein friedlicher Ort. Stride machte hier oft Mittagspause, wenn er seinem Souterrainbüro entfliehen wollte, und saß auf einer Bank neben einem plätschernden Springbrunnen und einem Tulpenbeet, während über ihm die amerikanische Flagge an ihrem riesigen Fahnenmast im Wind knatterte.

Aber heute war alles anders.

Die Menge drängte sich auf dem Kopfsteinpflaster des Gehsteigs und bis auf die Straße, die bereits von den Kleinlastern der Fernsehsender verstopft war. Kamerateams nahmen ihre Reporter aus allen erdenklichen Perspektiven auf und achteten darauf, auch das fünfstöckige Gerichtsgebäude einzufangen, vor dem es von Schaulustigen, Demonstranten und Reportern nur so wimmelte. Der Verkehr war völlig zum Erliegen gekommen und staute sich über ganze Straßenblocks. Auf den Stufen des Gerichtsgebäudes sah Stride ein paar Polizeibeamte, die mit Mühe versuchten, die Menge daran zu hindern, das Gebäude zu stürmen. Vor dem Eingang drängte sich ein Rudel Reporter und richtete Mikrofone und Kameras auf Dan Erickson, der mit lauter Stimme Fragen beantwortete.

Der Lärm war ohrenbetäubend. Autos hupten, weil die Fahrer langsam ungeduldig wurden, und Stride hörte gleich mehrere laut aufgedrehte Radios und Fernsehgeräte. Ein paar Dutzend Frauen skandierten Sprechchöre und schwenkten Transparente gegen Pornografie. Graeme Stoners Vorliebe für nicht jugendfreie Unterhaltung hatte für einige Schlagzeilen gesorgt, und die Pornografiegegner hatten seine Affäre mit Rachel und die daraus resultierende Gewalttat als Anlass für neue Proteste genommen.

Es herrschte absolutes Chaos. Ein so großes juristisches Ereignis wie den Stoner-Prozess hatte man in Duluth seit Jahren nicht mehr erlebt, und keiner wollte etwas verpassen.

Stride ließ sich wie zufällig von der Menge mitreißen. Immer wieder murmelte er höfliche Entschuldigungen, während er sich durch die Menschenmassen drängte. Wenn er einen Reporter sah, schaute er in die andere Richtung. Er war nur eines von vielen hundert Gesichtern. Die Leute, die ihn kannten, hatten ihn noch nie im Anzug gesehen, also konnte er heute genauso gut als Manager durchgehen, der ins Gericht ging, um einen Strafzettel zu bezahlen. Schließlich gelang es ihm, die Menge hinter sich zu lassen, und er erreichte unbeschadet die Stufen des Gerichtsgebäudes. Dann trat er in die Eingangshalle, stieg die Marmortreppe hinauf, wobei er immer zwei Stufen auf einmal nahm. Um ihn herum liefen ununterbrochen Leute treppauf und treppab. Etwas außer Atem kam er im vierten Stock an und ging durch den Flur zum Gerichtssaal. Er blieb gerade so lange stehen, um noch einen Blick aus dem Fenster auf die wimmelnde Menge unten zu werfen.

Archibald Gale war gerade eingetroffen, und die Reporter stürzten sich geschlossen auf ihn.

Zwei Polizisten bewachten die schwere Eichentür des Gerichtssaals. Als sie Stride erkannten, ließen sie ihn durch. Alle anderen mussten entweder einen Gerichtsausweis vorzeigen oder einen der heiß begehrten Besucherausweise, die per Losverfahren verteilt worden waren. Ein paar Reporter waren ebenfalls im Gerichtssaal zugelassen, allerdings ohne Kameras. Richterin Kassel hatte sich dagegen verwahrt, ihren Gerichtssaal noch mehr zur Zirkusmanege verkommen zu lassen, als es ohnehin schon der Fall war.

Der Gerichtssaal selbst wirkte altmodisch und Ehrfurcht einflößend mit seinen langen Besucherbänken und den dunklen, kunstvoll geschnitzten Holzgeländern. Die Besucherreihen waren bereits gut gefüllt. Stride sah Emily Stoner in der ersten Reihe, gleich hinter dem Platz des Staatsanwalts. Sie blickte so starr zum noch leeren Tisch der Verteidigung hinüber, als säße Graeme bereits dort, und sah verweint und verbittert aus.

Stride setzte sich neben sie. Emily hielt den Blick gesenkt und sagte nichts.

Gleich vor ihm saß Dan Erickson und unterhielt sich im Flüsterton mit seiner Assistenzanwältin, einer hübschen Blondine namens Jodie. Stride ging davon aus, dass die beiden eine Affäre hatten, obwohl Dan das noch nicht offiziell zugegeben hatte. Er beugte sich vor und tippte Dan auf die Schulter. Der Staatsanwalt hielt inne, warf ihm einen Blick zu und reckte dann siegesgewiss den Daumen in die Luft. Stride sah, dass er nervös mit den Fingern auf den Tisch trommelte und unter dem Tisch die Beine kaum ruhig halten konnte. Er war sichtlich aufgedreht.

»Du scheinst ja voll drauf zu sein, Dan«, sagte Stride.

Dan lachte. »Von mir aus kann's losgehen.«

Dann vertiefte er sich wieder in das Gespräch mit Jodie. Stride sah, wie er mit der rechten Hand die Schulter seiner Assistentin streifte. Dann wanderte die Hand ein wenig tiefer und tätschelte ihr rasch den Oberschenkel. Er schlief also tatsächlich mit ihr.

Stride hörte ein Flüstern neben sich. »Der Typ ist ein Schwein.«

Erst jetzt sah er, dass Maggie geräuschlos neben ihn geglitten war. Sie bohrte eisige Blicke in Dans Rücken. Nach ihrer Enttäuschung mit Stride im Jahr zuvor hatte Maggie eine kurze Affäre mit Dan gehabt, die sehr unschön geendet hatte, als herauskam, dass er gleichzeitig mit zwei weiteren Frauen im Bett gewesen war. Maggies Blick sprach Bände: Sie hatte ihm noch nicht verziehen.

»Aber süß ist er schon«, bemerkte Stride. Er wusste, dass er sich auf dünnem Eis bewegte, aber er konnte einfach nicht widerstehen.

Maggie zog die Stirn in Falten. »Du bist auch ein Schwein.«

»Oink«, erwiderte Stride.

»Wie geht's der Lehrerin?«

»Gestern Nachmittag hätte ich uns um ein Haar

beim Bootsfahren umgebracht. Ansonsten geht's ihr gut.«

»Sie hat sich wirklich freiwillig mit dir auf ein Boot gewagt?«, fragte Maggie mit todernstem Gesicht.

»Sehr witzig. Erzähl Guppo nichts davon. Es hätte ihn fast sein Boot und seinen Boss gekostet.«

»Das mit dem Boss hätte er verkraftet. Und für das Boot hätte er deinen Nachlass belangt.«

Es wurde unruhig im Gerichtssaal. Sie sahen, wie die anderen Zuschauer die Hälse reckten, und wandten sich zur Tür, wo Archibald Gale gerade seinen hollywoodreifen Auftritt absolvierte. Er trug einen dunkelblauen dreiteiligen Anzug, der wie immer perfekt saß, und aus seiner Tasche schaute ein sorgfältig zum Dreieck gefaltetes Einstecktuch hervor. Der Goldrand seiner kleinen Brille glitzerte im Licht.

Es überraschte Stride immer wieder, wie leichtfüßig Gale sich trotz seiner breiten und imposanten Statur bewegen konnte. Er schien förmlich zu schweben. Auf dem Weg zu seinem Platz blieb er mehrmals stehen, um verschiedene Hände zu schütteln, dann schritt er schwungvoll durch die kleine Schwingtür. Er legte seine schmale, bordeauxrote Aktentasche auf seinen Tisch und unterbrach dann Dan gerade so lange im Gespräch, um sich zu ihm hinunterzubeugen und ihm etwas ins Ohr zu flüstern. Stride sah Gale auf die Lippen und las ab, was er dem Staatsanwalt mitzuteilen hatte.

»Sagen Sie nicht, ich hätte Sie nicht gewarnt, Daniel.«

Als Gale seinen Platz eingenommen hatte, öffnete der Gerichtsdiener eine Seitentür und ein Gefängniswärter führte Graeme Stoner, der ebenso korrekt gekleidet war wie sein Anwalt, in den Gerichtssaal. Graeme wirkte so, wie Stride ihn von Anfang an erlebt hatte: kühl und arrogant, mit einem leicht amüsierten Ausdruck in den Augen. Als er seine künftige Exfrau sah, zuckte er nicht einmal mit der Wimper. Er lächelte sie einfach nur an, setzte sich dann und begann, sich leise mit Archibald Gale zu unterhalten.

Emily hingegen konnte den Blick nicht von ihm abwenden. Es war, als hätte sie einen Geist gesehen, den sie aus tiefstem Herzen verabscheute.

Um Punkt neun Uhr forderte der Gerichtsdiener die Anwesenden auf, sich zu erheben. Die vierzigjährige Richterin Catharine Kassel betrat in der schwarzen Robe, die ihre schlanke Figur verhüllte, den Gerichtssaal. Sie war zwei Jahre zuvor zur Richterin berufen worden, und die Zeitschrift *Law & Politics* hatte sie zur attraktivsten Richterin von Minnesota gekürt. Mit ihrem makellos frisierten blonden Haar und ihrem schmalen, schönen Gesicht wurde sie diesem Titel auch durchaus gerecht. Trotzdem fürchteten sich die meisten Anwälte vor ihr. Der Blick ihrer kühlen grauen Augen konnte im Gerichtssaal schnell eisig werden.

Nachdem die Richterin Platz genommen hatte, maß sie die Zuschauer mit strengem Blick.

»Ich darf Sie alle daran erinnern«, sagte sie mit fester Stimme, »dass ich während der Verhandlung keinerlei Zwischenfälle dulden werde, welcher Art auch immer. Es wird keine Ausnahmen von dieser Regel geben. Wer dagegen verstößt, wird sofort des Saales verwiesen und nicht mehr zugelassen. Ich hoffe, ich habe mich klar ausgedrückt.«

Es war mucksmäuschenstill im Gerichtssaal. Richterin Kassel lächelte, und ihr ganzes Gesicht erstrahlte dabei. »Schön, dass wir uns so gut verstehen.«

Dann gab sie dem Gerichtsdiener ein Zeichen.

Die Geschworenen wurden hereingeführt, nahmen mit sichtlichem Unbehagen ihre Plätze ein und musterten ängstlich das Meer von Gesichtern im Gerichtssaal. Richterin Kassel begrüßte sie in sehr viel freundlicherem Ton, um ihnen die Befangenheit zu nehmen. Sie würden die nächsten Tage fern von Freunden und Familienangehörigen im Holiday-Inn-Hotel in der Innenstadt verbringen, und Stride konnte an ihren Gesichtern ablesen, dass sie sowohl den Beginn als auch das Ende des Prozesses sehnsüchtig erwarteten.

Die Richterin gab den Geschworenen ein wenig Zeit, sich auf ihren Plätzen einzurichten, und eröffnete die Verhandlung mit den üblichen einleitenden Worten.

Dann forderte sie Dan Erickson auf, sein Eingangsplädoyer zu halten.

Dan ließ sich Zeit. Er nahm Blickkontakt mit jedem einzelnen Geschworenen auf.

Dann hielt er ein vergrößertes Foto von Rachel in die Höhe, das in der Schule aufgenommen worden war. Es zeigte sie mit langem, glänzendem schwarzem Haar und einem geheimnisvollen Lächeln auf den Lippen. Dan betrachtete das Foto, hielt es dann locker in der Hand und drehte sich zu den Geschworenen um. Er gab ihnen Zeit, sich das Bild ganz genau einzuprägen.

»Das ist Rachel Deese«, sagte er. »Sie ist wunderschön. Ein hübsches, siebzehnjähriges Mädchen, das das ganze Leben noch vor sich hat. Doch einen Monat, nachdem dieses Foto gemacht wurde, ist Rachel spurlos verschwunden. Die Beweise, die in den folgenden Wochen gefunden wurden, haben uns zu einem traurigen Schluss geführt. Dieses wunderschöne Mädchen wurde ermordet.«

Dan blickte zu Boden und schüttelte betrübt den

Kopf. »Ich wünschte, ich könnte es Ihnen leichter machen. Ich wünschte, es wäre an jenem Freitagabend im Oktober noch jemand dort gewesen. Jemand anders als Rachel und der Mann, der sie getötet hat, jemand, der in den Zeugenstand treten und Ihnen erzählen könnte, wie das alles passiert ist. Aber wie Sie sicher wissen, finden die wenigsten Morde in der Öffentlichkeit statt. Mord ist eine furchtbare und sehr private Angelegenheit.«

Er drehte sich um und sah Graeme Stoner an, sodass die Geschworenen seinem Blick folgen mussten. Dann fuhr er fort. »Aber wenn ein Mörder sein Geheimnis so gut bewahrt, wie sollen wir ihn dann verurteilen? Oft, wie auch in diesem Fall, berufen wir uns auf so genannte Indizienbeweise. Es handelt sich dabei um Tatsachen, die Sie in ihrer Gesamtheit zu einem unausweichlichen Schluss über die Handlungsweisen des Angeklagten und seine Schuld führen werden. Ich will Ihnen ein Beispiel geben. Ein Mann wird erstochen aufgefunden, in seinem eigenen Haus. Niemand hat die Tat beobachtet. Niemand hat gesehen, wer ihn getötet hat. Es gibt also keine direkten Beweise. Dennoch finden wir auf der Mordwaffe die Fingerabdrücke eines anderen Mannes. Wir finden heraus, dass dieser Mann einen Groll gegen das Opfer hegte. Dann stellen wir fest, dass er kein Alibi für die Mordnacht hat. An seinen Schuhen finden wir das Blut des Opfers. All das sind Indizienbeweise, die uns die Wahrheit über das Verbrechen offenbaren.«

Dan machte eine Pause und musterte die Gesichter der Geschworenen, um sich davon zu überzeugen, dass sie ihn auch verstanden. »Im Verlauf dieser Verhandlung werden Sie zwingende Indizienbeweise für den Mord an Rachel Deese zu sehen bekommen. Sie werden keinerlei Zweifel mehr daran haben, dass der Mann dort auf der Anklagebank, Graeme Stoner, dieses schöne Mädchen getötet hat und die Leiche verschwinden ließ. Aber wer ist dieser Mann?« Dan richtete seinen knochigen Zeigefinger auf Stoner. »Im Prozessverlauf werden wir die Maske lüften, die er in der Öffentlichkeit getragen hat. Wir werden Ihnen einen ganz anderen Menschen offenbaren. Einen Mann, der ein Nacktfoto seiner Stieftochter auf seinem Computer gespeichert hat. Einen Mann, der sich Fantasien über sexuelle Kontakte mit jungen Mädchen hingibt. Einen Mann, der seine Beziehung zu Rachel als dunkles Geheimnis gehütet hat. Denn seine Beziehung zu ihr war sexueller Natur.«

Er schwieg wieder und gab den Geschworenen Zeit, über die Implikationen dieser Schlussfolgerung nachzudenken, Graeme Stoner zu mustern und sich zu fragen, was sich wohl hinter dieser unbeteiligten Miene verbarg. Es spielte keine Rolle, dass Graeme einen Geschäftsanzug trug, wie er ihn wahrscheinlich jeden Tag in der Bank getragen hatte. Dan wollte, dass die Geschworenen seine Kleidung als Fassade betrachteten, hinter der sich ein verdorbenes Gemüt verbarg.

»Und Rachel?«, fuhr Dan schließlich fort. »Ich will ehrlich zu Ihnen sein. Ich weiß nicht, wo Rachels Leiche ist. Nur einer weiß das. Er sitzt dort drüben auf der Anklagebank. Sie werden sich fragen, woher wir wissen, dass überhaupt ein Mord begangen wurde, wenn wir Ihnen keine Leiche präsentieren können. Und die Verteidigung wird versuchen, Ihnen einzureden, dass Sie aufgrund der Tatsache, dass es keine Leiche gibt, durchaus Grund zu der Annahme haben könnten, Rachel sei noch am Leben.«

Er schüttelte den Kopf. »Ist das möglich? Nun, theoretisch ist es auch möglich, dass Elvis noch am Leben ist. Aber Sie sind nicht hier, um zu entscheiden, was möglich oder unmöglich ist. Sie sollen aufgrund von Tatsachen entscheiden, die Sie jenseits aller Zweifel überzeugen werden. Also denken Sie daran. Wenn Sie die Indizienbeweise gesehen haben, die wir zusammengetragen haben, wird Ihnen klar sein, dass sie nur den einen Schluss zulassen: Rachel wurde ermordet, und ihre Leiche wurde irgendwo in der endlosen Einöde des nördlichen Minnesota verscharrt. Leider ist es durchaus möglich, dass man sie niemals finden wird. Das ist eine furchtbare, eine tragische Tatsache. Aber dass wir nicht wissen, wo ihr Mörder die Leiche versteckt hat, ändert nichts an der Wahrheit. Rachel ist tot. Davon werden Sie sich bald selbst überzeugen können.

Wir werden jeden einzelnen ihrer Schritte für Sie nachvollziehen. Wir werden Ihnen eine Videoaufnahme der jungen Frau zeigen, wie sie am Freitagabend nach Hause fährt. Es geht ihr gut. Sie lächelt. Sie hat sich gerade für den nächsten Abend mit einem jungen Mann verabredet. Und doch wird niemand diese junge Frau je wieder sehen. Stattdessen finden wir ein Stück des Pullovers, den sie trug – sie hatte ihn erst ein paar Tage vorher gekauft –, in einem Waldgebiet ein paar Kilometer nördlich vor der Stadt, getränkt mit ihrem Blut. Dort finden wir auch ein Armband, das ihr lieb und teuer war. Danach wissen wir nichts mehr von Rachel.«

Erickson warf einen vernichtenden Blick auf Graeme Stoner und wandte sich dann unvermittelt wieder den Geschworenen zu. »Was verbindet diese beiden Tatsachen? Was verbindet die fröhliche, lebendige junge Frau in ihrem Auto und das blutverschmierte Stück Stoff, das kilometerweit entfernt gefunden wurde? Nun, Rachel fuhr an diesem Abend nach Hause zurück, wo Graeme Stoner allein auf sie wartete. Ihre Mutter war auf Reisen. In der Auffahrt des Hauses parkte Graeme Stoners Minivan, fest verschlossen. Und in diesem Minivan finden Sie die Beweise, die die beiden Tatsachen miteinander verknüpfen. Noch mehr Blut von Rachel. Rachels blutigen Fingerabdruck an der Klinge eines Messers. Weitere Fasern des weißen Rollkragenpullovers, den sie trug. Und Graeme Stoners Fingerabdrücke am Messergriff.

All das werde ich Ihnen im Verlauf der Verhandlung zeigen. Tatsachen. Beweise. Blut und Stofffasern können nicht lügen. Meine Aufgabe ist es, Ihnen diese Tatsachen zu präsentieren, Ihnen zu zeigen, was wir gefunden haben.

Die Verteidigung allerdings hat eine ganz andere Aufgabe«, fuhr Dan Erickson nach einer Pause fort. »Sie muss entweder erreichen, dass Sie die Tatsachen ignorieren, oder irgendwelche abenteuerlichen und unwahrscheinlichen Erklärungen dafür finden. Unser Mr Gale dort drüben ist ein Entertainer, ein Magier, wie Sie ihn vielleicht aus Las Vegas kennen. Ein Magier ist ein talentierter Mensch. Er kann sein Publikum verzaubern und ihm vorgaukeln, ein schönes Mädchen vor aller Augen schweben zu lassen. Ein richtig guter Magier kann sogar so überzeugend sein, dass seine Zuschauer in Versuchung geraten zu glauben, das Mädchen schwebe tatsächlich in der Luft über der Bühne. Aber Sie und ich, wir wissen, dass es nur ein Trick ist. Eine Illusion.«

Er suchte den Blick jedes einzelnen Geschworenen, und seine Miene wurde sehr ernst. »Lassen Sie sich nicht zum Narren halten. Lassen Sie sich nicht dazu verleiten, Ihren gesunden Menschenverstand aufzugeben. Mr Gale wird seine Zaubertricks an Ihnen ausprobieren. Ich verlange nur von Ihnen, dass Sie die physischen Beweise in diesem Fall betrachten. Sie werden sehen, dass diese Beweise nur einen einzigen Schluss zulassen: den nämlich, dass in jener schrecklichen Nacht, als Rachel verschwunden ist, Graemes obsessive Beziehung zu seiner Stieftochter die Grenze zu Gewalt und Mord überschritten hat. Wir werden möglicherweise niemals erfahren, was genau aus welchem Grund zwischen den beiden vorgefallen ist. Aber in einer inzestuösen Beziehung liegt an sich bereits so viel Böses, dass sie jederzeit eskalieren kann. Es war an jenem Abend niemand dort, der gesehen hätte, wie es zu der Gewalttat gekommen ist. Aber sie wurde begangen. Die Beweise werden es Ihnen zeigen: Sie wurde begangen.«

Archibald Gale erhob sich, nahm seine Brille ab und legte sie sorgfältig auf den Tisch vor dem Platz der Verteidigung. Er schaute auf Graeme Stoner hinunter, lächelte und wandte seine Aufmerksamkeit dann den Geschworenen zu. Während er auf die Geschworenenbank zuging, klopfte er seine Taschen ab, als würde er etwas suchen.

»Wissen Sie, ich hatte gehofft, Sie überraschen zu können, indem ich ein Kaninchen aus dem Hut ziehe. Aber offenbar habe ich meine sämtlichen Zaubertricks im Caesar's Palace vergessen.«

Die Zuschauer im Gerichtssaal und auch einige Geschworene lachten verhalten. Gales Augen funkelten verschmitzt.

Er strich über sein Ziegenbärtchen und ließ dann den Blick durch den Gerichtssaal wandern. Gale war ein Meister darin, Spannung zu erzeugen. Tatsachen spielten im Grunde keine Rolle. Es ging nur darum, wer den Geschworenen die überzeugendste Geschichte präsentierte. Und Gale, mit seiner Ehrfurcht gebietenden Statur und seinem schauspielerischen Talent, war dafür wie geschaffen.

»Ich war im Laufe der vergangenen Jahrzehnte

sehr, sehr oft in diesem Gerichtssaal«, begann er mit sanfter Stimme. »Ein paar wirklich Aufsehen erregende Prozesse haben hier stattgefunden. Aber ich kann mich nicht erinnern, dass eine Verhandlung jemals so viele Zuschauer angezogen und ein so lebhaftes Interesse erregt hätte wie diese. Was glauben Sie: Woran liegt das wohl?«

Er gab den Geschworenen einen Augenblick Zeit, darüber nachzudenken. »Der Grund ist, dass wir es hier mit einem Krimi zu tun haben. Jeder will wissen, wie die Geschichte ausgeht. Ein junges Mädchen ist verschwunden. Was ist mit ihr geschehen? Hat ihr jemand etwas angetan, oder ist sie einfach nur weggelaufen, wie es jedes Jahr Zehntausende unglückliche Teenager tun? Und falls ihr etwas zugestoßen ist: Was war es? Und warum? Ist tatsächlich ihr Stiefvater dafür verantwortlich, wie die Anklage behauptet? Oder hat eine andere Person aus Rachels Umfeld, die vielleicht wütend oder eifersüchtig auf sie war, die Beherrschung verloren und zur Gewalt gegriffen? Oder hat sogar ein brutaler Serienmörder, der hier in unserer Stadt umgeht, ein weiteres Opfer gefunden?«

Gale wiegte nachdenklich den Kopf.

»Ich würde Ihnen gern versichern, dass Sie, wenn wir hier fertig sind, wissen werden, was mit Rachel geschehen ist. Aber das werden Sie nicht wissen. Wir wissen es ja auch nicht. Graeme Stoner weiß es nicht, und auch Mr Erickson weiß es nicht. Am Ende werden Ihnen nur Fragen und Zweifel bleiben. Aber das ist auch gut so. Vielleicht wollen Sie persönlich ja die Wahrheit wissen, doch Ihre Aufgabe hier im Gerichtssaal ist nicht, sich ein Ende für einen Krimi auszudenken.«

Er legte den Kopf zur Seite. »Mir ist durchaus klar, was Sie jetzt vielleicht denken. Jetzt legt er wieder los, der Magier. Hat der Herr Staatsanwalt Sie nicht genau davor gewarnt? Hat er nicht gesagt, ich würde seine hübschen kleinen Tatsachen verdrehen und versuchen, Sie mit irgendwelchen wilden Fantastereien in die Irre zu führen? Aber nein, ich erwarte gar nicht, dass Sie mich beim Wort nehmen. Der einzige Unterschied zwischen uns ist, dass Mr Erickson Ihnen nur ein paar Tatsachen zeigen wird, während ich sicherstellen möchte, dass Sie auch wirklich *alle* Tatsachen berücksichtigen. Wenn Sie das tun, werden Sie erkennen, dass Graeme Stoner kein Mörder ist, und Sie werden der Polizei die Botschaft übermitteln, dass man weiter versuchen muss herauszufinden, was mit diesem merkwürdigen, unglücklichen jungen Mädchen tatsächlich geschehen ist.«

Gale beugte sich vor und stützte sich auf das Geländer vor der Geschworenenbank. »Mr Erickson sagt, Sie sollen nur auf die Beweise achten. Da bin ich ganz seiner Ansicht. Ich möchte, dass Sie sich die Beweise ganz genau ansehen, damit Sie merken, was Sie von der Anklage nicht erfahren.

Sie erfahren nicht, ob Graeme an dem Abend, als Rachel verschwunden ist, tatsächlich mit ihr in seinem Van war. Denn dafür gibt es keine Beweise.

Sie erfahren auch nicht, ob der Van der Stoners an dem Abend, als Rachel verschwunden ist, tatsächlich bei der alten Scheune war. Denn dafür gibt es keine Beweise.

Sie erfahren nicht, ob Rachel tatsächlich tot ist. Denn dafür gibt es keine Beweise.

Und schließlich erfahren Sie auch nicht, ob Graeme Stoner tatsächlich mit seiner Stieftochter geschlafen hat. Denn auch dafür gibt es keine Beweise.

Die Anklage erwartet eine große, gedankliche Anstrengung von Ihnen. Sie wird Sie mit unwichtigen und unzusammenhängenden Tatsachen konfrontieren und diese so zusammensetzen, dass Sie glauben sollen, was sich nicht beweisen lässt. So etwas ist keine Beweisführung, weder mit Indizien- noch sonstigen Beweisen. Das sind nur Märchen. Spekulationen.«

Stride merkte, wie ihm mulmig wurde. Schlag auf Schlag deckte Gale alle Schwachstellen ihrer Beweisführung auf.

Und er hatte ja auch Recht. All diese Dinge konnten sie nicht beweisen.

Sie konnten nur einzelne Puzzlestücke bereitlegen und darauf hoffen, dass die Geschworenen klug genug waren, sie richtig zusammenzusetzen.

»Aber das ist noch nicht alles«, fuhr Gale fort. »Sie werden auch feststellen, dass die Anklage in ihrem Eifer, dem Krimi ein ordentliches Ende zu verpassen, eine ganze Reihe anderer möglicher Lösungen übersehen hat. Ich fürchte, Mr Erickson gehört zu den Menschen, die, nachdem sie einen Motor neu zusammengesetzt haben, noch eine ganze Menge Einzelteile übrig behalten und daraufhin beschließen, dass die nicht besonders wichtig gewesen sein können.«

Er zwinkerte den Geschworenen zu und lächelte zu Dan hinüber. »Schauen wir uns doch einmal ein paar dieser überzähligen Teile an«, sagte er. »Ein gutes Jahr vor Rachel ist schon einmal ein junges Mädchen verschwunden, Kerry McGrath, die nur ein paar Kilometer von Rachels Elternhaus entfernt wohnte und mit ihr auf dieselbe Schule ging. Auch sie wurde niemals gefunden, und die Umstände ihres Verschwindens ähneln denen im Fall Rachel frappierend. Bei der Polizei weiß man, dass Graeme Stoner mit Kerry McGraths Verschwinden nichts zu tun hat. Dennoch ignoriert man dort die grauenvolle

Möglichkeit, dass ein Serienmörder die jungen Mädchen dieser Stadt bedrohen könnte.

Ein weiteres überzähliges Teil. Rachel hat sich an dem Abend, als sie verschwunden ist, sehr eigenartig verhalten. Warum? Wusste sie etwas? War sie vielleicht mit jemandem verabredet? Hatte sie vor wegzulaufen?

Und noch ein überzähliges Teil. Was war der Grund dafür, dass Rachel so unglücklich war? Die Beziehung zu ihrem Stiefvater? Nein. Es war das furchtbare, verbitterte und gewalttätige Verhältnis zu ihrer Mutter. Merken Sie sich dieses Wort: gewalttätig.«

Stride schaute zu Emily hinüber und sah, wie ihr eine Träne über die Wange rann. Sie hielt den Blick gesenkt und weinte still vor sich hin.

Gale fuhr fort: »Lauter Fragen und Zweifel. Am Ende dieser Verhandlung werden Sie mehr als genug davon haben. Aber Sie werden keine Fragen und keine Zweifel mehr haben, wie Sie selbst handeln sollen. Sie werden meinen Mandanten des Verbrechens, dessen er fälschlicherweise angeklagt ist, für nicht schuldig befinden.«

Gale hielt den Blicken der Geschworenen ein paar endlose Sekunden lang stand. Dann kehrte er auf seinen Platz zurück und setzte sich.

Stride musterte die Mienen der Geschworenen. Er hatte das Gefühl, dass sie nach diesem ersten Ballwechsel mit einem Unentschieden in die entscheidende Spielphase gingen.

Jetzt mussten sie zum Schlag ausholen.

5

Stride nahm seinen Platz im Zeugenstand ein. Das hatte er schon unzählige Male getan, so oft, dass der Stuhl sich fast vertraut anfühlte, als hätte er dort eine Kuhle hinterlassen, die sich jetzt wieder seinem Körper anpasste. Er suchte die Blicke der Geschworenen.

In Duluth hatten die Geschworenen noch Vertrauen zur Polizei, das sah man ihnen an. Hier war es ganz anders als bei Gerichtsverhandlungen in der Großstadt, wo Polizisten oft genug als Feinde betrachtet wurden. Stride spürte, wie die Geschworenen ihn musterten – sein markantes Gesicht, die grauen Strähnen im dunklen Haar und seine kräftige Statur – und beschlossen, dass sie ihm vertrauen konnten.

Dan stellte ihm ein paar einleitende Fragen und gab ihm damit Gelegenheit, von seiner Karriere bei der Polizei und seiner jahrelangen Erfahrung zu berichten und sich als Fachmann für Verbrechen und Tatorte zu präsentieren. Erst, nachdem die Geschworenen ihn auf diese Weise ein wenig kennengelernt hatten, brachte Dan das Gespräch auf Rachel. Stride berichtete, wie er vom Verschwinden des Mädchens erfahren hatte, und führte die Geschworenen dann Schritt für Schritt anhand der Beweise durch eine Rekonstruktion ihres letzten Abends.

Er beschrieb das Überwachungsvideo der Bank, das Rachels Wagen kurz nach zehn Uhr im Vorbeifahren festgehalten hatte. Dan zeigte den Geschworenen das Videoband. Dann präsentierte er ihnen ein körniges, stark vergrößertes Standfoto, das das Mädchen hinter dem Steuer des Wagens zeigte. Trotz des verschwommenen Bildes konnte man deutlich sehen, dass es sich um Rachel handelte. Sie lächelte und sah fröhlich aus.

Diese Aufnahme, rief Dan den Geschworenen in Erinnerung, war das letzte Mal, dass Rachel Deese lebend gesehen wurde.

»Lieutenant, was trägt Rachel auf diesem Foto?«

»Einen weißen Rollkragenpullover«, sagte Stride.

Dan ging zum Tisch der Anklage zurück und holte ein Beweisstück: eine Quittung, die sorgfältig in einer Klarsichthülle abgeheftet war. »Können Sie diesen Gegenstand für uns identifizieren?«

Stride nickte. »Es handelt sich um eine Quittung aus einer GAP-Tüte, die sich auf dem Boden von Rachels Zimmer befand. Wir haben sie bei unserer ersten Durchsuchung gefunden.«

»Wofür wurde diese Quittung ausgestellt?«

»Für ein Kleidungsstück, das am Sonntag vor Rachels Verschwinden erworben wurde. Ein weißer Rollkragenpullover von GAP.«

»Haben Sie bei der Durchsuchung von Rachels Zimmer einen weißen Rollkragenpullover gefunden?«

»Nein, haben wir nicht.«

Dan nickte bedeutungsvoll. »Lieutenant, erzählen Sie uns doch bitte, wie Sie und Ihre Leute nach Rachel gesucht haben.«

»Wir haben eine sofortige, ausführliche Durchsuchung der Umgebung anberaumt und diese dann rasch auf den ganzen Staat ausgedehnt. Meine Leute haben mit allen Anwohnern der nächsten zwölf Blocks um das Haus der Familie Stoner gesprochen. Wir haben den Busbahnhof, den Flughafen und den Bahnhof überprüft, außerdem sämtliche Taxiunternehmen in Duluth und Superior. Weiterhin hat die Polizei alle Tankstellen und Raststätten an den wichtigsten Ausfallstraßen im ganzen Staat überprüft, Rachels Foto dort verteilt und die Angestellten befragt. Wir haben einen Hinweis auf unserer Website veröffentlicht und die entsprechenden Informationen an Polizeireviere im ganzen Land gefaxt. Aufgrund dieser Bemühungen haben wir Hunderte von Hinweisen erhalten, denen unsere Beamten mit der Unterstützung von Kollegen im ganzen Land sorgfältig nachgegangen sind. Uns standen ein paar sehr gute Fotos von Rachel zur Verfügung, die wir bei der Befragung möglicher Zeugen verwenden konnten, und wir haben ohne Übertreibung Tausende solcher Befragungen durchgeführt. Dennoch konnten wir keinen Beleg dafür finden, dass Rachel nach der Videoaufzeichnung der Überwachungskamera noch einmal gesehen wurde. Nicht ein einziges Mal. Nirgendwo.«

»Welchen Schluss haben Sie daraus gezogen?«, fragte Dan.

»Wir haben begonnen, die Möglichkeit auszuschließen, dass Rachel ausgerissen ist. Seit dem fraglichen Freitagabend hat sie niemand mehr lebend gesehen. Aber wir hatten auch von Anfang an Zweifel daran, dass Rachel, wenn sie tatsächlich ausgerissen wäre, ihren Wagen zurückgelassen hätte. Es erschien uns äußerst unwahrscheinlich, dass eine junge Frau, die ein Auto besitzt, auf dieses einzige Transportmittel freiwillig verzichten würde. Und wie ich ja bereits sagte, haben wir alle öffentlichen Verkehrsmittel überprüft und keinen Beweis dafür gefunden, dass sie sich einer solchen Möglichkeit bedient hat.«

»Haben Sie die Möglichkeit in Erwägung gezogen, dass sie jemand entführt haben könnte?«

Stride nickte wieder. »Wir haben alle uns bekannten Sexualstraftäter im Umkreis von hundertfünfzig Kilometern verhört. Verschiedene haben wir genauer überprüft, weil sie kein gesichertes Alibi für den Freitagabend vorweisen konnten. Aber es gab keine Anhaltspunkte dafür, dass sich einer von ihnen in der Nähe von Duluth aufgehalten hat. Es hat auch niemand die Betreffenden auf Fotos identifiziert oder ihre Wagen in der Nähe von Rachels Elternhaus gesehen.«

»Gibt es noch andere Merkmale dieses Verbrechens, die nach Ihrer Erfahrung gegen eine Entführung durch Fremde sprechen?«, fragte Dan.

»Ja. Praktisch alle solchen Entführungen finden außerhalb der Stadt oder in einer unbelebteren Gegend statt, beispielsweise auf einer Landstraße. Es ist äußerst ungewöhnlich, dass ein Mädchen mitten in der Stadt in der Nähe des Elternhauses entführt wird. Sexualstraftäter wollen in der Regel nicht das Risiko eingehen, gesehen zu werden, legen sich daher selten in einer Wohngegend auf die Lauer und entführen ihre Opfer auch nicht, wenn durch Schreie oder Kämpfe Nachbarn aufmerksam werden könnten. Sie schlagen zu, wenn sich ihnen eine gute Gelegenheit bietet, auf einer einsamen Straße, bei einem unvorsichtigen Opfer. Und da wir wissen, dass Rachel an diesem Abend zu Hause angekommen ist – ihr Wagen stand ja vor dem Haus –, wissen wir auch, dass sie sich in einer belebten Gegend befunden hat.«

Dan ging zum Tisch der Anklage hinüber und trank einen Schluck Wasser. Er wollte den Geschworenen Zeit lassen. Stride präsentierte ihnen ein komplexes Szenario, und es war entscheidend, dass die Geschworenen diese Kette aus Beweisen und Schlussfolgerungen auch nachvollziehen konnten.

»Aber schließlich haben Sie dann weitere Beweise dafür gefunden, was mit Rachel geschehen ist?«, fragte er.

»Richtig.«

Stride berichtete von Heather Hubbles Hinweis, der zur Identifizierung von Rachels Armband sowie zu der Suchaktion hinter der alten Scheune geführt hatte, wo das Armband gefunden worden war.

»Haben Sie im Verlauf dieser Suchaktion weitere Beweise dafür gefunden, dass Rachel sich dort aufgehalten hat?«

»Ja. Wir haben einen weißen Stofffetzen mit dunklen Flecken daran gefunden. Die Flecken schienen Blut zu sein.«

Dan hielt das Beweisstück in die Höhe und legte es den Geschworenen vor. »Aus welchem Grund war dieser Fund entscheidend?«, fragte er.

»Wir sind davon ausgegangen, dass Rachel am Abend ihres Verschwindens einen weißen Rollkragenpullover trug, den sie in der Woche zuvor gekauft hatte. Das Stoffstück entsprach der grundsätzlichen Beschreibung dieses Pullovers. Wir haben es daraufhin zur Analyse an das Büro zur Identifizierung von Straftätern in Minneapolis weitergegeben.«

Dan stellte keine weiteren Fragen zu dem Rollkragenpullover. Gleich nach Stride sollte Dr. Yee – Dr. Unfehlbar, wie er in den Strafgerichtssälen von Minnesota genannt wurde – aussagen und die gerichtsmedizinische Beweisführung antreten. Yee hatte das Stoffstück mit einem anderen Pullover desselben Herstellers verglichen und festgestellt, dass Marke und Stil mit dem Rollkragenpullover übereinstimmten, den Rachel getragen hatte. Und die Blutflecken waren durch eine DNA-Analyse als die von Rachel identifiziert worden.

»Hat sich Ihre Suchstrategie an diesem Punkt verändert, Lieutenant?«, fragte Dan.

»Ja. Wir haben daraus geschlossen, dass Rachel tot ist, und mit der Suche nach einer Leiche begonnen.«

»Aber Sie haben keine Leiche gefunden, nicht wahr?«

Stride schüttelte den Kopf. »Nein. Wir haben viele Kilometer des Waldgebiets um die Scheune durchsucht und sowohl Polizeibeamte als auch zivile Freiwillige dafür eingesetzt, ein präzises Suchraster Quadratmeter für Quadratmeter zu durchkämmen. Unglücklicherweise gibt es hier in der Gegend aber einfach zu viele Orte, an denen man eine Leiche verstecken könnte.«

»Trotzdem sind Sie fest davon überzeugt, dass Rachel tot ist?«, fragte Dan.

»Einspruch«, rief Gale dazwischen. »Der Zeuge hat keine direkten Informationen darüber, ob das Mädchen lebt oder tot ist.«

Dan schüttelte den Kopf. »Ich frage nur nach einer Schlussfolgerung, die auf der weit reichenden Erfahrung des Lieutenants bei Mordermittlungen basiert. Er ist auf diesem Gebiet immerhin Experte.«

Richterin Kassel spitzte die Lippen. »Einspruch abgewiesen. Der Zeuge soll die Frage beantworten.«

»Ja, ich glaube, dass Rachel tot ist«, sagte Stride. »Das ist angesichts der Beweislage die einzig logische Erklärung.«

»Gehen wir noch einmal einen Schritt zurück, Lieutenant. Haben Sie außer dem blutigen Stückchen Stoff noch andere Beweise am Tatort gefunden?«

Gale sprang erneut auf. »Euer Ehren, der Herr Staatsanwalt hat den Fundort als Tatort bezeichnet, ohne dass schlüssige Beweise für ein Verbrechen vorliegen.«

Richterin Kassel nickte. »Da hat er Recht, Mr Erickson.«

Dan ließ sich nicht aus der Ruhe bringen. »Haben Sie in der Nähe der Stelle, an der Sie das Stoffstück gefunden haben, noch andere Entdeckungen gemacht?«

»Ja«, antwortete Stride. »Auf dem Boden hinter der

Scheune, wo die Autos normalerweise parken, fanden sich mehrere, einander überlappende Fußspuren. Wir waren nicht in der Lage, dort etwas Brauchbares zu finden. Aber etwa einen Meter von der Stelle entfernt, an der das Stoffstück gefunden wurde, haben wir ein paar unvollständige Abdrücke eines Turnschuhs Größe 45 entdeckt. Zudem haben wir Abdrücke eines weiteren Turnschuhs Größe 39 ½ gefunden.«

Dan legte Fotos der Abdrücke als Beweisstücke vor und anschließend die Rekonstruktionen der Sohlenstruktur. »Konnten Sie die Marke des Schuhs herausfinden, der mit den Fußabdrücken der Größe 45 in Verbindung gebracht wird?«

»Ja, die Sohlenstruktur ist unverkennbar. In der Mitte des Absatzes befindet sich ein rotes Oval. Es handelt sich um einen Adidasschuh mit der Modellnummer 954300, der in drei Geschäften in Duluth und Umgebung verkauft wird.«

Dan nahm ein Blatt Papier vom Tisch der Anklage und führte es als Beweisstück ein. Dann wandte er sich wieder an Stride. »Können Sie uns sagen, worum es sich bei diesem Dokument handelt, Lieutenant?«

»Das ist die Kopie eines Schecks, den Graeme Stoner vier Monate vor Rachels Verschwinden ausgeschrieben hat. Er ist auf das Sportgeschäft Sports Feet ausgestellt, über einen Betrag von fünfundachtzig Dollar.«

»Wie viele Zweigstellen hat dieses Geschäft in Duluth?«

»Eine, in der Miller Hill Mall.«

»Verkauft diese Zweigstelle den Adidasschuh, der dem Fußabdruck entspricht?«

»Ja. Zu dem Zeitpunkt, als der Scheck ausgestellt wurde, betrug der Verkaufspreis fünfundachtzig Dollar.«

Dan nickte mit grimmiger Miene. »Sagen Sie

mir, Lieutenant: Haben Sie solche Adidasschuhe in Mr Stoners Haus gefunden, als Sie es durchsucht haben?«

»Nein, haben wir nicht.«

»Haben Sie irgendwelche anderen Turnschuhe gefunden?«

»Wir haben ein Paar Nikeschuhe gefunden, die er erst kürzlich erworben hatte. Sie waren kaum getragen.«

Dan präsentierte die Kopie eines weiteren, von Graeme Stoner ausgestellten Schecks. »Erzählen Sie uns, was es mit diesem Scheck auf sich hat.«

»Dieser Scheck wurde ebenfalls an Sports Feet ausgestellt, diesmal über einen Betrag von achtundsiebzig Dollar. Er datiert vom Wochenende nach Rachels Verschwinden. Der Verkaufspreis für das Nikemodell, das wir in Mr Stoners Zimmer gefunden haben, beträgt achtundsiebzig Dollar.«

»Er hat also nur vier Monate nach dem ersten ein zweites Paar Turnschuhe gekauft?«

»Das ist richtig«, sagte Stride.

»Und welche Schuhgröße hatten die Nikeschuhe, die Sie gefunden haben?«, fragte Dan.

»Größe 45. Genau wie die Abdrücke hinter der Scheune.«

»Noch eine weitere Frage zu Schuhgrößen, Lieutenant. Konnten Sie herausfinden, welche Schuhgröße Rachel hatte?«

»39 ½. Das entspricht den anderen Abdrücken hinter der Scheune.«

Dan nahm sich einen Moment, um die Geschworenen zu mustern, ihre Blicke zu deuten und sicherzugehen, dass ihnen die Bedeutsamkeit von Strides Aussage nicht entging. Stride las die Wirkung seiner Worte in ihren Augen. Sie hatten offensichtlich ebenso wenig für Zufälle übrig wie er.

»Haben Sie im Verlauf Ihrer Ermittlungen einen Durchsuchungsbefehl für das Haus der Familie Stoner erwirkt, Lieutenant?«, fuhr Dan fort.

»Ja«, antwortete Stride.

»Erzählen Sie uns, was Sie bei dieser Durchsuchung gefunden haben.«

»Die erste bedeutende Entdeckung wurde auf der Festplatte des Computers in Mr Stoners Arbeitszimmer gemacht. Es handelte sich um ein Foto von Rachel.«

Dan nahm eine Vergrößerung des Fotos vom Tisch, führte es als Beweisstück ein und zeigte es dann Stride, ohne dass die Geschworenen es sehen konnten.

»Ist das das fragliche Foto?«

Stride nickte. »Das ist es.«

Dan trat an die Geschworenenbank heran. Langsam drehte er das Foto um, sodass alle es sehen konnten. Ein paar Geschworene schnappten nach Luft. Stride sah, wie die vier Männer sich instinktiv vorbeugten. Es war praktisch unmöglich, auf das Bild des Mädchens nicht in irgendeiner Form sexuell zu reagieren.

»Haben Sie im Verlauf Ihrer Durchsuchung weitere Beweisstücke sexueller Natur gefunden?«

»Ja. In einem hinteren Fach des Aktenschranks, der sich ebenfalls im Arbeitszimmer befindet, haben wir verschiedene pornografische Zeitschriften gefunden, darunter Titel wie *Candy Girl*, *Jail Bait* und *Lollypop Pussy*.«

Dan ließ die Gesichter der Geschworenen nicht aus dem Blick, als er fragte: »Was für Zeitschriften sind das?«

»Sie enthalten eindeutige Fotos von Models, die wie junge Mädchen zurechtgemacht sind.«

Dan kehrte mit dem Foto von Rachel zum Tisch

der Anklage zurück. Er hatte mit Stride darüber diskutiert, ob man es während der Zeugenaussage auf einer Staffelei präsentieren sollte, damit die Geschworenen es die ganze Zeit vor Augen hatten. Doch dann waren sie übereingekommen, dass es vor allem die Männer unter den Geschworenen zu sehr ablenken würde – und vielleicht ja auch die Frauen.

Stattdessen kam Dan mit den Zeitschriften von seinem Tisch zurück, die man in Graemes Haus gefunden hatte, und reichte sie den Geschworenen eine nach der anderen. Sie blätterten sie durch und verzogen angewidert das Gesicht. Dan gab ihnen ein paar Minuten, um sich die ausgesprochen pornografischen Fotos anzusehen – gerade so viel Zeit, dass sie sich von deren Perversion überzeugen konnten, aber noch nicht dagegen abstumpften. Schließlich sammelte er die Zeitschriften ein und nahm ein weiteres Blatt vom Stapel der Beweisstücke.

Er reichte es Stride. »Können Sie uns sagen, was das ist?«

»Ein Einzelverbindungsnachweis der Telefonate, die vom Anschluss der Familie Stoner geführt wurden.«

»Was lässt sich daraus entnehmen?«

»Es wurde regelmäßig bei verschiedenen Telefonsexanbietern angerufen. Im Durchschnitt erfolgten diese Anrufe zwei bis drei Mal im Monat seit über einem Jahr. Bei den gewählten Nummern handelt es sich ausschließlich um Anbieter, die Sex mit Teenagern bewerben. Sie erlauben den Anrufern die Vorstellung, mit jungen Mädchen zu schlafen.«

»Vielen Dank, Lieutenant. Kommen wir jetzt noch einmal auf Ihre Durchsuchung des Hauses der Familie Stoner zurück. Haben Sie dabei auch Mr Stoners Minivan durchsucht?«

»Ja. Der Wagen stand vor der Garage neben dem

Haus. Er befand sich bei all unseren Besuchen im Haus der Familie am selben Ort.«

»Als Sie ihn durchsucht haben, war der Van da verschlossen?«

»Ja. Mr Stoner hat uns den Schlüssel zur Verfügung gestellt.«

»Was haben Sie bei der Durchsuchung des Wagens gefunden?«

»Wir haben den Teppichboden im hinteren Teil des Wagens sorgfältig untersucht. Dort fanden wir einige kleinere Flecken, bei denen es sich offenbar um Blut handelte. Außerdem fanden wir mehrere weiße Fasern, die dem Material von Rachels Rollkragenpullover entsprachen. All diese Funde wurden ebenfalls zur Analyse nach Minneapolis gegeben.«

Dr. Yee würde später die nötige Verbindung für die Geschworenen herstellen: Die Fasern entsprachen sowohl der Marke des Rollkragenpullovers, den Rachel am Abend ihres Verschwindens getragen hatte, als auch dem Stoffstück, das hinter der Scheune gefunden worden war. Die Blutspuren im Wagen und auf dem Messer stammten ebenfalls von Rachel.

»Sie haben die Blutspuren und die Stofffasern also in Graeme Stoners verschlossenem Wagen gefunden?«, wiederholte Dan.

»Das ist richtig«, sagte Stride.

»Haben Sie sonst noch etwas in dem Van gefunden?«

Stride nickte. »In einem Werkzeugkasten fanden wir ein Jagdmesser mit einer fünfzehn Zentimeter langen Klinge.«

Dan kehrte zu seinem Tisch zurück. Als er sich wieder umdrehte, hielt er das Messer in der Hand und richtete es drohend auf Stride. »Ist das das Messer, das Sie gefunden haben?«

»Ja.«

Dan näherte sich den Geschworenen mit dem Messer, drehte und wendete es in der Hand, sodass das Lampenlicht sich in der Klinge brach. »Haben Sie auch Spuren am Messer selbst gefunden?«, fragte er Stride.

»Wir haben Blutspuren an der Klinge gefunden. Außerdem befanden sich zwei Fingerabdrücke auf dem Messer. Die Analyse hat ergeben, dass sie von Rachels Daumen und Mittelfinger stammten.«

»Befanden sich die Fingerabdrücke am Griff?«

»Nein, sie befanden sich auf der Klinge.«

Dan drehte sich mit gespielt verwirrter Miene zu ihm um. »Auf der Klinge?«

»Ja. Rachels Fingerabdrücke befanden sich auf der Klinge des Messers. Sie zeigten nach oben, was für eine abwehrende Körperhaltung spricht.«

»Einspruch«, fauchte Gale.

»Stattgegeben«, befand Richterin Kassel.

»Können Sie uns vielleicht zeigen, wo genau sich die Blutspuren und die Fingerabdrücke auf dem Messer befunden haben, Lieutenant?«, fragte Dan. Er trat an den Zeugenstand heran und reichte Stride das Messer. Stride drehte es vorsichtig, bis die Spitze auf seine Handfläche gerichtet war. Dann legte er die Finger um die Klinge.

»Genau so«, sagte er und gab Dan das Messer zurück.

»Ich verstehe«, sagte Dan. »Nehmen wir also an, dass ich Sie so angreife.«

Er stürzte sich unvermittelt zum Zeugenstand und richtete das Messer auf Stride. Stride reagierte sofort und versuchte, das Messer mit der Hand abzuwehren. Seine Handfläche und seine Finger erreichten genau die Position, die er den Geschworenen bereits gezeigt hatte.

Gale sprang wütend auf. »Das ist doch ein einstudierter Trick, Euer Ehren. Rachel kann das Messer genauso gut aufgehoben haben, nachdem es heruntergefallen ist. Mr Ericksons kleine Darbietung ist irreführend und irrelevant.«

Richterin Kassel nickte und warf Dan einen strengen Blick zu. »Stattgegeben. Ich muss die Geschworenen bitten, die Vorführung des Herrn Staatsanwalts und des Zeugen zu ignorieren. Und Mr Erickson: Keine weiteren derartigen Einlagen in meinem Gerichtssaal. Ist das klar?«

»Selbstverständlich«, erwiderte Dan. Die Botschaft hatte die Geschworenen ohnehin bereits erreicht.

»Gut, Lieutenant, eines noch. Haben Sie weitere Fingerabdrücke auf dem Messer gefunden?«

»Ja, wir haben die Fingerabdrücke des Angeklagten auf dem Griff des Messers gefunden.«

»Und sonst keine anderen Fingerabdrücke?«

»Nein«, antwortete Stride.

»Vielen Dank, Lieutenant. Ich habe keine weiteren Fragen.«

6

»Guten Tag, Lieutenant«, begann Gale.

Er erhob sich schwerfällig, blieb dann hinter dem Tisch der Verteidigung stehen und maß Stride mit traurigem Blick.

»Ich glaube, wir haben uns noch nicht gesehen, seit Ihre Frau von uns gegangen ist. Mein tief empfundenes Beileid.«

Stride schwieg. Gale machte wirklich vor nichts Halt. In seiner teilnahmsvollen Bemerkung verbarg sich eine Botschaft an die Geschworenen: Vielleicht war das Urteilsvermögen des Lieutenants ja noch von Trauer getrübt. Vielleicht übersah er ja das Eine oder Andere.

»Rachel ist nicht das erste junge Mädchen, das hier in der Gegend verschwunden ist«, fuhr Gale fort.

»Nein«, bestätigte Stride.

Der Verteidiger nahm seine Brille ab und schob wie gedankenverloren den einen Bügel zwischen die Lippen. Er blickte Stride aus zusammengekniffenen Augen an. »Ein anderes junges Mädchen, Kerry McGrath, ist vor etwa anderthalb Jahren verschwunden. Ist das richtig?«

»Ja, das ist richtig«, sagte Stride.

»Sie war genauso alt wie Rachel«, sagte Gale.

»Ja.«

»Sie ging auf dieselbe Schule?«

»Ja.«

»Und sie wohnte nur ein paar Kilometer von Rachel entfernt?«

»Ja.«

Gale wiegte den Kopf. »Das ist doch bemerkenswert, nicht wahr, Lieutenant? Wollen Sie etwa behaupten, das sei Zufall?«

Er warf den Geschworenen einen fassungslosen Blick zu, wie um zu sagen: Ist das zu glauben? Ist der Kerl denn blind?

»Wir haben keine Anhaltspunkte dafür gefunden, dass zwischen den beiden Fällen ein Zusammenhang besteht«, antwortete Stride.

»Aber Sie haben immerhin genügend Ähnlichkeiten gesehen, dass Sie versucht haben, Mr Stoner auch mit Kerrys Verschwinden in Zusammenhang zu bringen. Das stimmt doch, oder?«

Stride zuckte die Achseln. »Wir haben alle konkreten Hinweise, die wir gefunden haben, sowohl im

Hinblick auf Kerry als auch im Hinblick auf Rachel überprüft. Das ist die übliche Vorgehensweise.«

»Tatsache ist aber, dass Sie keinerlei Hinweise welcher Art auch immer gefunden haben, die meinen Mandanten mit Kerrys Verschwinden in Verbindung bringen würden.«

»Stimmt«, gab Stride zu.

Gale nickte. »Keine Blutspuren?«

»Nein.«

»Keine Stofffasern?«

»Nein.«

»Kerry McGraths Verschwinden ist also weiterhin ungeklärt?«, fragte Gale.

»Ja.«

Gale breitete die Arme aus, die Brille zwischen den Fingern der linken Hand. »Da haben wir also zwei junge Mädchen, die unter sehr ähnlichen Umständen verschwunden sind. Ist es da nicht durchaus möglich, Lieutenant, dass ein perverser Psychopath, ein Fremder, einer der vielen Sexualstraftäter, die im Norden Minnesotas leben, sowohl Kerry McGrath als auch Rachel Deese entführt hat? Dass beide Mädchen einem Serienmörder zum Opfer gefallen sind? Ist das nicht eine ebenso wahrscheinliche Hypothese?«

Stride schüttelte den Kopf. »Nein. Die Beweislage spricht dagegen.«

»Ach ja, die Beweislage.« Gale sah lächelnd zu den Geschworenen hinüber. »Dazu kommen wir gleich. Betrachten wir das Ganze doch noch einmal aus einem anderen Blickwinkel, Lieutenant. Sie wissen nicht mit Sicherheit, dass Kerry McGrath tot ist, nicht wahr?«

»Nein.«

»Aber Sie sind überzeugt davon, dass Rachel tot ist.«

Stride nickte. »In diesem Fall liegen uns Beweise vor.«

»Ein, zwei Tröpfchen Blut. Und ein Stückchen Stoff.«

»Es ist Rachels Blut. Und ihr Pullover.«

Gale strich sich nachdenklich über das Ziegenbärtchen. »War es so viel Blut, dass Grund zu der Annahme bestand, jemand wäre verblutet?«

»Nein.«

»Es war nicht einmal so viel Blut, dass man auf ein Verbrechen schließen würde, nicht wahr?«

Stride erwiderte Gales Blick ungerührt. »Rachel wird sich wohl kaum beim Rasieren geschnitten haben.«

»Aber mit Sicherheit können Sie das nicht sagen. Vielleicht hat sie ja einfach in den Werkzeugkasten gegriffen und sich am Messer geschnitten, woraufhin Blut auf den Teppichboden und ihre Kleidung getropft ist. Das wäre doch durchaus möglich.«

»Nur, wenn Sie die Beweise aus dem Zusammenhang reißen. Wir haben schließlich auch hinter der Scheune Blut und Stofffasern gefunden.«

»Aber auch diese Beweise genügen nicht, um zu belegen, dass jemand zu Tode gekommen ist.«

»Ganz im Gegenteil. Ich bin der Ansicht, dass die Beweise genau diesen Schluss nahe legen.«

Gale zog eine buschige, graue Augenbraue hoch. »Das sagen Sie. Wissen Sie, Lieutenant, wie viele Teenager jedes Jahr von zu Hause ausreißen?«

»Tausende.«

»Zehntausende«, sagte Gale. »Rachel war nicht glücklich in ihrem Elternhaus, nicht wahr?«

»Nein.«

»Sie entspricht sogar dem klassischen Profil einer Ausreißerin, finden Sie nicht auch?«, fuhr Gale fort.

»Da bin ich anderer Ansicht. Ausreißer hinterlassen keine Spuren, wie wir sie gefunden haben. Blutspuren. Fetzen des Pullovers, den sie am fraglichen Abend trug.«

»Vielleicht wollte sie ja nicht, dass man nach ihr sucht«, sagte Gale.

Stride zögerte und verlor für einen kurzen Moment seine Gelassenheit. »Wie bitte?«

»Nun, wenn sie, wie Sie argumentieren, ihr Auto genommen hätte, hätte doch jeder sofort gewusst, dass sie ausgerissen ist. Dann würden Sie jetzt im ganzen Land nach ihr suchen. Aber nehmen wir einmal an, dass Rachel verschwinden und verhindern wollte, dass ihre Eltern, die sie hasst, oder auch neugierige Polizisten ihr auf die Spur kommen. Könnte sie sich dann nicht einfach in den Finger geschnitten und ein paar kleine Beweise dafür platziert haben, dass sie ein schreckliches Ende gefunden hat?«

Stride schüttelte den Kopf. »Das ergibt doch keinen Sinn. Wenn sie ihren Tod hätte vortäuschen wollen, hätte sie die Beweise sehr viel eindeutiger gestaltet. Wie hätte Rachel denn wissen sollen, ob wir jemals auf die Spuren im Van stoßen – ganz zu schweigen von denen bei der Scheune?«

»Und dennoch sind wir jetzt alle hier.« Gale richtete sich auf und musterte erst Stride, dann die Geschworenen. »Reden wir noch mal von dieser Scheune, Lieutenant. Es handelt sich dabei um einen Ort, an den Schüler fahren, um Dinge zu tun, die ihre Eltern ihnen zu Hause nicht erlauben, nicht wahr?«

»So in etwa.«

»Haben Sie irgendeine Vermutung, wie viele junge Leute sich jede Woche dort herumtreiben?«, fragte Gale.

»Nein.«

»Gut. Wissen Sie denn, wie oft die Polizei im vergangenen Jahr zur Scheune gerufen wurde?«

Stride schüttelte den Kopf. »Keine Ahnung.«

»Würde es Sie überraschen, wenn ich Ihnen sage, dass es siebenunddreißig Mal der Fall war?«

»Nein, das würde mich nicht überraschen.«

»Und würde es Sie auch nicht überraschen zu hören, dass es in den letzten fünf Jahren im Zusammenhang mit der Scheune fünf Anklagen wegen Vergewaltigung gegeben hat?«, fragte Gale. Seine weiche Stimme klang jetzt härter, und seine Augen waren wie spitze azurblaue Dolche.

»Das ist durchaus möglich.«

»Das ist mehr als nur möglich. Es ist die Wahrheit, Lieutenant. Es handelt sich also um einen durchaus gefährlichen Ort.«

»Unter Umständen, ja«, gab Stride zu.

»Sie haben es dort also mit jungen Menschen zu tun, die andere junge Menschen vergewaltigen, aber die Polizei tut offensichtlich nichts dagegen.«

»Wir führen häufig Razzien bei der Scheune durch«, sagte Stride. »Aber die Teenager kommen trotzdem immer wieder.«

»Nun haben Sie es selbst gesagt, Lieutenant. Teenager. Die Scheune ist ein Ort, an dem Teenager schlimme Dinge tun. Legt die Tatsache, dass Beweise für Rachels Anwesenheit bei der Scheune gefunden wurden, also nicht vielmehr nahe, dass ein junger Mann in ihrem Alter in die Sache verwickelt ist?«

»Wir haben diese Möglichkeit geprüft, sie dann aber verworfen«, sagte Stride.

»Es war sogar Ihr allererster Gedanke, nicht wahr? Sie haben Ihre Leute in die High School geschickt, um die jungen Männer dort zu verhören, gleich nachdem das Armband gefunden worden war. Ist das richtig, Lieutenant?«

»Ja, das ist richtig«, sagte Stride.

Gale nickte. Er kaute wieder auf dem Bügel seiner Brille herum und nahm dann einen großen Schluck aus einer Coladose. Anschließend tupfte er sich die Lippen mit seinem Einstecktuch und wischte sich die Stirn. »Welche Schuhgröße haben Sie, Lieutenant?«, fragte Gale.

Der Mann ist gut, dachte Stride bei sich. Er fragte sich, wie Gale das wohl herausgefunden hatte. »45.«

»Soso. Also könnten auch Sie die Abdrücke hinter der Scheune hinterlassen haben, nicht wahr?«

»Einspruch!«, rief Dan Erickson.

Richterin Kassel schüttelte den Kopf. »Abgewiesen.«

»Ich besitze keine Schuhe, die dem Abdruck hinter der Scheune entsprechen würden«, erwiderte Stride. »Graeme Stoner hingegen hat nur vier Monate vor Rachels Verschwinden ein solches Paar gekauft. Und jetzt sind diese Schuhe verschwunden.«

»Aber wissen Sie denn, wie viele Schuhe dieser Marke, Größe 45, im vergangenen Jahr in Minnesota verkauft worden sind?«

»Nein«, musste Stride zugeben.

»Über zweihundert. Hätte nicht jeder dieser Männer die Fußabdrücke hinterlassen können?«

»Natürlich. Aber keiner dieser Männer ist Rachels Stiefvater. Und keiner von ihnen besitzt einen Van, in dem sich Spuren von Rachels Blut befinden.«

»Aber abgesehen von den Fußspuren, die genauso gut von Ihnen oder mehreren hundert anderen Männern stammen können, haben Sie keinerlei Hinweise darauf, dass mein Mandant am fraglichen Freitagabend bei der Scheune gewesen ist?«

»Nein.«

»Und im Grunde wissen Sie auch gar nicht, wann die Fußspuren hinterlassen wurden?«

»Nein.«

Gale hielt inne, um den Geschworenen Gelegenheit zu geben, diesen Wortwechsel zu verarbeiten.

»Und der Wagen, Lieutenant? Sie legen ja großen Wert darauf, dass auf dem Messer aus dem Werkzeugkasten die Fingerabdrücke meines Mandanten waren.«

»Richtig.«

Gale zuckte die Achseln. »Aber es ist doch sein Wagen und sein Messer. Sollte man nicht erwarten, seine Fingerabdrücke darauf zu finden?«

»Wenn jemand anders das Messer benutzt und es anschließend abgewischt hätte, wären überhaupt keine Fingerabdrücke daran gewesen«, wandte Stride ein.

»Es sei denn, die Person, die es benutzt hat, trug Handschuhe«, erwiderte Gale. »Oder etwa nicht?«

»Das ist natürlich möglich«, gab Stride zu. »Aber dadurch wären andere Fingerabdrücke höchstwahrscheinlich verschmiert worden, und das war nicht der Fall.«

»Aber ist es nicht möglich, dass Rachel ihre Fingerabdrücke ganz bewusst auf dem Messer hinterlassen hat, weil sie wusste, dass auch Graemes Fingerabdrücke darauf sein würden?«

Stride schüttelte den Kopf. »Es gibt keine Hinweise auf eine solche Handlungsweise.«

»Aber es gibt auch keine Hinweise auf das Unterbleiben einer solchen Handlungsweise. Bleiben wir noch ein wenig bei dem Van. Es gibt keine Zeugen dafür, dass Graeme Stoner am fraglichen Freitagabend mit dem Van gefahren ist, nicht wahr?«

»Nein.«

»Dann wissen wir also nicht, ob der Van an diesem Abend überhaupt bewegt wurde?«, fragte Gale.

»Da muss ich widersprechen. Die Stofffasern, die wir im Van gefunden haben, entsprechen denen hinter der Scheune. Außerdem wurde Rachels Armband hinter der Scheune gefunden. Rachel hat an diesem Abend sowohl das Armband als auch einen weißen Rollkragenpullover getragen. Zählen Sie doch mal eins und eins zusammen, Mr Gale.«

Gale lächelte, und Stride sah ein kurzes Funkeln in seinen Augen, wie ein anerkennendes Nicken. Eins zu null für die Guten.

Aber der Rechtsanwalt war noch nicht fertig.

»Angenommen, es ist tatsächlich jemand mit Rachel in dem Van weggefahren, Lieutenant. Woher wissen Sie so genau, dass es Graeme Stoner war?«

»Es ist sein Wagen. Und er war verschlossen.«

»Ach so, verschlossen war er. Verstehe. Also kann ihn sonst niemand genommen haben.«

Stride nickte. »Zumindest nicht, ohne den Motor kurzzuschließen. Und außerdem: Wenn Sie behaupten, dass jemand anders mit dem Wagen gefahren ist, müsste diese Person erst in ihrem eigenen Wagen zu Rachels Haus gefahren sein. Es ist doch absurd sich vorzustellen, dass der Mörder sein eigenes Auto am Straßenrand parkt, ein junges Mädchen entführt, dann ein anderes Auto stiehlt, zur Scheune fährt und anschließend zurückkommt, um seinen Wagen abzuholen.«

»Es sei denn, der Mörder ist zu Fuß gekommen«, bemerkte Gale.

»Vielleicht ist er ja auch geflogen«, gab Stride zurück. Die Geschworenen mussten lachen. Richterin Kassel runzelte die Stirn und warf Stride einen missbilligenden Blick zu.

Gale wartete, bis sich die allgemeine Belustigung gelegt hatte. »Nach Rachels Verschwinden haben Sie im Haus der Stoners Fotos machen lassen, nicht wahr?«, fragte er dann leise.

»Das ist die normale Vorgehensweise«, erwiderte

Stride. Er fragte sich, worauf Gale wohl hinauswollte.

Gale ging zu seinem Tisch hinüber und kam mit einem Foto zurück. Er stellte es auf eine Staffelei in der Nähe des Zeugenstands, wo die Geschworenen es ebenfalls sehen konnten.

»Ist das der vergrößerte Ausschnitt eines dieser Fotos?«

Stride warf einen kurzen Blick darauf. »Ja.«

»Die Vergrößerung zeigt einen Tisch in der Diele des Hauses, gleich neben der Eingangstür, ist das korrekt?«

»Ja, das ist korrekt.«

Gale griff in die Tasche seines Jacketts, fischte einen schmalen, goldenen Kugelschreiber heraus und deutete damit auf einen Gegenstand auf dem Tisch. »Können Sie uns sagen, was das ist, Lieutenant?«

Stride erkannte den Gegenstand. »Ein Kristallaschenbecher.«

Jetzt wusste er, worauf Gale hinauswollte.

»Und was befindet sich in dem Aschenbecher, Lieutenant?«

»Ein Schlüsselbund.«

»Und nicht nur irgendein Schlüsselbund, sondern Mr Stoners Haus- und Autoschlüssel, nicht wahr?«

»Ich denke schon.«

»Die Schlüssel für den Van. In einem Aschenbecher auf einem Tischchen gleich neben der Haustür.«

»Ja«, sagte Stride.

»Also hätte jeder, der an die Tür gekommen wäre, sich den Schlüssel einfach herausnehmen können, um dann mit dem Wagen zu verschwinden. Und mit Rachel.«

Stride schüttelte den Kopf. »Nein, diese Schlussfolgerung ist angesichts der Beweislage nicht logisch. In dem Szenario, das Sie entwerfen, muss der Mörder gewusst haben, dass Rachel zu Hause ist, er muss zu Fuß gekommen sein, Handschuhe getragen haben, gewusst haben, wo die Autoschlüssel sind, und außerdem dieselbe Schuhgröße gehabt und dieselben Schuhe getragen haben wie Graeme Stoner. Das klingt mir doch sehr nach einem Ihrer Zaubertricks, Mr Gale.«

»Unterlassen Sie solche Bemerkungen, Lieutenant«, warf die Richterin scharf ein.

Stride nickte und entschuldigte sich. Aber immerhin hatte er Gales Hypothesen für den Augenblick entkräftet. Er konnte nur hoffen, dass die Geschworenen durch dieses Gespinst sonderbarer Möglichkeiten, das der Anwalt vor ihnen ausbreitete, nicht vollkommen verwirrt wurden.

Gale schenkte der Richterin ein warmes Lächeln. Dann strich er sich sorgfältig das graue Haar am Hinterkopf glatt und wandte sich wieder Stride zu. »Also gut, Lieutenant, unterhalten wir uns noch ein wenig über die angebliche Affäre, die Mr Stoner mit seiner Stieftochter gehabt haben soll. Für diese wilde Unterstellung haben Sie keine Indizienbeweise, nicht wahr? Keine Spermaspuren? Keine Scheidenflüssigkeit?«

»Soweit ich weiß, wird in dem Haushalt regelmäßig gewaschen«, sagte Stride.

»Auch keine Zeugen?«

»Sie werden ihre Affäre wohl kaum in der Öffentlichkeit verfolgt haben«, antwortete Stride mit einem leichten Lächeln.

Gale lächelte nicht zurück. »Ich interpretiere diese Antwort als Nein, Lieutenant. Sie haben sich außerdem recht intensiv mit Mr Stoners Fantasien auseinander gesetzt. Er beschäftigt sich mit geschmacklosem pornografischem Material.« Gale seufzte. »Mit anderen Worten: Er ist ein Mann. Das Material, das Sie gefunden haben, war doch nicht illegal?«

»Nein«, sagte Stride.

»Man kann all diese Zeitschriften in den Hauptgeschäftsstraßen von Duluth kaufen, nicht wahr?«

»Ich denke schon.«

Gale griff nach der Einzelverbindungsaufstellung, die Dan als Beweisstück vorgelegt hatte, und wedelte damit.

»Und was diese Anrufe bei Telefonsexanbietern betrifft … Ich will Ihnen ja nicht zu nahe treten, Lieutenant, aber wenn ein Mann im wahren Leben Sex mit einem Teenager haben kann, warum sollte er dann fünf Dollar pro Minute dafür zahlen, um am Telefon so zu tun, als ob?«

»Das belegt ja auch nur seine Vorliebe für sexuelle Kontakte mit Minderjährigen«, sagte Stride.

»Mr Stoner hat diese Nummern von Zeit zu Zeit gewählt. Wissen Sie, wie viele andere Männer aus Duluth in den vergangenen sechs Monaten dort angerufen haben?«, fragte Gale.

»Nein.«

»Aber ich weiß es. Es waren fast zweihundert. Ein paar davon arbeiten meines Wissens übrigens bei der Polizei, Lieutenant. Haben Sie all diese Männer als Tatverdächtige überprüft?«

»Nein, das haben wir nicht getan.«

Gale nickte. »Natürlich nicht. Denn Sie und ich, wir wissen, dass solche Anrufe nur Fantasien sind und nichts damit zu tun haben, wie ein Mensch sich im täglichen Leben verhält. Stimmt's?«

»Das hängt von der Situation ab. Und von dem jeweiligen Menschen.«

»Aber Sie wissen doch gar nicht, in welcher Situation all diese Menschen sind«, sagte Gale.

»Nein.«

»Nein, das wissen Sie nicht. Und wenn man das einmal alles beiseite lässt, dann ist das einzige Indiz, das für eine sexuelle Beziehung zwischen Rachel Deese und meinem Mandanten spricht, das unglaubliche Foto, das Sie auf seiner Festplatte entdeckt haben. Ist das soweit korrekt?«

»Das Foto erscheint mir äußerst aufschlussreich«, sagte Stride.

»Aber nicht nur in einer Hinsicht«, erwiderte Gale. »Und Sie haben doch keine Beweise dafür, dass Mr Stoner das Foto jemals gesehen hat, nicht wahr?«

»Es befand sich auf seinem Computer.«

»Ganz richtig. Aber hatte nicht auch Rachel Zugang zu diesem Computer? Sie hätte das Foto doch jederzeit auf Mr Stoners Festplatte speichern können, nicht wahr?«

»Auch hier haben wir keine Hinweise, die das nahe legen.«

Gale machte eine abfällige Geste mit seiner großen Hand. »Aber Sie haben auch keine Hinweise, dass es nicht so war. Wer weiß schon, was Teenagern so alles einfällt? Vielleicht wollte sie ihm einen Streich spielen. Vielleicht wollte sie ihn bloßstellen. Vielleicht wollte sie einen Streit zwischen ihrer Mutter und ihrem Stiefvater provozieren. Das können Sie doch nicht genau wissen, oder?«

»Nein«, sagte Stride.

»Sagen Sie, Lieutenant, wann wurde das Foto auf Mr Stoners Computer gespeichert?«

»Laut Dateiverzeichnis am Samstag vor Rachels Verschwinden.«

»Und wann wurde zum letzten Mal auf die Datei zugegriffen?«, fragte Gale.

»Am selben Tag.«

Gale zuckte wie fassungslos zusammen und starrte Stride ungläubig an. Natürlich wusste er genau Bescheid über das Datum der Datei – er hatte ja bereits bei der Vorverhandlung alle Beweisstücke eingesehen. Für die Geschworenen allerdings sah es so aus, als hörte Gale diese schockierende Tatsache gerade zum ersten Mal.

Er nahm das vergrößerte Foto vom Tisch, zeigte es den Geschworenen noch einmal und ließ ihnen Zeit, Rachels erotische Kraft auf sich wirken zu lassen. »Am selben Tag? Sie behaupten doch, der Mann sei von seiner Stieftochter besessen gewesen, Lieutenant, er habe sich mitten in einer glühenden, verbotenen Affäre mit ihr befunden. Er speichert also dieses Foto auf seinem Computer … und schaut es sich dann niemals an?«

Gale wedelte mit der Hand, wie um sich Abkühlung zu verschaffen.

»Bei Gott, Lieutenant, wenn ich dieses Foto auf meinem Computer hätte, würde ich wahrscheinlich überhaupt nicht mehr zum Arbeiten kommen.«

Dan Erickson sprang auf. »Einspruch!«

Gale hob abwehrend die Hände. »Schon gut, ich ziehe das zurück.«

Dann wandte er sich mit verschmitztem Lächeln wieder an Stride. »Bleiben wir doch realistisch, Lieutenant. Dieses atemberaubende Foto wird auf Mr Stoners Computer gespeichert, und danach bleibt die Datei wochenlang ungeöffnet. Es kann ja sein, dass er sie selbst dort gespeichert hat. Es kann auch sein, dass er über enorme Willenskraft verfügt. Aber ist es nicht die logischste Erklärung, dass er gar nicht wusste, dass sich dieses Foto auf seinem Computer befindet?«

7

Am zweiten Tag der Verhandlung rief Dan als erste Zeugin Emily Stoner auf.

Emily trug das dunkle Haar in einem akkuraten, kurzen Bob. Ihre Haut wirkte unter der dicken Schicht Make-up glatt und rosig. Sie trug hellen Lippenstift, eine Perlenkette und passende Ohrringe. Das dunkelblaue Kleid mit weißer Borte am Ausschnitt war offensichtlich neu und schmiegte sich sanft um ihren Körper. Stride hatte den Eindruck, Emily so zu sehen, wie sie noch vor ein paar Jahren gewesen war. An diesem Tag verrieten nur ihre Augen ihr wahres Alter, denn in ihrem Blick lagen, wie schon am Tag zuvor, unverschleierte Erschöpfung und Verzweiflung.

Emily schlängelte sich aus ihrer Sitzreihe auf den Gang hinaus. Ihre Absätze klapperten auf dem Marmorboden, als sie sich dem Zeugenstand näherte, um ihren Eid zu leisten. Sie sah Graeme nicht an, und Stride fiel auf, dass auch Graeme sie keines Blickes würdigte. Gale bemerkte das ebenfalls, und Stride sah, wie er seinen Mandanten heimlich mit dem Ellbogen anstupste. Graeme hatte immerhin durch falsche Anschuldigungen seine Frau verloren und musste sich angemessen betrübt darüber zeigen.

Emily nahm im Zeugenstand Platz. Sie sah rasch zu den Geschworenen hinüber, wandte dann aber wieder nervös den Blick ab. Sie hatte die Hände im Schoß gefaltet und wirkte attraktiv und Mitleid erregend. Auf Stride allerdings machte sie einen äußerst instabilen Eindruck. Die Ereignisse der letzten paar Monate hatten tiefe Wunden in ihre Seele geschlagen. Stride fragte sich, ob sie nur aus dem Grund keinen weiteren Selbstmordversuch unternommen hatte, weil sie die Gelegenheit wahrnehmen wollte, gegen Graeme auszusagen und ihn im Gefängnis zu sehen. Er hoffte inständig, dass es so kommen würde.

»Mrs Stoner, ich weiß, wie schwer das alles für Sie ist«, begann Dan.

Emilys Brust hob sich in einem tiefen Seufzer, und sie schloss für einen Augenblick die Augen. Dann straffte sie die Schultern und wappnete sich dafür zu sagen, was sie zu sagen hatte. Ihre Miene war ernst und entschlossen. »Es geht mir gut, danke«, sagte sie.

»Wie haben Sie Graeme Stoner kennengelernt?«, fragte Dan.

»Ich war Angestellte bei der Range Bank, als man ihn aus New York als leitenden Manager eingestellt hat. Er war allein stehend, attraktiv und reich, und alle Frauen in der Zweigstelle waren verrückt nach ihm. Ich auch.«

»Hat er sich in irgendeiner Form für Sie interessiert?«

»Nein. Anfangs nicht. Er ging immer an mir vorbei, ohne mich anzusehen, als würde ich gar nicht existieren. Mit den anderen Frauen war es ganz genauso. Er hat uns einfach ignoriert.«

»Und dann?«, fragte Dan.

»Nun, eines Tages kam Rachel in die Bank. Sie hatte ein enges Halternecktop und Hotpants an. Ich habe ihr deswegen Vorhaltungen gemacht, und wir haben uns in der Vorhalle gestritten. Graeme hat uns dort zusammen gesehen, hat aber nichts gesagt. Später am selben Tag allerdings hat er mich gefragt, ob ich mit ihm ausgehen möchte.«

Dan stürzte sich sofort auf diese Information und wiederholte mit lauter Stimme: »Graeme hat sich Ihnen also an dem Tag genähert, an dem er Sie mit Rachel in der Bank gesehen hat?«

»Ja.«

»Nachdem er Sie vorher monatelang ignoriert hatte?«

»Ja.«

»Hatte er Rachel vorher schon einmal mit Ihnen gesehen?«, fragte Dan.

»Das kann ich mir nicht vorstellen. Rachel kam fast nie in die Bank.«

»Gut. Dann sind Sie also mit ihm ausgegangen. Wie hat Rachel darauf reagiert, dass es wieder einen Mann in Ihrem Leben gab?«

»Sie war sehr nett zu Graeme. Sie hat sogar mit ihm geflirtet.«

»Schließlich haben Sie Graeme geheiratet. Was können Sie uns über die Beziehung zwischen Rachel und Graeme nach Ihrer Eheschließung sagen?«

Emily holte noch einmal tief Luft. »Sie haben viel gemeinsam unternommen, nur zu zweit. Sie sind oft zum Fotografieren in den Wald gegangen und waren stundenlang weg. Graeme hat ihr viel geschenkt, Kleider, CDs, solche Dinge.«

»Und wie ging es Ihnen damit?«

»Anfangs fand ich das noch ganz in Ordnung. Ich war so glücklich, wieder eine richtige Familie zu haben. Aber dann habe ich angefangen, mir Sorgen zu machen, weil Graeme immer mehr Zeit mit Rachel und immer weniger Zeit mit mir verbrachte. Er wurde sehr distanziert und kalt. Es kam mir vor, als wollte er unsere Beziehung beenden, und ich wusste nicht, warum.«

Dan warf den Geschworenen einen langen Blick zu und fuhr dann mit leiser Stimme fort: »Mrs Stoner, hatten Sie jemals Anlass zu der Vermutung, dass Ihr Mann eine sexuelle Beziehung zu Ihrer Tochter hat?«

Emilys Augen blitzten zornig auf. »Es gab genug

Anzeichen dafür. Ich war einfach nur blind. Ich wollte es eben nicht wahrhaben. Aber im Rückblick gab es viele Situationen, in denen ich Verdacht hätte schöpfen müssen.«

»Was zum Beispiel?«

»Nun, einmal war ich einkaufen und habe die Lebensmittel hinten in den Van gepackt. Das war an einem Montag. Graeme und Rachel waren am Tag zuvor wandern gewesen. Da habe ich ein Höschen von Rachel im Wagen gefunden.«

»Was haben Sie daraufhin getan?«, fragte Dan.

»Ich habe Graeme darauf angesprochen. Er sagte, Rachel wäre beim Überqueren eines Gebirgsbachs ausgerutscht und hineingefallen. Sie musste sich umziehen, weil sie nass bis auf die Haut war.«

»Haben Sie auch mit Rachel darüber gesprochen?«

»Nein. Ich habe das Höschen einfach gewaschen und weggeräumt.«

»Haben Sie sonst noch etwas beobachtet?«

»Ein anderes Mal habe ich gesehen, wie sie sich geküsst haben. Ich war schon im Bett und habe gehört, wie Rachel und Graeme nach oben gekommen sind. Rachel hat gekichert. Im Flur war das Licht an, die Tür stand offen, ich habe gehört, wie sie ›Gute Nacht‹ sagte, und dann habe ich gesehen, wie sie ihm die Arme um den Hals gelegt und ihn geküsst hat. Auf den Mund. Und es war kein unschuldiger Kuss.«

»Haben Sie mit Graeme oder mit Rachel darüber gesprochen?«

»Nein. Ich habe getan, als würde ich schlafen. Ich habe es einfach nicht über mich gebracht.«

Dan wartete einen Augenblick, um Emilys Aussagen wirken zu lassen. »Ist die Beziehung zwischen Graeme und Rachel auch weiterhin so eng geblieben?«

Emily schüttelte den Kopf. »Nein, da hat sich etwas verändert. Vorletzten Sommer schien Rachels Beziehung zu Graeme irgendwie getrübt zu sein. Sie war kalt und gleichgültig ihm gegenüber. Ich habe nichts mitbekommen, was das ausgelöst haben könnte, keine Meinungsverschiedenheiten, keinen Streit. Sie hat ihn einfach von heute auf morgen fallen gelassen. Graeme hat versucht, sie zurückzugewinnen. Das war fast schon erbärmlich. Er hat ihr ein neues Auto geschenkt, aber das hat nichts geändert. Rachel hat Graeme seitdem etwa so behandelt, wie sie mich immer schon behandelt hat: wie einen Feind.«

»Einspruch!«, rief Gale.

»Stattgegeben«, sagte Richterin Kassel.

»Mrs Stoner, warum haben Sie der Polizei nichts von alldem erzählt, nachdem Rachel verschwunden war?«, fragte Dan.

»Ich habe versucht, mich selbst davon zu überzeugen, dass Graeme unmöglich etwas damit zu tun haben kann. Ich habe mir etwas vorgemacht und so getan, als hätten die Dinge, die ich beobachtet hatte, nichts weiter zu bedeuten. Wahrscheinlich war es mir auch einfach viel zu peinlich, dass so etwas Schreckliches direkt vor meiner Nase stattfindet, ohne dass ich es merke.«

Gale erhob erneut Einspruch, dem erneut stattgegeben wurde. Doch Dan hatte, was er brauchte. Er war bereit, die Befragung zu beenden.

»Wir wissen, dass Ihre Beziehung zu Ihrer Tochter sehr schwierig war. Haben Sie sie überhaupt noch geliebt, nach allem, was zwischen Ihnen vorgefallen ist?«

Emilys Gesicht erstrahlte voller Leidenschaft, und Stride sah zum ersten Mal etwas wie Leben in ihren müden Augen. »Aber natürlich! Ich habe sie von ganzem Herzen geliebt. Und das tue ich immer noch. Ich weiß, wie viel Schmerz sie erlitten hat, und ich hätte alles dafür getan, um zu ihr durchzudringen. Aber ich habe sie nie erreichen können, und das hat mich innerlich zerrissen. Mein Leben lang werde ich mir das am meisten vorwerfen, dass ich nicht in der Lage war, die Kluft zwischen uns zu schließen.«

Dan lächelte. »Vielen Dank, Mrs Stoner.«

8

Stride hatte damit gerechnet, dass Gale die Mutter des Opfers mit Samthandschuhen anfassen würde. Aber er hatte sich getäuscht. In Gales Verhalten lag nicht ein Hauch von Anteilnahme.

»Tatsache ist doch, Mrs Stoner, dass Ihre Beziehung zu Ihrer Tochter vollkommen gestört war«, begann er.

»Sie war nicht besonders gut. Das sagte ich ja schon.«

Gale schnaubte verächtlich. »Nicht besonders gut? Rachel hat regelmäßig erklärt, dass sie Sie hasst, oder etwa nicht?«

»Nun ja ... das hat sie ein paar Mal gesagt.«

»Sie hat Sie regelmäßig als Schlampe bezeichnet«, fuhr Gale fort.

»Manchmal, ja.«

»Sie hat vorsätzlich Dinge zerstört, die Ihnen gehörten, persönliche Dinge, einfach nur zum Spaß.«

»Manchmal.«

»Sie hat also abscheuliche Dinge getan, mit dem einzigen Ziel, Sie zu verletzen?«

Emily nickte. »Ja, das stimmt.« Dann holte sie wütend zum Gegenschlag aus. »Beispielsweise hat sie mit meinem Mann geschlafen.«

»Vielleicht ist sie ja auch weggelaufen und hat in Ihrem Leben und Ihrer Ehe einen Scherbenhaufen hinterlassen?«, gab Gale zurück.

»Das hat sie nicht getan.«

Gale warf die fleischigen Arme in die Luft. »Woher wissen Sie das? War sie etwa nicht schlau und hinterhältig genug, diese ganze Sache zu inszenieren?«

»Einspruch!«, rief Dan.

Gale zuckte die Achseln. »Gut, ich ziehe die Frage zurück. Mrs Stoner, Sie haben selbst zugegeben, dass Sie Ihre angeblichen Verdachtsmomente erst geäußert haben, nachdem die Polizei Ihnen mitgeteilt hatte, Ihr Mann sei tatverdächtig. Ist das richtig?«

»Ich wollte es eben nicht wahrhaben«, sagte Emily.

»Sie wollten es nicht wahrhaben? In Wahrheit sind Sie doch gar nicht auf die Idee gekommen, dass die beiden eine Affäre haben könnten.«

»Damals nicht, nein.«

»Und jetzt denken Sie das auch nur, weil es so wunderbar zu Mr Ericksons kleiner Kriminalgeschichte zu passen scheint, stimmt's?«

»Nein. Das ist nicht wahr.«

»Ach nein?«, fragte Gale, und seine Stimme triefte nur so von Skepsis. »Bei allem, was Sie uns bisher erzählt haben, ging es doch immer nur um Sie und Rachel, nicht wahr? Es ging niemals um Graeme. Es ging immer nur darum, dass Rachel ihre Spielchen mit Ihnen gespielt, Sie gequält und versucht hat, Sie zu verletzen.«

»Es war schwierig mit ihr«, sagte Emily.

»So schwierig, dass Sie Ihre eigene Tochter einmal verprügelt haben, nicht wahr?«

Emily zuckte zusammen. Sie schien sich in sich selbst zurückzuziehen und hielt die Augen niedergeschlagen. »Ja«, murmelte sie.

»Sprechen Sie lauter! Sie waren wütend, und Sie haben sie windelweich geprügelt, richtig?«

»Nur dieses eine Mal.«

Gale schüttelte den Kopf. »Ach so, Sie haben Ihre Tochter nur dieses eine Mal misshandelt. Dann ist das alles ja nicht so schlimm, nicht wahr?«

»Nein! Es tut mir doch so Leid!«

»Ihre Tochter hat Sie so lange gereizt, bis Sie sie tätlich angegriffen haben, richtig?«

Dan stand auf. »Euer Ehren, Mr Gale bedrängt die Zeugin.«

Die Richterin nickte. »Mäßigen Sie sich, Mr Gale.«

Gale schlug eine andere Richtung ein. »Wenn sie Sie nur genug reizen würde, würden Sie das doch bestimmt wieder tun, oder?«

»Nein.«

Gale senkte die Stimme und sprach mit gefährlicher Gelassenheit. »Sind nicht im Grunde sogar Sie es, die ein Motiv gehabt hätte, Rachel umzubringen?«

Emily riss entsetzt die Augen auf. »Nein!«

»Nein? Obwohl sie Sie jahrelang gedemütigt hat?«

»Ich könnte ihr niemals etwas antun.«

»Sie haben uns gerade erst erzählt, *dass* Sie ihr etwas angetan haben.«

»Das ist schon so lange her.« Emily sprach in flehentlichem Ton. »Es ist nur einmal vorgekommen, danach nie wieder.«

»Wirklich nicht?«, fragte Gale. »Haben Sie Rachel an diesem letzten Wochenende nicht ein für alle Mal den Garaus gemacht?«

»Nein … nein, natürlich nicht! Ich war doch gar nicht da!«

Gale setzte eine geduldige Miene auf. »Wo waren Sie denn?«

»Bei meiner Schwester in St. Louis.«

»Am Freitagabend?«, fragte Gale. »An dem Abend, als Rachel verschwunden ist?«

»Ja.«

In Strides Kopf schrillten die Alarmglocken.

»Aber nicht am Samstag«, sagte Gale. »Am Samstagabend waren Sie nicht mehr in St. Louis, nicht wahr?«

Emily schüttelte den Kopf. »Nein. Ich habe mir ein Hotelzimmer in den Twin Cities genommen. Ich war den ganzen Tag unterwegs gewesen und war müde.«

»Wo sind Sie abgestiegen?«, fragte Gale.

»Das weiß ich nicht mehr genau. Irgendwo am Bloomington Strip.«

»War es vielleicht das Airport Lakes Hotel?«

»Das kann gut sein. Ich erinnere mich wirklich nicht mehr.«

Gale nahm ein Blatt Papier vom Tisch der Verteidigung. »Ist das nicht eine Kopie Ihrer Quittung aus dem Airport Lakes Hotel am Bloomington Strip vom fraglichen Wochenende?«

Emily wurde bleich. »Ja.«

»Nun«, sagte Gale mit gerunzelter Stirn, »dann haben wir wohl ein kleines Problem.«

Emily antwortete nicht.

Gale hielt das Blatt in die Höhe. »Auf dieser Quittung steht nämlich, dass Sie dort schon am Freitagabend gewesen sind, nicht erst am Samstag.«

»Verdammte Scheiße«, murmelte Stride.

Maggie beugte sich zu ihm und flüsterte: »Ich glaub's nicht! Die Schwester hat sie gedeckt! Sie hat Stein und Bein geschworen, dass Emily am Freitagabend noch bei ihr war.«

Im Zeugenstand hatte Emily immer noch kein Wort gesagt. Gale breitete die Arme aus und hielt die Quittungskopie in der linken Hand hoch. »Also, Mrs Stoner?«

»Das muss wohl ein Irrtum sein«, sagte Emily mit gequälter Stimme.

»Ein Irrtum?«, wiederholte Gale höhnisch. »Man hat Ihnen zwei Nächte berechnet, und es ist Ihnen gar nicht aufgefallen? Sollen wir vielleicht die Rezeptionistin anrufen, die Sie eingecheckt hat?«

Emily blickte wild um sich, als wollte sie Schutz suchen. Stride fiel auf, dass sie immer wieder in eine bestimmte Richtung schaute, zu dem Mann, der ein paar Meter entfernt in seiner Reihe saß. Zu Dayton Tenby.

Er musterte den Priester genauer und sah auch in Daytons Augen eine gewisse Panik.

Emily knickte ein. »Also gut, ja, ich war schon am Freitagabend dort. Ich wollte am Samstag in der Mall of America einkaufen gehen. Graeme wäre dagegen gewesen, deshalb habe ich nichts gesagt. Es schien mir nicht weiter wichtig zu sein.«

»Wie umsichtig von Ihnen«, bemerkte Gale. »Tatsache ist aber, dass Sie von dort aus am Freitagabend problemlos nach Duluth und zurück hätten fahren können, nicht wahr?«

»Das habe ich aber nicht getan«, beharrte Emily.

»Sie checken ins Hotel ein und fahren dann gleich weiter Richtung Norden. Um kurz nach zehn wären Sie dort gewesen, nicht wahr? Gerade, als Rachel nach Hause kam.«

»Nein. So ist es nicht gewesen.«

Gale lächelte. »Nein? Erzählen Sie es uns, Mrs Stoner. Was hat Rachel an diesem Abend getan? Was hat sie gesagt? Hat sie es vielleicht ein Stück zu weit getrieben?«

»Nein, nein, nein!«

Dayton Tenby beugte sich vor und Stride sah, wie er Dan eindringlich etwas zuflüsterte.

»Sie wussten Bescheid über die Scheune, nicht wahr?«, fuhr Gale fort.

Emily schwieg.

»Sie müssen mit Ja oder Nein antworten. Wussten Sie, wo die Scheune sich befindet und was sich dort abspielt?«

»Ja.«

»Sie waren selbst schon einmal dort, nicht wahr?«

»Seit Jahren nicht mehr.«

»Aber früher waren Sie dort? Und Sie wussten Bescheid?«

»Ja.« Ihre Stimme klang leblos und leer.

»Sie hatten ein Motiv und die Gelegenheit, Rachel umzubringen. Sie sind ihr gegenüber früher schon gewalttätig geworden. Sie hat Sie behandelt wie den letzten Dreck.«

Emily starrte ihn fassungslos an. »Ich habe meine Tochter nicht umgebracht.«

»Sie haben die Polizei angelogen, und Sie haben Ihren Mann angelogen. Sie haben die Geschworenen belogen. Woher sollen wir wissen, dass Sie nicht auch jetzt lügen?«

Die Tränen liefen Emily in Strömen über die Wangen. »Ich lüge nicht.«

Gale zuckte die Achseln.

»Das wäre alles, Mrs Stoner. Keine weiteren Fragen.«

Dan erhob sich zur Gegenvernehmung.

»Mrs Stoner, bitte erzählen Sie uns noch einmal genau, was Sie an dem Freitagabend getan haben, an dem Sie angeblich noch bei Ihrer Schwester waren.«

»Ich war einkaufen«, wiederholte Emily.

Dan fing ihren störrischen Blick auf. Er sprach in sanfterem Ton. »Sie können sich jetzt nicht mehr verstecken. Es ist an der Zeit, dass die Wahrheit ans Licht kommt. Bitte sagen Sie es uns. Was haben Sie an dem fraglichen Freitagabend getan?«

Stride sah, wie Emily gequält zu Dayton hinüberschaute, und er sah auch, wie der Priester leicht nickte. Emily holte tief Luft und wandte sich an die Geschworenen. Sie schien ihre Fassung zurückgewonnen zu haben.

»Ich war in dem Hotel am Bloomington Strip, so wie es auf der Quittung steht. Ich hatte eine Affäre. Und ich wollte nicht, dass mein Mann oder sonst jemand aus der Gemeinde davon erfährt.«

Dan nickte. »Mit wem haben Sie sich in Minneapolis getroffen?«

»Das war … ich meine, ich habe … Dayton getroffen. Dayton Tenby. Er ist schon seit vielen Jahren mein Seelsorger.« Die Worte sprudelten nur so aus ihr heraus, während sie versuchte, sich zu rechtfertigen. »Wir hatten nicht vor, eine Affäre zu beginnen, als wir uns getroffen haben. Er war bei einer Konferenz in Minneapolis, und ich wollte einfach nur mit ihm reden, deshalb bin ich früher zurückgekommen. Wir haben zusammen zu Abend gegessen, und dann … dann kam eines zum anderen. Und schließlich haben wir das ganze Wochenende zusammen verbracht. Es war wunderschön. Aber ich habe mich geschämt und mich schuldig gefühlt, und ich wollte Daytons Stellung nicht gefährden. Es war ja alles meine Schuld, und ich wollte nicht, dass er darunter leidet.«

»Waren Sie die ganze Zeit mit ihm zusammen?«, fragte Dan.

»Ja.«

»Hatten Sie irgendwann Gelegenheit, heimlich nach Duluth zu fahren?«

Emily schüttelte den Kopf. »Natürlich nicht. Das

ist doch auch völlig absurd. An dem Abend war nur ein einziger Mensch außer Rachel im Haus. Und das war Graeme.«

9

»Ich habe vorhin Nachrichten gesehen.« Andrea trank einen großen Schluck von ihrem Chardonnay, den sie beide so schnell tranken wie kühles Bier. »Du weißt ja, wie das ist: Jede Menge Experten, die erklären, wer warum gewinnen oder verlieren wird. Aber diesmal hatte ich nicht den Eindruck, dass irgendjemand weiß, was passieren wird. Nicht einmal Bird hat sich getraut, den Fall in die eine oder andere Richtung als entschieden zu betrachten.«

»Schön, dass es Bird wenigstens einmal die Sprache verschlägt«, bemerkte Stride.

»Was sagt Dan?«, fragte Andrea.

»Er glaubt, dass wir gewinnen.«

»Und was denkt Gale?«

»Ich nehme an, er glaubt, dass *er* gewinnt.«

»Wer gewinnt denn dann?«

Stride lachte. »Wir, glaube ich. Aber ich bin natürlich auch ein Optimist.«

Andrea, die schon einiges zu viel getrunken hatte, schüttelte den Kopf. »Ein Optimist? Du? Das wage ich zu bezweifeln.«

»Umso besser. Dann gewinnen wir wahrscheinlich wirklich.«

»Glaubt Maggie das auch?«

»Maggie?«, wiederholte Stride. »Maggie hasst Dan so sehr, dass sie sich, glaube ich, freuen würde, wenn Stoner davonkommt, nur damit Dan mal so richtig auf die Nase fällt. Abgesehen davon sagt sie, es wäre noch nichts entschieden, und damit hat sie wahrscheinlich auch Recht.«

Andrea schwieg. Dann sagte sie: »Ich glaube, Maggie mag mich nicht besonders.«

Stride zuckte die Achseln. »Ich habe dir doch erzählt, wie das mit Maggie ist. Ich glaube, ich bedeute ihr immer noch sehr viel, sie will es bloß nicht zugeben. Wahrscheinlich ist sie einfach ein bisschen eifersüchtig. Aber das ist ihr Problem, nicht deines.«

»Sie glaubt, ich bin nicht die Richtige für dich.«

»Hat sie das gesagt?«

»Nein«, sagte Andrea. »Aber Frauen spüren so was.«

»Ich schlage vor, wir beschäftigen uns mit uns, und Maggie soll sich mit Maggie auseinander setzen. In Ordnung?«

Andrea nickte. Sie trank ihr Glas leer und goss dann den restlichen Wein aus der Flasche in ihre beiden Gläser, wobei ein paar Tropfen auf dem gläsernen Couchtisch landeten. Andrea wischte sie mit dem Finger weg und leckte sich die Fingerspitze ab.

Stride saß neben ihr auf dem Sofa im Wohnzimmer. Das Panoramafenster gegenüber gab den Blick auf die Stadt unter ihnen frei und auf den See, der in der Abenddämmerung langsam dunkler wurde. Stride trug ein kurzärmeliges, grünes Poloshirt und abgetragene Jeans. Andrea streckte die Hand aus und berührte die dicke Narbe an seinem Oberarm.

»Du hast mir nie von dieser Schussverletzung erzählt«, sagte sie.

»Das ist schon Jahre her.«

»Dann erzähl's mir doch«, drängte Andrea.

»Es war ein Selbstmordversuch«, sagte er. »Ich bin halt ein lausiger Schütze.«

»Jon-a-than.« Verärgert zog Andrea jede einzelne

Silbe in die Länge. »Gönnst du deinem schwarzen Humor denn nie eine Pause?«

Stride lächelte. »Na gut, es war ein Jagdunfall.«

»Ach?«

»Ja. Ich war auf der Jagd, und das Viech hat zurückgeschossen.«

»Du bist unmöglich. Komm schon, ich will das wirklich wissen. Erzähl's mir, bitte.«

Stride seufzte. Er holte dieses Erlebnis nur ungern wieder an die Oberfläche, nachdem er Jahre damit zugebracht hatte, es gemeinsam mit Cindy und einem Therapeuten zu verarbeiten.

»Vor vielen Jahren bin ich in einen Ehestreit geraten. Wir hatten damals ein Ferienhäuschen westlich von Ely, und das Paar, das das Haus neben uns bewohnte … na ja, der Mann ist gewissermaßen ausgeflippt. Wir waren gut befreundet, standen uns nahe. Aber er war Vietnamveteran, ein bisschen instabil, und dann hat er seine Stelle und damit auch gleich den Verstand verloren. Eines Abends hat seine Frau mich angerufen und mir gesagt, dass er mit einer Pistole herumfuchtelt und droht, sie und die Kinder zu erschießen. Ich kannte ihn ja und wusste, dass er es ernst meint. Aber ich habe keine Verstärkung angefordert, weil ich befürchtete, dass dabei vielleicht viele Menschen sterben könnten, einschließlich ihm. Deshalb habe ich versucht, selbst mit ihm zu reden.«

»Was ist dann passiert?«

»Ich kam rein, und er hielt einen Revolver mit einem fünfzehn Zentimeter langen Lauf auf mich gerichtet. Die größte Pistole, die man sich vorstellen kann, direkt vor meiner Nase. Er hatte offenbar keine rechte Lust zum Reden. Aber ich habe trotzdem geredet und bin auch zu ihm durchgedrungen, zumindest dachte ich das. Ich habe ihn dazu gebracht, die Kinder nach draußen gehen zu lassen. Ein paar Minuten später hatte ich ihn dann so weit, dass er auch seine Frau gehen ließ, obwohl sie gar nicht wollte. Dann waren nur noch er und ich übrig. Ich dachte wirklich, ich hätte es unter Kontrolle. Ich musste nur noch verhindern, dass er sich umbringt, das war die letzte Hürde. Aber ich hatte ihn wohl unterschätzt. Er hat sich die Pistole an die Schläfe gesetzt, und ich habe ihn angebrüllt. Ich bin mit erhobenen Händen auf ihn zugegangen und habe versucht, ihn dazu zu bringen aufzugeben, die Pistole fallen zu lassen. Aber er hat auf meine Brust gezielt und den Abzug gedrückt, einfach so, ohne Vorwarnung. Ich war gerade im Begriff, mich auf ihn zu stürzen. Die Kugel hat mir die Schulter durchschlagen, ich bin zur Seite auf den Boden gefallen. Und dann, als dieses kleine Hindernis aus dem Weg geräumt war, hat er sich den Lauf in den Mund gesteckt und sich den Hinterkopf weggepustet, während ich ihn noch angebrüllt habe.«

Andrea strich ihm über die Wange. »Ich weiß nicht, was ich sagen soll.«

»Da siehst du, was passiert, wenn du mich betrunken machst«, sagte Stride. »Du bringst mich dazu, Dinge zu sagen, die dich nur aufregen.«

»Das bin ich selber schuld. Ich habe ja nicht lockergelassen. Aber ich bin froh, dass du es mir erzählt hast.«

»Gut, aber reden wir nicht mehr davon, okay? Sollen wir noch eine Flasche Wein aufmachen?«

Andrea schüttelte den Kopf. »Ich muss morgen in die Schule, falls du dich erinnerst. Ich glaube nicht, dass die Kids mich mit einem Kater noch ernst nehmen.«

»Warum haben wir uns eigentlich nicht schon in der Schule kennengelernt?«, fragte Stride – eine Frage, wie man sie nur nach ein paar Gläsern Wein stellt.

»Das dürfte daran liegen, dass du schon längst mit der Schule fertig warst, als ich im ersten High-School-Jahr war«, erwiderte Andrea.

»Ja, stimmt. Aber ist ja auch egal. Du hättest mich damals sowieso kein zweites Mal angeschaut.«

Andrea schüttelte den Kopf. »Ich hätte dich bestimmt ein zweites Mal und auch ein drittes Mal angeschaut.«

»Nein, das glaube ich nicht«, sagte Stride. »Ich war ein ernster, grüblerischer Einzelgänger. Und du warst doch bestimmt Cheerleader, in sämtlichen Klubs und hattest einen festen Freund nach dem anderen.«

Andrea grinste. »Cheerleader stimmt. Und ich war im Naturwissenschaftsklub. Aber fester Freund ... nein.«

»Ach komm!«

»Nein, im Ernst! Ich hatte ständig Verabredungen, aber meistens ging es nicht über die erste hinaus.« Sie legte die Hände an die Brüste. »Sobald sie gemerkt haben, dass sie da nicht rankommen, haben sie ganz schnell das Interesse verloren.«

»Na ja, das ist ja auch ein bisschen so, als hätte man die Kerzen ausgeblasen und dürfte dann den Geburtstagskuchen nicht essen«, sagte Stride.

»Ach, jetzt komm mir nicht mit diesem typisch männlichen Mist. Du warst auf der High School doch bestimmt der perfekte Gentleman.«

Stride lachte. »Ein sechzehnjähriger Gentleman ist ein Widerspruch in sich.«

»Aber du hast auf der Schule großes Glück gehabt«, sagte Andrea. »Du hast deine Seelenverwandte gefunden. Cindy und du, ihr habt euch doch im letzten Schuljahr kennengelernt, oder?«

»Ja.«

»Und damit war alles klar, stimmt's?«

Stride lächelte wehmütig. »Ja, damit war alles klar. Ich war hin und weg. Es war tatsächlich Liebe auf den ersten Blick.«

Andrea schmiegte sich auf dem Sofa enger an ihn und umfasste seinen Arm. Ihre Katze, die auf Strides Schoß lag und schlief, hob den Kopf und wirkte leicht pikiert über diese Unterbrechung.

»Was war so besonders an Cindy?«, fragte Andrea leise.

Stride ließ den Blick in die Ferne schweifen, wo er Cindy noch immer vor seinem geistigen Auge sehen konnte. Mit der Zeit hatte das Bild ein wenig an Schärfe verloren. Es war keine Nahaufnahme mehr, nur noch ein Porträt, das sich immer weiter zu entfernen schien.

»Sie hat nicht zugelassen, dass ich mich auf mich selbst zurückziehe«, sagte er. »Sie hat mich immer wieder geneckt und Löcher in all meine Schutzwälle gebohrt. Und ich habe nie wieder jemanden getroffen, der so spirituell war wie sie, nicht religiös, sondern einfach spirituell. Sie hat mir beigebracht, die Dinge, die ich liebte, den See, den Wald, in einem neuen Licht zu sehen. Und nichts war mehr so wie vorher, sobald ich es mit ihren Augen sah. Alles war besser.«

Er betrachtete die Katze, die wieder eingeschlafen war und sich von seinen Erinnerungen nicht weiter beeindruckt zeigte. Dann schaute er Andrea an, die sich immer noch an seine Schulter schmiegte.

Sie weinte.

Am nächsten Morgen rief Dan Kevin Lowry in den Zeugenstand.

Kevin war der perfekte Zeuge: ein gut aussehender, anständiger junger Mann, der sich in weißem Hemd und Krawatte sichtlich unwohl fühlte. Er rutschte hin und her, um die beste Position für seinen massigen Körper im Zeugenstand zu finden. Sein Blick wanderte durch den Gerichtssaal, musterte nervös die Geschworenen und blieb schließlich an Emily Stoner hängen.

Er lächelte ihr aufmunternd zu, doch Emily reagierte nicht darauf.

Dan ging rasch die erste Zeit der Freundschaft zwischen Kevin und Rachel durch und kam dann auf Graeme zu sprechen.

»Kevin, aus den Zeugenaussagen haben wir erfahren, dass Rachels Beziehung zu Graeme sich recht unvermittelt verändert hat. Sie schienen einander nahe zu stehen, und dann war es plötzlich damit vorbei. Hast du das auch so wahrgenommen?«

Kevin nickte. »Ja, klar. Vor etwa eineinhalb Jahren hat Rachel eine Hundertachtziggradwendung hingelegt. Sie wollte nichts mehr mit Mr Stoner zu tun haben. Mir hat sie erzählt, dass sie ihn hasst.«

»Hat sie dir auch erzählt, warum?«

»Nein. Ich habe sie mal danach gefragt, da hat sie gesagt … na ja, sie hat etwas ziemlich Heftiges über ihn gesagt.«

»Was hat sie gesagt, Kevin?«

Kevin blickte unbehaglich drein. »Sie hat gesagt, er ist ein perverses Schwein.«

»Hast du auch Mr Stoners Verhalten in dieser Zeit beobachtet?«, fragte Dan.

»Wenn ich die beiden zusammen gesehen habe, war er immer total nett zu ihr. Wie sonst auch. Allerdings … ich weiß auch nicht … irgendwie hat er sich zu sehr bemüht. Zum Beispiel hat er ihr etwa zu der Zeit, als die Schule wieder anfing, einfach so ein neues Auto gekauft.«

Stride runzelte die Stirn. Irgendetwas an Rachels Auto kam ihm seltsam vor. Dieses Gefühl hatte er von Anfang an gehabt. Aber sie hatten es doch gründlich durchsucht und absolut nichts gefunden.

»Hat Rachel sich darüber gefreut?«

Kevin schüttelte den Kopf. »Nein. Das Auto hat ihr natürlich schon gefallen. Sie fand es immer schrecklich, mit der alten Karre von ihrer Mutter fahren zu müssen. Aber irgendwie hat sie immer ziemlich schlecht über den neuen Wagen gesprochen. Sie hat gesagt, Mr Stoner hätte ihn ihr kaufen müssen, er hätte keine andere Wahl gehabt.«

»Hat sie dir erklärt, was sie damit gemeint hat?«

»Nein.«

»Und hat sie das Auto auch an dem Abend gefahren, als du sie zum letzten Mal gesehen hast?«

»Ja.«

»Gut, Kevin, sprechen wir noch einmal genauer über diesen Abend. Erzähl uns, was passiert ist.«

Kevin erzählte, was er mit Rachel und Sally im Canal Park erlebt hatte, so wie er es Stride beim ersten Mal berichtet hatte.

»Kannst du uns Rachels Gemütsverfassung beschreiben? Wie hat sie auf dich gewirkt?«

»Wie immer. Gut gelaunt. Sie war nicht durcheinander oder so was.«

»Es war also ein ganz normaler Abend?«

»Klar.«

»Gut, und was geschah am nächsten Tag, Kevin?«, fragte Dan.

»Also, Rachel hatte mich gefragt, ob ich am Samstagabend mit ihr weggehe. Aber als ich sie dann abholen wollte, war sie fort.«

»Hast du bei dieser Gelegenheit mit dem Angeklagten gesprochen?«

»Ja. Ich habe ihm erzählt, dass ich mit Rachel verabredet bin. Er hat gesagt, er weiß nicht, wo sie ist. Er hatte sie wohl den ganzen Tag noch nicht gesehen.«

»Wo war Rachels Auto?«

»Das stand direkt vor der Tür. Ich habe mir gar nicht vorstellen können, wo Rachel hin ist, ohne Auto.«

Dan nickte. »Hast du das auch zu Mr Stoner gesagt?«

»Klar. Ich habe ihm gesagt, dass ich das komisch finde. Das war so gar nicht Rachels Art. Ich habe ihn auch gefragt, ob wir vielleicht wen anrufen sollen.«

»Was hat er darauf gesagt?«

Kevin warf einen wütenden Blick zu Graeme hinüber. »Er hat Nein gesagt, und dass kein Grund besteht, sich Sorgen zu machen. Er hat gesagt, Rachel treibt wahrscheinlich nur ihre Spielchen mit mir, so wie mit allen anderen auch.«

»Als Rachel sich am Freitag mit dir verabredet hat, hattest du da den Eindruck, dass sie mit dir spielt?«

»Nein, sie hat das ernst gemeint. Wir wollten wirklich zusammen weggehen.«

»Was hat Rachel zu dir gesagt, als ihr euch am Freitagabend getrennt habt?«

»Sie hat gesagt, sie will nach Hause. Sie war müde.«

»Hat sie gesagt, dass sie noch woanders hingehen oder sich mit jemand anderem treffen will?«

»Nein.«

»Hat sie in irgendeiner Weise beunruhigt, besorgt oder abgelenkt gewirkt?«

»Nein.«

»Also war es auch in dieser Hinsicht, was dich betrifft, ein ganz normaler Abend.«

Kevin nickte. »Genau.«

»Vielen Dank, Kevin.«

Gale erhob sich.

»Kevin, du hast gesagt, es sei ein ganz normaler Abend gewesen. Ist das richtig?«, begann er. In seiner Stimme lag nur eine winzige Spur Zweifel.

»Ja.«

»Gut. Gehen wir das einmal durch. Du hast gesagt, als du Rachel an diesem Abend zum ersten Mal gesehen hast, stand sie auf dem Geländer der Brücke.«

»Ja.«

»Es war stürmisch, und es hat geregnet.«

Kevin nickte. »Es war furchtbares Wetter an dem Abend.«

»Rachel stand also auf einem schmalen Geländer, das Wasser unter ihr war eiskalt, und es stürmte wie verrückt? Habe ich das richtig eingefangen?«

»Ja, das stimmt.«

»Sie hätte also ohne weiteres zu Tode kommen können, nicht wahr?«

»Möglich.«

Gale zog die Augenbrauen hoch. »Möglich? Aber Kevin, du hattest doch große Angst um sie. Du bist doch losgelaufen, um sie zu retten.«

»Ja, das hab ich gemacht.«

»Erinnerst du dich, dass sie früher schon einmal auf das Brückengeländer geklettert ist?«, fragte Gale.

»Nein.«

»Und warum hätte sie sich ausgerechnet an diesem Abend in Lebensgefahr begeben sollen?«

»Keine Ahnung«, sagte Kevin.

Gale fuhr fort. »Du hast gesagt, Rachel habe sich dir am fraglichen Abend sexuell genähert.«

»Ja.«

»Vor den Augen deiner Freundin?«

Kevin legte die Stirn in Falten. »Also, Sally war ja unten. Wir waren oben auf der Brücke.«

»Aber sie konnte euch doch sehen, nicht wahr?«
»Wahrscheinlich.«
»Hat Rachel so etwas früher schon einmal gemacht?«
Kevin schüttelte den Kopf. »Nein.«
»Ausgerechnet an diesem Abend hat sie sich also ihrem ältesten Freund, den sie schon ihr ganzes Leben kennt, zum ersten und einzigen Mal sexuell genähert?«
»Ja.« Kevins Stimme war kaum mehr als ein Flüstern.
»Soso. Kommen wir jetzt zu der Verabredung. Hat Rachel dich zum ersten Mal gefragt, ob du mit ihr ausgehst?«
Kevin nickte. »Ja.«
»Zum allerersten Mal?«
»Ja.«
»Dann hat Rachel dich also, auch wieder ausgerechnet an diesem Abend, zum ersten und einzigen Mal gefragt, ob du mit ihr ausgehst?«
»Stimmt.«
Gale lächelte. »Dann war also eigentlich gar nichts ›normal‹ an diesem Abend, oder?«
Kevin zögerte. »Sieht so aus.«
»Warum hat Rachel sich wohl so merkwürdig verhalten?«
»Keine Ahnung.«
»Gut, Kevin. Sprechen wir über etwas anderes. Du hast doch Kerry McGrath gekannt, oder? Das Mädchen, das vor eineinhalb Jahren verschwunden ist?«
»Einspruch!« Dan schrie förmlich. »Die Frage des Verteidigers ist unerheblich und sprengt den Rahmen der direkten Befragung.«
Richterin Kassel klopfte mit ihrem Hammer auf den Tisch, und Stride hatte das Gefühl, dass sie es genoss, endlich Gelegenheit dazu zu haben. Sie warf

Dan einen strengen Blick zu. »Setzen Sie sich wieder, Mr Erickson.«

Dann richtete sie ihren Blick auf Gale. Die Kinnpartie ihres hübschen Gesichts wirkte angespannt, aber in ihren Augen funkelte eine gewisse Neugier. »Also, Mr Gale. Sagen Sie mir, welchen Zweck Sie mit Ihrer Frage verfolgen. Denn von der Unbeherrschtheit des Herrn Staatsanwalts einmal abgesehen, bin ich geneigt, seinem Einspruch stattzugeben.«

Gale wusste, dass er ihr Interesse geweckt hatte – und auch das der Geschworenen.

»Ich hoffe, das Gericht lässt mich diesen Aspekt noch ein wenig weiterverfolgen, Euer Ehren. Ich möchte ein paar Fragen klären, die in meiner Verteidigung von entscheidender Bedeutung sind. Die Zeugen der Anklage haben allesamt ausgesagt, dass zwischen dem Verschwinden der beiden jungen Mädchen kein Zusammenhang bestehe. Ich möchte diese Schlussfolgerung anzweifeln, und das ist alles andere als unerheblich. Zudem hat Mr Erickson mir selbst den Weg gewiesen, indem er die persönliche Beziehung des Zeugen zu Rachel zum Thema gemacht hat. Das gibt mir doch das Recht herauszufinden, ob er auch eine persönliche Beziehung zu dem anderen jungen Mädchen unterhalten hat, das unter ganz ähnlichen Umständen verschwunden ist.«

Um Richterin Kassels Lippen spielte ein kaum wahrnehmbares Lächeln. Stride konnte nicht genau sagen, ob sie nur die Dramatik des Ganzen genoss oder ob es sie freute, dass Gale möglicherweise etwas in der Hinterhand hatte, um Dan zu demütigen.

»Wir werden Sie für kurze Zeit gewähren lassen, Mr Gale. Für sehr kurze Zeit.«

»Vielen Dank, Euer Ehren«, sagte Gale. In der darauf folgenden kurzen Stille schien sich die gesamte erbarmungslose Aufmerksamkeit des Gerichtssaals auf Kevin zu richten, der sich im Zeugenstand unbehaglich wand. Gale wiederholte seine Frage.

»Klar kannte ich sie. Sie war in meiner Klasse.«

»Seid ihr mal zusammen ausgegangen?«

»Nein«, sagte Kevin.

»Hast du sie gefragt, ob sie mit dir ausgeht, und sie hat abgelehnt?«

»Nein.« Kevin flüsterte fast.

»Euer Ehren«, bat Dan eindringlich.

»Mr Gale?«, mahnte die Richterin. »Unsere Geduld ist bald erschöpft.«

Gale reagierte rasch mit der nächsten Frage. »Hat sie dich einmal gefragt, ob du mit ihr ausgehst?«

Dan wollte schon wieder Einspruch erheben. Doch noch ehe er etwas sagen konnte, seufzte Kevin tief auf und sagte dann: »Ja.«

Dan sank langsam auf seinen Stuhl zurück. Die Geschworenen und die Zuschauer im Gerichtssaal saßen wie erstarrt da. Richterin Kassel legte den Hammer aus der Hand und lehnte sich in ihrem Sessel zurück.

»Wann hat Kerry dich gefragt?«, fuhr Gale fort.

»In der Woche, bevor sie verschwunden ist.«

Im Gerichtssaal erhob sich aufgeregtes Murmeln.

Stride sah Maggie an, und sie erwiderte seinen Blick völlig verwirrt. Sie hatten den Fall McGrath immer und immer wieder durchgearbeitet, aber Kevins Name war nirgends aufgetaucht. Es hatte keinen Hinweis darauf gegeben, dass die beiden je zusammen gewesen waren. Doch eine Sekunde später begriffen sie, warum.

»Hast du Ja gesagt?«, fragte Gale.

Kevin schüttelte den Kopf. »Nein. Ich habe ihr gesagt, dass ich mit Sally zusammen bin.«

»Dann seid ihr also tatsächlich niemals zusammen ausgegangen?«

»Nein.«

»Wie hat Kerry die Ablehnung aufgenommen?«, fragte Gale.

»Ganz gut eigentlich. Sie hat gesagt, vielleicht ein anderes Mal.«

Gale nickte. »Und Sally? Was hat sie dazu gesagt, dass ein anderes Mädchen dich fragt, ob du mit ihr ausgehst? So wie Rachel es an dem fraglichen Abend getan hat.«

»Sie war schon sauer. Aber ich habe ihr gesagt, dass da nichts war. Dann haben wir nicht mehr darüber gesprochen.«

»Und eine Woche später war Kerry verschwunden, genau wie Rachel.«

Kevin schluckte schwer. »Ja.«

»Du hast nicht viel Glück mit den Mädchen, die mit dir ausgehen wollen, was, Kevin?«

Dan erhob von neuem lautstark Einspruch, und diesmal galt der Ärger der Richterin eindeutig Gale. Sie gab dem Einspruch statt und wies die Geschworenen an, die Frage zu ignorieren. Gale hob ergeben die Hände.

»Ich habe keine weiteren Fragen an dich, Kevin«, sagte er gelassen.

Dan sprang rasch auf, bevor Kevin den Zeugenstand verlassen konnte. »Ich möchte eine Gegenvernehmung durchführen, Euer Ehren.«

Richterin Kassel nickte. »Tun Sie das.«

»Kevin, bitte sag dem Gericht, wo du an dem Abend warst, als Kerry McGrath verschwunden ist.«

»In Florida. Ich bin mit meinen Eltern nach Disneyworld gefahren.«

»Und an dem Abend, als Rachel verschwunden ist? Was hast du gemacht, nachdem ihr euch im Canal Park verabschiedet hattet?«

»Ich bin nach Hause gegangen.«

»Hast du da deine Eltern gesehen?«

Kevin nickte. »Wir haben uns zusammen einen Film im Fernsehen angeschaut, der erst nach Mitternacht zu Ende war.«

»Vielen Dank, Kevin.«

»Was zum Teufel sollte das denn?«, knurrte Dan und biss in sein Portabella-Sandwich. »Von entscheidender Bedeutung für seine Verteidigung?«

Stride spielte mit einer Büroklammer, bog sie auseinander und dann wieder zusammen. »Das liegt doch auf der Hand. Er wird versuchen, Sally als eifersüchtige Serienmörderin hinzustellen. Jede, die meinem Freund zu nahe kommt, verschwindet.«

»Aber du hast mir doch gesagt, dass er damit nicht durchkommt«, sagte Dan. »Du hast gesagt, sie hat ein Alibi.«

Stride nickte. »Hat sie auch. Ich weiß absolut nicht, worauf er hinauswill. Aber offensichtlich glaubt er, dass er bei den Geschworenen damit durchkommt.«

»Wenn ich Sally von unserer Zeugenliste streiche, können wir Graeme nicht mit der Scheune in Verbindung bringen. Außerdem würde Gale sie wahrscheinlich trotzdem aufrufen, und dann sieht es so aus, als hätten wir was zu verbergen. Das heißt im Klartext: In einer halben Stunde tritt sie in den Zeugenstand. Also sagt ihr mir: Kann sie es gewesen sein? Muss ich mir Sorgen machen?«

Maggie schüttelte den Kopf. »Auf keinen Fall. Ich habe mit ihr geredet. Natürlich ist sie eifersüchtig, wenn es um Kevin geht, aber ich kann mir nicht vorstellen, dass sie andere Mädchen von der Straße pflückt und umbringt. Und die Sache mit Graeme und der Scheune hat sie sich nicht ausgedacht. Ich habe mit ihr geredet. Sie sagt die Wahrheit.«

»Aber warum zum Teufel scheint Gale dann zu

glauben, dass er den Kerl damit vor dem Gefängnis retten kann?«, fragte Dan. »Wissen wir, wo Sally war, als Kerry verschwunden ist?«

»Nein«, sagte Stride. »Sie ist in dem Zusammenhang nicht aufgetaucht.«

»Immerhin wissen wir, dass sie nicht mit Kevin zusammen war«, warf Maggie verschmitzt ein. »Dafür hast du ja bei der Gegenvernehmung gesorgt. Er war mit seinen Eltern in Florida.«

Stride griff ein, bevor Dan in die Luft gehen konnte. »Sie war es nicht, Dan. Aber du kannst sicher sein, dass Gale das überprüft hat und dass Sally für den Abend kein Alibi hat. Vielleicht weiß sie auch einfach nicht mehr, wo sie war. Es ist immerhin lange her. Das sind doch alles nur Taschenspielertricks. Reiner Zufall. Gib der Kleinen eine Chance. Sie hat Maggie überzeugt, sie wird auch die Geschworenen überzeugen.«

Dan klappte seinen Aktenkoffer zu und warf Maggie einen wütenden Blick zu. »Na gut. Dann ändern wir unsere Strategie also nicht. Wir ignorieren die Sache mit Kerry McGrath. Meiner Einschätzung nach liegen wir nach Punkten immer noch vorne. Wenn die Geschworenen sich jetzt zurückziehen würden, müssten sie wahrscheinlich eine ganze Weile nachdenken, aber sie würden ihn trotzdem verurteilen. Wenn Gale sie allerdings mit einer weiteren angeblichen Verdächtigen verwirrt, bringt er sie noch dazu, berechtigte Zweifel zu haben. Und eines wollen wir mal ganz klarstellen: Wenn wir diesen Prozess verlieren, könnt ihr zwei die nächsten zehn Jahre damit zubringen, im Park die Taubenscheiße von den Statuen zu kratzen. Also solltet ihr lieber hoffen, dass ihr mir auch wirklich genug Material geliefert habt, um diesen Perversling hinter Gitter zu bringen.«

Stride und Maggie wechselten einen Blick. Sie dachten beide dasselbe. Was hatte Gale vor? Oder anders gefragt: Was hatten sie übersehen?

10

Jerry Gull hielt es nicht mehr aus. Er musste. Dringend. Und zwischen ihm und Duluth lag noch ein endloses, leeres Stück Straße.

Während des ganzen vierstündigen Seminars in Hibbing hatte er Kaffee in sich hineingeschüttet und war dann aus dem Hotel gestürmt, ohne vorher auf die Toilette zu gehen. Jerry hatte eine Art Phobie vor öffentlichen Toiletten und benutzte in der Regel nur seine eigene zu Hause oder die im Büro. Normalerweise wäre er von Hibbing aus auch rechtzeitig zu Hause gewesen, aber seine Rückreise hatte sich um über eine Stunde verlängert, weil er Brunswick abholen musste.

Brunswick war der Hund seiner Freundin Arlene, ein Neufundländer, der deutlich mehr wog als Jerry. Wenn er sich auf die Hinterbeine gestellt hätte, wäre er wahrscheinlich auch deutlich größer gewesen als Jerry.

Arlene war kurze Zeit verheiratet gewesen, und nach der Scheidung hatte ihr Exmann das Sorgerecht für den Hund auf seiner kleinen Hobby-Farm in der Nähe von Hibbing bekommen. Jerry kannte Brunswick nicht einmal persönlich, aber er hatte den schwerwiegenden Fehler gemacht, Arlene von dem Seminar zu erzählen, woraufhin sie ihn dazu überredet hatte, bei ihrem Exmann vorbeizufahren und Brunswick abzuholen, den sie zu einem langen

Wochenende im Haus ihrer Schwester am südlichen Stadtrand mitnehmen wollte.

Deshalb hockte jetzt auf dem Rücksitz seines Toyota Corolla ein schwarzes Monstrum, das ihm so groß vorkam wie der halbe Kontinent.

Jerry versuchte, nicht an den Kaffee zu denken, und trat stattdessen aufs Gas. Eigentlich hätte er ja kurz bei einem Fastfood-Restaurant am Straßenrand anhalten können, aber er hatte keine Lust, sich mit seiner Phobie auseinander zu setzen, und er wusste auch nicht, ob es ihm überhaupt gelingen würde, aus dem Wagen zu steigen, ohne dass Brunswick ihm davonlief.

Als er schließlich nicht mehr still sitzen konnte, sich auf dem Sitz wand und die Oberschenkel zusammenpresste, war er mitten im Wald, weit entfernt von aller Zivilisation. Und aus irgendeinem Grund verstärkte der Hund sein Bedürfnis zu pinkeln. Er roch ihn, spürte seinen heißen, fauligen Atem im Nacken. Das Vieh tropfte literweise Sabber auf die Schulter von Jerrys blauem Anzug, drückte seine feuchte Schnauze zärtlich an Jerrys Wange und ließ ihn einfach nicht in Frieden.

Das Auto war eindeutig nicht groß genug für ihn, seine Blase und Brunswick.

Jerry starrte angestrengt auf die Straße, die sich vor ihm erstreckte, und wie durch ein Wunder sah er plötzlich, einen halben Kilometer vor sich, genau das, was er brauchte: einen Schotterweg, der sich mitten in der Einöde in den Wald hineinschlängelte. Offensichtlich fuhr selten ein Fahrzeug dort entlang, nur von Zeit zu Zeit ein Farmer oder ein Jäger, der eine Abkürzung zu einer Parallelstraße nehmen wollte.

Er bog in den Schotterweg ein, und der Corolla hopste und rumpelte dahin. Brunswicks Lefzen schwangen in einem merkwürdig fesselnden Rhythmus mit und verteilten den Sabber im ganzen Wagen. Ein paar Tropfen landeten auf Jerrys Brille, und er wischte sie mit dem Handrücken und einem angewiderten Stöhnen ab. Er fuhr fast zwei Kilometer über die Schotterstraße, bis er an eine Stelle kam, wo die Birken sehr dicht standen und man keinerlei Anzeichen für menschliches Leben sah.

Sein Körper schien nur noch aus Flüssen, Wellen, Wasserfällen und anderen Erscheinungsformen wilder, berstender Wassermassen zu bestehen, und er fürchtete schon, es nicht mehr zu schaffen.

Er riss die Fahrertür auf und sprang förmlich aus dem Wagen. Dann rannte er rechts eine Böschung hinunter, verschwand zwischen den Bäumen und fingerte dabei bereits an seinem Reißverschluss. Ungeschickt tastete er nach seinem Penis, verfehlte ihn und verdrehte die Augen, während er verzweifelt versuchte, ihn aus der Unterhose zu befreien. Endlich – glückseliger Moment! – gelang es ihm, und sofort ergoss sich eine Flut auf den weichen Waldboden. Jerry musste ihn nicht einmal mehr festhalten oder zielen – er wässerte ganz von selbst das Unterholz wie ein Gartenschlauch.

Die Erleichterung war so groß, dass Jerry Tränen in die Augen traten.

Doch dann, als er fast fertig war, schubste ihn etwas Großes, Schweres von hinten, und Jerry verlor das Gleichgewicht. Er fiel um und landete rücklings auf dem nassen Boden – den er gerade selbst benetzt hatte –, und sein Penis machte immer noch fleißig weiter und sprühte ihm, wie eine kaputte Sprinkleranlage, Urin auf Hose, Hemd, Krawatte und Gesicht. Jerry schrie auf und war so gelähmt von diesem entsetzlichen Moment, dass er anfangs kaum begriff, wer der Angreifer gewesen war: Brunswick, der jetzt mit der Wucht einer Kanonenkugel in den Wald hineinschoss.

»Brunswick!«, brüllte Jerry und machte damit zumindest einem Teil seiner Wut Luft.

Er rappelte sich vom Boden auf und betrachtete seine durchnässten Kleider. Das konnte doch einfach nicht wahr sein. Es war ein Albtraum. Und das Schlimmste war, dass er den Hund jetzt wahrscheinlich für immer verloren hatte. Arlene würde ihm nie verzeihen. Er dachte ernsthaft darüber nach, in den Wagen zu steigen, loszufahren und einfach nie mehr nach Hause zurückzukehren.

Wuff!

Aus der Ferne hörte er ein sonores Bellen. Brunswick war also nicht auf und davon, aber er war auch nicht mehr in der Nähe. Wie es sich anhörte, war er mindestens einhundert Meter weit in den Wald hineingelaufen. Jerry rief ihn und lauschte dann, in der Hoffnung, das Donnern von Pfoten – die eigentlich eher Hufe waren – auf dem Boden zu hören, weil der Hund zu ihm zurückkam.

Aber so viel Glück wurde ihm nicht zuteil.

Wuff!

Jerry seufzte auf und machte sich auf den Weg. Er rief immer wieder nach Brunswick, und von Zeit zu Zeit antwortete der Hund und wies ihm damit den Weg. Jerry war durchnässt und schmutzig, und er stank. Der Boden war morastig, die Zweige der Bäume kratzten und verfingen sich in seinen Kleidern. Seine Schuhe waren mit Matsch bedeckt. Und um alles noch schlimmer zu machen, fing es jetzt auch noch an zu regnen.

»Brunswick!«, rief Jerry. Langsam verlor er die Geduld.

Wuff!

Jerry drehte sich nach dem letzten Bellen um und

kniff die Augen zusammen, um zwischen den Birken hindurchzuschauen. Und diesmal entdeckte er das riesige, schwarze Tier, das, die Nase am Boden, wie wild im weichen Erdreich scharrte.

»Na endlich«, murmelte er.

Ganz langsam näherte er sich dem Hund. Er wollte ihn nicht erschrecken und riskieren, dass er noch einmal davonlief. Aber Brunswick war so beschäftigt, dass er Jerry kaum wahrzunehmen schien. Offensichtlich hatte er etwas Hochinteressantes gefunden, und jetzt buddelte er mit Nachdruck im Boden der kleinen Lichtung. Von Zeit zu Zeit schob er sogar seinen gewaltigen Kopf ganz in das Loch, das er gegraben hatte.

Jerry streckte vorsichtig die Hand aus und fasste ihn am Halsband.

»Böser Hund«, sagte er und strich ihm über das nasse, schwarze Fell.

Endlich nahm Brunswick seine Anwesenheit zur Kenntnis und hob fröhlich den Kopf. Sabber tropfte von seinen Lefzen, und in seinem riesigen Maul hielt er etwas Längliches, Weißes.

»War das jetzt wirklich die ganze Aufregung wert, Brunswick?«, fragte Jerry ihn.

Er bückte sich, um dem Hund den Gegenstand aus dem Maul zu nehmen, und nach kurzem Sträuben ließ Brunswick los.

Jerry betrachtete das, was er da in der Hand hielt, fast eine Minute lang, bis er begriff, worum es sich handelte.

Dann schaute er mit wachsender Angst in das Loch, um zu sehen, was der Hund sonst noch gefunden hatte.

»Verdammte Scheiße!«, murmelte er.

11

Sally wirkte sehr jung im Zeugenstand. Sie war adrett gekleidet und trug einen weißen Baumwollpullover mit rundem Kragen und einen blauen Rock. Der Pullover war weit, sodass die Blicke nicht auf ihren Busen gelenkt wurden. Sie hatte das dichte Haar zurückgekämmt und ordentlich zum Pferdeschwanz gebunden. Ihr Gesicht wirkte rosig, doch sie war ungeschminkt und trug keinen Schmuck, nur eine schlichte, goldene Uhr.

Stride betrachtete sie. Hatte er sich getäuscht? Er gestattete sich den Anflug eines Zweifels, zog die absurde Möglichkeit in Erwägung, dass sie den Fall ganz falsch eingeschätzt hatten. Sally war eifersüchtig und besitzergreifend. Aber war sie tatsächlich so weit gegangen zu morden? Gleich zwei Mal?

Er konnte sich das einfach nicht vorstellen.

»Sally«, begann Dan. »Ich möchte, dass du den Geschworenen erzählst, was dir vergangenen Sommer zugestoßen ist. Kannst du uns den Vorfall schildern?«

Sally nickte. Ihre Miene war ernst und gefasst. »Es war an einem Sonntagmorgen im Juli. Ich bin mit dem Auto an den nördlichen Stadtrand gefahren und dann in eine Landstraße eingebogen. Dort habe ich den Wagen geparkt und bin Fahrrad gefahren.«

»Wie lange warst du mit dem Fahrrad unterwegs?«, fragte Dan.

»Etwa eine halbe Stunde, glaube ich. Ich hatte meinen iPod dabei und habe nicht darauf geachtet, wie viel Zeit vergeht. Aber dann ist mir die Fahrradkette gerissen. Ich war schon gute zwanzig Kilometer von meinem Auto entfernt. Also bin ich umgekehrt und habe das Fahrrad geschoben.«

»Bist du den ganzen Weg zurück zu deinem Auto zu Fuß gegangen?«

Sally schüttelte den Kopf. »Nein. Ein Minivan kam auf der Straße an mir vorbei. Der Fahrer hat gehupt und angehalten. Es war Rachels Stiefvater, Graeme Stoner.«

»Wie gut kanntest du Mr Stoner?«

Sally zuckte die Achseln. »Wir hatten uns ein paar Mal unterhalten. Ich habe Rachel manchmal zu Hause besucht, zusammen mit meinem Freund, Kevin.«

»Erzähl weiter, Sally.«

»Er hat mir angeboten, mich und das Fahrrad zum Auto zurückzubringen.«

»Hast du das Angebot angenommen?«

»Ja. Ich war schon ziemlich müde, und es war eine tolle Aussicht, zurückgefahren zu werden. Also bin ich eingestiegen, aber dann standen wir ein paar Minuten lang einfach nur da. Er hat keine Anstalten gemacht, den Wagen zu starten. Das war irgendwie seltsam. Stattdessen hat er mir jede Menge Fragen gestellt. Persönliche Fragen.«

»Erzähl uns, was er dich gefragt hat.«

Sally zögerte. »Er hat gesagt, dass er mich oft mit Kevin sieht. Und dann wollte er wissen, ob Kevin mein Freund ist.«

»Was hast du geantwortet?«

»Ich habe gesagt, dass er mein Freund ist. Und dann hat er mich mit so einem Lächeln gefragt, ob wir denn auch aufpassen.«

»Was, glaubst du, wollte er damit sagen?«

Gale stand auf. »Einspruch, Euer Ehren. Falls dieses Gespräch überhaupt je stattgefunden hat, war die Zeugin sicher nicht in der Lage, Gedanken zu lesen.«

»Stattgegeben. Aber den Zusatz lassen Sie beim

nächsten Mal bitte weg, Mr Gale«, wies Richterin Kassel ihn zurecht.

Gale setzte sich wieder. Um seine Lippen spielte ein Lächeln.

»Hast du dich unwohl gefühlt?«

»Na ja, anfangs nicht. Aber das zog sich hin. Wir standen da mindestens fünf Minuten, und er hat mich mit diesen ganzen Fragen bombardiert. Da habe ich dann angefangen, Andeutungen zu machen. Ich habe gesagt, wir sollten jetzt besser fahren, ich müsste wirklich zurück in die Stadt. Irgendwann hat er dann endlich den Motor angelassen, und wir sind losgefahren. Aber mir ist aufgefallen, dass er ziemlich langsam fuhr. Ich habe auf den Tacho geschaut, und er fuhr gerade mal sechzig. Auf den Landstraßen fahren die meisten Leute mindestens hundert oder hundertzwanzig.«

»Hat Mr Stoner beim Fahren noch weiter mit dir geredet?«

»Ja. Er hat mir gesagt, ich wäre sehr hübsch und hätte schönes Haar. Und schöne Haut. Und dabei hat er mich die ganze Zeit so angesehen. Aber er hat mir nicht ins Gesicht geschaut, wissen Sie?«

»Sag uns, wohin er geschaut hat, Sally.«

Sally sah verlegen zu den Geschworenen hinüber. »Er hat mir auf den Busen geschaut. Immer wieder hat er heimlich hingeschaut. Ich habe versucht, die Arme zu verschränken, aber das sah irgendwie seltsam aus. Dann habe ich versucht, mich so zu drehen, dass er nicht richtig hinsehen konnte.«

»Wie hast du dich dabei gefühlt?«

»Es war mir unangenehm.«

»Hast du etwas zu ihm gesagt?«

Sally schüttelte den Kopf. »Nein. Ich wollte einfach nur zu meinem Auto und dann heim.«

»Was ist dann passiert?«, fragte Dan.

»Er hat mich gefragt, ob ich schon mal bei der Scheune gewesen bin.«

Im Gerichtssaal erhob sich Stimmengewirr, und Richterin Kassel klopfte mit dem Hammer auf den Tisch, um die Ordnung wieder herzustellen. Stride musterte die Mienen der Geschworenen, die Sally aufmerksam zuhörten.

»Erzähl weiter, Sally«, sagte Dan.

»Er hat gesagt, das wäre ein richtig heißer Ort für Liebespärchen, und er wollte wissen, ob ich vielleicht mit Kevin schon mal da gewesen bin«, fuhr Sally fort.

»Was hast du geantwortet?«

»Ich habe Nein gesagt. Da war er erstaunt. Er hat gedacht, ich mache Witze. Aber ich war wirklich noch nie dort.«

»Wo befand sich der Wagen zu diesem Zeitpunkt?«

»Wir waren an einer Kreuzung angekommen. Ich wusste, dass die Scheune ganz in der Nähe ist. Jeder weiß doch, wo die ist. Er hat an der Kreuzung angehalten.«

Dan beugte sich vor. »Um das noch einmal ganz klar zu machen, Sally: Es handelt sich hier um dieselbe Scheune, wo die Spuren von Rachel – das Armband und die Blutspuren – gefunden wurden?«

»Ja, genau diese Scheune.«

»Was ist dann also passiert?«

»Er hat gefragt, ob die Scheune nicht gleich hier am Ende der Straße wäre. Ich habe gesagt, ja, ich glaubte schon. Und dann hat er so ein Glitzern in den Augen bekommen, als ob er mit mir flirten wollte, und hat mich gefragt, ob ich glaube, dass sich wohl gerade jetzt jemand dort vergnügt.«

»Was hast du geantwortet?«

»Dass ich das nicht weiß und dass wir wirklich weiterfahren sollten.«

»Hat er auf dich gehört?«

»Nein.« Sally verzog das Gesicht. »Er hat gesagt, wir sollten mal nachschauen. Er hat einfach nicht lockergelassen. Und dann hat er gewendet und ist zur Scheune gefahren. Da habe ich wirklich Angst bekommen.«

»Was, dachtest du, wird passieren?«

»Einspruch!«, fauchte Gale. »Das ist Spekulation.«

»Ich frage die Zeugin nur nach ihrer Einschätzung der Situation, Euer Ehren. Ich will nicht von ihr wissen, was im Angeklagten vorgegangen ist«, konterte Dan.

Richterin Kassel dachte einen Augenblick nach. »Ich werde die Frage zulassen. Die Zeugin darf antworten.«

»Ich weiß nicht genau, was ich gedacht habe. Ich war einfach völlig außer mir. So, wie er geredet hat, habe ich wohl gedacht, dass er mich anmacht. Und dass er irgendwas versuchen wird.«

»Ist er mit dir bis zur Scheune gefahren?«

Sally nickte. »Ja. Er ist hinter die Scheune gefahren und hat den Motor abgestellt. Ich war drauf und dran wegzurennen. Er hat mir wirklich Angst gemacht. Es war sonst niemand da, und er hat mich immer noch so angeschaut. Und mir gesagt, wie hübsch ich bin.«

»Hat er dich angefasst?«

»Nein. Aber dazu hatte er auch keine Gelegenheit. Wir waren noch keine zwei Minuten da, da hat ein anderes Auto neben uns gehalten. Ich war in meinem ganzen Leben noch nie so froh.«

»Was hat Mr Stoner dann getan?«

»Dem ist der Arsch auf Grundeis gegangen.« Sally hielt inne. »Entschuldigung. Aber genau so war es. Kaum war das andere Auto da, ist er aufs Gas gestiegen und weggefahren.«

»Hat er danach noch etwas zu dir gesagt?«

Sally schüttelte den Kopf. »Nein, kein Wort. Er ist zur Hauptstraße zurückgefahren, diesmal auch mit hundert. Ein paar Minuten später waren wir bei meinem Wagen. Er hat mich abgesetzt, und das war alles. Ich war wirklich froh, aus dem Van rauszukommen.«

»Hast du jemandem von dem Vorfall erzählt?«, fragte Dan.

»Nein. Zumindest damals nicht. Es war mir peinlich, und ich kam mir auch blöd vor. Ich habe immer versucht, mir einzureden, dass ich das alles falsch verstanden habe. Aber es ist genau so gewesen, wie ich es Ihnen erzählt habe.«

»Das ist alles, Sally. Vielen Dank.« Dan drehte sich zu Gale um. »Ihre Zeugin.«

Jetzt, dachte Stride, geht der Tanz los.

Er drehte sich zur Seite, um Maggie etwas zuzuflüstern. Erst da fiel ihm auf, dass sie verschwunden war.

12

Gale nahm seine Lesebrille ab, schob sie in die Brusttasche seines Jacketts und bedachte Sally mit einem väterlichen Lächeln.

»Es wird nicht lange dauern, Sally«, sagte er. »Ich habe nur ein paar Fragen an dich.«

Das glaubst du doch wohl selber nicht, dachte Stride.

»Du bist mit dem Fahrrad über Landstraßen gefahren, die viele Kilometer von der Stadt entfernt sind, richtig?«, sagte Gale. »Hast du denn gar keine Angst gehabt?«

»Nein«, erwiderte Sally. »Ich mache das mindestens einmal im Monat.«

Gale runzelte die Stirn.

»Aber erst ein paar Monate zuvor war doch ein Mädchen aus deiner Schule beim Joggen in der Einöde spurlos verschwunden. Hast du dir darüber keine Gedanken gemacht?«

»Einspruch!«, rief Dan. »Worüber die Zeugin sich Gedanken gemacht hat, ist irrelevant.«

»Euer Ehren, wenn die Geschworenen darüber entscheiden sollen, ob der geschilderte Vorfall wirklich stattgefunden hat, müssen sie den ganzen Zusammenhang kennen«, wandte Gale ein.

Richterin Kassel nickte. »Abgewiesen. Die Zeugin wird die Frage beantworten.«

Sally zuckte die Achseln. »Wahrscheinlich hätte ich mir Gedanken machen sollen. Aber ich bin einfach nicht auf die Idee gekommen.«

»Dann hast du dir also keine Sorgen gemacht, dass die Person, die Kerry entführt hat, auch dich entführen könnte?«

»Einspruch!«, unterbrach Dan. »Die Frage wurde bereits beantwortet.«

»Stattgegeben.«

»Gut, Sally, du behauptest also, Mr Stoner habe dich mitgenommen, als du dein Fahrrad zurückgeschoben hast. Ist das richtig?«, fragte Gale.

»Ja.«

»Und der ganze Vorfall war eine traumatische Erfahrung für dich?«

»Ja.«

Gale schwieg einen Augenblick. »Aber du hast niemandem davon erzählt?«

»Nein. Damals nicht.«

»Wirklich niemandem?«, fragte Gale. »Deinen Eltern? Oder Kevin? Oder einer Lehrerin?«

»Nein. Ich hatte Angst. Und ich habe auch gedacht, ich hätte vielleicht überreagiert.«

»Überreagiert. Mit anderen Worten: Dir ist klar geworden, dass du die falschen Schlüsse gezogen hast, richtig?«

Sally zögerte. »Ich wusste nicht recht, was ich glauben soll. Ich war einfach nur froh, dass es vorbei war. Und ich wollte ihm keinen Ärger machen.«

»Zum ersten Mal hast du dann von diesem angeblichen Vorfall erzählt, als die Polizei dich befragt hat.«

»Richtig.«

»Aber nicht bei der ersten Befragung, oder?«

»Nein.«

»Um genau zu sein, hatte die Polizei dich bereits mehrfach befragt, als du plötzlich mit dieser Geschichte herausgerückt bist. Richtig?«

»Ich habe Ihnen doch schon gesagt, dass ich Angst hatte«, sagte Sally.

»Antworte mit Ja oder Nein, Sally.«

»Ja.« Bevor Gale sie unterbrechen konnte, sprach sie bereits weiter. »Ich bin erst auf die Idee gekommen, dass es wichtig sein könnte, als ich von den Beweisen gehört habe, die an der Scheune gefunden wurden.«

»Vorher ist es dir also nicht in den Sinn gekommen, davon zu erzählen?«

»Eigentlich nicht, nein.«

Gale wechselte das Thema. »Du bist in Kevin verliebt, unseren vorherigen Zeugen, nicht wahr?«

Dan sprang auf. »Das ist eine irrelevante Frage, Euer Ehren, die sich außerhalb des Rahmens der direkten Befragung bewegt.«

Die Richterin spitzte die Lippen. »Nein, ich werde die Frage zulassen.«

Sally zögerte nicht mit der Antwort. »Ja, wir stehen uns sehr nahe«, sagte sie mit fester Stimme.

»Ein gut aussehender Junge. Ich wette, die anderen Mädchen versuchen häufig, ihn dir auszuspannen, was?«, bemerkte Gale.

»Kevin liebt mich.«

»Er schaut also kein anderes Mädchen an?«

»Nein.«

»Nein? Aber er wurde schon von anderen Mädchen angeschaut, oder? Von Kerry McGrath zum Beispiel.«

Dan stand schon wieder auf den Füßen. »Derselbe Einspruch, Euer Ehren.«

»Mr Gale?« Die Richterin sah den Verteidiger fragend an.

»Euer Ehren, die Fragen zielen auf die Glaubwürdigkeit der Zeugin ab.«

»Also gut, der Einspruch wird abgewiesen. Aber Sie sollten mir die Relevanz recht bald offenbaren, Mr Gale.« Sie bedachte ihn mit einem unwilligen Stirnrunzeln.

»Also, hat Kerry Kevin nicht gefragt, ob er mit ihr ausgeht?«, fuhr Gale fort.

»Ja, Kevin sagt, das hat sie mal getan.«

»Hat dich das nicht gestört?«

»Kevin hat doch Nein gesagt«, antwortete Sally. »Wenn er Ja gesagt hätte, hätte mich das allerdings gestört.«

»Du warst also nicht wütend auf Kerry, weil sie in deinem Revier gewildert hat?«, fragte Gale lächelnd.

»Nein.«

»Tatsächlich nicht? Du hast sie deswegen nicht zur Rede gestellt?«

Sally zögerte. »Nein.«

»Das klingt nicht sehr überzeugend, Sally.«

»Na ja, vielleicht habe ich irgendwann mal zu ihr gesagt, dass Kevin tabu ist. Aber das war keine große Sache.«

»Das hast du zu ihr gesagt? War das ein freundliches Gespräch unter Frauen oder eher etwas im Stil von ›Lass die Finger von meinem Freund, sonst kannst du was erleben‹?«

Sallys Augen weiteten sich. Langsam begriff sie. Stride konnte förmlich sehen, wie sich der Gedanke in ihrem Kopf formte: *Er versucht, mir die Sache anzuhängen*.

»Einspruch«, rief Dan. »Euer Ehren, ich bin verwirrt. Wer steht hier vor Gericht, und welches Verbrechen wird hier verhandelt?«

Richterin Kassel seufzte. »Ich bin ebenfalls verwirrt, Mr Gale. Würden Sie so freundlich sein und uns erklären, worin die Relevanz Ihrer Fragen liegt? Ich war wirklich mehr als geduldig.«

Dan trat hinter seinem Tisch hervor und ergriff das Wort, noch bevor Gale etwas sagen konnte. »Euer Ehren, können wir das unter Ausschluss der Öffentlichkeit besprechen? Bei allem Respekt für den Herrn Verteidiger möchte ich doch vermeiden, dass er durch die Hintertür etwas einbringt, was Sie offiziell nicht zugelassen haben.«

»Euer Ehren, das ist unverschämt«, warf Gale ein.

Die Richterin musterte beide Männer eingehend. Dann nickte sie. »Ich unterbreche die Verhandlung für zehn Minuten. Meine Herren, folgen Sie mir ins Richterzimmer.«

Richterin Kassel hatte hinter ihrem ordentlich aufgeräumten Schreibtisch aus Walnussholz Platz genommen. Sie saß vorgebeugt da, die Ellbogen auf den Tisch gestützt. Gale hatte es sich in einem Sessel vor dem Tisch bequem gemacht. Dan ging auf und ab.

»Also, Archie«, begann die Richterin freundlich. »Erzählen Sie mir etwas über Relevanz.«

Gale breitete die Arme aus, als läge die Erklärung bereits auf der Hand. »Euer Ehren, ich versuche nur zu beweisen, dass es eine andere plausible Möglichkeit für Rachels Verschwinden gibt, und meine Fragen tragen dazu bei, diese These zu untermauern. Außerdem werden sie den Geschworenen berechtigten Anlass zu der Annahme geben, dass die Zeugin sich die Geschichte über Mr Stoner, der mit ihr zur Scheune gefahren ist, nur ausgedacht hat. Es gibt keine unabhängige Bestätigung ihrer Aussage, also müssen sich die Geschworenen auf ihr Wort verlassen. Das muss ich doch anzweifeln dürfen.«

Dan fiel ihm ärgerlich ins Wort. »Euer Ehren, was die Zeugin zu Kerry McGrath gesagt oder nicht gesagt hat, hat keinerlei Auswirkung auf ihre Glaubwürdigkeit. Mr Gale versucht nur, die Zeugin mit dunklen Andeutungen zu verleumden und der absurden These Vorschub zu leisten, dass sie etwas mit dem Verschwinden des ersten Mädchens zu tun hatte. Er hat keinerlei Beweise, die diese These stützen könnten, weil es nämlich keine gibt. Er will die Geschworenen nur verwirren. Das ist ungeheuerlich.«

Gale schüttelte den Kopf. »Ich habe bereits eine offensichtliche Verbindung zwischen den beiden Fällen hergestellt. Beide Mädchen haben kurz vor ihrem Verschwinden denselben Jungen um eine Verabredung gebeten. Und mittendrin steht die eifersüchtige Freundin. Ich habe jedes Recht dazu, diese Verbindung weiterzuverfolgen, denn sie wirft berechtigte Zweifel daran auf, dass mein Mandant in das Verschwinden des zweiten Mädchens verwickelt ist, und sie stellt die Glaubwürdigkeit der Zeugin in Frage.«

»Sie stellt überhaupt nichts in Frage«, widersprach Dan. »Es lässt sich nur plausibel machen, dass Sally sich die Geschichte von dem Vorfall bei der Scheune ausgedacht hat, wenn man gleichzeitig annimmt, dass sie zwei andere Mädchen umgebracht hat. Das ist vollkommen absurd. Die angeblich so offensichtliche Verbindung ist reiner Zufall. Wie viele andere Schüler und Lehrer an der Schule hatten wohl kurz vor deren Verschwinden noch mit den beiden Mädchen zu tun? Hat Mr Gale vor, sie alle zu befragen? Tatsache ist doch, dass wir nichts in der Hand haben, was die Zeugin mit dem Verschwinden von Kerry oder Rachel in Verbindung setzt. Absolut nichts. Das ist doch alles nur ein Vorwand.«

»Mr Gale«, sagte Richterin Kassel gelassen. »Haben Sie irgendwelche Beweise, die über Zufälle und Wunschträume hinausgehen?«

Gale nickte. »Ich denke schon, Euer Ehren, zumindest in Bezug auf Rachels Verschwinden.«

Die Richterin legte die Stirn in Falten und drehte einen Kugelschreiber zwischen den Fingern. »Das freut mich für Sie, nachdem es bei diesem Prozess ja tatsächlich auch um Rachels Verschwinden geht. Aber was ist mit Kerry McGrath?«

Gale zögerte kurz. »Keine direkten Beweise, Euer Ehren.«

Richterin Kassel bedachte ihn mit einem finsteren Blick. »Dann werden Sie jetzt keine weiteren Fragen zu diesem Thema mehr stellen. Widmen Sie sich dem eigentlichen Gegenstand dieser Verhandlung, Mr Gale. Ich werde die Geschworenen anweisen, jeden Hinweis auf Kerry McGrath bei Ihrer Befragung der beiden heutigen Zeugen zu ignorieren, und ich will ihren Namen in dieser Verhandlung nicht noch einmal hören. Ich schätze es nicht, wenn man in meinem Gerichtssaal Hypothesen testet.«

»Ich denke nicht, dass das der Fall ist, Euer Ehren.«

»Ich habe meine Entscheidung getroffen, Mr Gale. Machen wir weiter.«

Das untätige Warten im Gerichtssaal hatte Sally nicht gut getan. Ihre entschlossen gefasste Haltung war verschwunden, und sie zeigte sich stattdessen als verwirrtes und verängstigtes junges Mädchen, das sich unbehaglich fühlte und nicht wusste, womit man es als Nächstes treffen würde. Stride fragte sich, ob Gale vielleicht nur auf Kerry McGrath zu sprechen gekommen war, um Sally in die entsprechende Verfassung für seine weiteren Fragen zu bringen.

Gale seinerseits hatte alle Freundlichkeit verloren. Sein Ton war jetzt scharf wie eine Rasierklinge. Er blickte Sally unverwandt an, wartete aber ein paar quälende Sekunden, bevor er die Befragung fortsetzte.

Stride wurde für einen kurzen Moment von diesem Melodram abgelenkt, als Maggie zurückkam und auf den Platz neben ihm glitt. Sie setzte sich so nah neben ihn, dass ihre Knie sich berührten. Stride beugte sich zu ihr und näherte sein Gesicht ihrem Ohr.

»Ist was passiert?«, flüsterte er.

Maggie nickte. Sie warf einen Blick über die Schulter, um sicherzugehen, dass kein Reporter in unmittelbarer Nähe stand. »Guppo hat mich angefunkt. Er verfolgt eine Spur nördlich der Stadt. Könnte was Wichtiges sein, sagt er.«

Am Tisch der Verteidigung ergriff Gale jetzt wieder das Wort. Seine Stimme war kalt wie Eis. »Wo wohnst du, Sally?«

Erstaunt nannte Sally ihm die Adresse.

»Wie weit ist das von Rachels Elternhaus entfernt?«, fragte Gale weiter.

»Etwa eineinhalb Kilometer, würde ich sagen.«

»Man kann also zu Fuß gehen?«

»Ja, sicher.«

»Bist du schon mal zu Fuß von deinem zu Rachels Haus gegangen?«

Sally nickte. »Ja, ein paar Mal.«

»Und du warst auch schon in ihrem Haus?«

»Ja, ein paar Mal. Mit Kevin.«

»Was für einen Wagen fahren deine Eltern?«, fragte Gale.

Dan stand auf. »Einspruch! Das ist irrelevant.«

Richterin Kassel seufzte. »Abgewiesen. Aber Ihre Zeit läuft bald ab, Mr Gale.«

»Antworte mir bitte«, sagte Gale zu Sally.

»Einen Chevy-Minivan.«

»Ein ähnliches Modell wie das der Familie Stoner?«, fragte Gale.

»Ich denke schon.«

»Hast du den Minivan deiner Eltern schon einmal gefahren?«

Sally nickte. »Ja.«

»Dann weißt du also, wie man so einen Wagen fährt?«

»Einspruch!«, rief Dan. »Die Frage wurde bereits beantwortet.«

»Stattgegeben. Fahren Sie fort, Mr Gale.«

»Gut, Sally, sprechen wir noch einmal über den letzten Abend, den du mit Kevin und Rachel verbracht hast. Ihr wart zu dritt im Canal Park, nicht wahr?«

»Ja, das stimmt.«

»Kannst du mir sagen, was du an diesem Abend anhattest?«, fragte Gale.

Sally zögerte. Sie warf einen ängstlichen Blick zu Dan hinüber, der sich zurückgelehnt hatte und Stride einen verständnislosen Blick zuwarf. »Was ich anhatte? Das weiß ich nicht mehr.«

Gale nickte. »Vielleicht kann ich deiner Erinnerung ja auf die Sprünge helfen.« Er fischte seine Brille aus der Brusttasche und setzte sie umständlich auf die Nase. Dann blätterte er in seinen Notizen. »Könnte es vielleicht ein rotes Karohemd, Jeans und ein roter Parka gewesen sein? Kommt dir das bekannt vor?«

»Kann sein«, sagte Sally. »Ich weiß es wirklich nicht mehr genau.«

»Aber du besitzt solche Kleidungsstücke?«

Sally nickte. »Ja.«

Gale verschränkte die Arme und musterte das Mädchen. »Du bist nicht genauso lange wie Kevin und Rachel im Canal Park geblieben, richtig?«

»Nein, ich bin gegen halb zehn gegangen.«

»Was hast du dann getan?«

»Ich bin nach Hause gefahren.«

»Hast du irgendwo angehalten?«

Sally schüttelte den Kopf. »Nein, ich bin direkt nach Hause gefahren.«

Gale blätterte erneut in seinen Notizen. »Bist du später noch einmal weggegangen?«

»Nein.«

Gale setzte ein kaltes Lächeln auf. »Bist du dir da ganz sicher?«

»Ja«, sagte Sally.

»Also gut. Bitte sag mir doch, Sally, warum bist du so früh nach Hause gegangen? Warum bist du nicht bei Kevin geblieben? Er ist doch dein Freund, oder?«

»Ja, das ist er.«

»Und trotzdem hast du ihn mit Rachel allein gelassen?«

Sally lächelte schwach. »Ich war müde.«

»Ich bitte dich, Sally. Du hast doch gehört, was Kevin ausgesagt hat. Er hat uns erzählt, Rachel habe sich ihm an diesem Abend auf der Brücke sexuell genähert.«

Sally schwieg. Sie biss sich auf die Unterlippe und wich Gales Blick aus.

»Tatsache ist doch, dass du die beiden zusammen gesehen hast, nicht wahr? Du hast gesehen, was sie getan haben.«

»Nein, hab ich nicht.«

Gale zog die Augenbrauen hoch. »Du hast also nicht zugeschaut? Dein Freund sitzt mit einem wunderschönen Mädchen auf der Brücke, und du hast nicht weiter darauf geachtet? Du bist einfach gegangen?«

»Ich habe Ihnen doch gesagt, dass ich müde war«, beharrte Sally.

»Aber eigentlich warst du wütend, oder? Dein Freund hat dich vor deinen Augen betrogen. Die herzlose kleine Schlampe hat ihn da oben geküsst und an ihm herumgefummelt, und du musstest zuschauen.« Gale hielt kurz inne. »Da bist du einfach weggelaufen, nicht wahr, Sally? Du warst wütend und hast dich gedemütigt gefühlt. So war es doch, oder?«

Sally blinzelte. Eine Träne lief ihr über die Wange, und sie wischte sie weg. »Es hat mich verletzt«, sagte sie leise.

»Aber du hast die beiden gesehen.«

Sally nickte.

»Du warst wütend auf alle beide«, sagte Gale.

»Nein, auf Kevin nicht«, brach es aus Sally heraus.

»Dann warst du also wütend auf Rachel«, sagte Gale.

Sally runzelte die Stirn. »Es war, als hätte sie ihn mit einem Zauber belegt. Das hat sie mit allen Jungs so gemacht. Aber sie hat für keinen was empfunden. Sie hat sie nur benutzt.«

»Und das hat dich wütend gemacht, nicht wahr?«, fragte Gale.

»Sie war grausam«, erwiderte Sally. »Ich wusste, dass sie nur mit Kevin spielt. Ich wusste, dass sie sich nicht ernsthaft für ihn interessiert.«

»Aber was hat Kevin für Rachel empfunden? Ist er nicht in sie verliebt?«

Sally wurde rot. »Das hat doch nichts zu bedeuten. Er war nur verknallt. Er liebt mich.«

»Und trotzdem, Sally, würde er dich ohne Zögern fallen lassen, wenn er stattdessen mit Rachel zusammen sein könnte.«

»Nein!«, rief Sally.

»Aber genau das ist doch an jenem Abend passiert.«

»Ist es nicht!«

»Was ist denn dann passiert?«, fragte Gale. »Was hat Rachel an diesem Abend getan?«

Sally sah zu Boden. »Sie hat ihn geküsst.«

»Und was noch?«

»Ich weiß es nicht.«

»Du weißt es nicht? Du hast doch bereits gesagt, dass du sie gesehen hast. Was hat Rachel vor deinen Augen mit deinem Freund gemacht?«

Sally zögerte. »Sie hat ihm in die Hose gefasst.«

»Also hat sie da oben auf der Brücke deinen Freund angefasst, während du allein unten standst?«

»Ja.«

»Und du glaubst, sie hat nur mit ihm gespielt? Sie hat es nicht ernst gemeint?«, fragte Gale.

»Nein! So war sie eben! Sie hat sich gar nichts aus ihm gemacht.«

»Aber Kevin hat sich etwas aus ihr gemacht. Er war schon immer insgeheim in sie verliebt, nicht wahr? Das wusstest du. Und jetzt kommt sein Traummädchen und macht ihm Avancen. Du hast

Angst gehabt, dass er mit dir Schluss machen könnte, oder?«

»Das würde Kevin niemals tun.«

»Wir wissen bereits, dass er für den nächsten Abend eine Verabredung mit Rachel hatte. Dafür hat er eine Verabredung mit dir platzen lassen. Stimmt das?«

Sally biss sich auf die Lippe. Sie sah aus, als wäre sie am liebsten davongelaufen. »Er hat mich angerufen und die Verabredung abgesagt.«

»Und das war alles Rachels Schuld?«

»Ja!«

»Nachdem du die beiden auf der Brücke gesehen hast, bist du also nach Hause gegangen?«

»Ja, genau.«

»Und das war alles? Du bist einfach nach Hause gegangen?«

»Ja. Ich war so durcheinander.«

»Wolltest du die beiden nicht zur Rede stellen?«

»Nein, in dem Moment nicht. Das hätte ich nicht fertig gebracht. Ich konnte sie nicht mal ansehen.«

»Und wann, sagtest du, war das?«

»Gegen halb zehn.«

Gale nahm seine Brille ab. Er raschelte mit seinen Notizen, als er den Ordner zuklappte. Sally folgte seinen Bewegungen mit den Augen. Sie machte Anstalten aufzustehen, da Gale fertig zu sein schien. Doch als sie bereits stand, drehte Gale sich noch einmal um. Sally schluckte schwer und setzte sich wieder. Gale zupfte an seinem Ziegenbärtchen und musterte das Mädchen nachdenklich.

»Was hast du getan, als du zu Hause warst?«

»Ich habe ein bisschen mit meinen Eltern geredet, dann bin ich ins Bett gegangen.«

Gale nickte. »Hast du Kevin angerufen?«

»Nein.«

»Hast du Rachel angerufen?«

»Nein.«

»Es war bestimmt schwierig einzuschlafen, nachdem du doch so wütend warst.«

»Ich weiß es nicht mehr«, sagte Sally. Sie hatte die Unterlippe vorgeschoben und schien langsam kampflustig zu werden.

»Dein Zimmer befindet sich im ersten Stock?«, fragte Gale.

»Ja.«

»Du könntest dich also einfach davonstehlen, ohne dass deine Eltern etwas davon mitbekommen?«

»Das habe ich aber nicht getan«, sagte Sally.

»Du bist also nicht zu Rachel gegangen, um sie zur Rede zu stellen? Um die Sache ein für alle Mal zu klären?«

»Einspruch, die Frage wurde bereits beantwortet«, fuhr Dan dazwischen.

»Stattgegeben.«

Gale versuchte es aus einer anderen Richtung. »Gut, lass uns das einmal ganz klarstellen, Sally. Hast du Rachel am fraglichen Abend noch einmal gesehen, nachdem du nach Hause gegangen bist?«

Noch bevor Dan Einspruch erheben konnte, riss Sally die Augen weit auf. »Nein!«

Ein paar Geschworene beugten sich auf ihren Plätzen vor. Dan musterte Sally misstrauisch und warf dann Stride über die Schulter einen fragenden, feindseligen Blick zu.

Stride beugte sich zur Seite und flüsterte Maggie zu. »Was zum Teufel soll das? Worauf will er hinaus?«

Maggies honigfarbener Teint wirkte um einiges blasser als sonst. »Du wirst mich wahrscheinlich gleich umbringen, Boss.«

»Sag's mir«, verlangte Stride.

»Ihre Kleider«, flüsterte Maggie.

Gale wartete, bis es wieder still im Gerichtssaal war. Dann sagte er mit leiser Stimme: »Sally, kannst du uns bitte Folgendes erklären? Wenn du Rachel nicht mehr zur Rede gestellt hast ... Wenn du dein Zimmer an jenem Abend nicht mehr verlassen hast ... Warum hat man dich dann am selben Abend kurz nach zehn auf der Straße gesehen, nur wenige Blocks von Rachels Haus entfernt?«

Richterin Kassel ließ den Hammer niedersausen, als sich eine weitere Welle lauten Gemurmels im Gerichtssaal erhob.

Sally schien vor aller Augen in sich zusammenzufallen. »Das ist unmöglich. Das war ich nicht.«

Gale seufzte. Er zog ein Blatt Papier aus seinen Notizen hervor und trat an den Zeugenstand heran. »Das hier, Sally, ist ein Auszug aus dem Polizeibericht von dem Abend, als Rachel verschwunden ist. Es ist die Aussage einer gewissen Mrs Carla Duke, die vier Blocks von den Stoners entfernt wohnt. Würdest du uns bitte den markierten Absatz vorlesen?«

Sally nahm das Blatt und hielt es mit spitzen Fingern an den Ecken fest, als fürchtete sie, sich daran zu verbrennen. Ihre Stimme war kaum zu hören.

»›Kurz nach zehn habe ich ein junges Mädchen vorbeigehen sehen. Sie ist unter der Straßenlaterne durchgegangen. Aber sie sah nicht aus wie das Mädchen, nach dem Sie suchen. Sie hatte lockiges braunes Haar und trug Jeans und einen roten Parka.‹«

Gale nahm ihr das Blatt wieder aus der Hand. »Das klingt, als wärst du das gewesen, Sally.«

»Nein«, flüsterte sie. »Ich war's nicht.«

Auch Stride flüsterte etwas vor sich hin. »Verdammt noch mal, wie konnten wir das übersehen?«

»Wir haben nach Leuten gesucht, die Rachel gesehen haben«, sagte Maggie. »Andere Mädchen haben uns nicht interessiert.«

Gale schüttelte ungläubig den Kopf. »Ein Mädchen, das genauso gekleidet ist wie du und dasselbe Haar hat wie du, taucht am Abend, als Rachel verschwunden ist, in der Nähe ihres Hauses auf, kurze Zeit, nachdem Rachel dich im Park gedemütigt hat. Aber du warst es nicht.«

Sallys Widerstand begann zu brechen. »Nein.«

»Und ich sage dir, Sally: Du lügst.«

»Einspruch!«, rief Dan.

Richterin Kassel nickte. »Stattgegeben.«

Gale ließ sich nicht beirren. »Wenn wir Mrs Duke in den Zeugenstand rufen, glaubst du, sie könnte dich identifizieren?«

»Einspruch, das ist Spekulation.«

»Stattgegeben.«

Aber die Botschaft war angekommen.

»Was hast du zu Rachel gesagt?«, fragte Gale. »Hast du ihr gesagt, sie soll die Finger von Kevin lassen?«

»Ich habe sie nicht mehr gesprochen.«

»Hat sie dir aufgemacht? Und die Schlüssel zum Van lagen gleich neben der Haustür? Habt ihr zwei noch eine Spritztour gemacht?«

»Nein!«

»Du wurdest gesehen, Sally. Kevin wird erfahren, dass du es warst. Es ist an der Zeit, dass du ihm und uns allen die Wahrheit sagst. Also, zum letzten Mal: Bist du an dem Abend noch bei Rachel gewesen?«

»Einspruch«, rief Dan wieder. »Er bedrängt die Zeugin, Euer Ehren.«

Aber Richterin Kassel starrte Sally genauso fassungslos an wie alle anderen im Gerichtssaal. Sie schüttelte langsam den Kopf. »Abgewiesen. Bitte beantworte die Frage, junges Fräulein.«

Sally starrte erst die Richterin an, dann Gale, dann die Geschworenen. Sie schluckte schwer, fuhr sich nervös mit der Hand durchs Haar und drehte eine Locke um den Finger. Tränen liefen ihr übers Gesicht.

Und dann, mit einem Seufzer, sagte sie: »Ja, ich war bei ihr.«

Der Gerichtssaal explodierte förmlich, und die Richterin versuchte vergeblich, die Menge zur Ordnung zu rufen. Sallys nächste Äußerung ging im Lärm fast unter. Sie rief aus voller Kehle: »Aber ich habe sie nicht umgebracht! Ich war es nicht! Das habe ich nicht getan!«

Gale wartete, bis das Durcheinander sich gelegt hatte. »Du hast uns die ganze Zeit belogen, Sally. Warum sollten wir dir jetzt noch glauben?«

»Ich möchte eine Gegenvernehmung durchführen, Euer Ehren.«

Dan blieb keine andere Wahl. Er konnte die Geschworenen nicht mit der Frage zurücklassen, was wohl danach passiert war. Er musste ihr die Wahrheit entlocken.

»Erzähl uns, was du an dem fraglichen Abend getan hast, Sally«, forderte er sie ruhig auf.

Sally war jetzt geradezu begierig zu reden. »Ich habe mich aus meinem Zimmer davongeschlichen. Ich war so wütend auf Rachel. Es war grausam von ihr, so mit Kevin zu spielen, wo ich doch genau wusste, dass sie eigentlich nichts für ihn empfindet. Also bin ich zu ihrem Haus gegangen. Ich wollte sie zur Rede stellen, ihr sagen, wie gemein das war, was sie da mit ihm gemacht hat.«

»Und dann?«, fragte Dan.

»Ihr Auto stand schon vor der Tür, als ich bei ihr ankam. Also habe ich gedacht, sie muss wohl zu Hause sein.«

»Was hast du dann getan?«

»Ich bin an die Tür gegangen. Ich wollte mit ihr reden.«

»Hast du mit ihr geredet?«

Sally schüttelte den Kopf. »Nein.«

»Warum nicht? War sie bereits verschwunden?«

»Nein, das war es nicht. Ich wollte klingeln, aber dann habe ich mich nicht getraut.«

»Warum nicht?«

Sally warf einen triumphierenden Blick zu Archie Gale hinüber. »Weil ich drinnen Stimmen gehört habe. Einen Streit. Ich hörte, wie Rachel rumgebrüllt hat, sie klang richtig aufgebracht. Und ich habe ... ich habe auch Mr Stoner gehört. Ich habe seine Stimme erkannt. Er hat Rachel angeschrien. Sie hatten einen Wahnsinnskrach. Da bin ich wieder gegangen.«

Graeme Stoner beugte sich zu Gale hinüber und begann, leise auf ihn einzureden.

Selbst Dan schaute verblüfft drein. Er sah Sally eindringlich an und sagte dann nur: »Das ist alles, ich habe keine weiteren Fragen.«

Stride schüttelte den Kopf. Was für ein furchtbarer Schlamassel.

Gale stand erneut auf.

Falls ihn Sallys überraschende Enthüllung, die – falls die Geschworenen ihr glaubten – Graeme Stoners Schicksal besiegeln konnte, irgendwie aus dem Konzept gebracht hatte, zeigte er es nicht.

»Sally, Sally, Sally«, murmelte er sanft. »So viele Lügen, da kommt es auf eine mehr oder weniger auch nicht mehr an, was?«

»Einspruch.«

»Stattgegeben.«

Gale zuckte die Achseln. »Du willst, dass wir dir

glauben, dass du so entscheidende Informationen über diesen Fall hast, die du lieber für dich behalten wolltest? Bis jetzt?«

»Ich hatte Angst«, gab Sally zurück.

»Wovor denn, Sally?«, fragte Gale mit verwirrter Miene.

»Vor ihm. Vor Mr Stoner.«

»Auch, wenn er ins Gefängnis kommt?«

Sally geriet ins Stottern. »Äh ... ja.«

»Aber du hattest nicht so viel Angst, dass du deine kleine Geschichte über die Scheune für dich behalten hättest. Wenn du der Polizei davon erzählt hast, Sally, warum hast du dann nicht gleich alles erzählt?«

»Ich wusste nicht genau, ob man mir glauben würde.«

»Und deshalb hast du gelogen. Gute Strategie.«

»Ich wollte nicht, dass meine Eltern erfahren, dass ich noch mal weg war«, sagte Sally. »Oder Kevin. Ich hatte Angst davor, was sie dann gedacht hätten.«

»Weil sie vielleicht gedacht hätten, dass du Rachel umgebracht hast.«

»Nein!«, schrie Sally. »Das bestimmt nicht!«

»Die Wahrheit ist doch, dass du niemandem von diesem angeblichen Streit zwischen Rachel und Graeme erzählt hast, weil er gar nicht stattgefunden hat, stimmt's? Das hast du dir gerade ausgedacht.«

»Nein, das ist nicht wahr!«

»Nein? Ich bitte dich, Sally. Du hast gerade zugegeben, dass du doch noch bei Rachel warst, nachdem du monatelang gelogen hast. Was ist wirklich passiert?«

»Einspruch, die Frage wurde bereits beantwortet«, fuhr Dan dazwischen.

»Abgewiesen«, erwiderte Richterin Kassel knapp.

Es war eine Katastrophe. Nicht einmal die Richterin glaubte ihr mehr.

»Es war genau so, wie ich gesagt habe«, beharrte Sally. »Ich habe sie gehört.«

Gale seufzte. »Ach ja? Und was haben sie gesagt?«

»Das habe ich nicht verstanden«, sagte Sally.

»Ach so. Du hast also nur die Stimmen gehört.«

»Ja.«

»Und deshalb, wütend und gedemütigt wie du warst, bist du einfach wieder gegangen, nachdem du vorher anderthalb Kilometer gelaufen bist, um Rachel zur Rede zu stellen. Weil du Stimmen gehört hast.«

Sally nickte. »Ja, so war es.«

»Und es ist dir nicht in den Sinn gekommen, jemandem davon zu erzählen? Du behauptest, eine entscheidende Information in einem mutmaßlichen Mordprozess zu haben, und dann sagst du nichts, weil du Angst hast, dass deine Eltern dir Hausarrest erteilen, weil du dich heimlich davongeschlichen hast?«

»Nein, das war nicht … ich meine, es war nicht deswegen.«

Gale hatte kein Mitleid. »Sally, kannst du uns auch nur einen Grund nennen, warum wir dir das glauben sollten?«

Sally machte den Mund auf und schloss ihn dann wieder. Sie befeuchtete sich die Lippen mit der Zunge und schwieg.

»Ich bin fertig, Euer Ehren«, sagte Gale.

13

Stride hatte nur wenig Lust, nach draußen zu gehen, und Maggie empfand genauso. Doch während sie noch inmitten des Gedränges im Gerichtssaal standen, nachdem Richterin Kassel die Verhandlung für diesen Tag geschlossen hatte, funkte Guppo sie erneut an, und sie kämpfte sich zur Tür durch. Stride und Dan blieben im Saal zurück. Stride wusste, dass das Reporterrudel nur darauf wartete, sich auf sie zu stürzen. Gale war bereits draußen, rückte Sallys Zeugenaussage für die Reporter ins rechte Licht und verkündete, dass sie die Möglichkeit eines Freispruchs eröffne. Aber die Reporter würden auch Dan und Stride sehen und ihre Stellungnahmen hören wollen.

»Haben Sie verloren?«, würde Bird sie fragen.

Und sie kannten die Antwort beide. Ja, sie hatten verloren. Es war so gut wie vorbei.

Auch Emily Stoner war noch im Saal. Sie sah fassungslos und verstört aus, und sie war allein. Dayton Tenby war ihr den ganzen Tag nicht von der Seite gewichen, aber jetzt war er vorausgegangen, um seinen Wagen hinter das Gerichtsgebäude zu fahren. Die Gerichtsdiener würden sie dann durch den Hinterausgang nach draußen schmuggeln, vorbei an der Horde von Reportern.

Sie hatte noch kein Wort gesagt, und Dan schien ihre Anwesenheit kaum zur Kenntnis zu nehmen. Doch Stride kannte ihn und wusste, dass der Staatsanwalt nur Emilys wegen noch keinen Tobsuchtsanfall bekommen hatte.

»Du hast gesagt, sie hat ein Alibi«, sagte Dan. Er hatte die Lippen zu einem schmalen, kalten Strich zusammengepresst.

»Das hatte sie ja auch.«

»Aber es gab eine Zeugin, mit der deine eigenen Leute gesprochen haben, die das Alibi als falsch entlarven konnte. Und das ist keinem aufgefallen.«

Stride seufzte tief auf. »Hör zu, Dan, es hat keinen Sinn, dass ich mich rechtfertige. Wir haben Mist gebaut. Ganz einfach. Wir hätten es merken müssen, und wir haben es nicht gemerkt.«

»Mach mir die Freude«, zischte Dan. »Erklär mir, warum.«

»Wir haben in den ersten paar Tagen hunderte Zeugenaussagen aufgenommen. Wir haben nach Leuten gesucht, die Rachel gesehen haben. Eine Person, die ein anderes junges Mädchen ein paar Blocks entfernt auf der Straße gesehen hat, auf das nicht mal Rachels Beschreibung passte, stand naturgemäß nicht besonders weit oben auf unserer Liste.«

»Und warum nicht, verdammt noch mal?«

Stride schüttelte den Kopf. »Sally war nicht verdächtig. Und das ist sie auch jetzt noch nicht. Ich glaube nicht eine Sekunde lang, dass sie irgendwas mit dem Mord an Rachel zu tun hat. Es gibt absolut keine Beweise, die sie damit in Verbindung bringen.«

»Vielleicht ist sie ja einfach nur zu schlau für euch«, sagte Dan.

»Nein. Wenn das tatsächlich ein Verbrechen aus Leidenschaft gewesen wäre, hätte sie überall Spuren hinterlassen. Ruf mich morgen noch mal in den Zeugenstand. Ich kann klarstellen, dass es keine Fingerabdrücke gegeben hat, die nicht identifiziert wurden, und auch keine Haare oder Stofffasern, absolut nichts, das belegen würde, dass Sally im Van oder bei der Scheune gewesen ist. Sie war es nicht.«

»Du hast keine neuen Beweise«, sagte Dan. »Ich kann dich nicht noch mal als Zeugen aufrufen, damit du den Geschworenen noch mal dasselbe erzählst.«

Emily räusperte sich. Die beiden Männer hielten inne und schauten sie an, als sähen sie sie zum ersten Mal. Sie war kreidebleich.

»Ich verstehe das nicht«, sagte sie. »Sie klingen, als wäre diese Entwicklung schlecht für den Prozess. Aber ist sie denn nicht eigentlich gut? Ich meine, sie hat doch die Verbindung hergestellt, die Sie brauchen. Sie hat gehört, dass Graeme und Rachel an dem Abend gestritten haben. Das bringt sie doch in Verbindung.«

Dan nickte. Sein Zorn schien wie weggeblasen, und sein Blick wurde weicher. »Ich fürchte, so einfach ist es leider nicht.«

»Aber warum nicht?«, fragte Emily. »Das müsste doch eine Verurteilung gewährleisten.«

Dan griff nach ihrer Hand und sah ihr in die Augen. »Die Frage ist aber: Werden die Geschworenen ihr glauben? Mr Gale hat Zweifel an Sallys Glaubwürdigkeit aufkommen lassen. Wir wissen, dass sie einmal gelogen hat, indem sie behauptet hat, sie habe Rachel am fraglichen Abend nicht mehr gesehen. Die Geschworenen werden wahrscheinlich glauben, dass sie noch weitere Lügen erzählt, um etwas zu vertuschen.«

»Glauben Sie das auch?«

Dan seufzte. »Ich weiß es einfach nicht, Emily. Ich würde ihr gern glauben. Es passt alles zusammen, wenn man die übrigen Beweise dazu nimmt. Und wenn Sally uns sofort davon erzählt hätte, hätte das eine Verurteilung gesichert, das steht außer Frage. Aber unter den gegebenen Umständen macht es alles leider eher schlimmer als besser.«

»Aber warum denn?« Sie klang völlig fassungslos.

»Nun ja, es gibt den Geschworenen Anlass zu berechtigten Zweifeln. Sallys Aussage macht ihnen möglicherweise so viel zu schaffen, dass sie das Gefühl bekommen, von Graemes Schuld nicht mehr absolut überzeugt zu sein.«

»Aber er ist schuldig«, rief Emily in leidenschaftlichem Ton. »Er hat es getan. Das weiß ich.«

»Das denken wahrscheinlich auch die meisten Geschworenen. Die Frage ist aber: Sind sie wirklich so überzeugt davon, dass sie ihn verurteilen werden?«

Langsam schien ihr klar zu werden, was das bedeutete. »Wollen Sie damit etwa sagen, dass das Schwein am Ende freigesprochen werden könnte? Dass er vielleicht auf freiem Fuß bleibt?«

»Ich fürchte, das ist durchaus möglich«, sagte Dan. Seine Stimme klang heiser und wütend, als würde die Sache auch ihm erst jetzt in ihrer ganzen Tragweite bewusst.

Stride blickte auf, als er die Tür des Gerichtssaals zuschlagen hörte. Maggie war zurück, kam den Gang entlang und machte ihm ein Zeichen. Er sah die Dringlichkeit in ihrem Blick. Ohne ein weiteres Wort ließ er Dan und Emily stehen, durchquerte das kleine Tor zum Zuschauerbereich und ging Maggie entgegen.

»Wir haben eine Leiche gefunden«, berichtete sie atemlos. »Guppo ist am Fundort nördlich vor der Stadt.«

»Rachel?«

»Kann man nicht sagen. Es sind nur Skelettteile. Das Schwein hat versucht, sie zu verbrennen. Es kann Rachel sein, es kann auch Kerry sein. Oder jemand ganz anderes.«

Stride schloss die Augen. Noch vor einem, geschweige denn vor drei Monaten wäre das eine fantastische Nachricht gewesen. Es hätte Gales Lieblingshypothese, dass Rachel noch am Leben war, von vornherein ausgehebelt.

»Wo hat man sie gefunden?«, fragte Stride.

»Im Norden, nur ein paar Kilometer von der Scheune weg. Wenn wir unseren Suchradius noch um zwei Kilometer erweitert hätten, hätten wir sie vielleicht sogar selbst gefunden.«

»Hat Guppo den Fundort abgeriegelt?«

»Ja. Der Pathologe ist auch schon vor Ort.«

»Und was sagt er?«, fragte Stride.

»Bisher nicht viel. Nur, dass die Knochenstruktur der einer jungen Frau entspricht. Für alles Weitere müssen wir auf die DNA- und die Zahnanalyse warten oder darauf hoffen, dass bei der Suche in der Umgebung noch was auftaucht.«

»Kein Wort davon zur Presse«, sagte Stride. »Bleib ganz cool. Ich sage Dan Bescheid, dann fahren wir zusammen hin.«

Stride schaute zu Dan und Emily hinüber und fragte sich, wie er der Mutter des Mädchens diese Nachricht übermitteln sollte.

Er holte tief Luft und bat Maggie, auf ihn zu warten.

Dann kehrte er in den vorderen Teil des Gerichtssaals zurück. Dan und Emily sahen ihn erwartungsvoll an. Es gab einfach keine Möglichkeit, ihr das schonend beizubringen.

»Wir haben im Wald nördlich vor der Stadt eine Leiche gefunden«, sagte er.

Emily riss die Augen auf und schlug die Hand vor den Mund. »O nein!«

Dan sagte: »Mist!« und wiederholte es dann noch ein paar Mal.

Emily sank auf einen der Zuschauerplätze.

Schweigend hockte sie da, wie eine leere, zersplitterte Eierschale, und schaute schließlich mit blutunterlaufenen Augen zu Stride auf. »Ist … ist sie es? Rachel?«

»Das wissen wir noch nicht«, sagte Stride. »Es tut mir sehr Leid. Wir haben nur Skelettteile gefunden, es wird also eine Weile dauern, bis wir sie identifiziert haben.«

»Wie lange?«, fragte Dan.

»Wahrscheinlich müssen wir auf die DNA-Analyse warten, es sei denn, dass sich eine Zahnanalyse durchführen lässt. Aber es wird in jedem Fall ein paar Wochen dauern.«

Dan schüttelte den Kopf. »Wir haben keine paar Wochen. Wir haben nicht mal mehr ein paar Tage.«

Stride nickte. »Ich weiß.«

»Was meinen Sie damit?«, fragte Emily.

»Die Verhandlung ist schon fast vorbei«, erklärte Dan. »Wenn wir sie nicht eindeutig identifizieren, können wir diesen Fund nicht vor die Geschworenen bringen. Ein Verdacht ist noch kein Beweis.«

»Aber jetzt haben wir doch ihre Leiche«, wandte Emily ein. »Sie können doch nicht zulassen, dass der Mann den Geschworenen immer noch weismacht, sie wäre noch am Leben.«

»Leider wissen wir aber nicht genau, ob es ihre Leiche ist«, rief Stride ihr sanft in Erinnerung.

»Aber das ist doch Wahnsinn.« Emily schüttelte den Kopf. »Ich glaube das alles einfach nicht. Mein Gott, die können ihn doch jetzt nicht einfach so auf freiem Fuß lassen. Sie müssen den Rest der Verhandlung vertagen. Man muss Ihnen doch genug Zeit geben zu beweisen, dass es tatsächlich Rachel ist.«

Dan seufzte, und Stride wusste genau, was er dachte. Es war zu wenig, und es kam viel zu spät.

»Das muss die Richterin entscheiden«, sagte Dan.

14

»Eine Vertagung?«

Richterin Kassels Augenbrauen schossen förmlich in die Höhe, und ihre Stimme hob sich um fast eine Oktave. »Bitte sagen Sie mir, Mr Erickson, dass das nur eine weitere Kostprobe Ihres hinreißenden Sinns für Humor ist.«

Dan breitete ergeben die Arme aus. »Mir ist völlig klar, dass das ungewöhnlich ist, Euer Ehren.«

»Ungewöhnlich?«, schnaubte Gale. »Unerhört trifft es wohl besser.«

Die beiden Männer traten noch näher an die Richterbank heran. Hinter ihnen war der Gerichtssaal wieder voll besetzt, die Menge schwirrte vor gedämpften Gesprächen. Richterin Kassel schwang den Hammer, doch es kehrte nicht allzu viel Ruhe ein. Am Tisch der Verteidigung saß Graeme Stoner, ganz allein, mit steinerner Miene. Emily saß heute direkt hinter ihm, als wollte sie ihn ihre Anwesenheit spüren lassen. Ihre Augen bohrten sich förmlich in seinen Rücken. Graeme hatte ihr zugenickt, als er sich hingesetzt hatte, hatte sich seitdem aber nicht ein Mal nach ihr umgedreht. Dennoch war es offensichtlich, dass er sie hinter sich spürte – sie war ihm so nah, dass er ihr Parfüm riechen musste.

Die Geschworenen waren noch nicht eingetroffen, sie mussten im Geschworenenzimmer bleiben, während Dan sich mehr Zeit ausbat. Und sie waren die Einzigen im ganzen Staat Minnesota, die an diesem Morgen nicht gleich nach dem Aufstehen die Schlagzeile in der Zeitung gesehen hatten:

RACHELS LEICHE?

»Etwas Derartiges hat doch niemand voraussehen können«, sagte Dan. »Im Sinne der Gerechtigkeit müssen Sie uns einfach die Zeit geben, die Leiche zu identifizieren.«

»Bis jetzt hat er sich doch auch nicht sonderlich für Leichen interessiert, Euer Ehren«, warf Gale ein.

Richterin Kassel blickte auf Dan hinunter. »Das stimmt allerdings.«

»Er war ganz zuversichtlich, die Verhandlung auch ohne den Beweis führen zu können, dass das Mädchen wirklich tot ist«, fuhr Gale fort. »Er hat seine Chance gehabt.«

»Meine Beweisführung ist noch nicht abgeschlossen«, gab Dan zu bedenken.

»Mag sein, aber es gibt trotzdem nichts mehr hinzuzufügen, Euer Ehren. Ich sehe hier keine neuen Beweise. Und keine neuen Zeugen.«

Dan schüttelte den Kopf. »Mr Gales Verteidigung fußt zu großen Teilen darauf, den Geschworenen den Eindruck zu vermitteln, dass Rachel vielleicht noch am Leben ist. Mit dieser Unterstellung hat er versucht, berechtigte Zweifel zu wecken. Wenn wir schlüssig beweisen können, dass seine diesbezüglichen Andeutungen falsch sind, müssen die Geschworenen davon erfahren.«

Die Richterin lehnte sich zurück und verschränkte die Arme vor der Brust. »Was sagen Sie dazu, Mr Gale?«

»Eine solche Situation kann doch nur nachteilig sein«, hielt Gale dagegen. »Die Geschworenen haben alle Aussagen gehört und haben sie noch genau im Kopf. Wenn Sie der Anklage Zeit geben, die Erinnerung der Geschworenen verblassen zu lassen, dann ist das ebenso ungerecht wie unvernünftig. Möglicherweise hat diese Leiche ja gar nichts mit unserem Fall zu tun, und dann ist es zu spät, den entstandenen

Schaden wieder gutzumachen. Außerdem wissen wir nicht, wie lange eine solche Identifizierung dauern kann, falls sie überhaupt noch möglich ist.«

»Sie sollten froh sein über die Verzögerung, Archie«, erwiderte Dan. »Euer Ehren, trotz aller Isolation ist es durchaus möglich, dass die Geschworenen bereits von der Leiche wissen. Solche Nachrichten verbreiten sich doch leicht auf dem einen oder anderen Weg. Sie werden zu dem Schluss kommen, dass es Rachels Leiche ist, und das wird ihre Entscheidung beeinflussen. Wir sollten ihnen die Möglichkeit geben, auf der Basis von Tatsachen zu entscheiden und nicht auf der Basis von Gerüchten.«

Richterin Kassel bedachte ihn mit einem leichten Lächeln. »Das ist sehr rücksichtsvoll von Ihnen, Mr Erickson. Tatsache ist aber, dass die Geschworenen ganz bestimmt nichts von der Leiche erfahren werden, wenn es keine weitere Verzögerung gibt. Nachdem Sie mich gestern Abend angerufen hatten, habe ich sämtliche Telefonate untersagt, und das Gott sei Dank noch vor Mr Finchs kleinem Beitrag zu dem Thema. Die Geschworenen haben keinen Zugang zu Radios oder Fernsehgeräten, und auf dem Weg hierher heute Morgen wurden sie strengstens überwacht. Sie wissen also jetzt nichts davon, und wenn wir die entsprechenden Vorsichtsmaßnahmen einhalten, werden sie auch nichts erfahren, bis sie sich in ein oder zwei Tagen zur Beratung zurückziehen. Zur Not lasse ich auch den Gerichtssaal räumen.«

»Sie könnten Verfahrensmängel anmelden«, sagte Dan. »Dann könnten wir von vorne anfangen.«

Gale setzte zu einer Erwiderung an, aber die Richterin brachte ihn mit einer Geste zum Schweigen. »Überlassen Sie das mir, Mr Gale. Keine Verfahrensmängel, Mr Erickson. Mit diesem Verfahren ist alles in bester Ordnung.«

»Euer Ehren, das Volk sollte nicht dafür bestraft werden, dass der Angeklagte sein Verbrechen so gut vertuscht hat und wir die Leiche erst jetzt gefunden haben.«

»Sie haben *eine* Leiche gefunden, nicht *die* Leiche«, verbesserte Gale. »Und selbst wenn es tatsächlich Rachel sein sollte, liegen keine weiteren Beweise vor, die Mr Stoner mit der Leiche oder dem Fundort in Verbindung bringen. Das sind keine wertvollen neuen Informationen.«

»Das wissen wir doch noch gar nicht«, zischte Dan zornig. »Wir haben die Suche am Fundort noch nicht abgeschlossen.«

»Das stimmt, Mr Gale, übertreiben Sie es bitte nicht«, sagte Richterin Kassel. »Mr Erickson hat Recht. Sie haben mit der Tatsache, dass die Anklage keine Leiche vorweisen konnte, einiges an Boden gewonnen. Jetzt, wo eine Leiche aufgetaucht ist, können Sie nicht behaupten, dass das keine Rolle spielt.«

»Die Anklage hat beschlossen, ohne Leiche in den Prozess zu gehen«, betonte Gale noch einmal. »Wenn dieser Fund erst in einer Woche erfolgt wäre, hätte man Mr Stoner längst freigesprochen.«

»Das ist irrelevant, Euer Ehren«, sagte Dan.

»Das mag ja sein. Aber Sie schienen mir tatsächlich recht begierig darauf, Mr Stoner vor Gericht zu bringen. Jetzt sind Sie offensichtlich nicht mehr ganz so begierig, dieses Gericht auch über sein Schicksal entscheiden zu lassen.« Richterin Kassel spitzte die Lippen und hob die Hand, bevor die beiden Anwälte noch etwas sagen konnten. »Ich möchte gern mehr über diesen Fund erfahren und darüber, wie lange es dauern wird, bis es klare Aussagen dazu gibt.«

Ihr Blick suchte Jonathan Stride in der dritten Reihe des Zuschauerbereichs, und sie machte ihm mit dem Zeigefinger ein Zeichen, zur Richterbank zu kommen.

Als er aufstand, spürte Stride die Blicke des ganzen Saales auf sich. Auf so etwas war er nicht vorbereitet. Er hatte die ganze Nacht nicht geschlafen, und seine Kleider waren dreckig und erdverschmiert. Seit dem frühen Abend und bis vor zwei Stunden, als er in aller Eile in die Stadt zurückgefahren war, war er im grellen Licht der Suchscheinwerfer über matschigen Boden gestapft und hatte, zusammen mit zwanzig anderen Polizisten, nach weiteren Spuren gesucht. Er hatte gewusst, dass es sich um ein glückloses Unterfangen handelte, obwohl sie auch noch die nächsten Tage damit verbringen würden, das Erdreich zu durchsuchen. Nach sechs Monaten, in denen es geregnet, geschneit und gefroren hatte, war nichts mehr übrig, was Graeme Stoner mit dieser Stelle in Verbindung bringen konnte: keine Fußspuren, keine Stofffasern, kein Blut, nichts. Nur eine Leiche, die eigentlich auch nicht viel mehr war als ein Haufen verstreuter Knochen.

Aber immerhin hatten sie eine Leiche. Die Frage war nur: Wessen Leiche?

Stride durchquerte das Schwingtor vor dem offiziellen Gerichtsbereich und trat neben Dan und Gale vor die Richterin. Sie musterte seine Kleider und die tiefen Ringe unter seinen Augen.

»Wie ich sehe, hatten Sie eine lange Nacht, Lieutenant.«

»Eine sehr lange Nacht, Euer Ehren«, bestätigte Stride.

»Ich hoffe, Sie können die Augen lange genug offen halten, um mir ein paar Fragen zu beantworten.«

Stride lächelte. »Ich werde mein Bestes tun.«

»Ich danke Ihnen. Also, zunächst einmal: Wer hat

Mr Finch und seinen Freunden von der Leiche erzählt? Es ist an sich schon schlimm genug, dass so etwas mitten in einem Prozess passiert, aber dass es dann noch in alle Welt hinausposaunt wird, macht es sehr viel schlimmer. Wir können von Glück sagen, dass die Geschworenen nichts davon mitbekommen haben.«

»Das tut mir wirklich Leid, Euer Ehren«, sagte Stride. »Ich wünschte, ich könnte Ihnen sagen, wie Bird an diese Information gekommen ist. Aber ich weiß es wirklich nicht.«

»Nun gut, das ist eben sein Beruf. Sagen Sie mir bitte ganz genau, was Sie gefunden haben. Es handelt sich eindeutig um menschliche Überreste?«, fragte die Richterin.

»Ja. Das hat der Pathologe uns bereits bestätigt.«

»Und das Geschlecht?«

»Der Pathologe sagt, weiblich«, antwortete Stride.

Die Richterin nickte. »Und es gibt keine offensichtliche Möglichkeit der Identifizierung? Es könnte Rachel sein oder Kerry oder auch irgendein anderes Mädchen?«

»Es ist nichts mehr übrig, was eine klare Identifizierung zulassen würde. Keine Kleider, keine persönlichen Gegenstände. Die Leiche ist teilweise verkohlt. Wir werden mit Hilfe der verbliebenen Skelettteile eine DNA-Analyse durchführen.«

»Wie lange wird das dauern?«

Stride schüttelte den Kopf. »Darauf kann ich Ihnen leider keine klare Antwort geben, Euer Ehren. Es kann ein paar Tage dauern, vielleicht aber auch ein paar Wochen.«

»Und Sie haben in der Nähe der Leiche bisher keine weiteren Beweise gefunden?«

»Nein. Wir werden die Suche natürlich fortsetzen, aber ich bin wenig optimistisch, weil so viel Zeit vergangen ist.«

Dan mischte sich ein. »Aber eigentlich geht es doch nur um die Identität der Leiche, Euer Ehren. Wenn es tatsächlich Rachel ist, hat das eine enorme Auswirkung auf den Prozess.«

»Wenn, wenn, wenn«, sagte Gale. »Wenn dies, dann das. Es gibt keine Beweise, aber wir suchen weiter. Vielleicht in ein paar Tagen, vielleicht in ein paar Wochen, vielleicht auch nie. Mr Stoner sollte nicht gezwungen sein zu warten, während die Polizei und die Anklage uns mit vagen Versprechungen von Beweisen hinhält, die es vielleicht niemals geben wird. Und auch die Geschworenen sollten dazu nicht gezwungen sein. Das ist doch alles bedeutungslos, Euer Ehren, nichts als heiße Luft.«

Richterin Kassel seufzte. »Ich bin geneigt, Ihre Ansicht zu teilen.«

Dan umklammerte den Rand der Richterbank mit beiden Händen. »Nur ein paar Tage, Euer Ehren. Geben Sie uns bis Ende der Woche Zeit, die Identität zu bestätigen. Wenn wir bis dahin nichts herausgefunden haben, bringen wir den Prozess so zu Ende.«

»Und in der Zwischenzeit sind die Zeugenaussagen nur noch eine blasse Erinnerung«, warf Gale scharf ein. »Jetzt oder nie.«

»Die Geschworenen können sämtliche Zeugenaussagen noch einmal vorgelesen bekommen, wenn sie das wünschen«, gab Dan zurück.

»Ich bitte Sie«, sagte Gale.

Die Richterin unterbrach den Disput. »Das reicht, meine Herren. Mr Erickson, ich habe Verständnis für Ihre Lage. Und es fällt mir selbst sehr schwer, den Prozess mit der quälenden Aussicht auf eventuell entscheidende neue Beweise fortzusetzen. Aber im Augenblick haben Sie nichts weiter als Hoffnungen und Hypothesen. Sie sind ohne eine Leiche in die Verhandlung gegangen, und Sie waren überzeugt, trotzdem eine Verurteilung erwirken zu können. Jetzt müssen Sie auch zu dieser Entscheidung stehen.«

Sie streckte die Hand aus, schaltete ihr Mikrofon ein und klopfte noch einmal mit dem Hammer auf den Tisch, um für Ruhe im Gerichtssaal zu sorgen. Dann teilte sie den Anwesenden ihre Entscheidung mit.

»Der Antrag auf Vertagung wurde abgelehnt. Wir setzen die Verhandlung fort.«

»Euer Ehren, ich erneuere meinen Antrag auf Zulassung der auf Hörensagen beruhenden Aussage einer bestehenden sexuellen Beziehung zwischen dem Angeklagten und Rachel Deese, die von Dr. Nancy Carver zu Protokoll gegeben wurde, da die ursprüngliche Informantin nicht als Zeugin zur Verfügung steht.«

»Abgelehnt. Sonst noch etwas, Mr Erickson?«

Dan ballte verärgert die Fäuste. »Nein, Euer Ehren.«

»Gut. Gerichtsdiener, bitte führen Sie die Geschworenen herein.«

Stride wandte sich von der Richterbank ab. Er sah den Zorn in Dans Augen, eine eisige Kälte, wie er sie noch nie im Leben gespürt hatte. Dan schien seine ganze Zukunft in dem flachen Erdloch versinken zu sehen, in dem man die Leiche gefunden hatte, und es gab nur einen, dem er die Schuld daran geben konnte.

Er flüsterte Stride zu: »Du hast mir den ganzen Prozess von vorn bis hinten ruiniert.«

Stride gab keine Antwort. Ihm blieb keine Zeit dazu.

Irgendetwas war nicht in Ordnung.

Das Stimmengewirr im Saal hatte sich verändert. Das aufgeregte Flüstern, das aufgekommen war, als die Richterin ihre Entscheidung verkündet hatte, wich etwas anderem. Die Leute wurden unruhig, deuteten mit dem Finger, sprangen auf. Jemand rief etwas.

Es war Maggie, die in der dritten Reihe aufgestanden war, Stride beim Namen rief und sich bereits an den anderen Zuschauern vorbei auf den Gang hinaus drängte.

Ganz in der Nähe begannen die Leute zu schreien.

Stride sah, wie Graeme Stoner sich mit einer konvulsivischen Bewegung von seinem Stuhl hinter dem Verteidigungstisch erhob, als wäre ihm ein elektrischer Schlag durch den Körper gefahren. Er suchte Halt, indem er die Handflächen flach auf den Tisch stützte. Seine Augen waren weit aufgerissen und blickten verwirrt drein.

Graeme riss den Mund auf, als wollte er loslachen. Doch dann hob sich sein Brustkorb, und ein Rinnsal Blut floss von seinen Lippen. Er blinzelte, schaute auf die Tropfen hinunter, die kirschfarbene Flecken auf seinem schneeweißen Hemd hinterließen, und lächelte.

Dann hob sich sein Brustkorb noch einmal, und aus dem Rinnsal wurde ein reißender Strom.

Hellrotes Blut ergoss sich aus Graemes Mund und gleich darauf auch aus seiner Nase. Es floss über seinen Anzug, durchnässte Schultern und Brust und landete schließlich auch auf dem Tisch, wo es die verstreuten Papiere tränkte. Die scharlachroten Fontänen sammelten sich auf dem Boden zu Pfützen.

Graemes Augen wurden dumpf und glasig und verdrehten sich. Ein paar Sekunden lang stand er noch aufrecht, dann schien sein Körper zu schrumpeln. Seine Schultern sanken nach vorn, und er fiel quer über den Tisch in sich zusammen. Sein Kopf hing über den Tischrand und verströmte immer noch wie ein Geysir Blut, das jetzt den Boden des Gerichtssaals als immer weiter anschwellender See bedeckte. Es schien keine Möglichkeit zu geben, den Strom abzustellen, und selbst Dan Erickson und Archibald Gale schrien auf und wichen zurück, als die rote Flut sich über ihre Schuhe ergoss.

Währenddessen lag Graeme mit dem Gesicht nach unten da, und sein Herz rang sich die letzten Schläge ab.

Stride rannte los, doch er rutschte in der Blutlache aus. Als er das Gleichgewicht wieder gefunden hatte, rannte er weiter. Maggie war vor ihm dort. Sie kämpfte sich zwischen den letzten paar Leuten durch, die ihr den Weg versperrten, weil sie von dem entsetzlichen Anblick wie erstarrt waren. Dann sprang sie über diejenigen hinweg, die sich schreiend auf den Boden geworfen hatten, in dem vergeblichen Versuch, sich selbst zu schützen.

Emily Stoner stand in der ersten Reihe. Sie war genauso erstarrt wie alle anderen und blickte unverwandt auf den bluttriefenden Körper ihres Mannes, der direkt vor ihr lag.

Sie hielt den rechten Arm hochgereckt. Maggies kleine Hände umklammerten ihren ausgestreckten Arm mit eisernem Griff und hielten ihn fest, aber Emily schien es kaum zu merken. Sie rührte sich nicht. Sie ließ auch nicht los.

Dann war Stride bei ihnen. Er beugte sich über Graeme Stoners zusammengesunkene Leiche und wand Emily das blutverschmierte Schlachtermesser aus der Hand.

Chaos brach aus.

15

Die Kastenfenster der Bibliothek im obersten Stock des Kitch waren geschlossen. Draußen tobte ein morgendliches Gewitter. Gale lehnte am Fenster und trank Kaffee aus einer zierlichen Porzellantasse. Er schaute zu Dan Erickson hinüber, der auf dem Sofa saß und einen Teller mit Spiegeleiern und Würstchen und ein großes Glas Orangensaft vor sich hatte.

»Sie wissen ganz genau, dass sie ihn freigesprochen hätten«, sagte Gale. Seine Mundwinkel hoben sich zu einem Lächeln, und seine Augen glitzerten.

Dans Besteck klapperte, während er seine Eier zerschnitt. Eigelb verteilte sich auf dem Teller. »Seien Sie da mal nicht so sicher. Sie haben doch gehört, wie Bird die Geschworenen interviewt hat. Keiner von denen hat ernsthaft geglaubt, dass Sally in die Sache verwickelt ist. Sie waren alle überzeugt, dass es Graeme war.«

»Wenn ich mich recht entsinne, sagten sie alle ›wahrscheinlich‹. Im Gerichtssaal hätte das als berechtigter Zweifel gelten müssen. Und außerdem hatten sie ja Gelegenheit, Sie vergangene Woche bei Ihrer Pressekonferenz zu erleben. Der erzürnte Staatsanwalt wehrt die unbegründeten Vorwürfe ab, die gegen ein unschuldiges junges Mädchen erhoben wurden. Keine Beweise, bis auf die, die Mr Stoner belasten.« Ein aufzuckender Blitz erhellte Gales Gesicht. »Davon, dass Sie das vor Gericht nicht beweisen konnten, redet niemand mehr.«

»Das sagen Sie«, erwiderte Dan in liebenswürdigem Ton.

Gale schüttelte den Kopf. »Ich kann immer noch nicht fassen, dass Emily mit dem Messer da reingekommen ist.«

»Es gab natürlich Metalldetektoren. Aber sie wurde von den Reportern bedrängt und hat darum gebeten, durch den Hintereingang hereinkommen zu dürfen. Wer hätte denn damit gerechnet, dass sie zu so was imstande ist?«

»Wollen Sie mir etwa weismachen, das hat Sie überrascht? Ich bitte Sie. Ich glaube fast, Sie wollten, dass so etwas passiert, Daniel.« Gale nahm einen weiteren Schluck Kaffee. »Was haben Sie denn für sie aushandeln können?«

»Totschlag. Drei Jahre Haft im offenen Vollzug.«

»Also nur ein kleiner Klaps«, bemerkte Gale.

»Ach, hören Sie schon auf. Der Mann hat ihre Tochter umgebracht. Wir sind hier nicht mehr vor Gericht, Archie. Sie glauben doch nicht ernsthaft, dass Graeme unschuldig war?«

»Ich weiß nicht, ob er unschuldig war, und ich weiß nicht, ob er schuldig war. Aber Sie wissen das auch nicht.«

Dan tupfte sich den Mund mit einer Serviette ab, erhob sich und strich sich das Jackett glatt. Er griff nach der Kaffeekanne und schenkte sich eine Tasse ein. »Auf jeden Fall war es brillant nachzuweisen, dass Sally noch bei Rachel war. Wer hat Sie denn darauf gebracht?«

»Man merkt, dass Sie keine Kinder haben«, erwiderte Gale lachend. »Sie sieht, wie ein anderes Mädchen mit ihrem Freund rummacht, und dann geht sie einfach nach Hause ins Bett? Auf gar keinen Fall. Das schreit doch geradezu nach einer Konfrontation.«

»Und die Sache mit Kerry McGrath?«

»Nachdem ich herausgefunden hatte, dass Sally an dem Abend tatsächlich noch bei Rachel war, habe ich nach weiteren Verbindungen gesucht. Und als Kevin zugegeben hat, dass Kerry ihn einmal um eine

Verabredung gebeten habe, war das fast zu schön, um wahr zu sein.«

Dan zuckte die Achseln. »Sallys Vater hat in seinem Kalender nachgeschaut. Die ganze Familie war an dem Wochenende in Minneapolis, um sich *Les Misérables* anzuschauen. Wir haben das überprüft.«

»Jeder Vater kann solche Beweise erbringen, wenn seine Tochter in Schwierigkeiten ist«, sagte Gale.

»Sie war es nicht, Archie.«

»Ganz wie Sie meinen. Aber hinter der Geschichte steckt noch viel mehr, als vor Gericht herausgekommen ist.«

Das ganze Zimmer erbebte, als ein Donnerschlag das Haus erschütterte. Gale betrachtete gedankenverloren den pechschwarzen Himmel.

»Jetzt, wo Graeme tot ist, werden wir es wahrscheinlich nie erfahren«, sagte Dan.

Gale strich sich über das Bärtchen. »Ach, ich weiß nicht. Vielleicht kommt Rachel ja zurück und offenbart uns ihr Geheimnis. So wie ein Geist.«

Stride lauschte dem lauten Klopfen des Regens auf dem Glasdach, und jedes Mal, wenn ein Blitz niederging, sah er das Leuchten durch die geschlossenen Augenlider. Die Eichenbalken der Veranda stöhnten unter den heftigen Windstößen.

Er roch die süße, frische Luft, in die sich ein leichter, säuerlicher Geruch nach schimmelndem Holz mischte.

Als er um vier Uhr morgens vom Donner aufgewacht war, hatte er sein Bettzeug mit auf die Veranda genommen, hatte den Heizlüfter eingeschaltet und war in einen leichten, unruhigen Schlaf gefallen, während das Unwetter über ihm in Wellen von Westen her heranrollte. Im Schlafzimmer hatte vor zwei Stunden der Wecker geklingelt. Aber es war ihm egal. Draußen war es so dunkel, dass man sich einreden konnte, es sei noch Nacht.

Die Ermittlungen und der Prozess gingen ihm nicht aus dem Kopf. Er hatte nicht das Gefühl, dass die Sache abgeschlossen war. Und er weigerte sich, an Stoners Unschuld zu glauben, daran hatte sich nichts geändert. Aber vielleicht machte er sich ja auch etwas vor, wenn er versuchte, sich einzureden, dass er nicht von Anfang an falsch gelegen hatte. Er verscheuchte die Zweifel wie Fliegen, aber ein paar Minuten später waren sie schon wieder da und summten ihm ins Ohr. Und sie summten jedes Mal lauter.

Er dachte an die Postkarte. Sie hatte in seinem Briefkasten gesteckt, als er am Abend zuvor nach Hause gekommen war. Alle paar Minuten starrte er darauf. Und immer wieder hörte er die Fliegen summen.

Die Bodendielen quietschten, als Schritte näher kamen. Stride schlug abrupt die Augen auf, drehte den Kopf und sah Maggie in der Tür zur Veranda stehen. Ihr schwarzes Haar war klatschnass, und von Gesicht und Jacke tropfte Regenwasser. Sie sah schmal und verletzlich aus.

»Du willst dein Haus verkaufen?«, fragte sie.

Das Schild war vor ein paar Tagen aufgestellt worden. Stride schloss die Augen wieder und schüttelte den Kopf. Er ärgerte sich über sich selbst. »Ich wollte es dir noch erzählen, Mags. Ehrlich.«

»Ihr heiratet, oder? Du und die Lehrerin.«

Stride nickte.

Es war vor einer Woche passiert, beim Abendessen. Wenn er daran zurückdachte, wusste er nicht einmal mehr genau, wer wen gefragt hatte. Sie hatten den Abend nüchtern und niedergeschlagen begonnen, und ein paar Stunden später waren sie volltrunken und verlobt gewesen. Andrea hatte sich an ihn geklammert und ihn nicht mehr loslassen wollen. Das hatte sich gut angefühlt.

»Tut mir Leid, Mags«, sagte er.

Sie zog eine Hand aus der Jackentasche und richtete den ausgestreckten Zeigefinger wie eine Pistole auf ihn. »Bist du völlig verrückt geworden, Boss? Du machst einen schweren Fehler.«

»Ich weiß ja, dass dich das aufregt«, erwiderte Stride.

»Und ob mich das aufregt! Schließlich muss ich mit ansehen, wie sich ein Freund sein Leben versaut. Habe ich dir nicht gesagt, du sollst das nicht zu ernst werden lassen? Wo ihr doch beide noch dabei wart, eure Tragödien zu verarbeiten. Cindy hat mir immer gesagt, dass du der größte Idiot auf Erden bist, wenn es um Gefühle geht, und offensichtlich hat sie Recht gehabt.«

»Lass Cindy aus dem Spiel«, schnauzte Stride.

»Wie? Willst du behaupten, dass sie da nicht bis zur Halskrause mit drinsteckt? Ich sag's dir gerne auch noch einmal, Boss. Es ist ein Fehler. Tu das nicht.«

Stride schüttelte den Kopf. »Das mit uns beiden war unmöglich. Es wäre niemals gut gegangen. Das hast du selbst gesagt.«

»Du glaubst, es geht hier um mich?« Maggie hob den Blick gen Himmel, als suchte sie göttlichen Beistand. »Unfassbar.«

Unbehagliches Schweigen breitete sich zwischen ihnen aus. Man hörte nur noch das Heulen des Windes draußen und das Wasser, das von Maggies Jacke auf den Boden tropfte.

»Ist es denn so falsch, wenn zwei Menschen, die sich brauchen, sich zusammentun?«, fragte Stride.

»Ja«, sagte Maggie. »Das ist falsch. Es sollten nämlich zwei Menschen sein, die sich lieben.«

»Jetzt legst du aber wirklich jedes Wort auf die Goldwaage.«

»Nein, das tue ich nicht. Entweder man liebt sich, oder man liebt sich nicht. Entweder man gehört für immer zusammen, oder man lässt das mit dem Heiraten bleiben.«

»Ich hatte gehofft, du würdest dich für mich freuen«, sagte Stride.

»Du willst also, dass ich lächle, dir auf die Schulter klopfe und dir sage, wie toll ich das finde?« Maggies Stimme klang schrill vor Wut. »Leck mich doch. Das werde ich nicht tun. Und ich kann auch gar nicht glauben, dass du das erwartest.«

Stride schwieg und lauschte ihren heftigen Atemzügen.

Maggie schüttelte den Kopf und seufzte. Sie sammelte ihre Gefühle auf wie Murmeln, die auf dem Boden verstreut lagen. »Weißt du, wenn du glaubst, das tun zu müssen, dann musst du es eben tun. Aber ich hätte mir selbst nicht mehr in die Augen schauen können, wenn ich nicht meine Meinung dazu gesagt hätte.«

Stride nickte. »Gut, Mags. Das hast du ja jetzt getan.«

Sie sahen einander lange an, und es war wie ein wortloser Abschied. Kein Abschied für immer, aber ein Abschied von ihrem Verhältnis, wie es bis dahin gewesen war.

»Eigentlich bin ich gekommen, um dir zu sagen, dass es nicht Rachels Leiche ist«, sagte Maggie schließlich. Sie sprach wieder mit ihrer Polizistinnenstimme und benahm sich ganz geschäftsmäßig. »Die DNA-Analyse ist da. Es ist Kerry.«

Stride stieß einen leisen Fluch aus. Er dachte an das hübsche, unschuldige junge Mädchen und daran, wie er sie verloren, wie er Cindy verloren hatte. Er war noch genauso wütend wie damals. Wütend darüber, dass der Mörder einfach so davongekommen war.

Und dann dachte er: Es war nicht Rachel. Und schon hörte er die Fliegen wieder, die ihm ins Ohr summten.

»Ich habe gestern Abend Post bekommen«, sagte er leise.

Er deutete mit dem Kopf auf die Postkarte, die auf dem kleinen Beistelltisch lag. Maggie betrachtete das Bild darauf, das ein graues Tier mit langen Ohren und merkwürdigen Proportionen in der Wüste zeigte.

»Was ist das denn?«

»Eine Haselope«, sagte Stride. »Eine Kreuzung aus Eselshase und Antilope.«

Maggie runzelte die Stirn. »Was?«

»Das ist nur ein Witz«, sagte Stride. »Eine Legende. Das Tier gibt es nicht wirklich. Die Leute schicken einem Postkarten mit Haselopen drauf, um zu testen, wie leichtgläubig man ist.«

Maggie streckte die Hand nach der Postkarte aus.

»Nur an den Ecken anfassen«, ermahnte Stride sie.

Maggie hielt inne, die Hand starr in der Luft, und sah Stride mit einem merkwürdigen Blick an, als hätte sie etwas Furchtbares gespürt. Dann hob sie vorsichtig die Postkarte an den Ecken auf und drehte sie um. Sie las die Worte, die in roter Tinte darauf standen. Die Buchstaben waren leicht verwischt von den Regentropfen, die darauf gelandet waren.

Er hat den Tod verdient.

»Scheiße«, entfuhr es Maggie. Sie starrte Stride fassungslos an und schüttelte dann heftig den Kopf.

»Das kann unmöglich von ihr sein. Das kann nicht von Rachel sein. Die ist tot.«

»Ich weiß es nicht, Mags. Wie leichtgläubig sind wir denn?«

Maggie schaute auf den Poststempel. »Las Vegas?«

Stride nickte. »Die Stadt der verlorenen Seelen«, sagte er.

Vierter Teil

1 Drei Jahre später

Beefy-Bob lebte in einem Wohnwagen an einer Nebenstraße, ein paar Kilometer südlich von Las Vegas. Wie die meisten Gammler im Las Vegas Valley war er einfach aus dem Nichts gekommen. Sein Wohnwagen war vor etwa einem Jahr aufgetaucht. Ein Lastwagen hatte ihn schwankend dorthin gezogen und kaum abgewartet, bis der Wohnwagen stand, bevor er schon wieder in die Stadt zurückgefahren war. Am Tag, nachdem der Wohnwagen sich am Rand der staubigen Straße niedergelassen hatte, stand an der Ausfahrt des California Highway ein handgeschriebenes Schild auf einem Holzstecken.

Beefy-Bob

war darauf zu lesen und darunter:

New-Age-Geschenkartikel
Erleuchtete Lyrik
Dörrfleisch

Bob hatte den hinteren Teil des Wohnwagens durch einen Vorhang abgetrennt, dort einen klapprigen Tisch mit einer Geldkassette aufgestellt und sein Geschäft eröffnet. Er hatte Dutzende Windharfen aus buntem Glas aufgehängt, Magnete in Pyramidenform an einer Metallplatte an der Wand angebracht und die Regale mit Räucherstäbchenhaltern, Kerzen mit Sandelholzduft und handgeschriebener epischer Dichtung gefüllt, die er auf einem altersschwachen

Kopiergerät vervielfältigte und sie dann zu Schriftrollen rollte und mit lilafarbenen Bändern umwickelte.

Aber seine Stammkunden kamen nicht wegen der Windharfen und auch nicht wegen der Dichtung. Sie kamen wegen des Dörrfleischs: Dörrfleisch vom Rind, vom Huhn oder vom Truthahn, das in Geschmacksrichtungen wie »Teriyaki« oder »Cajun« in Schuhkartons in einem alten Kühlschrank aufbewahrt und von dort verkauft wurde. Meist hielten Trucker bei ihm an. Es hatte genügt, dass ein paar einmal aus Neugier vorbeigeschaut hatten, und schon hatte sich die Nachricht wie ein Lauffeuer in der südwestlichen Trucker-Gemeinde verbreitet. Man gab den Tipp weiter: Du fährst nach Vegas? Dann musst du unbedingt bei Beefy-Bob anhalten. Sie kamen zu jeder Tages- und Nachtzeit an allen Wochentagen, und Bob hatte immer geöffnet. Wenn Kundschaft kam, während er gerade schlief, weckte sie ihn einfach auf, und er verkaufte sein Dörrfleisch. So verdiente er genügend Geld im Monat, und hätte er es gespart, er hätte ohne weiteres in die Stadt zurückkehren, ein richtiges Geschäft eröffnen, die Vorschriften des Gesundheitsamts einhalten und Steuern zahlen können, anstatt sich dem Zugriff der Regierung zu entziehen.

Aber das Geld hielt sich bei Bob nie allzu lange. Die eine Hälfte landete in den Tiefen der Spielautomaten, die andere ging für die Ginflaschen drauf, die er, wenn sie leer waren, einfach aus dem Fenster seines Wohnwagens in die Wüste hinaus warf, wo die Scherben wie ein Meer von Diamanten glitzerten.

Er hatte schon vor einem Jahr Selbstmord begangen, aber sein Körper hatte bisher nichts davon gemerkt.

Die Trucker begannen, über ihn zu reden. Vor

einem Jahr hatte Bob noch recht normal gewirkt für einen Mann, der am Rand der Wüste in einem Wohnwagen saß. Aber von da an war er jeden Monat mehr gealtert. Er rasierte sich nicht, schnitt sich nur manchmal verfilzte Nester aus dem langen, ergrauenden Bart. Das Haar hing ihm wirr und strähnig auf die Schultern herab. Seine Haut wirkte verschrumpelt und grau, und die Augen saßen tief in den Höhlen. Er aß selbst kaum etwas anderes als Dörrfleisch und nahm dabei immer mehr ab, bis er schließlich kaum noch sechzig Kilo wog. Seine Kleider – Jeans und ein Las-Vegas-T-Shirt, das um seinen mageren Körper herumschlotterte – wusch er nie. Der Gestank wurde so heftig, dass manche Kunden sich weigerten hereinzukommen, und sie wiesen ihn darauf hin, dass auch das Dörrfleisch langsam zu stinken begann. Bob machte einfach nur ein Fenster auf und ließ die trockene, staubige Wüstenluft in den Wohnwagen.

Auch in die Kasinos konnte er inzwischen nicht mehr. Man ließ ihn gar nicht erst hinein. Stattdessen ging er alle paar Tage in eine Bar, die einen guten Kilometer von seinem Wohnwagen entfernt an der Landstraße lag. Dort spielte er Videopoker, bis der Barmann den Gestank nicht mehr aushielt. Dann kaufte Bob sich noch eine Flasche Gin, ging nach Hause und trank bis zur Bewusstlosigkeit. Am Morgen, oder wenn ein Trucker laut an die Tür klopfte, um ihn aufzuwecken, warf er die Flasche aus dem Fenster.

Letzte Nacht waren es zwei Flaschen gewesen. Vielleicht war es aber auch vorletzte Nacht gewesen oder vorvorletzte, das wusste er nicht mehr.

Er erinnerte sich an nichts. Im Fernsehen hieß es, es sei Mittwoch, aber er wusste nicht mehr, wann er angefangen hatte zu trinken. Sein letzter Kunde war an einem Nachmittag da gewesen, und am Abend – welcher Abend das auch immer gewesen war – hatte er begonnen, ein Glas Gin nach dem anderen zu trinken. Und jetzt war Mittwoch.

Bob seufzte. Er musste pinkeln.

Er richtete sich auf und lehnte sich an die Wand, um das Gleichgewicht zu halten. Der Wohnwagen drehte sich ein paar Sekunden vor seinen Augen, bis er schließlich wieder stillstand. Bob erhob sich von seiner Matratze und sah den Kakerlaken nach, die sich schnell vor ihm in Sicherheit brachten. Ein Stück von ihm entfernt lagen die beiden leeren Ginflaschen. Er hockte sich hin, hob sie auf und schaute hinein. In der einen hatte sich noch ein bisschen Gin in einer Ecke gesammelt, gerade genug, um sich die Zunge zu befeuchten, als er die Flasche an den Mund hielt. Er hatte schon so viel von dem Zeug im Körper, dass ihm der Geschmack fast den Magen umdrehte, und er musste heftig schlucken, um ein Würgen zu unterdrücken.

Bob hielt die beiden Flaschen an den Hälsen fest. Er sah sich nach seinen Sandalen um, entdeckte sie schließlich unter einem Stuhl und schob die Füße hinein. Die Sandalen schlappten, als er zur mittleren Tür des Wohnwagens schlurfte. Der Riegel war schon lange kaputt. Er stieß die Tür mit dem Knie auf, und Tageslicht strömte herein. Bob schlurfte nackt die rostigen Stufen hinunter in die Wüste, die sich hinter seinem Wohnwagen erstreckte.

Die Sonne brannte erbarmungslos, wie ein gelbes Feuer, das über den Hügeln wütete. Er kniff die Augen zusammen, bekam sie kaum auf, und seine Haut spannte und fing an zu brennen. Jedes Mal, wenn er mühsam Atem holte, drang ihm glühheiße Luft in die Lungen.

Sein Penis zuckte erwartungsvoll. Er ließ einen

praktisch durchsichtigen Strahl Urin auf den Boden strömen. Die Flüssigkeit wirbelte eine Staubwolke auf, dann sammelte sie sich zu einer kleinen Lache in einer Vertiefung im Boden. Bob pinkelte mitten hinein, sodass ein paar Tröpfchen auf seinen Zehen landeten. Angestrengt beobachtete er den Strom, als wäre es sein Lebensblut, das sich da aus ihm ergoss. Der Urin schäumte und stank nach Gin. Schon nach ein paar Sekunden war der kleine See wieder verschwunden, von der Sonne weggebrannt.

Aus dem Strom wurde ein Tröpfeln.

Bob holte aus, warf eine Ginflasche in die Luft und sah zu, wie sie in der Sonne einen glitzernden, flachen Bogen beschrieb, ehe sie auf dem Boden zerschellte. Er hörte, wie das Glas zersprang, und sah die Scherben in alle Richtungen fliegen. Sorgsam wiederholte er das Ritual mit der zweiten Flasche. Es gefiel ihm, wie sie zischend durch die Luft flog und dann auf dem Boden zerbrach.

Vor ihm lagen Dutzende zerbrochener Flaschen. Sein ganz privates kleines Minenfeld. Die meisten Scherben waren schon von Staub bedeckt, aber die neueren glitzerten noch und reflektierten das Sonnenlicht wie Laserstrahlen.

Er blinzelte und starrte hinaus in die Wüste. Er war erst ein paar Minuten draußen, aber es war schon wieder an der Zeit, hineinzugehen. Dort entkam er zwar nicht der Hitze, doch zumindest würde keine direkte Sonneneinstrahlung seinen Körper austrocknen. Seine runzlige Haut war schon so oft verbrannt, dass er viele kleine Wunden hatte, die austrugen und nicht mehr verheilten. Jetzt spürte er sie, sie brannten in der Sonne.

Trotzdem blieb Bob stehen.

Er wusste nicht genau, was es war, aber irgendetwas hatte seine Aufmerksamkeit erregt. Er betrachtete die kleinen, zähen Kreosotbüsche, an denen der Wind riss, und die Yuccas, die wie winzige Palmen aussahen. Sie befanden sich alle am richtigen Platz und sahen genauso aus wie immer. Auch die Hügel am Horizont sahen aus wie immer. Und die zerbrochenen Flaschen funkelten wie immer. Wie Diamanten.

Aber … nein, das stimmte nicht.

Irgendetwas war anders als sonst. Er sah die Sonnenstrahlen auf etwas schimmern und glänzen, aber es war nicht sein Minenfeld, das er immer mit leeren Flaschen bestückte. Die Strahlen, die da zurückgeworfen wurden, kamen von weiter hinten, weiter seitlich, wo überhaupt keine Scherben mehr zu sehen waren. Und trotzdem funkelte da etwas in der heißen Sonne, wie winzige Diamanten, die ihn unter einem Kreosotbusch hervor anblinzelten.

Was war das wohl?

Bob runzelte die Stirn. Eigentlich wusste er nicht, warum, aber plötzlich schlurfte er fast automatisch über den Wüstenboden, weil er wissen wollte, was er da sah. Je näher er kam, desto schneller ging er, bis er schließlich fast rannte. Er war vollkommen untrainiert und geriet schnell außer Atem, trotzdem rannte er die letzten zwanzig Meter bis zu der Stelle, wo die Diamanten verborgen lagen. Dann blieb er wie angewurzelt stehen und starrte zu Boden.

Die glitzernden Diamanten stammten von einer Glitzercreme, die auf Haut verteilt worden war. Sie funkelten am Körper einer Frau mitten im Dreck.

Sie lag mit dem Gesicht nach oben, halb unter den Zweigen des Busches verborgen. Ihr Körper war nackt wie seiner, aber völlig leblos und ohne erkennbares Alter, eine runzlige Leiche, deren versengte Haut geschrumpelt war, deren Augen zwar weit offen standen, aber nur noch wie winzige Murmeln in den Höhlen lagen, deren blondes Haar grau war von Staub und deren Mund wie in einem tonlosen Schrei weit offen stand, während ein paar Wüstenkäfer hineinmarschierten, um sich von innen an ihrem Fleisch gütlich zu tun. Man konnte kaum noch erkennen, dass dieses Ding einmal ein schönes, menschliches Wesen gewesen war.

Bob sank auf die Knie.

Sie starrte ihn an. Ihre Lippen, die kaum noch Farbe hatten, waren zu einem Lächeln verzerrt. Er streckte die Hand aus, um sie zu berühren, vorsichtig, als fürchtete er, sie könne plötzlich aufwachen und nach ihm greifen. Aber sie rührte sich nicht. Ihre Haut fühlte sich an wie Sandpapier unter seinen Fingern.

Dann sah er etwas in ihrem Gesicht zucken. Es war wie ein Albtraum. Sie konnte doch unmöglich noch am Leben sein!

Starr vor Entsetzen, den Mund zu dem stummen Schrei aufgerissen, der tief aus seiner Seele empordrang, sah Bob zu, wie eine fette Kakerlake sich aus der Nase der Leiche nach draußen zwängte und mit den Fühlern in seine Richtung tastete. Er stolperte zurück, dann rannte er. Aber er kehrte nicht zum Wohnwagen zurück, er drehte sich einfach um und rannte ungelenk auf die Straße hinaus. Er verlor die Sandalen dabei, und der steinige Wüstenboden zerkratzte und zerschnitt ihm die Füße, sodass er mit jedem Schritt eine blutige Spur hinterließ. Trotzdem rannte er weiter, blieb nicht stehen und schaute sich nicht mehr um, als wäre ihm der Geist der Toten auf den Fersen.

2

Serena Dial von der Sheriffstation Clark County schob ihre Sonnenbrille bis zur Nasenspitze hinunter und betrachtete die Leiche.

»Hübsch.«

Sie sagte das einfach nur vor sich hin. Und der Anblick hatte auch absolut nichts Hübsches an sich. Serena konnte Wüstenleichen nicht ausstehen. Sie sahen immer aus, als wären sie einhundert Jahre alt, und manchmal, wenn man erst nach den Vögeln und dem anderen Getier hinkam, waren sie angefressen, ihnen fehlten Augen, das Fleisch war vom Körper genagt – genau das richtige Material für Albträume. Die Toten, mit denen sie sonst zu tun hatte, hatten meist Messer im Rücken oder Schusswunden. Damit konnte man ganz gut umgehen, wenn man sich das viele Blut wegdachte. Sie sahen immerhin noch aus wie Menschen. Und nicht so wie das hier.

Aber es handelte sich eindeutig um eine Frau. Das war leicht festzustellen. Die Sonne stellte schreckliche Dinge mit den Leuten an, die das Pech hatten, tot in der Wüste zu liegen, aber einen Penis hatte sie bis jetzt noch nie verschwinden lassen. Brüste dagegen wurden normalerweise flach und verschwanden. Die Brüste dieser Leiche, fiel ihr auf, waren noch ziemlich gut erhalten. Das war interessant. Außerdem funkelte der Körper in der Sonne. Auch das war interessant.

Serena hockte sich hin, beugte sich über die Leiche und betrachtete sie aus nächster Nähe, ohne sie zu berühren. Sie fing bei den Füßen der Frau an, wanderte dann an den Beinen entlang nach oben und widmete dem Unterleib mehr Zeit, als ihr eigentlich lieb war. Dann betrachtete sie den Bauch, die

Brüste und schließlich das Gesicht und die Lippen, die aussahen, als wollten sie ihr einen makabren Kuss geben.

Dann richtete sie sich wieder auf, zog ein digitales Tonbandgerät aus der Tasche und sprach ein paar Stichworte hinein.

Der Wind fuhr ihr durch das volle, schwarze, schulterlange Haar. Sie hatte die wohlgeformte Figur eines Revuemädchens, und die meisten Fremden, die nach Las Vegas kamen, hielten sie anfangs auch für eines. Deshalb hatte sie sich angewöhnt, ihre Polizeimarke gut sichtbar außen zu tragen – das half gegen die unwillkommenen Annäherungsversuche betrunkener Tagungsteilnehmer. Serena war fast eins achtzig groß, langgliedrig und gut proportioniert. Sie trug ein ärmelloses weißes Tanktop, das sie in ihre enge, verwaschene Jeans gesteckt hatte. Ein intensives Fitnesstraining sorgte dafür, dass sie muskulös und durchtrainiert war. Ihre Haut war goldbraun, weil sie die meiste Zeit im Freien verbrachte.

Serena war Mitte dreißig. Ihre Augen, die meist hinter den apricotfarbenen Gläsern ihrer Sonnenbrille verborgen blieben, waren smaragdgrün. Sie hatte einen kleinen Mund, blasse Lippen und ein sanft gerundetes Kinn. Sie wirkte nicht jung, nicht wie ein junges Mädchen, und das war schon immer so gewesen. Seit dem Teenageralter sah sie genauso aus wie jetzt: erwachsen und wunderschön. Erst seit kurzem entsprach ihr Alter nach all den Jahren endlich ihrem Äußeren. Manchmal, in müßigen Momenten, überlegte sie, wie sie wohl in den Jahren aussehen würde, die noch vor ihr lagen.

Die Frau zu ihren Füßen hatte sich das wahrscheinlich auch oft gefragt. Aber sie würde es nicht mehr erfahren. Und es war nur gut, dass sie sich selbst so nicht mehr sehen konnte.

»Alter«, sagte Serena in ihr Tonbandgerät. »Das muss der Pathologe feststellen. Höchstens Anfang zwanzig, denke ich. Todesursache scheint ein Schlag auf den Kopf mit einem stumpfen Gegenstand zu sein. Das Haar am Hinterkopf ist blutverklebt, und obwohl ich die Leiche nicht bewegt habe, sieht es so aus, als wäre der Schädel dort zertrümmert. Haarfarbe ursprünglich schwarz, blond gefärbt.«

Serena betrachtete den Wüstenboden um die Leiche herum.

»Sie wurde nicht hier getötet. Zu wenig Blut am Boden. Der Täter muss die Leiche hierher gebracht haben. Die Tote ist unbekleidet, aber es gibt keine offensichtlichen Anzeichen für sexuelle Übergriffe, keine Prellungen im Beckenbereich, keine abgebrochenen Fingernägel, keine Kratzer oder sonstigen Wunden. Wir werden Tests auf Vergewaltigung durchführen. Den Todeszeitpunkt kann ich nicht bestimmen. Ich frage mich auch, ob der Pathologe das in diesem Fall genau sagen kann. Mindestens zwei Tage, würde ich sagen. Die Totenstarre ist längst eingetreten. Wir haben noch Glück, dass wir sie vor den Geiern gefunden haben.«

Plötzlich kam ihr eine Idee. Vorsichtig berührte sie die verschrumpelte Brust der Frau mit dem Finger. »Dachte ich's mir doch«, murmelte sie vor sich hin, während sie sich wieder aufrichtete.

Dann sprach sie weiter in ihr Tonbandgerät. »Sie hat Ohrlöcher, trägt aber keine Ohrringe. Auch keine Uhr und keine Ringe. Finger- und Zehennägel sind rot lackiert. Das Gesicht weist Spuren von starkem Make-up auf. Glittercreme am ganzen Körper.«

Sie hörte Schritte näher kommen, dann eine Stimme: »*Hola*.«

»Pass auf, wo du hintrittst, Cordy«, sagte Serena, ohne sich umzudrehen, obwohl das eigentlich keine

Rolle spielte. Sie hatte schon früher Suchaktionen in der Wüste durchgeführt, und es war praktisch nie etwas dabei herausgekommen. Kein Wunder, dass die Gangster im alten Las Vegas ihre Opfer gern in der Mojave-Wüste verrotten ließen.

Cordy tat beleidigt. »Für was hältst du mich? Bin ich ein Anfänger?«

Cordero Elias Angel war seit einem halben Jahr ihr Partner. Serena stand bei ihren Vorgesetzten inzwischen in dem Ruf, dass man nur schwer mit ihr zusammenarbeiten konnte, und sie hatte einen hohen Verschleiß an Partnern. Cordy allerdings schien sich zu halten. Er war schlagfertig, tat, was man ihm sagte, und hatte nicht einmal versucht, sie anzugraben. Cordy mochte kleine, blonde, junge Frauen, und keine dieser Eigenschaften traf auf Serena zu. Außerdem war er fast einen Kopf kleiner als sie und sechs Jahre jünger. Es gab keinerlei erotische Anziehung zwischen ihnen.

Serena konnte sich aufgrund ihres Aussehens vor Angeboten kaum retten. Aber wenn sie sich einmal aus der Reserve locken ließ und mit jemandem ausging, war der Abend in der Regel auch schnell wieder zu Ende. Ihre barsche Art machte den Männern Angst. Sie hatte seit Jahren keinen Sex mehr gehabt und versuchte, sich einzureden, dass sie ihn auch nicht vermisste.

Cordy hingegen hatte ein recht lebhaftes Privatleben. In der kurzen Zeit ihrer Zusammenarbeit hatte Serena ihn mit sechs verschiedenen Frauen im Alter zwischen zwanzig und dreiundzwanzig gesehen. Keine davon hatte sich über ein paar Mal Matratzengymnastik hinaus gehalten. Für mindestens zwei war es überhaupt das erste Mal gewesen – zumindest behauptete das Cordy. Serena fand es widerlich und sagte ihm das auch. Aber Cordy hatte nur gegrinst, und sie hatte das Thema gewechselt, weil sie die Geister der Vergangenheit nicht wieder wecken wollte.

Cordy war ein gut aussehendes, wenn auch etwas stämmiges Kerlchen und sah immer aus wie aus dem Ei gepellt. Heute trug er ein geblümtes Hemd von Tommy Bahama und eine schwarze Seidenhose. Er hatte pechschwarzes, glatt zurückgegeltes Haar, seine Haut war dunkel wie kalt gepresstes Olivenöl, und die Zähne hoben sich auffallend weiß von diesem südländischen Teint ab. Darüber glitzerten braune Raubtieraugen.

Serena deutete mit dem Daumen auf den Wohnwagen. »Und, was ist mit ihm?«

»Das ist so ein richtig erbärmlicher alter Mann. Eigentlich ist er noch gar nicht so alt, aber schon ziemlich hinüber. Ertränkt sich jeden Abend in Gin. Siehst du die ganzen Scherben da? Die sind von seinen Flaschen. Er schmeißt sie einfach raus, wenn sie leer sind.«

Serena betrachtete das breite Feld aus Glasscherben hinter dem Wohnwagen. »Sorg dafür, dass die Spurensicherung sich die Scherben genau anschaut. Vielleicht hat unser Lieferant sich ja geschnitten, als er die Leiche hergebracht hat, dann hätten wir wenigstens eine Blutprobe.«

»Yep«, sagte Cordy.

»Wahrscheinlich finden wir Beefy-Bob in ein paar Monaten halb verwest in seinem Wohnwagen«, bemerkte Serena. »Hat er das selbst gemeldet?«

Cordy schüttelte den Kopf. »Er hat die Leiche gefunden und ist völlig ausgeflippt. Ist nackt die Straße runtergerannt. Ein Autofahrer hat ihn gesehen und uns angerufen. Als der Einsatzwagen ihn aufgegriffen hat, hat er die ganze Zeit von einer Leiche geredet, die noch lebt.«

»Kennt er die Frau?«

Cordy schüttelte wieder den Kopf. »Nee, er sagt, er hat sie nie im Leben gesehen. Er hat die Leiche zufällig entdeckt, als er zum Pinkeln rausgegangen ist.«

»Was ist mit dem Zeitpunkt? Hat er irgendeine Ahnung, wann unser kleines Päckchen hier abgeliefert worden ist? Hat er irgendwas gehört oder gesehen?«

»Der hat nichts gehört. *Nada*. Der Typ war mindestens zwei Tage völlig weg, vielleicht auch drei. Kann also jederzeit passiert sein.«

Serena seufzte. »Na, großartig.«

»Also, wenn du mich fragst, haben wir nicht gerade viel in der Hand.«

»Ich nehme an, du hast nach Blutspuren im Wohnwagen gesucht?«

»Yep. Er hatte blutige Füße vom Laufen, aber es ist nicht so viel Blut, als hätte er wem den Schädel eingeschlagen. Und geputzt hat er sicher nicht, das kannst du mir glauben. Wenn sie nicht gerade am Gestank erstickt ist, war die Tote nicht in dem Wohnwagen. Aber das Dörrfleisch musst du mal probieren. Er hat mir ein Stück gegeben. Truthahn, glaube ich, mit Cajun-Geschmack. Richtig gutes Zeug, wenn man den Gestank aushält.«

»Spätestens, wenn du auf der Rückfahrt in die Stadt anhalten und dich in die Wüste verdrücken musst, wirst du dir wünschen, es nicht probiert zu haben.«

»Ich bin Mexikaner, ich habe einen eisernen Magen. Ich sage nur: Chili, Puppe.« Cordy warf sich stolz in die Brust.

Serena schüttelte den Kopf. »Und ich sage nur: Salmonellen, Süßer. So was kriegen nicht nur Gringos.«

»Eins darfst du nicht vergessen. Ich wollte sehen, ob er was im Kühlschrank versteckt hat, und ich hatte keinen Durchsuchungsbefehl. Aber jetzt, nach einem Stück Dörrfleisch, weiß ich, dass er wirklich nichts anderes als Dörrfleisch in seinen Schuhkartons hat.«

»Jetzt hast du mich aber echt beeindruckt, Süßer.«

Serena warf einen letzten Blick auf die Leiche. Am liebsten hätte sie sie zugedeckt, um der armen Frau zumindest einen Rest Würde zu lassen. In Las Vegas waren bizarre Verbrechen nicht gerade Mangelware, und inzwischen konnte sie eigentlich kaum noch etwas schocken. Sie hatte eine Leibesvisitation bei einer Verdächtigen durchgeführt und hatte, nachdem die Frau zuerst ihre gewaltigen Brüste freigelegt hatte, schließlich feststellen müssen, dass es sich um eine Transsexuelle mit einem ebenso gewaltigen Organ handelte. Sie hatte den Mord an einem Kleinwüchsigen aufgeklärt, der von zwei sensationslüsternen Teenagern auf eine selbst gebaute Streckbank gespannt und getötet worden war. Sie hatte einen Mann festgenommen, der nackt in Begleitung zweier Ziegen durch die Innenstadt spaziert war. An Perversem, Krankem und Blödsinnigem hatte sie fast alles schon gesehen. Aber manchmal, ganz selten, gab es einen Fall, bei dem sie instinktiv wusste, dass sie auf etwas Tiefgründiges, Faszinierendes und Düsteres gestoßen war. Und genau das sagte ihr sechster Sinn ihr auch jetzt.

Und es kam noch etwas anderes hinzu. Es bereitete ihr immer besonderen Schmerz, den Mord an einer jungen Frau aufzuklären. In solchen Fällen lag die Erinnerung an ihre eigene Jugend in Phoenix viel zu nahe und der Gedanke daran, dass genauso gut sie diese Leiche in der Wüste hätte sein können, wenn nur irgendetwas anders gekommen wäre.

»Wie heißt du, Kleine?«, murmelte Serena vor sich hin, während sie die Leiche des Mädchens betrachtete.

»Da kommt die Kavallerie«, bemerkte Cordy. Er deutete zur Straße hinüber, wo gerade ein ganzer Schwarm von Polizei- und Notarztwagen eintraf. »Bitte sag mir, dass wir nicht hier bleiben und fünf Stunden lang braten müssen, während die zwischen den Steinen rumwühlen.«

Serena schüttelte den Kopf. »Nein, wir werden den Fundort abriegeln und dann Neuss das Kommando geben. Ein Nachmittag in der Sonne wird ihm gut tun. Dann reden wir mit dem Pathologen und hören, ob ihm irgendwas an der Leiche auffällt, was ich übersehen habe. Und anschließend werden wir zwei versuchen herauszufinden, wer das Mädchen ist.«

»Wirst du mir auch sagen, wie du eine Leiche identifizieren willst, die bestimmt kein Mensch wiedererkennt?«

»Nun, als Erstes wirst du dir vom Büro alle Vermisstenanzeigen der letzten zwei Wochen faxen lassen, die weiße Frauen zwischen dreizehn und dreißig betreffen.«

»Yep. Und dann?«

»Dann werden wir uns die Stripklubs vornehmen.«

Cordy stieß ein begeistertes Heulen aus. »Ein Tag nach meinem Herzen, Puppe. Glaubst du, die Kleine war Stripperin? Hoffen wir, dass sie da noch besser aussah. Wenn das Ding da vor einem strippt, ist man in null Komma nichts wieder daheim bei der Ehefrau, was?«

»Halt die Klappe, Cordy.«

»Also gut, was habe ich übersehen? Hast du einen Ausweis der Strippergewerkschaft gefunden? Warum bist du dir so sicher, dass sie Tänzerin war?«

Serena zuckte die Achseln. »Sie hat Brustimplantate. Deshalb ist der Busen auch noch da. Die Schamgegend ist rasiert, bis auf einen schmalen, senkrechten Streifen Haar. Sie hat Reste von Glittercreme auf Brüsten und Oberschenkeln. Und an der linken Brust hat sie eine kleine Tätowierung, ein Herz. Wenn man das alles zusammennimmt, bin ich mir ziemlich sicher, dass das Mädchen in einem Stripklub getanzt hat.«

»Yep. Dann bleiben uns ja auch nur etwa vierhundert Klubs abzuklappern. Wenn wir mal die Vermittlungsdienste weglassen.«

»Ich sagte Stripperin, nicht Nutte. Nutten treiben nicht so viel Aufwand mit Glittercreme und Brustimplantaten, Süßer. So was ist nur für Auftritte gedacht. Wir fangen mit den besseren Schuppen an und hoffen einfach mal, dass die Kleine gut genug war und es dorthin geschafft hat.«

Cordy grinste. »Du bist der Boss. Wenn du sagst, ich soll meinen Tag damit verbringen, mit Frauen zu reden, die sich für Geld ausziehen, dann muss ich das wohl tun.«

3

Serenas Augen gewöhnten sich nur langsam an die Dunkelheit im Innern des Klubs. Die Luft war verraucht und leicht parfümiert. Aus versteckten Lautsprechern kam Rockmusik, ein stampfender Rhythmus, der den Boden unter ihren Füßen vibrieren ließ. Die Wände des engen Vorraums waren mit dunklem Holz getäfelt. Eine rote gepolsterte Tür trennte sie vom eigentlichen Klubraum, und daneben befand sich ein kleines Podium, hinter dem eine erotische chinesische Zeichnung an der Wand hing. Als sie eintraten, kam ein riesiger Mann in einem grauen Geschäftsanzug hinter der roten Tür hervor und versperrte ihnen lächelnd den Weg. Er hatte blondes, lockiges Haar und einen buschigen Schnurrbart.

Cordy warf er nur einen gelangweilten Blick zu, aber seine Augen ruhten umso länger auf Serena und musterten sie intensiv von Kopf bis Fuß.

»Für dich, Süße, ist der Eintritt frei. Dudley Moore hier zahlt 24 Dollar 95.«

Der Gorilla grinste Cordy an, und Serena sah den Rauch schon vor sich, der jeden Moment aus den Ohren ihres Partners kommen musste.

»Wir sind keine Kunden«, sagte sie und zeigte ihm ihre Polizeimarke. »Wir sind von der Sheriffstation Clark County. Wir ermitteln in einem Mordfall.«

Das Lächeln verschwand und wurde durch kühle Gleichgültigkeit ersetzt. »Was für ein Mord?«, fragte der Mann mit einer beiläufigen Bewegung seiner gewaltigen Schultern.

»Das müssen wir noch herausfinden. Eine Unbekannte, die mit zertrümmertem Schädel in der Wüste gefunden wurde. Wir vermuten, dass sie in einem Stripklub gearbeitet hat.«

Cordy zog ein Polaroid aus der Innentasche seines Jacketts und hielt es dem Gorilla unter die Nase. »Kennen Sie die Frau?«

Serena achtete auf die Reaktion des Mannes und sah, wie er ein wenig blass wurde und unwillkürlich das Gesicht verzog.

»Wann soll die denn hier gearbeitet haben? 1940 vielleicht?«

»Falls Sie mal ein paar Tage in der Wüste rumliegen, sollten Sie auf jeden Fall Sunblocker verwenden«, bemerkte Serena. »Also, kennen Sie sie?«

»Nein.«

»Ist eines von Ihren Mädchen in den letzten Tagen verschwunden?«

Der Mann lachte, eine Art dröhnendes Wiehern.

»Sie machen wohl Witze? Die Mädchen wechseln jede Woche, wenn nicht sogar jeden Tag. Hier gibt es schließlich nur wenig Aufstiegschancen.«

»Wir reden ja auch nur von den letzten paar Tagen«, sagte Serena. Sie konnte Typen wie ihn nicht leiden – geldgierige Monster, die junge Körper verschlangen, um sie dann, sobald sie wertlos geworden waren, wieder auf die Straße zu spucken.

»Die Antwort ist Nein.«

»Wie steht's mit Tätowierungen? Hatten Sie mal ein Mädchen hier, das eine Herztätowierung auf der linken Brust hatte?«

»Tätowierungen? Klar. Wir haben Drachen, Katzen, Männer, Stacheldraht, Sonnenblumen und Dwight Yoakam im Angebot. Aber keine Herzen.«

»Ganz sicher nicht?«, fragte Serena.

Der Mann grinste. »Ich habe sie alle gesehen.«

»Sie haben sicher nichts dagegen, wenn wir uns ein bisschen mit den Mädchen unterhalten«, sagte Cordy.

»Haben Sie einen Durchsuchungsbefehl?«

»Zum Reden brauchen wir keinen Durchsuchungsbefehl«, erwiderte Serena. »Wir können uns natürlich einen holen, wenn Sie wollen. Aber falls wir dann hier drinnen Drogen finden sollten, könnte das Ihrem Umsatz ein bisschen schaden, glauben Sie nicht?«

»Dann machen Sie wenigstens schnell«, brummte der Mann. »Und übrigens, ein paar von den Mädchen sehen ziemlich jung aus, aber sie sind alle über achtzehn. Ich habe die Ausweise überprüft.«

»Na sicher«, sagte Serena. Sie selbst war mit ihrem gefälschten Ausweis in sämtliche Klubs gekommen, als sie sechzehn war. Damals, in der schlechten alten Zeit.

Sie traten durch die rote Tür in den Klub. Er sah

genauso aus wie die anderen sieben, in denen sie vorher gewesen waren, und auch die Geräuschkulisse war dieselbe. Die Musik, die schon im Vorraum laut gewesen war, war drinnen ohrenbetäubend. Ein langer, hoher Laufsteg, von dem mehrere Messingstangen bis zur Decke hinaufreichten, zog sich bis zur Mitte des Raumes. Ringsum befanden sich schmale, schulbankartige Tische mit dicht an dicht stehenden Hockern. Die eigentliche Show spielte sich auf dem Laufsteg ab, aber es gab auch noch drei kleinere Bühnen mit halbrunden Zuschauerbänken. An den Wänden reihten sich samtverkleidete Sitzecken aneinander. Der Rest des Raumes stand voller Tische, an denen man essen oder Cocktails trinken konnte.

Es stank nach Bier und Pheromonen. Unter der Decke hing eine Wolke vom Qualm unzähliger Zigaretten.

Serena sah etwa dreißig Männer, vom sexhungrigen Collegestudenten in Jeans und T-Shirt bis zum alten Mann im Anzug, und dazwischen natürlich die obligatorischen Freaks und Besoffenen. Manche hatten sich richtig in die Sache hineingesteigert, pfiffen und johlten und versuchten, die Mädchen zu betatschen, soweit das möglich war, ohne hinausgeworfen zu werden. Andere saßen ehrfürchtig da, mit offenem Mund und dümmlichem Grinsen. Wieder andere hockten einfach nur da, tranken und betrachteten die Mädchen aus zusammengekniffenen Augen. Gerade die konnten einem wirklich Angst machen, weil sie keinerlei Gefühle zeigten.

Serena verspürte wieder das beklemmende Gefühl, das sie auch in den anderen Klubs bereits befallen hatte. Unwillkürlich sah sie an sich herunter und rechnete fast damit, ihren eigenen Körper entblößt zu sehen. Sie fragte sich, wie es wohl sein würde, mit den Mädchen da oben den Platz zu tauschen.

Abgesehen von den wenigen Kellnerinnen war sie die einzige Frau im Raum, die mehr trug als nur ein Höschen. Entsprechend erregte sie wenig Aufmerksamkeit, nur ein paar Blicke von Männern, die nicht damit rechneten, hier eine Frau zu sehen, die bekleidet war. Wenn sie sie ansahen, geschah das mit demselben prüfenden Blick, mit dem sie auch die Mädchen auf der Bühne betrachteten. Serena verspürte Übelkeit.

Sie musterte die Gesichter der Mädchen, die über den Laufsteg stolzierten, und versuchte, hinter ihr aufgesetztes Lächeln zu schauen. Man konnte das Alter an den Gesichtern ablesen. Je stärker sie geschminkt waren, desto mehr versuchten sie zu verstecken. In den verrauchten, schummrigen Klubs funktionierte das auch meistens, weil nur die wenigsten Männer ihnen überhaupt ins Gesicht sahen. Doch Serena tat es. Sie sah ihnen in die Augen und entdeckte ihr Geheimnis. Dieses war noch eines der besseren Etablissements, die Mädchen waren jünger und noch nicht von Alkohol- und Drogenmissbrauch gezeichnet. Wenn man hier arbeitete, konnte man sich noch einreden, dass man einmal reich und eine zweite Jenna Jameson werden würde. Aber Serena hatte im Lauf der Jahre zu viele zerstörte Gesichter gesehen, die auf künstlich verschönerten Körpern saßen. Irgendwann waren dann auch die Körper hinüber, und von da an ging es unaufhaltsam abwärts.

Sie dachte daran, wie sie mit sechzehn in die Stadt gekommen war, nur mit einer Freundin, mit der sie dem Leben in Phoenix entfliehen wollte. Serena hatte einen Job in einem Kasino angenommen, und ihre Freundin war in einem Klub gelandet, beim Lap-Dancing. Sie hatte versucht, Serena auch dazu zu überreden. Man bekam mehr Geld, und es klang durchaus verführerisch. Aber Serena wusste damals schon zu viel über die Männer und brachte es einfach nicht über sich, sich vor ihnen zu zeigen. Das war ihr Glück gewesen. Ihre Freundin war in eine schöne Wohnung gezogen, hatte ein paar drittklassige Pornofilme gedreht und sich schließlich mit Aids infiziert. Mit zweiundzwanzig war sie auf grauenvolle Weise gestorben.

Das Mädchen in der Wüste war tot. Ihre Freundin war tot. Und manchmal fühlte Serena sich richtig schuldig, weil sie noch am Leben war.

Von einer der kleineren Bühnen her hörte man Johlen. Serena und Cordy traten näher heran. In der Mitte der kleinen Bühne hatte sich eine Öffnung aufgetan. Aus dem Abgrund sahen sie langsam zwei dunkle Arme auftauchen, die sich sinnlich zur Musik bewegten. Das Mädchen wurde von einer verborgenen Hebebühne Zentimeter für Zentimeter an die Oberfläche gebracht. Ihre langen Arme wollten kein Ende nehmen, dann sah Serena dunkles Haar und ein gemeißeltes, ebenholzfarbenes Gesicht. Sie war die reine Perfektion, kaum achtzehn Jahre alt und absolut umwerfend. Eine Anfängerin, das sah Serena an ihren Augen. Die hypnotische Kraft, die sie ausübte, und das heisere Johlen der Männer erregten sie noch. Sie hatte Spaß an der Sache, und die Männer merkten es. Es gab nichts Aufregenderes als ein Mädchen, das sich wirklich Mühe gab, sie aufzuheizen, und nicht einfach nur eine leidige Pflicht erfüllte. Die Männer spürten den Unterschied, und dieses Mädchen hatte es eindeutig drauf.

»Lavender!«, brüllte jemand.

Das Mädchen drehte sich zu dem Mann um, der ihren Namen gerufen hatte, schenkte ihm ein Lächeln ihrer vollen Lippen und zwinkerte ihm zu. Währenddessen tanzte sie weiter, und es wurde immer mehr von ihrem Körper sichtbar. Sie trug ein

Babydoll-Oberteil mit Spaghettiträgern, das sich rubinrot von ihrer kohlschwarzen Haut abhob. Ihre Brüste schienen den Spitzenstoff sprengen zu wollen. Die Stoffbahnen gaben ihren flachen Bauch frei, darunter trug sie einen Stringtanga. Ihre Beine waren schlank und lang, und die Füße steckten in blutroten High Heels mit acht Zentimeter hohen Absätzen.

»Roll die Zunge wieder ein«, raunte Serena Cordy zu.

»Ganz schön hart, Puppe, ganz schön hart«, flüsterte Cordy zurück.

»War das jetzt der Wetterbericht von weiter südlich?«, erkundigte sich Serena grinsend.

Cordy gab keine Antwort. Er stand wie hypnotisiert da und sah zu, wie Lavender die Knöpfe ihres Oberteils einen nach dem anderen öffnete und ihr Dekolletee freilegte.

»Was ist denn los, Cordy? Ich dachte immer, du magst nur kleine, blonde Mädchen.«

»Für eine gute Salsa braucht man viele verschiedene Chilischoten«, sagte Cordy.

»Altes mexikanisches Sprichwort?«

»Nein, mein neues Lebensmotto.«

Serena sah zu, wie Lavender ihre großen Brustwarzen enthüllte, die hart wie Speerspitzen waren. Sie umfasste ihre vollen Brüste mit den Händen, und die Zuschauer begannen erneut zu johlen.

»Na los, Don Juan, wir gehen hinter die Bühne.«

Serena zog Cordy, der sich immer wieder umdrehte, um einen letzten Blick auf Lavender zu erhaschen, mit sich in den hinteren Teil des Klubs, wo sich eine weitere gepolsterte Tür mit der Aufschrift »Bühneneingang« befand. Sie wurde von einem bulligen Schwarzen bewacht, dessen Miene ganz klar ausdrückte, dass mit ihm nicht zu spaßen war. Serena erklärte ihm, sie müssten mit den Mädchen reden, er sah sich ihre Polizeimarken eingehend an und trat dann widerwillig beiseite.

Cordy schenkte ihm ein unschuldiges Lächeln, als er an ihm vorbeiging. »Es wird den Mädchen doch nichts ausmachen, wenn ein Mann in die Garderobe kommt?«

Serena lachte. Der Türsteher lachte nicht.

Sie gingen eine Treppe hinunter und betraten dann die Garderobe, wo rege Betriebsamkeit herrschte. Mindestens zehn Mädchen schwirrten mehr oder weniger unbekleidet herum. Einige verstauten ihre Brüste in knappen Kostümen und bereiteten sich auf ihren Auftritt vor. Andere saßen vor den beleuchteten Spiegeln und schminkten sich sorgfältig. Wieder andere hatten ihre Schicht bereits beendet und waren dabei, ihre Alltagskleidung anzuziehen. Sie beachteten Cordy und Serena kaum. Ein paar Mädchen bedachten Cordy im Vorbeigehen mit einem einladenden Lächeln. Er lächelte zurück.

Serena fing bei den drei Mädchen an, die im Begriff waren, nach Hause zu gehen. Eine war bereits angezogen, die zweite trug Jeans und einen schwarzen BH. Die dritte, eine Rothaarige, war splitternackt.

»Wir würden euch gern ein paar Fragen stellen«, sagte Serena.

Die Mädchen, die gerade noch angeregt geplaudert und laut gelacht hatten, gaben keinen Mucks mehr von sich. Eine zuckte gleichgültig die Achseln. Als die Rothaarige Cordy sah, drehte sie sich so, dass er ihren ganzen Körper sehen konnte, bis hin zu dem rasierten, rötlichen Hügel zwischen ihren Beinen. Sie sah ihm direkt in die Augen und grinste herausfordernd, um ihn dazu zu bringen, dorthin zu schauen. Aber Cordy tat es nicht, obwohl Serena wusste, wie viel Selbstbeherrschung ihn das kostete.

Serena erklärte den Mädchen, warum sie hier waren, beschrieb ihnen die Tote ganz allgemein und erwähnte auch das tätowierte Herz auf der linken Brust. Als sie hörten, dass es um Mord ging, änderte sich das Verhalten der Mädchen wieder. Sie arbeiteten in einer Branche, die übermäßig viele Perverse und Verrückte anzog, und wenn eine von ihnen getötet wurde, fragten sie sich sofort, wer es wohl gewesen war und wer als Nächste auf seiner Liste stand.

»Also?«, fragte Serena. »Kennt ihr sie?«

Die drei tauschten Blicke.

»Die Mädchen wechseln hier ständig«, sagte die Rothaarige und strich sich gedankenverloren über eine Brust. »Die Beschreibung passt auf Hunderte Mädchen in allen möglichen Klubs.«

»Und die Tätowierung?«, fragte Cordy.

Alle schüttelten den Kopf.

Das hatten sie schon den ganzen Tag gehört. Die Mädchen wechselten ständig. Wem fiel schon auf, wenn eine am einen Tag da und am nächsten schon verschwunden war? Und es gab so viele, die jung und blond gefärbt waren.

Sie befragten die anderen Mädchen in der Garderobe und erhielten von allen dieselbe Antwort. Gerade wollten sie wieder gehen und zum nächsten Klub auf ihrer Liste aufbrechen, als Cordy zum Bühnenaufzug deutete, der jetzt langsam wieder nach unten kam. Lavender stand darauf, angestrengt bemüht, nicht aus dem Gleichgewicht zu geraten und herunterzufallen. Sie stieg von der Plattform herunter, und der Lift fuhr wieder zu der kleinen, runden Bühne hinauf.

Sie war nackt bis auf einen winzigen G-String, in dem unzählige Geldscheine steckten. Ihre Brüste wippten, als sie auf klappernden Absätzen über den Kachelboden ging. Sie blieb vor dem Getränkeautomaten stehen und fischte einen Dollar aus ihrem Höschen. Dann zog sie sich eine Dose Cola Light, öffnete sie und trank einen langen Schluck daraus. Schließlich bemerkte sie Serena und Cordy.

»Was wollt denn ihr zwei hier?«, fragte sie.

»Die sind von der Polizei«, erläuterte die Rothaarige, die inzwischen ein eng anliegendes Halterneck-Oberteil und eine Lederhose trug. »Sie suchen ein vermisstes Mädchen.«

»Vermisst werden wir doch alle«, sagte Lavender.

Diesmal gab Cordy sich keine Mühe, seinen Blick von ihrem Körper abzuwenden. Er sah ihr in die Augen, ließ den Blick dann über ihre nackte Haut wandern und verweilte an allen interessanten Stellen. Lavender musterte ihn mit einem amüsierten Lächeln.

»Andere Männer zahlen viel Geld, um das zu sehen«, bemerkte sie. »Wieso glaubst du, dass ein Polizist das umsonst kriegt?«

»Wenn du mit mir essen gehst, ist es nicht umsonst«, erwiderte Cordy. »Wie wär's?«

Serena verdrehte die Augen.

Lavender lachte. »Ist dein Schwanz auch so groß wie deine Klappe?«

»Es gibt nur eine Möglichkeit, das rauszufinden«, sagte Cordy.

Lavender warf Serena einen Blick zu. »Ich nehme an, ihr zwei seid nicht zusammen? Ich habe nichts übrig für Dreiecksbeziehungen.«

»Wir sind nur Partner«, sagte Serena und stieß Cordy den Ellbogen in die Seite. »Und ab heute vielleicht nicht mal mehr das.«

»Wie heißt du?«, fragte Lavender und sah Cordy wieder an. Serena merkte, dass sie ernsthaftes Interesse zu haben schien. Es war seltsam zu beobachten, wie Cordys Ausstrahlung wirkte. Sie selbst spürte nichts davon, aber vielen Frauen ging es offenbar anders.

»Kannst Cordy zu mir sagen.«

»Ich bin ein ganzes Stück größer als du, Cordy. Es wäre doch schade, wenn ich dir versehentlich wehtue.« Ein Lächeln spielte um ihre Lippen.

»Wenn ich dich fessle, kannst du niemandem wehtun«, gab Cordy schlagfertig zurück.

»So, Leute, das reicht jetzt«, mischte sich Serena ein. »*No màs*, Cordy, ist das klar?«

»Wie wär's mit Freitag?«, fuhr Cordy ungerührt fort und lächelte Lavender an.

Lavender zuckte mit den Schultern, meinte das aber offenbar als Zustimmung. »Okay, Kleiner, du hast es geschafft. Hol mich um acht hier ab. Dann bleiben uns sechs Stunden bis zu meiner nächsten Schicht.«

Serena seufzte. »Na, wunderbar. Es geht doch nichts über ein bisschen Romantik. Aber im Augenblick haben wir es mit einer Toten zu tun und müssen herausfinden, wer sie ist.«

»Die Mädchen kommen und gehen ständig«, sagte Lavender.

»Ja, ich weiß. Auch sie ist gekommen und wieder gegangen. Etwa eins siebzig groß, schwarzes, blond gefärbtes Haar, zwischen siebzehn und fünfundzwanzig Jahre alt, aber das ist nur eine Schätzung. Sie muss vor zwei oder drei Tagen verschwunden sein.«

»Das kann praktisch jede sein«, sagte Lavender.

Cordy streckte die Hand aus und strich mit dem Zeigefinger ganz leicht über Lavenders linke Brust. »Etwa da hatte sie ein Herz tätowiert.«

Der Kerl war richtig gut. Manchmal kam Serena sich wie ein Roboter vor, wenn sie sah, wie viel Sex es in dieser Stadt gab und wie kalt sie das alles ließ.

Sie wusste, wie die anderen Polizisten sie nannten: Barb. Das war keine Abkürzung für »Barbara«, sondern für *barbed wire*, »Stacheldraht«. Sie war die Frau mit den hohen Schutzwällen um sich herum, an denen ein Schild mit der Aufschrift »Betreten verboten« hing. Und sie trug selbst die Schuld daran. Selbst wenn ihr ein Mann gefiel, schaffte sie es immer irgendwie, dass er blutend auf der anderen Seite liegen blieb, anstatt zu ihr hereinzukommen. Manchmal beneidete sie Cordy. Bei ihm sah das alles so einfach aus.

»Ein Herz?«, wiederholte Lavender gedehnt.

Serena sah etwas in ihren Augen, und zum ersten Mal an diesem Tag spürte sie, dass ihr Herz schneller schlug.

»Kennst du sie?«, fragte sie.

Lavender kaute an ihrer Unterlippe. »Kann sein. Ein Mädchen in dem letzten Klub, wo ich gearbeitet habe, hatte so eine Tätowierung, und die Beschreibung passt auch.«

»Wie hieß sie?«

»Christi. Christi Katt. Das war natürlich bestimmt nicht ihr richtiger Name. Ich heiße ja auch nicht wirklich Lavender, und bevor ich irgendwem meinen richtigen Namen verrate, muss ich ihn schon verdammt gut kennen.«

»Welcher Klub war das?«, fragte Cordy.

»Der Thrill Palace am Boulder Strip.«

Serena kannte den Klub. »Weißt du, wo sie gewohnt hat?«

»In einem Loch von einer Wohnung draußen beim Flughafen. Mist, wie hieß das Haus noch gleich? Vagabond, glaube ich. Ja, Vagabond Apartments. Das passt doch, oder? Bestimmt mieten die meisten die Wohnungen da wochenweise. Vielleicht auch tageweise.«

»Kannst du uns noch mehr über sie sagen?«

»Nein, nicht sehr viel. Sie hat nur wenig geredet. Sie ist einfach gekommen und hat ihren Auftritt gemacht. Wir anderen Mädchen sind meist irgendwie befreundet, aber sie hat sich immer von uns fern gehalten.«

»Wann hast du sie zum letzten Mal gesehen?«, fragte Serena.

»Als ich von dem Klub weggegangen bin«, sagte Lavender. »Vor etwa einem Monat.«

Cordy zog zögernd das Foto aus der Tasche. »Könnte sie das sein?«

Lavender warf einen Blick auf das Foto, machte die Augen zu und wandte das Gesicht ab. Dann öffnete sie die Augen wieder und warf einen weiteren kurzen Blick darauf. »Scheiße. Das ist ja furchtbar. Kein Mensch hat es verdient, so zu enden, wirklich keiner.«

»Könnte sie es sein?«

Lavender schaute vorsichtig noch einmal hin. »Möglich. Ich weiß es nicht. Wie soll man das sagen? Christi war wahnsinnig hübsch, sie sah nicht aus wie dieses … Ding da. Mein Gott, sie war fast so sexy wie ich. Wenn sie das ist … großer Gott.«

Sie schüttelte den Kopf und gab ihnen das Foto umgedreht zurück.

»Danke, Lavender«, sagte Serena. »Du hast uns wirklich sehr geholfen.«

Cordy zwinkerte ihr zu. *»Gracias*. Wir sehen uns am Freitag.«

»Du weißt ja jetzt, wie ich aussehe«, rief Lavender ihm nach. »Am Freitag will ich dich sehen.«

4

Sie bogen an der Tropicana Avenue vom I-15 ab und warteten ungeduldig an der Ampel am Las Vegas Boulevard. Rechts von ihnen befand sich das nachgebaute Ritterschloss des Hotels Excalibur und links von ihnen die nachgebaute Skyline des New York New York. Aus ein paar Miniatur-Spritzenbooten, die um eine Nachbildung der Freiheitsstatue kreisten, schossen Fontänen in die Höhe.

Ein bisschen Sprühnebel wurde bis auf die Straße getragen, und Serena spürte die Feuchtigkeit an der Wange. Das kühle Wasser tat ihr gut. Sie betrachtete die Touristenhorden, die in der stickigen Abendluft herumwanderten und eine Pause einlegten, bevor sie drinnen weiter ihr Geld verspielten. Sie schwitzten offensichtlich, wischten sich die Stirn und zupften an ihren Hemdkragen. Obwohl die Sonne längst hinter den Bergen verschwunden war, waren es immer noch zweiunddreißig Grad.

Die Ampel wurde grün. Sie fuhren am MGM Grand vorbei und bogen an der Koval Lane links ab. Nach der nächsten Rechtskurve ließen sie die glitzernde Welt des Strip hinter sich und befanden sich gleich darauf in einem zwielichtigen Viertel voller zweistöckiger Häuser mit Gitterstäben vor den Fenstern. Das war der Schmelztiegel von Las Vegas, hier lebten Schwarze, Mexikaner, Inder und Einwanderer aus einem guten Dutzend weiterer Länder, die meistens Niedriglohnjobs im Dienstleistungsbereich der Kasinos hatten. Das Viertel war kein Verbrechensbrennpunkt wie die Naked City hinter dem Stratosphere Tower, wo die meisten Morde der Stadt begangen wurden. Hier gingen alte Frauen noch allein auf der Straße spazieren und schoben beladene Einkaufs wagen nach Hause, und in den Höfen spielten Kinder und schlugen mit Stöcken nach den Skorpionen.

Einen Kilometer weiter fanden sie schließlich die Vagabond Apartments, ein zweistöckiges Gebäude mit beschädigter weißer Stuckverzierung, das eigentlich wie ein Motel aussah. Die Wohnungen im Erdgeschoss gingen direkt auf den Parkplatz hinaus, und über eine Treppe gelangte man auf einen schmalen Flur mit rostigem Geländer, von dem aus man die oberen Wohnungen erreichen konnte. Vor allen Fenstern hingen dicke, fest verschlossene Vorhänge, und an den Türen, von denen die blaue Farbe bereits abblätterte, befanden sich Schließriegel.

Als sie das Gebäude betrachtete, hatte Serena für einen Augenblick das Gefühl, wieder ein junges Mädchen zu sein, in der alten Wohnung in Phoenix. Trotz der drückenden Hitze fröstelte sie. Die Bilder blitzten vor ihr auf wie Momentaufnahmen. Der ausdruckslose Blick ihrer Mutter, die sie beobachtete. Die tätowierte Eidechse auf der Brust des Mannes, die ihre rosafarbene Zunge nach ihr auszustrecken schien. Und später das bräunliche Wasser, das aus dem Duschkopf tropfte.

Serena atmete mühsam durch und schob die Vergangenheit von sich.

»Ich weiß nicht«, sagte sie. »Irgendwie hatte ich sie mir in einer nobleren Umgebung vorgestellt. Sie hätte sich doch sicher etwas Besseres als das hier leisten können, wenn sie im Thrill Palace gearbeitet hat.« Es sei denn, sie war Alkoholikerin, setzte sie im Stillen hinzu. Oder drogenabhängig.

»Vielleicht war sie ja untergetaucht«, sagte Cordy.

Serena zuckte die Achseln. »Besuchen wir mal den Verwalter.«

Die Tür der ersten Wohnung im Erdgeschoss stand offen und führte in einen kleinen Vorraum voller Briefkästen. Ein kleiner, etwa fünfzigjähriger Mann mit schütterem Haar kam ihnen entgegen. Er trug Shorts, kein Hemd, sah auf dem Weg nach draußen seine Post durch und hob nicht einmal den Kopf. Serena sah, wie er eine Ausgabe von *Penthouse* aus dem Stapel zog und durchblätterte. Sie betraten das Büro des Wohnblocks. Es war nur klein. An der einen Wand befanden sich die Briefkästen, an der anderen standen Getränke- und Süßigkeitenautomaten.

Ganz hinten befand sich die Rezeption mit einer Klingel und einer Tür dahinter, an der ein Kalender mit Nacktfotos hing. Auf dem Tisch lagen verschiedene Einzelteile einer Tageszeitung verstreut. Ein Teil war bei den Annoncen aufgeschlagen, ein anderer bei den Cartoons. Obendrauf stand ein Pappteller mit Donutkrümeln, auf dem sich bereits Fliegen niedergelassen hatten. Cordy drückte den Klingelknopf, und sie hörten den gedämpften Klingelton auf der anderen Seite der Wand. Doch niemand kam, um sie willkommen zu heißen. Cordy drückte noch einmal auf die Klingel und ließ nicht mehr los, bis sie jenseits der Wand Schritte hörten.

Die Tür wurde aufgestoßen, und ein junger Mann von etwa zwanzig, mit Ohrringen in beiden Ohren, langem Haar von undefinierbarer Farbe und Koteletten, starrte sie an. Er war groß und dünn, hatte ein schmales, pickliges Gesicht und ein vorstehendes Kinn. Wie der Mieter, der ihnen entgegengekommen war, trug auch er Shorts und kein Hemd.

»Ja?«

Er klang nicht allzu erfreut darüber, gestört zu werden. Serena hörte Geräusche aus der Wohnung hinter ihm und schloss, dass der Junge nicht allein war.

»Wir wollen eine Wohnung, *muchacho*«, sagte Cordy. »Zeig uns doch mal den Whirlpool und die Tennisplätze.«

»Was zum Geier soll das?«, fragte der Junge.

Serena lächelte ihn an. »Sind Sie der Hausverwalter?«

»Ja. Was dagegen?«

»Polizei. Wohnt hier eine Frau namens Christi Katt?«

»Ja. Was dagegen?«, wiederholte er.

»Nein, wenn Sie mit den Mätzchen aufhören und uns den Hauptschlüssel geben.«

Cordy grinste. »Den Pool kannst du uns dann später zeigen.«

Der Junge schüttelte den Kopf. »Ihr seid echt hart drauf, ihr Cops. Also gut, sie wohnt in Nummer 204. Seit einem Jahr ist sie hier. Heißer Feger, wenn ihr wisst, was ich meine. Und sehr viel netter als der Abschaum, den wir hier sonst so haben.« Er warf einen besorgten Blick über die Schulter, wie um sicherzugehen, dass sein Besuch ihn nicht gehört hatte.

»Wann haben Sie sie zum letzten Mal gesehen?«, fragte Serena.

»Keine Ahnung«, sagte der Junge. »Vor ein paar Tagen, glaub ich.«

»Aber nicht in den letzten zwei Tagen?«

»Nein, das ist schon länger her.«

Cordy ging zu den Briefkästen hinüber und suchte den mit der Nummer 204. »Da ist eine ganze Menge Post drin.«

»Hab ich doch gesagt, oder? Vielleicht pennt sie ja woanders.«

»Haben Sie sie in letzter Zeit mit jemandem gesehen? Mit einem Freund, einer Freundin, irgendwem?« Serena schaute ihm aufmerksam in die Augen, um zu sehen, ob er log.

»Sie war meistens allein«, sagte der Junge.

»Und es hat auch keiner nach ihr gefragt?«, wollte Serena wissen.

»Keiner außer euch.«
»Was fährt sie für einen Wagen?«
»So eine alte Schrottlaube. Einen roten Chevy Cavalier.«
Serena warf Cordy einen Blick zu, und er ging die paar Schritte aus dem Büro nach draußen. Gleich darauf war er wieder da und nickte. »Steht auf dem Parkplatz.«
»Ist Ihnen aufgefallen, ob der Wagen in letzter Zeit benutzt wurde?«, fragte Serena.
»Keine Ahnung. Darauf achte ich nicht.«
»Gut, geben Sie uns den Schlüssel.«
Der Junge zögerte. »Braucht ihr dafür nicht einen Durchsuchungsbefehl oder so was? Christi geht mir an die Gurgel, wenn ich euch da einfach so reinlasse.«
Christi geht wahrscheinlich niemandem mehr an die Gurgel, dachte Serena. Sie lächelte den jungen Mann an. »Geben Sie mir bitte den Schlüssel.«
Er zuckte die Achseln und verschwand wieder in seiner Wohnung. Serena hörte eine weinerliche weibliche Stimme, dann zischte der Junge: »Sei still!« Kurze Zeit später war er wieder da. In der Hand hielt er einen Schlüssel, der mit einem Gummiband an einem Farbspatel befestigt war.
»Den bringt ihr mir aber wieder, okay?« Er sah sie mürrisch an, dann zog er sich in seine Wohnung zurück und knallte die Tür hinter sich zu.
»Schauen wir uns erst mal den Wagen an«, sagte Serena.
Sie gingen nach draußen und an den Wohnungen im Erdgeschoss vorbei zum anderen Ende des Parkplatzes. Der rote Cavalier stand in einer Parkbucht zur Straße hin. Sie schauten durch die Fenster hinein und schirmten dabei die Augen mit den Händen ab, um das Licht der Straßenlaternen abzuhalten. Das

Auto war verschlossen und leer. Serena versuchte, auf den Vordersitzen oder auf der Rückbank Abfall oder Papiere zu entdecken, aber wenn das Auto tatsächlich Christi Katt gehörte, hatte sie es pieksauber gehalten.

Plötzlich sah Serena ein kleines indisches Mädchen von etwa acht Jahren, das vom Büro her auf sie zukam, die Arme hinter dem Rücken verschränkt. Die Kleine trug ein schlichtes weißes Kleid mit blauer Borte am Kragen, das ihr bis zu den Waden reichte, dazu Sandalen, die auf dem Asphalt klapperten. Das glatte schwarze Haar fiel ihr über die Schultern herab.

Serena winkte ihr zu. »Hallo«, sagte sie. »Weißt du, wem das Auto hier gehört?«

Die Kleine nickte eifrig. »Einer hübschen Dame. Sie wohnt oben.«

Cordy lächelte. »Hast du die hübsche Dame in letzter Zeit mal gesehen?«

»Am Sonntag hab ich sie gesehen. Da ist sie zur Arbeit gefahren. Aber seitdem nicht mehr.«

Es war Mittwochabend.

»War jemand bei ihr, als du sie gesehen hast?«

Das kleine Mädchen überlegte kurz und schüttelte dann den Kopf.

»Hast du sie auch zurückkommen sehen?«

»Nein«, sagte das Mädchen. »Aber nachts bin ich rausgegangen, um die Sterne zu sehen, da stand ihr Auto genau hier.«

»Um wie viel Uhr war das?«

Sie zuckte die Achseln. »Spät.«

»Steht das Auto seitdem hier?«, fragte Serena.

Das Mädchen nickte. »Ja, genau hier.«

»Danke, Süße.«

Serena und Cordy machten sich auf den Weg zur Treppe und stiegen über die zerknüllten Fastfood-

Tüten und Bonbonpapiere, die auf den Stufen lagen, hinauf in den oberen Stock. Cordy klopfte mit Nachdruck an die Tür der Wohnung 204, ohne eine Antwort zu erwarten. Und es kam auch keine. Sie schauten den Flur entlang, um zu sehen, ob vielleicht sonst jemand sie gehört hatte, doch es blieb alles ruhig.

»Handschuhe«, mahnte Serena.

Cordy nickte. Er holte eine flache Schachtel aus der Tasche, und sie zogen sich jeder ein Paar frische weiße Latexhandschuhe über, die sich wie eine zweite Haut um ihre Hände schmiegten.

»Es gibt Leute, die sterben an so was«, bemerkte Cordy.

»An Handschuhen?«

»An einer Latexallergie. Das ist wie bei Erdnüssen. Die Leute bekommen Krämpfe davon.«

»Vielleicht liegt es ja am Salz«, sagte Serena.

»Auf den Handschuhen?«

»Nein, auf den Erdnüssen. Jetzt mach endlich die verdammte Tür auf, Cordy.«

Cordy steckte den Generalschlüssel in das untere Schlüsselloch. Dann drehte er vorsichtig mit zwei Fingern den Türknauf. Das Schloss klickte, und er konnte die Tür aufschieben. Ein Streifen Licht fiel vom Flur nach drinnen, doch der Rest der Wohnung lag im Dunkeln. Cordy ging hinein, tastete nach dem Lichtschalter und drückte vorsichtig mit der Schlüsselspitze darauf.

Als das Licht anging, sah er sich rasch in der Wohnung um und sagte: »Volltreffer, Puppe.«

Serena trat hinter ihm ein. Als Erstes sah sie den eingetrockneten, rotbraunen Fleck von einem guten halben Meter Durchmesser mitten auf dem Teppich. Die Luft in der Wohnung war abgestanden, und man nahm noch den metallischen Geruch von Blut wahr.

»Ich rufe die Spurensicherung an«, sagte Cordy und zückte bereits sein Handy.

Serena nickte. »Sag ihnen, sie sollen auch ein paar Uniformierte schicken, die hier an die Türen klopfen können. Wir müssen genau wissen, wann sie zum letzten Mal gesehen wurde, ob jemand bei ihr war, mit wem sie sich sonst getroffen hat, solche Dinge. Sobald wir hier fertig sind, sehen wir uns im Thrill Palace um. Ach ja, und irgendwer soll Christi Katt in den Computer eingeben. Mal sehen, was dabei rauskommt.«

»Yep«, sagte Cordy.

Während ihr Partner mit der Polizeistation telefonierte, ging Serena durch die Wohnung. Sie war nur klein, hatte einen Wohnbereich, in dem der Mord passiert war, eine winzige Küche und ein Schlafzimmer, in das man durch eine Tür in der hinteren Wand gelangte. Christi hatte sich mit wenigen, billigen Möbeln eingerichtet, darunter eine Couch und ein Zweiersofa, die beide vom Flohmarkt zu stammen schienen, ein Regal aus einem Billigladen, das einen kleinen Fernseher und einen Ghettoblaster beherbergte, und ein paar bunt zusammengewürfelte Tische und Stühle. Der Teppich war grau und abgetragen.

Serena schaltete ihr Tonbandgerät ein. »Die Wohnung wirkt fast steril, es gibt nichts Persönliches darin. Keine Fotos. Keine Poster an den Wänden. Kein Kleinkram oder Nippes, der uns sagen könnte, wer dieses Mädchen war und was in ihrem Kopf vorgegangen ist. Bisher keine Hinweise auf ihre Vergangenheit.«

Sie ging in die Küche und schaute sich dort vorsichtig um.

»Keine Magneten an der Kühlschranktür. Im Kühlschrank kaum Lebensmittel und in den Schränken nur ein paar Müslischachteln, Nudeln und Suppendosen. Sieht so aus, als wäre sie gerade erst eingezogen, aber der Verwalter sagt, sie wohnt schon seit etwa einem Jahr hier.«

Sie schaute ins Spülbecken und entdeckte eine schwere Glasvase, die gespült worden war und zum Trocknen auf der Seite lag. Dann ging sie zurück ins Wohnzimmer und untersuchte die Regale, die, nicht weit von dem Blutfleck entfernt, an der Wand standen.

»Und, was gefunden?«, fragte Cordy.

»Vielleicht. In der Spüle liegt eine Vase. Ich wette, das ist die Mordwaffe. Schau mal, hier auf dem Regalbrett ist ein hellerer Kreis in der Staubschicht. Er hat genau die richtige Größe und Form für die Vase. Christi und der Mörder stehen also hier. Sie dreht ihm den Rücken zu, er schnappt sich die Vase und peng! zertrümmert ihr damit den Schädel.«

»Yep«, sagte Cordy. »Und es gibt keine Hinweise auf gewaltsames Eindringen oder einen Kampf. Ich vermute, dass sie ihren Mörder erstens kannte, und dass der Mord zweitens ein ungeplanter Akt der Leidenschaft war. Wut. Eifersucht. Eifersucht scheint mir bei dem Mädchen sehr plausibel.«

»Und worauf gründet sich diese Annahme?«

Cordy legte einen Finger an die Nase. »Das rieche ich einfach.«

Serena lachte. »Ach so. Dann schnüffle dich mal durchs Schlafzimmer. Wollen doch mal sehen, ob das Mädchen nicht doch irgendwelche Spuren hinterlassen hat.«

Das Schlafzimmer war eine viereckige Schachtel von etwa zwölf Quadratmetern. An der rechten Wand befanden sich ein Schrank und die Tür zum Badezimmer. Christi besaß ein großes Doppelbett, einen Nachttisch und eine kleine Frisierkommode.

Wie in der übrigen Wohnung hing auch hier nichts an den Wänden.

»Keine Decke auf dem Bett«, konstatierte Serena.

»Vielleicht war es ihr zu warm.«

»Vielleicht hat aber auch der Mörder die Decke benutzt, um die Leiche zu transportieren.«

Serena ging ins Badezimmer, das aus einer Toilette, einem Waschbecken und einer Duschkabine mit pinkfarbenem Plastikvorhang bestand. Sie suchte nach Blut im Waschbecken und in der Dusche, fand aber nichts Offensichtliches. Die Spurensicherung würde noch einmal mit Hilfe von Luminol nach Blutspuren suchen. Im Spiegelschrank fand sie nur wenig Kosmetik, erstaunlicherweise aber überhaupt keine Verhütungsmittel. Entweder hatten Christis Männer ihre Kondome immer selbst mitgebracht, oder ihr Sexleben war etwa so aufregend gewesen wie Serenas eigenes.

Sie ging ins Schlafzimmer zurück, wo Cordy gerade die oberste Schublade des Nachtschranks durchsuchte.

»Irgendwas Interessantes?«

Er schüttelte den Kopf. »Nicht besonders viel. Streichhölzer aus zwei anderen Stripklubs. Da hat sie vielleicht früher gearbeitet, die sollten wir auf jeden Fall überprüfen. Aber sonst nichts, keine Briefe, keine Postkarten, keine Liebesbriefchen, keine Rechnungen, keine Quittungen, keine Kreditkartenauszüge. Eine ziemlich verschlossene *señorita.*«

»Meine Nachttischschubladen sind ein einziges Durcheinander«, sagte Serena. »Da hat sich Zeug aus zehn Jahren angesammelt. Wenn man das alles durchgeht, könnte man locker meine Biografie schreiben.«

»Anders bei Christi Katt. Oder wie sie auch immer geheißen hat.«

»Na ja, such weiter. Übrigens, hast du zufällig Kondome gefunden?«

»Warum? Brauchst du welche?«

Serena seufzte. »Wie fühlst du dich, Cordy? Du siehst ein bisschen blass aus. Vielleicht eine Latexallergie? Sag mir Bescheid, bevor du Krämpfe bekommst.«

»Keine Kondome«, erwiderte Cordy mit leisem Kichern.

Serena durchsuchte den Kleiderschrank, was nicht allzu lange dauerte.

Auf dem Boden standen ein paar High Heels, auf Bügeln hingen ein paar Blusen, Röcke und Kleider, und in einem Metallfach lagen zwei kleine Stapel mit T-Shirts und Jeans. Sie tastete die Taschen der Jeans ab und fand ein paar Münzen und ein paar Kaugummistreifen.

Kopfschüttelnd schloss sie die Schranktür. »Das Mädchen ist mir wirklich ein Rätsel. Was ist mit einem Portemonnaie oder einem Schlüsselbund? Hast du so was gefunden?«

»Nada«, sagte Cordy.

»Interessant. Wo sind die Sachen dann?«

»Vielleicht hat der Mörder sie mitgenommen.«

Serena dachte nach. »Vielleicht. Nehmen wir mal an, Christi ist zu Hause und hat ihr Portemonnaie und die Schlüssel in der Tasche. Der Mörder klopft an die Tür, und sie lässt ihn aus irgendeinem Grund herein. Entweder kennt sie ihn, oder sie fühlt sich einfach nicht bedroht. Schwerer Fehler. Sie reden, vielleicht streiten sie, dann dreht sie ihm den Rücken zu, und das war's. Der Mörder ist ein ordnungsliebender Mensch, wäscht die Vase ab und damit auch die Fingerabdrücke – es sei denn, wir haben wirklich Riesenglück –, dann wickelt er die Leiche in die Bettdecke. So hinterlässt er draußen keine Blutspuren. Er wartet, bis es dunkel wird und draußen alles ruhig ist, dann lädt er die Leiche in seinen Wagen, fährt los und deponiert sie in der Wüste.«

»Yep«, sagte Cordy. »Aber die Leiche war nackt. Ich kann ja noch verstehen, dass der Kerl das Portemonnaie und die Schlüssel mitgenommen hat. Aber warum hat er sie ausgezogen? Vielleicht ein letztes Tänzchen mit der Leiche? Das scheint mir ein ziemlich kranker Typ zu sein.«

»Davon gibt's ja genug«, bemerkte Serena. »Der Pathologe wird uns sagen können, ob es zum Geschlechtsverkehr gekommen ist. Aber die Tatsache, dass die Leiche nackt war, spricht schon für eine sexuelle Komponente. Es sei denn, sie hatte einen Freund hier und war schon nackt.«

»Aber es gibt ja keine Kondome, stimmt's?«

»Stimmt. Also wissen wir praktisch nichts weiter über das Leben dieses Mädchens, als dass jemand so wütend auf sie war, dass er sie umgebracht hat. Hübsch. Hoffentlich hat sie sich wenigstens mit ein paar Leuten im Thrill Palace angefreundet oder in einem der anderen Klubs.«

»Darauf würde ich lieber nichts verwetten, Puppe«, sagte Cordy.

»Tu ich auch nicht. Schau dir die Frisierkommode an und pass auf, dass du nichts übersiehst. Ich will mir noch mal das Wohnzimmer ansehen, bevor all die Kerle mit ihren großen Füßen hier durchlatschen.«

Sie ließ Cordy im Schlafzimmer zurück und durchquerte dann die Wohnung langsam ein zweites Mal, suchte jede Oberfläche ab, prüfte den Boden und die Wände.

In der Küche durchsuchte sie den Abfall unter der Spüle und fand Kaffeesatz, Orangenschalen und eine abgelaufene Fernsehzeitschrift darin.

Im Wohnzimmer sah sie die CDs durch, die neben

dem Ghettoblaster standen, und öffnete jede Hülle, entdeckte aber nur die jeweilige CD darin. Sie fand es interessant, dass Christi offensichtlich Jazz gehört hatte.

Auch Serena hatte in ihren ersten Jahren in Las Vegas viel Jazz gehört, wenn sie deprimiert war, bis sie schließlich erwachsen geworden war und sich der Countrymusik zugewandt hatte. Jazz brauchte man zum Unglücklichsein, Country brauchte man zum Leben.

Im Schlafzimmer stieß Cordy einen leisen, langen Pfiff aus.

»Was ist denn?«, rief Serena. Aber Cordy gab keine Antwort.

Neugierig geworden ging Serena ins Schlafzimmer.

Cordy saß im Schneidersitz auf dem Boden. Er hatte die breite Matratze halb vom Bett geschoben, und neben ihm lag ein kleiner Stapel Zeitungsausschnitte. Cordy hatte einen davon aufgefaltet und las ihn gebannt.

»Ihr Geheimversteck?«, fragte Serena.

Cordy nickte.

»Du solltest lieber auf die Spurensicherung warten, bevor du das alles anfasst«, sagte Serena. Doch dann siegte ihre eigene Neugier. »Worum geht's denn da?«

Cordy ließ den Artikel sinken. »Wie lange, glaubst du, lag die Leiche in der Wüste?«

Serena zuckte die Achseln. »Ein paar Tage. Warum?«

»Tja, Puppe, in dem Fall haben wir ein Problem.«

5

Stride hörte, wie Andrea am Donnerstagmorgen um sechs leise aufstand, um sich für die Arbeit fertig zu machen. Ohne sich umzudrehen, öffnete er die Augen und betrachtete sie, während sie im Dämmerlicht des Schlafzimmers ihr weißes Nachthemd über den Kopf streifte und das Höschen auszog. Ihr Körper war in den letzten Jahren weicher und fülliger geworden, aber sie war immer noch attraktiv.

»Hallo«, sagte er leise.

Andrea sah ihn nicht an. »Selber hallo.«

»Wie heißt du noch gleich?«

Sie schüttelte den Kopf. »Das ist nicht witzig, Jon.«

»Ich weiß. Tut mir Leid.« In der Nacht zuvor hatte er mit Maggie bis nach eins einen Verdächtigen verhört, der mit einem asiatischen Drogenring in Verbindung gebracht wurde. Es hatte in den vergangenen Monaten viele solcher langen Nächte gegeben.

»Ein Anruf von Zeit zu Zeit wäre nicht schlecht«, sagte Andrea. »Das war die dritte Nacht in Folge, und ich weiß nie, wann ich dich das nächste Mal sehe. Du bist nicht für mich da. Du bist überhaupt nicht da.«

»Dieser Fall …«, setzte Stride an.

»Der Fall ist mir so was von egal«, fiel sie ihm ins Wort. »Wenn es nicht der ist, dann ist es ein anderer.«

Stride nickte und schwieg. Sie hatte ja Recht. Und es wurde immer schlimmer. Er ertappte sich selbst dabei, dass er Ermittlungen selbst durchführte, die er eigentlich delegieren sollte. Das war auch K-2 schon aufgefallen, der ihn irgendwann direkt gefragt hatte, ob er eigentlich nach Vorwänden suche, um nicht nach Hause zu müssen. Stride hatte Nein gesagt, aber im Grunde war er sich da nicht so sicher.

»Wie geht's Denise?«, fragte er. »Ich hab das Gefühl, wir haben uns noch gar nicht gesehen, seit du zurück bist.«

»Das Gefühl hast du, weil es so ist. Und du hast mich bisher auch nicht danach gefragt. Warum interessiert dich das überhaupt? Du weißt doch gar nichts mehr von mir.«

Andrea wartete auf eine Antwort, die Hände in die Hüften gestemmt. Als er nichts sagte, drehte sie sich um, stolzierte ins Badezimmer und warf die Tür mit einem entschlossenen Ruck hinter sich zu. Gleich darauf hörte er das Rauschen der Dusche.

Die Probleme hatten vor einem Jahr angefangen. Sie hatten zwei Jahre lang relativ friedlich zusammengelebt und alle Konflikte vermieden, indem sie nicht darüber sprachen. Aber in letzter Zeit waren die Probleme zwischen ihnen nicht mehr zu übersehen. Angefangen hatte es mit den Gesprächen über Kinder. Andrea wollte ein Kind, Stride nicht. Er fühlte sich inzwischen zu alt dafür. Er würde schon über sechzig sein, wenn das Kind aus dem Haus war.

Aber Andrea hatte nicht lockergelassen. Und achtzehn Monate nach der Hochzeit hatte er widerstrebend zugestimmt, dass sie die Pille absetzte. Sie liebten sich zu jeder Tageszeit, bis es schließlich nicht einmal mehr ansatzweise romantisch war. Aber trotz aller Mühen passierte nichts. Stride versuchte, enttäuscht zu wirken, weil sie keine Kinder bekommen konnten, aber er fürchtete, dass seine Miene seine Erleichterung doch zu deutlich offenbarte. Er wusste, was Andrea glaubte: Wenn sie ein Kind mit ihrem ersten Mann gehabt hätte, hätte er sie nicht verlassen, und ihr Leben wäre nicht in die Brüche gegangen. Jetzt hatte sie Angst, auch Stride zu verlieren, wenn sie wieder daran scheiterte. Und deshalb musste sie unbedingt schwanger werden.

Aber es sollte nicht sein.

Stride sagte ihr immer und immer wieder, dass es für ihn keine Rolle spiele, aber ihr Gesicht nahm nach und nach einen traurigen Ausdruck an, der seitdem nie ganz verschwunden war. Sie waren auf dem besten Weg, sich völlig zu entfremden.

Er hörte, wie sie die Dusche abstellte.

Die Badezimmertür ging auf, und Andrea stand nackt im Türrahmen und blickte ihn an. Er sah die Wassertropfen auf ihrer nackten Haut, die auf den Teppich tropften. Sie nagte an der Unterlippe, und im Dämmerlicht konnte er ihr Gesicht gut genug erkennen, um zu sehen, dass sie geweint hatte. Sie sahen einander lange schweigend an. Stride hatte das Gefühl, als hätte sie seine Gedanken gelesen und Angst bekommen.

»Wir müssen reden«, sagte sie.

Er hörte es in ihrer Stimme und wusste selbst, dass es unvermeidlich war. Es ging um Scheidung. Die Frage war nur noch, wer von ihnen das Wort zuerst aussprechen würde.

»Es tut mir Leid«, sagte sie leise.

»Leid tun sollte es eigentlich nur mir«, erwiderte Stride.

Er breitete die Arme aus, sie kam zu ihm, und er drückte ihren feuchten Körper an sich. Er sah die Angst in ihren müden blauen Augen, legte die Hände an ihre Wangen, und dann lächelten sie beide schwach und versuchten, den Schmerz zu lindern. Stride spürte ihren nackten Körper an seinem und reagierte automatisch darauf. Er rutschte ein wenig höher, wollte in sie eindringen, aber sie löste sich von ihm, legte sich auf den Rücken und zog ihn dabei ganz leicht an der Schulter mit sich. Er folgte ihr, legte sich auf sie und schob die Hände unter ihren Nacken. Er hätte sie gern geküsst, aber sie drehte den

Kopf weg. Dann spürte er, wie sie die Beine für ihn öffnete und die Knie anzog. Sie bewegte sich nicht, hielt ihn einfach nur fest, während er in sie hinein glitt. Es war schneller, unbefriedigender Sex. Schließlich sank er in sich zusammen, und sie blieben ein paar Minuten ruhig liegen. Als er den leichten Druck ihrer Hände spürte, rollte er gehorsam von ihr herunter. Sie küsste ihn, eine leichte Berührung ihrer Lippen, dann stand sie rasch auf, bevor er sie noch einmal berühren konnte.

Er hörte, wie sie sich im Bad wusch, und sah ihr dabei zu, wie sie sich rasch anzog. Sie sagte kein Wort. Als sie fertig war, blieb sie noch einmal kurz im Türrahmen stehen. Sie sah ihn mit ausdrucksloser Miene an, dann drehte sie sich um und ging und ließ ihn allein zurück.

Das Klingeln des Telefons riss ihn aus unruhigen Träumen. Er warf einen Blick auf die Uhr und griff dann stöhnend nach dem Hörer. Es war halb zehn. Die morgendliche Besprechung im Büro war schon seit einer Stunde im Gange.

»Ja, ich bin zu spät«, brummte er ins Telefon. »Kannst mich ja verklagen.«

Er rechnete damit, eine bissige Erwiderung von Maggie zu hören. Stattdessen aber drang, nach einer kurzen Pause, ein dunkles, spöttisches Lachen aus dem Hörer, das er noch nie gehört hatte.

»Ist da Lieutenant Stride? Sie klingen, als wären Sie gerade aufgewacht.«

Stride ließ sich ins Kissen zurücksinken und schloss die Augen. »Ich bin auch gerade erst aufgewacht. Und ob ich Stride bin, kann ich erst sagen, nachdem ich mir einen Kaffee gemacht habe. Einigen wir uns doch einfach darauf, dass Sie sich verwählt haben.«

»Das ist aber schade. Eine gewisse Maggie hat mir erzählt, Sie sind ein großartiger Telefonsexpartner.«

Stride musste lachen. Er war verwirrt, aber gleichzeitig war seine Neugier geweckt. »Ich frage mich, woher Maggie das wissen will. Wer sind Sie denn eigentlich?«

»Mein Name ist Serena Dial von der Sheriffstation Clark County. Ich habe ein paar Neuigkeiten über einen alten Fall von Ihnen, Lieutenant, die Ihnen wahrscheinlich nicht gefallen werden.«

»Clark County?«, fragte Stride.

»Das ist in Nevada«, erklärte Serena. »In Las Vegas.«

Las Vegas. Mit einem Schlag war Stride hellwach. Es spielte keine Rolle, dass drei Jahre vergangen waren – er wusste genau, warum Serena anrief. Rachel. Der Name des Mädchens hallte in seinem Kopf wider, und er sah ihren Körper auf dem unglaublichen Foto wieder vor sich.

Das Schweigen zwischen ihnen dauerte an. Schließlich sagte Stride: »Ich nehme an, Sie haben sie verhaftet.«

»Nein. Sie liegt im Leichenschauhaus.«

»Rachel ist tot?«

Er begriff es nicht. Wenn er sich in müßigen Momenten vorgestellt hatte, dass ihn jemand aus Las Vegas anrief, war Rachel immer am Leben gewesen. Manchmal hatte er sich sogar vorgestellt, dass sie ihn selbst anrufen würde.

»Ja, sie ist tot. Ermordet. Wir haben ihre Leiche in der Wüste gefunden. Ich kann mir denken, dass das für Sie Probleme aufwirft.«

Stride fragte sich, ob er nicht doch noch träumte. »Wann ist es passiert?«

»Vor ein paar Tagen. Genaueres können wir noch nicht sagen«, antwortete Serena.

Also war sie tatsächlich am Leben gewesen, dachte Stride. Bis jetzt. »Wissen Sie, was passiert ist? Wer sie umgebracht hat?«

»Bis jetzt noch nicht«, sagte Serena. »Aber wenn Sie mich heute Abend am Flughafen abholen würden, könnten wir vielleicht zusammen daran arbeiten.«

»Sie kommen hierher?«

»Die Spur führt zu Ihnen, Lieutenant. Nach Duluth.«

6

Maggie teilte jedem, der mit ihr fuhr, bereitwillig mit, dass sie nicht dafür gemacht sei, einen Jeep zu steuern. Sie musste sich auf ein Telefonbuch setzen, um überhaupt über das Steuerrad schauen zu können, und die Gas- und Bremspedale waren erhöht worden, damit sie sie mit den Füßen erreichen konnte. Bevor sie vor zwei Jahren Eric Sorenson geheiratet hatte, war sie einen winzigen Suzuki Geo Metro gefahren. Aber Eric war früher Schwimmer gewesen und bei den Olympischen Spielen angetreten, und er passte einfach nicht in ihr kleines Auto. Deshalb war ihre erste gemeinsame Anschaffung ein sehr viel größerer Wagen gewesen, mit dem auch Eric fahren konnte, ohne dabei die Knie an die Brust ziehen zu müssen.

Stride fuhr nur ungern mit Maggie. Sie war nie eine besonders gute Autofahrerin gewesen, und die improvisierten Hilfskonstruktionen, die sie geländewagenfähig machen sollten, taten ihrem Fahrstil nicht gerade gut. Außerdem hatte er das Gefühl, dass sie mit ihm noch unvorsichtiger als sonst fuhr, nur um ihn zu ärgern. Er gab sich die allergrößte Mühe, nicht mit dem Fuß auf eine imaginäre Bremse zu treten und in den vielen brenzligen Situationen nicht allzu merklich zusammenzuzucken.

Es war Donnerstag und früher Abend. Serena Dials Flugzeug aus Las Vegas mit Zwischenstopp in Minneapolis sollte in einer halben Stunde ankommen. Je weiter sie sich vom Seeufer entfernten und den Miller Hill in Richtung Flughafen hinauffuhren, desto wärmer wurde der Fahrtwind, der durchs offene Fenster hereinwehte.

Maggie schüttelte den Kopf. Die Ampel vor ihnen zeigte bereits Rot, aber sie überquerte hupend die Kreuzung, ohne auch nur das Tempo zu drosseln.

»Dann war sie also die ganze Zeit am Leben«, sagte sie. »Archie Gale wird außer sich sein vor Freude.«

Stride nickte ergeben. »Und Dan wird nicht sonderlich begeistert darüber sein, dass er jemanden des Mordes an einem Mädchen angeklagt hat, das gar nicht tot war. Das wird ihm den Wahlkampf nicht gerade erleichtern.«

»Hast du's ihm schon erzählt?«, fragte Maggie.

»Nein, noch nicht. Ich habe K-2 gebeten, bis morgen zu warten. Und diese Polizistin aus Las Vegas, Serena, hat mir auch versprochen, die Sache geheim zu halten, bis wir mit Emily gesprochen haben.«

Maggie runzelte die Stirn. »Ich hoffe, Emily bricht uns nicht völlig zusammen. Stell dir mal vor, du hast deinen Mann getötet, weil er deine Tochter umgebracht hat, und dann erfährst du, dass er unschuldig war.«

Stride zuckte die Achseln. »Er hat vielleicht keinen Mord begangen. Aber ich bin immer noch überzeugt davon, dass er mit Rachel geschlafen hat.«

»Die Frage ist aber: Was ist dann mit ihr passiert?«

»Jemand muss ihr bei der Flucht geholfen haben«, sagte Stride. »Sie kann die Stadt nicht ganz allein verlassen haben, dann hätten wir irgendwo Spuren von ihr finden müssen. Vielleicht hat sie irgendwen dazu gebracht, sie nach Minneapolis zu bringen, hat sich dann verkleidet und ist dort in einen Bus gestiegen. Und die Person, die ihr geholfen hat, ist zurück nach Duluth gefahren und hat den Mund gehalten.«

»Und was ist mit den Beweisen, die wir bei der Scheune gefunden haben? Das Armband, das Blut und die Fußspuren?«

»Ich weiß, das ist ja das Problem. Wir wissen, dass Rachel an dem Freitagabend damals bei der Scheune war.« Stride knetete seine Unterlippe und blickte angestrengt aus dem Fenster, wo Fastfood-Restaurants und Getränkemärkte an ihnen vorbeisausten. »Gut, wie wär's damit? Rachel kommt am Abend nach Hause. Graeme will ein Stelldichein, weil Emily nicht da ist. Also fährt er mit Rachel zur Scheune, sie verziehen sich nach hinten und sorgen dafür, dass die Fenster ordentlich beschlagen.«

Maggie runzelte wieder die Stirn. »Aber warum sollten sie zur Scheune fahren? Es ist doch keiner zu Hause, da könnten sie es doch im Schlafzimmer treiben.«

»Wer weiß? Vielleicht war die Scheune ihr üblicher Ort. Vielleicht hat Graeme ihr auch einfach nicht gesagt, was er vorhat. Aber wie dem auch sei, er fährt mit ihr dorthin. Dann geht irgendwas schief. Rachel hat vielleicht diesmal keine Lust, aber davon will Graeme nichts hören. Oder sie treiben irgendein abseitiges Spielchen mit dem Messer, das außer Kontrolle gerät. Rachel schafft es irgendwie, aus dem Van rauszukommen, und er verfolgt sie. Sie kämpfen, dabei verliert sie das Armband, und ihr Oberteil wird zerrissen. Dann zerrt er sie wieder in den Wagen zurück.«

»Und dann?«, fragte Maggie. »Denk dran, er hat sie nicht umgebracht.«

»Das weiß ich doch. Graeme kommt plötzlich zur Besinnung. So weit ist er bisher noch nie gegangen, und das wirkt auf ihn wie eine kalte Dusche. Es macht ihm Angst. Vielleicht war es auch so wie bei Sally. Er hört ein anderes Auto kommen und macht, dass er von dort verschwindet. Er tut so, als wäre alles nur ein Missverständnis gewesen, fährt Rachel nach Hause und sagt ihr, sie soll es einfach vergessen.«

Maggie trat heftig auf die Bremse, weil direkt vor ihnen ein Wagen abbog. Sie wechselte auf die linke Spur, brauste an dem anderen Wagen vorbei und warf dem Fahrer einen finsteren Blick zu.

»Aber als sie wieder zu Hause sind, ist Rachel halb tot vor Angst«, spekulierte sie dann weiter.

»Ich auch«, bemerkte Stride.

»Weichei. Du hast mir doch selber beigebracht, so zu fahren. Also, was passiert weiter? Rachel hat Angst, und sie hat die Nase voll.«

»Genau. Sie ruft einen Freund an und sagt: ›Bring mich hier weg.‹ Und dann verschwindet sie.«

»Okay«, sagte Maggie. »Aber warum hat sie dann nicht ihr eigenes Auto genommen? Warum hat sie nicht wenigstens ein paar Klamotten eingepackt und mitgenommen?«

Stride nagte an seiner Unterlippe und dachte nach. »Vielleicht ist sie in Panik. Sie will nicht gefunden werden, und das Auto ist zu auffällig. Sie will keine Minute länger dort bleiben, nicht mal so lange, um ein paar Sachen zu packen. Vielleicht fürchtet sie ja, dass Graeme es noch einmal versuchen wird, und geht deshalb nicht einmal mehr mit ihm zurück ins Haus.«

Maggie bog von der Hauptstraße auf die weniger befahrene Landstraße ab, die zum Flughafen führte. Sofort beschleunigte sie auf hundertsechzig Stundenkilometer, sodass das Armaturenbrett zu vibrieren begann. »Wenn das stimmt, muss aber irgendwer gewusst haben, dass Rachel noch am Leben ist. Und derjenige hat nichts gesagt, auch nicht, als ein Unschuldiger des Mordes angeklagt wurde.«

Stride nickte. »Wenn Rachel ihm erzählt hat, was bei der Scheune passiert ist, hat der Betreffende vielleicht gedacht, dass Graeme seinen gerechten Lohn bekommt.«

»Und warum hat Graeme nicht gesagt, was wirklich passiert ist?«

»Graeme und die Wahrheit sagen?« Stride lachte. »Vergiss es. Wenn er zugegeben hätte, mit dem Mädchen geschlafen zu haben, wäre er doch geliefert gewesen. Das hat Gale ihm bestimmt auch gesagt. Keiner hätte ihm seine Geschichte geglaubt. Er ist besser damit gefahren zu behaupten, dass nichts davon jemals passiert ist.«

»Gut, denken wir deine Theorie noch einen Schritt weiter. Wer ist dieser mysteriöse Freund?«

»Keine Ahnung«, sagte Stride. »Ich hatte immer den Eindruck, dass Rachel gar keine Freunde hat. Zumindest keine, denen sie wirklich vertraut hätte.«

»Bis auf Kevin.«

Stride nickte. »Ja. Bis auf Kevin. Aber kannst du dir vorstellen, dass er den Mund gehalten hätte? Ich glaube nicht, dass er so ein guter Lügner ist. Er wäre im Zeugenstand eingeknickt.«

»Gut, was ist dann mit Sally? Wir wissen, dass sie etwas zu verheimlichen hat. Wir wissen sogar, dass sie an dem Abend noch bei Rachel war. Und ich glaube nicht, dass sie besonders unglücklich darüber gewesen wäre, wenn Rachel für immer verschwindet und Kevin endgültig in Ruhe lässt.«

Stride setzte im Geiste die Puzzlestücke zusammen. »Interessante Theorie.«

»Glaubst du, wir sollten noch mal mit ihr reden?«

»Auf jeden Fall«, sagte Stride. »Rachel kann jetzt nicht mehr zurückkommen und Kevin verführen. Und Stoner ist auch aus dem Spiel. Vielleicht sagt sie uns ja diesmal die Wahrheit.«

Maggie bog nach links in die Zufahrtstraße zum Flughafen ab und folgte der kurvigen Einfahrt zum Terminal. Der Terminal selbst war kaum größer als ein Fußballfeld, ein dreieckiges Gebäude, dessen augenfälligstes Merkmal das steil abfallende, schokoladenbraune Dach war. Maggie fuhr zum hinteren Teil des Gebäudes, parkte den Wagen und legte ihre Polizeimarke auf das Armaturenbrett.

Sie gingen durch die riesigen Drehtüren in die Haupthalle, die fast völlig leer war, und fuhren mit der Rolltreppe hinauf zur oberen Ebene. Aus den Lautsprechern über ihren Köpfen drang leise Countrym usik. Stride erkannte die schmeichelnde Stimme von Vince Gill.

Sie hatten noch ein wenig Wartezeit vor sich, bis das Flugzeug da sein würde. Stride warf einen Vierteldollar in einen Flipperautomaten mit zwei Ebenen und einem Bildschirm, von dem ein Mädchen mit gewaltigem Busen und superkurzem Minirock eine Pistole auf ihn richtete und *»Hit me!«* quietschte. Auf der High School war Stride richtig gut im Flippern gewesen, aber anders als Fahrradfahren schien man diese Fähigkeit durchaus zu verlernen. Den ersten Ball verlor er praktisch sofort auf der abschüssigen Spielfläche. Der zweite tanzte eine Weile im oberen Teil des Automaten umher und brachte ihm ein paar tausend Punkte ein, dann rollte auch er in der Rille auf der linken Seite davon. Beim dritten Ball hatte er den alten Rhythmus zum Teil zurückgewonnen und bewegte die Hüften, während er die Flipper mit den Handballen betätigte. Maggie holte sich eine

Cola aus dem Getränkeautomaten und trank, während sie ihm beim Spielen zusah.

»Glaubt die Polizistin aus Vegas, dass jemand aus Duluth Rachel umgebracht hat?«

Stride zuckte die Achseln, ohne den Blick vom Automaten abzuwenden. »Hat sie nicht gesagt. Sie hat nur gesagt, dass die Spur hierher führt.«

»Serena Dial«, sagte Maggie nachdenklich. »Sie klang nicht schlecht am Telefon. Ich wette, sie sieht wahnsinnig gut aus.«

»Wie kommst du denn darauf?«

»Sie kommt aus Vegas. Frauen aus Vegas sehen doch immer umwerfend aus.«

»Ich war noch nie da«, sagte Stride.

»Du solltest mehr unternehmen, Boss.«

»Na ja, ich bin im Urlaub eben lieber allein im Wald als mit Tausenden von Menschen auf Coney Island.« Er war abgelenkt und hätte fast den letzten Ball verloren, konnte das aber gerade noch durch einen geschickten Treffer mit dem Flipper verhindern.

»Allein?«, fragte Maggie.

»Du weißt schon, was ich meine.«

Das Gebäude um sie herum erzitterte unter lautem, donnerndem Grollen, und ein Düsentriebwerk dröhnte, als draußen auf der Landebahn ein Flugzeug aufsetzte. Stride sah eine Kaugummi kauende Flugbegleiterin von der Rolltreppe kommen und auf das Gate zugehen. Dabei hob er den Blick so lange vom Automaten, dass er den kleinen silbernen Ball mit dem Flipper verfehlte und das Spiel zu Ende war.

Er machte sich mit Maggie auf den Weg zum Gate.

»Wie sollen wir sie eigentlich erkennen?«, fragte Maggie.

»Da wird uns schon was einfallen.«

Es stellte sich als nicht sehr schwierig heraus, Serena zu erkennen. Die Passagiere des Flugzeugs waren alle als Bewohner des Staates Minnesota zu erkennen: Sie waren unauffällig gekleidet, verschmolzen fast mit ihrer Umgebung und zogen keinerlei Aufmerksamkeit auf sich. Bis auf Serena Dial. Sie stach zwischen den anderen Passagieren hervor wie ein Kristallglas inmitten einer Reihe Plastikbecher bei Burger King. Sie trug eine himmelblaue Lederhose, die ihre langen Beine wie eine zweite Haut umschmiegte. Um die Taille hatte sie einen silbernen Kettengürtel geschlungen, dessen Enden ihr bis zwischen die Beine herabbaumelten. Sie trug ein knappes, weißes T-Shirt, das ein kleines Stück flachen Bauch sehen ließ, und ihr schwarzer Ledermantel reichte ihr fast bis zu den Knöcheln. Das glänzende, volle schwarze Haar trug sie offen.

»Wow«, sagte Maggie.

Stride konnte sich nicht erinnern, jemals eine so schöne Frau gesehen zu haben. Gleichzeitig kam ihm der Gedanke, dass Rachel mit dreißig vielleicht genau so ausgesehen hätte.

Serena blieb im Ankunftsbereich stehen und musterte die Wartenden durch die honigfarbenen Gläser ihrer Sonnenbrille. Sie entdeckte Stride und Maggie sofort und näherte sich mit dem Hauch eines Lächelns auf den Lippen. Alle Umstehenden folgten ihr mit den Blicken, doch sie schien es gar nicht zu merken.

»Sind Sie Stride?«, fragte sie. Mit Absätzen war sie fast so groß wie er. Sie sah ihm direkt in die Augen.

»Der bin ich.« Er ertappte sich dabei, wie er ihren Blick erwiderte, fast schon mit ihr flirtete. »Und das ist Maggie Bei, meine Partnerin, die am Telefon immer Lügen über mich verbreitet.«

»Maggie Sorenson«, korrigierte Maggie. »Er vergisst immer wieder, dass ich verheiratet bin.« Sie sah, wie Stride und Serena einander anschauten, und grinste anzüglich. »Und manchmal vergisst er auch, dass er selbst verheiratet ist.«

Stride warf ihr einen finsteren Blick zu, und sie streckte ihm rasch die Zunge heraus.

»Ihre Uniform gefällt mir«, sagte sie dann zu Serena. »Dürfen in Vegas alle Polizistinnen so rumlaufen?«

Serena nahm die Sonnenbrille ab und musterte Maggie von Kopf bis Fuß. Ihr Lächeln wurde eine Spur verschmitzter. »Nur, wenn sie Brüste haben, Kleines.«

Maggie lachte laut auf und drehte sich zu Stride um. »Ich mag sie.«

Stride ließ den Blick noch einmal über Serenas Körper wandern und gab sich keine Mühe, sein Interesse zu verbergen. Als sie seinen Blick erwiderte, spürte er ein elektrisierendes Gefühl. »Sie sind jetzt in Minnesota«, sagte er zu ihr. »Hier gibt es strenge Bekleidungsvorschriften.«

»Sie meinen, so langweilig wie möglich?«

»Genau.«

»Na, ihr zwei zumindest wirkt nicht sehr langweilig auf mich«, bemerkte Serena.

Maggie lachte. »Warten Sie mal ab, bis Sie uns näher kennen.«

Sie verließen das Gate. Wo immer Serena vorbeiging, drehten sich auch weiterhin alle nach ihr um. Maggie und Stride blieben ein paar Schritte zurück, und Maggie beugte sich lächelnd zu ihm und fragte leise: »Wollt ihr zwei vielleicht lieber allein sein?«

»Ach, halt doch die Klappe«, gab Stride zurück.

Im Erdgeschoss nahmen sie Serenas hellblauen Samsonite-Hartschalenkoffer in Empfang, der genau zu ihrer Lederhose passte. Stride hob den Koffer vom Gepäckband und keuchte unter dem Gewicht auf.

»Lieber Himmel, haben Sie die Leiche gleich mitgebracht?«

Serena lachte. »Ach, tut mir Leid, ist das hier nicht die übliche Vorgehensweise?«

Sie gingen durch die Drehtüren nach draußen. Es war noch warm, aber von den Hügeln her kam ein leichter Wind auf. Serena setzte die Sonnenbrille wieder auf und atmete tief durch. »Ist das schön. Frische Luft. Das ist ja fast wie im Winter.«

»Im Winter ist es hier ein klein bisschen kühler«, sagte Stride.

»Aber kaum vierzig Grad«, fügte Maggie hinzu.

Serena nickte. »Ja, ich habe mich im Internet über Minnesota informiert, und das klang im Wesentlichen so, als wäre dieser Staat die Gefriertruhe des Landes. Aber das ist sehr angenehm. Zu Hause haben wir 45 Grad, das ist einfach nur noch heiß. Haben Sie schon mal Ihren Herd vorgeheizt und dann den Kopf reingesteckt? So etwa ist es in Vegas.«

»Ich habe in Reno geheiratet«, erzählte Maggie.

»Tatsächlich? Ich bin gern in Reno, ich liebe die Berge. Ich sage mir immer wieder, dass ich eines Tages aus der Wüste wegziehen werde.«

»Sind Sie verheiratet?«, fragte Maggie.

Serena schüttelte den Kopf. »Nein.«

Sie hatten Maggies Jeep erreicht. Serena setzte sich auf den Rücksitz und lehnte sich dann, nachdem alle eingestiegen waren, lässig über den Vordersitz, um weiter mit Stride und Maggie zu reden. Ihr Ellbogen streifte Strides Nacken, und er roch einen Hauch Parfüm. Ihr Atem duftete süß. Er nahm alles an ihr erschreckend deutlich wahr.

»Und Sie sind absolut sicher, dass die Leiche, die

Sie da in der Wüste gefunden haben, Rachel Deese ist?«, fragte Maggie.

Serena nickte. »Ganz sicher. Die Fingerabdrücke entsprechen denen, die Sie ins nationale Computersystem eingespeist haben. Und eine Zeugin hat ihr Foto in einem Zeitungsartikel identifiziert. Es tut mir wirklich Leid. Ich weiß, dass ich Sie damit in eine schwierige Lage bringe.«

»So was sind wir schon gewöhnt«, bemerkte Maggie trocken.

»Weiß sonst noch jemand davon?«, fragte Serena.

Stride schüttelte den Kopf. »Nur wir und der Chef. Ich wollte nicht, dass etwas durchsickert, bis ich mit der Mutter geredet habe. Sobald andere Leute davon erfahren, werden sich die Zeitungen und das Fernsehen überschlagen.«

»Ja, ich kann mir vorstellen, dass die Nachricht hier ziemlich einschlägt. Ich habe die Zeitungsberichte gelesen. Ein eigenartiger Fall. Ich an Ihrer Stelle hätte auch gedacht, dass sie tot ist.«

»Vielen Dank«, sagte Stride.

»Aber sobald wir mit der Mutter gesprochen haben, sollten wir die Ermittlungsakten wohl doch wieder rausholen und damit anfangen, die Freunde des Mädchens zu überprüfen und alle, die sie gekannt haben.«

Stride drehte sich auf dem Sitz herum. Ihre Gesichter waren nur wenige Zentimeter voneinander entfernt. »Inwiefern soll Ihnen das dabei helfen, einen Mord in Las Vegas aufzuklären?«

Serena nahm die Sonnenbrille ab, und Stride sah in ihre smaragdgrünen Augen. Als sie durch das Gate gekommen war, hatte er sie für jünger gehalten, doch aus der Nähe sah er die Zeichen von Reife in ihrem Gesicht. Sie hatte tiefe Lachfältchen. Wahrscheinlich war sie Mitte dreißig, was Stride immer noch sehr jung vorkam, aber ihr Gesicht offenbarte die Verständigkeit eines älteren, weiseren Menschen. Sie lächelte oft und gern, und ihre Augen blickten ihn amüsiert und herausfordernd an. Aber es lag auch eine gewisse Distanziertheit darin, ein Mangel an Vertrauen, der wie ein leichter Nebel zwischen ihnen hing. Er fragte sich, ob es wohl daran lag, dass auch sie die erotische Anziehung zwischen ihnen spürte.

Dann fiel ihm auf, dass sie seine Frage nicht beantwortet hatte.

»Also, Serena?«, fragte Maggie und warf einen Seitenblick zu ihnen herüber.

»Ich nehme an, Sie kennen beide die Range Bank«, sagte Serena.

»Sicher«, sagte Stride. »Ich habe mein Konto dort, wie die halbe Stadt. Aber was spielt das für eine Rolle?«

Serena beugte sich noch etwas weiter vor. »Die Spurensicherung hat in Rachels Wohnung einen Beleg aus einem Geldautomaten der Range Bank gefunden. Entweder war sie also in letzter Zeit hier, oder jemand von daheim hat ihr einen Besuch abgestattet.«

7

Stride holte Serena am Freitagmorgen um kurz nach neun in ihrem Motel ab. Er klopfte an ihre Zimmertür, und als sie öffnete, war ihr schwarzes Haar noch feucht vom Duschen, und ihre Haut leuchtete. Sie war ein bisschen weniger auffällig gekleidet, trug eine verwaschene blaue Jeans, ein enges, dunkelblaues T-Shirt und Cowboystiefel und lächelte ihn freundlich an.

»Hallo, Stride«, sagte sie. »Kommen Sie doch kurz rein. Ich bin fast fertig.«

Das kleine Zimmer war nach dem Duschen von feuchtem, duftendem Dampf erfüllt. Der Spiegel neben dem Fernseher war beschlagen. Auf der Kommode sah Stride ihren aufgeklappten Koffer und darin die zusammengefalteten Kleider. Ein großes Bett passte gerade zwischen die beiden Längswände.

»Tut mir Leid wegen dem Zimmer«, sagte Stride. »Im Sommer ist hier immer sehr viel los.«

Serena zuckte die Achseln. »Das ist schon in Ordnung.«

Sie setzte sich aufs Bett und steckte sich kleine, silberne Ohrringe in die Ohren. Ihre Fingerspitzen schienen dabei ihre Ohrläppchen zu liebkosen. Stride konnte die Augen nicht von ihr abwenden. Serena hob den Kopf, sah seinen Blick und wandte sich erst nach einem langen Moment verwirrt ab.

»Ich habe auf dem Weg hierher vom Handy aus Rachels Mutter angerufen«, sagte Stride, um seine Verlegenheit zu überspielen. »Und ich habe sie endlich erreicht. Wir können zuerst bei ihr vorbeifahren.«

»Haben Sie es ihr schon erzählt?«

Stride schüttelte den Kopf. »Nein, ich habe ihr nur gesagt, dass ich mit ihr reden muss. Aber sie ahnt bestimmt schon etwas.«

Serena stand auf. Sie standen so dicht beieinander, dass sie sich hätten küssen können, und Stride verspürte das wilde Verlangen, genau das zu tun.

»Fahren wir«, sagte er.

Draußen stiegen sie in seinen Jeep. Die Bezüge der Sitze fielen fast auseinander, und am Armaturenbrett klebten unzählige Post-Its mit Notizen zu den verschiedenen laufenden Ermittlungen. Im Tassenhalter steckte ein mehrere Tage alter Kaffeebecher, und auf dem Boden lagen Teile der Duluther Tageszeitung verstreut.

Serena bemerkte Strides Verlegenheit und lächelte. »Nur keine Sorge. Ich mag es, wenn ein Auto bewohnt wirkt. Wie alt ist denn der Kaffee?«

»Sehr alt.«

»Gibt's hier irgendwo ein Starbucks?«

»Noch nicht. McDonald's ist das höchste der Gefühle. Wollen Sie kurz da anhalten?«

»Unbedingt.«

Sie holten sich zwei dampfende Becher Kaffee, und Stride warf den alten Becher weg. Er hatte sich außerdem eine Portion Röstkartoffeln bestellt, die er auf der Fahrt verzehrte. Serena ließ den Arm aus dem Beifahrerfenster hängen. Der Fahrtwind wehte herein und zerzauste ihr das frisch gebürstete Haar, während sie ungerührt ihren Kaffee trank. Stride sah immer wieder verstohlen zu ihr hinüber, und ein oder zwei Mal erwiderte sie seinen Blick. Sie redeten nicht viel.

Auf der Straße hatten sich noch ein paar Nebelbänke gehalten. Stride schaltete die Scheinwerfer ein, als er hindurchfuhr. Als sie oben auf dem Hügel angekommen waren und die Stadt sich unter ihnen ausbreitete, sah er, wie Serena sich vorbeugte und auf den See hinunterschaute, der durch den Nebel nur halb zu sehen war.

»Das ist ja unglaublich«, sagte sie leise. »Wenn man so lange in der Wüste lebt, vergisst man manchmal, dass es anderswo noch Wasser und Bäume gibt.«

»Ich war noch nie in der Wüste«, sagte Stride.

»Noch nie? Das sollten Sie aber unbedingt ändern. Die Wüste hat ihre ganz eigene Schönheit.«

»Sind Sie in Las Vegas geboren?«, fragte Stride.

»Nein, in Phoenix.« Ihre grünen Augen blickten

in die Ferne, und er hatte das Gefühl, einen empfindlichen Punkt getroffen zu haben. »Ich bin mit einer Freundin nach Vegas gegangen, als ich sechzehn war«, fuhr sie fort.

»Das ist jung«, bemerkte er und fragte sich, wovor sie wohl davongelaufen war. Serena sagte nichts mehr.

Stride folgte der kurvigen Straße bergab bis zur Schnellstraße und fuhr dann Richtung Süden. Es war der schnellste Weg in das Viertel, wo Emily und Dayton Tenby lebten. Sie hatten geheiratet, als Emily noch im Gefängnis gewesen war. Vor einem halben Jahr war sie auf Bewährung entlassen worden.

»Mir ist kalt«, sagte Serena und rieb sich die Arme.

»Ich habe noch einen Pulli im Kofferraum. Wollen Sie den haben?«

Serena nickte und zog dann die Nase kraus. »Hier riecht's nach Zigaretten. Rauchen Sie?«

»Früher«, gab Stride zu. »Vor einem Jahr habe ich endgültig damit aufgehört. Aber hier drinnen hält sich der Geruch leider noch.«

»War es nicht schwierig aufzuhören?«

Stride nickte. »Doch. Aber ich habe im letzten Jahr erlebt, wie ein Kollege an Krebs gestorben ist. Er war knapp zehn Jahre älter als ich. Das hat mir Angst gemacht.«

»Umso besser für Sie«, sagte Serena.

Stride fand das Haus der Tenbys ohne Schwierigkeiten. Es lag nur zwei Blocks von der Kirche entfernt, wo Maggie und er Dayton vor über drei Jahren im Schnee einen Besuch abgestattet hatten. Er hielt am Straßenrand an und holte einen rostroten Wollpullover aus dem Kofferraum. Serena zog ihn auf dem Weg zum Haus über und schob dann die Ärmel bis zu den Ellbogen hoch.

»Sie retten mir das Leben«, sagte sie und drückte ihm den Arm.

Emily öffnete ihnen, gleich nachdem sie geklingelt hatten. Stride hatte erwartet, sie durch den Gefängnisaufenthalt gealtert zu sehen, aber sie sah fast jünger aus als in den dunklen Tagen des Prozesses. Sie war sorgfältig geschminkt und trug roten Lippenstift. Ihre Augen, die früher so leer und tot gewirkt hatten, strahlten wieder, und sie trug das dunkle Haar in einem hübschen Bob. Sie trug eine braune Hose und eine weite weiße Baumwollbluse.

»Hallo, Lieutenant«, sagte sie. »Lange nicht gesehen.«

»Das ist wahr. Gut sehen Sie aus, Mrs Tenby.«

»Sagen Sie bitte Emily zu mir«, entgegnete sie liebenswürdig.

»Gern. Das ist Serena Dial. Sie ist von der Sheriffstation Clark County in Las Vegas.«

Emily zog die Augenbrauen hoch. »Las Vegas?«

Serena nickte. Emily spitzte besorgt die Lippen. Sie hielt die Tür ein Stück weiter auf und bat sie herein.

»Dayton ist im Wohnzimmer. Es tut mir Leid, dass Sie uns gestern Abend nicht mehr erreicht haben. Wir haben Ihre Nachricht zwar bekommen, aber wir waren erst sehr spät zu Hause. Unser Flug nach Minneapolis hatte zwei Stunden Verspätung, und danach mussten wir ja noch hierher fahren.«

»Waren Sie im Urlaub?«, fragte Serena.

»Ja, aber für Dayton war es mehr ein Arbeitsaufenthalt. Wir waren bei einer nationalen Kirchentagung in San Antonio am Riverwalk und haben noch zwei Tage drangehängt, um die Woche voll zu machen.«

Emily führte sie ins Wohnzimmer. Dayton Tenby saß auf dem Sofa, stand aber sofort auf und gab ihnen beiden die Hand. Das wenige Haar, das noch rund um seinen schmalen Schädel übrig war, war vollkommen grau geworden. Er hatte ein paar Kilo zugenommen und wirkte nicht mehr so hager wie damals, als Stride ihn kennengelernt hatte. Er trug eine graue Anzughose, ein gestärktes weißes Hemd und eine schwarze Acrylweste.

Emily und Dayton nahmen nebeneinander auf einem Zweiersofa Platz und fassten sich an den Händen. Stride und Serena setzten sich ihnen gegenüber auf das Sofa. Stride fand, dass die Ehe den beiden gut tat. Trotz des Altersunterschieds von mehr als zehn Jahren schienen sie ausgesprochen glücklich zu sein.

»Ich möchte Ihnen sagen, Lieutenant, dass ich trotz allem nicht bereue, was ich getan habe«, sagte Emily. »Ich bin bereit, meine Schuld der Gesellschaft gegenüber zu verbüßen, aber wenn ich noch einmal in der Situation wäre, würde ich genau dasselbe wieder tun.«

Stride zögerte kurz. »Das verstehe ich.«

Dayton sah sie an. »Ich nehme an, das ist kein Höflichkeitsbesuch. Sie haben doch sicher Neuigkeiten für uns.«

»Ja, wir haben Neuigkeiten«, sagte Stride. »Und ich muss Ihnen gleich vorab sagen, dass es wahrscheinlich sehr verstörende Neuigkeiten sein werden.«

»Sie haben sie gefunden«, sagte Emily.

»Richtig. Aber nicht unter den Umständen, die wir alle erwartet hätten. Anfang der Woche wurde Miss Dial in die Wüste außerhalb von Las Vegas gerufen. Dort war die Leiche einer jungen Frau gefunden worden. Wie sich herausgestellt hat, handelte es sich um Rachel.« Er hielt kurz inne und fuhr dann fort. »Sie war erst seit kurzer Zeit tot. Seit wenigen Tagen. Offenbar war Rachel also die ganzen letzten drei Jahre am Leben.«

»Am Leben?«, hauchte Emily, und ihre Augen weiteten sich. »Die ganze Zeit?«

Stride sah, wie sie Daytons Hand fester umklammerte. Dann schloss sie die Augen und ließ den Kopf langsam an seine Schulter sinken.

»Wie ist sie gestorben?«, fragte Dayton.

»Es tut mir so Leid«, sagte Serena mit sanfter Stimme. »Sie wurde ermordet.«

Dayton schüttelte den Kopf. »O nein …«

Emily richtete sich wieder auf und rieb sich die Augen. Dann zog sie ein Taschentuch aus einer Schachtel auf dem Couchtisch und putzte sich die Nase. Sie blinzelte und bemühte sich, die Fassung zurückzugewinnen. »Sie sagen also, dass Graeme meine Tochter nicht ermordet hat?«

»Das ist richtig«, sagte Stride.

»Mein Gott.« Sie drehte sich zu Dayton um. »Ich habe ihn umgebracht. Und er war es gar nicht! Sie war die ganze Zeit am Leben!«

»Er hat sie vielleicht nicht umgebracht, aber das heißt noch lange nicht, dass er unschuldig war«, erwiderte Dayton.

»Ich weiß, ich weiß. Aber sie hat sich bestimmt amüsiert, wo immer sie war. Sie hat mich dazu getrieben, ihn umzubringen!«

»Wissen Sie, was genau passiert ist?«, fragte Dayton Serena. »Wer hat sie getötet?«

»Das versuchen wir noch herauszufinden«, sagte Serena. »Ich weiß, es ist kein guter Zeitpunkt für Sie, aber ich muss Ihnen die Frage trotzdem stellen. Hatten Sie vorher schon einmal Grund zu der Annahme, dass Ihre Tochter noch am Leben sein könnte? Hat sie jemals Kontakt zu Ihnen aufgenommen?«

Dayton und Emily sahen Stride an.

»Nur die Postkarte, die Sie uns gezeigt haben«, sagte Dayton.

Stride erzählte Serena von der Postkarte, die er kurz nach dem Prozess bekommen hatte und die den Poststempel von Las Vegas trug.

»Haben Sie da weiter ermittelt?«, fragte Serena.

»So weit das möglich war. Es waren keine Fingerabdrücke auf der Postkarte und keine DNA-Spuren an der Briefmarke. Ich habe damals Kontakt zur Polizei in Vegas aufgenommen und gefragt, ob man sich dort für mich ein wenig umschauen könnte. Aber niemand schien sonderlich scharf darauf, wertvolle Ressourcen für die Suche nach einer achtzehnjährigen Ausreißerin zu verschwenden, von der niemand genau wusste, ob sie nun tot war oder nicht und ob sie sich überhaupt in Las Vegas aufhielt.«

»Wahrscheinlich hätte ich an deren Stelle auch nichts anderes getan«, gab Serena zu.

Stride nickte.

»Ich habe ein paar Nachforschungen angestellt, Miss Dial«, ließ sich Dayton vernehmen.

Stride und Serena sahen ihn überrascht an. Dayton zögerte einen Augenblick und bat Emily mit den Augen um Erlaubnis. Sie nickte ihm zu.

»Für mich war diese Postkarte … nun ja, es schien mir genau die Art von Spielchen zu sein, die Rachel mit uns treiben würde, um sich über uns lustig zu machen. Ich war überzeugt davon, dass sie noch am Leben ist. Emily war natürlich im Gefängnis, und ich wollte nicht, dass die Spur … wie sagt man? … erkaltet. Also bin ich hingefahren, um sie zu suchen.«

»Sie sind nach Las Vegas gefahren?«, fragte Stride.

»Ja, für eine Woche. Nachdem Sie mir erzählt hatten, dass die Polizei dort keine Hilfe war, habe ich beschlossen, mich selbst darum zu kümmern. Für

Emily. Sie hatte es doch verdient, die Wahrheit zu erfahren.«

»Und wie haben Sie das angefangen … die Suche, meine ich?«, fragte Serena.

»Ich weiß, das hört sich jetzt an, als wäre ich einer von den Hardy-Boys«, sagte Dayton. »Ich hatte ein Foto von Rachel dabei. Dann habe ich einfach sämtliche Kasinos abgeklappert und es den Aufsichtsdiensten gezeigt. Ich wollte wissen, ob jemand sie vielleicht gesehen hat. Wenn man dem Fernsehen glauben darf, behalten sie die Besucher dort doch sehr genau im Auge. Ich bin davon ausgegangen, dass sie, wenn sie tatsächlich dort ist, in einem Kasino arbeiten muss. Das tut da doch so ziemlich jeder. Also habe ich den ganzen Strip abgesucht, dann die Innenstadt und die umliegenden Stadtviertel.«

»Und haben Sie sie gefunden?«, fragte Stride.

Dayton schüttelte betrübt den Kopf. »Keine Spur von ihr. Keiner hatte sie gesehen. Nach einer Woche habe ich dann angefangen zu glauben, dass wir uns geirrt haben und die Postkarte gar nicht von Rachel war.«

»Waren Sie seitdem noch mal in Vegas?«, fragte Serena.

»Nein.«

»Hatten Sie seitdem einen weiteren Grund zu glauben, dass Rachel vielleicht noch am Leben ist?«, fragte Stride und sah beide aufmerksam an. »Irgendwelche unerklärlichen Kontaktversuche, Anrufe vielleicht?«

»Absolut nichts«, sagte Emily. »Und ich habe ehrlich gesagt auch nie daran geglaubt, so wie Dayton. Ich habe niemals gedacht, dass sie noch lebt.«

»Ach? Warum denn nicht?«, fragte Serena.

Ein bitteres Lächeln zog über Emilys Gesicht. »Ich war im Gefängnis. Wenn sie noch am Leben gewesen wäre, hätte Rachel bestimmt einen Weg gefunden, mir das unter die Nase zu reiben.«

Stride nickte. »Wir haben Sie lange genug aufgehalten«, sagte er. Er stand auf, und Serena tat es ihm gleich.

»Was müssen wir tun, um Rachels Leiche hierher überführen zu lassen?«, fragte Dayton.

»Ich werde veranlassen, dass Sie jemand anruft«, sagte Serena. »Wir werden die Leiche so schnell wie möglich freigeben. Sie wissen ja, es handelt sich um eine Mordermittlung. Aber wenn Sie erlauben, möchte ich Ihnen gern noch einen Rat geben. Sie sollten sich die Leiche nicht ansehen, wenn sie hergebracht wird. Sie wurde in der Wüste gefunden, und … nun ja, die Wüste geht mit den sterblichen Überresten eines Menschen nicht eben sanft um.«

Emily schluckte schwer. »Ich verstehe.«

Sie verabschiedeten sich, und Dayton begleitete sie zur Tür. Serena lächelte den Pfarrer an.

»Ich muss Ihnen noch einmal sagen, wie Leid mir das alles tut. Ich hoffe, Sie hatten wenigstens einen schönen Urlaub vor dieser Nachricht.«

Dayton zögerte kurz. »Oh. Ja, den hatten wir. Vielen Dank.«

»Ich finde den Riverwalk in San Antonio wunderschön«, fuhr Serena fort. »Wo waren Sie denn untergebracht?«

»Die Tagung war im Hyatt-Hotel.«

»Sind Sie irgendwann auch aus der Stadt rausgekommen?«

»Kaum. Wir haben uns die Festung Alamo angeschaut, solche Dinge.«

»Natürlich«, sagte Serena.

Als sie gerade gehen wollten, berührte Dayton sie leicht an der Schulter. »Darf ich Sie noch etwas fragen?«

Serena nickte.

»Ich hatte mich nur gefragt, ob Sie vielleicht wissen, was Rachel in Las Vegas getan hat. Wo sie gearbeitet hat. Vielleicht hätte ich ja noch intensiver suchen müssen ...«

»Sie hat in einem Stripklub gearbeitet«, erwiderte Serena unverblümt.

Dayton fuhr sich mit der Zunge über die Lippen. »Oh. Nun ja. Da habe ich nicht gesucht.«

8

»Glauben Sie ihm?«, fragte Stride, als sie in die Stadt zurückfuhren. Er warf einen Blick aus dem Fenster und sah schwarze Wolken, die im Südwesten aufzogen. Ein Sommergewitter braute sich zusammen.

»Falls er lügt, macht er es verdammt gut«, sagte Serena. »Aber ich bin immer eher geneigt, das Schlimmste zu vermuten, wenn es um Männer und junge Mädchen geht.«

»Sie meinen, dieser Pfarrer ist eigentlich zu gut, um wahr zu sein?«, fragte Stride.

»Nicht nur das, Jonny.«

Wie vorher erklärte sie auch jetzt nicht, was sie meinte, und Stride fragte sich, was sie wohl für Geheimnisse hatte. Aber vor allem beschäftigte ihn, dass sie ihn »Jonny« genannt hatte. Sie hatte das ganz beiläufig gesagt, ohne nachzudenken, und er wusste nicht recht, ob sie es überhaupt selbst gemerkt hatte. Aber in ihrer Stimme hatte eine fast schon intime Vertrautheit gelegen.

Er konnte sich nicht erinnern, dass Andreas Stimme jemals so geklungen hätte, wenn sie seinen

Namen sagte. Aber er erinnerte sich, bei Cindy von Anfang an eine ganz ähnliche Vertrautheit gespürt zu haben. Das waren ungute und unwillkommene Gedanken.

Stride stellte fest, dass er seit Serenas Ankunft jeden Gedanken an Andrea vermieden hatte. Er fühlte sich so unmittelbar und unwiderstehlich zu ihr hingezogen, dass es alle anderen Gefühle beiseite drängte. Eigentlich war er nicht der Typ für Affären. Aber jetzt wollte er eine. Unbedingt.

»Waren Sie überhaupt jemals am Riverwalk?«, fragte er.

»Niemals«, erwiderte Serena mit hinterhältigem Lächeln.

Stride lachte. »Sie sind toll.«

Er legte dabei ganz bewusst einen Unterton in seine Stimme. Und obwohl er sich nicht sicher war, glaubte er zu sehen, dass sie ein wenig errötete.

»Ich werde das von Maggie überprüfen lassen«, fuhr er dann fort. »Wir werden uns diese Kirchentagung genauer ansehen und sicherstellen, dass die zwei auch wirklich dort waren.«

»Selbst wenn sie dort waren, hätten sie ohne weiteres an einem Tag nach Vegas und zurück fliegen können. Das hätte keiner mitbekommen.«

»Wir werden auch die Flüge überprüfen. Und die Kreditkartenauszüge.«

Bevor er weiterreden konnte, klingelte sein Handy. Er zog es aus der Tasche und meldete sich.

»Wir müssen uns unterhalten«, sagte eine männliche Stimme. Stride erkannte Dan Erickson.

»Ja, das stimmt«, erwiderte er. »Hast du meine Nachricht bekommen?«

»Und ob ich die bekommen haben. Seid ihr euch da ganz sicher?«

»Ja, wir sind uns sicher.«

»Mist«, zischte Dan. Eine Pause entstand, und Stride hörte die Gedanken im Gehirn des Anwalts förmlich rattern. »Das ist absolut unfassbar. Ich will das nicht am Telefon besprechen.«

»Soll ich kurz bei dir im Büro vorbeikommen?«

»Bloß nicht. Ich will dich nicht mal in der Nähe meines Büros haben. Wir treffen uns in einer Stunde auf dem Parkplatz vor der High School.«

»Sollen wir noch ein Codewort vereinbaren, damit wir uns auch finden?«, fragte Stride.

»Sehr witzig. Wirklich ausgesprochen witzig. Sorg dafür, dass du da bist.«

Stride schob das Telefon wieder in die Tasche.

Serena zog die Augenbrauen hoch. Sie hatte große Teile des Gesprächs mitbekommen.

»Dan Erickson war der Staatsanwalt im Mordprozess gegen Graeme Stoner«, erklärte Stride. »Er ist nicht allzu erfreut über die Neuigkeiten.«

»Und wozu diese Geheimniskrämerei?«

»Dan ist Bezirksstaatsanwalt, aber er spekuliert auf die Ernennung zum Generalstaatsanwalt. Ich glaube, die Tatsache, dass er jemanden des Mordes an einem Mädchen angeklagt hat, das gar nicht tot war, könnte sich negativ auf seine Wahlkampagne auswirken.«

Serena legte die Stirn in Falten. »Passen Sie bloß auf, Jonny. Ein Typ mit so viel politischem Ehrgeiz lässt Sie am Ende noch feuern, wenn er damit die Schuld von sich selbst abwenden kann.«

»Ja, das wäre Dan durchaus zuzutrauen«, sagte Stride. Sie hatte wieder »Jonny« gesagt.

»Macht Ihnen das denn gar nichts aus?«

Stride betrachtete die Windschutzscheibe, auf der die ersten Regentropfen landeten. »Es ist seltsam. Aber offenbar macht es mir wirklich nichts aus.«

Als Stride Serena im Büro abgesetzt hatte und über die Hangstraße zum Schulparkplatz fuhr, quietschten seine Scheibenwischer bereits empört, während sie sich wild hin und her bewegten und wahre Wassermassen von der Windschutzscheibe fegten. Stride beugte sich weit vor und kniff die Augen zusammen, um wenigstens ein Stückchen Straße im Scheinwerferlicht erkennen zu können. Irgendwo hoch oben am Sommerhimmel stand sicher noch die Sonne, aber angesichts der schwarzen Wolken direkt über ihm hätte es ebenso gut tiefe Nacht sein können.

Stride musste den ganzen Parkplatz umrunden, bis er schließlich ein Stück abseits Dan Ericksons Lexus entdeckte. Er wendete den Jeep und parkte neben Dans Wagen. Der Lexus war dunkelblau und hatte Rauchglasscheiben. Dan hatte die Scheinwerfer eingeschaltet und ließ den Motor laufen.

Der Regen prasselte in Strömen auf Strides Jeep nieder. Als er die Tür öffnete, trafen ihn die Regentropfen wie tausend winzige Nadelstiche. Er warf die Tür hinter sich zu und versuchte, die Beifahrertür des Lexus zu öffnen. Sie war verschlossen. Stride, schon jetzt bis auf die Haut durchnässt, klopfte an die Fensterscheibe. Dann hörte er ein leises Klicken und stürzte sich, gefolgt von einem Guss Regen, ins Innere des Wagens. »Freut mich auch, dich zu sehen, Dan«, murmelte er. Tropfen flogen durch den Wagen, als er die Ärmel seiner Jacke ausschüttelte.

»Das sind Ledersitze«, bemerkte Dan vorwurfsvoll.

Der Innenraum des Wagens roch nach Dans Frau – oder anders ausgedrückt: nach Geld. Stride wusste, dass der Lexus, wie alles andere auch, eigentlich Lauren gehörte und nicht Dan. Doch Dan passte sich seiner neuen Umgebung hervorragend an. An seinem linken Ringfinger glänzte ein protziger Ehering mit einem Rubin, und am Handgelenk trug er eine goldene Rolex. Sein dunkelblauer Anzug war offensichtlich maßgeschneidert und warf elegante Falten, ohne zu verknittern.

Im Hintergrund lief leise der örtliche Radiosender. Dan streckte die Hand aus und schaltete das Radio ab. Einen Augenblick lang saßen sie schweigend da, während der Regen auf das Dach trommelte.

»Bisher ist noch nichts in den Nachrichten«, sagte Dan. »Und so soll es auch bleiben.«

Stride schüttelte den Kopf. »Das geht nicht. Die Sache wird großes Aufsehen erregen, das weißt du doch genau. Wir können sie allenfalls noch ein paar Tage geheim halten, und das ist eine optimistische Schätzung. Eine undichte Stelle genügt.«

»Wer weiß davon?«

»Die Polizei in Vegas und ein paar Kollegen hier in Duluth. Und Emily und ihr Mann, Dayton Tenby.«

»Du hättest erst mit mir reden sollen, bevor du sie informierst.«

»Mein Gott, Dan, sie ist die Mutter«, rief Stride empört.

Dan seufzte. »Erzähl mir ganz genau, was passiert ist.«

Stride berichtete, wie Rachels Leiche in der Wüste vor Las Vegas gefunden worden war und dass man bei dem Mord eine Verbindung nach Duluth vermutete.

»Aber wir wissen noch nicht, was genau in Vegas passiert ist«, fuhr er fort. »Und wir wissen auch nicht, warum genau sie vor drei Jahren verschwunden ist. Stoner hat sie ja offensichtlich nicht umgebracht.«

»Habt ihr schon eine heiße Spur?«

»Bisher nicht, nein. Wir gehen die Ermittlungsakten des ursprünglichen Falls noch einmal durch, und dann werden wir anfangen, die Leute zu überprüfen, die damals in den Fall verwickelt waren.«

Dan runzelte die Stirn. »Je mehr Leute davon erfahren, desto wahrscheinlicher ist es, dass die Sache ans Licht kommt.«

»Das ist mir durchaus klar. Aber hier handelt es sich nicht nur um alte Geschichten, sondern um eine aktuelle Mordermittlung. Rachel wurde vor nicht einmal einer Woche umgebracht, und ich will wissen, wer das getan hat. Wir geben nur aus dem Grund jetzt noch keine Pressekonferenz, weil ich das Überraschungsmoment für die Verhöre ausnutzen will.«

»Klasse«, sagte Dan. »Ganz große Klasse. Die Republikaner werden sich freuen.«

»Ich glaube an dich, Dan. Du wirst dich da schon irgendwie rausreden.«

Dan warf ihm einen scharfen Blick zu. »Das soll wohl ein Witz sein, was? Dir ist ja wohl klar, Stride, dass ich die gesamte Verantwortung für die ursprünglichen Fehler auf das Ermittlungsteam abwälzen werde.«

Volltreffer, Serena.

Stride nickte. »Wir haben durchaus Fehler gemacht, das will ich gar nicht abstreiten. Aber es war deine Entscheidung, ohne Leiche in die Verhandlung zu gehen, Dan.«

»Ich erinnere mich, dass du mir gesagt hast, Stoner sei unser Mann, er habe es getan.«

»Das habe ich damals auch geglaubt. Das haben wir alle geglaubt. Aber unsere Beweise waren nicht gut genug. Das habe ich dir von Anfang an gesagt.«

Dan schüttelte den Kopf. »Wir werden uns darüber keinen öffentlichen Schlagabtausch liefern. Ich erwarte, dass du die volle Verantwortung übernimmst. Habe ich mich klar genug ausgedrückt? Ich will, dass du dich hinstellst und den Leuten sagst, dass die Polizei Mist gebaut hat. Ich habe in vollem Vertrauen auf die Polizei gehandelt, die mir falsche Informationen geliefert hat. Ihr habt schließlich schon mal einen Mörder entkommen lassen – den Mörder von Kerry McGrath. Und weil ihr so verzweifelt darauf aus wart, zumindest Rachels Verschwinden aufzuklären, habt ihr versucht, das Verfahren zu beschleunigen.«

Dans Worte enthielten durchaus einen wahren Kern. Stride konnte nicht abstreiten, dass er damals geradezu besessen davon gewesen war, Rachel zu finden oder wenigstens ihren Mörder zur Rechenschaft zu ziehen. Vielleicht war er auch nicht mehr ganz objektiv gewesen, weil er selbst von Stoners Schuld überzeugt gewesen war.

Aber Dan, Dan ganz allein, hatte darauf bestanden, die Mordanklage vor Gericht zu bringen, obwohl sie keine Leiche vorzuweisen hatten und obwohl ihre Chancen nicht besonders hoch waren.

»Ich werde meinen Teil der Schuld auf mich nehmen«, sagte Stride. »Aber das ist nicht alles gewesen.«

»Jetzt schon.«

»Das hört sich an wie eine Drohung«, bemerkte Stride.

Dan zuckte die Achseln. »Das kannst du auslegen, wie du willst. Aber falls du versuchen solltest, dich da rauszuwinden, kannst du sicher sein, dass das Konsequenzen hat. Ich werde K-2 keine andere Wahl lassen.«

»Na, darüber muss ich wohl ein bisschen nachdenken. Hast du sonst noch irgendwelche hilfreichen Ratschläge für mich?«

Dan schwieg.

Stride öffnete die Wagentür und stieg aus. Er hielt die Tür so lange auf, dass der Regen Gelegenheit hatte hineinzuprasseln, den Beifahrersitz zu durchweichen und Dans eleganten Anzug zu besudeln. Dann ließ er die Tür zufallen und blieb im Regen stehen, während Dan davonfuhr.

9

Serena saß allein im Besprechungszimmer des Souterrainbüros im Gebäude der Stadtverwaltung und wühlte sich mit brennenden Augen durch einen Berg vergilbter Papiere. Seite um Seite offenbarten die Aufzeichnungen ihr die Geschichte von Rachels Verschwinden. Das Mädchen nahm vor ihrem geistigen Auge Gestalt an, wie es bei allen Mordopfern der Fall war. Aber diesmal hatte sie zusätzlich das Gefühl, in den Spiegel zu schauen, bis hin zum schwarzen Haar und den smaragdfarbenen Augen. Rachel hätte ohne weiteres ihre Zwillingsschwester sein können.

Serena musste an ihre Mutter denken. Meine böse kleine Zwillingsschwester – so hatte ihre Mutter sie immer genannt, als sie ein Kind gewesen war, weil sie einander so ähnlich sahen.

Dabei war ihre Mutter die eigentlich Böse gewesen. Sie hatte dem Teufel für ein paar Gramm weißes Pulver ihre Seele verkauft – und ihre kleine Tochter noch dazu.

Serena wusste, welches Gift Rachels Herz zerfressen hatte. Sie brauchte gar nicht viel zu lesen, um zu begreifen, was Graeme für ein Mann gewesen war und was für ein Spiel die beiden miteinander getrieben hatten. Es war, als hätte sie es selbst erlebt. Sie hatte dasselbe überwältigende Verlangen nach Rache verspürt. Der einzige Unterschied lag darin, dass sie davongekommen war, obwohl sie tief im Innern spürte, wie knapp es gewesen war.

Serena schaute auf die Uhr. Sie fühlte sich schrecklich einsam. Daran waren die Erinnerungen schuld. Sie sorgten auch dafür, dass sie Lust auf einen Drink bekam, und das war immer gefährlich. Es war schon nach sechs. Maggie war vor einer halben Stunde losgezogen, um etwas zum Abendessen zu holen, und Stride war spurlos verschwunden. Er hatte am frühen Nachmittag angerufen, um zu sagen, dass er zu einem Banküberfall am anderen Ende der Stadt gerufen worden sei, um den Handlanger für das FBI zu spielen.

Sie wollte, dass er wiederkam, aber gleichzeitig auch, dass er wegblieb. Trotz allem begann ihr Herz zu klopfen, als sie Schritte auf dem Gang hörte. Sie gab sich ganz besondere Mühe, ruhig und unbeteiligt zu wirken, obwohl genau das Gegenteil der Fall war.

Aber es war gar nicht Stride. Stattdessen wirbelte Maggie im nassen Regenmantel ins Besprechungszimmer. Sie hielt einen Pizzakarton in der einen und zwei Literflaschen Cola Light in der anderen Hand und grinste Serena fröhlich an.

»Eilzustellung. Es ist Salami drauf, also erzähl mir bitte nichts von vegetarischen Pizzas oder was ihr da unten im Westen sonst so esst.«

Serena lachte und öffnete die Schachtel, sodass sich der Duft von Mozzarella und würzigem Schweinefleisch im Zimmer ausbreitete. Maggie schenkte Cola in zwei Plastikbecher, nahm sich dann ein Stück Pizza, setzte sich und kippte ihren Stuhl so weit zurück, dass die Lehne die Wand berührte. Ihre Beine baumelten ein Stück über dem Boden.

»Hast du den Fall schon gelöst?«, fragte sie.

»Ich bin immer noch der Ansicht, dass es Graeme war«, antwortete Serena lächelnd.

»Ja, das hat die Sache auch wirklich einfacher gemacht. Was von Stride gehört? Guppo hat eben angerufen und gesagt, der Boss ist auf dem Weg hierher.«

»Nein, kein Wort von Jonny.« Serena nahm sich ein Stück Pizza und legte es dann wieder zurück, ohne hineinzubeißen.

Maggie trank einen großen Schluck Cola, musterte Serena und kniff dann besorgt die Augen zusammen. »Alles in Ordnung mit dir?«

»Klar, warum?«

Maggie tippte sich ans Auge. »Glasige Augen. Tränen. Was ist los?«

»Ach, das.« Serena schüttelte den Kopf. »Das hat nichts zu bedeuten. Ich habe nur an die schlechte alte Zeit gedacht. Dieser Fall nimmt mich irgendwie ziemlich mit.«

»Passiert uns allen mal.«

»Auch wenn man so knallhart ist wie du?«, stichelte Serena.

»Also, ich bin natürlich immer der Fels in der Brandung«, erwiderte Maggie. »Na los, probier die Pizza, die ist wirklich gut.«

Serena nahm das Stück wieder in die Hand und biss hinein. Sie merkte, dass sie hungrig war, nahm immer größere Bissen, bis das erste Stück aufgegessen war, und griff dann nach einem zweiten. Anschließend spülte sie das Ganze mit Cola hinunter, stieß ein langes, wohliges Rülpsen aus und musste kichern.

»Klasse«, kommentierte Maggie mit todernstem Gesicht. »Kann man dich buchen?«

Serena musste so lachen, dass sie Angst hatte, die Cola würde ihr gleich aus der Nase schießen. Maggie fing ebenfalls an zu kichern, und während der nächsten fünf Minuten lachten beide schallend, bis ihnen die Puste ausging. Serena fühlte sich ganz heiß und verschwitzt. Sie wischte sich die Stirn und putzte sich dann mit einer Serviette die Nase.

»Du bist wirklich unglaublich«, sagte sie zu Maggie.

»Vielen Dank«, sagte Maggie mit ihrer besten Elvis-Stimme. »Vielen herzlichen Dank.«

»O Gott, hör auf, sonst fange ich gleich wieder an.« Serena strich sich das Haar aus der Stirn. Sie schloss die Augen und kippte ihren Stuhl an die Wand zurück, wie Maggie es getan hatte.

»Sag mal …«, begann Maggie.

Serena war ganz entspannt und wehrlos. »Was denn?«

»Hat es bei dir und Stride am Flughafen eigentlich ernsthaft gefunkt?«

Serena ließ ihren Stuhl mit einem Ruck wieder nach vorne fallen und riss die Augen auf. Auf Maggies goldenem Gesicht lag ein breites Grinsen. »Was?«

»Ach, tu doch nicht so unschuldig. Du weißt ganz genau, dass er dich will. Stride kann so was nicht verbergen, da kann er sich noch so viel Mühe geben. Und ich habe irgendwie den Eindruck, du willst ihn auch.«

»Maggie, er ist verheiratet. Und wir haben uns gerade erst kennengelernt.«

Maggie nahm sich ein weiteres Stück Pizza. »Das mag zwar noch Ehe heißen, aber eigentlich ist es längst vorbei. Ich glaube, bis zur Scheidung ist es nicht mehr weit. Zum Glück. Und an der kurzen Zeit solltest du dich nicht aufhängen, Kindchen. Was ist denn der richtige Zeitraum? Eine Woche? Ein Monat? Bei mir hat ein Tag gereicht, um mich in Stride zu verlieben.«

»Du warst verliebt in ihn?«

Maggie nickte. »Jahrelang.«

»Was ist passiert?«

»Gar nichts. Er war damals in einer richtig ernsthaften Liebesbeziehung. Als sie tot war, habe ich meine Chance gesehen. Aber wir sollten offenbar nur Freunde sein, kein Liebespaar. Und dann habe ich das Glück gehabt, Eric zu treffen, und der Mistkerl hat sich tatsächlich nicht abschrecken lassen von meinen ganzen zynischen Sprüchen. Und außerdem war Stride ein bisschen eifersüchtig, was eine nette Dreingabe war.«

Serena lächelte schwach. »Ich gebe zu, ich fühle mich sehr zu ihm hingezogen.«

»Na, dann nichts wie ran.«

»So einfach ist das nicht. Zu Hause nennt man mich nicht umsonst ›Barbed Wire‹. Ich habe meine eigenen Leichen im Keller, und zwar richtig große und hässliche.«

»Ihn vertreibst du nicht so schnell«, sagte Maggie.

»Wart's nur ab.«

»Willst du mit ihm schlafen?«

»Klar will ich das, aber ich werde es nicht tun.«

»Ich dachte, in Vegas hat alle Welt ein irrsinniges Sexleben«, sagte Maggie.

»Ich habe ein wunderbares Sexleben, aber meistens bin ich dabei allein.«

Maggie lachte lange und ausgiebig. »Na ja, jedem das Seine. Aber ich weiß aus eigener Erfahrung, dass es nichts Besseres gibt, wenn man den Richtigen gefunden hat.«

Serena schnitt eine Grimasse. Sie war noch nicht überzeugt. »Ich habe ihn doch gerade erst kennengelernt«, wiederholte sie.

»Du kannst dagegen ankämpfen, so viel du willst«, sagte Maggie mit einem Seufzer. »Aber weißt du, irgendwie bin ich schon sauer. Da versuche ich jahrelang, ihn anzumachen, und du steigst einfach nur aus einem gottverdammten Flugzeug. So toll ist dein Busen auch wieder nicht.«

»Und ob er das ist«, gab Serena zurück.

Als er ins Büro zurückkam, konnte Stride die Atmosphäre im Besprechungszimmer nicht anders deuten, als dass Maggie und Serena im Lauf des Nachmittags die dicksten Freundinnen geworden waren. Er hängte seine nasse Jacke über eine Stuhllehne, ließ sich mit einem erschöpften Stöhnen auf einen anderen Stuhl sinken und legte die Füße auf die zerschrammte hölzerne Tischplatte.

»Wisst ihr, wofür FBI die Abkürzung ist?«, verkündete er, »›Firlefanz und blödsinnige Ideen‹.«

»Es sollte dir eigentlich genug sein, dich in ihrer leuchtenden Gegenwart zu sonnen«, bemerkte Maggie.

Stride nickte. »Freut mich, dass du das so siehst. Ich habe K-2 nämlich schon gesagt, dass du dich beim nächsten Mal um die Typen kümmern möchtest.«

»Schönen Dank auch«, sagte Maggie.

»Wie ist die Sache mit Dan Erickson ausgegangen?«, fragte Serena. Stride stöhnte noch einmal und berichtete ihnen knapp von Dans Drohungen.

»Ich habe dir immer schon gesagt, er ist ein Arschloch«, sagte Maggie.

»Und du hattest Recht«, räumte Stride ein. Dann erklärte er Serena: »Maggie und Dan hatten vor ein paar Jahren eine kurze Affäre, die ein böses Ende genommen hat. Wenn ich mich recht erinnere, hat sie sein Haus abgefackelt.«

»Das ist eine schamlose Übertreibung«, sagte Maggie. »Es war nur ein Zigarettenloch in seinem Burberrymantel.«

»Mag sein, aber du rauchst doch gar nicht«, bemerkte Stride.

Serena kicherte. »Ihr zwei seid wirklich wunderbar.«

»Habt ihr was rausgefunden, während ich weg war?«, fragte Stride.

»Wir haben den einen oder anderen Durchbruch erzielt, allerdings bei einem anderen Fall«, sagte Maggie und zwinkerte Serena zu. Stride sah, wie Serena das mit einem vernichtenden Blick erwiderte. Dann wurde sie knallrot, griff sich einen der Aktenordner vom Tisch und vertiefte sich demonstrativ hinein. Stride bemerkte, dass sie den Aktenordner verkehrt herum hielt.

»Was für ein anderer Fall?«, fragte er.

»Eine Art Analyse. Es ging um das wirre Gemüt des Jonathan Stride.«

Stride musste lächeln. »Bezahlt man euch auf Stundenbasis?«

»Du kannst uns sicher nicht bezahlen.«

»Da habe ich ja noch mal Glück gehabt. Habt ihr zwischendurch vielleicht auch ein bisschen Ermittlungsarbeit einschieben können, während ich den Jungs vom FBI ihren Latte Macchiato serviert habe?«

Serena legte den Aktenordner beiseite. Sie hatte die Fassung zurückgewonnen. »Nichts, was uns irgendwie weiterbringen würde. Aber immerhin kenne ich jetzt den Fall.«

»Gut, dann kommen wir doch noch mal auf Rachels Verschwinden zurück«, sagte Stride. »Ich bin mir ziemlich sicher: Wenn wir herausfinden, was damals wirklich passiert ist, wissen wir auch, warum sie umgebracht wurde.«

»Aber vor drei Jahren haben wir alle falsch gelegen«, sagte Maggie.

»Mag sein, aber immerhin wissen wir jetzt etwas, das ihr damals noch nicht wusstet«, gab Serena zu bedenken.

»Und das wäre?«, fragte Stride.

»Wir wissen, dass Rachel am Leben war.«

Stride nickte, stand auf und schenkte sich eine Tasse lauwarmen Kaffee ein.

Die Klimaanlage summte hörbar und blies ihm kühle Luft auf den Kopf. »Das stimmt. Und was wissen wir sonst noch?«

»Wir wissen, dass Rachel an dem Abend bei der Scheune war«, sagte Maggie.

»Wissen wir das wirklich?«, fragte Serena. »Könnten die Beweisstücke nicht platziert worden sein?«

»Glaubst du, irgendein mysteriöser Fremder ist mit einer Pipette hingefahren und hat ihr Blut dort hinterlassen?« Maggie schüttelte den Kopf. »Rachel ist dort gewesen, und sie war auch in Graemes Van. Die Stofffasern von ihrem Pulli waren eindeutig identisch.«

»Und nicht nur Rachel war dort«, fügte Stride hinzu. »Wir haben auch Graemes Fußspuren hinter der Scheune gefunden, das dürfen wir nicht vergessen. Erinnert ihr euch an die Schuhe, die er gekauft hat und dann nicht mehr vorweisen konnte? Meines Erachtens waren sie beide dort. Und was immer zwischen ihnen vorgefallen ist, hat Rachel so erschreckt, dass sie abgehauen ist.«

»Aber wir wissen doch, dass Graeme sie nicht umgebracht hat«, sagte Serena.

Stride erläuterte ihr seine alternative Theorie zu den Geschehnissen zwischen Rachel und Graeme bei der Scheune an jenem Abend und die Vermutung, dass Rachel vielleicht einen Freund oder eine Freundin um Hilfe gebeten haben könnte.

Serena sah zur Decke empor und nickte nachdenklich. Dann strich sie sich das Haar aus der Stirn und trank einen großen Schluck Cola Light. »Keine schlechte Idee. Aber damit hat niemand aus Duluth ein offensichtliches Motiv, sie drei Jahre später umzubringen.«

»Bis auf Dan«, warf Maggie mit spöttischem Grinsen ein.

»Wenn Rachel abgehauen ist, wer hat ihr dann dabei geholfen?«, fragte Serena. »Dayton? Ich nehme ihm immer noch nicht ab, dass er den ganzen Strip nach der kleinen hilflosen Rachel abgesucht hat.«

Stride schüttelte den Kopf. »Dayton und Emily waren an dem Freitag in Minneapolis und haben ihre Affäre begonnen.«

»Und wenn Rachel ihre Mutter angerufen hat?«, schlug Serena vor.

»Ich glaube, Emily wäre der letzte Mensch gewesen, den Rachel angerufen hätte«, sagte Stride.

Maggie spitzte die Lippen. »Es läuft immer wieder auf Sally hinaus. Wir wissen, dass sie Rachel an dem Abend noch gesehen hat. Außerdem hat sie immer wieder gelogen, von Anfang an. Und es hätte ihr sicher nicht gefallen, wenn Rachel nach all den Jahren nach Duluth zurückgekommen wäre, um Kevin Hallo zu sagen.«

Stride zückte sein Handy. »Sally und Kevin wohnen in einer Studentenwohnung in der Nähe der Universität. Ich habe vorhin schon mal versucht, dort anzurufen, aber es ist niemand rangegangen.«

Er wählte die Nummer noch einmal. Nach fünf Freizeichen wollte er gerade auflegen, als sich plötzlich eine weibliche Stimme meldete.

»Hallo? Sally?« Stride lauschte mit gerunzelter Stirn. »Weißt du denn vielleicht, wo sie ist? Ich bin ein Freund von ihr und muss sie dringend erreichen.«

Er wartete die Antwort ab, bedankte sich dann kurz und legte auf.

»Offenbar kommen Kevin und Sally irgendwann heute Abend zurück. Das war die Nachbarin, die sich um die Katze kümmert. Sie waren die letzten zwei Wochen in Urlaub. Am Grand Canyon.«

»Na, so was«, bemerkte Maggie.

»Über den I-15«, fügte Serena hinzu, »sind es sechs Stunden bis nach Vegas.«

10

Cordy genoss die neidischen Blicke, als er mit Lavender durch das Foyer des Bellagio schritt, unter den riesigen, zartbunten Glasblumen hindurch, die von der Decke herabhingen. Sie waren ein hippes, attraktives Paar und passten perfekt in diese noble Umgebung. Cordy trug ein schwarzes Seidenhemd ohne Kragen, ein Goldkettchen und einen perfekt gebügelten hellen Leinenanzug. Seine Schuhe waren auf Hochglanz poliert, und von seinem zurückgegelten Haar stieg eine Duftwolke auf. Lavender trug einen roten, eng anliegenden Overall mit ovalen Ausschnitten an verschiedenen strategischen Stellen, die viel ebenholzfarbene Haut enthüllten und jedem, der sie sah, offenbarten, dass sie darunter weder BH noch Höschen trug. Sie hätte kaum mehr Aufsehen erregen können, wenn sie gar nichts angehabt hätte.

Als sie das elegante japanische Restaurant des Bellagio betraten, sah Cordy, wie sich die Blicke Dutzender asiatischer Geschäftsmänner durch Wolken von Zigarettenqualm auf Lavender richteten. Sie flirtete mit ihnen, während sie auf ihren Tisch zuging, und erwiderte ihre Blicke ohne einen Anflug von Verlegenheit.

»Wie fühlt sich das an?«, fragte Cordy.

Er sagte nicht, was genau er meinte, aber Lavender verstand ihn trotzdem: Die Aufmerksamkeit. Die Blicke. Wie fühlte es sich an, bei jedem Schritt die Blicke der Männer auf sich zu ziehen?

»Ich liebe das«, sagte Lavender. Ihr Lächeln wirkte hintergründig, und sie hatte eine leicht rauchige Stimme, in der ein Hauch von Straßenslang mitschwang. »Ich bin die Königin, Baby. Ich habe die Macht.«

Sie fuhr sich mit der Zunge über die vollen Lippen, und Cordy spürte, wie ihr nackter Fuß unter dem Tisch seinen Knöchel liebkoste. Der Kellner, ein Japaner im Frack mit faltigem Gesicht und ausdrucksloser Miene, trat an ihren Tisch, und Lavender bestellte lauter Dinge, die Cordy nicht kannte: *ika*, *maguro* und *uni*.

»Und was kriegen wir jetzt?«, fragte Cordy, nachdem der Kellner wieder gegangen war.

»Tunfisch, Gelbschwanzschnapper, Tintenfisch und Seeigel zum Beispiel.«

»Seeigel? Ich glaube, mir wird schlecht.«

»Vertrau mir«, sagte Lavender.

Cordy deutete mit dem Daumen auf die Geschäftsmänner an den anderen Tischen. »Versteh mich nicht falsch, Lav, aber warum machst du diesen Job eigentlich? Du könntest doch genauso gut mit einem von den Typen da auf seiner Privatinsel wohnen.«

»Hast du ein Problem mit meinem Job? Wenn ja, sag's mir besser gleich. Sonst verschwendest du nur meine Zeit.«

»Nein, nein«, versicherte Cordy rasch.

Lavender deutete mit dem Finger auf ihn. »Die Einzigen, die sich dabei erniedrigen, sind die Typen, die jeden Abend hechelnd im Publikum sitzen. Ich habe die Kontrolle über sie. Sie beten mich an. Daran gibt es nichts auszusetzen. Und wenn du wissen willst, warum ich es mache – ganz einfach. Wegen dem Geld.«

»Entschuldige«, sagte Cordy.

»Brauchst dich nicht zu entschuldigen. Jeder fragt mich das. Aber du musst damit klarkommen, Baby, sonst haben wir einen sehr kurzen Abend vor uns.«

Der Kellner kam mit einem schwarzen Lacktablett zurück, auf dem golden gescheckte Röllchen und Fischstückchen lagen, jedes mit einem schwarzen Gürtel aus Seetang an ein klebriges Viereck aus Reis gebunden. Es stellte sich heraus, dass Cordy ausgesprochen gern Sushi aß, vor allem, wenn Lavender die einzelnen Bissen auf den Essstäbchen balancierte und ihn damit fütterte. Sie selbst aß gierig, schob sich ganze Sushiröllchen in den Mund und grinste ihn dann kauend an. Er konnte sich nicht erinnern, dass ihn ein einfaches Abendessen jemals so erregt hätte.

Als sie fertig waren, bestellte Lavender Sake, und Cordy stellte überrascht fest, wie scharf und berauschend dieses Getränk war, obwohl nur so wenig davon in ein Glas ging und obwohl es sich trank wie Limonade. Sie leerten zwei kleine Karaffen, dann verlangte Cordy die Rechnung und zahlte mit schmerzlich verzerrter Miene.

Als sie das Restaurant verließen, stellte er erfreut fest, dass sie jetzt Hand in Hand gingen. Ihre Hüfte streifte ihn, während sie durch das Kasino spazierten, ihre Finger strichen über seine Handfläche, und er spürte, wie sehr ihn schon diese kleine Berührung erregte. Die Blicke der anderen Gäste folgten ihnen.

»Warum hast du eigentlich nichts mit deiner heißen Partnerin?«, fragte Lavender.

»Was, mit Serena? Wir sind gute Freunde, weiter nichts. Sie ist nicht mein Typ.«

Lavender knuffte ihn leicht in die Seite. »Na klar.

Sie ist vielleicht ein paar Jahre älter als du, aber sie sieht trotzdem wahnsinnig gut aus. Hast du's wirklich nie bei ihr versucht?«

Cordy zuckte die Achseln. »Sie hat mir von Anfang an klar gemacht, dass sie so was nicht haben will. Keine Anmache. Außerdem hat sie einen ziemlichen Ruf weg. Sie lässt die Männer, die mit ihr ausgehen, am langen Arm verhungern. Sie hat einen Zaun aus Stacheldraht um sich rum.«

»Warum denn?«, fragte Lavender.

Cordy schüttelte den Kopf. »Hat sie mir nie erzählt.« Er ließ eine Hand an Lavenders Rücken hinuntergleiten, bis sie fast auf ihrem Hintern lag. Durch den ovalen Ausschnitt ihres Overalls hindurch berührte er ihre Haut. »Wie wär's mit einem kleinen Spielchen?«

»Im Kasino oder im Bett?«

»Kommt das nicht aufs Gleiche raus? Ausgezogen werde ich so oder so.«

Lavender warf den Kopf zurück und lachte laut auf. »Du gefällst mir, Baby. Du gefällst mir wirklich.«

»Du mir auch. Pass auf, ich habe fünfhundert Dollar bei mir. Ich spiele, bis ich die entweder verloren oder verdoppelt habe, und dann gehen wir zu dir.«

Lavender fasste ihn am Kinn, drückte ihre glänzenden Lippen auf seinen Mund und schob die Zunge zwischen seine Lippen. »Aber mach schnell.«

Cordy führte sie zu den Spielautomaten mit den hohen Einsätzen hinüber. Normalerweise spielte er Black Jack mit Fünf-Dollar-Einsätzen an den Spieltischen des Sam's Town, aber heute war er nicht in der Stimmung, sich an einen Tisch zu setzen und sich in den Rhythmus des Spiels einzufinden. Und heute Abend war das alles ohnehin nicht wichtig. Er hatte bereits eine Glückssträhne und wollte Lavender als Glücksbringer nutzen. Schließlich entschied er sich für einen Videopoker-Automaten, bei dem man für jedes Blatt im Dreierset mindestens fünf Dollar setzen musste. Der Höchsteinsatz für jedes Spiel lag bei fünfundsiebzig Dollar. Egal, ob er gewann oder verlor, es würde schnell gehen, und anschließend konnten sie sich der eigentlichen Beschäftigung des Abends widmen.

In den nächsten zehn Minuten gewann er rasch dreihundert Dollar, fiel dann aber durch ein paar schlechte Blätter zurück. Dann erreichte er mit zwei von drei Blättern eine Straße und gewann wieder Geld dazu, obwohl er seinen Einsatz noch nicht ganz verdoppelt hatte. Er spürte, wie das übliche Fieber von ihm Besitz ergriff, und nur eines hielt ihn davon ab, sich vollkommen dem Spiel zu überlassen: die Tatsache, dass Lavenders Hand sich immer weiter zwischen seine Beine vorarbeitete. Seine Gedanken wanderten hin und her zwischen den Signaltönen des Automaten und dem fast schon schmerzhaften Ständer in seiner Hose.

Er hörte Lavender kaum, als sie ihn fragte: »Und, habt ihr zwei, du und deine heiße Partnerin, schon herausgefunden, was mit Christi passiert ist?«

»Verdammt!« Cordy hatte bereits zwei Asse, beim Geben aber kein drittes erhalten. »Was hast du gesagt?«

»Christi. Das Mädchen, das umgebracht wurde. Habt ihr rausgefunden, wer es war?«

Cordy sah zu, wie der Automat weitere fünfundsiebzig Dollar seines Einsatzes verschluckte. »Was? Nein, noch nicht. Serena ist gerade in Minnesota.«

»In Minnesota?«

Cordy nickte. »Ja, das Mädchen, Christi, war aus einer Stadt irgendwo im Norden von Minnesota. Es sieht so aus, als hätte ihr jemand von daheim einen Besuch abgestattet.«

Er setzte noch einmal den Höchsteinsatz und hielt den Atem an. Als gleich beim ersten Geben vier Karten gleicher Farbe aufgedeckt wurden, ballte er die Faust. »Na los, Baby, gib mir einen Flush.«

Lavender schaute gar nicht mehr auf den Bildschirm. Sie ließ einen Finger zwischen seine Beine gleiten und ertastete die Schwellung dort. »Ist das meinetwegen oder wegen dem Spiel?«

Cordy antwortete nicht. Er behielt vier Karten, drückte dann den Knopf für den Kartentausch und hielt wieder den Atem an. »Na los!«

Lavender seufzte, zog die Hand zurück und betrachtete eingehend ihre sorgfältig lackierten Fingernägel. »Ich weiß schon, warum ich nicht spiele.«

»Was?«, fragte Cordy.

»Ach, nichts. Mich wundert nur, dass Christis Mörder von außerhalb gekommen sein soll. Ich hätte gedacht, es war ihr gruseliger Freund.«

»Ja!«, jubelte Cordy, als der Automat ihm drei Könige gab. »Na los, vier gleiche, vier gleiche!«

Er ließ den Finger über dem Knopf schweben und drückte dann mit einem stummen Stoßgebet darauf. Die letzten Karten wurden aufgedeckt: eine Drei, ein Ass, eine Sieben, eine Neun, eine Königin, ein König.

»Ja!«, brüllte Cordy, als er sah, wie der König die dritte Hand vervollständigte. »Ja!« Er griff nach Lavender, zog sie fest an sich und drückte ihr einen langen Kuss auf die Lippen, den sie mit Begeisterung erwiderte. Als er sich von ihr löste und auf den Bildschirm schaute, sah er, dass er seinen Einsatz verdoppelt hatte. Um mehr als fünfhundert Dollar!

Cordy drückte auf »Gewinn ausgeben« und genoss das laute Klappern der Fünf-Dollar-Münzen, die der Automat ausspuckte. Er füllte die Münzen in zwei Plastikbehälter, stapelte sie und sah sich nach dem nächsten Wechselschalter um. Mit den Behältern im einen und Lavender im anderen Arm stolzierte er durch das Kasino und fühlte sich wie der König der Welt. Am Schalter reichte er der Kassiererin die Münzen, sah zu, wie sie sie in den Zählautomaten leerte, und fuhr sich mit der Zunge über die Lippen, als die angezeigte Zahl auf über tausend Dollar kletterte.

Erst da schien sein Gehirn dem Wirrwarr von Gedanken hinterherzukommen, die ihm durch den Kopf schwirrten. Cordy spürte, wie ihm das Blut in den Adern gefror. Er drehte sich zu Lavender um. Seine Miene war angespannt, und alle Gedanken an Sex und Geld waren wie weggeblasen.

»Ihr Freund?«

11

Stride und Serena saßen im Dunkeln in seinem Jeep, unter einer kaputten Straßenlaterne gegenüber dem Wohnhaus, in dem sich Kevins und Sallys Studentenwohnung befand. Die Fenster des Wagens waren offen, und die kühle Abendluft wehte mit ein paar letzten Regentropfen herein. Seit einer Stunde beobachteten sie das Haus. Stride wusste, dass sie durchaus auch bis zum nächsten Morgen hätten warten können, um mit den beiden zu reden, aber er wollte das Überraschungsmoment ausnutzen, um ihnen keine Zeit zu lassen, sich Antworten zurechtzulegen.

Außerdem hatte er so einen Grund, nicht nach Hause zu fahren, denn dort wollte er wirklich nicht sein. So grausam das auch klingen mochte, es war die Wahrheit. Er fühlte sich intensiv zu Serena hingezogen, und er wollte mit ihr zusammen sein. Nicht mit Andrea. Nicht mit seiner Frau.

Sie war nur eine Silhouette auf dem Beifahrersitz, aber er wusste, dass sie spürte, wie er sie ansah. Wie er versuchte, ihr seine Gefühle mitzuteilen, sie stumm herauszuschreien.

»Erzähl mir von Phoenix«, sagte er. »Von deiner Vergangenheit.«

Sie schüttelte den Kopf. »Darüber rede ich nicht.«

»Das weiß ich. Erzähl es mir trotzdem.«

»Warum interessierst du dich für meine Vergangenheit?«, fragte Serena. »Du kennst mich doch gar nicht.«

»Eben. Ich will dich kennen lernen.«

Serena schwieg, und Stride hörte ihre raschen, nervösen Atemzüge. »Was willst du wirklich, Jonny?«, fragte sie. »Mit mir schlafen?«

Stride wusste nicht, was er darauf sagen sollte. »Wie soll ich das beantworten?«, sagte er schließlich. »Wenn ich Nein sage, weißt du, dass ich lüge. Und wenn ich Ja sage, bin ich nur ein blöder Bulle, der eine Affäre will.«

»Damit wärst du sicher nicht allein.«

»Das ist mir klar. Und ich kann auch nur eines dazu sagen: Ich weiß, wo ich eigentlich sein sollte, zu Hause nämlich und nicht hier bei dir. Das passt nicht zu mir, so bin ich eigentlich nicht. Aber trotzdem bin ich hier.«

»Erzähl du mir doch mal was von dir«, sagte Serena und wandte sich ihm im Dunkeln zu. »Maggie sagt, deine Ehe wäre am Ende. Sie wäre schon vor drei Jahren am Ende gewesen. Stimmt das?«

Er war es leid, sich selbst etwas vorzumachen. »Ja, das stimmt.«

»Lüg mich nicht an, Jonny«, warnte Serena. »Ich bin keine schnelle Nummer, klar? Du weißt ja gar nicht, wie selten es vorkommt, dass ich überhaupt so mit einem Mann rede, vor allem nicht mit einem, den ich gerade erst kennengelernt habe.«

»Ich glaube, das weiß ich doch. Und ich lüge nicht.«

»Erzähl mir davon. Warum seid ihr am Ende?«

Er suchte nach den richtigen Worten. »Wir tragen beide zu viele Geister mit uns herum, die nicht zur Ruhe kommen. Ihr erster Mann hat sie verlassen, und ich habe die Leerstelle nicht ausfüllen können.«

»Und was ist mit dir? Wie heißt dein Geist?«

Stride lächelte. »Cindy.«

»Hat sie dir das Herz gebrochen?«

Es war schon so viel Zeit vergangen, dass Cindy nur noch ein dumpfer Schmerz in seinem Herzen war und nicht mehr die schwärende Wunde von früher. Er erzählte Serena, wie er sie verloren hatte, und es kam ihm vor wie eine weit zurückliegende Tragödie, als wäre es gar nicht ihm passiert. Serena hörte schweigend zu, dann nahm sie seine Hand und verschränkte ihre Finger mit seinen.

Ein paar reglose Augenblicke lang war der Jeep wie eine Luftblase, eine eigene, in sich geschlossene kleine Welt.

»Willst du meine Geschichte wirklich hören?«, fragte Serena.

»Ja.«

Er sah, wie sie ihre Angst und ihr Misstrauen niederkämpfte.

»Als ich fünfzehn war und noch in Phoenix wohnte, hat meine Mutter angefangen, Drogen zu nehmen«, begann sie leise. »Sie wurde abhängig. Sie hat unser ganzes Geld verpulvert, wir haben unser Haus verloren, und mein Vater hat uns verlassen. Mich hat er verlassen.«

Ihre Stimme hatte einen ausdruckslosen Ton und

klang überhaupt nicht mehr nach Serena, so als hätte sie alle Gefühle aus ihren Worten getilgt. Stride spürte, dass gerade etwas Entscheidendes zwischen ihnen geschah, dass sie ihn in eine Welt einließ, in der sie bis dahin ganz allein gewesen war.

»Wir sind zu ihrem Dealer gezogen. Man könnte sagen, ich war Teil der Finanzplanungen meiner Mutter. Er hat mit mir gemacht, was er wollte, und meine Mutter hat zugeschaut. Sie war ohnehin so stoned, dass sie kaum etwas mitbekommen hat.«

Stride spürte, wie sich Gefühle in ihm regten. Er war zornig, um ihretwillen. Er wollte sie beschützen.

»Dann bin ich schwanger geworden«, fuhr Serena fort. »Ich bin allein ins Krankenhaus und habe abgetrieben. Und dann bin ich nicht mehr nach Hause zurückgekehrt. Wenn ich zurückgegangen wäre, hätte ich sie wahrscheinlich alle beide umgebracht. Das meine ich ganz ernst. Ich habe viel Zeit damit verbracht, mir vorzustellen, wie ich sie umbringe. Aber ich wollte mein eigenes Leben nicht aufgeben, nur weil sie mir so viel angetan hatten. Also habe ich mich mit einer Freundin zusammengetan, und wir sind mit dem Bus nach Las Vegas gefahren. Wir waren sechzehn und ganz allein auf dem Strip. Ich habe miese Jobs in den Kasinos angenommen. Und abends bin ich zur Berufsschule gegangen. Und Polizistin geworden.«

»Die meisten Mädchen mit einer solchen Vergangenheit wären heute längst tot.«

»Ich weiß. Rachel zum Beispiel.«

»Du bist unglaublich«, sagte er.

Serena schüttelte den Kopf. »Ich bin auch kein Engel. Ich kann unausstehlich sein, das können die allermeisten Männer bestätigen. Ich habe mein Leben damit zugebracht, Männer zurückzuweisen.«

»Und warum weist du mich nicht zurück?«, fragte er. »Oder versuchst du das vielleicht gerade?«

»O ja, das tue ich, Jonny. Es ist zu deinem Besten.«

Stride schwieg. In einer Wohnung ging das Licht an und warf einen schwachen Schein auf ihre Gesichter. Er spürte, wie sein Blick von ihren blassen Lippen angezogen wurde. Sie spürte sein Verlangen, und ihre Lippen öffneten sich ein klein wenig. Zögernd und unsicher beugte sie sich ihm entgegen, und das Haar fiel ihr ins Gesicht.

Das Licht ging genauso rasch wieder aus, wie es angegangen war. Als sie sich küssten, sahen sie einander nicht. Dann zog Serena sich zurück, und sie verbrachten die nächste Stunde schweigend und hatten auch kein Bedürfnis zu reden.

Der erdbeerrote Fiat Malibu hielt gegen Mitternacht vor dem Haus.

Sie beobachteten, wie Kevin und Sally ihre Rucksä cke schulterten und erschöpft die Stufen zum Haus hinaufstiegen. Als sie drinnen waren, berührte Stride Serena an der Schulter. Gemeinsam überquerten sie die Straße.

Stride klopfte an die Wohnungstür im dritten Stock, und Kevin öffnete sofort. Seine Augen waren rot und müde. Er musterte Stride misstrauisch, dann schien er sich zu erinnern. Und sobald er wieder wusste, wer Stride war, schloss Kevin blitzschnell, warum er hier war.

»Es geht um Rachel, oder?«, fragte er.

Stride nickte. »Es tut mir Leid, dass wir euch so überfallen, Kevin. Ja, es geht um Rachel. Wir haben ihre Leiche gefunden.«

Kevin trat von der Türe zurück, und seine Augen füllten sich mit Tränen. Er hatte sich zu einem attraktiven jungen Mann entwickelt, braun gebrannt, mit lockigem blondem Haar.

Stride stellte Serena vor, als sie in die Wohnung traten, sagte aber nicht, dass sie aus Las Vegas kam. Er schaute sich rasch in der billig eingerichteten Wohnung um und stellte fest, dass etwas fehlte.

Die Rucksäcke waren fort.

»Wo ist Sally?«, fragte er.

Kevin hob den Kopf und sah ihn verständnislos an. »Was? Ach so, die ist unten beim Waschen.«

»Beim Waschen!«, rief Serena. Sie drehte sich auf dem Absatz um und rannte aus der Wohnung. Stride folgte ihr und ließ Kevin in der offenen Wohnungstür stehen. Sie rannten die Treppe hinunter und nahmen dabei immer zwei Stufen auf einmal, bis sie im Kellergeschoss waren, in einem dunklen Gang, der vom Brummen vieler Maschinen erfüllt war. Stride blieb stehen und lauschte. Vom anderen Ende des Ganges hörte er das vertraute Geräusch einer Waschmaschine.

Sie stürzten in die Waschküche.

Sally saß im Schneidersitz auf einem durchgesessenen Sofa und blätterte in einer Ausgabe der Zeitschrift *People*. Sie riss ebenso erstaunt wie erschrocken die Augen auf, als die Tür so plötzlich aufgestoßen wurde und an die Wand knallte.

Stride sah die beiden Rucksäcke, die leer auf dem Boden lagen, und zwei Waschmaschinen, die dabei waren, alle möglichen Beweise wegzuwaschen. Leise fluchend schaltete er die Waschmaschinen ab.

»Was um Himmels willen ist denn los?«, fragte Sally mit zitternder Stimme.

Stride betrachtete sie eingehend. Sie hatte abgenommen, und es stand ihr gut. Sie trug ein pinkfarbenes Tanktop, weiße Shorts, und von ihrem linken Fuß baumelte eine Sandale. Die andere lag vor dem Sofa auf dem gelblichen Linoleumboden.

»Weißt du noch, wer ich bin?«, fragte Stride.

Sally musterte ihn aus zusammengekniffenen Augen. Dann wurde sie ein wenig lockerer. »Ja, das weiß ich. Aber ich wüsste vor allem gern, was hier los ist.«

»Wer kommt um Mitternacht nach einer langen Autofahrt nach Hause zurück und wäscht dann noch?«, fragte Serena.

»Ich«, gab Sally zurück. »Ich mag keine schmutzige, stinkende Wäsche in meiner Wohnung. Sagen Sie mir jetzt vielleicht, was Sie hier wollen?«

»Rachel ist tot«, sagte Stride ohne Umschweife.

Er sah, was er sehen wollte: Sally blickte einen Augenblick lang verwirrt drein. Das war der erste Hinweis auf die tatsächlichen Geschehnisse bei Rachels Verschwinden. Sally war überrascht zu hören, dass Rachel tot war. Sie musste also gewusst haben, dass Rachel nach ihrem Verschwinden noch am Leben gewesen war. Aber Sallys echtes Erstaunen bedeutete auch, dass sie Rachel nicht umgebracht hatte.

Und während Sally langsam klar wurde, was diese Nachricht zu bedeuten hatte, sah Stride noch etwas anderes in ihrem Gesicht. Sie konnte sich ein Lächeln nicht verkneifen, und ihre Miene drückte tiefe Erleichterung und Befriedigung aus.

»Wo haben Sie sie gefunden?«

»In Las Vegas«, sagte Stride. »Das ist Serena Dial von der Bezirkssheriffstation in Nevada. Rachel wurde letztes Wochenende ermordet.«

»Ermordet?«

»Genau«, sagte Serena. »Wie hat es euch denn am Grand Canyon gefallen?«

Sally nickte langsam. Sie schien zu begreifen. »Verstehe. Sie glauben, wir sind nach Vegas gefahren. Sie glauben, wir haben sie dort getroffen.«

»Und, habt ihr?«, fragte Stride.

»Als ob ich Kevin freiwillig in Rachels Nähe lassen würde«, fauchte Sally. Sie musterte Serena von Kopf bis Fuß. »Und ich habe auch nichts für Glücksspiele übrig oder für die anderen Sachen, die man in dieser Stadt so macht. Wir waren nicht dort.«

»Sie sagt die Wahrheit«, ließ sich eine männliche Stimme vernehmen. Stride drehte sich um und sah Kevin im Türrahmen stehen. Er hatte das Gespräch mit angehört. »Ich kann einfach nicht glauben, dass Rachel die ganze Zeit über am Leben war.«

»Das ist schon ein ziemlicher Zufall, Kevin«, sagte Stride. »Ihr beide wart nur ein paar Stunden von Las Vegas entfernt, als sie umgebracht wurde.«

»Wir sind aber nicht dort gewesen«, sagte Sally noch einmal.

Kevin nickte. »Das stimmt.«

Stride und Serena wechselten einen raschen Blick. Sie waren zum selben Schluss gekommen: Die beiden sagten die Wahrheit.

»Trotzdem müssen wir eure Wäsche und euren Wagen überprüfen«, sagte Stride. »Tut mir Leid.«

»Sie werden nur Staub und Wanzen finden«, sagte Sally.

»Ich gehe jetzt mal davon aus, dass ihr die Wahrheit sagt«, sagte Stride. »Aber wir versuchen herauszufinden, ob zwischen Rachels ursprünglichem Verschwinden und dem Mord ein Zusammenhang besteht. Wir müssen also unbedingt erfahren, was damals wirklich passiert ist. Das ist jetzt wichtiger denn je.«

Sallys Miene verdüsterte sich, und sie wandte den Blick ab.

Stride spürte, dass er nichts erreichen würde, solange Kevin dabei war. »Kevin, würdest du uns ein paar Minuten allein mit Sally reden lassen?«

Sally riss die Augen auf. Sie wollte offensichtlich

nicht, dass er ging. Aber Kevin war mit seinen Gedanken ganz woanders, er schien wieder unter Rachels Bann zu stehen. Wie ferngesteuert stapfte er aus dem Raum und drehte sich nicht einmal mehr nach Sally um.

Serena machte die Tür zu, und Stride lehnte sich an den leeren Wäschetrockner und musterte das Mädchen auf dem Sofa. Sally schaute mit finsterem Blick zurück und verschränkte kampflustig die Arme.

»Sie ist tot, Sally«, sagte Stride. »Du brauchst ihr Geheimnis jetzt nicht mehr zu hüten.«

Sally setzte sich wieder in den Schneidersitz und schloss die Augen.

»Wir sind ganz unter uns«, fuhr er fort. »Keine Richterin, keine Geschworenen. Und auch kein Kevin.«

»Ich weiß gar nicht, wovon Sie reden.«

»O doch, das weißt du. Du hast vor Gericht gelogen. Du hast keinen Streit zwischen Rachel und Graeme mit angehört. Das hast du dir nur ausgedacht. Aber das spielt jetzt keine Rolle, Sally. Niemand wird dich wegen Meineid anklagen. Für dich besteht keine Gefahr. Aber wir müssen jetzt die Wahrheit wissen.«

»Rachel ist tot, und wir wollen wissen, warum sie sterben musste«, sagte Serena.

Sally zuckte die Achseln. »Sie haben doch auch damals schon gedacht, dass sie tot ist. Was hat sich denn jetzt geändert?«

»Wir wissen, dass du an dem Abend bei ihr warst. Man hat dich auf der Straße gesehen.«

»Ja und?«, gab Sally zurück. »Ich bin hingegangen, ich habe sie nicht angetroffen und bin wieder nach Hause gegangen. Weiter nichts.«

»Wenn das stimmt, warum hast du dir dann diesen Streit zwischen Rachel und Graeme ausgedacht?«

Sally zögerte. »Ich war in Panik. Der Anwalt wollte es doch so hinbiegen, als hätte ich was damit zu tun gehabt, obwohl das völlig absurd war. Und ich dachte wirklich, dass Graeme schuldig ist. Mein Gott, die haben doch ununterbrochen gestritten, es war gar keine so große Lüge.«

»Aber jetzt lügst du schon wieder, Sally«, sagte Serena. »Ich bin auch eine Frau, mich führst du nicht hinters Licht.«

Stride hockte sich vor das Sofa, sodass sein Gesicht auf gleicher Höhe mit Sally war, nur ein paar Zentimeter von ihrem Gesicht entfernt. »Du hast gewusst, dass Rachel noch lebt.«

»Das ist doch absurd«, sagte Sally. Aber ihre Stimme zitterte dabei.

»Du hast ihr geholfen abzuhauen«, sagte Serena.

»Hab ich nicht!«

»Dann sag uns endlich, was an dem Abend passiert ist, Sally.« Stride legte dem Mädchen sanft die Hand auf die Schulter. »Hör mal, ich weiß doch, wie Rachel war. Ich weiß, wie sie andere manipulieren konnte.«

Sally sah ihn unverwandt an. »Sie haben ja keine Ahnung«, flüsterte sie.

Sally ballte die Hände in den Jackentaschen zu Fäusten. Sie hielt die Ellbogen eng an den Körper gepresst und trat mit jedem Schritt so fest auf, dass ihre Locken flogen. Sie konnte an nichts anderes denken, immer wieder sah sie sie vor sich: Rachel und Kevin auf der Brücke.

Rachel, die Kevin küsste. Rachel, die Kevin zwischen die Beine fasste.

Und das Schlimmste war das kleine, böse Lächeln auf Rachels Gesicht gewesen, als sie sich umgedreht hatte, um zu sehen, ob Sally immer noch unten stand und zusah. Es genügte nicht, ihn ihr wegzunehmen. Nein, Rachel musste sie auch noch demütigen.

Sally hatte keine Chance, nicht gegen Rachel. Ihre einzige Rettung lag darin, dass Rachel bisher nicht das leiseste Interesse an Kevin gezeigt hatte. Sie hatte mit ihm gespielt, ihn gereizt, mit ihm geflirtet. Mehr nicht.

Bis heute.

Zurück in ihrem Zimmer konnte Sally ihre Wut kaum noch zügeln. Sie bekam das furchtbare Bild einfach nicht aus dem Kopf. Ein Teil von ihr hätte den beiden am liebsten gesagt, sie sollten ihr gestohlen bleiben. Sollte Kevin doch sehen, ob er in den Armen dieser schamlosen Schlampe glücklich werden würde. Wenn er es unbedingt so wollte – gut, dann sollte sie ihn ruhig zerstören. Sollte er doch sehen, wie es war, unter ihrer Fuchtel zu stehen.

Aber trotz allem konnte sie es nicht zulassen. Es war ja nicht Kevins Schuld. Er war hilflos, wie eine Fliege, die sich in Rachels Spinnennetz verfangen hatte.

Sally beschloss, die Sache ein für alle Mal mit Rachel zu klären. Und sie vor die Wahl zu stellen: Lass die Finger von Kevin, sonst …

Also kletterte sie ganz leise aus ihrem Zimmerfenster im ersten Stock und lief die Straße entlang. Ihr ganzer Körper war angespannt wie eine Sprungfeder. Sie merkte kaum, wie viele Blocks sie hinter sich ließ, und spürte die Kälte nicht, die ihren raschen Atem in der Luft in Dampf verwandelte. Immer wieder ging sie im Geist durch, was sie Rachel alles sagen wollte. Sie studierte eine große Rede ein, murmelte sie leise vor sich hin und stellte die einzelnen Worte immer wieder um, bis alles perfekt war. Doch als sie auf dem Bürgersteig vor Rachels Haus stand, waren alle Worte, die sie sich so sorgsam zurechtgelegt hatte, plötzlich wie weggeblasen. Die Zunge wurde ihr schwer und schien ihr nicht mehr zu gehorchen, und ihr wurde ganz flau. Aller Mut war verschwunden. Sie stand wie angewurzelt da.

Rachel war zu Hause. Sally hatte gedacht, dass sie vielleicht noch mit Kevin zusammen war, dass sie, Sally, warten müsste. Das hätte alles viel einfacher gemacht. Sie hätte Rachel einfach abgepasst, wenn sie aus dem Wagen stieg und nicht damit rechnete, von jemandem angesprochen zu werden. Aber der Wagen stand schon in der Auffahrt. Sally musste nur zur Haustür gehen und klingeln. Sie versuchte, den Mut dazu aufzubringen, indem sie sich noch einmal das Bild der beiden auf der Brücke vor Augen rief. Rachel und Kevin. Den Kuss. Die Verführung. Das Lächeln.

Schlampe.

Sie brauchte nur zu klingeln, und Rachel würde aufmachen. Dann konnte Sally ihren ganzen aufgestauten Zorn loswerden, den sie mit sich herumtrug. Sie konnte Rachel anschreien. Sie ohrfeigen. Ihr zeigen, dass dieses eine Mal zumindest ein anderes Mädchen sich zur Wehr setzte.

Aber sie war wie gelähmt. Sie versuchte, sich zum Weitergehen zu zwingen, aber ihre Füße wollten sich nicht vom Fleck rühren. Sie wusste nicht, ob sie es schaffen würde, Rachel tatsächlich zur Rede zu stellen, ganz egal, wie zornig sie war, und ganz egal, wie viel Kevin ihr bedeutete.

Die Lichter im Erdgeschoss gingen aus, und im Haus war es ganz dunkel.

Das war's, dachte Sally. Sie geht schlafen. Ich habe zu lange gewartet.

Aber dann hörte sie von drinnen ein Klicken, als würde ein Riegel zurückgeschoben, und sie sah, wie sich die Haustür öffnete. Sally verlor vollkommen die Nerven, floh vom Bürgersteig und versteckte sich zwischen einer Reihe hoher Hecken. Von ihrem Versteck aus sah sie immer noch das Haus im bleichen Licht der Straßenlampen.

Und sie sah Rachel im dämmrigen Licht, die, genauso gekleidet wie zuvor, das Haus verließ. Rachel ließ den Blick verstohlen über die Straße schweifen, fast eine Minute lang. Sie wartete, rührte sich nicht und blieb im schützenden Schatten der Veranda stehen. Dann lief sie rasch die Auffahrt entlang. In der Hand hielt sie eine große Plastiktüte.

Sally merkte, dass Rachel in ihre Richtung kam. Sie würde sie sehen. Am liebsten hätte sie sich unter der Hecke zusammengerollt und gehofft, dass Rachel einfach an ihr vorbeiging. Aber sie wusste, das war ihre einzige Chance. Jetzt oder nie. Sally schluckte schwer, machte dann einen Schritt hinaus auf den Bürgersteig und trat Rachel in den Weg.

»Wir müssen reden«, sagte sie. Ihr Magen schlug förmlich Purzelbäume, und sie verfluchte sich innerlich, als sie das Beben in ihrer Stimme hörte. Sie klang ja wie ein verängstigtes Kind.

Rachel blieb wie angewurzelt stehen, als sie sie sah. Erst blickte sie entsetzt drein, doch gleich darauf traten Abscheu und kalter Hass in ihre Augen.

»Verdammter Mist«, zischte sie. »Was zum Teufel machst du denn hier?«

Sally räusperte sich. »Ich will mit dir über Kevin reden«, sagte sie mit schwacher Stimme.

Rachel schaute die Straße entlang. Kein Mensch war zu sehen, sie waren ganz allein. Sie brachte ihr Gesicht ganz nah an Sallys heran. »Du weißt ja gar nicht, in was du dich da einmischst«, sagte sie. »Du wirst mir noch alles ruinieren.«

Sally war verwirrt. So hatte sie Rachel noch nie erlebt. »Was? Was meinst du damit?«

Rachel packte sie am Handgelenk und verdrehte es, bis Sally vor Schmerz das Gesicht verzog. »Das geht dich überhaupt nichts an, hast du verstanden? Du hast mich hier nicht gesehen.«

»Ich verstehe nicht«, stotterte Sally. »Du tust mir weh.«

Das lief alles nicht so, wie sie es sich vorgestellt hatte. Sie wusste beim besten Willen nicht, was Rachel meinte, aber der Blick in ihren Augen machte ihr Angst.

»Ich werde dir noch viel mehr wehtun, wenn du jetzt nicht die Klappe hältst und mir zuhörst«, gab Rachel zurück. »Du bist zwar nicht die Hellste, Sally, aber ich glaube, zwei Dinge sind dir doch klar. Erstens: Ich habe nicht das geringste Interesse an Kevvy. Er gehört dir, Gott steh ihm bei. Und zweitens weißt du ganz genau, dass ich ihn dir wegnehmen kann, wann immer ich will.«

»Das ist nicht wahr«, sagte Sally.

Rachel lachte. »Er würde alles für mich tun. Und das nur wegen der kleinen Fummelei auf der Brücke, Sally. Hat dir die Vorstellung gefallen? Hat's dir Spaß gemacht zu sehen, wie ich deinem Freund einen runterhole?«

»Hör auf«, jammerte Sally. »Bitte.«

»Schön. Freut mich, dass wir uns verstehen. Also lass uns das noch mal ganz klarstellen. Du gehst jetzt nach Hause und vergisst unser kleines Gespräch. Das hat niemals stattgefunden. Du hast mich nicht gesehen. Denn eins verspreche ich dir, Sally: Wenn du jemals irgendwem davon erzählst, komme ich zurück und sorge dafür, dass Kevvy dich nie wieder anschaut. Selbst wenn du ihn heiratest, ist mir das völlig egal. Ich werde am nächsten Tag mit ihm schlafen, und danach wird er nicht einen weiteren Tag mit dir verbringen wollen, das kannst du mir glauben.«

Sally sagte nichts. Sie wusste nicht, was sie tun sollte.

Rachel trat noch näher an sie heran und strich ihr durchs Haar. Sally versuchte, sich von ihr loszumachen, aber Rachel hielt sie fest. »Hast du mich verstanden, Sally?«

»Ich verstehe überhaupt nichts.«

»Dann sag mir einfach nur, dass du mir glaubst. Du glaubst mir doch, oder? Du weißt, dass ich dir Kevvy innerhalb einer Sekunde wegnehmen kann.«

Sally nickte.

»Gut«, sagte Rachel. Sie grinste und ließ den Zeigefinger der freien Hand über Sallys Wange gleiten. Dann beugte sie sich näher heran, und Sally roch ihren süßen Atem, als Rachel sie sanft auf die Lippen küsste. Es war ein langer Kuss, und Sally wurde übel.

»Nicht vergessen«, sagte Rachel noch einmal. »Kein Wort.«

Stride lauschte Sallys Erzählung mit wachsendem Entsetzen. Schließlich schüttelte er langsam den Kopf.

»Ist dir eigentlich klar, was alles nicht passiert wäre, wenn du uns das schon früher erzählt hättest?«, fragte er.

Sally zuckte ohne ein Zeichen von Reue die Achseln. »Sie haben Rachel nicht gekannt, Mr Stride. Sie hat das ernst gemeint, was sie gesagt hat. Wenn ich irgendwem erzählt hätte, dass ich sie gesehen habe, hätte sie es zu ihrer Lebensaufgabe gemacht, mir Kevin wegzunehmen. Ich weiß doch, wozu sie fähig ist. Und damals hatte ich das Gefühl, ich bin die Einzige, die das weiß.«

»Du hättest Graeme Stoner einfach ins Gefängnis gehen lassen? Obwohl du wusstest, dass er unschuldig ist?«

Sallys Augen blitzten vor Wut. »Unschuldig? Von

wegen. Es stimmt doch, dass er mich in seinem Wagen entführt hat. Wenn wir hinter der Scheune nicht gestört worden wären, hätte er mich auch vergewaltigt. Und ich war bestimmt nicht die Einzige. Außerdem wissen Sie doch, dass er mit Rachel geschlafen hat.«

»Aber warum hast du im Zeugenstand gelogen?«, fragte Stride.

»Ich musste mir schnell was einfallen lassen«, erklärte Sally. »Ich dachte, vielleicht kann ich Rachel damit die Botschaft schicken, dass ich meinen Teil der Abmachung einhalte. Und dass sie auch ihren einhalten soll.«

Serena sah Sallys entschlossenen Blick. »Es hätte dir gar nicht gefallen, wenn Rachel zurückgekommen wäre, was?«

Sally zuckte kaum mit der Wimper. »Nein, das hätte mir gar nicht gefallen. Sie war tot, und ich wollte, dass das so bleibt. Aber falls Sie immer noch glauben, dass wir in Vegas waren und dass ich eigenhändig dafür gesorgt habe, irren Sie sich. Rachel hat sich auch an die Abmachung gehalten. Sie ist nicht zurückgekommen.«

»Hast du jemals etwas von ihr gehört?«

»Nein. Ich glaube, Sie suchen wirklich am falschen Ort. Sie sollten lieber in Vegas suchen und herausfinden, wessen Leben sie dort zerstört hat. Eine Schlampe wie die ändert sich nie. Ich würde was darauf verwetten, dass sie immer noch ihre alten Spielchen getrieben hat.«

»Weißt du, was in der Plastiktüte war, die sie dabeihatte?«, fragte Stride.

Sally schüttelte den Kopf. »Das konnte ich nicht sehen.«

»Und sonst hatte sie nichts dabei?«

»Gar nichts. Nur die Kleider, die sie anhatte. Dieselben Kleider, die sie schon im Canal Park getragen hat.«

»Den weißen Rollkragenpullover?«, fragte Stride.

»Ja.«

»War der irgendwie kaputt?«

»Ist mir nicht aufgefallen«, sagte Sally.

»Was ist mit dem Armband?«, fragte Stride. »Hatte sie das noch an?«

Sally schloss die Augen und dachte nach. »Ich glaube schon. Ja, ich bin mir ziemlich sicher. Ich sehe es noch an ihrem Handgelenk baumeln.«

Stride nickte. Im Geist ging er die verschiedenen Möglichkeiten durch. »Hat sie dir gesagt, wie sie aus der Stadt rauskommen will? Wollte sie sich mit jemandem treffen?«

Sally schüttelte den Kopf. »Ich weiß es nicht. Wirklich nicht. Sie hat mir nicht gesagt, dass sie fort will.«

Aber sie musste fort gewollt haben, dachte Stride. War noch etwas vorgefallen, das ihre Pläne durchkreuzt hatte – bei der Scheune vielleicht? Denn sie war an dem Abend noch bei der Scheune gewesen. Das Armband sprach eindeutig dafür. Sally hatte sie vor ihrem Haus getroffen, und irgendwie war sie anschließend zur Scheune gelangt und hatte dort Beweise hinterlassen, die Graeme Stoner belasteten. Und dann war sie verschwunden.

»Du musst doch später noch darüber nachgedacht haben«, sagte Stride. »Was hast du da gedacht?«

»Ich war genauso ratlos wie alle anderen. Ich dachte mir, wahrscheinlich ist sie bei irgendeinem Typen per Anhalter mitgefahren und hat dann mit ihm geschlafen, damit er den Mund hält. Oder sie hat einen von den Jungs aus der Schule dazu gebracht, sie nach Minneapolis zu bringen.«

»Aber du hast ihr nicht geholfen? Und du weißt auch sonst nichts?«

»Nein. Und jetzt würde ich gern wieder zu Kevin gehen.«

Stride nickte. »In Ordnung, Sally.«

Das Mädchen stand vom Sofa auf, ging ohne ein weiteres Wort an ihnen vorbei und ließ sie allein in der Waschküche zurück.

»Was hältst du davon, Jonny?«, fragte Serena.

Stride betrachtete die Waschmaschinen und überlegte, was Guppo wohl dazu sagen würde, mitten in der Nacht geweckt zu werden, um einen riesigen Berg nasser, schmutziger Wäsche abzuholen.

»Rachel ist zwar tot, aber mir scheint, sie treibt immer noch ihre Spielchen mit uns.«

12

»Langsam fängst du an, mich zu langweilen, Baby«, sagte Lavender missmutig. »Ich hatte eigentlich nicht vor, den ganzen Abend mit Reden zu verbringen. Mir hatte da eher ein schönes Abendessen und anschließend ein langer, genüsslicher Fick vorgeschwebt.«

Cordy nahm ihr Gesicht in die Hände und küsste sie. Dann ließ er eine Hand zu ihrer rechten Brust gleiten, streichelte sie sanft und ließ den Daumen durch einen der ovalen Ausschnitte gleiten. »Mir doch auch, Puppe. Aber ich muss das einfach wissen, okay?«

Sie hielt seine Hand fest und drückte sie fester an ihre Brust. »Damit du weißt, was dir entgeht«, sagte sie.

Cordy stöhnte auf. »Nur noch ein paar Fragen.«

Mit einem Seufzer ließ Lavender ihn los.

Sie saßen in seinem Wagen auf dem Parkplatz

des Bellagio. Cordy fuhr den schwarzen Chrysler PT Cruiser, den er vor zwei Jahre an den Automaten im Sam's Town gewonnen hatte. Der Wagen war sein bisher größter Gewinn, und er hätschelte ihn wie ein Baby und parkte ihn immer an möglichst abgelegenen Stellen, um ihn vor Dellen und Beulen zu bewahren. Die Lederbezüge der Sitze rochen nach Salsa und Zigarren, seinen beiden größten Leidenschaften, gleich nach Sex und Glücksspielen.

Er versuchte, sich wieder zu konzentrieren, was allerdings angesichts des Stoffs, der sich über Lavenders Brüsten spannte, nicht ganz leicht war.

»Erzähl mir noch mal von dem Freund«, sagte er leise.

»Ich habe ihn doch nur einmal gesehen, Cordy«, erwiderte Lavender. »Das habe ich dir jetzt schon drei Mal gesagt.«

»Und jedes Mal ist dir ein bisschen mehr eingefallen, Puppe. So läuft das nun mal.«

Lavender verdrehte die Augen. »Es war ein wahnsinnig heißer Abend, etwa so wie heute. Wir waren im Klub. Wir haben beide da gearbeitet, Christi und ich, und wir hatten dieselbe Schicht. Weißt du, sie war richtig gut. Sie hatte nicht so viel Spaß dran wie ich, aber sie war richtig gut. An dem Abend, vor etwa einem Jahr, kam dieser Typ hinter die Bühne, als sie mit ihrem Auftritt fertig war, und hing eine Weile da rum. Ich weiß keinen Namen, gar nichts. Aber Christi hat gesagt, er wäre ein alter Freund von ihr, das weiß ich noch. Ich fand das ziemlich komisch.«

»Warum?«

Lavender kicherte. »Na, weil er so alt war. Ein alter Freund eben. Verstehst du?«

»Wie alt war er?«, fragte Cordy.

»Keine Ahnung. Vierzig, fünfzig. Alt eben.«

»Wie sah er aus?«

»Ach, das weiß ich nicht mehr. Ganz normal.«

»Dunkles oder helles Haar?«

»Äh … dunkel, glaube ich. Vielleicht auch schon grau, ich weiß es nicht mehr.«

»Wie groß?«

»Ziemlich groß«, sagte Lavender.

Cordy merkte, dass er so nicht weiterkam. »Und du hattest ihn vorher noch nie gesehen? Christi hat ihn auch nie erwähnt?«

Lavender schüttelte den Kopf. »Nein.«

»Und danach? Hast du ihn noch mal gesehen?«

»Nein«, sagte sie noch einmal.

Cordy wechselte die Fragerichtung. »Vorhin hast du gesagt, er wäre gruselig gewesen. Was war denn so gruselig an ihm?«

Lavender runzelte die Stirn. »Er hat nicht viel geredet. Christi hat ihn nicht weiter beachtet, das hat ihm nicht gefallen. Ich hatte das Gefühl, dass er eigentlich allein mit ihr reden will, aber das wollte sie offensichtlich nicht. Es hat gewirkt, als hätten sie Streit, weißt du? Und dann sein Blick. Ganz stechend. Du weißt schon … gruselig eben. Wenn sie nicht gesagt hätte, er wäre ein Freund, hätte ich gedacht, er wäre ein Stalker. So was passiert uns häufig. Aber er war ganz verknallt in sie.«

»Woher weißt du das?«

»Also, ich bitte dich, er war in der Garderobe, ja? Die Hälfte der Mädchen war nackt, und das waren schöne Mädchen. Sogar ich stand nackt vor ihm, stell dir das mal vor. Aber er hat überhaupt nicht reagiert. Er hat uns gar nicht wahrgenommen. Er hat nur Christi gesehen.«

Cordy versuchte sich vorzustellen, wie man Lavender nicht wahrnehmen konnte, wenn sie nackt war. Für ihn war das unvorstellbar. »Weißt du noch, worüber sie geredet haben?«

»Nein. Er hat allein in einer Ecke gesessen und ihr von Zeit zu Zeit was zugeflüstert. Aber sie hat eigentlich eher mit den anderen Mädchen geredet, nicht so sehr mit ihm. Ich glaube, sie wollte ihn irgendwie ärgern. Sie hat versucht, ihn wütend zu machen, indem sie ihn nicht beachtet.«

»Hat Christi im Klub auch Besuch von anderen Freunden bekommen?«

»Nein, nie. Das war das einzige Mal. Sonst hätte ich mich auch bestimmt nicht daran erinnert. Christi war eine Einzelgängerin, ein kalter Fisch.«

»Inwiefern?«

»Na ja, ich habe ja schon gesagt, sie hat an dem Abend mit uns geredet und nicht mit ihm. Aber das war ungewöhnlich. Sonst hat sie kaum mit den anderen Mädchen geredet. Sie kam rein, hat getanzt und ist wieder verschwunden. Ein paar der Mädchen haben sie für ein arrogantes Biest gehalten, und andere haben gedacht, dass sie sich schämt.«

»Und was hast du gedacht?«, fragte Cordy.

»Die hat sich bestimmt nicht geschämt. So gut ist man nicht, wenn man sich schämt. Ich glaube, für sie haben wir anderen einfach nicht existiert. Wir waren gar nicht da. Als ich ihr von meiner Geschäftsidee erzählt habe, hat sie mich kaum ausreden lassen, bevor sie mir die Tür vor der Nase zugeknallt hat.«

»Was denn für eine Geschäftsidee?«

Lavender knuffte ihn leicht. »Eine Website. Sexshows im Internet. Christi wäre perfekt dafür gewesen, und sie hätte viel Geld damit verdienen können. Aber sie hat nur gesagt, dass sie sich auf keinen Fall im Internet zeigen will. Das kam mir komisch vor, nachdem die Typen sie doch jeden Abend live und in Farbe sehen konnten. Aber das war offenbar was anderes.«

»Hat sie gesagt, warum sie das nicht will?«

»Nein, nur dass sie nicht will. Basta.«

»Yep. Hör zu, Lav, ich muss diesen Freund unbedingt finden. Weißt du, Christi ist uns ein ziemliches Rätsel. In ihrer Wohnung gab es absolut nichts Persönliches. Und so, wie du sie beschreibst, hat sie auch kaum ein Privatleben gehabt. Dieser Freund ist die einzige Spur, die wir haben.«

Lavender zuckte die Achseln. »Ich habe dir alles gesagt, was ich weiß, Baby. Und ich weiß wirklich nicht, wie du ihn finden willst. Ich meine, du kannst natürlich noch mit den anderen Mädchen reden, die dabei waren. Die eine oder andere ist bestimmt noch in der Stadt. Vielleicht erinnern die sich ja an irgendwas.«

Cordy nickte. Er wusste, dass die Chancen nicht sonderlich gut standen. »Okay. Ich muss mir die Namen aufschreiben.«

»Vielleicht haben ja noch andere Leute im Klub ihn gesehen, die Rausschmeißer, der Barmann oder die Kellnerinnen. Ich habe kurz danach aufgehört, dort zu arbeiten. Vielleicht ist er ja wiedergekommen, als ich nicht mehr da war.«

»Ja, das ist zumindest ein Anfang. Ich werde das alles morgen überprüfen.«

»Tut mir Leid, Baby«, sagte Lavender. »Du siehst enttäuscht aus.«

»Bin ich auch. Das hätte ein großer Durchbruch sein können, aber jetzt sieht es doch eher nach einer Sackgasse aus.«

Lavender lächelte verlockend. »Ich weiß, wie ich dich dafür entschädigen kann.«

Sie schob die Zungenspitze zwischen den Lippen hervor, griff nach dem Reißverschluss seiner Hose und öffnete ihn mühelos. »Darf ich da mal lecken, Baby?«

Cordy war sofort erregt. »Oh, ja.«

Ihre Finger glitten geschickt in seinen Hosenschlitz.

»Mhm, Nachtisch«, murmelte sie.

Sie beugte den Oberkörper vor, und ihr Haar fiel ihm über den Schoß. Cordy schloss die Augen und wartete darauf, die wundervolle Wärme ihres Mundes zu spüren. Doch das Gefühl blieb aus. Stattdessen richtete Lavender sich mit einem Ruck wieder auf, und Cordy öffnete zutiefst enttäuscht die Augen.

»Was ist denn los, Puppe?«, fragte er.

Lavender sah ihn mit leuchtenden Augen an. »Vielleicht, nur vielleicht, habe ich ja ein Foto von ihm.«

»Von wem?«

»Von dem großen Unbekannten. Von dem Freund.«

Cordys Erektion ließ nach, aber seine Gedanken rasten umso schneller. »Ein Foto? Ist das dein Ernst?«

»Ja. Wir haben an dem Abend mit meiner Polaroid rumgealbert und gegenseitig unsere Titten und Hintern fotografiert. Ich weiß das noch, weil Christi nicht wollte, dass ich sie fotografiere. Sie hat mir immer den Rücken zugedreht. Aber es kann gut sein, dass das Gruselgesicht da irgendwo im Hintergrund mit drauf ist.«

»Hast du die Fotos denn noch?«, fragte Cordy.

»Ich glaube schon. In meiner Wohnung. Ich habe da eine Schublade, wo ich immer alles reintue.«

Cordy drehte den Zündschlüssel, und der Motor des Cruiser heulte auf. Er schloss beide Hände fest um das Lenkrad. »Wo ist deine Wohnung?«, fragte er.

Lavender nannte ihm die Adresse, und noch bevor sie geendet hatte, steuerte Cordy den Wagen schon auf die Rampe zu, die vom Parkplatz herunterführte. Die Reifen quietschten, und das Heck drohte auszubrechen.

»Du solltest lieber nicht so rasen«, bemerkte Lavender grinsend.

»Warum nicht?«

»Na ja, wenn die Polizei dich anhält, wie willst du dann das erklären?« Sie deutete lachend auf seinen Hosenschlitz, aus dem immer noch sein Penis heraushing.

13

Stride wollte immer noch nicht zurück nach Hause.

An der Kreuzung, von der aus man zu Serenas Motel gelangte, bog er stattdessen in Richtung See ab und fuhr fast automatisch den Weg, der sich längst tief in sein Unterbewusstsein eingegraben hatte, auch wenn er ihn seit langem nicht mehr gefahren war. Er dachte nicht darüber nach, wohin er fuhr. Er tat es einfach, weil sein Herz ihn dorthin zog.

»Fahren wir an den See«, schlug er Serena vor.

»Von mir aus.«

Stride lenkte den Wagen durch den Canal Park und über die Brücke bis zum Point. Diesmal kam kein Schiff vorbei, das sie aufgehalten hätte. Die Stahlträger sangen unter seinen Reifen, und ein paar Sekunden später war er an dem Ort, an dem er sich immer noch mehr zu Hause fühlte als anderswo. Trotz der Dunkelheit erkannte er im Schein der Straßenlaternen, wie viel Zeit vergangen war. Einige Bäume waren sehr viel höher als früher, andere waren verschwunden. Neue Häuser waren gebaut worden, andere hatte man abgerissen. Stride war lange nicht mehr dort gewesen, aber das Leben war auch ohne ihn weitergegangen.

Als er an seinem alten Haus vorbeikam, fuhr er langsamer. Nach einem Blick in den Rückspiegel, der ihm sagte, dass niemand hinter ihnen war, hielt er mitten auf der Straße an und ließ das Fenster herunter.

»Da haben wir früher gewohnt«, sagte er. »Cindy und ich.«

»So ein Haus hätte ich auch gern«, sagte Serena.

Das Haus war gut in Schuss. Die neuen Besitzer hatten sich in dieser Saison für einen gelben Anstrich entschieden, der es sehr viel freundlicher wirken ließ, und nach den Blumenbeeten rund um die Rasenfläche zu urteilen, hatten sie offensichtlich einen grünen Daumen. Der Rasen selbst und die Büsche waren gut gepflegt, und die Zufahrt war inzwischen asphaltiert. Sie hatten eine Schaukel für die Kinder aufgestellt.

Im Haus brannte kein Licht. Die Bewohner waren nicht da. Vielleicht schliefen sie auch schon oder lagen einfach im Bett und lauschten den Wellen, wie er es früher oft mit Cindy getan hatte.

Stride fuhr weiter durch das dunkle, menschenleere Viertel am Point, bis zu dem kleinen Park am Ende der Straße, und stieg dann aus dem Jeep. Serena stieg ebenfalls aus. Hand in Hand gingen sie über einen sandigen Pfad, der zwischen den Bäumen hindurch zum See führte. Als sie aus dem Park traten, schien sich der Himmel über ihnen zu öffnen und ertränkte sie in einem Meer von Sternen, und das Wasser breitete sich lärmend und dunkel vor ihnen aus. Hinter ihnen fuhr ein sanfter Wind durch das Laub der Bäume. Die Wellen schwappten heran und schlugen schäumend ans Ufer. Der kleine Strand erstreckte sich verlassen und dunkel, so weit das Auge reichte.

Stride sah, dass Serena begeistert lächelte. Sie zog

ihn an der Hand zum Wasser hin, und sie gingen bis an den äußersten Rand der feuchten Sandfläche, wo die Wellen ihnen beinahe über die Füße schwappten. Alle paar Sekunden mussten sie ein paar Schritte zurückweichen, um trocken zu bleiben.

Serena drehte sich im Kreis, um den Anblick ganz in sich aufzusaugen. Sie deutete auf die schmale Reihe von Häusern hinter ihnen, in Richtung Stadt.

»Hier hast du gewohnt?«, fragte sie. »Warum bist du weggezogen?«

»Andrea hat es hier nicht gefallen«, erwiderte Stride. »Und es hingen zu viele Erinnerungen daran.«

»Tut es jetzt noch weh, wenn du hier bist?«

Er schüttelte den Kopf. »Überhaupt nicht.«

Serena trat ein Stück vom Wasser zurück und blickte den flachen Sandstrand entlang. »Lass uns ein bisschen hier bleiben, Jonny.«

Stride bückte sich und rieb ein wenig Sand zwischen den Fingern. »Der Sand ist immer noch feucht von dem Gewitter.«

»Das macht nichts.«

Er sah es in ihren Augen. Es war ein Akt der Hingabe, ein absoluter Vertrauensbeweis. Und auch für ihn gab es keinen Weg zurück, und er wusste, er wollte nichts dagegen tun, nicht um alles in der Welt.

Serena zog sich die Schuhe aus. Dann knöpfte sie ihre Jeans auf, ließ sie über die langen, schlanken Beine nach unten gleiten und zog sie aus. Sie reckte die Arme in die Höhe, sodass oberhalb ihres weißen Bikinihöschens ein Stück nackte Haut zum Vorschein kam. Mit beiden Händen zog sie Strides weiten Pullover, den sie immer noch anhatte, und das dunkelblaue T-Shirt darunter über den Kopf. Ihre Brüste schienen den BH fast zu sprengen. Sie kniete sich in den Sand und streckte ihm die Hand entgegen.

»Du wirst erfrieren«, sagte er.

»Dann musst du mich eben wärmen.«

Stride zog sich ebenfalls die Schuhe aus. Er behielt das Hemd an, zog aber die Hose aus und warf sie beiseite. Dann setzte er sich neben sie, sodass ihre Beine sich berührten, und der Sand unter ihm fühlte sich überhaupt nicht kalt an. Serena schlang die Arme um ihn, ihre Hände fuhren unter sein Hemd, schlossen sich um seinen Rücken und gruben sich in seine Haut. Sie küssten sich gierig und ließen sich nach hinten fallen, bis sie im Sand lagen.

Er küsste sie auf den Hals, schob den einen BH-Träger von der Schulter und zog ihn nach unten, bis er ihre Brust mit der Hand umfassen konnte. Seine Lippen schlossen sich um ihre Brustwarze und liebkosten sie. Ihre Finger stahlen sich durch den Schlitz seiner Boxershorts, und sie fuhr mit den Fingernägeln über seinen harten Schwanz. Dann schob sie den Stoff beiseite, und er spürte den kühlen Luftzug, als sein Penis nach draußen glitt.

»Schnell«, flüsterte sie.

Er schob die Daumen unter den Bund ihres Höschens. Sie stand aus dem Sand auf, und er zog es nach unten und warf es beiseite. Dann griffen ihre Hände nach ihm, und sie zog ihn auf sich. Er liebkoste ihre Brüste mit der Zunge, aber sie legte die Hände um seine Wangen und zog sein Gesicht nach oben, damit er sie küssen konnte. Er küsste sie auf die Lippen, auf die Wangen, auf die Augen.

Sie öffnete die Beine und schlang sie um ihn. Er spürte, wie sein Penis ihren Unterleib streifte und weiter nach unten glitt. »Das ist nicht …«, murmelte er. Nicht sicher. Nicht geschützt.

»Doch, ist es«, erwiderte sie, und er hörte so viel Traurigkeit in ihrer Stimme, dass er kurz überlegte, ob der Augenblick jetzt wohl ruiniert war.

Doch gleich darauf fand er den Weg in sie hinein, und sie war feucht und bereit. Er keuchte auf vor Lust. Sie stöhnte ebenfalls, hielt ihn fest mit den Beinen umschlungen, und er spürte ihre Finger am Hals. Er stieß in sie hinein, so tief, dass sie völlig vereinigt waren. Die Sterne sahen ihnen dabei zu, und das Geräusch der Wellen klang ihm in den Ohren.

Serena sah ihm mit weit offenen Augen dabei zu, wie er sie liebte. Nie zuvor hatte er sich so entblößt, so tief mit einem anderen Menschen verbunden gefühlt wie in diesem Moment, als sie ihn ansah. Ihre Augen blieben weit geöffnet, bis ihr Kopf schließlich nach hinten fiel, bis sich ein Lächeln über ihr Gesicht breitete, bis sie aufschrie und ihr Körper unter seinen Händen erzitterte. Und dann schloss er selbst die Augen und ließ sich gehen.

Sie hatte das T-Shirt wieder übergezogen, doch sonst war sie nackt, und er streichelte sanft ihre Beine und ihren Bauch, während sie nebeneinander am Strand lagen. Sand klebte an ihrer Haut. Sie hatte sich auf die Ellbogen aufgestützt und schaute in den Himmel hinauf.

»Hast du Schuldgefühle?«, fragte sie.

»Sollte ich wohl. Aber ich habe keine.«

»Gut.«

»Darf ich dich etwas fragen?« Er sah, wie ihre Lippen sich zu einer schmalen Linie zusammenpressten. Sie wusste bereits, was er fragen wollte. »Es war die Abtreibung«, sagte sie. »Ich hatte zu lange gewartet, und es gab Komplikationen. Ich kann keine Kinder bekommen.«

»Ist das schlimm für dich?«, fragte er und dachte an Andrea.

»Man macht verschiedene Phasen durch. Damals, nach allem, was ich durchgemacht hatte, konnte ich gar nicht verstehen, warum man überhaupt Kinder haben will. Dann, mit Mitte zwanzig, bin ich eine Zeit lang in Selbstmitleid zerflossen und habe viel geweint und viel getrunken. So viel, dass ich fast bei der Polizei rausgeflogen wäre. Wie die Mutter, so die Tochter. Der Suchttyp vererbt sich eben. Aber dann habe ich eine gute Therapeutin gefunden, die mir da rausgeholfen hat. Inzwischen ist es mal mehr, mal weniger schlimm. Aber ich habe mein Leben nicht so gelebt, als würde ich etwas versäumen, nur weil ich keine Kinder habe.«

»Geht mir genauso«, sagte Stride.

»Sag mal«, sagte Serena. »Das hört sich jetzt vielleicht komisch an. Aber war ich gut?«

»Wie bitte?«

»Beim Sex. War ich gut? Früher war das nicht so, und ich weiß, dass es an mir lag. Der ganze Ballast, den ich mit mir rumtrage, ist mir immer in die Quere gekommen.«

»Die Antwort weißt du doch bestimmt schon, oder?«, fragte Stride.

Sie lächelte, lachte über sich selbst, sah aber trotzdem erleichtert aus. »Ja, eigentlich schon.«

Seine Liebkosungen wurden zielgerichteter, und seine Hand glitt von ihrem Oberschenkel zwischen ihre Beine. Sie hob ihm das Becken entgegen. »Ich will noch mal kommen«, sagte sie.

Aber er hatte kaum angefangen, als plötzlich eine gedämpfte polyphone Melodie aus ihrer Hosentasche ertönte. Serena stöhnte auf, und sie mussten beide lachen. Stride zog ihr Handy aus der hinteren Tasche ihrer Jeans und reichte es ihr.

»Ja, hier ist Serena.« Sie lauschte einen Augenblick und sagte dann: »Ganz schlechtes Timing, Cordy.«

Stride hörte, dass sich die Stimme am anderen Ende der Leitung schier überschlug.

»Langsam, langsam, Cordy«, sagte Serena. »Was zum Geier erzählst du mir da?«

Obwohl Stride kein Wort verstehen konnte, sah er doch die Faszination in Serenas Augen, während sie zuhörte.

»Bist du ganz sicher, dass er es ist?«, sagte sie ins Telefon. »Wenn du dich irrst, stehen wir ganz schön blöd da.«

Die Stimme am anderen Ende hob sich um eine halbe Oktave. Cordy war sich sicher.

»Ich fasse es nicht«, sagte Serena. »Okay, schick ein paar Leute hin, die ihn überwachen. Sie sollen ihn nicht aufscheuchen, nur im Auge behalten. Ich komme gleich morgen zurück.«

Stride spürte, wie ihm alle Luft aus den Lungen wich. Zurück blieb nur ein ziehender Schmerz in der Brust.

»Gute Arbeit, Cordy«, sagte Serena. »Ich bin sicher, du findest mit Lavender eine Möglichkeit, das gebührend zu feiern.«

Sie klappte das Handy zu.

»Vielleicht haben wir doch in der falschen Stadt gesucht«, sagte sie.

»Was soll das heißen?«

»Es hat sich herausgestellt, dass Christi … Rachel … einen Freund hatte. Cordy hat ein Foto gefunden, aus dem Klub, wo sie gearbeitet hat. Der Typ ist im Hintergrund mit drauf. Und er hat ihn erkannt.«

»Wie das?«

»Wir kennen den Typen«, sagte Serena. »Inzwischen sieht er allerdings eher aus wie Howard Hughes. Es ist der alte Saufkopf, der im Wohnwagen in der Wüste lebt, dort, wo wir Christis Leiche gefunden haben. Das gibt der Sache natürlich eine ganz neue Wendung.«

»Er hat sie umgebracht und ihre Leiche dann einfach hinter seinen Wohnwagen gelegt?« Stride war skeptisch.

»Der Kerl hat nicht alle Tassen im Schrank, zumindest nicht, wenn er getrunken hat. Vielleicht war er ja mit Christi zusammen, sie hat Schluss gemacht, und er ist übergeschnappt.«

»Dann ist er bei ihr vorbeigegangen und hat versucht, sie zu überreden, ihn wieder zurückzunehmen«, spann Stride den Faden weiter. »Sie sagt ihm, er soll sich verpissen, und er schlägt ihr die Vase über den Kopf. Dann nimmt er die Leiche mit, legt sie irgendwo hin und fängt an zu saufen.«

»Es ist zumindest eine Möglichkeit«, sagte Serena.

Stride schüttelte den Kopf. »Aber was ist mit der Bankquittung? Was ist mit der Verbindung nach Duluth?«

»Vielleicht habe ich mich ja geirrt«, sinnierte Serena und versuchte, die Puzzlestücke zusammenzufügen. »Vielleicht war Duluth wirklich eine falsche Fährte.«

»Du hast dich nicht geirrt«, beharrte Stride. »Da ist noch etwas anderes.«

Serena beugte sich zu ihm und küsste ihn mit kühlen Lippen. »Komm mit mir.«

»Was?«

»Das war von Anfang an dein Fall, Jonny. Du musst doch erfahren, wie alles ausgeht. Selbst wenn sich herausstellt, dass der Kerl sie nicht getötet hat, wird er auf jeden Fall irgendwas wissen. Wir sollten zusammen zu ihm fahren.«

Stride stand auf und begann, die Kleider zusammenzusuchen. »Gut«, sagte er. »Aber eins muss ich vorher noch tun.«

Sie wusste, was er sagen wollte. »Mit deiner Frau reden?«

Er nickte.

»Ich fühle mich schuldig«, sagte Serena.

»Das musst du nicht. Ich bin ganz allein dafür verantwortlich.«

Der Gedanke an Scheidung machte ihm längst nicht mehr so viel Angst wie vorher. Andrea hatte diesen Weg bereits angedeutet. Er würde ihn jetzt gehen.

»Vielleicht finden wir ja morgen schon die Lösung«, sagte Serena.

Stride war nicht so überzeugt davon. Er spürte, dass es in Las Vegas ein Geheimnis aufzuklären gab. Aber er glaubte nicht eine Sekunde daran, dass er dort die Wahrheit finden würde. Die Wahrheit befand sich hier in Duluth und würde warten, bis er zurückkam und sie aufdeckte.

14

In den drei Jahren ihrer Ehe hatten Stride und Andrea die Samstagvormittage füreinander reserviert, und dieser Gewohnheit waren sie immer treu geblieben, bis auf die wenigen Wochenenden im Jahr, an denen Andrea bei ihrer Schwester Denise in Miami war. Selbst wenn er gerade in einer Ermittlung steckte, hatte Stride doch immer versucht, sich den Samstagvormittag freizuhalten. Meistens fuhren sie dann in den Canal Park, um am See zu frühstücken und beim Kaffeetrinken die Zeitung zu lesen. Manchmal liefen sie auch ein paar Runden auf dem Sportplatz der High School und belohnten sich anschließend mit Kuchen in der Scandinavian Bakery. Vor allem in diesen Momenten hatte Stride das Gefühl gehabt, dass sie tatsächlich ein Ehepaar waren.

Doch jetzt packte er am Samstagvormittag seinen Koffer, um nach Minneapolis und von dort nach Las Vegas zu fliegen. Es war wie eine Warnsirene, und Andrea deutete die Zeichen richtig. Sie stand mit verschränkten Armen in einer Ecke des Schlafzimmers, die Lippen zu einer verkniffenen, unglücklichen Linie zusammengepresst. Ein Großteil des Zorns, den sie anfangs gegen ihn gerichtet hatte, als er ihr von der Reise erzählt hatte, hatte sich bereits in Verbitterung und Schmerz verwandelt. Sie wollte keine Erklärungen hören, und er hatte ihr auch nicht viele zu bieten.

»Tu das nicht«, murmelte sie zum wiederholten Mal. »Verlass mich nicht, Jon.«

Stride schob mehrere Paar Socken in das Seitenfach seiner Reisetasche. »Ich muss das tun.«

»Ach, erzähl mir doch nichts«, fauchte sie. »Das ist doch gar nicht mehr dein Problem. Warum kannst du es nicht einfach ruhen lassen?«

Was konnte er darauf antworten? Er war es Rachel schuldig, die Wahrheit herauszufinden. Sie verfolgte ihn seit Jahren, und er wollte das Rätsel um ihr Verschwinden ein für alle Mal lösen.

Sich selbst musste er allerdings eingestehen, dass er noch ein weiteres Motiv hatte, von dem er Andrea nichts sagte.

Er musste sich darüber klar werden, wohin sein Verhältnis mit Serena führen sollte. Denn seine Ehe war am Ende.

Andrea schien seine Gedanken zu lesen. »Du willst mich verlassen. Ich habe das schon einmal erlebt, ich kenne die Anzeichen.«

Er hielt im Packen inne. »Ja. Vielleicht tue ich das.«

»Ist das deine Art, damit umzugehen?«, fragte sie. »Indem du wegläufst? Wir sind schon seit Monaten wie Fremde füreinander. Seit Tagen kommst du praktisch nicht mehr nach Hause und rufst nie an. Wo zum Teufel warst du letzte Nacht?«

»Frag mich nicht«, sagte er.

»Warum nicht? Glaubst du, ich weiß nicht Bescheid über dich und Maggie?«

»Zwischen mir und Maggie ist nichts. Das habe ich dir schon oft genug gesagt. Und darüber werde ich mich jetzt auch nicht streiten.«

»Wenn wir miteinander reden, könnten wir das vielleicht klären«, sagte Andrea beharrlich. »Mein Gott, du schließt mich immer nur aus. Ich bitte dich, nicht zu gehen. Ich brauche dich.«

Stride hörte im Geist wieder, was Maggie vor Jahren zu ihm gesagt hatte. »Das weiß ich. Aber du liebst mich nicht. Das hast du nie getan.«

»Das ist nicht wahr!«

»Mach dir doch nichts vor«, sagte er. »Ich will mir jedenfalls nichts mehr vormachen.«

Andrea sah ihn herausfordernd an. »Ich verlange, dass du hier bleibst und mit mir über alles redest.«

Er wusste, was sie ihm eigentlich sagen wollte: Du bist mein Mann. Du musst das für mich tun. Und er wollte ja auch, dass sie glücklich war. Er hatte drei Jahre lang versucht, sie glücklich zu machen, und es war ihm nicht gelungen.

»Es tut mir Leid. Aber ich muss das einfach tun.«

Andrea stöhnte und schlug die Hand vor den Mund. »Du willst die Scheidung, oder?«

Stride schloss die Augen. »Du etwa nicht?«

»Nein!«, rief sie. »Nein, das will ich nicht. Das würde ich niemals wollen!«

»Aber du bist nicht glücklich«, sagte Stride. »Und ich bin auch nicht glücklich. Da bleibt nur eine Lösung.«

»Wenn du nur hier bleiben und dich mir nicht entziehen würdest, dann kriegen wir das hin. Aber du redest ja immer nur vom Weggehen.«

Er nahm ihre Hände in seine und schüttelte den Kopf. »Wir kriegen das nicht mehr hin, Andrea. Es ist besser für uns beide, wenn wir jeder für sich noch mal von vorn anfangen. Und ich glaube, im Grunde siehst du das genauso.«

Sie wandte sich wutentbrannt von ihm ab. Das blonde Haar fiel ihr ins Gesicht, sie presste beide Hände an die Stirn, und er sah ein wildes Flackern in ihren Augen.

Dann nahm sie eine Flasche Parfüm von der Kommode und warf sie an die Wand, sodass sie zerbrach. Ein unangenehm süßlicher Geruch erfüllte das Zimmer.

Andrea starrte auf die Scherben am Boden, und der Anblick schien sie an einen anderen Ort zu versetzen. Sie wirkte mit einem Mal völlig abwesend.

Stride legte ihr den Arm um die Schultern, aber sie schüttelte ihn ab.

»Geh«, sagte sie.

»Es tut mir Leid.«

Sie starrte ihn wütend an. »Nein, es tut dir nicht Leid. Du hast längst entschieden, was dir wichtig ist. Und wenn es dir wirklich so viel bedeutet, dann sieh gefälligst zu, dass du hier verschwindest. Ich hoffe, du bekommst, was du willst. Und wenn du es bekommen hast, dann hoffe ich, dass du dich fragst, warum du es eigentlich unbedingt gewollt hast.«

15

Stride stand auf einer Landstraße am Rand der Einöde. Er träumte wieder den Traum, in dem er einem Mädchen hinterherjagte, das er nicht sehen konnte. Doch diesmal fand er sie, nachdem er sie den Weg entlang verfolgt und ihr Lachen ihn immer weiter voran gelockt hatte. Er fand Rachel auf einer Lichtung, tot in einer dunkelroten Lache ihres eigenen Blutes. Um sie herum standen Cindy, Andrea und Serena und betrachteten die Leiche. Alle drei hatten rote Flecken an den Händen.

»Wer hat das getan?«, schrie er.

Die drei Frauen streckten eine nach der anderen den Zeigefinger aus und deuteten auf ihn.

Mit einem Ruck fuhr er hoch.

Serena saß neben ihm und blätterte in einer Zeitschrift der Fluglinie. Sie sah ihn von der Seite an. »Schlecht geträumt?«

»Kann man wohl sagen. Woher weißt du das?«

»Du hast Rachels Namen gerufen.«

Stride musste lachen. Er fuhr sich mit der Hand übers Gesicht und durchs Haar und versuchte, die Benommenheit nach dem Aufwachen abzuschütteln. »Tatsächlich?«

»Nein, das war nur ein Witz. Du hast einfach nur ausgesehen, als wärst du irgendwo, wo du nicht sein willst.«

Er beugte sich zu ihr und küsste sie. »Ich bin genau da, wo ich sein will.«

Stride spürte, dass das Flugzeug zum Sinkflug ansetzte. Er reckte den Hals, um aus dem Fenster zu schauen, aber von ihren Plätzen aus konnte man die Stadt nicht sehen. Er nahm nur ein helles Strahlen wahr, das von einer gewaltigen Lichtquelle in unmittelbarer Nähe zeugte. Bei der Landung sah er in der Dunkelheit nur die Positionslichter rechts und links von der Rollbahn. Doch als das Flugzeug auf den Terminal zurollte, erhaschte er einen Blick auf einen schimmernden, goldenen Turm, der wie ein Bumerang auf sie zu zu fliegen schien.

»Das ist das Mandala-Bay-Hotel«, sagte Serena. »Wahnsinn, oder?«

Als sie aus dem Flugzeug gestiegen waren und das Gate betraten, blieb Stride stehen. Er fühlte sich wie erschlagen von den vielen Farben und Neonlichtern, die überall aufleuchteten, und musste unwillkürlich lächeln bei dem Gedanken, wie Serena der schlichte Flughafen von Duluth im Vergleich zu diesem Spektakel vorgekommen sein musste. Es war eine völlig andere Welt.

Während sie sich der Gepäckhalle näherten, sah er, wie sich ein Mann aus der Menge löste und auf sie zukam. Serena begrüßte ihn mit einer flüchtigen Umarmung.

»Das ist Jonathan Stride, und das ist mein Partner, Cordy Angel.«

Stride gab Cordy die Hand. »Das war eine fabelhafte Leistung, die Verbindung zwischen der Leiche und dem mysteriösen Freund herzustellen.«

»Ich bin eben ein erstklassiger Ermittler«, erwiderte Cordy augenzwinkernd.

»Wohl eher ein verdammter Glückspilz«, warf Serena ein.

Cordy wandte sich ihr zu. »Wir haben unseren Wohnwagenfreund eingekreist. Heute am frühen Nachmittag ist er zum Getränkemarkt gefahren und hat seine Ginvorräte aufgestockt. Dann ist er zurück nach Hause und hat sich seitdem nicht mehr wegbewegt.«

Serena schnitt eine Grimasse. »Mist, das heißt,

dass er morgen wahrscheinlich nicht ansprechbar ist. Ich hätte ihn gern zumindest mit einem Fuß in der Realität erwischt.«

»Ich glaube, das ist nicht sehr oft der Fall.«

»Na ja, wir können ihn ja immer noch auf dem Revier ausnüchtern«, sagte Serena. »Was ist mit dem Durchsuchungsbefehl? Hast du den gekriegt?«

Cordy nickte. »Wir können den Wohnwagen jederzeit auseinander nehmen. Aber ich war schon mal drin, und ich muss sagen, ich werde diesen Müllhaufen ganz sicher nicht anrühren.«

Stride mischte sich ein. »Haben Sie noch etwas über seine frühere Beziehung zu Rachel herausgefunden? Oder besser gesagt: zu Christi?«

Cordy strich sich mit der Hand über das glänzende schwarze Haar. »*Nada*. Er hat keine Lizenz für seinen so genannten Laden. Lavender hat ihn nur einmal gesehen, und sie sagt, Christi habe nie von ihm gesprochen. Er ist einer von den Gammlern, die hier in Vegas aus dem Nichts kommen und irgendwann spurlos verschwinden.«

»Na ja, von irgendwo wird er schon gekommen sein, wenn er sich eine Frau wie Christi geangelt hat«, sagte Serena. »Wir fahren gleich morgen mit einem Team raus. Kannst du uns bei mir absetzen?«

Cordy zog eine Augenbraue hoch. »Dein Wunsch ist mir Befehl.«

Stride vermied es, Cordy anzusehen, was für den Kollegen aus Vegas wahrscheinlich einem Geständnis gleichkam.

»Waren Sie schon mal in Vegas?«, fragte Cordy.

Stride schüttelte den Kopf. »Nein, ich bin zum ersten Mal hier.«

»Eine Jungfrau also«, bemerkte Cordy mit leisem Lachen.

Stride saß auf dem Rücksitz von Cordys PT Cruiser und schaute mit offenem Mund aus dem Fenster auf die gewaltigen Kasinos zu beiden Seiten des Las Vegas Boulevard. Cordy hatte eigentlich nicht über den Strip fahren wollen, aber Serena hatte darauf bestanden, um Stride zumindest kurz die Stadt zu zeigen. Jetzt steckten sie mitten im üblichen Samstagabend-Stau und krochen zwischen dem Tropicana und dem Flamingo entlang. Links von ihnen, erklärte Serena, befand sich das Monte Carlo und rechts das Aladdin. Weiter vorn folgte das Bellagio, dann das Paris und dann das Bally's. Die schiere Größe der Gebäude nahm Stride den Atem.

Und auch die Hitze war atemberaubend. Als sie das Flughafengebäude verlassen hatten, war sie ihm wie Feuer ins Gesicht geschlagen und hatte ihm alle Luft aus den Lungen gezogen. Es war später Abend, aber immer noch über zweiunddreißig Grad. Mit jedem Atemzug spürte Stride Wüstensand zwischen den Zähnen. Zum Glück lief die Klimaanlage in Cordys Wagen auf Hochtouren, und es war so kühl darin, dass er fröstelte.

»Die tollste Stadt der Welt«, erklärte Cordy voller Stolz. »Wer würde woanders leben wollen? Das hier, Mann, das ist das Allergrößte.«

»Es leben also tatsächlich Menschen hier?«, fragte Stride halb im Spaß.

»Na, na, Jonny«, murmelte Serena. Sie suchte seinen Blick im Rückspiegel und zwinkerte ihm zu.

»Soll ich Ihnen sagen, worum es in dieser Stadt geht?«, fragte Cordy und drückte kräftig auf die Hupe, als eine Limousine sich direkt vor ihm einfädelte.

»O nein, nicht schon wieder die Brüste«, stöhnte Serena.

Als hätte er sie gar nicht gehört, verkündete Cordy: »In Las Vegas dreht sich alles nur um Brüste, Mann.«

Stride musste lachen. »Wie bitte?«

»Um Brüste! Das können Sie mir glauben. Man sieht mehr Brüste in dieser Stadt als irgendwo sonst auf der Welt, Mann. Das ist das Besondere hier, das gibt Vegas seinen eigenen Charakter. Es geht nicht um die Kasinos, ums Saufen oder um die achtzig Millionen Hotelzimmer. Es geht darum, durch die Straßen zu gehen und diese ganzen Brüste zu sehen, die da vor einem rumwackeln wie Götterspeise. Alle Größen und alle Formen. Die schauen aus allem raus, was die Mädels anhaben. Baumwolle, Lycra, Nylon, Bikinioberteile, Tanktops, Halternecks, was auch immer – so lange es eng ist oder durchsichtig, so lange es so viel Haut wie möglich zeigt oder man die Nippel gut sieht, ziehen sie's an. Die Mädels kommen hierher, um ihre Brüste zu zeigen, und die Männer laufen herum und sind die ganze Zeit so geil, dass sie nicht mehr geradeaus schauen können.«

»Cordy ist so eine Art Titten-Soziologe«, erklärte Serena spöttisch.

»Hab ich nicht Recht? Nun sag schon, hab ich nicht Recht?«

Serena hatte keine Möglichkeit mehr, ihm zu antworten. Drei Frauen Mitte zwanzig, zwei Blondinen und eine Brünette, überquerten direkt vor ihnen zwischen den stehenden Autos die Straße. Die Brünette ging dicht an Cordys Cruiser vorbei, und Stride schaute ihr unwillkürlich auf den Busen. Sie trug ein tief ausgeschnittenes Oberteil, aus dem die Brüste hervorquollen. Cordy hupte und machte ihr ein begeistertes Thumbs-up-Zeichen. Die junge Frau streckte ihm die Zunge heraus und bewegte sie aufreizend auf und ab.

Serena seufzte. »Ich habe ja nie behauptet, dass du Unrecht hast.«

»Yep. Aber das ist doch auch gut so, Puppe. Die

Stadt kann nur deswegen so vielen Stripperinnen ihr Studium finanzieren, weil die Männer von den anderen Mädels so aufgeheizt sind, dass sie freiwillig dafür zahlen, um zu sehen, was drunter ist.«

Serena sah ihn kopfschüttelnd an.

Nachdem sie am Flamingo vorbei waren, löste sich der Stau langsam auf. Serena wies ihn auf die nächste Reihe riesiger Hotelanlagen hin, vom Caesars am südlichen bis hin zum Stardust am nördlichen Ende. Als sie am Mirage vorbeifuhren, trat gerade der Vulkan in Aktion, der sich direkt an der Straße vor dem Hotel befand, und spuckte vor den Augen der Schaulustigen Säulen aus Wasser, Rauch und Feuer in die Höhe. Stride hatte noch nie eine Stadt erlebt, in der das Leben so sehr pulsierte wie in Vegas. Es war elektrisierend zu sehen, wie die Menschen in die Casinos hinein- und hinausströmten und sich drängten, um die Straße zu überqueren. Und Cordy hatte Recht: Überall sah man ungebändigte, frei schwingende Brüste, und überall roch es nach Sex, Zigaretten und Geld.

Dennoch fiel Stride auf, dass die glitzernde Atmosphäre des Strip immer mehr verblasste, je weiter sie nach Norden kamen. Anstelle der teuren Casinos für die Glücksspieler sah man hier Pornoläden und Massagesalons, Bars mit Hinweisschildern auf Videopoker-Automaten und Motels mit durchgebrannten Neonreklamen. Auf den Bürgersteigen sah man immer weniger Touristen, die meist klug genug waren, sich in diesem Viertel nicht genauer umzusehen. Stride sah an allen Straßenecken Nutten stehen, die sie mit grell bemalten Mündern unter ihren gefärbten Haaren hervor angrinsten. In vielen Hauseingängen lagen Obdachlose und schliefen.

»Hier gibt's keine Vulkane mehr«, sagte er leise.

Serena nickte. »Wir nennen das Viertel Naked

City. Und dabei geht es ausnahmsweise mal nicht um Brüste. Hier steht zwar der Stratosphere Tower, aber drum herum gibt es mehr Drogengeschäfte und Morde als irgendwo sonst in der Stadt.«

Nach weiteren anderthalb Kilometern bogen sie vom Strip auf den Charleston Boulevard ab nach Westen und ließen sowohl die Kasinos als auch die Naked City hinter sich. Hier wirkte die Stadt wie jede andere auch: Wohnviertel mit Einkaufspassagen, Billigläden und Restaurantketten. Kaum zehn Minuten später hatten sie Serenas Reihenhaussiedlung erreicht. Das eingezäunte Viertel bestand aus lauter schneeweißen stuckverzierten Häuschen mit leuchtend roten Dächern. Serena winkte dem Pförtner zu, der daraufhin das Tor öffnete und Cordys Cruiser hindurchfahren ließ. Cordy, der sich hier offensichtlich auskannte, steuerte den Wagen durch ein verwirrendes Labyrinth aus sich verzweigenden Straßen und Einfahrten und hielt schließlich vor einem Haus im hinteren Teil der Siedlung.

»Home, sweet home, Puppe«, verkündete er.

Stride und Serena holten ihr Gepäck aus dem Kofferraum. Der Straßenbelag strahlte noch mehr Hitze ab, und der starke, trockene Wind, der von den Bergen her kam, brachte auch keine Linderung. Stride verspürte den Drang, sich die Stirn zu wischen, aber dann stellte er fest, dass das Klima hier sogar zu trocken war, um zu schwitzen.

»Hol uns morgen um neun hier ab«, sagte Serena zu Cordy. »Und gib dem Durchsuchungsteam Bescheid, dass wir uns alle um zehn bei dem Wohnwagen treffen.«

Cordy zwinkerte Stride zu. »Wollen Sie auch ganz sicher hier bleiben? Wir könnten noch ein bisschen weggehen. Ich kenne da ein paar Klubs ...«

»Gute Nacht, Cordy«, unterbrach ihn Serena.

»Lieber Himmel, Puppe, wie kannst du den Mann denn in deinem langweiligen Reihenhäuschen unterbringen? Er ist zum ersten Mal hier. Er hat sich ein bisschen Spaß verdient.«

»Den wird er schon haben«, sagte Serena.

16

Die Morgensonne schien durch die Jalousien ins Schlafzimmer. Stride war schon lange wach und sah Serena beim Schlafen zu.

Sie lag auf dem Bauch, und das Haar fiel ihr ein wenig ins Gesicht. Sie hatte die Arme unter das Kissen geschoben, sodass die Wölbung ihrer rechten Brust an der Matratze sichtbar wurde. Ihr Rücken fiel sanft ab bis in das kleine Tal am Ende der Wirbelsäule und ging von dort aus über in die Wölbung ihrer Pobacken. Ein Bein war vom Laken zugedeckt, das andere lag darauf.

Serena drehte sich um, und Stride genoss den Anblick ihrer Brüste und der zarten, bräunlichen Brustwarzen. Ihre Lider flatterten ein wenig, dann öffnete sie die Augen zu schmalen, unwilligen Schlitzen, die nicht bereit schienen, sich dem Tageslicht auszusetzen. Sie strich sich das Haar aus dem Gesicht. »Wie viel Uhr ist es?«, murmelte sie schläfrig.

»Schon spät. Fast V iertel nach acht.«

Serena stöhnte. »Mist. Cordy wird bald hier sein.«

Stride streckte die Hand nach ihren Brüsten aus, aber Serena versetzte ihm einen raschen Klaps. »Nichts da, Lieutenant. Wir haben nur fünf Minuten Zeit zum Duschen.«

»Fünf Minuten? Das kann ich schaffen«, erwiderte er.

»Schluss jetzt.« Sie krabbelte aus dem Bett, und sein Blick folgte ihr, als sie ins Bad ging. Er hörte sie noch rufen: »Mach schon mal Kaffee.«

»Okay.«

Nackt tapste er nach unten. In der Küche durchforstete er die Schränke, bis er ein Einmachglas mit Pulverkaffee entdeckte. Nach einigem Herumprobieren fand er heraus, wie ihre Kaffeemaschine funktionierte, schaltete sie ein und ging dann zurück nach oben. Serena saß schon wieder auf dem Bett und trocknete sich das nasse Haar mit einem Handtuch. Wassertropfen glitzerten auf ihrer Haut.

»Ich weiß, was du gerade denkst. Vergiss es«, sagte sie beiläufig.

»Woher willst du wissen, was ich denke?«

Ihr Blick richtete sich auf seine Körpermitte, und er schaute nach unten. »Oh.«

»Ja, oh. Jetzt mach, dass du unter die Dusche kommst. Ich empfehle kaltes Wasser.«

Als er aus der Dusche kam, empfing ihn Kaffeeduft. Er sah Serena nicht, doch einen Augenblick später kam sie mit zwei dampfenden Tassen ins Schlafzimmer. Sie war halb angezogen, trug ein Höschen und ein weißes T-Shirt mit V-Ausschnitt.

»Wir sollten uns beeilen, Jonny. Cordy ist immer pünktlich.«

»Dann sollten wir uns wirklich beeilen, wenn wir noch was getan kriegen wollen.«

»Das Einzige, das du jetzt tun wirst, ist dich anziehen«, sagte Serena. Dann sah er, wie ihr Blick wieder an seinem Körper hinunterwanderte. Sie legte den Kopf schief. »Schaffst du es wirklich in fünf Minuten?«

Stride saß wieder auf dem Rücksitz von Cordys Cruiser, während sie auf dem I-15 Richtung Süden brausten, den Strip hinter sich ließen und direkt in die Wüste fuhren. Er spürte die erwartungsvolle Anspannung. Dort vor ihnen, am Rand einer gottverlassenen Straße, gab es jemanden, der Rachel nach ihrem Verschwinden gekannt hatte. Jemanden, der sie in ihrem Leben nach dem Tod erlebt hatte. Jemanden, der ihm vielleicht endlich die Antworten auf die Fragen geben konnte, die ihn seit vier Jahren beschäftigten.

Außerdem würden sie dort auf einen Mann treffen, der möglicherweise einer jungen Frau den Schädel eingeschlagen und ihre Leiche dann in der Wüste deponiert hatte. Serena hatte ihre 9mm-Sig-Sauer aus dem verschlossenen Handschuhfach ihres Wagens geholt und trug sie jetzt in einem Schulterhalfter unter der weiten blauen Jacke, die ihr bis zur Taille reichte. Stride hatte seine Ruger auf ähnliche Weise unter seinem anthrazitfarbenen Sportsakko versteckt.

Cordy bog von der Hauptstraße ab und fuhr, in eine Staubwolke gehüllt, auf die Nebenfahrbahn. Er deutete die Straße entlang, wo Stride etwa einen halben Kilometer entfernt einen heruntergekommenen Wohnwagen sehen konnte. »Da unten, das ist er.«

»Hier wurde sie also gefunden?«, fragte Stride.

»Ja, genau hier«, erwiderte Serena.

Cordy parkte den Wagen direkt vor dem Wohnwagen und ließ den Motor laufen. Serena drehte sich zu ihm um und sagte: »Gib uns ein paar Minuten allein mit ihm, okay?«

Sie stiegen aus dem Wagen, und Stride sah sich um. Der Wohnwagen war grau und von einer dicken Kruste aus Dreck und Wüstensand umhüllt, den der Wind aus der Weite der umliegenden Wüste heranwehte. Es gab keinen Fußweg, nur eine Art Trampelpfad von der Straße bis zur Tür des Wohnwagens, den die Kunden nahmen. Stride spitzte die Ohren und lauschte einem merkwürdig misstönenden Klang, der immer wieder den Windstößen folgte. Es war eine seltsame, unrhythmische Melodie, ein klimperndes Geräusch, als klingelten tausend Kinder mit Spielzeugglöckchen.

»Was in aller Welt ist das?«, fragte er.

»Windharfen«, sagte Serena. »Sehr viele Windharfen.«

Sie ging ihm voraus die Stufen zum Wohnwagen empor, die unter ihrer beider Gewicht fast nachgaben. Vor der Tür mit dem Fliegengitter blieb sie stehen und klopfte nachdrücklich an die Aluminiumwand des Wohnwagens. Niemand antwortete. Man hörte nur das Singen der Windharfen.

Auf die Tür war der Hinweis »Jederzeit geöffnet« gepinselt. Serena warf Stride einen Blick zu, zuckte die Achseln und machte dann vorsichtig die Tür auf. Sie ging hinein, und Stride folgte gleich hinter ihr. Der Lärm im Wohnwagen war ohrenbetäubend. Direkt vor ihnen stand ein Fenster offen, und der Durchzug sorgte dafür, dass mehrere Dutzend Windharfen aus buntem Glas in einem wilden, farbenfrohen Tanz aneinander schlugen. Sie hielten sich beide die Ohren zu. Serena war mit zwei Schritten beim Fenster und schloss es energisch. Der Wind ließ nach, und die Windharfen beruhigten sich langsam wieder und klimperten nur noch als leise, formlose Hintergrundmusik.

Dann hörten sie eine Stimme.

»Dann habt ihr's also rausgefunden.«

Sie fuhren herum. Bob saß ein paar Meter entfernt an einem Spieltisch, vor einem schiefen Vorhang, der den kleinen Laden vom Rest des Wohnwagens trennte. Neben ihm auf dem Tisch stand eine Geldkassette aus Metall, deren Deckel offen war. Bobs T-Shirt schlotterte um seinen ausgemergelten Körper, und auch seine Shorts schienen mehrere Größen zu weit zu sein. An den Füßen trug er abgewetzte, alte Turnschuhe.

Er hatte einen leicht irren Blick. Seine Augen waren winzig klein und stechend und hatten eine Sogkraft wie zwei schwarze Löcher. Er musterte sie beide nacheinander, erst Serena, dann Stride. An Stride blieb sein Blick länger hängen, und er kniff die Augen zusammen, als hätte er etwas Eigentümliches und Unerwartetes in seinem Gesicht entdeckt. Je länger Bob ihn anstarrte, desto mehr fühlte Stride sich wie ein Insekt, das mit einer Stecknadel in einen Sammelkasten gepinnt worden war. Und dieses unangenehme Gefühl ging noch sehr viel tiefer. Als er den starren Blick erwiderte, regte sich etwas in seinem Gehirn. *Den kenne ich doch.*

Und trotzdem war der Mann ein Fremder.

»Wie heißen Sie?«, fragte Stride.

Bob zuckte die Achseln. »Steht auf dem Schild.«

»Wir können Ihren Namen leicht herausfinden«, sagte Serena.

»Ach ja?«, fragte Bob spöttisch. »Ich habe keine Papiere, ich zahle keine Steuern, und Fingerabdrücke wurden auch nie von mir genommen. Erzählen Sie mir mal, wie Sie auch nur irgendwas über mich herausfinden wollen.«

»Sie scheinen gar nicht dumm zu sein«, sagte Serena zu ihm. »Ich hatte mit einem verwirrten, alten Trinker gerechnet.«

Bob schnitt eine Grimasse und deutete mit dem Daumen zum hinteren Teil des Wohnwagens. »Der Gin ist hinten. Falls ich doch noch kneifen will.«

»Kneifen?«, fragte Serena.

Bob strich sich über den langen Bart und zog an den verfilzten Strähnen. Dann hielt er sich den Finger wie eine Pistole an die Schläfe und drückte einen imaginären Abzug.

»Sie wollen sich umbringen?«, fragte Serena. »Warum?«

Bob richtete den Blick auf Stride und lächelte verschwörerisch, wie über einen Witz, den nur sie beide verstanden. »Sie wissen Bescheid.«

»Warum sollte ich Bescheid wissen?«

»Sie sind ein Mann. Was treibt Männer dazu, etwas zu tun?«

»Eine Frau«, sagte Stride.

Serena beugte sich näher zu Bob heran. »Meinen Sie Christi?«

Bobs Ärger schien sich zu legen, und er blickte wehmütig drein. Als er Serena ansah, zitterte seine Stimme. »Sie sehen ihr ein wenig ähnlich. Sie hatte auch so grüne Augen wie Sie. Aber ihr Blick war kalt. Sie hat mich zerstört. Schauen Sie sich hier doch nur mal um. Schauen Sie sich an, wie ich lebe. Und trotzdem würde ich das alles noch einmal machen, wenn ich sie nur zurückhaben könnte.«

Serena kniff die Augen zusammen. »So sehr haben Sie an ihr gehangen? War sie wirklich so gut?«

»Nein, nicht gut. Gut war sie nicht. Sie war böse.«

»Warum?«, fragte Serena. »Hat sie Sie abgewiesen?«

Bob lachte laut auf. »Wenn es nur so einfach wäre! Passen Sie auf: Es ist, als hätte man die Schlüssel zu einem Palast. Und dann wechseln sie eines Tages einfach die Schlösser aus, und man schaut sich um und stellt fest, dass man alles aufgegeben hat, sein ganzes Leben zerstört hat, nur für einen Traum.«

»Wann haben Sie sie zum letzten Mal gesehen?«, fragte Serena.

Bob machte eine ungeduldige Handbewegung. »Verschwenden Sie nicht meine Zeit. Wenn Sie mich fragen wollen, fragen Sie schon.«

Stride wusste, was er meinte. »Haben Sie Rachel umgebracht?«

»Irgendwer musste es ja tun«, sagte Bob.

»Aber haben Sie es getan?«, fragte Stride noch einmal.

»Das wollen Sie doch von mir hören, oder? Für Sie würde das doch alles sehr viel einfacher machen.«

»Wir wollen nur wissen, was passiert ist«, sagte Stride.

Bob schnippte eine Kakerlake vom Tisch, und sie flitzte in den hinteren Teil des Wohnwagens davon. »Nein, das wollen Sie nicht. Sie wissen schon alles, was Sie wissen müssen.«

»Aber den Grund wissen wir nicht«, sagte Stride.

Bob lachte. »Für sie war alles nur ein Spiel. Sie hat andere zerstört. Wenn man das tut, kommt irgendwann einer und schlägt zurück.«

»Ich finde, wir sollten diese Unterhaltung woanders fortsetzen«, sagte Serena vorsichtig und tastete nach den Handschellen. »Am besten kommen Sie mit uns aufs Revier. Da können Sie sich waschen und etwas Vernünftiges essen.«

Bob riss die Augen auf und maß sie mit dem Blick eines Raubtiers. »So leicht kommen Sie mir nicht davon«, knurrte er.

Sein Tempo überraschte sie. Mit der linken Hand griff er in die Geldkassette, dann sprang er mit einem Schrei auf die Füße, und sein Stuhl fiel polternd nach hinten. Bobs linke Hand fuhr wieder aus der Geldkassette empor, und die Bewegung war so schnell, dass sein ganzer Arm verschwommen wirkte. Er hielt den Arm weit nach oben gereckt, sodass er fast an die Decke stieß, und Stride sah den Gegenstand, den er in der Hand hielt: eine Smith & Wesson mit einem zehn Zentimeter langen Lauf.

»Er hat eine Waffe!« Stride und Serena sprangen zurück und landeten in einem Gewirr aus Windharfen, die ringsum klirrend zu Boden fielen und dort zerbrachen. Stride drehte sich nach rechts und warf sich zu Boden. Glasscherben zerschnitten ihm die Handfläche, als er sich auf dem Boden des Wohnwagens abstützte. Er schob die blutende Hand unter die Jacke und griff mit nassen Fingern nach der Ruger. Mit einer einzigen Bewegung hatte er den Hahn gelöst und sich auf ein Knie erhoben. Er zielte direkt auf Bobs Brust.

Einen knappen Meter neben ihm tat Serena es ihm gleich. Sie hatte sich auf beide Knie erhoben und hielt ihre Waffe mit beiden Händen umklammert.

Bob rührte sich nicht. Er blickte starr, mit verzerrtem, triumphierendem Lächeln auf die beiden Polizisten herab, und seine Augen wanderten von einem zum anderen, wie bei einem Tennisspiel. Die Pistole zitterte in seiner Hand. »Worauf warten Sie noch?«, fragte er.

»Wir wollen Sie nicht verletzen«, sagte Serena mit fester Stimme. »Lassen Sie die Waffe fallen.«

»Ich will hier weg«, sagte Bob. »Und Sie werden mir dabei helfen.«

Stride sah, wie Bobs Finger sich fester um den Revolver schlossen und wie er den Arm mit der Waffe senkte.

»Ich werde schießen«, rief Serena.

»Nein!«, rief Stride. »Warte! Warte!« Er fürchtete, dass sich auch dieses letzte Fenster zur Wahrheit schließen würde.

Bob hatte den Hahn nicht gelöst. Er würde nicht schießen. Aber jetzt hielt er die schwarze Mündung des Laufs direkt auf Strides Kopf gerichtet. Strides

Blick glitt an Bobs ausgestrecktem Arm entlang, bis er schließlich direkt in die Mündung schaute. Der Revolver starrte zurück. Strides Arm schmerzte an der Stelle, wo sein Freund ihn in Ely angeschossen hatte. Im Geist hörte er noch einmal den Schuss aus dieser Pistole und spürte wieder, wie die Kugel an der Schulter sein Fleisch zerschlug.

»Sie werden mich nicht erschießen, Bob«, sagte er. »Legen Sie die Waffe weg. Diesmal gewinnen Sie. Sie können sie besiegen.«

Bob schüttelte den Kopf. »Sie gewinnt immer.«

Stride sicherte seine Ruger, dann lockerte er den Griff und ließ die Mündung der Waffe nach unten sinken. Er bückte sich langsam und legte sie auf den Boden.

»Verdammt, Jonny, was machst du da?«, zischte Serena.

»Ich werde es nicht tun«, sagte Stride, an Bob gewandt.

Bob schwieg und zögerte sichtlich.

Um sie her ertönte das monotone Klingeln der Windharfen.

»Das bin doch gar nicht ich«, sagte Bob. »Sie ist es. Immer ist sie es.«

Stride schüttelte den Kopf. »Sie können ihr nicht mehr die Schuld geben. Sie ist tot. Diesmal sind das ganz allein Sie. Wollen Sie das wirklich?«

Bobs Hand zitterte. Er stieß einen langen, wehmütigen Seufzer aus und schien in sich zusammenzusinken, während die Luft seine Lungen verließ. Er senkte den Arm, und die Waffe hing schlaff in seiner Hand.

»Jetzt legen Sie sie da auf den Tisch. Ganz vorsichtig und ganz langsam. In Ordnung?«

Stride spürte, wie ihn eine Welle der Erleichterung überflutete.

Doch dann verzerrte sich Bobs Gesicht vor Angst und Schmerz. Seine Augen wurden groß und rund wie die eines verängstigten Kindes. Sein Mund blieb offen stehen, und er machte einen angstvollen Schritt nach hinten. Sein starrer Blick war auf etwas hinter Stride gerichtet.

»Da ist sie!«, jammerte er.

»Jonny, er dreht uns durch!«, warnte Serena. Und Stride wusste, dass sie Recht hatte. Bob würde einen Zusammenbruch erleiden.

»Es ist niemand hier«, sagte Stride mit fester Stimme zu ihm.

»Du bist tot!«, brüllte Bob.

Mit einer raschen Bewegung hob er den Revolver wieder, mit zitterndem Lauf. Seine Kiefermuskeln spannten sich, und er bleckte die Zähne. Sein Daumen streifte die Sicherung.

»Aufhören!«, schrie Serena.

Stride hockte angespannt da und wartete darauf, dass Bob feuern würde, wartete darauf, alle Luft aus seiner Brust weichen zu fühlen.

Die Kugel aus Serenas Waffe warf Bob rücklings zu Boden. Die Pistole sank ihm einfach aus den Händen. Er fiel schwer nach hinten, mit weit aufgerissenen, verschreckten Augen. Aus seiner Kehle kam ein gurgelndes Geräusch, er schien keine Luft zu bekommen, und Schaum und Blut traten ihm aus dem Mund. Sein ganzer Körper zuckte, die Glieder wurden von Krämpfen geschüttelt.

Serena rappelte sich hoch und rannte zu ihm.

Bob hatte gerade noch Kraft genug, den Kopf vom Boden zu heben, seinen zerstörten Brustkorb zu betrachten und zu lächeln. Das Blut füllte ihm bereits die Lungen. Er wollte noch etwas sagen, aber die Worte erstarben in einem rasselnden Geräusch, und sein Unterkiefer wurde schlaff. Sein Blick wanderte zwischen ihnen hin und her, die Pupillen waren schwarz und riesengroß.

»Cordy!«, rief Serena, als die Tür des Wohnwagens aufflog. »Ruf einen Krankenwagen!«

Aber sie wussten beide, dass Bob schon tot sein würde, bevor sie auch nur eine Sirene hörten. Und Stride begriff, dass er das Geheimnis mit ins Grab nehmen würde.

Er saß auf dem Rücksitz von Cordys Wagen. Die Tür stand offen, und er ließ die Beine nach draußen baumeln. Zum ersten Mal seit Monaten verspürte er das Verlangen nach einer Zigarette und rieb die Finger aneinander, als hielte er eine brennende Zigarette dazwischen. Ein Schweißtropfen rann ihm über den Nacken und dann weiter den Rücken hinunter.

Etwa zwanzig Meter entfernt befragten zwei Beamte vom Internen Dienst Serena über den Schusswechsel. Auf ihrem schönen Gesicht lag ein stoischer Ausdruck: Sie offenbarte nichts, kein Sturm der Gefühle schien in ihr zu toben. Aber Stride wusste es besser. Er hatte die Spätfolgen schon bei vielen Kollegen in Duluth beobachtet, selbst bei den zähesten alten Hasen, die unzählige Leichen gesehen hatten. Doch die hatte immer jemand anders umgebracht. Die eigene Waffe abzufeuern, ein Leben auszulöschen und zuzusehen, wie ein anderer Mensch durch das eigene Handeln starb – das war eine niederschmetternde Erfahrung. Viele Polizisten mussten nach einem solchen Erlebnis in psychologische Behandlung, und einige quittierten sogar den Dienst.

Und dazu noch die vielen Fragen von Leuten, die nicht dabei gewesen waren, die diese schrecklichen Augenblicke nicht miterlebt hatten und sich dennoch anmaßten, das Urteilsvermögen des Betreffenden in Frage zu stellen.

Stride konnte nichts weiter tun als sitzen zu bleiben und zu warten, bis er an der Reihe war und ihnen erzählen konnte, wie es gewesen war. Es war ein gerechtfertigter Schuss gewesen. Unvermeidlich.

Die Sanitäter waren viel zu spät gekommen und konnten sich nur noch um die Leiche kümmern. Stride sah zu, wie zwei von ihnen eine Trage durch die Tür des Wohnwagens bugsierten. Bobs Leiche lag unter einem weißen Tuch, in dessen Mitte sich ein roter Fleck ausbreitete, dort, wo das Blut den Stoff durchtränkte. Vom Wüstenboden erhob sich ein staubiger Windstoß, ergriff eine Ecke des Bahrtuchs und schwenkte es wie eine weiße Fahne durch die Luft.

Stride sah Bobs knochiges, lebloses Bein und den alten Turnschuh, der noch an seinem Fuß steckte. Die Sohle des Schuhs zwinkerte ihm zu wie ein blutunterlaufenes Auge: ein rötliches Oval im Absatz.

Im selben Moment schien die Welt stillzustehen. Alle Geräusche und Bewegungen verklangen, als hätte jemand eine Musicbox ausgeschaltet, bis er nur noch seinen eigenen, keuchenden Atem hörte und jeden Schlag seines Herzens, das klopfte, als wollte es seinen Brustkorb sprengen.

Fast erwartete er, dass die Leiche sich auf der Rollbahre wieder aufrichten, dass Bob mit knochigem Finger auf ihn deuten und hämisch kichern würde wie ein Zauberkünstler, der dem Publikum mit seinem letzten Trick den Atem genommen hat. Aber es war kein Trick. Die Sohle und das rote Oval an der Ferse waren unverkennbar, auch wenn sie nach vierjährigem Tragen schon recht abgenutzt waren.

Bob trug Graemes Schuhe! Die Schuhe, mit denen Graemes Fußspuren hinter der Scheune hinterlassen worden waren. Die Schuhe, die mit Rachel verschwunden waren.

Stride saß wie erstarrt da und versuchte verzweifelt zu begreifen, was sich da direkt vor seinen Augen offenbarte.

Und dann, einen Augenblick später, wusste er es.

Es war ein abgekartetes Spiel gewesen, von Anfang an. Rachel hatte Graemes Schuhe mitgenommen. Sie waren in der Plastiktüte gewesen, die sie bei sich gehabt hatte, als sie das Haus verließ. Und dieser Mann dort – der Tote unter dem Bahrtuch – hatte sie an. Er war an jenem Abend in Duluth mit ihr zusammen gewesen.

Stride sprang auf und rannte über den ausgetrockneten Boden, sodass die Sanitäter mit der Bahre erschraken. Er riss das Tuch beiseite und enthüllte Bobs Gesicht. Die Augen des Toten waren noch offen.

»He, was soll denn das?«, rief der eine Sanitäter.

Stride spürte, wie der Mann ihn an der Schulter packte, und machte sich mit einer abrupten Bewegung los. Er bückte sich, bis er nur wenige Zentimeter von Bobs Gesicht entfernt war. Der Geruch von Tot, Blut und Verfall drang ihm in die Nase. Er starrte Bob an und suchte nach der Wahrheit. *Ich kenne dich.*

Dann wirbelte er herum und sah Serena aus dem Augenwinkel. Er spürte, dass sie seine Gedanken las, seine Angst mitempfand. Doch zum Glück sagte sie nichts und reagierte auch nicht weiter. Sie wandte den Blick wieder von ihm ab, noch bevor sich die anderen Polizisten zu ihm umdrehen konnten.

Hinter ihm fragte eine Stimme: »Alles klar, Mann?«

»Cordy!«, zischte Stride. Er zog den jungen Detective beiseite und sah ihn eindringlich an. »Sie haben doch gesagt, dass es ein altes Foto von ihm gibt, auf dem er noch nicht so aussah. Haben Sie das dabei?«

»Was, von dem Toten? Na klar, Mann. Lavender

hat es mir gegeben. Ich dachte, vielleicht können wir ihn damit ins Schwitzen bringen.«

»Zeigen Sie es mir.«

Cordy zog eine Plastikhülle aus den Tiefen seiner Hosentasche hervor, und Stride riss sie ihm förmlich aus der Hand. Die Strahlen der Sonne blendeten ihn. Er blinzelte, konnte aber durch die Plastikhülle hindurch nichts erkennen. Ohne einen Augenblick zu zögern, riss er die Hülle auf und warf sie weg.

»He, Sie können doch nicht …«, begann Cordy. Doch als er Strides Miene sah, hielt er inne.

Stride hielt das Foto in der Hand, als könnte es jeden Moment in Flammen aufgehen.

»Nein, nein, nein, nein«, murmelte er vor sich hin. Er konnte nicht glauben, was er da sah, spürte, wie seine Gedanken sich verwirrten. Und dann wünschte er nur noch, die trockenen Spalten des Wüstenbodens würden sich unter ihm auftun und ihn verschlingen.

17

Stride trank einen Schluck kalten Kaffee aus einem Styroporbecher. Er konnte seine Ungeduld kaum noch bezähmen.

Durch die Fenstertüren musterte er die Touristen, die in der sengenden Sonne zwischen den Reihen von Mietwagen umherliefen. Über ihm ertönte das Dröhnen eines weiteren Flugzeugs, das sich im Landeanflug auf den McCarran-Flughafen von Las Vegas befand, und die Wände erbebten. Die abendlichen Schatten wurden mit jeder Minute länger.

Schließlich öffnete sich die Glastür. Eine Angestellte der Autovermietung watschelte schwitzend von dem riesigen Parkplatz herein. Sie hielt ein Klemmbrett aus Plastik in der fleischigen Hand.

»Wie lange dauert's noch?«, rief Stride ihr zu.

Sie blieb stehen und stemmte die Hände in die Hüften. Zwischen ihrer babyblauen Trainingshose und dem weißen Tour-T-Shirt wölbte sich ein dunkler Streifen Bauch hervor. »Seh ich aus, als könnte ich hellsehen? Ich hab Ihnen doch gesagt, die hätten vor zwei Stunden hier sein sollen.«

»Wissen die Leute draußen, dass sie nichts tun dürfen?«, fragte Stride. »Ich will nicht, dass sie den Wagen sauber machen, bevor wir ihn uns angeschaut haben.«

»Beigefarbener Cavalier, texanisches Nummernschild.« Sie rasselte die Zulassungsnummer herunter. »Sobald er da ist, kriegen Sie ihn gleich als Erstes zu sehen, Schätzchen. Also, gedulden Sie sich.«

Damit verschwand sie in dem Büroraum hinter der Rezeption.

Serena saß neben ihm auf einem Metallstuhl, die Ellbogen auf die Knie gestützt. Das schwarze Haar hing ihr zerzaust ins Gesicht. Müde stemmte sie sich aus dem Stuhl, trat hinter Stride und massierte ihm die verspannten Schultern.

Dann beugte sie sich vor und flüsterte: »Wir müssen das nicht tun.«

»Ich schon. Ich muss die Wahrheit wissen.«

Serena seufzte. »Wie du willst.«

Stride wusste, dass sie Recht hatte. Es wäre besser gewesen, einfach zu gehen. Er wusste bereits, was sie finden würden, wenn der Wagen da war. Und wenn er die Wahrheit kannte, würde er sich wünschen, er hätte sie mit Bob in der Wüste sterben lassen.

Aber er konnte jetzt nicht aufgeben. Das Foto hatte ihn hierher geführt. Von der Wüste über den Flughafen zu der Autovermietung war er der Spur gefolgt, die für ihn hinterlassen worden war. Es war alles so offensichtlich, dass er sich fragte, ob vielleicht alles so arrangiert worden war, nur damit er es herausfand.

Serena nahm ihm den Kaffeebecher aus der Hand, trank einen Schluck daraus und verzog das Gesicht. »Oh, Mann. Ich sage nur zwei Worte, Jonny: Star. Buck's.«

Stride musste wider Willen lächeln.

»Schon besser«, bemerkte Serena.

»Hör mal, du musst dir wirklich keine Sorgen um mich machen«, sagte Stride zu ihr. »Ich komme schon klar. Du hast doch gerade selbst genug um die Ohren.«

»Weil ich jemanden erschossen habe, meinst du? Und weil ich gerade sechs Stunden damit verbracht habe, das mit den Leuten vom Internen Dienst etwa fünfhundert Mal durchzugehen? Das ist doch nichts Besonderes.«

»Na ja.«

Serena zuckte die Achseln. »Die werden mich zu einem Therapeuten schicken, genau wie früher. Und weinen werde ich auch irgendwann.« Sie betrachtete ihre Schuhe, an denen immer noch Wüstenstaub und Blut klebte. »Willst du die Wahrheit hören, Jonny? Es war leicht. Viel zu leicht.«

Darauf brauchte Stride nichts zu erwidern.

Die umfangreiche Sachbearbeiterin kam wieder aus dem Büro und hielt ein Funkgerät ans Ohr. »Ihr Auto ist gerade gekommen, Schätzchen. Meine Jungs bringen es her.«

Stride spürte, wie sich alles in ihm zusammenkrampfte. »Was machen Sie normalerweise, wenn ein Auto zurückkommt? Staubsaugen und den Bodenbelag waschen?«

»Genau«, erwiderte sie.

»Auch den Kofferraum?«

Sie zuckte die Achseln. »Nur, wenn einer reingekotzt hat. Ist alles schon vorgekommen, Schätzchen.«

»Und Sie sind ganz sicher, dass das die erste Vermietung seit dem letzten Wochenende war? Dazwischen hatte es wirklich niemand?«

»Kein Mensch.«

Ein paar Minuten später parkte ein junger Mann den Cavalier vor dem Bürogebäude, mit offener Fahrertür und laufendem Motor. Stride und Serena streiften Handschuhe über und gingen nach draußen. Stride hatte eine Halogentaschenlampe aus Serenas Wagen mitgenommen, die er jetzt auf den Rücksitz des Wagens richtete.

Der Wagen war sauber, kein Müll, kein herumliegendes Papier. Stride kniete sich hin, leuchtete mit der Taschenlampe sorgfältig unter beide Sitze und untersuchte den Boden. Dann verbrachten Serena und er eine halbe Stunde damit, den Bezug der Rückbank Quadratzentimeter für Quadratzentimeter abzusuchen. Aber sie fanden nichts.

Stride richtete sich auf. »Schauen wir uns den Kofferraum an.«

»Sie war wahrscheinlich in eine Decke gewickelt«, erinnerte ihn Serena. »Die vom Bett hat gefehlt.«

»Auch Decken hinterlassen Spuren«, erwiderte Stride.

Es dauerte nicht lange. Sie öffneten den Kofferraum, Stride leuchtete hinein und sah fast im selben Moment den münzgroßen, bräunlichen Fleck am Rand des Teppichbodens. Er hielt die Lampe weiter auf den Fleck gerichtet, während Serena sich hineinbeugte, um ihn sich genauer anzusehen.

»Kann durchaus Blut sein«, sagte sie leise. Dann fügte sie hinzu: »Da ist noch was.«

Er sah zu, wie sie in die Hosentasche griff und

eine Pinzette hervorholte. Sie zog etwas heraus, was sich in einer metallenen Ecke des Kofferraums verfangen hatte. Dann richtete sie sich wieder auf und hielt die Pinzette in den Strahl der Taschenlampe. Stride beugte sich vor und sah ein dünnes, blondes Haar mit pechschwarzer Wurzel.

»Das muss nichts heißen«, sagte Serena. »In dieser Stadt färbt sich praktisch jeder die Haare.«

Aber sie wussten beide, was es hieß.

»Ich muss zurück«, sagte Stride.

Die Sachbearbeiterin stand in der Tür und schwenkte ihr Klemmbrett. »He, Leute, wie sieht's jetzt aus? Kriege ich meinen Cavalier jetzt wieder? Sonst muss ich mir nämlich ein anderes Auto suchen, oder jemand muss zu Fuß gehen, wenn Sie wissen, was ich meine.«

Stride und Serena wechselten einen langen, ernsten Blick. Die Entscheidung lag bei ihr, doch Stride wusste, dass es eigentlich nur einen Weg gab. Sie musste den Wagen beschlagnahmen, die Forensiker rufen, die Beweisstücke katalogisieren und damit seine ganze Welt zum Einsturz bringen.

Serena wandte den Blick ab. Sie schloss die Kofferraumklappe mit einem Knall und winkte der Sachbearbeiterin zu.

»Nehmen Sie ihn«, sagte sie.

18

Stride fand Andrea allein in ihrem Büro im zweiten Stock, wo sie inmitten der Grabesstille des leeren Schulgebäudes Klausuren korrigierte. Die Bürotür stand offen. Sie hielt den Kopf gesenkt und war ganz auf ihre Arbeit konzentriert. Sie hatte seine Schritte auf der Treppe nicht gehört.

Unwillkürlich musste er an ihre erste Begegnung hier denken. Damals waren sie beide so verletzt gewesen, zwei Menschen, die plötzlich auf sich allein gestellt waren, obwohl sie fest damit gerechnet hatten, ihr Leben mit einem anderen Menschen zu teilen. Damals hatte er wirklich geglaubt, er könne ihr den Schmerz nehmen. Aber ihre Verbitterung hatte niemals nachgelassen, wie viel Zeit sie auch miteinander verbrachten. Nicht einmal, nachdem sie in die Ehe hineingestolpert waren. Sie hatten einen Fehler gemacht. Doch Stride hätte sich niemals träumen lassen, wie teuer dieser Fehler sie zu stehen kommen würde.

»Hallo, Andrea«, sagte er.

Sie sah von den Klausuren auf dem Schreibtisch auf. Er wusste nicht genau, was er in ihren Augen zu sehen erwartete: Angst vielleicht oder Wut oder Traurigkeit. Aber dann sah er fast gar nichts, als wäre sie ihm in dieser kurzen Zeit völlig fremd geworden.

»Willkommen daheim«, sagte Andrea ruhig. »So schnell hatte ich dich gar nicht zurück erwartet.«

Sie sah älter aus, aber vielleicht lag das auch nur daran, dass sie ungeschminkt war. Sie trug das graue College-Sweatshirt, das sie schon seit vielen Jahren hatte. Das blonde Haar hatte sie sich mit einer Spange aus dem Gesicht gesteckt, und auf ihrer Nasenspitze saß eine Lesebrille mit halben Gläsern.

»Hast du es herausgefunden?«, fragte sie, und ihre Stimme klang kalt dabei. »War es das alles wert?«

Stride hörte den Vorwurf in ihren Worten, als wäre er selbst an allem schuld.

Er kam ins Büro und ließ sich schwer auf den Holzstuhl vor ihrem Schreibtisch fallen. Er musste sich überwinden, um es ihr zu sagen.

»Er ist tot, Andrea.«

Sie schnappte nach Luft und rückte abrupt ein wenig vom Schreibtisch weg. Dann nahm sie die Brille ab, und er sah ihre angsterfüllten Augen.

Sie wartete darauf, dass er es aussprach.

Stride nickte. »Robin ist tot.«

Fast wünschte er, sie würde ihm etwas vormachen, eine entsetzte Miene ziehen, als er ihr sagte, dass Robin, ihr Exmann, Rachels Liebhaber gewesen war.

Aber es überraschte sie nicht. Andrea schloss nur die Augen. »Dieser gottverdammte Idiot«, flüsterte sie. »Wie ist es passiert?«

Stride berichtete kurz, was im Wohnwagen vorgefallen war. Andrea verlor nicht die Fassung, nur eine einzelne Träne löste sich aus ihrem Auge und rann ihr die Wange hinunter. Er gab ihr ein paar Sekunden für ihre stille Trauer, doch dann holte sein eigener Zorn ihn wieder ein. »Du hast es gewusst«, sagte er. »Verdammt noch mal, du hast es die ganze Zeit gewusst, und du hast es mir nicht gesagt. Du hast mich dorthin fahren lassen, obwohl du wusstest, was ich vorfinden werde.«

»Ich habe dir gesagt, du sollst es lassen.« Andrea wischte sich die Tränenspur von der Wange. »Du wolltest doch unbedingt weitermachen.«

»Weil das mein Job ist!«, rief Stride. Er sprang auf, ging ein paar Mal auf und ab, schloss dann mit einem Knall die Bürotür und drehte sich wieder zu ihr um. »Seit wann? Seit wann weißt du es? Hast du es damals schon gewusst? Wir haben uns die ganze Zeit im Kreis gedreht, und du hast gewusst, dass Robin mit Rachel durchgebrannt ist.«

»Nein, das wusste ich nicht!«, protestierte Andrea. »Er hat mich schon Monate vor Rachels Verschwinden verlassen. Begreifst du das denn nicht? Genau so wollte sie es haben. Es sollte keine Verbindung geben. Das kam alles von ihr, es war alles Teil ihres Plans. Sie hat ihm gesagt, er soll im Herbst zurückkommen und sie abholen.«

»Aber wann hast du es dann herausgefunden? Und wie?«

Andrea hielt den Blick starr auf den Schreibtisch gerichtet. »Letzten Monat hat er mir einen Brief geschrieben.«

»Und darin hat er dir auch von Rachel erzählt?«

»Machst du Witze?« Sie verzog den Mund, als hätte sie in etwas Bitteres gebissen. »Der ganze Brief hat sich nur um Rachel gedreht. Rachel, Rachel, Rachel. Wie sie ihn verführt hat. Wie sie mit ihm Schluss gemacht hat. Das jämmerliche Weichei war besessen von ihr.«

»Wo ist der Brief?«

Andrea zögerte. »Ich habe ihn verbrannt.«

»Warum?«, fragte Stride. »Wieso hättest du das tun sollen?« Er vermutete, dass er nur die Schreibtischschublade aufzuziehen brauchte, um den Brief dort zu finden.

»Ich weiß nicht warum, ich hab's einfach getan. Ich wollte ihn auslöschen. Ich wollte vergessen, was er mir angetan hat.«

Stride schüttelte den Kopf. »Jetzt lügst du. Lüg mich nicht an. Robin war also besessen, ja? Und was ist dann mit dir? Er hat dich für eine Siebzehnjährige verlassen, und du liebst ihn immer noch.«

Sie widersprach ihm nicht, und er sah, wie sie trotzig das Kinn reckte.

»Erklär mir das alles, Andrea«, fuhr er beharrlich fort. »Er schreibt dir einen Brief und reibt dir seine Affäre wie Glasscherben ins Fleisch. Und was tust du? Du fährst sofort zu ihm. Du kommst in Vegas zu ihm gekrochen und versuchst, ihn zurückzubekommen.«

Jetzt sah er Angst in ihrem Blick.

»Ich bin nicht …«, fing sie an.

Stride fiel ihr ins Wort. »Jetzt beleidige mich nicht auch noch. Hältst du mich eigentlich für bescheuert? Erst flehst du mich an, nicht dorthin zu fahren. Und als ich dort ankomme, finde ich deinen Exmann vor, der versucht, sich in einem Wohnwagen zu Tode zu saufen. An wen muss ich da wohl als Erstes denken, Andrea? An dich. Also bin ich zum Flughafen gefahren. Ich habe die Kreditkartenfirma angerufen. Ich weiß, dass du letztes Wochenende von Miami aus nach Las Vegas geflogen bist.«

»Es ist nicht so, wie du denkst«, sagte Andrea. »Ich wollte ihn gar nicht zurück. Aber ich hatte Angst. In seinem Brief hat er von Selbstmord gesprochen. Ich konnte doch nicht einfach hier bleiben und nichts unternehmen. Deshalb bin ich hingefahren … weil ich ihm das ausreden wollte.«

»Das interessiert mich nicht«, unterbrach er sie. »Hier geht es nicht um dich und Robin.«

In der plötzlichen Stille, die sich zwischen sie legte, schwang tiefe Besorgnis mit.

»Ich will wissen, was zwischen dir und Rachel vorgefallen ist«, sagte Stride.

Er musterte sie wie eine Tatverdächtige, hielt nach jeder noch so kleinen Bewegung in ihrem Gesicht Ausschau. Und er sah genau das, was er erwartet hatte.

Schuldgefühle.

»Ich will wissen, warum du sie umgebracht hast.«

Andrea blieb gefasst. »Sollte ich mir einen Anwalt nehmen?«

»Du glaubst also, ich werde dich verpfeifen? Du kennst mich wirklich kein bisschen. Für die Polizei in Las Vegas hat ein Gammler namens Beefy-Bob Rachel umgebracht. Der Fall ist abgeschlossen.«

»Und woher willst du dann wissen, dass es nicht so gewesen ist?«

Stride stieß einen angewiderten Seufzer aus. »Bitte, Andrea, keine Spielchen. Robin hätte sich viel eher selbst umgebracht, als dass er Rachel etwas angetan hätte. Das wissen wir beide. Und du hast Spuren hinterlassen, die man kilometerweit gegen den Wind riechen kann. Ich habe das Auto gefunden, das du gemietet hast. Im Kofferraum sind Blutspuren und Haare zurückgeblieben, nachdem du Rachels Leiche damit in die Wüste gebracht hast.«

»Ich wollte, dass er sie sieht«, gab sie bitter zurück. »Er hat sie doch so sehr gewollt. Dann sollte er sie auch haben.«

»Erzähl's mir«, sagte Stride. »Ich muss die Wahrheit wissen.«

Andrea nickte. Nervös schob sie sich eine Haarsträhne hinters Ohr, die sich gelöst hatte, und biss sich auf die Lippe. »Ich wollte nicht, dass das passiert.«

Sie stand auf und kam hinter dem Schreibtisch hervor. Sie stellte sich dicht neben Stride, sah ihn aber nicht an. Stattdessen betrachtete sie die Fotos an der Wand. Fotos von ihr und Stride. Und von ihr und Robin. Auch nach so langer Zeit noch.

Stride roch Zigaretten. Sie hatte wieder angefangen zu rauchen.

»Dieser Brief war fast zu viel für mich, Jon«, sagte sie. »Ich wusste ja, dass wir beide Probleme haben, und ich hatte schon genug damit zu tun, mich damit auseinander zu setzen. Oder es zu verdrängen. Und dann höre ich plötzlich von Robin und erfahre, was wirklich passiert ist. Ich musste ihn einfach sehen. Ich bin wirklich nicht ihretwegen hingefahren, das musst du mir glauben. Das ist mir nicht mal in den Sinn gekommen. Ich wollte nur ihn sehen.«

Sie drehte sich zu Stride um. »Du warst ja selbst da. Du hast gesehen, in was für einem Zustand er war. Ich konnte es einfach nicht fassen. Ich konnte nicht fassen, was sie ihm angetan hatte.«

»Er hat es sich selbst angetan«, sagte Stride.

»Nein, das war nicht seine Schuld. Robin war immer schwach. Ich habe das gewusst. Und Rachel hat es auch gesehen. Sie hat ihn benutzt. Er hat mir erzählt, dass sie seine Gedichte gelesen und ihm gesagt hat, was für ein Genie er wäre. Dass sie ihm eingeredet hat, sie wären füreinander bestimmt. Das war nur eine ihrer Lügen, aber er hat es ganz ernst genommen. Als Graeme tot war, hat sie ihn rausgeworfen. Sie hat ihn einfach aus ihrem Leben entfernt. Sie brauchte ihn ja auch nicht mehr. Und damit hat sie ihm das Herz aus dem Leib gerissen. Er hat angefangen zu trinken und ist immer weiter abgestürzt. Er hatte ja nichts mehr, wofür es sich zu leben lohnte.«

»Erzähl mir von Rachel«, sagte Stride.

»Ja, in Ordnung. Das Verrückte war, ich hatte gar nicht vor, sie zu treffen. Robin hat mir gesagt, wo sie arbeitet, aber das hat mich nicht interessiert. Ich war ja nicht ihretwegen da. Robin und ich haben ein paar Stunden geredet, wenn man das überhaupt reden nennen kann. Er war schon viel zu sehr am Ende. Irgendwann habe ich es dann nicht mehr ausgehalten.«

»Also hast du Rachel zur Rede gestellt.«

»Nein, so war es nicht. Ich war schon auf dem Weg zum Flughafen, um nach Hause zu fliegen. Aber dann habe ich immer weiter über Rachel nachgedacht und darüber, was sie uns angetan hat. Was sie mir angetan hat. Es war gar keine bewusste Entscheidung, da hinzufahren. Aber irgendwann habe ich festgestellt, dass ich überhaupt nicht zum Flughafen fahre. Ich bin dann in diesem Klub gelandet. Ich wollte sie einfach nur sehen, wissen, wie sie aussieht. Ihr in die Augen schauen. Als sie auf die Bühne gekommen ist, habe ich ein Weilchen gebraucht, aber dann wusste ich es. Ich wusste, dass sie es ist. Sie war genau so, wie Robin gesagt hatte. Wunderschön und eiskalt.

Und dann habe ich gemerkt, dass es mir nicht reicht, sie einfach nur zu sehen. Ich wollte, dass sie mir in die Augen sieht und zugibt, was sie getan hat. Also habe ich auf dem Parkplatz gewartet und bin ihr dann gefolgt. Als ich vor ihrer Wohnung stand, hätte ich es fast doch noch gelassen. Was sagt man zu jemandem, den man gar nicht kennt, der einem aber das ganze Leben ruiniert hat? Aber dann habe ich an Robin gedacht, der da in seinem Wohnwagen vor die Hunde ging, und daran, wie unser Leben früher gewesen war, und ich bin wieder wütend geworden.«

»Hat sie dich erkannt?«, fragte Stride.

»Oh, ja. Sofort. Sie hat gelacht. Sie hat gesagt, wenn ich Robin zurückholen wollte, könnte ich ihn jetzt gern haben. Und sie wusste auch über die Ermittlungen Bescheid. Und über dich und mich. Sie fand das komisch. ›Ich habe dir einen Mann besorgt und ihm einen Mörder.‹ Das hat sie gesagt. Sie hat gesagt, wir sollten ihr dankbar sein.«

Andrea verlor langsam die Fassung.

»Ich weiß nicht, was … ich meine, nichts lief so, wie ich es mir gedacht hatte. Sie hat nichts bereut, sich für nichts geschämt. Sie hat mich einfach nur mit diesen furchtbaren grünen Augen angeschaut, als wäre ich irgendein Ungeziefer. Etwas, mit dem man spielen und es dann einfach wegwerfen kann.«

Stride sah, dass ihre Hände zitterten. Er konnte

nicht einschätzen, wie weit er gehen konnte, bevor sie völlig zusammenbrach.

»Was hat sie noch gesagt?«, fragte er.

»Sie hat gelogen«, stieß Andrea hervor und ballte die Fäuste. »Sie hat die ganze Zeit gelogen.«

»Was meinst du damit?«

»Alles! Ich habe gesagt, sie hatte kein Recht, unsere Ehe zu zerstören. Robin hat mich geliebt.«

Ihre Augen verengten sich zu Schlitzen, bis sie beinahe schlangenhaft wirkten. »Und weißt du, was sie da gesagt hat? Sie hat gesagt, Robin hätte sich so oder so von mir scheiden lassen. Er wäre nur deshalb so leicht zu verführen gewesen, weil er mit mir im Bett kaum noch einen hochbekommen hat. Mit mir zu schlafen, das wäre gewesen, als würde man eine Leiche bumsen. Und darum hätte ich auch nicht schwanger werden können, weil zwischen meinen Beinen alles tot wäre.«

»Scheiße«, murmelte Stride vor sich hin.

»Und da ist es mir klar geworden. Sie hat gar nicht gelogen. Es war die Wahrheit. Ich hatte mir die ganze Zeit selbst etwas vorgelogen. Über Robin. Über mich. Also stand ich da, und dann ist diese Wut in mir hochgekommen, wie ich es noch nie erlebt habe. Sie hat mich immer nur weiter hämisch angegrinst, als käme ihr mein Leben wie ein guter Witz vor. Als ob alles, was sie mir genommen hatte, gar nichts bedeuten würde.«

»Was hast du dann getan?«, fragte Stride leise.

»Im Bücherregal stand eine Vase. Ich habe sie genommen und ausgeholt. Ich wollte, dass sie zerbricht. Ich wollte, dass die Scherben durch die ganze Wohnung fliegen. Aber dann habe ich sie nicht losgelassen. Ich habe die Vase einfach fest gehalten, und sie hat etwas getroffen. Ich hatte die Augen zugemacht, ich wusste gar nicht, was ich getan hatte. Aber ich hatte etwas getroffen, und dann war da dieses schwere Plumpsen, als wäre etwas umgefallen …«

Stride hatte solche Geschichten schon viel zu oft gehört, von Leuten, die er festgenommen hatte, von Angeklagten, die versuchten, ein mildes Urteil zu erwirken. Er ließ sich längst nicht mehr davon erweichen. Aber diesmal war es anders.

»… und sie war tot. Ich konnte es gar nicht glauben, aber sie war tot. Ich hatte sie umgebracht.«

»Rachel war schon lange vorher tot«, murmelte Stride.

Andrea sah ihn an, und ihre Augen blickten flehentlich. »Ich hätte nie gedacht, dass man dich wieder da hineinziehen würde, Jon. Das musst du mir glauben. Ich hätte nie gedacht, dass jemand die Verbindung zu Rachel herstellt.«

Stride wusste, dass es hier keinerlei Grauzonen gab. Wären sie vor Gericht gewesen, hätte man sie schuldig gesprochen. Aber dann kam ihm der Gedanke, dass Andrea nicht allein für die Sache verantwortlich zu machen war. Auch Robin nicht. Er selbst musste einen Teil der Schuld auf sich nehmen. Vielleicht wusste er deshalb so genau, dass er dieses Geheimnis niemals preisgeben würde. Wem sollte das auch nützen?

»Und was jetzt?«, fragte Andrea.

Ja, was jetzt, fragte er sich. »Jetzt müssen wir beide damit leben.«

»Ich weiß, wie schwer das für dich ist«, flüsterte sie. »Es einfach so dabei zu belassen.«

»Ehrlich gesagt ist es gar nicht so schwer. Das sollte mir wahrscheinlich zu denken geben.«

Er wollte jetzt nur noch fort, sich von ihr verabschieden und mit seiner Schuld allein sein. Aber er wusste, dass er ihr noch etwas sagen, ihr etwas geben musste, woran sie sich festhalten konnte. Damit ihr die Vergangenheit nicht wie eine einzige Lüge vorkam.

»Robin hat gewusst, dass du Rachel getötet hast«, sagte er, als er schon an der Tür war. »Er hat es auf sich genommen, er wollte, dass wir ihm die Schuld daran geben. Deinetwegen, Andrea. Das hat er für dich getan.«

Stride stellte fest, dass er nirgendwo hinkonnte. Er war heimatlos – in seiner eigenen Heimatstadt.

Schließlich landete er auf der Kanalbrücke und stand dort, wo auch Rachel an ihrem letzten Abend in der Stadt gestanden hatte. Ehe sie nach Hause gegangen war und die Beweise in Graemes Van platziert hatte. Ehe sie Graemes Turnschuhe gestohlen hatte. Ehe sie Robin getroffen hatte, der in einer Seitenstraße auf sie wartete, und ihn dazu überredet hatte, mit ihr zu einem kleinen Spielchen zur Scheune zu fahren. Sie über die Wiese zu jagen. Ihren Pullover zu zerschneiden. Ihr die Haut mit dem Messer zu ritzen. Blut, Stofffasern – Spuren.

Und ich bin ihnen auf den Leim gegangen, dachte Stride.

Er starrte in das dunkle Wasser hinunter, das sich an diesem Abend unter dem leichten, kühlen Wind vom See kaum regte. Er umfasste das Geländer mit beiden Händen und stellte sich vor, wie Rachel darauf balanciert war. Wenn ein Windstoß sie damals in das eiskalte Wasser des Kanals geweht hätte, sähe sein Leben heute vollkommen anders aus. Ob besser oder schlechter, das konnte er nicht wissen.

Wenigstens kannte er jetzt Rachels Geheimnisse. Bis auf eines. Er wusste immer noch nicht den Grund. Den Grund für das Spiel. Den Grund für den erbitterten Krieg zwischen Graeme und Rachel. Es erstaunte ihn, dass Rachel keinen Hinweis darauf zurückgelassen hatte, wo sie doch für alles andere Spuren ausgestreut hatte wie Brotkrumen. Es sei denn, sie hatte ihm mit der rätselhaften Postkarte etwas sagen wollen. *Er hat den Tod verdient*.

Stride drehte sich um, lehnte sich an das Geländer und sah den Autos zu, die zwischen der Stadt und dem Point hin und her fuhren. Er versuchte, im Kopf noch einmal die zeitliche Abfolge zu rekonstruieren, nachdem er ja jetzt wusste, dass Robin das fehlende Verbindungsglied gewesen war. Er stellte sich vor, wie Rachel im September vor ihrem Verschwinden in Robins Unterricht gesessen hatte. Wie der Plan in ihr gereift war.

Ich habe dir einen Mann besorgt und ihm einen Mörder.

Er fing an, etwas zu begreifen. Das Durcheinander in seinen Gedanken begann sich zu lichten, wie Nebel, der sich vom See hob.

Stride hörte die Stahlträger der Brücke unter zwei Paar Reifen aufheulen und erschrak, als er einen roten VW Beetle vom Point herankommen sah. Eine dunkelhaarige junge Frau saß am Steuer. Sie lächelte ihn an, als sie an ihm vorbeifuhr. Er hatte den absurden Gedanken, dass es vielleicht Rachel gewesen war. Selbst jetzt, wo er wusste, dass sie tot war, glaubte er noch, dass sie Wege fand, ihn weiter zu verfolgen.

Aber es war nicht Rachels Wagen. Es war nicht …

… der Blutkäfer.

Plötzlich gelang es Stride, den Nebel ganz zu durchdringen. Jetzt wusste er es. Rachel hatte die ganze Zeit versucht, ihm eine Botschaft zu übermitteln.

19

Dreihundertvierzig Meter über dem Boden, oben auf der Spitze des Stratosphere Tower, die aussah wie eine fliegende Untertasse, war es angenehme zehn Grad kühler als unten auf dem Strip. Als Stride auf die nicht überdachte Besucherplattform hinaustrat, spürte er ein beunruhigendes Vibrieren unter den Füßen, als der Turm mit den Windböen schwankte. Er hatte eigentlich keine Höhenangst, aber es verursachte ihm doch einen gewissen Schwindel, hier oben zu stehen, auf einer Art offenem Laufsteg.

»Versuchen Sie's mal auf dem Tower«, hatte Cordy zu ihm gesagt.

Serena hatte Cordy irgendwann einmal erzählt, dass sie manchmal, wenn sie nicht schlafen konnte, zum Stratosphere Tower fuhr, um ein paar Stunden auf die Stadt hinunterzuschauen.

In den drei Wochen, die Stride fort gewesen war, hatten sie zwar häufig telefoniert, doch er fragte sich trotzdem, ob die Funken noch da sein würden, wenn sie sich wiedersahen. Er hatte Angst, dass sie die paar Tage, die sie miteinander verbracht hatten, schon fast wieder vergessen haben könnte.

Und während er das Panorama von Las Vegas unter sich betrachtete, fragte er sich, ob er wohl lernen würde, diese Stadt zu mögen, die so ganz anders war als alles, was er kannte. Es war schwierig, einen Bewohner der freien Wildbahn in einen Großstadtdschungel zu verpflanzen. Aber er hatte das Gefühl, nicht mehr in Duluth leben zu wollen. Er hatte lange genug gearbeitet, um einen vollen Rentenanspruch zu haben, und vielleicht war das ja seine Chance, endlich mit der Vergangenheit abzuschließen. In der Woche zuvor hatte er erfahren, dass Maggie schwanger war und ihr Mann sie dazu überredet hatte, den Polizeidienst zu quittieren. Seine alte Arbeit ohne sie weiterzuführen, erschien Stride eine schale Aussicht.

Nach und nach stellte er fest, dass er bis an den Rand der Aussichtsplattform gehen und hinunterschauen konnte, ohne dass ihm schwindlig wurde. Er ging ein Stück nach rechts und kam an einen Punkt, von dem aus er den östlichen Teil der Stadt überblicken konnte, fernab der langen Reihe glitzernder Kasinos. Doch als er weiter nach Süden ging, breitete sich der Strip in all seiner hypnotischen Erhabenheit vor ihm aus, wie ein krummer Laserstrahl, der in die Wüste hineinragte. Erst sah Stride nur ein blendendes Band aus Farbe, ohne irgendwelche Details zu erkennen. Doch je länger er hinunterschaute, desto mehr Einzelheiten konnte er ausmachen: das smaragdfarbene Schimmern des MGM Grand, das Gerüst des nachgebauten Eiffelturms vor dem Paris. Der Anblick faszinierte ihn, und er merkte erst nach einiger Zeit, dass er nicht mehr allein war.

Serena stand ein Stückchen von ihm entfernt und sah ihn lächelnd an. Sie trug schwarze Jeans und einen weißen Rollkragenpullover. Unwillkürlich musste er daran denken, dass Rachel an dem Abend, als sie verschwunden war, haargenau dasselbe angehabt hatte. Mit ihrem schwarzen Haar und ihrem durchtrainierten Körper sah Serena sicher fast genauso aus wie Rachel an diesem Abend, als sie auf dem Geländer der Brücke über dem Kanal stand. Und er glaubte, ein wenig besser begreifen zu können, wie leicht es Rachel gefallen war, Robin, Graeme, Kevin und all die anderen zu verführen. Serena besaß dieselbe Schönheit und dieselbe Macht über ihn.

Was treibt Männer dazu, etwas zu tun, hatte Robin ihn gefragt. Eine Frau.

Ruhig und anmutig kam sie auf ihn zu, umarmte ihn und legte sanft ihre kühle Wange an sein erhitztes, gerötetes Gesicht. Er hob die Hand und strich ihr durch das dunkle Haar. Es fühlte sich ganz natürlich an, sie so im Arm zu halten, als hätten sie nie etwas anderes getan. Er wollte sie nie wieder loslassen, und eine ganze Weile schien es, als müsste er das auch nicht. Sie hätten ewig so dastehen können, aneinander geschmiegt im kühlen Nachtwind. Die Anziehungskraft war noch da und genauso unwiderstehlich wie beim ersten Mal.

»Du bist wieder da«, sagte sie, und leichtes Erstaunen klang in ihrer Stimme mit.

»Ich habe dir doch gesagt, dass ich wiederkomme.«

»Ich weiß. Aber in dieser Stadt bedeuten Versprechen nicht allzu viel.«

Er ließ sie los und sah sie an, um sich wieder an ihr Gesicht zu gewöhnen. »Du hast gut ausgesehen im Fernsehen«, sagte er.

Serena grinste. »Alter Charmeur.«

Zwei Fernsehsender aus Minnesota hatten Reporter nach Las Vegas geschickt, um über Rachels Tod zu berichten. Sie hatten Serena und Cordy interviewt, hatten den Stripklub, in dem Rachel gearbeitet hatte, von innen und außen gefilmt und live von der Stelle in der Wüste berichtet, wo Robins Wohnwagen gestanden hatte. Der ramponierte Wohnwagen selbst war bereits auf dem Schrottplatz, und seine völlig verdreckte Einrichtung war verbrannt worden.

Die Fernsehteams hatten keine Fotos von Beefy-Bob, die sie hätten zeigen können. Stride hatte dafür gesorgt, dass das einzige existierende Foto während der Ermittlungen verloren ging. Also war es Serena überlassen geblieben, ihn zu beschreiben, und das hatte sie auch getan. Er war ein Gammler gewesen, ein Mann ohne Vergangenheit. Davon gab es viele in Las Vegas. Die meisten hatten psychische Störungen, und dieser hatte seine Obsession so lange genährt, bis sie schließlich in Gewalttätigkeit umgeschlagen war. Rachel hatte das Pech gehabt, der Gegenstand dieser Obsession zu sein.

Das war Serenas Geschichte, und daran hielt sie eisern fest.

»Sie haben dich sogar zitiert«, erzählte Stride. »›Rachels Mörder: Ein Mann ohne Vergangenheit‹ – das war die Schlagzeile in allen Zeitungen.«

»Gefällt mir.«

»Dann ist es ja egal, dass es nicht stimmt«, sagte Stride leise.

»Wir haben doch darüber gesprochen«, sagte Serena. »Du musstest sie schützen.«

Stride legte vorsichtig die Hand auf das Geländer, das potenzielle Selbstmörder abhalten sollte, und schaute nach unten. Die Höhe verursachte ihm plötzlich wieder Schwindel. Serena trat neben ihn und legte ihm die Hand auf den Rücken.

»Was hättest du sonst tun sollen?«, fragte sie.

»Ich weiß. Aber es tut mir Leid, dass ich dich da hineingezogen habe. Ich habe dich gezwungen, für mich zu lügen.«

»Das war meine Entscheidung«, sagte Serena, und als sie sah, dass er noch mehr sagen wollte, legte sie ihm einen Finger auf die Lippen. »Es ist vorbei, Jonny. Die Geschichte ist zu Ende.«

»Noch nicht ganz«, sagte er.

Er holte tief Luft und überlegte, wie er ihr den Rest erzählen sollte. Er machte sich immer noch Vorwürfe, weil er nicht schon früher darauf gekommen war, obwohl es nichts geändert hätte. Die Tat war ja bereits geschehen.

Serena sah ihn erwartungsvoll an.

»Da ist immer noch das Verhältnis zwischen Rachel und Graeme«, sagte er. »Es gab da etwas … etwas, das sie zu Todfeinden werden ließ.«

»Wir wissen, dass sie eine sexuelle Beziehung hatten«, sagte Serena. »Rachel wollte damit aufhören, und Graeme wollte es nicht. Ich habe so etwas selbst erlebt, Jonny. Wenn er sie vergewaltigt oder es auch nur versucht hat, dann ist das für ein Mädchen wie Rachel Grund genug, um sich zu rächen.«

»Ja, das stimmt. Aber erst hat Graeme sich gerächt.«

Graeme sah, wie seine Hand zitterte, als er das Glas mit dem Brandy gegen das Licht hielt. Er setzte das Glas an den Mund und trank einen Schluck, in der Hoffnung, der Alkohol würde seine Nerven beruhigen. Der Duft erfüllte seine Nase, und der Brandy brannte in seiner trockenen Kehle. Er schwenkte die Flüssigkeit im Glas herum und trank noch einen Schluck. Aber seine Finger hörten einfach nicht auf zu beben. Er spürte, wie sein Verlangen wuchs.

Emily war bei kirchlichen Exerzitien in St. Paul. Rachel war in ihrem Zimmer und wartete. Sie wusste, dass er kommen würde. Graeme stellte das Brandyglas ab und ging leise die Treppe hinauf und über den Flur, bis zu ihrer Zimmertür. Er trat vorsichtig auf, setzte jeden Schritt auf dem Teppichboden so, dass kein zufälliges Knarzen sie erschrecken würde. Unter der Tür schimmerte Licht hervor. Er stellte sich Rachel vor, wie sie auf dem Bett lag, den Kopf auf dem Kissen, zur Decke hinaufschaute und an die vielen Male dachte, die sie sich schon geliebt hatten.

Leise drehte er den Türknauf und drückte dagegen. Doch die Tür war abgeschlossen.

»Rachel«, rief er, gerade so laut, dass sie ihn hören musste. »Du weißt doch, wie sehr ich dich brauche.«

Nichts. Sie war im Zimmer, sie hörte ihn, aber sie sagte kein Wort.

»Wir sind füreinander bestimmt, Rachel«, sagte er. »Davor kannst du doch nicht weglaufen. Wir sind zwei Körper mit nur einer Seele.«

Er wusste, dass sie da war. Ihr beharrliches Schweigen untergrub seine Beherrschung. Er merkte, wie er die Hände immer wieder zu Fäusten ballte und sie dann wieder öffnete, merkte, dass er heftig durch die Nase atmete.

»Mach die Tür auf, Rachel«, befahl er mit zitternder Stimme. »Ich tue dir auch nichts, versprochen. Aber ich muss mit dir reden.«

Dieses Versprechen war eine reine Lüge, das wussten sie beide. Sobald sie die Tür öffnete, würde er nicht mehr in der Lage sein, sich zu beherrschen. Er musste sie berühren, in sie eindringen, egal, um welchen Preis. Der Gedanke an ihren nackten Körper ließ ihn in Schweiß ausbrechen, und er begann, vor Verlangen zu zittern.

»Rachel!«, schrie er, und langsam schlich sich Wut in seine Stimme. Er schlug mit der Faust an die Tür, weil er sich kaum noch beherrschen konnte. »Ich brauche dich!«

Mit einem durchdringenden Knall warf er sich gegen die Tür. Er hätte sie ohne Zögern aufgebrochen, nur um hineinzukommen. Aber das Haus war alt und solide gebaut, und die Eichentür gab keinen Millimeter nach.

»Lass mich rein!«, brüllte er.

Er legte die Wange an die Tür und lauschte. Als er Rachels Stimme schließlich hörte, war sie so nah, dass er fast erschrak. Sie stand auf der anderen Seite der Tür, nur durch ein paar Zenitmeter schweren Holzes von ihm getrennt.

»Wenn du unbedingt willst, lasse ich dich rein,

Graeme«, sagte sie. Ihre Stimme klang honigsüß, ohne jede Spur von Angst oder Abscheu. »Wenn du mich unbedingt vergewaltigen musst, dann kannst du das tun.«

»Ich werd's nicht tun«, murmelte er.

»Das ist doch in Ordnung, Graeme. Ich verstehe das. Du hast deine Bedürfnisse.«

»Ja«, sagte er. »Ja, ich brauche dich so sehr. Ich will, dass es wieder so ist, wie es war.«

»Ich sage dir doch, dass du mich haben kannst.«

Er wagte kaum zu atmen. Die Vorstellung, mit ihr zu schlafen, war einfach überwältigend. »Du lässt mich also rein?«

»Natürlich lasse ich dich rein. Aber erst will ich dir sagen, was dann passieren wird.«

Etwas in ihrem Ton verschaffte ihm eine unbehagliche Gänsehaut.

»Wenn du hier reinkommst und mich noch mal anrührst, hole ich mir ein Fleischermesser und schneide dir die Eier ab. Kapiert? Und anschließend schneide ich dir den Schwanz ab. Versprochen. Hörst du mir noch zu? Kapierst du, was ich sage? Du wirst nicht eine Nacht mehr in diesem Haus verbringen, ohne dich zu fragen, wann ich komme und dich kastriere. Und du brauchst erst gar nicht darüber nachzudenken, dir deinen kleinen Freund wieder annähen zu lassen. Denn wenn ich ihn abgeschnitten habe, spüle ich ihn im Klo runter. Da gehört er nämlich hin.«

Graeme sank entsetzt auf die Knie. Er verspürte Übelkeit.

»Glaubst du mir, Graeme?«, fragte Rachel. »Glaubst du mir, dass ich das tun werde?«

Er versuchte zu antworten, brachte aber kein Wort heraus.

»Ich höre dich nicht, Graeme.«

»Ja, ja, ich glaube dir.«

Und das tat er auch.

»Also, willst du immer noch reinkommen?«, fragte Rachel.

Graeme rannte davon, ohne ihr zu antworten. Noch nie zuvor hatte er sich so entsetzlich gefühlt. Sie hatte ihm wieder einmal bewiesen, dass sie die eigentliche Macht besaß. Er ging zurück nach unten und lief ziellos im Wohnzimmer auf und ab. Zu allem Überfluss war er immer noch unglaublich erregt. Sein Penis war steinhart, und sein Verlangen nach ihr war so groß, dass er am liebsten nach oben gegangen wäre und sie trotz allem gevögelt hätte, obwohl er wusste, was das für Konsequenzen haben würde. Ihm war klar, dass Rachel es ernst meinte. Sie würde genau das tun, was sie ihm angekündigt hatte.

Er fühlte den Sog einer ebenso scheußlichen wie vertrauten Kraft, wie ein Stern, der in das unentrinnbare Schwerkraftfeld eines schwarzen Lochs geraten war. Er redete sich ein, widerstehen zu können, aber er wusste, dass er es brauchte, dass er es wollte und bereit war, alles dafür zu tun. Er versuchte, sich zu beruhigen, aber seine Finger zitterten bereits wieder, und kalter Schweiß sammelte sich unter seinen Achselhöhlen und bedeckte seine Haut wie ein kalter Film. Er spürte, wie sich etwas in ihm regte, wie eine Tür aufsprang und eine schattenhafte Gestalt sich dahinter erhob.

Nein, bitte nicht, flehte er das Monster in sich an.

Aber es hörte nicht auf ihn. Es spielte mit ihm wie ein Kind mit einer Puppe, bewegte seine Arme und Beine und befahl ihm, was er tun sollte.

Das ist alles deine Schuld, Rachel.

»Geh«, knurrte das Monster, und seine Stimme klang gar nicht wie die eines Monsters, sondern so wie Graemes eigene. So … ohne jede Moral.

Graeme griff nach den Schlüsseln und verließ das

Haus. Die Luft wirkte dünn. An einem Abend im August hätte es um diese Zeit noch gar nicht dunkel sein dürfen, aber die Unwetterwolken hüllten den Himmel im Westen in tiefes Schwarz. Der Wind riss wütend an den Zweigen der Eichen.

Er stand schon fast vor der Garage, als ihm auffiel, dass der Weg versperrt war. Rachel hatte direkt vor den beiden Garagentüren geparkt, sodass er mit seinem Van nicht hinaus konnte. Graeme fluchte. Als er zu ihrem Zimmer hinaufschaute, sah er, dass sie am Fenster stand und ihn mit eisigem Lächeln beobachtete. Allein ihr Anblick brachte seinen Puls zum Rasen. Aber er schnitt nur eine Grimasse und spannte die Gesichtsmuskeln an. Seine Augen waren zwei wütende, schwarze Punkte. Er trat gegen die hintere Stoßstange ihres Wagens, so fest, dass eine Beule zurückblieb.

Dann stand er da und dachte angestrengt nach. Die ersten Regentropfen hinterließen dunkle Flecken auf seinen Kleidern. Plötzlich hatte er eine Idee. Einen Gedanken, der ihn dazu brachte, zu Rachels Fenster hinaufzuschauen und sie anzugrinsen. Sie runzelte die Stirn, als ahnte sie, was er vorhatte.

Er stürmte ins Haus zurück und rannte keuchend die Treppe hinauf. Im Schlafzimmer durchwühlte er Emilys Frisierkommode und warf Schmuck und Kosmetika auf den Boden. Er tastete sich bis in den hinteren Teil der Schublade vor, wühlte sich durch das Durcheinander. Schließlich hörte er ein Klirren, und im selben Augenblick ertasteten seine Finger, was er suchte. Mit wachsender Aufregung zog er ihn hervor, den Ersatzschlüssel für Emilys alten Wagen.

Er nahm den Schlüssel, rannte zurück nach draußen und warf die Haustür hinter sich zu. Noch einmal schaute er zu Rachels Fenster hinauf, aber sie war verschwunden. Beim Auto angekommen, hantierte er mit dem Schlüssel. Seine Hände waren nass vom Regen, und er ließ den Schlüssel fallen. Er bückte sich, erwischte den Schlüsselanhänger, und schließlich gelang es ihm, den Schlüssel ins Schloss zu schieben. Er passte. Die Fahrertür sprang auf.

Graeme sah sich ängstlich um. Er war ganz allein.

»Fahr los«, knurrte das Monster. »Geh auf die Jagd.«

Er hielt das Lenkrad so fest umklammert, dass es von seinen schweißnassen Händen ganz klebrig wurde. Lästiger Regen prasselte auf die Windschutzscheibe und hinterließ einen Schleier, den die Scheibenwischer kaum beseitigen konnten. Er fuhr auf die Landstraße hinaus. Der Wagen verstärkte sein Verlangen nur noch, weil alles darin nach Rachel roch. Sie hätte genauso gut neben ihm sitzen und ihn mit ihren kalten, grünen Augen herausfordernd ansehen können. Die Erinnerung an den Sex mit ihr war so realistisch, dass er fast meinte, ihre Hände zu spüren.

»Geh auf die Jagd.«

Er fuhr bergauf nach Westen, am See entlang, und ließ die Wohngebiete rasch hinter sich, je höher er fuhr. Nach etwa acht Kilometern fuhr er eine einsame Straße entlang, die zu beiden Seiten von dicht stehenden Birken eingefasst war. Es regnete inzwischen in Strömen, und es war stockdunkel. Er musste langsamer fahren und sich vorbeugen, um im Licht seiner Scheinwerfer überhaupt etwas zu sehen.

Er bog rechts ab und fuhr weiter den Hang hinauf. Erst in letzter Sekunde sah er das Mädchen, das direkt vor ihm auf der Straße joggte und sich nur schwach im Schatten der Bäume abhob. Er bremste scharf und riss das Steuer zur Seite, um ihr auszuweichen, dann sah er das Aufblitzen von Angst in ihren Augen, als sie das Auto bemerkte und sich rasch zur Seite warf.

Graeme fuhr an den Straßenrand und hielt mit laufendem Motor. Er lief zurück und sah, dass das Mädchen sich bereits wieder aufgerappelt hatte und versuchte, sich von Dreck und Schlamm zu befreien. Im Dunkeln konnte er ihr Gesicht nicht genau sehen, doch sie war etwa in Rachels Alter und hatte das lange, kastanienbraune Haar zum Pferdeschwanz gebunden. Sie hatte eine sportliche Figur und trug enge Shorts und ein Sportbustier.

»Es tut mir furchtbar Leid«, sagte Graeme. »Alles in Ordnung?«

Sie ging ein paar Schritte und trat dabei mit dem einen Fuß nur vorsichtig auf. »Mir geht's gut. Wahrscheinlich nur eine kleine Verstauchung.«

Seine Augen hatten sich inzwischen so weit an die Dunkelheit gewöhnt, dass er sie besser sehen konnte. Sie war sehr jung, sehr hübsch und wirkte süß und verletzlich, wie sie da schwankend auf dem unverletzten Bein stand. Ein paar Haarsträhnen hatten sich aus dem Pferdeschwanz gelöst, und ihre Kleider und ihre Haut waren nass vom Regen.

»Komm, ich fahre dich nach Hause«, sagte Graeme und streckte die Hand aus, um sie zu stützen.

Er lächelte sie aufmunternd an und hasste sich gleichzeitig für das, was er tat. Das bin nicht ich. Es ist das Monster. Das ist ein Unterschied.

Sie fasste nach seinem Arm und stützte sich darauf. Er spürte ihre Berührung. Sie war ihm so nah, dass ihr Geruch nach Schweiß und Regen ihn ganz einhüllte. Er schloss die hintere Tür auf, öffnete sie und warf einen raschen Blick die einsame Straße entlang.

»Am besten setzt du dich nach hinten, dann kannst du den Fuß hochlegen«, sagte er.

Das Mädchen stieg ein. Graeme beugte sich vor und sah zu, wie sie es sich bequem machte. Das De-

ckenlicht strahlte sie an, als sie den Kopf an das Fenster gegenüber lehnte. Ihr feuchtes Gesicht glänzte rosig vom Joggen, und ihre Augen strahlten. Sie streckte das rechte Bein auf dem Rücksitz aus und ließ das andere auf den Boden hängen. Er sah ihre durchtrainierten Waden und Schenkel und folgte dem Lycrastoff der Shorts bis zu der Stelle, wo er in einem V zwischen ihren Beinen zusammenlief. Ihre Brust hob und senkte sich in tiefen Atemzügen, und er betrachtete die Wölbung ihrer Brüste. Sie lächelte ihn schüchtern an.

»Ich mache ja den Sitz ganz nass«, sagte sie.

»Das ist egal«, erwiderte Graeme. Der Moment zog sich zu sehr in die Länge, und sein Lächeln schlug in ein nervöses Lachen um. Er sah einen Anflug von Unsicherheit in ihren Augen. Plötzlich hatte er das Gefühl, dass sie ihn durchschaute und seine Absichten erkannte.

Graeme schloss die Tür und setzte sich auf den Fahrersitz. Er drehte sich kurz um und schenkte ihr ein gewinnendes Lächeln. »Ich muss noch einen kurzen Abstecher machen, dann fahren wir in die Stadt zurück. In Ordnung?«

»Oh. Ja.« Sie nagte an der Unterlippe. Er merkte, dass ihr Bedenken kamen, und sah die ersten Anzeichen von Angst.

Sorg dafür, dass sie sich entspannt.

»Ich heiße Graeme«, sagte er. »Und du?«

»Kerry«, sagte das Mädchen und drückte sich das nasse Haar aus. »Kerry McGrath.«

Serenas Blick verlor sich in der Ferne und richtete sich auf einen Punkt jenseits der Stadt. Stride wusste, dass sie Graeme vor ihrem geistigen Auge sah. Graeme, der wie ein Tiger auf der Jagd über einsame Straßen streifte. Graeme, der sich auf ein unschuldiges junges Mädchen stürzte, das nur die eine Sünde begangen hatte, zur falschen Zeit am falschen Ort zu sein.

»Bist du ganz sicher?«, fragte sie.

Stride atmete tief durch und nickte dann. »Graeme hat Kerry umgebracht. Und Rachel hat es gewusst. So hat alles angefangen.«

»Aber als Rachel verschwunden ist, hat dein Team doch Graemes Van bis ins Letzte durchsucht. Es fällt mir schwer zu glauben, dass er gar keine Spuren hinterlassen hat.«

»Er hat Spuren hinterlassen«, sagte Stride. »Wir haben nur am falschen Ort gesucht.«

Serena legte verwirrt die Stirn in Falten. Dann stieß sie einen angewiderten Seufzer aus, als ihr klar wurde, wie alles zusammenhing. »Dieses Schwein. Er hat Rachels Wagen genommen.«

»Genau«, sagte Stride. »Das haben wir die ganze Zeit übersehen. Ich weiß noch, wie ich mir die Zeugenaussagen bei Graemes Prozess angehört habe. Ich hatte die ganze Zeit das Gefühl, etwas verpasst zu haben. Es befand sich direkt vor mir, aber ich habe die Verbindung einfach nicht hergestellt. Kevin und Emily haben beide ausgesagt, dass Graeme Rachel ein neues Auto geschenkt hat, als Ersatz für den alten Wagen ihrer Mutter. Der Zeitpunkt hätte mir gleich zu denken geben sollen: Ein roter VW Beetle, den er ganz kurz nach Kerrys Verschwinden gekauft hat. Und wie hat Rachel das Auto genannt? Den Blutkäfer. Sie wusste Bescheid. Und sie wollte es ihm heimzahlen – auf ihre Weise.«

»Habt ihr den Wagen gefunden?«, fragte Serena.

»Haben wir. Wir haben die jetzigen Besitzer in Minneapolis kontaktiert. Und auf dem Rücksitz haben wir Haare und winzige Blutspuren gefunden, die eindeutig von Kerry stammen. Außerdem Spermaspuren von Graeme. Ich habe es den Eltern gesagt. Sie waren froh zu erfahren, dass die Tat bereits gesühnt ist, wenn auch auf verschlungenen Wegen. Wenigstens wissen sie jetzt, dass Kerrys Mörder nicht davongekommen ist.«

»Gab es noch andere Opfer?«, fragte Serena.

»Du weißt ja, wie das ist. Solche Kerle schlagen selten nur einmal zu. Wir versuchen jetzt, andere vermisste Teenager mit Graeme in Verbindung zu bringen.«

Serena schlang die Arme um den Körper und zitterte, doch als Stride sie anschaute, sah er, dass sie gar nicht fror. Sie rieb sich die Arme, als wollte sie einen Fleck abreiben.

»Ich weiß nicht, ob der Unterschied zwischen mir und Rachel so groß ist«, sagte sie. »Ich bin auch missbraucht worden. Ich wollte mich auch rächen.«

»Rachel war auch nicht unschuldig«, rief Stride ihr in Erinnerung. »Sie hat sich auf ein gefährliches Spiel eingelassen.«

»Du solltest sie nicht zu sehr verurteilen, Jonny. Solange man dem Monster nicht hilflos ausgeliefert war, kann man nicht wissen, wozu man fähig ist.« Sie erzitterte noch einmal und warf einen Blick über die Schulter. »Ich werde die Geister niemals los.«

»Ich glaube nicht an Geister«, sagte Stride.

Aber stimmte das auch? Was ihn betraf, so waren sie von zahlreichen Geistern umgeben, die sich auf der engen Plattform um sie drängten. Es gab gute Geister, wie Cindy, die ihm zuraunte, dass es richtig gewesen war, sich in Serena zu verlieben, und Geister aus dem Fegefeuer, wie Rachel, die mit düsterem, ironischem Lächeln all die Veränderungen betrachtete, die sie über sein Leben gebracht hatte. Und vielleicht waren auch böse Geister dabei, wie Graeme, der Serena eine Gänsehaut verursachte und ihr dieselbe Angst einflößte wie damals, als sie selbst ein junges Mädchen war und ganz allein mit ihrem Monster.

Stride hob Serenas Kinn und sah ihr in die ausdrucksvollen grünen Augen. Mit dem Handrücken strich er sanft über die glatte Haut ihrer Wange. Er wollte stark für sie sein, ein Mann, der ihr die Albträume nehmen konnte, jemand, an dessen Seite sie gehen oder an den sie sich anlehnen konnte, je nachdem, wie ihr gerade zumute war. Während sie einander ansahen, wurde ihre Miene weicher, und die Angst verschwand daraus. Und in diesem Moment wusste Stride, dass sie allein auf dem Dach der Welt standen und dass die einzigen Geister dort ihre eigenen waren.

»Es gibt keine Geister«, sagte er mit fester Stimme. Er wollte, dass sie ihm glaubte.

Serenas Mundwinkel hoben sich zu einem Lächeln. »Ich habe zwar kein Recht, dich darum zu bitten«, sagte sie. »Aber es wäre schön, wenn du noch ein Weilchen hier bleiben würdest.«

»Daran habe ich auch schon gedacht.«

Sie beugte sich vor und küsste ihn, drückte ihre Lippen leidenschaftlich auf seine. Unter ihnen erstrahlte die Stadt.

»Willkommen in Vegas, Baby«, sagte sie leise.

Danksagung

Zahlreiche Menschen haben dazu beigetragen, dieses Buch Wirklichkeit werden zu lassen. Ich danke Ali Gunn in London und ihrem großartigen Team bei Curtis Brown – Carol Jackson, Tally Garner, Stephanie Thwaites und vielen anderen –, die sich so leidenschaftlich für mein Buch und meine Karriere eingesetzt haben. Derselbe Dank geht an Deborah Schneider in New York. Ihr alle habt mein Leben verändert.

Marion Donaldson von Headline und Jennifer Weis von der St. Martin's Press waren die engagiertesten und einfallsreichsten Lektorinnen, die sich ein Autor nur wünschen kann.

Robert Bond ist der beste Anwalt geistigen Eigentums von ganz London, und außerdem kennt er eigentlich jeden. Vielen Dank, Robert. Und Alison, falls ich es dir noch nicht gesagt haben sollte: Das mit der Tabelle war eine großartige Idee.

Dem Autor Ron Handberg und seinem Lektor Jack Caravela verdanke ich wertvolle Ratschläge, die mich in einer entscheidenden Phase der Bearbeitung weitergebracht haben.

Von Herzen danke ich auch meinen vielen wunderbaren Freunden bei Faegre & Benson – vor allem denjenigen, die mein Buch gelesen und mich ermutigt haben. Ihr seid ein tolles Team. Meinen guten Freunden und Lesern in den Twin Cities – Tony Carideo, Jay Novak, Lynn Casey und vielen anderen – danke ich für ihre vielen guten Wünsche und Einfälle.

Ein besonderes Wort des Dankes gilt den beiden

großen Mentoren in meinem Leben: Joyce Bartky, die mir gesagt hat, ich solle mich auf den Hosenboden setzen und schreiben, sowie dem verstorbenen Tom McNamee, dessen Weisheit und Rat meine Laufbahn beeinflusst und mich an den Punkt geführt haben, an dem ich heute bin.

Ich danke Barb und Jerry dafür, dass sie sich so liebevoll um Disney gekümmert haben, wenn wir unterwegs waren. Ich danke Janean für die Lektüre meiner früheren Werke und für das mehr oder weniger geduldige Warten auf das vorliegende, Janice für ihre Ratschläge und ihr Einfühlungsvermögen, und auch Keith und Judy, den verrückten Briten. Ihr seid allesamt großartige Freunde.

Die Menschen in Duluth werden mir hoffentlich die schrecklichen Taten verzeihen, die ich in ihre wunderschöne Stadt hineingeschrieben habe. (Ich bin sicher, die Menschen in Las Vegas sind so etwas bereits gewöhnt.)

Und schließlich – das Allerwichtigste – danke ich meiner Frau Marcia, die in den mehr als zwanzig Jahren unseres gemeinsamen Lebens immer an mich geglaubt und meinen Erfolg ermöglicht hat, und meiner Familie – meinen Eltern, meinem Bruder, meinen Cousins, Tanten und Onkel –, die mich immer weiter antreiben. Und Menschen wie Bea, Frank, Jo und Neal, die vom Himmel auf mich herablächeln.

Wenn Sie ein bisschen mehr über die Figuren aus diesem Buch erfahren möchten, besuchen Sie meine Website, www.bfreemanbooks.com. Dort finden Sie ein paar zusätzliche Rückblenden.

Und wenn Sie schon einmal dort sind, können Sie mir auch gerne eine E-Mail schreiben, um mir zu sagen, wie Ihnen das Buch gefallen hat. Ich werde mir die größte Mühe geben, alle E-Mails persönlich zu beantworten. Sie können die Website auch dazu verwenden, Ihren Freunden Informationen über das Buch zukommen zu lassen. Und Sie können sich in meine Mailingliste eintragen, wenn Sie darüber informiert werden möchten, wann Sie mein nächstes Buch kaufen können, und vielleicht vorab schon etwas davon lesen möchten.